... al Fulgor de la Chamiza

Olga Ginevra Cavallucci de Quiñones

Diseño de portada: Victor Quiñones Cavalluci

Prefacio

He escrito este libro con el propósito de hacer un tributo al Ecuador, país que me ha impresionado desde el primer día con sus increíbles paisajes, su naturaleza explosiva, su cultura y tradiciones profundamente enraizadas en el culto a la madre tierra -la *Pachamana-* y al *cosmos*, entendido como fusión única del hombre y su entorno.
Por encima de estos aspectos, lo que me llegó al alma -y me conquistó desde un inicio- fueron la cultura indígena -con sus ritmos pausados, sus tradiciones ancestrales, su distinta concepción del tiempo y de la naturaleza- y la vida en las haciendas, con su propio bagaje de costumbres, reglas sociales, apego a la tierra. Incursioné, entonces, en la historia poscolonial del país con la idea de captar la magia de su cultura mística y a la vez profana, que sincretiza -y superpone- con sorpresiva naturalidad, a shamanismo, tradiciones ancestrales, catolicismo, costumbres del mundo andino.
Por un lado, los patrones y sus familias acarreaban las reglas -y estrecheces- de su status socioeconómico, su sentido del orden social y su inoxidable fe católica. Por el otro, el inmenso mundo de los subordinados - capataces, *huachimanes*, braceros, campesinos- arrastraban su propia relación con la *Pachamama,* la religión y los propios patrones.
Se trataba, entonces, de dos mundos distintos, a menudo marcados por injusticias y abusos, pero que a la vez estaban profundamente entrelazados: ambos dependían "del otro" para su sustento y ambos compartían una común batalla: la lucha por sobrevivir en un entorno natural difícil y salvaje. Así, los habitantes de las haciendas debían luchar a diario contra sequías, terremotos, deslaves, inundaciones y erupciones. Su vida dependía de los vaivenes del clima, de los caprichos de la tierra, de la estabilidad de sus infinitos volcanes, del rigor de los inviernos, de las plagas y calamidades que destrozaban cultivos, cosechas y ganado.
Como resultado, parte de la extraordinaria riqueza histórica y cultural del país -con todos sus desafíos y contrastes- se refleja, inevitablemente en la vida de las haciendas, otorgándole a ese mundo un halo irresistible y fascinante.
Sobre el trasfondo de una intrincada historia de amor, el libro presenta una mezcla de "muy ecuatoriana" de elementos: la marcada jerarquía entre patrones y subordinados, los lazos de sangre familiares con el viejo continente, la importancia del factor socio-económico para "ser aceptados", el fuerte vínculo con la naturaleza, el más allá y la religión. Esos elementos dieron como resultado un mundo mágico lleno de historias misteriosas,

hechos inexplicables, luchas por algo -la libertad, el rescate de una hacienda arruinada, el reconocimiento social- o por alguien: un gran amor.
Finalmente, el libro no podía no reflejar mis propias raíces. Entonces, en un cierto punto, los personajes principales viajaron a Europa y concretamente a Venecia. Esa pieza calzó a la perfección en el entramado de la historia puesto que los hacendados amaban viajar al viejo continente. En Europa las familias importantes de la Sierra respiraban cultura, arte, innovación, nuevas tendencias. Con aquel bagaje regresaban renovados a sus montañas y cerros, para nunca más ser las mismas personas. Hasta el día de hoy, un inmenso lienzo que reproduce Nápoles, Roma y Venecia decora la galería de la hacienda San Rafael, en donde se ambienta gran parte de la novela. Hasta el día de hoy, los ecuatorianos miran a Europa con admiración profunda y enorme respeto, sentimientos que, a mi entender, deberían ser del todo recíprocos.
Como último punto, quiero destacar que este libro es un primer ejercicio personal dentro del género novelístico. Pido por tanto disculpas por cualquier imperfección o error. Solo he querido hacer un tributo a Ecuador, a su tierra maravillosa y a mi familia ecuatoriana.

Agradecimientos

Mi lista de agradecimientos debería ser infinita, lo digo muy en serio.
Hay un sinfín de personas, amigos, parientes, conocidos y desconocidos, que directamente o indirectamente aportaron algo a la realización de este libro.
Dentro de este variado e inmenso universo de colaboradores, observadores, lectores e inspiradores, debo un especial agradecimiento a mi suegro Pedro Manuel Quiñones.
Sus relatos y sus fragmentos de otros relatos son, definitivamente, el corazón de este libro. Es más, es gracias a las historias que mi suegro me ha compartido en la hacienda San Rafael durante casi veinte y cinco años, que tuve el impulso de imprimir sobre el papel aquellos retazos del pasado tan seductores y únicos. Para que no se pierdan, para que perduren, para que sigan reproduciendo la misma magia que ejercieron sobre mi.
Otro inspirador y sensacional contador de historias a quien debo el material de esta obra es mi marido Ernesto. A él debo hasta el título de libro, además de una larga lista de anécdotas.
A esas dos principales contribuciones debo agregar mi suegra, con sus recuerdos tremendamente lucidos, claros y divertidos en la hacienda de familia Pinguilla y en la casa de Las Mercedes, en donde vivió durante los primeros años de su matrimonio.
Avanzando en la lista, quisiera agradecer a mi amigo Daniel Rivadeneira, a mi amiga Bruna Duran y un sinfín de otras personas, que, sin saber en dónde se metían, me compartían historias de sus haciendas, de sus bisabuelos y demás antepasados.
Por último, en ese libro aparecen, bajo otros nombres, muchas personas cuyas vidas he pedido prestadas, para con ellas diseñar mis personajes, o cuyos ejemplos han influido en mi propia experiencia de vida.
Como último punto, quiero dar las gracias a mi hermana Cristina y a mis amigas Luisa y Agnese por haber querido que yo les asigne algún rol dentro de la novela. Me emocionó y divirtió mucho que lo hagan y por supuesto, fueron recompensadas.
Gracias finalmente a Dios, por ser el hilo conductor de esta historia y por haberme cuidado en la época de la pandemia, ya que, en aquel tiempo de encierro, comenzó todo...

Colaboradores especiales

Quiero agradecer de modo especial a dos personas, sin cuyos aportes y paciencia esta obra no hubiese podido realizarse. ¡Y lo digo muy en serio! Nuevamente mi querida tía, mi redactora Cristina de Dalmases y a mis fieles e incondicionales colaboradores, Patricio del Rio y al editor de esta obra Javier Rivas Borrás.

Ojitos de indio borracho,
Nariz de pupo de lima,
Boca de bolsa rasgada;
¡Bonita es mi *carishina!*

Versos de Juan León Mera, cuyas Novelitas Ecuatorianas me encantaron a tal punto que pedí prestado el relato del paseo en el campo, al borde del río Ambato...

Partos, vírgenes y lunas llenas

El amanecer de aquel día cuatro de octubre no era distinto de muchos otros así que, a primeras horas de la tarde, puntual como una misa de catedral, comenzó el cordonazo de San Francisco. Cuando la primera descarga de lluvia cayó sobre la ciudad y sobre el campo, los devotos ya se encontraban reunidos en la espléndida basílica dedicada al santo. Rezaban para que su patrono no se canse y siga azotando las nubes con el cordón de su túnica, porqué solo de aquel modo las cosechas serían bendecidas y las semillas fértiles. A los feligreses no les gustaba estar al fondo de la nave, a la merced de los golpes de corriente que procedían de afuera apagando los cirios y entumeciendo los cuerpos. Al contrario, se apiñaban como polluelos en los bancos cercanos al altar -porque el incienso entibia el aire - decían- y con esta, los huesitos.
Las misas del cordonazo se celebraban por todo lo alto y tanto los vicarios de Cristo como las personas comunes lucían sus mejores atuendos. Los que tenían, se echaban colonia y lucían sobreros, bastones con cabezas de marfil, zapatos finos recién lustrados. Los que no, entraban descalzos, jalando algún animal o cargando algún *guagua*[1] en sus espaldas. Al final del servicio, para dicha de todos, se repartían unos diminutos panes bendecidos que hacían olvidar el frio y despistaban, por un rato, los estómagos de los más necesitados.
Aquel año Doña Raquel Fernández de Córdoba estaba en estado de gravidez muy avanzado, por lo que viajar a Quito desde la hacienda San Rafael hubiese sido una imprudencia. Así las cosas, el santo debía perdonar a la familia Grijalba Montes por desertar la celebración. En compensación, Don Arturo haría un generoso donativo a las monjas de clausura de Santa Clara y llamaría Francisco a su hijo varón. Porqué, esta vez, su vástago no podía no ser varón, después de tres hembras.
"Creo que enviaré la plata luego del domingo de muertos aprovechando la entrega de los productos semanales a Quito. ¡Al fin y al cabo las madrecitas no se mueven de allí! ¡Cierto?", dijo Don Arturo con un guiño burlón.
"¡No hables de este modo, que luego te arrepientes y tienes pesadillas!", protestó Doña Raquel.
"La única pesadilla es el Cordonazo, *hijita*, vas a ver las inundaciones que tendremos este año. Ojalá las zanjas de Armando aguanten el agua que se nos viene encima, sino acabaremos nadando como tantos patos salvajes", protestó.

El día en el que Doña Raquel entró en labor de parto, la familia al completo se hallaba con sus rodillas hundidas en los elegantes reclinatorios de la capilla

1 Niño, en idioma Quechua.

de San Francisco, en la Hacienda Los Rosales. Estaban sentados al costado del altar, tan cerca de Don Antonio que casi sentían el roce de su aliento en el cuello. Aquella ubicación -y aquellos pequeños cojines color carmesí bajo sus rodillas- era un privilegio acordado a las familias más importantes del valle.
Los Grijalba Montes también contaban con un distinto acceso al recinto y gozaban de cierta privacidad durante las liturgias gracias a un austero biombo con trompetas y querubines que les separaba del resto. Al frente se ubicaba otra hilera de asientos y reclinatorios, que ocupaba la familia Callejas de Alba, dueños de la hacienda Los Rosales.
Ese día Doña Raquel hubiese preferido que la enterrasen viva a estar frente a todo aquel público de gente conocida, de gente de pueblo, de niños mocosos, de ovejas y de perros callejeros. Cuando en plena consagración sintió un riachuelo tibio bajar por sus piernas sin más obstáculos que la propia piel, a la pobre parturienta se le fue el alma al cielo.
"Arturo, llévame a casa y llama a Josefa que he roto aguas..."
"¡No puede ser Raquelita, aún no te toca! ¿Estás segura?"
"Arturo apura, te digo que he roto aguas. La Negra me dijo que la luna llena adelantaría el parto..."
"¡La Negra...la Negra! ¡Es solo una bruja que te chupa la plata y carcome las sienes!
"¡Llama el cochero, diablos, no me hagas decir blasfemias, que estamos en misa...!", dijo ella en voz baja.
Cuando finalizó el servicio- y las personas se dispersaron en el patio de afuera- una empleada con la tez color sepia y una trenza hasta el suelo salió de la sacristía armada de trapos y escobas. Un charco de agua transparente destacaba entre los azulejos de lirios negros y había que limpiarlo antes que las puertas se cerrasen. La chiquilla quitó el pegajoso liquido de las baldosas con esmero. Al final decidió fregar la capilla entera porque saltaban a la vista los excrementos de animales y el follaje que la corriente había empujado adentro del templo. A pesar de ser una joven humilde e ignorante, no le cabía en la cabeza que cualquiera metiera al animal que se le antojase en la casa de Dios. ¡Cuántas veces había reclamado con el padre Antonio! Pero, claro, como Francisco de Asís era el santo protector de toda criatura, el curita[1] nunca le hacía caso.
Al cabo de un rato la capilla relucía como un espejo. La muchacha se secó la frente con la palma de la mano. Estaba contenta. El cordonazo estrenaba la época de lluvias y con las aguas acabarían los calores, los tufos y las polvaredas.

Pasaron veinte y ocho horas antes que Matilda Grijalba Montes abriera por

1 El cura.

primera vez sus ojos almendrados y redondos como uvas sobre el mundo. Gritaba y gritaba, como si estuviera molesta por haberla parido sin pedir su permiso.
Don Arturo estaba indignado, furioso y, obviamente, insoportable.
Fue tal la decepción por tener otra hija mujer que dejó a la pobre sin nombre ni bautizo durante seis meses y solo dio su brazo a torcer cuando Doña Raquel amenazó con irse de San Rafael y mudarse a casa de su hermana Alvilda si no se bautizaba a la niña como mandaba la iglesia.
"Arturo Grijalba Montes no voy condenar mi alma por un capricho tuyo!", dijo tajante. Y con estas palabras el asunto quedó oficialmente zanjado. Así, sin pena ni gloria, el primer domingo del mes de marzo, la niña recibía el santo bautismo con el nombre de pila de su tatarabuela, Matilda María Santísima de la Esperanza Macarena.
Aquel nombre, tan largo como una Cuaresma, se debía a la devoción de las mujeres de
la casa a la Virgen de Sevilla, ciudad en donde empezó la historia familiar.
Pero Matilda, a diferencia de la Virgen Sevillana -que seguro era hermosísima- nació con una mata de pelo negro en punta como un erizo y tan arrugada como una pasa. Por si no bastaban aquellas inclemencias, un vello oscuro la recubría por entero, haciéndola parecer una enorme comadreja.
"¡La niña no tiene ninguna gracia! ¡Hay Diosito que castigo! ¡Eso le pasa a una cuando tiene *guaguas* a cierta edad...! La Virgen es testigo de cómo le rogaba a Arturo, que me dejase tranquila, que hasta en el matrimonio hay lujuria si uno se excede...pero él nada..."
"Así son los hombres Raquelita, así son los hombres...tu tranquila que la niña se va a componer, no te preocupes", aseguraban su madre, Paolina López de León y su suegra Isabel Rocafuerte y Dueñas.
"¡Solo me faltaba que sea fierita[1] y que cuando esté en edad de matrimonio no le podamos conseguir ni al hijo de un mayordomo!", agregaba Doña Raquel con la cara acontecida y el ceño fruncido.
"Hembra y fierita...", repetía desconsolada.
Cuando Arturo entró a la alcoba de su mujer, el aire estaba impregnado de una mezcla de olores tan intensos que no dudó en llevarse a la cara un pañuelo como si estuviera en un hogar de apestados. Caminó hacia la cuna de madera que el capataz Armando Quilotoa había construido al apuro. La niña estaba envuelta en metros de tela -así las caderas quedan firmes, decía su abuela Paolina- y lloraba a mares.
"¡Parece una oruga tan envuelta en paños! ¿Es necesario fajarla como a hija de india? ¿Seguro que la *guagua* puede respirar?"
A Arturo le entró tal angustia de ver a la niña tan poco agraciada - y tan apre-

1 Fea.

tujada entre telas- que salió corriendo de la habitación como quien ha visto a un fantasma.
¡Dios mío, como me pones a prueba!", mascullaba entre sí, mientras daba grandes zarpadas hacia la salida.
"No te mueras de las iras[1] Arturo. Vas a ver que con la edad se hace más *alhajita,* [2]confía en Dios", decía su madre Isabel, mientras Paolina asentía con un leve movimiento de su cabeza.
Pero la puerta ya sea había cerrado de un solo golpe atrás de él.

Lastimosamente, los accidentes en San Rafael recién empezaban. Pastora, la nodriza de la niña Matilda nunca llegó de Amaguaña porqué cuando ésta vino al mundo también parió su propia hija. Lo hizo sentada en un taburete de madera, con las piernas abiertas y un trapo entre los dientes, al modo de las indias.
Dado el imprevisto, Paolina decidió amamantar a su nieta. Cuando se la colgó al pecho -no obstante, estuviera pasada en años y unos profundos surcos marcaran su escote-, la leche comenzó a fluir. Antes rada, luego más espesa y densa. Y es que los empaques de ortiga y las aguas de guayusa de la partera no fallaban: tan pronto Paolina se frotó los pechos con las hojas y tomó el brebaje de la Negra, sus senos blandos y rasposos se reavivaron como la yerba de un prado al contacto con las gotas del rocío.
Llegó el mes de junio y con el verano llegaron los vientos, los cielos despejados y los días secos. A pesar de las fuertes ventiscas, en San Rafael el clima era más benigno que en Quito y el aire más liviano. La niña Matilda cumplía ocho meses cuando la primera ráfaga de corriente se llevó a la ropa del tendedero arrojando todo en el estanque.
Ella reía y reía, sin saber el porqué.
Durante aquella época, la familia Grijalba Montes al completo pareció haber perdido la cordura. Quizás el maridaje de tanta sangre a lo largo de trescientos años -entre conquistadores, aventureros y vividores- estaba brotando al fin como la espuma de un vino avinagrado, o quizás el aire denso de los Andes -y el escaso oxígeno- estaban causando algún descalabro en la cabeza de todos. Mientras Raquel pasaba el día entero hundida en una hamaca con la mirada perdida y la niña trepada en el vientre, Arturo vivía encerrado en su despacho cual oso en una cueva. Tan solo salía para orinar y hacer alguna caminata nocturna, porque de noche, decía, nadie podía fregarle la vida.
Su día comenzaba con dos dedos de un buen whisky que sacaba del armario bajo llave atrás de su escritorio de roble. Solo entonces comenzaba a revisar los libros contables y la pila de cuentas adicionales que cada semana se sumaban y que le enervaba sobremanera. Cuando acababa con los números,

1 No te enfades.
2 Bonita.

leía el periódico que recibía de la ciudad pasando un día. Y cuando acababa el periódico, ojeaba las revistas que sus amigos diplomáticos del Club del Pichincha le hacían cabalmente llegar.
Con respecto al resto de la familia, las cosas no estaban mejor. Paolina pasaba el día entero rezando en la pequeña capilla de San Rafael. El frescor de aquel espacio oscuro y privado no se comparaba con el gentío y los tufos de la iglesia de pueblo. Le pedía al santo que no se le secase la poca leche que brotaba de sus pezones y cuando no rezaba ni amamantaba a su nieta, Paolina visitaba a monjas, a enfermos y a cuanto cristiano se cruzara con ella. Solo no frecuentaba a las viudas: eran muy quejumbrosas y le recordaban su condición, lo cual la ponía de mal humor. Aquel verano, hasta su fascinación por remendar la ropa de los huérfanos del San Vicente de Paúl cayó en el olvido. Nada parecía interesarle que no fuera rezar, dar de comer a la niña o granjearse el favor divino con alguna visita caritativa.
"¡Basta de plegarias y ayunos! Date el tiempo de pecar, ¿no? ¿De qué tanto le pides perdón a Dios si no haces nada más que rezar?, solía decirle su difunto marido, quien era ateo -y hasta masón-, según las malas lenguas.
"Dios es como un ladrón, Rogelio, quien no avisa el momento en el que entrará a hurtar una casa. Hay que estar preparados..."
Cuando tenía que interrumpir aquel tipo de reclamos, Paolina siempre acudía a vigorosas citaciones del Evangelio. Hasta que a Rogelio se le pasaba la pataleta y cambiaban de tema abruptamente. Pero, desde que había enviudado, había caído en una inquietante obsesión religiosa que se sumaba a ciertas mañas, como despertar con la música de una vitrola o armar infinitos rosarios de cuerda que obsequiaba a diestra y manca.

El patriarca de la casa, Alfonso Grijalba Montes era un personaje extraordinario, con una visión del mundo y de sus habitantes muy peculiar, al menos para el remoto lugar en dónde vivía. Pasaba horas en la biblioteca de su antepasado, el marqués Grijalba Montes y solo se retiraba a su alcoba cuando su vista y espalda no daban para más. A parte de leer, Alfonso escribía poemas, componía conmovedores pasillos[1] e investigaba temas de toda índole que luego debatía con los amigos del Club Pichincha.
La biblioteca era realmente asombrosa: si se da crédito a Monseñor Luna y Tobar, el hombre más ilustrado y culto de la capital- solo la hacienda Los Rosales -y por supuesto el convento de Santo Domingo- podían competir en riqueza de volúmenes, amplitud de obras y buen estado de los textos. Llegó entera de Sevilla, libro por libro, cruzando los Andes a lomo de mula, desafiando la persistente llovizna del bosque húmedo, el sol cortante de la Sierra y las tempestades sin aviso de la Cordillera.

1 Género musical típico ecuatoriano.

Durante aquel verano, como la casa parecía un lazareto de dementes -decía- Don Alfonso no salía ni para alimentarse. Sus comidas eran servidas en una charola de plata que los *huachimanes*[1] dejaban en el piso al pie de la gran puerta de nogal, a la merced de insectos y hormigas. Tan pronto los pasos de los empleados se alejaban, Alfonso arrastraba hacia dentro la bandeja y se hundía en su butaca favorita, rodeado de sus libros, sus apuntes y sus partituras. Su mujer Isabel Rocafuerte y Dueñas era cortada con otra tijera. Le gustaban las cosas sencillas, los olores tibios y familiares del campo, las cabalgadas en el silencio matinal, los animales de su corral. A pesar de ser muy distinta a su marido, ella le cuidaba y respetaba, porqué así mandaba la iglesia y porqué a esas alturas era muy tarde para extrañeces[2]. La última habitante de San Rafael, María Ercilia, aprovechó aquel estado de sopor general para fumar y tomar todo lo que el cuerpo le pedía, sin nadie que la jorobe a cada rato ni le recuerde sus rarezas. Era la única hermana de Arturo y todos le tenían cierta pena mal disimulada, porqué nunca maduró, porque era como una niña, porqué todo la asustaba.
Como resultado, aquel verano las tres niñas de la casa, Ana Lucía, Rosalía y María Antonia, hicieron lo que les vino en gana. Mientras los *huachimanes* fregaban el piso y cargaban baldes de agua para arriba y para abajo, ellas se enlodaban hasta las orejas, corrían sobre los tapiales y chapuceaban en las sequias desnudas como tantas ninfas del bosque.

La familia Grijalba Montes tenía orígenes españoles y remontaba a una de las primeras flotas que cruzaron el Atlántico después de que Cristóbal Colón anunciara a los emocionados reyes de Castilla Fernando e Isabel el descubrimiento del nuevo mundo. Por razones que se desconocen, desde la isla de Guanahani, en donde se había arraigado inicialmente, el marqués Alfonso Grijalba Montes decidió pasar al continente y bajar la cordillera de los Andes hasta llegar a los pies del rio San Pedro. En aquel lugar remoto, el único horizonte era marcado por unas inmensas montañas moradas que culminaban en cimas blancas, precipicios, arroyos y paramos.
Habitualmente, las personas que emprendían semejante viaje no representaban la mejor sociedad española, ni se iban por su propia voluntad a explorar aquellas tierras. Al contrario, se trataba de sujetos que huían de la cárcel o que necesitaban reinventarse en alguna otra latitud por haber infringido las reglas de la férrea sociedad española.
En el caso de Alfonso Grijalba Montes la historia fue distinta y el marqués habría emprendido aquella aventura -la última de su vida- arrastrado por su espíritu libre y carácter indomable. Pero, según otras fuentes, un lio de faldas había conjurado para que el marqués desapareciera de Sevilla, sin dejar ras-

1 Empleados de una casa de hacienda.
2 Cosas raras.

tro, una mañana de abril de 1521. Fuera lo que fuera, a través de una misteriosa transacción, el marques logró canjear sus posesiones en Andalucía con un puñado de tierras en el nuevo continente. Así, el palacio de la Recoleta en pleno centro de Sevilla -con sus mayólicas coloridas, celosías abarrotadas de geranios y jazmines, más cincuenta hectáreas de terrenos-, fueron reemplazados por una hacienda entre montañas violetas a ras del cielo.
Para la buena sociedad sevillana el marqués tenía los días contados. Estaba acostumbrado a la buena vida, a fiestas deslumbrantes y a tomar más licor del que cabía en el rio Guadalquivir. Nunca podría suplantar aquellos lujos con vacas y potreros, así que pronto regresaría a España para regocijo de los huéspedes de sus concurridas reuniones. Pero *El marqués conquistador*, -como fue bautizado a raíz de su aventura americana- tenía más vidas que un gato y, muy a pesar de los chismorreos y malos deseos de algunos, no tardó en ubicarse en la cima más alta de la sociedad local. Sus tierras -y la no despreciable cantidad de dinero que traía de España- le permitieron vivir holgadamente y disfrutar de una vida placentera a la sombra de los Andes.
Las siguientes generaciones no fueron tan acertadas como el marqués feliz. Al poco tiempo, el patrimonio familiar comenzó a derretirse como la nieve del Pichincha en las mañanas de invierno. Trescientos años más tarde, la única herencia de Arturo Grijalba Montes era una hacienda de cien hectáreas al filo del rio San Pedro y una manada de caballos salvajes que un día adquirió con el solo propósito de salvarles la vida y que no acaben como carne para embutidos en el matadero del valle. Él mismo, junto a sus *chagras*[1], les cepillaba las crines hebra tras hebra, les cortaba las uñas y les aseaba en un mágico ritual que se repetía, puntualmente dos semanas antes de la Navidad. Luego de aquella ceremonia, la manada se esfumaba en la neblina del páramo, para volver a aparecer con asombrosa puntualidad un año más tarde.

Afortunadamente, las oraciones de las mujeres de la casa a la infalible Madre de Buen Suceso dieron su fruto. Para los tres años de edad, Matilda era una niña que podía definirse *alhajita*. Los vellos fueron cayendo, la piel se aclaró y las facciones se ablandaron como se ablandaba la masa del pan entre los dedos ágiles de Olimpia.
Finalmente, para los doce, la *guagüita* era toda una belleza.
Su infancia pasó entre juegos con sus hermanas y los hijos de los *huachimanes*, sin distinción de sexo ni de edades. El más especial era Amaru, el menor de los cinco hijos varones de Armando Quilotoa. Su nombre, en idioma quichua, quería decir *serpiente*. En efecto, sus articulaciones eran tan elásticas que el *guambra*[2] podía deslizarse entre los barrotes de una puerta o meterse por los respiraderos de la casa sin quedar atrapado ni lastimarse. Y como

1 Empleados de las haciendas que cuidaban caballos y ganado en la Sierra.
2 Niño.

podrá imaginarse, aquellas proezas impactaban enormemente a los demás niños del grupo.
"¡Trépate hasta las vigas del techo y luego deslízate por esa ventanita al fondo! "¡Allí arriba hay un nido de comadrejas, agárralo y tráelo para acá!", gritaban felices impulsándole a que cada vez mejore sus naturales destrezas de malabarista.
Las fronteras de San Rafael eran marcadas por los límites de la hacienda, con sus tapiales color café, sus lomas y vertientes, sus riachuelos que brotaban al improviso de las piedras, sus palomas, perdices y torcazas abriéndose paso entre arbustos y maizales.
La primera actividad de las mañanas era alimentar a los faisanes de la tía María Ercilia.
Las aves, -con su deslumbrante abanico de plumas y elegante andar - eran un auténtico espectáculo para grandes y pequeños.
Cuando el sol se elevaba y las nubes se dispersaban en el aire de la mañana, las cuatro hermanas y sus compañeros de juego caminaban hasta Las Mercedes, una vieja casa abandonada en el monte Pasochoa. Al regreso, la manada de niños bajaba la montaña a la carrera hasta llegar a un pequeño estanque. En los meses de invierno, el estanque se llenaba de *huillihullies*[1] que nadaban resbalosos y rápidos entre las piernas de todos, cosquilleando tobillos, rozando talones. Entonces, al silbido de Amaru se estrenaban magníficas competencias para ver quién atrapaba más de aquellos bichos en redes y otros contenedores improvisados. De verano el estanque era un lodazal, por lo que el plan cambiaba a batallas con bolas de tierra e interminables cacerías de gusanos.
Otra actividad muy popular consistía en hacer carreras de patos en la sequía[2] que abastecía de agua a San Rafael. Desde allí, cada día los *huachimanes* traían enormes baldes que bailaban sinuosos sobre sus cabezas y que parecían mantenerse en equilibrio por arte de magia. Una vez recolectada en cantaros, el agua pasaba por un filtro de piedra que tronaba al lado de la puerta de la cocina. De allí, el agua finalmente llegaba a las jarras de la cocina y a las habitaciones.
"¿Por qué no bebemos tan solo el agua del río?", protestaba Ana Lucía.
"Porqué si lo hacemos la panza se llena de bichos."
"¡Así es, la panza se llena de bichos que te mandan al retrete todo el día!", recalcaba María Antonia entre risas.
De tarde, al regreso de sus andanzas por las planicies y los campos de la hacienda, los niños visitaban a Winnie, un águila malherida que Armando Quilotoa había rescatado entre las ramas de un árbol de guaba.
"Yo creo que Winnie ha crecido."

1 Renacuajos.
2 Pequeño reservorio de agua que se crea en medio de los pastizales y cultivos.

"Imposible! ¡Ya es un águila adulta, le escuchaste a Armando!"
"Yo digo que sí ha crecido...mira el porte de las alas!"

El único límite para los juegos eran las corrientes heladas y alborotadas del rio San Pedro, al que no había que acercarse sino bajo la supervisión de algún adulto.
"Este río es bien bravo[1] niños, pobre del que se acerque porque se lo lleva la corriente",
solía decir Armando Quilotoa para asustarlos como Dios manda. Para más seguridad, andaba de lado a lado con un perro runa[2] y una escopeta en el hombro, no vaya a pasar algo con los *guaguas* y luego Don Arturo le vuela las pelotas con un escopetazo. Además, aquellos guambras los sentía como carne propia, a pesar que los unos eran hijos del patrón y los otros, de quien sabe quién.
Cuando Soledad tocaba la campana de cobre que colgaba de la puerta de la cocina, todos sabían que el día se estaba acabando.
En cuestión de minutos las niñas sacudían sus delantales, limpiaban sus mocos mezclados con tierra y vaciaban los abultados bolsillos de los insectos, las piedras, los vidrios y cuanta otra cosa había llamado su atención a lo largo del día.
Y es que a la mesa con sus padres había que asomar pulcras como en misa de domingo, si no querían una buena reprimenda.
"Acuérdense de sus antepasados, niñas. Así vivamos con recato, la cuna es cuna y hay que mantener un mínimo de modales y buenas costumbres.", solía repetir Raquel. Para cuando salían del comedor, aquel paisaje tan lleno de luz y colores se había licuado en la obscuridad más completa. Tan pronto las puertas de cerraban y se soltaban los perros el mundo afuera de los tapiales sencillamente desaparecía.
Hasta el día siguiente, San Rafael y sus inquilinos serían los únicos habitantes del planeta.

Con el pasar de los años, los juegos se hicieron más maliciosos y lo que más divertía a todos era espiar a la tía María Ercilia mientras se desvestía en su habitación, al otro lado del patio, tras la tupida trenza de cepillos, las enredaderas de buganvillas, los jazmines olorosos.
"Que pechos más grandes que tiene!"
"¡Baja la voz que te escucha!"
"¡Miras esos vellos, parece macho!"
"La tía sangra entre las piernas! ¿Se estará muriendo?
Una tarde Amaru y Matilda entraron a su pieza deslizándose por la ventana.

1 Peligroso.
2 Perro fruto de mezclas de razas distintas.

Su habitación era muy sencilla en comparación a las de la casa patronal. Apenas contaba con una pequeña chimenea, un enorme armario, un baúl y una cama con gruesos barrotes de latón. Sus únicos adornos consistían en un cuadro de ninfas juguetonas y un enorme crucifijo reluciente al centro de una pared.
La embriaguez de aquel momento era indescriptible. Después de haber echado una ojeada general, los dos se dirigieron hacia el baúl al fondo de la habitación. La llave no debía estar muy lejos ya que era de gran tamaño, a juzgar por el grosor de la cerradura. Buscaron nerviosamente por todo lado, revolviendo los pocos objetos que saltaban a la vista, deslizando sus pequeñas manos en todo intersticio. Pero, de la llave, ni la sombra.
"¡Espera!, gritó Matilda."
"¡Que?"
"¡Creo saber dónde está!"
"¿Donde?"
"En la faltriquera de su vestido del domingo", dijo ella con seguridad.
"Busca en el armario, es uno de color negro con lodo en los filos...vas a ver que tengo la
razón."
Efectivamente, Amaru abrió el armario y no tardó mucho en encontrar al vestido e identificar un bulto pesado tras el faldón. Era la llave.
Los dos guambras estaban dichosos como dos piratas frente a un tesoro. Giraron la llave en la cerradura y el baúl se abrió como por arte de magia. Levantaron entre los dos la tapa. Era increíblemente pesada. Bajo el impulso del esfuerzo, el baúl golpeó la pared trasera librando una lluvia de harina blanca que cayó al suelo silenciosa y liviana.
Matilda podía sentir el latido de su propio corazón y las manos le sudaban de ese sudor frío que te da la mala conciencia y los nervios a flor de piel.
Finalmente, el contenido se desplegó frente a sus ávidos ojos. Aparecieron libros, cuadernos, hojas sueltas, velas semi derretidas amarradas entre sí con cordeles de colores. Por debajo de los papeles -y demás objetos- apareció una pila de elegantes vestidos cuidadosamente doblados, mantillas con preciosos bordados, chalinas de seda, guantes de piel de cordero, bufandas de plumas. Hasta había alhajas, enredadas entre sí como los ramilletes de un nido.
"¡Nunca hubiese imaginado que la tía tendría prendas tan bonitas...!", dijo Matilda.
"Yo tampoco", agregó Amaru.
"¡Mira eso!"
En una de las esquinas se hallaba una caja de metal, de aquellas que se obsequian en la Navidad, con adentro los mejores bombones de mundo. El

caramelo era tan denso y espeso que los dientes se quedaban incrustados en la masa y no podían despegarse. La tapa de la caja era esmaltada, preciosísima, perfecta. Matilda nunca había visto la imagen de una mujer más bonita que aquella. Era rubia, con el cabello atornillado hasta la cintura, los labios rojos, los dientes chiquitos y relucientes como tantas perlas. La mujer lucía un precioso vestido de rallas y un sombrero repleto de lazos multicolores, flores y gasas. Matilda se preguntaba si algún día podría tener una prenda como aquella, con todos esos vuelos y encajes.

Al improviso, mientras ella fantaseaba, Amaru se paró de un solo brinco. Estaba visiblemente decepcionado.

"Vaya... ¿Eso es todo?"

"Que quieres decir...", dijo ella.

"¿Para esas cosas de hembra nos arriesgamos tanto?"

"¿Esperabas acaso encontrar monedas de oro?" dijo ella la con una risa burlona.

"Quizás no monedas, pero si algo más interesante...", contestó seco.

"Yo en cambio estoy dichosa. ¡Nunca he visto cosas tan bonitas!"

Aquellos vestidos tan refinados, aquellos accesorios y alhajas sacudían su fantasía y la intrigaban sobremanera.

¿Pertenecían a la tía María Ercilia? ¿Y si no eran de ella, a quién pertenecían? La tía vestía con botas y pantalones el día entero y no dudaba en subirse las vastas hasta las rodillas como un empleado más, de hacer falta. Aquellas cosas...tan propias de una mujer, tan femeninas, no encajaban con su forma de ser.

Mientras la mente divagaba, sus manos agarraron un vestido color malva con hermosos encajes alrededor del cuello y de los puños. Le ordenó a Amaru que se diera la vuelta. Entonces, desabrochó su delantal y se desvistió con tan solo jalar una tira que se anudaba al final de la espalda.

Al improviso se escuchó un grito desde el otro lado del patio.

Un grito tan contundente como familiar.

"¡Vengan *guaguas,* ya llegó Don Antonio, pasen a la mesa!"

Soledad acompaño sus alaridos con la habitual campanada desde el pasillo de los helechos, justo frente a la cocina. El susto fue tal que Matilda se quitó el vestido color malva frente a Amaru dejándole boquiabierto por unos largos segundos. Pateó con los pies las enaguas hasta que estas precipitaron al suelo, lanzó todo dentro del baúl y se vistió apresuradamente dejando las tiras del corsé sueltas. Salieron por la ventana al apuro y cruzaron el patio con la velocidad de dos liebres tras el estruendo de una escopeta. Amaru desapareció tras los árboles de aguacate mientras que Matilda corrió hacia el lado opuesto. Cruzó el largo pasillo y llegó al comedor cuando ya todos estaban sentados.

"¡Matilda, de dónde vienes! ¡Estás roja como un tomate!"
"Disculpe madre, perdí una horquilla en el césped y la estaba buscando..."
Matilda apretujó los brazos contra el torso para que no se noté el corsé desabrochado. Jalaría las tiras con disimulo a la primera ocasión, pero, hasta mientras, había que comer con los codos apretados, como las perdices rellenas de los almuerzos en Navidad.
Se había salvado por los pelos, lo sabía.
Su padre ya encabezaba la gran mesa ovalada del comedor, firme como un roble. Mientras, Don Antonio presidía al otro extremo cual si fiera el mismísimo arzobispo. Tenía siempre los puños cerrados y sus manos eran tan rosadas como dos mollejas recién asadas. El pelo se le había retraído hasta la mitad de la cabeza -desde que había salido del seminario, decía- y eso le daba un cierto aire aspectudo[1]. Pero lo más llamativo eran las orejas, grandes y prendidas como fósforos.
El padre les visitaba cada último sábado del mes para recibir las cuatro docenas de huevos que Don Arturo le obsequiaba. Aprovechando el momento, recibía confesiones apuradas y soltaba alguna recomendación al paso, de esas que te hacían temer la vida eterna más que la terrenal. Después del interminable rosario de cumplidos -Doña Raquelita, usted siempre tan gentil, ojalá hubiera más con su generosidad y buen corazón, que ya se me hizo tarde, que no se moleste tanto, que como ha de creer...- siempre se quedaba a cenar, contento de obviar la modesta merienda de la parroquia y la igualmente modesta compañía de sus sacristanes y ayudantas.
"Padre y quien será el prioste este año? ¿Se descubrió quien robó las vacas de Don Luis? ¡Ya decía yo que había sido el pillo ese de la tienda de víveres! ¿Qué pasó con Doña Laurita y sus borregos enfermos? ¿Es cierto que tienen una infección desconocida que les vino de las garrapatas? ¡Ojalá no nos pase lo mismo...allí si, fregados[2]! ¿Y por qué se cambia el horario de la misa de los sábados? ¡A mí no me afecta, pero esto causará, ya le digo yo, un avispero en el pueblo!"
Matilda estaba mareada con tanta labia y solo pensaba en completar la misión emprendida con su fiel cómplice.
"¿Qué te pasa niña?", dijo Raquel con el rostro lívido.
"Todo está bien, madre."
"¿En dónde tienes la cabeza el día de hoy?", agregó.
"Nada madre, ando con un poco de jaqueca."
"¡Pareces diablo en botella!"
"Eso es madre, ya pasará."
"Por cierto, tus rodillas están lastimadas, ¿Dónde te has metido?"
"Allí...por el jardín...recogiendo flores para la capilla..."

1 Persona que aparenta más edad de la que tiene.
2 Estamos en problemas.

"Hazme el favor, esto te pasa por jugar con ese *guambra*. Es hora que recuerdes que ya no eres una niña y que debes comportarte como corresponde a una señorita, a una Grijalba Montes."

Matilda frunció el ceño instintivamente. Ese *guambra* tenía un nombre y no entendía porque a su madre le costaba siempre tanto pronunciarlo. También sabía que lo mejor era callarse, si no quería una zarandeada de las buenas.

Aquella tarde la conversación con Don Antonio fue más larga y tediosa que de costumbre. Al curita, quien ya de por si hablaba como loro, le dio por comentar la quema de la chamiza con la que se agradecieron las cosechas y renovaron las energías antes de los nuevos sembríos: que tanta chicha de jora[1] lleva a abusos, que los hombres se hacen holgazanes, que cuidado con la humareda.Después de la enésima humita[2], Matilda pudo finalmente retirarse en su alcoba. Pero la misión quedó suspendida: una de las yeguas se puso de parto y Amaru tuvo que ayudar a su padre, el capataz.

Al día siguiente, tras un sinfín de tareas domésticas, Amaru y Matilda pudieron finalmente reunirse.

Doña Raquel estaba en la cocina preparando un pastel de mortiño junto a Soledad y Providencia, así que nadie se fijaría en ellos.

Cuando llegó la hora, cruzaron el patio. Se deslizaron nuevamente por la ventana y entraron a la habitación. Por alguna extraña razón tenían miedo a encontrar algo distinto. Pero todo seguía exactamente igual, menos el poncho desflecado que colgaba de una silla de esterilla. Abrieron el baúl teniendo cuidado de no rozar la tapa de madera contra la pared. Sacaron el vestido color malva y lo estiraron sobre la cama. Matilda empezó a deslizar la mano por los pliegues que el paso del tiempo había vuelto rígidos y tiesos como las hojas de un penco. Fue bajando desde el cuello de encaje hasta el corpiño y los huesos de ballena. Un olor fuerte a alcanfor se libró en el aire haciéndoles estornudar.

"Hay algo por debajo de la basquiña."

Matilda sintió bajo el dorso de su mano un bulto blando y esponjoso. Intentó liberarlo de las rugosidades de tela, pero, por mucho de que intentara, no lo lograba, como si el propio vestido quisiera proteger algún secreto de su curiosidad de niña.

"¡Déjame, yo te ayudo!", dijo Amaru mientras con la mano sacaba de su bolsillo una pequeña navaja afilada.

"¿Tu padre sabe que cargas algo así?"

"¿Es chiste? ¡Voy de cacería al paramo desde que tengo diez años! ¡Obvio que cargo una navaja! ¡Y cuando salgo con mis hermanos cargo también una escopeta! dijo Amaru con orgullo de macho experimentado.

A Matilda se le escapó una risita maliciosa que no pudo disimular. Pero Ama-

1 Bebida fermentada a base de maíz malteado cuyo origen remonta a la época preincaica.

2 Platillo a base de choclo envuelto en una hoja que es típico de la Sierra.

ru no se dejó achicar. Conocía muy bien a su patroncita al igual que conocía su picardía. En cuestión de instantes logró descoser el bolsillo interno del vestido. Ocultaba un fajo de cartas amarradas con una trenza de pelo oscuro. El papel era amarillento y los sobres estaban pegados entre sí por efecto de la humedad. Se sentaron en el suelo y encendieron una vela. Había oscurecido y la luz escaseaba. Amaru no sabía leer, así que Matilda sería quien revelaría contenido de las cartas. Acercó su rostro al platillo de metal y se estiró sobre la fría loseta con las piernas dobladas en el aire. Mientras, Amaru despegaba cuidadosamente los sobres con su navaja de hombre y seleccionaba -con algún raro criterio- las cartas que había que leer primero.
"¿Porque el cuarto de la tía tiene baldosas en vez de tablones de madera?"
"Creo que hace penitencia en las noches y se estira con el cuerpo entero", dijo Amaru.
"No te creo...como sabes."
"Un día le escuché a Providencia..."

Las cartas eran escritas por un tal Hernando. Matilda no tuvo ninguna duda: se trataba del mismo Hernando del que escuchó alguna vez su madre hablar. Lo hacía con todo concitado, como si hablara de un embustero, o de alguien peligroso.
La letra de la tía era clara y precisa, mientras que la letra del tal Hernando era nerviosa, impulsiva, como de quien sufre con cada palabra que escribe.
Se trataba de cartas de amor, desesperadas, respetuosas, pero a la vez audaces y apasionadas. Hernando le pedía que huyeran, porque nunca sus padres y hermanos le permitirían casarse, porqué él no tenía suficiente alcurnia ni un patrimonio que compensase lo primero, porque ella debía ocuparse de sus padres, porque era la única mujer y así tocaba. Matilda se quedó pasmada. Estaba profundamente triste por la tía y terriblemente indignada por aquella injusticia tan grande.
Era tal su desánimo que dejó de leer.
"Ves? ¡La tía no está loquita como dicen! ¡La tía está muy triste por qué no la dejaron ser feliz con su pretendiente!
"Yo creo que ella es feliz a su manera. Al comienzo seguro se habrá sentido triste, pero luego encontró otras formas de ser feliz", dijo Amaru, con asombrosa seguridad.
Matilda quedó muda frente al sencillo y sabio comentario de su compañero de juegos.
"Tienes razón. Pero igual es muy injusto lo que le pasó. Cada uno debería poder elegir su destino."
El tiempo pasaba y pronto sonaría la campaña de las oraciones vespertinas que precedían la cena. Matilda guardó de impulso una de las cartas en el

bolsillo de su delantal y salió de la ventana con Amaru atrás. Cuando ya estuvieron afuera, corrieron cada uno en direcciones opuestas. Como la primera vez. Como desde que eran niños.

Durante la cena el pecho de Matilda latía tan fuerte que temía que todos escucharan lo mismo que ella, es decir, un inmenso tambor echando golpes atrás de sus costillas. Creyó que el corazón se le pararía de un momento a otro y que caería fulminada sobre el piso. Entonces, todos encontrarían la carta de la tía en su bolsillo y ella estaría perdida: sería para siempre la villana, la entrometida, la ladrona de la familia Grijalba Montes.
Afortunadamente un acontecimiento inesperado -y no muy placentero- la devolvió a la realidad. En el caldo de pata flotaban unos pequeños animalitos negros que por poco le hicieron vomitar lo que ya había tragado. Rápidamente buscó la mirada de Ana Lucía, quien a su vez buscó la mirada de Rosalía, quien finalmente hizo señas a María Antonia. La forma de comunicarse entre hermanas era tan inmediata como efectiva y consistía en un juego de muecas casi imperceptibles que en cuestión de instantes las conectaba secretamente.
Al ver los platos llenos, Doña Raquel no tardó en protestar y llamar la atención de sus hijas.
"¿Porque no coméis el caldo, niñas?"
"¡Cada día estáis más caprichosas! ¡De este paso nunca vais a encontrar un marido que
os soporte y os quedaréis solteronas!"
"¡Mejor solteras que comer insectos!", replicó Matilda sin pensar.
De repente se dio cuenta que había sido una pésima idea abrir la boca. Los ojos de su madre se dilataron cómo dos yemas en un sartén hirviendo y la vena que partía su frente pareció a punto de estallar. Su destino estaba marcado: pasaría la noche en el cuatro al frente de la pieza del suicida, cuyo nombre se debía a una terrible anécdota familiar.

Los años del Don Orión

Ramón Callejas de Alba era de estos niños a los que no les gusta perder. Más de una vez, en el colegio Don Orión, acababa contra la pared, con las manos rojas de los golpes de fuete por haber proporcionado una paliza a alguien.
El colegio para hombres Don Orión se hallaba a pocos metros de la Plaza de Santo Domingo y su estructura, soberbia y majestuosa, recordaba más un palacio de gobierno que un colegio para niños y adolescentes. La planta baja contaba con un atrio y una columnada en piedra que daba paso a la entrada principal. Al primer piso, una larga terraza recorría el frente de un extremo a otro, uniendo dos cuerpos simétricos que se erguían como gigantescos soldados a los costados de la enorme edificación.
La puerta principal estaba tallada por maestros de la Escuela Quiteña y retrataba la vida de San Ignacio de Loyola en tres momentos: la etapa militar, cuando cayó herido en la batalla de Pamplona defendiendo la ciudad del rey francés Enrique II; la etapa de la conversión espiritual y finalmente su madurez, cuando asumió el cargo de primer general en la Compañía de Jesús. Sus pomposas columnas en espiral recordaban las de la Compañía, en la calle de las Siete Cruces. La iglesia era una verdadera obra de arte, capaz de conmocionar al transeúnte más indiferente con tan solo pararse frente su grandiosa fachada de piedra volcánica. Entre sus paredes -completamente revestidas de oro- los estudiantes del Don Orión asistían a la misa de Navidad y a la misa de Resurrección, a más de otras celebraciones destacadas del calendario litúrgico. Para las funciones diarias bastaba la angosta capilla del colegio, cuya humedad ponía los dientes de los chicos a tiritar por un buen rato.
La puerta del colegio se mantenía cerrada todo el tiempo y solo se abría cuando el obispo u otras autoridades visitaban al colegio. Por esa razón, ni mendigos ni vendedores se arrimaban a sus escaleras como normalmente pasaba en los palacios señoriales y una colonia de palomas acabó ocupando aquel espacio frente a la fachada.
El Don Orión se ubicaba al centro de un empalme de calles por las que transitaban carretas, animales, minúsculos indios cargando enormes bultos, penitentes en procesión, hojalateros con sus baratijas. El barullo de aquel hormiguero en movimiento se completaba con el vaivén en las tabernas, las boticas y los comercios que emitían sus propios sonidos y emanaban sus propios olores a mote, a fritada, a palo santo, a pegamento y aserrín.
¡Cuanto contraste con el silencio abrumador entre las paredes del colegio!
Los gruesos muros y los intimidantes barrotes no parecían hospedar a jóvenes en etapa de desarrollo sino a un manojo de monjes en perpetua

meditación, prudentes y juiciosos, temerosos y recatados. A lo largo del día, los únicos que interrumpían aquel sigilo permanente eran los proveedores de víveres y algún que otro cura, ansioso de una ráfaga de mundanidad. Los primeros estacionaban sus carretas frente a la entrada trasera del edificio, bajo las ramas frondosas de un enorme sauce. Descargaban sus hortalizas, quesos y carnes según los días de entrega que a cada uno le correspondía. Luego, doblaban la curva al fondo de la vía principal y desaparecían por el mismo laberinto de calles empinadas y bulliciosas que habían recorrido minutos antes.
Los curitas, en cambio, entraban y salían a su antojo. Tan pronto se alejaban del Don Orión comenzaban a acelerar el paso, como si el mismísimo diablo les persiguiera. Respiraban afanosamente y balanceaban los brazos en el intento de impulsar sus cuerpos abultados y blandos. Al fin y al cabo, afuera de los muros del colegio no faltaban actividades que requiriesen de su apoyo constante: confesaban enfermos que no podían desplazarse a las iglesias, daban extremas unciones a los moribundos y hacían comulgar a las almas impenitentes, bajo pedido de parientes cercanos. Tampoco era raro verlos en alguna taberna saboreando al apuro un canelazo hirviendo o algún licor de hierbas. Cuando ya se daban cuenta que el atardecer les sorprendería lejos de sus celdas, se despedían apresuradamente de los anfitriones de turno y se encaminaban de vuelta al Don Orión.
Adentro del colegio, un puñado de retoños de las mejores familias de Quito se dedicaba a estudiar y a formarse para su vida adulta. Los fines de semana, a las ocho en punto, un carruaje los recogía y los llevaba a sus residencias familiares hasta el día lunes. Eso bastaba, eso era suficiente. No vaya a ser que las mujeres les consintieran demasiado perjudicando esa disciplina y rigor que tanto trabajo costaban.
Entre los guambras, el niño Callejas de Alba sobresalía por su personalidad, virtudes y atrevimiento. Ramón tenía la piel tostada y los labios partidos por los recreos en el patio de la escuela. Su cabellera era abundante y brillosa, sus ojos negros como el fondo de un pozo. Desde temprana edad sus facciones eran varoniles, como si el cuerpo hubiese pasado a la adolescencia saltando la etapa la infancia. La nariz era grande y recta, cual buen descendiente de españoles, su contextura robusta y su altura muy superior a la media. Así, cuando regresaba al colegio a comienzos de cada semana, Ramón se encontraba cara a cara con el rostro imperturbable y distante de San Ignacio. La talla tronaba solemne en el centro de la puerta principal, rodeada de querubines y doncellas, ramos de olivo e infinitas trompetas. Aquel perfil serio, parecido al de un águila, le hizo pensar más de una vez que el tal Ignacio no debió ser tan venerable, si desde un relieve de madera parecía mandarle a uno directo al infierno sin el consuelo del purgatorio.

Los curas del Don Orión tampoco se andaban con rodeos a la hora de educar a los futuros caballeros y enseñar el camino de la verdadera fe. Pero Ramón no era un niño que ofrecía la otra mejilla con facilidad. Al contrario, no aceptaba fácilmente verdades ajenas y discutía absolutamente todo lo humanamente discutible. Como además su orgullo era tan inmenso como su inteligencia, lo que no sabía lo inventaba y lo que inventaba lo argumentaba con tal argucia que podría haber convencido el mismísimo Nicolas Copérnico que la tierra era plana y no redonda como una manzana.
La soltura verbal y capacidad de persuasión no representaban sus únicos recursos. Su mente avispada y rápida respondía impecablemente a cualquier desafío. Y, como aborrecía perder, no era raro que pasara madrugadas enteras buscando entre los libros de la imponente biblioteca jesuita los argumentos más apropiados para preparar a cabalidad sus debates. Como resultado, aparte de lograr unas ojeras descomunales -que le caracterizarían por el resto de sus días- consiguió fama de mente brillante y persona implacable con sus adversarios de intelecto. El joven Callejas era además valiente y osado, por lo que siempre asumía las consecuencias de sus disquisiciones con los compañeros o los propios curas. Así, cuando los golpes del fuete no bastaban para doblegarle, Ramón se quedaba sin cena o, peor, encerrado en la torre de las orinas.
La torre se hallaba en la parte trasera del edificio y debía su nombre estrafalario al hecho que todos los borrachines y pordioseros del barrio, por alguna extraña razón, orinaban incesantemente al pie del muro que daba a la calle de la Buena Esperanza, a espaldas del Don Orión. Pero, ni el olor intenso a fluidos humanos, ni las ratas que correteaban por las vigas, o los azotes de los curas doblegaban el orgullo y las convicciones del joven Callejas.
Una de sus más ilustres visitas al lúgubre local se debió a una afrenta que quedó grabada en la memoria de todos por mucho tiempo. Era una tarde del mes de noviembre y los chicos estaban merendando en el refectorio. Las voces de todos apenas se escuchaban ya que Don Mariano, quien normalmente cenaba en una salita adyacente a su despacho, aquel día decidió acompañar a los estudiantes. De repente, Ramón se levantó de su asiento y lanzó una manzana al aire. Tan pronto el fruto cayó nuevamente entre sus dedos el joven Callejas comenzó a hablar.
"A mí no me importa la vida eterna. ¡A mí me importa esta vida, la que puedo tocar con mi mano, la que disfruto como esta jugosa manzana frente a mí! Yo creo lo que veo. Solo disfruto lo que toco, lo que gozo, lo que provoca mis sentidos."
"¡Eso es ser como Santo Tomás!", susurró un compañero sentado a su lado.
"Es verdad, eso es pecado", dijo otro.

"Dios nos hizo para ser felices, no para sufrir, hermanos queridos", dijo Ramón.
Un silencio helado bajó como una capa de densa neblina sobre todos los presentes. Las enormes mesas alargadas -y las acuosas paredes del refectorio- parecieron desvanecerse por la impresión de aquella escena, en donde las miradas petrificadas y atónitas de todos apuntaban hacia una sola persona.
"¡Ramón Callejas de Alba! ¡Pasarás la noche en la torre, a ver si reflexionas sobre las blasfemias que acabas de decir!", dijo Don Mariano desde el otro extremo de la sala.
En aquel punto, algunos de los presentes se santiguaron apresuradamente en dirección al inmenso lienzo que reproducía la Virgen de Legarda. Otros cruzaron sus miradas incrédulos y temblorosos. El único que no se inmutó fue el joven Callejas. Se levantó de su banca, se abrochó la chaqueta del uniforme y se acercó hacia el empleado de siempre, quien le acompañaría hacia su calabozo. Al cabo de tres días a pan y agua Ramón fue liberado. Salió de su celda y caminó hacia el patio con el aire de siempre y una sonrisa pletórica en el rostro. Al llegar al patio, fue recibido como todo el Cesar.

Las virtudes intelectuales de Ramón se complementaban con los infinitos matices de un espíritu altruista y generoso. Cuando acontecía algún altercado entre compañeros o surgía el mínimo conflicto, siempre defendía al más débil y, de ser necesario, soltaba algún puñete. Esta actitud de animoso caballero -y protector de los oprimidos- le había granjeado algún enemigo, pero la mayoría no podía sino admirar su nobleza y valentía.
Entre sus detractores se hallaba Don Mariano, director del colegio, a quien nunca le faltaron ganas de echar a la calle aquel insolente, después de haberle proporcionado una sonora paliza con su temible fuete.
Su resentimiento comenzó un día en que, por error, aporreó con su temible fuete a la talla de San Ignacio, justo al centro de su imponente escritorio de nogal.
Por supuesto, Don Mariano quiso golpear a Ramón, quien era culpable de haber desfilado en sotana sacerdotal frente a sus compañeros de parranda. Pero el joven, el instante en el que iba a recibir el golpe, saltó a un lado con un brinco de gato. Entonces, el santo salió volando y el fuete se abrió como un maqueño soltando al aire sus tiras de cuero frente a la mirada atónita de aquel siervo de Dios. Desde ese momento, Don Mariano juró venganza por perder su instrumento de poder favorito y Ramón tuvo un enemigo jurado.
"¡Me las vas a pagar *guambra* malcriado!", gritó el viejo cura, con las venas dilatándose en sus pupilas cerúleas.
"Agárrame primero...", pensó Ramón entre sí.
Pero esa cuenta no era fácil de cobrar y Don Mariano lo sabía muy bien. El

padre de Ramón pertenecía a una de las familias más importantes de Quito. Era además descendiente directo, decían los más informados, del mismísimo Carlos Quinto de Alemania y Primero de España, un soberano que, cuando en América solo existían indígenas emplumados, se había encargado de juntar a casi todo el viejo continente bajo una misma corona.

Linaje a parte, Don Alejandro era un hombre rico hasta rabiar y malgenio como pocos. Bastaba una trivialidad para prenderle como hoguera, un chisme para provocar sus iras, un atrevimiento para ganarse un enemigo jurado. Pero, como todo cristiano, el patriarca de los Callejas tenía un punto débil: cuando se trataba de sus hijos, aquel hombre huraño y bravucón se convertía en el ser más generoso, tierno y lisonjero: porqué a sus chicos no debía faltarles nada, porque para ellos él se rajaba trabajando de sol a sol y cuidaba el patrimonio cual doncella a su virtud. Sus vástagos -decía- debían tener mucha educación y muchas pelotas, ya que solo esta mezcla de cerebro y carácter les garantizaría prosperidad en esa chulla vida[1].

Don Alejandro tenía tres hijos varones. Antonio y Alonso eran fruto de su matrimonio con Marianita Villagómez Reyes, su difunta -y muy piadosa- primera mujer. El último, Ramón, era hijo de su segunda esposa, la condesa Beatrice Morosini, la ramera veneciana, la ingrata, la encantadora de serpientes que le sedujo como a un pobre pendejo, decía. La condesa un día regresó a su laguna y le dejó íngrimo. Pero, a pesar de aquel abandono, Ramón era el niño de sus ojos, el rebelde que le sacaba canas, el guambra inquieto en el que se reflejaba como dentro a un espejo.

Acorde a esas ideas y aspiraciones para sus tres vástagos, cada treinta y uno de julio, día del santo, Don Alejandro donaba ingentes cantidades de dinero al colegio. Los aportes eran tan constantes y puntuales que todo gasto se presupuestaba con un año de antelación en base a los recursos que fluían en las arcas de la institución.

Por tales razones, Don Mariano vio siempre frustradas sus ganas de darle una buena zurra al joven Callejas, los cofres siguieron llenos y Ramón pudo completar su educación sin mayores trastornos.

1 Quiteñismo para indicar que hay que disfrutar la única vida que se tiene.

María Ercilia, los faisanes y el perro Ceniza

María Ercilia era un alma de Dios. En sus años de juventud había sido una mujer atractiva, como demostraban los retratos en carboncillo clavados entre las fisuras de su espejo ovalado. Sin importar las tareas -desde alimentar los faisanes, hasta recoger huevos en el gallinero- siempre mantenía un porte que revelaba la genética ilustre de sus antepasados. Pero, a diferencia del resto de la familia, su tez era trigueña y el pelo negro y crespo como un nido de golondrinas. Tampoco tenía los ojos color miel de sus cuatro sobrinas. Los suyos eran oscuros, aguosos e impenetrables, aunque desprendían una inocencia infantil difícil de explicar.
La tía conversaba poco, pero a nadie le sorprendía. Cuando era niña perdió el habla por ver como un rayo partía en dos la casa en el día de Nochebuena. Al cabo de un año, cuando sus padres se habían resignado a tenerla de mudita, la niña rompía su largo silencio.
"Quiero helado de guanábana."
"Se dice *por favor*", contestó entre lágrimas Doña Isabel.
María Ercilia era la única mujer de cuatro hermanos. Como no tenía un marido diciéndole que hacer y que no hacer, aprovechó para gozar de una vida mucho más libre de la que correspondía a señorita de su condición. Vestía con pantalones y botas, cabalgaba a horcajadas, leía libros, fumaba cigarros y tomaba trago a su antojo, como cualquier varón. Pero, a pesar de aquellas libertades, María Ercilia era escurridiza y tímida, como si el mundo afuera de San Rafael fuera una dimensión hostil, llena de cosas que no entendía y que la asustaban.
Su mayor habilidad consistía en desaparecer el rato que ella quería y en cuestión de instantes. Ejercía su don en tres circunstancias bien específicas: cuando algo no le interesaba, cuando alguien no le interesaba y cuando temía alguna reprimenda por fumar, tomar whisky o contar historias de muertos.
A veces su hermano Arturo la obligaba a atender las visitas como era debido, brindando un anisado y unos bizcochos, haciendo la conversa[1] y esas cosas que dictan las buenas costumbres. Pero ella a los pocos minutos se escabullía como una liebre pretextando alguna excusa.
"¡Parece que estoy escuchando los chismes en el pueblo!"
"¡Seguro piensan que te tengo asustada y que por eso huyes de la gente!"
"Don Calisto vino expresamente de Aloguincho para conocer tus crías de faisanes. ¡No puedo dejarlo en la puerta, ven acá y atiéndele!"
Cuando ella no aparecía a Arturo le daban auténticos ataques.

1 Conversando.

"¡Bendita mujer, en donde se ha metido ahora...sus excentricidades a veces me exasperan!", refunfuñaba entre sí.
"Tenle paciencia *mijo*, ya sabes que tu hermana es especial", decía su propia madre Isabel.

María Ercilia adoraba a su hermano Arturo y, por reflejo, a sus sobrinas. Al comienzo, aquellas niñas que nacían pasando un invierno, con caritas de porcelana y cuerpos de muñeca, la asustaban como le asustaba todo el resto de las cosas del mundo. Parecían tan frágiles, como si de un momento a otro pudieran romperse cual figuritas de cerámica. Las contemplaba de una distancia prudente y solo se acercaba si alguien las cargaba o las acomodaba en su regazo. Con el tiempo superó sus miedos, hasta convertirse en la niñera de las cuatro niñas. Durante el día las llevaba a buscar mortiños por las laderas del Pasochoa, a recoger miel en las colmenas de Don Lucho o a pasear en burro por los campos labrados.
"¡Jale la soga tía, jale, usted si puede!, gritaban ellas desde la joroba del animal.
La tía jalaba lo que más podía, porque nada en el mundo le daba más gusto que ver aquellas caritas felices y escuchar aquellas vocecitas lindas. De tarde, tan pronto la luz comenzaba a disiparse, María Ercilia se abrigaba con un poncho de rayas celestes y de inmediato, como en un ritual, sacaba de una estantería su libro favorito: *Cuentos de duendes y espíritus malignos,* de Polibio Chambaquinga.
"¡Niñas cuidado con el Chuzolongo! Es un ser espeluznante que vive en los páramos, las quebradas y los bosques. ¡No escuchen sus lisonjas porque es mentiroso, ni acepten sus obsequios porque tiene malas intenciones!
"¿En serio tía?", gritaban las hermanas con la voz tremebunda.
"... tampoco se metan en cuevas, porque podrían toparse con el Huacaisiqui.
"¿Quién es el Huacaisiqui?", preguntaba alguna de las niñas.
"Es un demonio colérico, que puede obsesionarse con ustedes y hasta puede perseguirlas...", decía la tía con voz de cavernícola.
¡Yo le tengo miedo al Ninahuilli! ¡Una noche le atacó a Armando con palos y piedras!", dijo María Antonia.
"Así es mi niña. Pues ya saben, la Sierra está llena de demonios. Mucho, pero mucho, cuidado.", recalcaba María Ercilia.
También le gustaban las historias de fantasmas. Cuando las velas se apagaban y las niñas se acostaban en sus camas, ella entraba sigilosa en la alcoba que estas compartían. Entonces, se sentaba al filo de una de las camas y comenzaba a susurrarles al oído.
"Si oyen pasos de la madrugada, no se asusten, son las almas del purgato-

rio que salen a pasear por la casa..."
"¿Como lo sabes tía?", preguntaba Ana Lucía con voz de terror.
"Porque dejan a su paso un viento helado."
Entonces, las niñas se subían las cobijas hasta tapar la cabeza y encogían sus rodillas hasta que estas se topaban con el vientre.
Cuando interceptaba aquellos relatos a Raquel se le subía la mostaza a la cabeza y no podía contener sus iras.
"¿Otra vez María Ercilia?"
"¿No ves que las niñas no logran dormirse?"
"¡Esas cosas dañan las almas y entorpecen el sueño, te ruego que te abstengas de ello! Además, si se asustan no van al retrete y se orinan en las camas."
Pero su cuñada era necia. No podía renunciar al placer de ver las caras aterrorizadas de sus sobrinas y esos ojos tiernos[1] abiertos como platos. Así, para goce de todas, tan pronto Raquel se alejaba, la tía reanudaba sus historias de duendes y fantasmas.

María Ercilia era un ser de hábitos arraigados. Cuando alguien quería complacerla no había mejor regalo que un whisky, una cajetilla de cigarrillos o un libro. Le encantaba cualquier tipo de lectura, en especial las novelas románticas y las obras de literatura clásica. Pero si alguien le regalaba un texto cualquiera, también lo leía con el máximo interés, sin discriminar temas ni contenidos y siempre muy agradecida por el obsequio.
"Los libros son una pérdida de tiempo y estropean la vista", gritaba Isabel. ¡Mejor aprende a manejar la casa, que no sabes ni tender una cama!", agregaba.
Pero ella hacía caso omiso y corría a esconderse cual un animalito en su guarida. Con sus libros y sus cigarrillos marca Elephant.
"¿Acaso nadie ve como tiene las manos moradas y las uñas negras?"
"¡De tanto fumar y tomar se irá a la tumba!"
"Raquelita no le friegues la vida, déjale vivir a su antojo!", protestaba Arturo, a quien le
molestaban más los griteríos de su mujer que las mañas de su hermana.
"¡Claro...como a ti también te gusta lo mismo, llueve en lo mojado! ¡En esta casa yo no
cuento nada, soy como mosco en leche!", reclamaba ella.
Otra pasión de María Ercilia era la cría de faisanes. El extraordinario plumaje y el reflejo tornasolado de las colas la ponían de buen humor y le alegraban la vida como nada en el mundo. En las mañanas, después de haberles alimentado con la ayuda de sus sobrinas, María Ercilia se queda-

1 Tierno: de una persona joven.

ba inmóvil frente a las aulas.
¡Disfrutaba como nadie aquellos movimientos elegantes y silbidos roncos! Cada día, con la precisión de un reloj, la tía limpiaba las jaulas y abastecía de comida a los contenedores de mimbre. De tarde, después de una siesta, comenzaba sus rondas armada de un bastón: había que espantar comadrejas, perros y zorrillos. Caso contrario, las crías se asustarían y hasta podrían encontrarse con algún depredador cavando túneles por debajo de las mallas.
Al final de cada tarea conversaba plácidamente con sus faisanes. Como si fueran personitas, como si pudieran escucharla.
"Que hay precioso, hoy luces más lindo que nunca...".
"Y tú? Que plumas más hermosas...pareces un príncipe..."

Para más comodidad, un día María Ercilia dejó de ponerse faldas y mandiles. Empezó a usar botas de cuero y ropa de varones. Ajustaba los pantalones a la cintura con una correa tan desgastada que ni el propio Armando Quilotoa se hubiese atrevido a usar. Muy a pesar de aquellas pintas -y de un cuerpo abultado por el paso de los años- la tía no perdía su gracia, tanto que a ratos parecía un faisán más deambulando por la hacienda. Su eterna compañera se llamaba Providencia, una mestiza de rasgos duros y alma dulce, cuya trenza color azabache llegaba casi hasta el suelo. Andaba descalza y las manos eran tan rugosas como las bridas que colgaban del troje.
También la acompañaba Ceniza, un perro de raza incierta que Don Antonio le había obsequiado y que tenía aquel nombre por haber aparecido en un día miércoles de ceniza. Ceniza no era un perro cualquiera. Al contrario, era muy popular por haber realizado una auténtica hazaña en la comunidad.
Un día, faltando dos domingos para la Pascua de Resurrección la Luisita Chumacanga robó del tabernáculo una hostia sagrada. Luisita vendía almuerzos a los empleados de la parroquia y hacía ocasionales limpiezas en el recinto. Pero, al ser poco cuerda desde guambrita, la pobre no entendía la gravedad de haberse llevado a su casa al cuerpo vivo de Jesús Cristo. El caso es que el robo se descubrió gracias al perro Ceniza.
Cada mañana, inexplicablemente, el animal se escapaba de la sacristía y corría a casa de Luisita, en una pequeña loma a las afueras del pueblo. Cuando llegaba, se quedaba parado frente a su puerta por horas, como un rifle apuntando a un condenado. Ni las inclemencias del invierno ni los gritos de Don Antonio le hacían regresar sino a altas horas de la madrugada. Durante muchos días el perro repitió su extraña rutina, agregando ladridos de poseído que despertaban a todo el vecindario. La bulla era tal que el propio Ceniza parecía de haber perdido la cordura, de tanto acosar a

la loquita. Finalmente, el cura decidió seguirle hasta la casa de Luisita Chumacanga. Cuando vio aparecer en su humilde demora al mismísimo Don Antonio, la anciana entró en pánico y confesó de inmediato su culpa. Aquella misma tarde el cuerpo de Jesús Cristo fue devuelto al tabernáculo. Gracias a esa proeza, Ceniza se ganó la fama de paladino de la fe y no había persona en el pueblo le negara una sobra de comida o algún hueso.
Desde el momento en el que el padre obsequió el perro a María Ercilia, Ceniza se convirtió en su fiel compañero, comiendo si ella comía, ayunando si ella ayunaba, durmiendo si ella dormía. A partir de ese día, los seres que desaparecían pasaron de ser uno a ser dos.

¿Te acuerdas de un tal Hernando?", le preguntó un día Matilda a su hermana Ana Lucía.
Ella contestó que no.
Matilda guardaba la carta de aquel señor en el fondo de su armario, bajo una pila de viejas muñecas, libros de cromos y osos velludos.
En algún momento de su juventud la tía había disfrutado del placer de ser mujer y sentirse bella. Pero... ¿Lograría ser feliz? ¿Sería cierto que sus padres y abuelos le impidieron casarse con su amado? ¿Y qué pasó con el tal Hernando?
Las preguntas brotaban en la mente de Matilda atropelladamente, una tras otra, sin que ella encontrase una respuesta a ninguna. Aquella historia la conmocionó hasta las lágrimas. Decidió devolver el sobre a su lugar originario. Lo hizo aprovechando una misa de duelo a la que todos los adultos de San Rafael acudían. Se deslizó por la ventana, abrió el baúl y dejó la carta allí donde estaba, bajo los tules, las mantillas bordadas, los vestidos de seda.
También decidió respetar el secreto de la tía y nunca más hablar de ello.
Así, María Ercilia regresó a ser aquel ser algo extraño y bondadoso que andaba por la casa con un cigarro en una mano y un whishy en la otra.

Cogito, ergo sum

Los años del Don Orión marcaron para siempre la personalidad de Ramón Callejas de Alba. La experiencia entre los muros del colegio desarrolló cierta desconfianza hacia los religiosos, una gran curiosidad y sobre todo la ambición de conocer el mundo tras la espesa cortina morada de la Cordillera. Cuando los estudios acabaron y regresó a la casa de su padre, Ramón ya no era un jovencito dedicado a martirizar sus tutores y cometer las travesuras típicas de los vástagos acostumbrados a tenerlo todo.
Su vivacidad, tensión y nerviosismo dejaban intuir que él no sería un petimetre más, dedicado al juego y la parranda, a la espera de heredar la fortuna de su familia acaudalada. Su rebeldía era genuina, arraigada, parida desde las entrañas de su cuerpo, como si una fuerza misteriosa le gritara que viva su vida con plenitud y que esgrima siempre cierta irreverencia, audacia y desfachatez.
La inquietud y curiosidad no eran los únicos rasgos de aquel joven peculiar que asomaba a la vida adulta con la valentía de un Rolando y las agallas de un gladiador romano. Ramón tenía otro don, uno particularmente especial dentro de aquella sociedad inmóvil y perezosa, cuyos ritmos parecían acomodarse al lento vaivén de las nubes sobre montañas infranqueables.
El don de Ramón era que Ramón pensaba.
Cada día.
A cada hora.
En cada instante.
Pensaba todo el tiempo, como si de ello dependieran los latidos de su corazón y la cantidad de aire que entraba a sus pulmones. Algo le advertía -entre aquellas carnes fuertes y tensas como las hojas de un penco- del peligro de la vida cómoda, de las insidias del ocio improductivo, de las tentaciones que los lujos y la inercia acarreaban. Como resultado de aquel torbellino interior, Ramón decidió no limitar sus aspiraciones al mundo que caía frente a su vista y preguntarse muy en serio la razón por la que había venido al mundo. Si no tomaba una decisión, otra persona lo haría por él. Entonces, las aburridas y rígidas leyes de la buena sociedad le habrían sofocado, anulado, espoleado adentro de la tierra como un gusano, sin más perspectiva que el respeto de reglas ajenas y una vida tan gris como las nubes que contornaban el Pichincha.
Había otro problema al horizonte: Ramón sabía que sus anhelos de libertad y aventura implicaban interrumpir la tradición familiar, desechar un casamiento y, quizás, no tener hijos. Aborrecía la idea de tener que buscar una buena mujer para hacer un buen matrimonio. Entendía la necesidad de asegurar, en algún momento, una continuidad al apellido, pero no comprendía el apuro para ello. Tenía apenas diez y ocho años y había tiempo para sentar cabeza. Tampoco

le importaba mucho acumular fortunas: la verdadera riqueza consistía en la libertad de poder hacer lo que le venía en gana, sin muchas responsabilidades ni ancestrales legados que él no había escogido y que, por tanto, no le comprometían en nada.
Hasta mientras, cualquier impulso sexual no requería de las señoritas finas de la buena sociedad. Bastaba con acercarse a la casa rosada atrás del Palacio de Gobierno. Como además Ramón era un buen mozo, las trabajadoras de Doña Margot se lo peleaban y le coqueteaban desde la vereda, desde las ventanas, desde la mismísima calle.
Aquel día del mes de diciembre Don Alejandro se encontraba en su estudio leyendo el *Decameron* y saboreando uno de sus preciados y olorosos puros cubanos.
Gracias a las buenas labores de sus amigos diplomáticos del Club Pichincha conseguía los mejores cigarros directo de la Real Fábrica Partagás, en La Habana. Un auténtico lujo, pero en algo había que consentirse, si uno trabajaba como peón, pensaba.
Así, a pesar de las recomendaciones del Doctor Calisto Cifuentes, Don Alejandro no podía evitar deleitarse con aquel placer. La tarde se anunciaba fría por lo que mandó a encender la chimenea antes de que el sol bajase. De repente, alguien tocó a la puerta con tres golpes perfectamente pausados.
"Soy yo padre, ¿Puedo pasar?"
Era Ramón. Tan pronto entró, cerró la puerta atrás de sí. Tenía el rostro sereno y la piel estirada de quien ha dormido una buena siesta. No acostumbraba a reunirse con su padre en el despacho de éste, así que Don Alejandro se sorprendió.
"¿Que te trae por aquí hijo mío? Seguro tienes algún sapo en la garganta...", dijo su progenitor con tono divertido.
"Quiero ir a Venecia para recuperar el palacio de mi madre."
Ramón hizo su anuncio con tal ímpetu que las nalgas de su padre resbalaron en la piel
del sillón cual un enorme pedazo de mantequilla.
"Veo que has tomado más licor que de costumbre en las fiestas de la fundación de Quito,
hijo mío", dijo Don Alejandro.
"¿Como se te ocurre semejante insensatez?"
"Hasta donde yo tengo conocimiento, el tal *palazzo* Ca' Dorian...Ca' Doria...está en la ruina más completa, lleno de algas y oliendo a podrido...si es que aún sigue a flote y la laguna no se lo ha tragado...", agregó con una punta de ironía.
Aquella actitud despectiva no le sorprendía a Ramón. Su madre, Beatrice Morosini, aristócrata veneciana que podía presumir cinco *dogi* en su familia, después de quince años en las alturas, un buen día regresó a su ciudad natal.

Un sinfín de problemas respiratorios -y persistentes arritmias- hicieron que le Doctor Cifuentes le aconsejase vivir a nivel de mar. Así, cuando Ramón cumplió trece años y comenzó sus estudios superiores en el Don Orión, ella alistó su equipaje y regresó al viejo continente.
Pocos años más tarde la condesa Morosini moría por causa de unas fiebres reumáticas que, ironía de la suerte, derivaron del clima frío y húmedo de la laguna.
Ramón sabía que aquella conversación tenía un éxito impredecible. Su padre estaba lleno de resentimiento y nunca había perdonado aquel abandono.
"Escúcheme padre, se lo ruego."
Don Alejandro mantuvo silencio, como quien obedece a una orden que le agarró desprevenido.
"Heredé esa propiedad hace casi un año y si no voy a reclamar mis derechos, seguramente perderé todo. Es más, ni siquiera sé si alguien se hace cargo del *palazzo* o si, como usted dice, padre, las aguas se lo tragaron todo", agregó.
Las cosas no estaban exactamente de aquel modo. El palacio contaba con un apoderado que se encargaba de todo y que cuidaba del inmueble desde la muerte de la condesa. Pero Ramón era muy listo, sabía que debía dar a su padre la peor versión de los hechos. Y así lo hizo.
"Pero que se te ha perdido al otro lado del mundo hijo, yo te necesito aquí conmigo, para cuidar de nuestra familia, de nuestro patrimonio..."
"¿Acaso te falta algo?"
"¿No te basta tu mensualidad y las rentas de las haciendas?"
"Te di hasta la fábrica textil...que tu madre...administraba...", dijo luego de una casi imperceptible pausa. "¿Acaso no es suficiente lo que recibes y lo que un día no muy lejano vas a heredar de mí?", añadió Don Alejandro con la idea de insinuar que Ramón era un codicioso.
"Además, tu madre no me abandonó solo a mí, te abandonó a ti también."
"Padre, ella no me abandonó. Yo me fui al internado y ella se fue a Italia. El Doctor Cifuentes fue muy claro, yo mismo la impulsé a que se fuera, su asma la estaba matando..."
"¡Excusas! ¡Solo excusas!"
"Ninguna excusa. Ella sufrió tanto como usted, padre. Y no hubo día en el que no me escribió una carta. Entiendo su malestar, pero yo no me siento así."
"¡Da igual! ¡Ya todo da igual! ¡No quiero hablar de este tema Ramón, lo sabes muy bien
carajo!"
Don Alejandro proporcionó tal golpe sobre su escritorio que el vaso de whisky se regó entero sobre una pila de papeles retenidos por su enorme lupa.
Ramón tenía muy claro que aquellos temas representaban un terreno resbaloso. Muy resbaloso. Y tenía claro que hablar de su madre era echar sal sobre

una herida abierta.
Se tomó unos segundos antes de continuar.
Debía renfocar la discusión y eso pasaba por abordar las inhibiciones de su padre con prudencia, desmontar sus miedos con ingenio, persuadirle con sutileza. Se trataba de destrezas que él había entrenado a la perfección con sus preceptores jesuitas. Pero esta vez, a diferencia de cuando argumentaba con curas y compañeros, estaba en juego su futuro y, quizás, su propia vida.
Ramón asentó las manos sobre el filo del escritorio.
"El encargado de Ca´ Doria es, al parecer, una persona mayor. Me implora que viaje a Venecia tan pronto como pueda: en cuanto único hijo de mi madre debo formalizar la posesión del inmueble y recibir las llaves del *palazzo* porque él ya no puede hacerse cargo. Como usted comprenderá, no puedo rehusarme, ni puedo renunciar a mis derechos como heredero. No es lógico. Ni es justo. Usted es un hombre que ha luchado su vida entera, que ha trabajado como nadie por tener lo que hoy tiene. Usted padre, como nadie en este mundo debería entenderme."
Don Alejandro se levantó de su asiento con calma y caminó hacia la ventana en silencio. Dirigió su mirada hacia afuera, como si buscara algún lugar en donde concentrar su mirada.
"Mis hermanos me apoyan y le apoyarán a usted padre, cuando yo no esté. Ya conversé
de mis planes con ellos y comprenden muy bien la situación."
"Obvio. Todos confabulados. Para eso uno cría a los hijos, para que te saquen los ojos cual cuervos...", protestó Don Alejandro en voz baja.
"Usted, no tiene de que preocuparse, padre. Todos seguiremos unidos como la familia
que somos y que siempre hemos sido. Alrededor suyo", agregó Ramón con firmeza.
"Por otro lado, Antonio es mucho más conservador y templado que yo. No tiene más anhelos que cuidar de usted y gozar de sus caballos árabes. Y Alonso desea casarse y tener una familia con muchos hijos. Además, él es quien más sigue la administración de las propiedades y los negocios."

"Tu labia la conozco muy bien Ramón. Veo que ya has decidido. Para que me preguntas..."
"Eso no es cierto, padre. Quiero viajar con su bendición. Usted ya tiene quien cuide del
patrimonio familiar, el patrimonio que con tanto esmero reunió para nosotros."
"Exacto. Para mis *tres* hijos", recalcó con vehemencia Don Alejandro.
"Usted lo hizo para que seamos felices a nuestro modo, sin tener preocupaciones económicas agregó Ramón. Y de ello estoy extremadamente agradecido.

Si hoy puedo pedir lo que pido es justamente porque usted nos tuteló desde un inicio."
"Se honesto Ramón y no te andes con rodeos, que para rodeos eres bueno como nadie.
Yo no soy ningún pendejo, hijo mío. Lo que quieres es hacer lo que te viene en gana...
¡Como tu madre...!", dijo en voz más baja.
Ramón había aprendido a controlar su carácter, así que mantuvo la calma.
"No es tan banal como eso padre. Pero si, usted tiene en parte la razón. No quiero que
mi vida sea un vaivén entre la hacienda, Vila Jacarandá y una oficina en San Blas repleta
de empleados serviciales y sumisos. Quiero conocer el mundo y creo que esta ocasión es perfecta para hacerlo. Tan pronto rescate lo mío, regresaré."
Ramón sabía que uno de los mayores temores de su padre era quedarse solo. Cuando Don Alejandro tenía apenas veinte años su padre Onorio decidió subir cuesta arriba la Cordillera hasta el otro continente, el de los conquistadores que un día, -decía él-dominarían el mundo con la impecable receta del dinero y la perfecta democracia.
Cuando llegó a su destino decidió navegar por el Misisipi en barcos de vapor imponentes que se deslizaban sobre el agua como enormes sirenas. Quería conocer todos los rincones de aquel inmenso territorio y relatar sus propias historias.
Nadie sabe si lo logró porque Onorio nunca regresó. Ni vivo, ni en un ataúd.
Diez años más tarde Alejandro se casaba con una condesa italiana de apellido rimbombante quien también le abandonaría. Ahora su hijo predilecto, la luz de sus ojos, con su carácter inquieto y ansias de aventura, quería hacer lo mismo.
"Ramón no tienes mi aprobación, ni mucho menos mi bendición. No permitiré que una persona más me abandone en esta vida", dijo contundente Don Alejandro.
"Le pido respeto por mis argumentos y comprensión por mis anhelos. Usted viajó por todo el continente para aprender a conocer la tierra, para explorar nuevas técnicas y cultivos, para ser un buen administrador y un excelente patrón.
A pesar de no necesitarlo, usted se fue de peón, como un trabajador más, como el más humilde de los empleados. Yo siempre le admiré por su coraje y siempre quise hacer lo mismo", agregó Ramón con vehemencia. Recordarle sus libres elecciones era una jugada maestra: Don Alejandro representaba el perfecto ejemplo de quien había vivido una existencia sin ataduras y sin importar las opiniones del resto. Por tanto, su vena rebelde no podía no simpatizar con este hijo audaz, que reivindicaba esa misma libertad para sí mismo, sin miedo a la

incertidumbre y a los reveses de la suerte.
Aquella oración, tan densa como una melcocha[1], fue seguida por un minuto de silencio que debió parecer eterno. Entonces, Ramón optó por librar una estocada final, con argumentos que tocarían las fibras más sensibles de su progenitor.
"Padre, esta decisión no es fruto de una noche de naipes, ni de una borrachera en las fiestas de Quito. Tampoco es fruto de un capricho. Lo que mi señora madre me ha dejado no es solo mío. Es de sus nietos ", agregó Ramón con seguridad.
Había tocado la tecla justa y lo sabía.
"Según el último informe que recibí, no existe solo el *palazzo*, sino obras de arte invaluables y únicas que debo ir a rescatar antes que sea demasiado tarde y alguien arrebate toda mi fortuna."
Don Alejandro estaba seguro de ello. La familia de su mujer había acumulado obras de arte por generaciones y Beatrice no tenía más herederos que no fuera Ramón. No había duda. Lo que quedaba al frente de aquella laguna, -mucho o poco que fuera- le correspondía a su hijo y, un día, a sus nietos. Apagó el puro con un gesto tan brusco que desplazó el cenicero hasta el borde del escritorio. Pero Ramón no se inmutó y sostuvo la mirada.
"¡La audacia de tus argumentos no tiene límites, hijo mío!"
"Mis argumentos son reales y mis preocupaciones igual de genuinas. Si yo no viajo me arriesgo a perderlo todo. Eso es nuestro, padre. No solo mío. Es nuestro. De los Callejas de Alba y sus descendientes."
Su discurso había concluido.
"¡Haz lo que te viene en gana Ramón! No veo la hora de ver tu cara cuando regreses a estas montañas que te vieron nacer con el rabo entre las piernas", agregó con la voz de un perro que ladra pero que, en el fondo, ya no piensa morder.
"Pues correré este riesgo, padre y si será el caso, seré el primero en reconocer mi error
y enmendaré como usted considere conveniente."
A Don Alejandro no le hacía ninguna gracia que su hijo favorito se marchara al otro lado del mundo, a la ciudad de su difunta esposa, así fuera para reclamar una legítima herencia. Por tanto, decidió pedir algo a cambio.
"Si regresas a Quito te casas y sientas cabeza. Y te casas con quien yo considere, sin más pendejadas[2] ni rodeos. Si el trato te parece bien, entonces ve con Dios y busca lo que crees que has perdido en esa ciudad.",
"Me parece bien, padre."
Ramón se levantó de su sillón y caminó hacia la puerta. Salió del despacho de su padre, consciente que aquel encuentro sería el último en mucho tiempo.

---
1 Dulce popular artesanal tipo confitura.
2 Tonterías.

Los hilos del pasado

Arturo Grijalba Montes era un hombre fuera de lo común en muchos sentidos. Había heredado del abuelo una inteligencia excepcional y una memoria asombrosa, con la que a menudo sorprendía a Armando Quilotoa y a todos los demás habitantes de San Rafael. Un día se perdieron algunas páginas del libro contable. En aquellas preciadas hojas se anotaba la producción de los huevos, el trigo, la cebada, las papas. Se detallaban, además, las crías de las aves, las cabezas de ganado vacuno y ovejas de una semana entera, los jornaleros que se contrataron cada día y los productos del campo – leche, quesos y hortalizas- que se vendían a los mercados mayoristas y clientes particulares de Quito. Cuando confesó a su patrón el accidente, a Armando Quilotoa le temblaban las piernas, las manos y todas las demás partes de su cuerpo diminuto y abollado.
"Patrón mil disculpas, no sé qué pasó con esas páginas...", dijo el capataz.
"Regresa a tus tareas Armando. Pero carajo, recuerda que el libro contable es más sagrado que la mismísima Biblia. La próxima vez que pase eso, te las corto."
"Si patrón, mil disculpas patrón."
"Ya te dije que no me pidas disculpas mil veces, pareces tonto y tonto no eres."
Por gran suerte del capataz, Don Arturo recordaba perfectamente las cifras y las cantidades, al igual que recordaba todo acontecimiento de aquella semana: la comadreja que se escabulló después de comerse una docena huevos, el gato Feliciano, que apareció degollado al filo del estanque, la cantara de leche que se derramó entera sobre los pies entumecidos de Soledad.
Arturo era el último de cinco hermanos. Cuando nació se convirtió de inmediato en el consentido de todos, amado y venerado como un pequeño *cachique*, el regalo de Diosito que llego en la madurez de sus padres cuando nadie lo esperaba. Así, desde muy chiquito, gozó de una serie innumerable de privilegios como sentarse en el puesto principal de la gran mesa ovalada, escoger el pedazo de postre más grande, o ser agasajado antes que sus hermanos en las navidades. Su única cruz era el hecho de heredar la ropa de todos, al igual que los zapatos. También heredaba las respectivas pulgas, que saltaban de prenda en prenda, despiadadas, inmortales, inmunes al alcanfor, al vinagre y a cualquier otro remedio estrafalario de las mujeres de la casa.
Sus padres y abuelos tenían personalidades asombrosas y peculiares, cuyos rasgos no se vislumbraban en él. Era como si aquella luz resplandeciente se hubiese agotado en el desparpajo de sus propias personalidades, dejando su retoño en una eterna penumbra y un constante mal humor.
Arturo Grijalba Montes, su abuelo, había recibido la educación de un príncipe.

Se llamaba así por respeto a la tradición según la cual los nombres de Alfonso y Arturo debían alternarse y de este modo perpetuar la familia de generación en generación.
Para Matilda aquella costumbre era de lo más aburrida. Además, no tenía sentido alguno, puesto que cada persona debía brillar de luz propia y no emular las glorias o el legado de algún antepasado.
Una tarde Doña Raquel y sus hijas estaban reunidas en la sala, al frente de la gran chimenea. Las hermanas cosían, tejían, dibujaban garabatos en pequeños cuadernos con tapas de cartón negro.
"¿Madre pero que pasaría si de repente algún Alfonso o algún Arturo fuese un criminal y de un plumazo echara a perder el buen nombre de los Grijalba Montes?
"¿Un criminal?"
"No digas tonteras Matilda."
"Tenéis la suerte de tener mucha alcurnia de lado y lado, *mijas*."
"Que quiere decir alcurnia, madre", preguntó Antonia.
Entonces, Doña Raquel se levantó de la butaca y salió de la sala. Regresó al poco tiempo con un enorme libro entre las manos que a duras penas lograba cargar. El libro relataba minuciosamente la historia de la familia Grijalba Montes desde que el marqués sevillano emprendió su aventura americana. Doña Raquel volvió a hundirse en la butaca, dejando que el inmenso bulto cayera sobre sus rodillas con todo su peso. Sacudió el polvo de la cubierta de cuero de caballo con un pañuelo y empezó a deslizar las enormes páginas entre sus dedos. Tan pronto comenzó aquella secuencia de movimientos pausados, las cuatro hermanas se sentaron alrededor suyo como tantos polluelos friolentos alrededor de la mamá gallina. Al fondo, la chimenea lanzaba al aire chispas rojas e incandescentes, que precipitaban sobre una plancha de fierro recubierta por un fino velo de ceniza.
No era habitual ver a Doña Raquel con un libro entre las manos que no fuera su cuaderno de oraciones o la biblia, así que aquella imagen quedó grabada en las mentes de las hermanas Grijalba por mucho tiempo. Explicó a las niñas todo el árbol genealógico de la familia, con minucia de detalles.
"Madre, ¿Es verdad que el abuelo de nuestro padre fue a Europa?
"Si *mija*, Arturo vivió en Paris. Cuando cumplió diez y siete años fue enviado a Europa para continuar sus estudios de leyes. Regresó a los cuatro años, con su título de la Universidad de la Sorbona bajo el brazo y unos bigotes a la francesa que hasta ahora todos en Quito recuerdan."
"Debió sentirse cual diablo en botella, después de vivir en Paris.", dijo Matilda.
"Es cierto. Vuestro bisabuelo no se acostumbró a Quito. Decía que era un pueblo íngrimo, que todo era pequeño, que las calles olían a orina, que como era posible que las empleadas botaran a la calle las bacinicas cuando les venía

en gana[1], que las personas -hasta las más finas- eran unas ignorantes y los empleados unos analfabetos..."
"¿Y cómo era la bisabuela, madre?", preguntó María Antonia.
"¡Hay *mija*, María Antonieta era todo un personaje! A pesar de la corta estatura y contextura delgada, la bisabuela era famosa por su bravuconería y audacia. Paseaba por el centro con una sombrilla en una mano y un bastón en la otra, repartiendo insultos y proporcionando golpes a quien se le antojara."
"¿En serio madre?", gritaban en coro las chicas.
"Muy en serio. Y cuando le parecía que alguien tenía un comportamiento inapropiado, no dudaba en pararse frente al sujeto hasta que este se alejaba cabizbajo soltando alguna ordinariez."
¡Cuente más cosas, por favor!", insistían las cuatro hermanas con aire divertido.
"Los martes eran días particularmente agitados ya que ella caminaba hasta Santo Domingo para comulgar, recibir los panes y remojarse en el agua bendita que el padre Bonifaz lanzaba con profusión desde su hisopo de plata del Potosí. Para ello, María Antonieta debía cruzar la plaza en toda tu extensión y en esta pululaban tenderetes atisbados de vendedores, barrederos y lustrabotas. Entonces, vuestra bisabuela sacaba su bastón de marfil con cabeza de león y se abría paso entre la gente sin muchas contemplaciones.
Como podrán imaginar, había todo tipo de accidentes, desde escaramuzas con los transeúntes hasta vehementes discusiones con los guardias que resguardaban la plaza", contaba Raquel.
"¿Y por qué protestaba tanto?", preguntaban ellas entre risas.
"Decía que la ciudad era invivible, que no había como andar sin tropezarse con frutas podridas, aves o excrementos, que cuando ella era joven la ciudad era otra cosa, que allí *si* se vivía como cristianos. Tenía además la costumbre de soltar sus perros contra cualquiera y de echar bala sin remilgos cuando las circunstancias lo requerían."
"¿Y lo hizo alguna vez, madre?"
"Desde luego que lo hizo. Un día ahuyentó de su casa en la avenida Colón a un ladrón que se había metido por las rejas del jardín. Aquel episodio fue la gota que derramó el vaso. El bisabuelo estaba convencido que cualquier rato su esposa acabaría arrastrada de los pies por el caballo de algún resentido[2]. Así, decidió contratar a una persona de su confianza con la estricta consigna de no perderla de vista ni un instante. Pero al tal Galo Timbaña, la difícil tarea de resguardar a la bisabuela le costó una oreja partida en dos, como la cola de un mirlo."
Las chicas no podían más de la risa.
"¿Y el bisabuelo que hizo?"

1 Cuando querían.
2 Persona molesta.

"Arturo amenazó con encerrarla en el convento de las Clarisas si no dejaba de actuar como una desquiciada. Pero la rabia le duraba poco y al final se resignaba a aguantar sus excentricidades."
"La quería mucho.", dijeron las niñas al unísono.
"Así es. La quería mucho."
"¿Y cómo era él?", preguntó Ana Lucia.
"Vuestro bisabuelo era trabajador, ecuánime y responsable, tanto que de inmediato consiguió empleo como Comisario de Quito. Aquel puesto fue a buen recaudo porque Arturo fue un excelente servidor público, que al poco tiempo se ganó la fama de intransigente cumplidor de la ley. Cuando el whisky le soltaba la lengua, decía que su vocación en la vida era llevar la civilización y las buenas costumbres de los europeos a su gente. Persona que escupía en las veredas, botaba cascaras de frutas, orinaba o defecaba en la vía pública era llevada al calabozo, así que pronto las cárceles de la capital se llenaron de todo tipo de patán."
"¡Cuente más cosas del bisabuelo, madre!"
"Tengan piedad, niñas, tengo la garganta seca."
"Por favor madre...", insistían en coro con las manos juntas como en oración.
Como último complemento de sus encantos naturales, Arturo vestía a la última moda gracias a las labores de su antiguo sastre parisino Monsieur Paul La Foncelle, a quien convenció que se mude a Quito cuando este enviudó."
"¿Le convenció para que se mude a Quito?", repitieron las chicas.
"Si. El pobre sastre no pudo llorar en paz sus lágrimas un solo día. El bisabuelo le acosaba con cartas llenas de suplicas, lloriqueos y hasta amenazas. Así que finalmente Monsieur La Foncelle cerró su sastrería en el número cuatro de la Rue Fontaine y emprendió la última aventura de su vida, al otro lado del océano."
"¿Y los abuelos Alfonso e Isabel? ¿Como eran de jóvenes?
"Vuestro abuelo Alfonso era el soltero más codiciado de la ciudad. Estudió derecho en Francia al igual que su padre y siempre fue siempre un hombre muy culto y fino. Desde jovencito leía libros de toda índole, que encargaba, al igual que ahora, a toda persona que viajaba al exterior. Además, Alfonso componía pasillos[1] con los que animaba reuniones, seducía mujeres y conquistaba cualquier persona que se le acercara. Su enorme carisma y buen porte hacían el resto."
"¿Y cómo conoció a la abuela?", preguntó alguna de las niñas.
"Cuando ya todos pensaban que quedaría de codiciado y apuesto soltero, Alfonso conoció a su mujer el día de su cumpleaños número treinta. Ella era poco más que una *guambra* y vivía en la hacienda San José con su familia. Era una joven hermosa, con la piel nacarada, labios que parecían cerezas y

1 Género musical típico ecuatoriano.

una cascada de rizos castaños que entonaban con sus ojos y enmarcaban a la perfección el oval de su rostro."
Raquel se detuvo. Sacó entonces del gran libro de familia un manojo de retratos en carboncillo de la abuela Isabel y los enseño a las niñas.
"¡Siga contando madre!", gritaban ellas.
"Isabel estaba comprometida con el Conde Filoteo Sansovino di Centocelle, un patricio de descendencia italiana que le doblaba en edad, pero adinerado y de mucha cuna. Los más informados afirmaban que el conde era dueño de la más fértil tierra de la Toscana y que su familia producía los mejores vinos de Italia. Pero todo el pedigrí del mundo -y una billetera abultada- no sirvieron para prender la llama del amor en ella. Así, cuando el compromiso se canceló, el conde regresó a sus viñedos con la cola entre las piernas."
"¿La abuela dejó a su novio?"
"Así es. Una vez que lograron despachar al pobre Filoteo, vuestros abuelos planificaron apresuradamente su boda. Por comodidad -y para no caer en la época de las lluvias-, decidieron no cambiar el mes en el que estaba planeada la unión con el anterior pretendiente. La boda fue anunciada entre bombos y platillos, frente a la mejor sociedad, la mitad emparentada con el antiguo novio de ella. Este hecho era casi inevitable en nuestro medio, porque el que no era hermano de uno era un primo del otro. Así que nadie se inmutó más de la cuenta. Los invitados tan solo debían cuidarse de no confundir el nombre del novio en carga con el del antiguo, puesto que había un inquietante parecido físico entre el Conde Sansovino y vuestro abuelo..."
"Madre... ¿Como fue la boda?"
"Alfonso e Isabel se casaron el mes de agosto. El sol de aquel verano fue tan inclemente que los trigales se quemaron y el caudal del rio San Pedro se redujo a tal punto que podías ver el fondo como si fuese una tina. Para el enlace, San Rafael se vistió de fiesta durante tres días, en los que nunca faltaron los tragos más finos y la mejor comida. Se habló de aquel festejo por meses, celebrando la exquisitez de los alfajores argentinos, la excelencia de las botellas de coñac español, la elegancia sobria de los lirios y cartuchos, la música impecable de los violinistas. Eso sí, el vino no era italiano, sino de la Borgoña."
En aquel preciso instante entró Soledad a la sala con una bandeja de bizcochos calientes, cuyo aroma a manteca penetró de inmediato el aire.
"¿Cierto Soledad que del matrimonio de Isabel y Alfonso fue todo un acontecimiento?"
"Así es, su merced patrona. Así es. Todos saben."
"Pero Isabel era muy distinta de su marido. Al segundo día de escuchar gente emperifollada zapateando, paseando por la huerta, husmeando en las habitaciones con la risa floja de las borracheras, la abuela estaba agotada. A ella le gustaban las cosechas, los atardeceres, la vida simple del campo, la

tranquilidad de los paseos en el páramo, las cabalgatas bajo la lluvia, el peso de un poncho sobre los hombros.", agregó Raquel.
"¡Y qué decir de su gran amor!"
"¿Su gran amor?", repitieron las niñas asombradas.
"Su gran amor era el canario Fulgencio, que movilizaba a todo lado en su aula, con su comida y sus franelas, tapando y destapando al ave según el clima y las circunstancias. Cuando viajaba a Quito para visitar a las amigas e ir a misa diaria, -había que compensar las misas de todo el año a las que no podía asistir- sus desplazamientos eran toda una parafernalia. A parte el canario, los perros y dos empleados, Isabel viajaba con un sinfín de enseres, baúles, macetas, cosechas, cantaras de leche que repartía a vecinos, monjas, indigentes y cuanta persona se le cruzara."
Al improviso Raquel cerró el enorme libro con el impulso de ambas sus manos y una nube de polvo se libró en el aire.
"Es hora de las oraciones niñas."

Pocos meses después de la celebración del matrimonio de su hija Isabel, Don Pedro Rocafuerte y Dueñas fallecía por una neumonía fulminante mientras remontaba la costa pacífica en un barco de crucero procedente de Europa. Isabel y sus tres hermanos heredaban de un sopetón las prosperas haciendas de la familia. Pero las cosas no acabaron con la repartición de las tierras y un final feliz. Leónidas, Felipe y Vinicio arrebataron para si la mejor parte, dejando a su ingenua hermana la propiedad menos productiva, Los Álamos. Eso no pareció importarle a Isabel, pues las cosas mundanas no le interesaban. Lo material le estorbara, le restara tiempo y la alejara de su especial conexión con la naturaleza y con Dios. Frente al evidente abuso de sus tres cuñados, Alfonso intentó protestar y reivindicar los derechos de su mujer, pero de nada sirvieron sus reclamos ni sus estudios en La Sorbona. Finalmente, después de meses de altercados, desistió de sus propósitos y aceptó hacerse cargo de Los Álamos, que, al menos, tenía la interesante ventaja de lindar con San Rafael.
Pasaron los años y Alfonso e Isabel tuvieron cuatro hijos. Tan pronto se casaron, cada uno recibió una hacienda de las cuatro que Alfonso heredó por el lado de su familia: los Ili y Quizaya para Héctor, Santa Rosa para Vinicio y San Rafael para Arturo y María Ercilia. Como la única mujer no se casó, ella quedó bajo la responsabilidad de Arturo, su hermano favorito.
Algunos años más tarde, durante una ronda de bridge en el Club Pichincha, Alfonso se enteró que los hermanos Rocafuerte le habían echado el ojo a una hacienda por Guayllabamba Las Camelias. Bastó aquel rumor para que él haga una oferta y cierre apresuradamente el negocio. Para financiar aquella operación decidió vender Los Álamos. Pero la venta de la hacienda no bastó y tuvo que endeudarse.

La propiedad era inaccesible y solo se llegaba cruzando un rio que crecía cada invierno al incrementarse el caudal de las aguas. Se viajaba en mula, subiendo por unos chaquiñanes al borde de aterradoras quebradas. Los senderos eran tan ásperos que a veces los animales se pegaban contra las peñas y caían al vacío con todo su cargamento; otras veces, los viajeros corrían con más suerte y llegaban a su destino después de esquivar las rocas que caían como lluvia desde los peñascos.
"Estamos bendecidos querida, la hacienda se vendía a precio de gallina muerta y quise aprovechar."
"Lo que estamos es en la quiebra, Alfonso. ¡Debiste invertir en Los Álamos y convertir la propiedad en una hacienda rentable, en vez de comprar más tierra!", reclamaba su mujer.
"Los Álamos no servían ni para lechugas y el propio ganado se hundía en el lodo. Agradece que pudimos vender, *mija*. Además, tengo una idea en mente para Las Camelias que funcionará."
Los débiles reclamos de Isabel no sirvieron de nada y al poco tiempo Alfonso emprendió entusiasmado su nuevo proyecto: la siembra de la caña de azúcar para producir guarapo y panela en moldes. De los pencos que abundaban en el lugar se extraerían los guatos para asegurar las envolturas de la panela. Así, se aprovecharía la caña, al igual que las propias hojas de la planta. Ambos productos se venderían en los pueblos aledaños y sobre todo en las ciudades. Pronto Alfonso se obsesionó con Las Camelias. Quería convertirse en el mayor productor y distribuidor del país. Emprendería solo. Los finqueros azucareros locales no eran confiables, decía. Además, la afición al trago era tal, que eso era un negocio redondo sin necesidad de socios. Hizo construir al apuro un molino hidráulico en donde prensar las cañas. El jugo se trasportaría dentro de zurrones cargados en mulas. Luego, las mulas llevarían el producto hasta los tambores de madera ubicados en un galpón preexistente de la propiedad. Allí se lo dejaría fermentar durante unos días. Finalmente, el preciado líquido pasaría al alambique, en donde el alcohol sea separaba del guarapo.
Tan pronto la bebida estaba lista, Alfonso la enviaría a los centros habitados. Las mismas mulas que viajaban a la hacienda también servirían como medio de transporte del guarapo, o, al menos, del guarapo que Alfonso no se tomaba en sus noches solitarias.

El abuelo Grijalba comenzó a pasar épocas siempre más largas en Las Camelias.
Le encantaba pasear entre los cañaverales, gozar del del campo, entibiar su rostro con los primeros rayos del sol de las mañanas, recoger aguacates y limas del tamaño de unas calabazas. Allí, decía, el clima era formidable y hasta la hierba mala daba frutos inesperados. Comenzó yendo dos semanas

al mes. Lo hacía bajo el pretexto de tener que alistar la maquinaria, limpiar los caminos de la maleza y contratar peones en el pueblo. Pronto, las semanas se transformaron en meses: el pretexto era impulsar el negocio, porque el ojo del dueño, decía, engorda el cordero y si uno no se para al frente, todo se va al carajo. Al final, solo viajaba a San Rafael en las festividades. Aparecía como un espectro, con guijarros en todo el cuerpo, las uñas carcomidas, las piernas agarrotadas, flaco como un perro.
Se sentaba en su lugar de siempre, pero apenas comía y conversaba: como están ustedes, que hay de nuevo, como van las cosechas, te veo bien Isabelita, pareces guagua, como cuando nos casamos, veo que has ampliado el gallinero. Alfonso hacía claramente un esfuerzo para escupir las palabras afuera de su boca. Apenas podía se escabullía y se encerraba en su cuarto, uno que ya no compartía con su mujer porqué, decía, sus ronquidos eran peor que parto de potra.
Pronto Las Camelias se convirtieron en su refugio. Compartía aquel espacio con el capataz José Amaranto y alguna empelada ocasional. Se llevó sus libros, sus cuadernos de poesía, sus partiduras de música. No necesitaba más, decía. Cuando el sol bajaba y el aire comenzaba a refrescar, el capataz y él se sentaban en dos hamacas que colgaban una frente a la otra, en el corredor de la casa patronal. Se pegaban su guarapo. Luego su whisky. Hasta cabecear y ceder a la modorra.
Con el paso del tiempo y las rugosidades de la soledad, Arturo se convirtió en un ser huraño y raro que todos esquivaban. Solo bajaba al pueblo para abastecer la alacena. Ya no asistía a las misas en el pueblo, se bañaba en el río pasando un día y dormía a la intemperie hundido en una butaca de mimbre marchita. Un día el curita de Perucho, Don Alisio, le visitó en su finca: visítele nomas padrecito al patrón, muerto ha de estar, así que vaya a bendecir su alma, decían las comadres del pueblo. Cuando llegó a la plantación de aguacates al filo del río, Don Alisio perdió su orientación y quiso averiguar el camino a un bracero que encontró en la vía. Tenía una barba hirsuta que le llegaba al ombligo, el pelo igual de largo y un sombrero desflecado que caía sobre el rostro. El bracero era Alfonso.
Dos meses después de aquel encuentro -cuyo chisme llegó a San Rafael por boca de un primo de Armando Quilotoa-, pasó algo que Matilda no olvidaría jamás.
Era un día domingo del mes de noviembre y la familia estaba reunida en la galería de la casa disfrutando unas agüitas de menta antes de la comida. El cielo era terso y las nubes tan diáfanas y ligeras que parecían algodones de azúcar.
Doña Raquel había organizado un almuerzo para celebrar el cumpleaños de Arturo. Para la ocasión se mató un chancho entero, cuyo aroma a culantro, a

cebollas y a cueros crujientes revoloteaba desde la mañana en el aire.
Al mediodía, como en una procesión de viernes santo, llegó Don Antonio con su tropa de sacristanes, ayudantes y monaguillos, quienes se colaban a cualquier banquete por pequeño que fuera. También llegó el prioste de ese año, Don Eliberto. Cargaba un sinfín de canastos con choclos, tomates, matas de lechuga: unas cositas para usted Doña Raquelita, son de mi huerta, fresquitas del día, pruebe nomás, ya me dirá. Al cabo de un rato llegaron las vecinas Doña Carmencia y Doña Lourdes con sus esposos, los primos Sereno y Bonifacio Elizalde. Finalmente llegó la tía Alvilda con su sirvienta Panchita: *Mija* te traje esas compotas de la botica de las mojas del Sagrario, son una delicia, si te gustan te encargo más...no iba a venir, pero al final me desocupé y aquí estoy, hermana del alma....
Pasaron las horas. El chancho había sido despojado de sus huesos y las carnes- junto al mote y a los *llapingachos*[1]- se habían repartido entre los empleados. Los perros, propios y runas, rondaban el horno para rescatar alguna sobra entre las hierbas tostadas por el sol. Al caer la tarde, los *huachimanes* comenzaron a retirar las losas finas de la patrona aprovechando los últimos destellos de luz. Lo hicieron más silenciosos e invisibles que de costumbre, como si intuyeran lo que se venía para los habitantes de San Rafael.
Finalmente, el aire se enfrió y cayó la noche. Los cerros adquirieron el mismo tono de la colada morada que quedó del almuerzo[2]. Se prendieron las lámparas, se cerraron las puertas y se soltaron los perros.
Alfonso nunca asomó para bendecir la mesa. Tampoco asomó para pasar la noche en su dormitorio al fondo del pasillo. Aquella tarde todos supieron que el abuelo jamás regresaría. Comenzaron los reclamos, los sollozos. Lo único que desentonaba en aquel mar de lágrimas y gritos al cielo era la calma plácida de Isabel. Quizás porque al fin se consumaban los hechos que ella había predicho tiempo atrás o porqué al fin se libraba de una carga muy pesada.

1 Tortillas de patata y queso que se acompaña al *hornado* (cerdo al horno).
2 Bebida a base de moras, otras frutas y maicena que se toma en el mes de noviembre.

De los montes al mar

Ramón llegó a Venecia mareado por tantas semanas de mar, olas y corrientes rabiosas, desde el cielo y desde las profundidades. Fue un viaje eterno, que lo llevó del nuevo continente al viejo, pasando por dos mares, una isla, un canal y un enorme pedazo de tierra. Cuando finalmente comenzó el cruce del tramo de mar que separaba la tierra firme de Venecia, una bruma ligera y blanquizca envolvía el paisaje dándole un halo espectral, como si aquella extensión de aguas oscuras y densas pudiese transformarse, de un momento a otro, en un voraz torbellino.
De repente, en un horizonte traslúcido como el velo de una novia, brotó el perfil indefinido y delgado que los ojos de Ramón anhelaban conocer desde niño.
En un despertar perezoso, los contornos de la ciudad fueron lentamente apareciendo, dejando atrás los últimos vapores de la madrugada. Con cada golpe de remo asomaban campanarios, cupulas, ságomas perfectas. Se abrían paso entre la neblina, reclamando su lugar, ansiando impresionar al nuevo visitante. Era como si la mano experimentada de un artista estuviese esculpiendo el paisaje en aquel preciso momento, como si el aire rarefacto quisiera brindarle pequeños pedazos de un espectáculo demasiado intenso para poderlo asimilar de un solo golpe.
Finalmente, después de una danza interminable entre bruma y ventisca, *la Serenissima* apareció en todo su esplendor. Se mostró impúdica y atrevida, cual una mujer segura de su hermosura, que sabe que sus formas inigualables y luz prodigiosa dominan aquel espacio entre cielo y abismos, que no teme rivales.
Solo quedaba rendirse a su encanto irresistible.
Al cabo de un rato apareció la Plaza de San Marco. La única, maravillosa plaza en toda aquella ciudad milenaria. Ramón nunca dejó de temblar desde que sus pies cruzaron el canal de la Mancha y se asentaron firmes sobre roca, así que atribuyó aquella visión al odioso mareo que le afligía y que desvanecería -según los pescadores de Calais- con la primera luna llena. La impresión de aquellos columnados tan simétricos, uno frente a otro, como en un espejo -y de aquella basílica tan imponente, rebosante de colores, con mosaicos y curvas centelleantes recortando el cielo azul-, fue tal que Ramón se sintió desvanecer. A pesar de que era un hombre bien plantado y muy poco proclive a sentimentalismos, no estaba preparado para un encuentro tan denso, vívido y real: sus piernas temblaban y su vista se apaño. Era como si todo el salitre del mar se hubiese reversado en sus ojos dejándolos ciegos y vidriosos.
Al improviso, una voz lo sacó de su trance.

"Hasta aquí llego yo, *ecelensa*", dijo el dueño del *burchiello,* el bote alargado y chato que le había transportado desde la tierra firme al otro lado.
"Mi compañero le llevará adonde usted indique", agregó el barquero mientras con el dedo apuntaba hacia una embarcación negra y estrecha. Tenía una curvatura alargada, que dejaba buena parte del casco afuera del agua, suspendido en el aire como una libélula juguetona. La embarcación era manejada por un chico de aproximadamente su edad, buen semblante y brazos fornidos. De inmediato lanzó una sonrisa cautivadora hacia el nuevo cliente y tendió su mano para ayudarle a subir a la embarcación.
Por primera vez, Ramón veía con sus propios ojos lo que su fantasía había imaginado infinitas veces en su infancia: la esbelta y elegante silueta de una góndola.
"E*celensa, benvenuto a bordo e benvenuto alla cittá piú bella del mondo*."
"Antonio Fosco, *par servirla*."
El joven echó mano a los remos tan pronto Ramón tomó asiento en una butaca de terciopelo negro bajita y angosta al centro del bote. Partía el agua con la precisión de un alfiler, perforando las olas como si fuesen delicadas telas, deslizándose como si apenas rozara la superficie acuosa.
Conforme los primeros palacios de *Canal Grande* aparecieron, su emoción crecía desmesuradamente haciéndole olvidar el extremo cansancio, las piernas entumecidas, los mareos, el estómago vacío.
Venecia parecía suspendida en una dimensión diáfana, entre cielo y tierra, personas y sombras, luminosidad deslumbrante y colores audaces. Palacios perfectos, reverberantes de luz que estallaba contra mármoles multicolores, fachadas majestuosas con sus ventanas góticas y terrazas escondidas tras arbustos exuberantes se sucedían con una intensidad progresiva. Ramón miraba la ciudad con los mismos ojos perdidos y lánguidos con los que un hombre mira, por primera vez, a la mujer que amará toda la vida. Cada movimiento de la góndola sacudía su alma, ponía a vibrar su corazón, le estremecía.
¡Nunca había probado algo parecido!
¿Qué era todo aquello?
¿En cuál mundo paralelo había ido a parar?
El gondolero miraba a Ramón con el rabillo del ojo. Estaba acostumbrado a al vértigo que los viajeros experimentaban cuando contemplaban su Venecia por primera vez. Y estaba acostumbrado a transportar clientes importantes. Pero, esta vez, su pasajero le tenía confundido: no entendía porque aquel joven elegante y distinguido viajaba solo y porque cargaba menos equipaje que un vagabundo.

La góndola cruzaba silenciosa las mansas aguas del *Gran Canale* en medio de una ciudad adormecida y silente. Ramón no podía alejar su mirada de los altos ventanales e imponentes balcones que adornaban las fachadas de mármol, de tierra roja, de piedra. Con sus ojos ávidos buscaba agujerear las delicadas cortinas, ansiando explorar el interior de aquellos preciados cofres. Intuía que la brisa de la mañana, delgada y ligera, no tardaría en descuidarse. Entonces, las cortinas se moverían y aparecían, por pocos instantes, maravillosos frescos, estatuas perfectas, candelabros de vidrio soplado, tapices impecablemente tejidos.

Ahora entendía porque, cuando era niño, al escuchar las historias de su madre, en vez de conciliar el sueño, él se desvelaba, imaginando aquella ciudad suspendida sobre el mar, sus habitantes enmascarados, sus fiestas deslumbrantes. Cuando la puerta se cerraba tras el paso de ella y la habitación quedaba en la penumbra, un carrusel de figuras negras comenzaba a desfilar por las paredes. Pasaban a su lado, líquidas como la cera, estiradas como tantos árboles de un bosque imaginario. Al cabo de un rato, las sombras se transformaban en embarcaciones con forma de luna menguante, personas agitadas subiendo y bajando puentes, mercaderes vendiendo productos exóticos, jugadores trasnochados, cortesanas, enanos, gitanas ofreciendo pócimas para desamores y encantamientos. Solo de madrugada las figuras se derretían nuevamente y desaparecían bajo el telón de la luz matinal.

"Aquí está el palacio, *ecelensa*. Esta es Ca' Doria", dijo el gondolero mientras con los brazos imprimía a los remos golpes más lentos. Su tono era normal y pausado, como si estuviera dando una simple instrucción a algún transeúnte. Ramón estaba descompuesto, agitado.

Se aruñaba con las uñas la yema del dedo índice como cuando era niño y esperaba nervioso recibir su regalo de cumpleaños.

Il *palazzo* era magnífico, soberbio al punto que su nuevo dueño quedo sin aliento.

Un entramado de hiedras y plantas azuladas recubría la fachada. Afloraban desde el agua como tantos brazos voluptuosos para luego enredarse entre sí y dibujar un enorme tapiz vegetal. Las plantas enmarcaban las seis ventanas góticas de ambos pisos y extendían su follaje hasta dentro de los balcones. Eran tan tupidas que apenas dejaban entrever la extraordinaria estructura del edificio.

Ramón se estremeció. Tuvo la sensación que Ca´ Doria le estuviera esperando, como si se tratara de una persona en carne y huesos.

"Hay dos accesos, *celensa*", dijo el gondolero.

"*La porta d´ acqua* asoma sobre el Canal mientras que la puerta lateral queda en este callejón a la izquierda...", agregó el gondolero mientras con el dedo indicaba un estrecho espacio entre el palacio y el edificio adyacente.

Ramón entendía y hablaba bastante bien el italiano ya que su madre siempre tuvo la costumbre de comunicarse con él en ese idioma.

“Pasa por la *porta d´ acqua* por favor.”
El flamante dueño no quería perderse el impacto de entrar a su palacio, por primera vez, desde el *Canale*. Sacó entonces el manojo de llaves que había recibido meses atrás en una elegante caja con las iniciales de su madre: *BM*. Identificó de inmediato la llave principal por su tamaño más grande. La giró dentro de la cerradura oxidada hasta que el engranaje cedió produciendo un gran estridor. El ambiente era semi oscuro. Olía a podredumbre y a humedad no obstante los tímidos rayos de luz que filtraban a través de dos grandes ventanas al costado de la *porta d´ acqua*. Al fondo se vislumbraba un pozo. Una espesa capa de musgo y otras extrañas plantas marinas le recubrían casi por entero.
“Este es el cavedio, *ecelensa*. Hágalo limpiar bien antes de tomar el agua... debe haber colonias de renacuajos y quien sabe que otros animales...”, dijo el joven con las cejas enarcadas.
La góndola entró. Se arrimó a unas gradas que se hundían en el agua hasta perderse en el fondo verdoso. Pequeñas olas salpicaban a intervalos casi perfectos la elegante *scalinata* de mármol polícromo en forma de concha que llevaba al piso superior. Ramón asentó los pies en un escalón teniendo cuidado de no tropezar.
“*Cuidado ecelensa, aquí se resbala*...”, dijo el gondolero.
Un enjambre de algas se enredó alrededor de las botas cual una interminable y pegajosa serpiente. Ramón sacudió sus pies hasta quedar libre de aquellos tentáculos y subió por una de las dos rampas. Cuando llegó arriba encontró una nueva puerta. Era de madera tallada y reproducía el escudo de su familia materna: un león, un cordero y una rosa. Al recordar su madre el flamante dueño se emocionó y unas lágrimas diminutas humedecieron sus ojos. Se acordó de la suave fragancia a talco, de los pequeños dedos deslizándose entre las hojas de un libro, del delgado perfil de ella al filo de su cama.
Deslizó el dorso de la mano sobre los párpados con disimulo.
La puerta estaba cerrada.
Sacó nuevamente de la caja el manojo de llaves. Las probó de una en una, hasta encontrar la que giró dentro de la cerradura. Entonces empujo la puerta hacia adelante con todo el peso de su cuerpo. Las bisagras cedieron. Se libró un sonido ensordecedor, como el martillazo de un herrero sobre un yunque. Al otro lado de la puerta apareció una sala. Los techos y las paredes eran recubiertos por tablas de madera de un color mustio e indefinido. Todo apestaba. El olor a orina y salitre invadía el lugar y la mezcla nauseabunda no tardó en perturbar su delicado olfato. Ramón volvió a bajar por la *scalinata* hasta entrever en la semioscuridad al gondolero. Aguardaba en silencio, con los brazos cruzados sobre el vientre templado. Ramón decidió despacharlo y quedarse solo.

"Trae mi equipaje, por favor."
"*Si ecelensa*."
"Aquí está tu recompensa." Ramón apretaba en su mano un puñado de monedas que se había entibiado al contacto con su cuerpo.
"*Par servirla ecelensa*"- dijo el joven después de haber revisado rápidamente el monto entregado.
"¿Podrías ayudarme en los próximos días?", dijo Ramón prontamente.
"*Ecelensa* que pena, estaré ocupado día y noche porqué acabo de abrir una taberna cerca de *La Salute*. Pero busque a mi primo Alvise, Alvise Torano. Él vive al número cinco de Rio Terá Canal, al lado de Campo San Barnaba. ¡Es mi primo y tiene una góndola mejor que la mía!", dijo el joven entre risas.
"Le dejo un poco de madera seca hasta que pueda abastecerse y una lámpara", agregó.
"Lo aprecio mucho", contestó Ramón.
Entonces, sacó otra moneda del bolsillo y estiró la mano.
"Gracias *celensa*, que tenga una buena estadía...y busque a mi primo..."
El gondolero se marchó despacio, manteniendo la mirada baja y los hombros perfectamente alienados. Remaba hacia atrás con la destreza de quien ha repetido aquellos movimientos por toda una vida.
En cuestión de instantes, su delgada silueta se diluyó entre los pliegues blanquizcos de la neblina.

Una rata con extraño pelaje y ojos acuosos subió a gran velocidad por el pasamanos de la escalinata. Espantó a un puñado de pichones que salieron volando por los barrotes de las ventanas frente al *cavedio*. Ramón sintió escalofríos. Tuvo la sensación de ser el único sobreviviente en un mundo que alguna calamidad o peste había exterminado. Por un instante quiso llamar al gondolero y pedirle que regrese, que le lleve a cualquier albergue en las cercanías.
Pero aquellas palabras, por alguna razón, nunca brotaron de su boca.
Decidió moverse y sacudir sus piernas entumecidas. El suelo rimbombaba. Producía un extraño eco que parecía proceder desde el fondo de la laguna, como si la casa fuese una gigante burbuja, temerosa de la luz, invadida por el aire, intimidada por la atención de aquel visitante que era familiar y desconocido a la vez.
Comenzó a raspar la superficie con la punta de su bota de cabritilla. Quería entender si por debajo de aquella melaza verdosa había algún tipo de pavimento o si, sencillamente, la casa flotaba sobre el agua como el resto de la ciudad.
Subió al primer piso. Las habitaciones, -como de costumbre en los palacios venecianos- se distribuían alrededor de una gran sala alargada. Culminaba

en una hilera de seis ventanas con su respectivo balcón: el uno asomaba majestuoso sobre el *Canale*; el otro, hacia un *campiello* encajonado en un dédalo de calles con un pozo al medio. Una multitud de empleadas gritonas con sus baldes y tinajas le apresaban como si se tratara de un castillo por conquistar. Ramón sonrió entre sí.
Enormes tablones de madera negros, podridos y malolientes recubrían por entero a techos y paredes. Ramón escogió una habitación al azar y entró. Una chimenea de mármol rosado y alabaste de exquisitas proporciones adornaba la pared principal. Mantenía su orgulloso esplendor a pesar de la suciedad y los tablones que la enmarcaban. Una cama de baldaquín tronaba al centro del cuarto. Sus cuatro columnas en espiral se atornillaban hasta culminar en churros puntiagudos. La madera emanaba un intenso olor a moho y a cedro. Ramón se paró al frente de la enorme pieza. Dejó caer al suelo su escueto equipaje. La maleta chapoteó como si hubiese precipitado en un charco de agua. El pavimento era resbaloso, gris y viscoso como el fondo de una pecera. El mismo escenario -algo desolador y triste- se repetía en todo el palacio. Los dormitorios eran espaciosos, pero el recubrimiento en madera distorsionaba la perspectiva y dimensiones de todos los ambientes. Un sinfín de muebles, alfombras y objetos despuntaba por debajo de sábanas blancas. Parecían tantos fantasmas en un salón de baile. Ramón no quiso esperar. Comenzó a retirar las telas, una por una, afanosamente. Una inmensa nube de polvo se levantó en el aire.
Al poco rato apareció un mobiliario fastuoso, eco de un pasado glorioso, de fiestas deslumbrantes, de huéspedes prestigiosos. Cada recamara contaba con un número indefinido de camas, baúles, reclinatorios finamente tallados, bargueños de madreperla, sillones y sofás aterciopelados con vistosas borlas de seda, espléndidos espejos de todo tamaño y color, escritorios con patas de avestruz, triclinios en oro y púrpura, pedestales de mármol con dioses, con querubines, con amantes entrelazados. Ramón recorría con sus dedos los bordes de cada mueble. Quería apreciar el brillo y la textura de todas las piezas, comprobar que aquellas cosas existían de verdad y no eran el fruto de algún desvarío.
La luz apenas filtraba por las hendijas de las ventanas cerradas así que Ramón comenzó a forcejearlas para poderlas abrir. Estaban duras como nueces. El tiempo y la humedad habían oxidado las bisagras por lo que tuvo que ayudarse con una palanca improvisada que encontró en un aparador semiabierto.
Sus dedos se llenaron de astillas, pero Ramón no sentía nada.
Cuando al fin logró abrir las primeras ventanas, una luz desbordante entró a la casa bañando las paredes, inundando los espacios, penetrando cada intersticio con partículas tibias y centelleantes.
La brisa cosquilleó su barbilla sin afeitar. ¡Que liviano el aire a la altura del

mar! ¡Y que liviana Venecia, con sus palacios que danzaban sobre las aguas! Por primera vez, sus labios le hablaron a la ventisca que rozaba su deslumbrante balcón.
"Estoy aquí. Estoy en Venecia..."
Abría y cerraba los ojos hasta acostumbrar la vista, hasta que la propia alma se adapte a tanto despliegue de belleza, luminosidad infinita, perfección de las formas. El *Canal* estaba a sus pies como un lienzo perfecto, con su horizonte terso, sus magníficos palacios apuntando al cielo, sus elegantes embarcaciones cruzando las aguas.
Quiso repetir la misma operación en todas las ventanas del palacio.
Subió al segundo piso.
El aire olía a humedad, los muebles olían a humedad, su cuerpo entero olía a humedad, como si sus propios huesos, sangre y músculos fuesen una parte viva de la casa.
Abrió la primera ventana, se asomó, escudriñó el paisaje.
Se acercó a la siguiente ventana y de nuevo escrutó el panorama frente a sus ojos. Buscaba fijar en su memoria cada pormenor, cada detalle. Quería captar las imperceptibles diferencias entre un ángulo y otro, estudiar el distinto impacto de la luz sobre cada superficie. Repitió aquel ritual en todas las ventanas de Ca´ Doria.
A medida que los rayos comenzaron a penetrar los infinitos rincones del *palazzo*, Ramón tuvo una extraña sensación, como si hubiese sustraído de una cueva sumergida alguna deidad marina para devolverla forzosamente a la vida.
Pasó el resto del día explorando, olfateando, frotando entre sus largos dedos algas, pedazos de pared destartalada, papeles humedecidos por el tiempo, cristales rotos, clavos oxidados, extraños utensilios, frascos de pintura seca y todo objeto que encontraba a su paso.
Sentía que no estaba solo. Ca' Doria se estaba comunicando con él. Por tanto, él debía aprender a percibir sus susurros, a reconocer sus murmullos, a respirar su mismo aliento. Solo utilizando al máximo sus cinco sentidos lograría descifrar sus códigos y captar su esencia, que al mismo tiempo era marina y terrenal. Tenía que tocar, oler, sentir, palpar, rozar y de nuevo tocar, oler, sentir...en un ciclo que necesitaba renovarse todo el tiempo, a cada instante. Se acordó de su madre, de la historia de Ulises y el canto de las sirenas. Pero, a diferencia de Ulises, él *si* anhelaba que el palacio le seduzca, le deje saborear sus manjares, le comparta sus secretos.
Al atardecer, cuando el horizonte se tiñó de rojo hasta parecer un paraíso en llamas, Ramón había devuelto Ca' Doria a la luz deslumbrante del cielo veneciano.
El aire cálido de la tarde cruzaba de lado a lado las habitaciones sin más obs-

táculos que los propios muebles y la humedad se había finalmente disipado.

El amanecer del nuevo día ya había impregnado el cielo con suaves tonos azulados, pero la ciudad seguía escondida tras los velos de sus celosas ventanas.
Ramón despertó lleno de energía y una idea clara en la cabeza: debía reunirse de inmediato con quien conocía la propiedad y podía darle las indicaciones que le hacían falta. Necesitaba un arquitecto que coordine las obras de restructuración, personas de servicio, comida, velas, madera. Se acordó del gondolero y de su recomendado, Alvise. Debía ubicar al joven a la brevedad posible.
Ramón no tenía idea de cómo moverse por la ciudad, así que optó por preguntar a toda persona con quien se cruzaba Hasta llegar a su destino.
¿Quién no ayudaría a un joven extranjero con cara de perdido?
Salió por la puerta lateral y caminó hasta el fondo. Llegó a la *calle dei Cerchieri* y se metió por el *rio Malpaga*. Se dio cuenta de inmediato que la ciudad era laberíntica, un auténtico enredo de callecitas y puentes, un sube y baja constante, un serpenteo sinuoso a la sombra de edificios, casas e iglesias que aparecían de la nada, que impactaban con su hermosura, colores, escondrijos.
Preguntó a una vendedora de hortalizas con cara amable. Su pelo era del mismo tono rojizo de las zanahorias que cargaba.
"*´Celensa*, camine en esta dirección, no se preocupe, sino vuelva a preguntar", dijo la mujer con aire relajado.
Al cabo de pocos minutos Ramón llegó a *Campo San Barnaba*. De allí cruzó un puente y caminó con paso rápido hasta *Rio Terá Canal*. No fue difícil ubicar la casa de color tomate que el gondolero le había indicado. Golpeó la puerta, pero nadie contestó. Miró hacia arriba, las ventanas estaban semicerradas y una ligera brisa movía las persianas.
"¿Sabes dónde puedo encontrar a Alvise?", preguntó a un joven algo menor a él que cargaba baldes de agua.
"Alvise está en el *Rio Delle Muneghette*. Vaya a la iglesia de *Santa María del Carmelo.* El Rio queda justo al lado", contestó el joven.
Ramón se dirigió hacia el lugar. Reconoció Alvise al instante. Tenía una mata de pelo largo que cubría casi toda la espalda y una barba de chivo que le hacía aparentar más años. Limpiaba su góndola con un trapo húmedo y canturreaba las estrofas de una canción. Ramón se quedó impactado por como deslizaba la tela sobre la superficie de la embarcación. Lo hacía con el mismo cuidado con el que una madre frotaría el delicado rostro de su pequeño. La góndola olía a pintura y resplandecía bajo el sol de la mañana. Era la primera vez que Ramón lograba fijarse atentamente en aquel medio de transporte

tan peculiar, cuya extremidad acababa en un peine con siete puntas que apuntaban al horizonte. Su madre Beatrice le había contado que il *ferro di prua* describía la geografía de Venecia. Concretamente, la pieza reproducía sus seis barrios, *San Marco, San Polo, Santa Croce, Castello, Dorsoduro* y *Cannareggio* y sus islas: la *Giudecca, Murano* y *Burano*. El bloque de madera central, pomposo y solemne, representaba *el* Gran Canal, mientras que la punta evocaba la cofia del *doge,* la máxima autoridad de Venecia.
"¿Eres tú Alvise?", preguntó.
"Si *signur*. Usted es el Conde Ramón Callejas de Alba, ¿cierto?", agregó prontamente tu interlocutor.
Ramón no esperaba que el joven supiera quien era él, pero esto le gustó. El chico era claramente espabilado.
"Si, soy yo. Tu primo me habló de ti y de lo que veo, él también te habló de mí. Espero que tengas tiempo porque hay mucho trabajo que hacer adentro del *palazzo* y cuento contigo. A cambio, tu recompensa será generosa."
"Usted diga ´*celensa*...", agregó Alvise.
"Necesito ir a casa del maestro Giovanni Borsato. En *Campo della Maddalena*.
"¿Puedes llevarme?"
"*Par servirla*, señor conde", dijo el joven al tiempo que extendía su mano para ayudarle a subir. Ramón no estaba acostumbrado a que se refieran a él como a un conde. Pero prefirió dejar las cosas de aquel modo. Era importante generar cierto respeto desde un inicio, pensó.
Tan pronto tomó asiento, unas gotas de agua fría salpicaron su cara. Bajaron por el rio di *San Barnaba* hasta desembocar en *Canal Grande*. De allí remontaron el canal hasta el *Rio della Maddalena*.
Ramón contemplaba cada palacio y escrutaba cada ventana sin disimulo alguno. Sabía que el mínimo movimiento de las cortinas revelaría tesoros únicos, que sus ojos y su alma ansiaban revelar, que nunca bastarían, que nunca le saciarían lo suficiente.
Mientras la góndola cruzaba las aguas, Ramón sacó de una bolsa un fajo de papeles. Se trataba de un detallado y minucioso informe que había recibido en Quito. Estaba firmado por el arquitecto Giovanni Borsato. Esta persona le entregaría los papeles del palacio y el título de propiedad. Al final del documento -redactado con una letra impecable y precisa- constaba su domicilio: *Campo della Maddalena* número 1321.
"Llegamos alle *Fondamenta delle Colonete,´celensa*", anunció Alvise.
Ramón bajó del bote con un salto hacia el lastrón de piedra al otro lado del bote.
"¡´U singur! ¡Cuidado! ¡El piso es resbaloso!"
Ramón sonrió al recordar que su propia casa parecía una enorme piscina.

¡Que emoción le producían aquellas vistas y aquellos paisajes, tan distintos a la naturaleza salvaje de su tierra! Y cuanto más le quedaba por descubrir, pensaba entre sí. Llegaron al *Campo della Maddalena*. Alvise amarró la góndola al lado de un pequeño puente. Ramón bajó. El palacete estaba al frente. Era sencillo y a la vez encantador.
Una hilera de ventanas en arco recubría la fachada de lado a lado. Decenas de macetas expulsaban geranios y buganvillas con profusión hasta casi rozar el suelo. Diagonal al edificio se hallaba una espléndida iglesia de planta circular. Integraba a la perfección aquel espacio íntimo y recogido, como si un arquitecto divino la hubiese ubicado en aquel punto porque aquel punto era el preciso.
"Estamos delante de *La Maddalena*", dijo Alvise.
Ramón golpeó la puerta al número 1321. Desde la ventana de arriba asomó una criada. Era una joven rubicunda, con grandes dientes y la frente ancha. Se estrujó las manos en el delantal y estiró el cuello para observar mejor al desconocido.
"Buenos días, busco al maestro Giuseppe Borsato. ¿Está en casa por favor?"
"El maestro está en la iglesia trabajando", agregó la criada sin más detalles.
"¿Cuál iglesia? ", preguntó Ramón.
"La iglesia de *San Giovanni e San Paolo*". ¿Quién le busca?, preguntó la criada con cara de pocos amigos y unas evidentes ganas de librarse del joven.
"Le busca mi señor, el Conde Ramón Callejas de Alba", interrumpió Alvise con su habitual
ímpetu. Se estaba enervando por la poca gracia de la muchacha.
"Ya le diré al maestro que han pasado.", dijo la joven.
"Muchas gracias."
"No estamos muy lejos señor", agregó Alvise.
A Ramón le gustaba la rapidez con la que el joven reaccionaba, al igual que apreciaba su agilidad mental. Era perspicaz y despierto, no cabía duda, y, por ello, sería de gran ayuda durante esa nueva etapa de su vida.
Un coro de campanas repicó desde distintas iglesias. Eran las doce. El sol estaba en su pico y resplandecía como una perla incandescente sobre la ciudad.
Bajaron el *Canal Grande*. Pululaba de embarcaciones grandes y pequeñas, con mercancías y con pasajeros, parecía una enorme plaza abarrotada de gente.
"¡Legamos a *Rialto, ecelensa*!", dijo entusiasmado joven gondolero.
Al improviso, un magnífico puente de enormes dimensiones apareció al horizonte.
Sus rampas y arcos de piedra blanca estallaban contra el cielo impoluto de la mañana. Un pórtico central remataba la sublime geometría y filtraba la

luz de un lado a otro. A medida que se acercaban a la imponente estructura el bullicio de las personas que subían y bajaban aumentaba: se empujaban, gritaban, conversaban animadamente, cargaban y descargaban enormes bultos.
"...y este es el mercado de *Rialto*", dijo Alvise. Apuntó con su dedo hacia un intricado dédalo de toldos y bancos al lado de uno de los pilares.
Una ráfaga de corriente desplazó el olor de las hortalizas, las flores y las legumbres hasta la góndola. Al fondo, un enjambre de mercaderes, empleadas, verduleros, carniceros, pescadores, turcos, negros, asiáticos. Frente a los bancos de comida, pilas de sedas, algodones y brocados chispeaban bajo el sol. Seguían los puestos con las antigüedades, las alfombras persas, los candeleros e incensarios bizantinos, los lienzos, los muebles de ocasión, la platería fina.
"Aquí puede encontrar todo lo que necesita. Mi madre dice que con las cosas de esos turcos se podría amoblar todo Venecia desde cero."
Ramón sonrió entre sí.
"Y la comida es siempre muy fresca. Conviene que sus empleadas vayan a primera hora, ellas saben, allí las cosas están recién llegadas".
Ramón se había distraído. No dejaba de mirar el monumental arco con sus cubículos y comercios. A pesar del vaivén de personas de toda raza y color, del sube y baja de animales y carretas rechinantes, el puente se proyectaba sobre las aguas con orgullosa altivez, como si fuese el único al mundo.
Poco antes de Rialto, la góndola viró a la izquierda para luego perderse entre las delgadas sombras de los palacios.
"Estamos atravesando el *Rio de la Fava*, de allí cruzaremos el rio Santa Marina hasta alcanzar le *Fondamenta Mendicanti*."
Mientras Alvise ejecutaba sus maniobras debatiéndose como un pez más entre la corriente, Ramón estudiaba con asombro la silueta e inclinación de cada edificio. Más observaba, menos lograba entender como la ciudad pudiera sostenerse de pie y, sobre todo, como pudo hacerlo durante tantos siglos.
Alvise describía cada lugar que cruzaban con la precisión de una monja rezando las estaciones del rosario. Su importante pasajero estaba claramente impactado por todo lo que veía y eso le hacía sentir importante: un simple gondolero le estaba enseñando a un conde las maravillas de Venecia y sus joyas más preciadas.
En el fondo, pensaba, nadie como un gondolero conoce las historias y leyendas de la ciudad, pues estas asomaban con cada golpe de remo que se daba.

Pastora la vidente

San Rafael tenía muchos cuartos, bodegas y trasteros que se extendían como una tela de araña alrededor de un patio central. Los espesos muros de abobe aseguraban un aire fresco durante el verano mientras que, durante el invierno, se necesitaban estufas y chimeneas para calentar los ambientes. De tarde, sin importar la época del año, el viento frío penetraba por las grietas de las ventanas provocando incesantes escalofríos que obligaban a usar unos gruesos ponchos de lana tan pronto bajaba el sol.
Por alguna razón, las habitaciones de la tía María Ercilia se hallaban separadas del resto, al otro lado de una enorme pila que pasó de contener agua a hospedar un bulto de tupidas palmeras, tan apretujadas como las hebras de un manojo de trigo.
Las palmeras no estuvieron siempre allí. A la edad de tres años, el gemelo de Arturo, Carlos, murió ahogado en aquella pila. Le encontraron flotando con la cabecita hacia abajo y sus largos rizos cobrizos distendidos sobre el agua como una enorme flor de magnolia.
Cuando ocurrió aquella desgracia, Doña Isabel enloqueció del dolor. Deambulaba de madrugada por los pasillos, hablaba sola y se alimentaba con pepas de guabo.
Un día decidió abatir la monumental fuente por haber sido la causante de aquella tragedia. Alfonso quiso secundarla por miedo a que perdiera la poca cordura que le quedaba, pero no hubo forma de arrancar la pila del lugar. Las piedras parecían incrustadas en la tierra como las muelas en la boca de un cristiano, así que finalmente Alfonso optó por sepultar la pila bajo una plétora de frondosas y exuberantes palmeras traídas al apuro de la Costa.
La mayoría de las habitaciones eran oscuras y frías ya que no contaban con ventanas hacia el exterior y solo recibían la poca luz que filtraba desde los pasillos. La galería, en cambio, relucía bajo el sol de la tarde, que inundaba con sus rayos cálidos los espléndidos helechos, los baúles sevillanos, las mesas y sillas de mimbre, los jarrones de frondosos geranios y begonias, las matas de hierbas aromáticas. El sol penetraba refulgente y dorado por las rejas de hierro forjado y dibujaba en las paredes del fondo extrañas figuras con largas patas e interminables brazos que divertían sobremanera a las niñas Grijalba. Las rejas, del alto de una cantara de leche, fueron una invención de la abuela Paolina, quien un día decretó que había que derrumbar el muro de abobe original y dejar que la luz arroje sus rayos con profusión sobre la galería.
Aquel ambiente familiar y a la vez refinado debía su verdadero encanto

a un impactante detalle en la decoración: los espléndidos lienzos que el bisabuelo Arturo había traído de Europa y que recubrían de lado a lado las paredes del fondo. Así, el *Foro Romano* de Roma, el *Golfo de Nápoles* y el *Canal Grande* de Venecia endulzaban las meriendas de la tarde y provocaban la fantasía de los más pequeños. Cuando los días eran asolados y el aire se entibiaba, las mujeres de San Rafael -y sus visitas- se desplazaban a la galería para conversar, dormir la siesta, pintar, coser o bordar. Mientras, los *huachimanes* brindaban limonadas e infusiones de hierbaluisa, anís o menta que se sembraban y cosechaban al pie de la reja, al igual que otras plantas medicinales.
El único inconveniente de aquellas tardes amenas eran los insectos que acosaban la casa y el jardín sin dar tregua. A pesar que San Rafael tomaba su nombre de un arcángel del cielo, la gran casa flotaba sobre el agua. Sus fundamentas se asentaban sobre una vertiente que causaba un sinfín de humedades y un exceso de gorgojos, sobre todo en horas de la tarde. Para evitar las picazones, las mujeres se frotaban vinagre en las partes más expuestas del cuerpo. Pero a menudo tampoco este remedio funcionaba y las pobres acababan el día con los tobillos hinchados como pavos navideños. Como las niñas jamás tenían tales precauciones, sus piernas y brazos mostraban permanentes sarpullidos y picaduras, tanto que a ratos parecían un enjambre de mariquitas revoloteando en el aire.
Frente a la galería se extendía el jardín con sus capulíes, magnolias, arupos y espléndidas orquídeas arrimadas los arbustos. Entre el follaje podían entreverse colibríes ahondando sus picos en los jugos de los jazmines, las campanillas y los hibiscos. Al fondo, una cortina de palmeras centenarias marcaba el horizonte y filtraba los rayos de sol en los atardeceres.
María Ercilia decía que los colibríes eran criaturas sobrenaturales, que en un descuido de Diosito se escaparon a la Tierra desde el jardín del Edén. Es que no podía explicarse tanta hermosura, ni aquella forma de volar tan peculiar, que dibujaba en el cielo un sinfín de movimientos elegantes y precisos.
"¡Niñas miren como ese colibrí mueve sus alitas hacia arriba, hacia abajo, hacia los lados...se mueven en todas las direcciones!"
"Si tía...son rapidísimos!!!
"Es como si una mano estuviera tejiendo en el aire el más preciado de los tapices..."
"¡Miren como quedan suspendidos! ¡Ninguna ave puede hacer eso!"
"Es que los colibríes son vanidosos y quieren ser admirados, y que se aprecie su belleza..." decía alguna de las niñas.
"Tienes razón *mija*... ellos quieren ser admirados por su hermosura..."
Al fondo del jardín, tras la cortina de palmeras, Doña Raquel cultivaba sus

hortalizas y verduras aprovechando las abundantes aguas subterráneas. Adoraba aquella pequeña loma verde: a pesar de las granizadas, los gusanos y los caprichos de la naturaleza -no todo lo que sembraba luego brotaba-, ella estaba contenta con cada hoja que la tierra húmeda expulsaba de sus entrañas. Eso sí, pasaba el día entero ahuyentando quilicos, cuervos y cualquier otra ave que se acercaba incautamente a su huerta. Lo hacía armada de un trapo con un pedazo de jabón adentro; según ella, sus trapos con relleno eran mejor remedio que cualquier espantapájaros haraposo.
Al frente de la huerta se extendían, sobre un amplia esplanada, la granja, los potreros y los terrenos en donde pastaban las reses[1]. Al comienzo los terrenos eran abiertos, sin más marcas que no fueran unos palos jorobados y estrechos que se hundían en la tierra blanda y rojiza. Luego de algunos robos de ganado, los terrenos se cercaron y de noche se soltaban los perros. En la misma dirección, atrás del limonar y los árboles de aguacate, se hallaban los gallineros, las conejeras y, por supuesto, las aulas de los faisanes.

La casa patronal no era particularmente lujosa, pero su estructura, tan horizontal y simétrica, con su pila de palmeras apuntando las nubes y sus ventanales amplios del color del cielo, le daban un aire de elegancia sobria que no pasaba desapercibida a los ojos de cualquier visitante. Los cuartos contaban, por alguna razón, con un nombre propio, que podía leerse claramente en una incisión de madera en el frente de la puerta. De igual modo, las sabanas que correspondían a cada habitación tenían bordado el nombre en el forro del cojín. Así, en algún momento de su historia, la casa se convirtió en la posada de un sinnúmero de habitantes imaginarios: las meninas, la traviesa, las monjitas, la bizca y...el cuarto del viudo.

Contaba Venancia, abuela de Providencia, que cuando el bisabuelo Arturo enviudó de su mujer María Antonieta, la vida se le fue por el mismo hoyo en el que enterraron a su compañera. Dejó de alimentarse bien y nunca más quiso dormir en la habitación que había compartido con ella durante cincuenta años. Decidió mudarse a un cuarto que siempre había estado cerrado. Se hallaba tan aislado del resto de la casa, que hasta las ratas parecían ignorarlo. Y como la luz apenas llegaba a través de una pequeña ventana esquinera, el cuarto acabó convertido en un trastero lleno de muebles apolillados y viejos juguetes. Así, cuando Arturo quiso ocuparlo para llorar sus lágrimas en santa paz, hubo que emprender una clamorosa operación de limpieza y equipar la habitación para que el nuevo huésped

1 Cerdos.

estuviera mínimamente a gusto. Sus requerimientos fueron tan básicos que, en comparación, una celda de asceta habría parecido una lujosa morada. La única comodidad que se concedió consistía en una bacinica de porcelana blanca provista de dos enormes orejas que había pertenecido a algún príncipe protestante de Alemania y que acabó en uno de los baúles procedentes de Sevilla. Pero no había alguna vanidad en aquello: el curioso objeto le servía para ahorrarse aparatosos viajes nocturnos al retrete, ubicado en la parte trasera de la casa.
Lastimosamente, el cambio de habitación no bastó para aliviar las penas de su corazón afligido. Cuando el sol desaparecía tras los cerros, Arturo salía a galopar hasta los confines de la hacienda. Solo regresaba cuando el cuerpo no aguantaba el peso de los huesos y los huesos no aguantaban la congoja del alma.
Después de la cabalgada entraba a su cuarto tan rápido como una liebre, procurando no encontrarse con nadie. Se escapaba de las personas – y de la propia luz del día- como si fuera un animal nocturno. La rutina cotidiana, con sus olores, sabores y sonidos parecía estorbarle, porque esas cosas le recordaban la vida y él ya no tenía vida. Dios le había traicionado al no llevárselo primero y al dejarlo hundido en un valle de lágrimas, el mundo entero le había traicionado, al no solidarizarse con la quiebra de su espíritu: no entendía como las montañas siguieran en el mismo sitio, la lluvia cayera del mismo modo y el rio San Pedro seguía fluyendo, ahora que ella no estaba.
Cada día, después de la campana del ángelus, dos *huachimanes* entraban sigilosamente a su habitación. Por suerte, tenían el don de ser invisibles y el paso liviano de todo *huachiman*. Una vez adentro, dejaban dos velas para la noche, la bacineta de las grandes orejas, una toalla para el aseo y el agua aromática sobre un velador despostillado. Después de aquel último ritual, San Rafael se sumía en la oscuridad y el silencio más profundo. El chillido de los búhos, el croar de las ranas y el paso rápido de alguna zarigüeya sobre los tapiales dominarían aquel espacio hasta el amanecer, cuando las personas y la luz alborotarían nuevamente a la tierra.
Solo entonces, en aquel silencio tenebroso e inquietante, el bisabuelo Arturo recobraba algo de paz y sosiego.

El día veinte y seis de noviembre se cumplía un año del aniversario de muerte de María Antonieta. Pero se trató de un día especial por otras razones, contaba Venancia.
Cuando los habitantes de San Rafael amanecieron, aconteció algo estremecedor, que conmocionó a los inquilinos de la casa y a los moradores del valle por mucho tiempo.

El cuerpo retorcido y exánime del bisabuelo Arturo apareció al otro lado de la ventana, con los ojos fijos hacia el mismo cielo que se había llevado a su mujer un año atrás. Nunca se supo lo que pasó. La hipótesis del suicidio era inconcebible. El patriarca de los Grijalba era hombre devoto y nunca hubiese cometido el más atroz de los pecados condenándose al infierno. Por tanto, dos eran las explicaciones de aquel luto: o Arturo se había muerto de mal de amores, -y el corazón había cedido ante la excesiva zozobra- o el cuarto era embrujado y alguna fuerza sobrenatural le había lanzado cual muñeca de trapo afuera de la ventana.
Por todas estas razones, la familia no hallaba consuelo: que como así nadie se percató de su desazón, que de pura gana[1] le abrieron como chancho en ese escuálido cuarto frío del cementerio, que el tal Jerónimo Zapata sabía de medicina cuanto ellos sabían de los cuerpos celestiales. En fin, que no se necesitaba ser un experto para saber que el corazón dejaba de latir cuando ya no tenía razones para hacerlo.
La historia no acabó con aquel final apasionado, en donde dos personas que se amaron mucho en vida no pudieron separarse con la muerte. El caso es que, a los pocos días del lamentable suceso, un conocido del bisabuelo Arturo, Don Hernando Casares Proaño visitó a la familia para las condolencias que las circunstancias demandaban. Hernando Casares era el perfecto ejemplo del hacendado pretencioso de la Sierra: bien chiquito, corpulento, de cejas gruesas y un aliento descomunal que solo era igualado por el bulto de su tripa bajo el chaleco. Pegaba alaridos[2] sin importar lo que dijera, quizás porque pensaba que gritando las personas le respetarían más y con eso compensaría su corta talla y demás inclemencias en su semblante.
"¡Maldita raza! ¡Parezco más indio que los propios indios!, se quejaba.
Para completar su imagen de macho temerario, chiquito pero bravo, cargaba un fuete en la mano izquierda y un sombrero en la derecha, que se ponía y quitaba de la cabeza con movimientos nerviosos.
Cuando Hernán Cazares llegó a San Rafael, la familia se hallaba reunida para merendar. Le brindaron un té y unos bizcochos. Pero el tal Hernando tuvo a bien[3] cambiar su té por un aguardiente del fuerte y una vez que los *huachimanes* le extendieron su ansiado vaso, tomó asiento en la butaca más grande de la sala como todo un cachique. De repente, a un familiar se le ocurrió mencionar al cuarto embrujado: que algún aparecido había defenestrado a Don Arturo y que eso había causado su muerte.
Hernando Casares soltó tal carcajada que los vidrios retumbaron.
"¡Puras mariconadas! ¡Ya no hay machos en esta tierra, por eso andamos cómo andamos y ya no se sabe quién es indio y quien es señor! ", gritó al

1 Innecesariamente.
2 Gritos.
3 Pensó.

cielo mientras tragaba con hambre de pobre todo lo que estaba su alcance. "Si me permiten, yo pasaré la noche en la pieza del difunto", dijo sin titubeos.
En la madrugada, cuando los inquilinos de San Rafael aún no se reponían de la muerte de su patriarca, el cuerpo de Hernando Casares Proaño asomó bajo la misma ventana que había expulsado al bisabuelo Arturo pocos días antes.
Fue tal el espanto de aquella escena que tanto hombres como mujeres empezaron a rezar el rosario alrededor del cadáver, sin que nadie se atreviera a reacomodar la camisa desabrochada sobre el vientre hinchado del pobre difunto.
Desde aquel segundo accidente, tan inexplicable como el primero, la habitación pasó a llamarse el cuarto del viudo y no se abría ni siquiera para las monumentales jornadas de limpieza de San Rafael.

Muchos años más tarde, el cuarto del viudo seguía ejerciendo un extraño poder sobre el imaginario de todos. Ninguna de las niñas Grijalba caminaba hasta el fondo del pasillo y los propios empleados se mantenían lejos de aquel lado de la casa. Algunos aseguraban escuchar voces y susurros en las madrugadas; otros, pasos frenéticos cruzando el cuarto de un lado a otro.
La noche de su castigo Matilda tuvo que dormir en una pequeña sala justo al frente al cuarto del viudo. A pesar del poco espacio, había una chimenea tan grande que un adulto podía pararse adentro sin llegar a tocar con sus brazos las enormes columnas de piedra. Desde el alto despuntaba la cabeza de un venado. Parecía estar a punto de estrellarse contra el suelo, con sus ojos abollados y líquidos y sus vellos tiesos.
Matilda pasó la noche en vela pensando en el bisabuelo difunto, en el hacendado soberbio, en su vientre abultado apuntando el cielo, en los infinitos moscos que rondaban sus tripas sin piedad ni respeto.
Un ejército de ratones correteaba por debajo de los tablones y por encima de las vigas. La idea que uno de aquellos roedores se trepara por sus piernas y vientre la atormentaba. Apenas respiraba y limitaba al mínimo los movimientos, como si de aquel modo pudiera mezclarse con el aire y los ratones no se percatasen de su presencia. Mientras, la chimenea, desde el alto del ducto, replicaba furiosamente el silbido del viento helado de los Andes.
La semana siguiente Matilda cayó en fiebres y pasó algunos días en estado de semi conciencia. María Ercilia y las demás mujeres de San Rafael rezaban sin descanso alrededor de su cama. Matilda podía sentir el zumbido de sus plegarias, la humedad del sudor bajo su cuello, los escalofríos punzantes en su espalda.

Recordó haber estado en una tina, rodeada de elfos y duendes, entre pedazos de hielo y escarcha para que baje la temperatura, decían, para que la niña salga de aquel túnel de desvaríos, porqué muchos días de fiebres llevaban a la muerte o a la demencia. Matilda sentía las manos tibias de Soledad estrujar su rostro con una esponja, con ungüentos extraños, con trapos que olían a eucalipto. Hacía calor, luego frío y de nuevo calor. Las convulsiones le hicieron soltar la lengua.

Cuando comenzó a estar mejor Providencia le dio el primer caldo de patas. Lo hizo a cucharadas, poquito a poco, como cuando ella era pequeña y se rehusaba a comer.

"¡Ahí almita de Dios, si sólo supiera el susto que le ha dado a todo el mundo!", decía ella mientras se santiguaba con el puño de su mano.

"¡Tome ese caldo de patas y acábese la limonada con miel!"

Matilda estaba feliz ya que podía disfrutar de los beneficios de la convalecencia. Podía comer su sopa favorita, los buñuelos y las galletas de avena. Además, no tendría que asear su cuarto ni regar sus plantas porque el agua fría le sentaría mal y la pondría a tiritar.

En realidad, los privilegios no acontecían tanto por intermediación de Providencia, sino de Olimpia, quien cuidaba de los habitantes de San Rafael con silenciosa devoción y total entrega. Olimpia era indígena como Soledad y como Providencia e igual de bajita, porqué, decía ella, con la edad te encogías hasta regresar al tamaño de una guaba[1]. Allí la tierra te tragaba de nuevo y volvías a las entrañas de *Pachamana*, volvías a ser polvo y ceniza. A diferencia de las demás *huachimanas,* tenía una dignidad especial, que le hacía caminar y moverse de un modo distinto. Vestía con una elegante blusa blanca -bordada en la Hacienda de Zuleta, decía orgullosamente- y una falda negra provista de una larga correa que daba varias vueltas alrededor de la cintura, al modo indígena. Sus pasos eran medidos, sus movimientos acompasados, su mirada respetuosa y prudente.

Olimpia perdió a ambos sus hijos antes de llegar a San Rafael, pero la memoria de ellos estaba grabada en cada llaga y en cada arruga de su piel color ciruela.

Al parecer, el hijo mayor, Antay, había muerto a los veinte años de edad por causa de una herida producida en el obraje. Ni las pócimas con la baba de sábila, ni los baños de ortiga surtieron efecto, así que finalmente la infección le arrebató de este mundo entre ríos de pus, sangre y gritos al cielo. El otro hijo, Yaku, había montado un taller con un telar propio, de esos modernos para hacer alpargatas y ponchos en cantidades. Por ello se había fuertemente endeudado y, para pagar la deuda más rápido, salía con su mula a vender sus poductos en las comunidades más alejadas. Un

1 Fruto del guabo, un tipo de árbol.

día Yaku viajó a Perú para traer hilos de alpaca. Desde entonces se lo tragó la tierra, dejando una esposa y cuatro hijos maldiciendo su nombre para siempre.
Al quedarse sola, Olimpia decidió dejar su choza a orillas del lago San Pablo y viajar a San Rafael, en donde uno de sus doce hermanos trabajaba al servicio de un hacendado.
"Vente hijita, vente acá con tu marido. Aquí tendrán un techo y empleo. El patrón es persona de bien y te acogerá."
Ese hombre era el Pancho Quilotoa, padre del capataz Armando.

Pastora fue parida cuando su madre Olimpia ya no sangraba, por lo que todos, cuando la *guagua* nació, gritaron al milagro y prendieron cirios en la iglesia del pueblo.
Pastora fue la nodriza de la niña Matilda, quien nacía al mismo tiempo que su propio hijo. Tan pronto el recién nacido cumplió tres meses, la joven se presentó en San Rafael de buen talante, dispuesta a recubrir sus funciones y a reemplazar a Doña Paolina López de León. Según Olimpia, a través de la leche, Pastora le transmitió a la niña Matilda su inmenso coraje, el mismo que con el que un día su hija se lanzó al río San Pedro para salvar a tres niños del pueblo. Lo hizo sin saber nadar ni haber hundido en el agua más que sus manos para fregar la ropa de los patrones.
Pero las virtudes de Pastora iban más allá de sus cualidades humanas.
Tenía dones que la hacían muy especial y que, a pesar de su apariencia diminuta y escuálida, le permitieron granjearse cierto prestigio en todo el valle. Y es que Pastora podía predecir embarazos y muertes al igual que anunciar tormentas y sequías por el peso del aire o el vuelo de los gallinazos. Podía incluso anunciar temblores antes que los propios perros de San Rafael, Lobo y Lucas. Como resultado de estas proezas, muchos la consultaban para saber cuándo sembrar, cuando cosechar o cuando suspender un banquete porque habría aguacero y todos los invitados saldrían corriendo.
Pastora cobraba por sus servicios, -no soy monja, decía- a menos que sus clientes no tuvieran recursos. Las personas que podían, ahondaban sus manos en los bolsillos y le pasaban un puñado de monedas; los demás, dejaban a sus pies un canasto con víveres que ella recibía de buen grado y una sonrisa desdentada.
"¿Cuánto le debo *mija*?"
"Lo que sea su voluntad.", decía con las palmas de las manos juntas como en oración.
"Dios le pague, *mija*."
A esas destrezas se sumaban un sinfín de acertijos y adivinanzas. Los sol-

taba el rato menos pensado, con cara de inocencia y aire distraído. Si la persona adivinaba, pues esa persona se hacía acreedora de una consulta sin costo. También presagiaba cosas buenas, como herencias inesperadas del fulano o del mengano o el sexo de las guaguas por nacer.
"¡Cuales premoniciones!", gritaba Alfonso, quien no se andaba con rodeos a la hora de frenar las extravagancias e ingenuidades de sus mujeres. "¡Lo que pasa es que no sabe reconocer los mortiños de los shanshis[1]!" Pero sus protestas no mermaban en absoluto la fama de Pastora, Pastora la vidente.

Una tarde la abuela Paolina invitó unas amigas a la casa para merendar. Aquella tarde, el ambiente estaba tenso y el nerviosismo se palpaba en el aire.
Algunos días antes había desaparecido del pueblo la joven Marisol, hija del panadero justo frente a la iglesia. Marisol era una chica linda, de buena talla, las facciones suaves y un mestizaje apenas apreciable que siempre le había inquietado a su padre Juanito Quinga. La joven entraba y salía regularmente de San Rafael para entregar el pan recién horneado a la casa, los cigarrillos de María Ercilia o algún otro encargo ocasional.
Cuando se enteraron del suceso, las niñas Grijalba dejaron de comer y se encerraron en un mutismo que duró varios días. Por primera vez desaparecía alguien a quien conocían perfectamente, cuya piel olía a bizcocho recién horneado y cuya voz sonaba tan familiar como la de cualquier persona de la casa.
Al comienzo, nadie imaginó lo peor porqué Marisol era la enamorada[2] del hijo de Lucho Camagua, dueño de varias boticas adentro y afuera del pueblo. Al ignorarse el paradero de ambos, se pensó en la clásica fuga de amor. Y es que Lucho Camagua tenía otros planes para su hijo, quien iba a heredar su no despreciable negocio. Pero esos eran chismes de las malas lenguas.
Pastora se encontraba en San Rafael prendiendo las chimeneas de la casa y las farolas de los exteriores como de costumbre cuando caía la noche. Esperaba ser llamada por Doña Paolina, quien le pediría que comparta alguna anécdota o algún acertijo para sus amigas. De repente, como si un relámpago la hubiese fulminado en aquel mismo lugar, Pastora lanzó al suelo el fajo de madera tierna que cargaba. Soledad y Providencia acudieron rápidamente alertadas por el gran estruendo.
Encontraron a Pastora retorciéndose encima del sofá de la sala, como si tuviera un diablo en el cuerpo.
"¡La joven Marisol está flotando en el río San Pedro al igual que el joven

1 Frutos de apariencia parecida a los mortiños con propiedades alucinógenas.
2 Novia.

Luis!
¡Búsquenlos a la altura de la cascada negra, entre las rocas grandes de la orilla!, dijo entre sollozos. Comenzó a arañarse los brazos, a gritar, a llorar. Solo se calmó cuando Providencia le pasó un agua de vieja para apaciguar los nervios.
"Que Amaru y a Armando bajen de inmediato al rio!", gritó Doña Paolina.
"Y ni una palabra de esta conversación con nadie!", añadió con el tono autoritario de quien no estaba para bromas.
"¡No quiero habladurías!"
Desde el otro lado de la puerta entreabierta las niñas escucharon la conversación en un silencio glaciar. Un escalofrío recorrió sus pequeños cuerpos. Se abrazaron. María Antonia echó a llorar.
Al atardecer, después de que una brigada del pueblo se desplazara al filo del rio y comenzara a patrullar la zona, aparecieron los dos desdichados. Semidesnudos, fríos, tiesos y azules. La corriente había entumecido a tal punto los cuerpos que fueron necesarios cuatro hombres con sus machetes para separarlos y librarlos de las ramas, el musgo y la maleza. Nunca se supo que ocurrió: que habían sido víctimas de una brujería, que el *guambra*[1] se había apropiado de unos terneros que no le pertenecían, que hubo justicia indígena, que aquella unión no era del agrado de todos, que alguien tomó papeles en el asunto.
Fuera como fuera, las almas de los dos amantes volaron de los matorrales al otro mundo tan pronto gozaron de los manjares de sus carnes.
A partir de aquella desgracia, Pastora no volvió a dar muestras de sus dones ultra terrenales y solo brindaba sus servicios bajo pedido de alguien muy cercano o muy desesperado. Caso contrario, se limitaba a anunciar tormentas y a predecir sequías. Lo cual, en la vida aislada de una hacienda, no era cosa de poco.

1 El joven.

El maestro Borsato

Cuando al fin llegaron a su destino, una inmensa edificación de ladrillos coronada por un rosón de mármol blanco apareció frente a ellos. Era soberbia, con una estructura sobria y a la vez imponente. Brotaba, al igual que muchas otras iglesias de la ciudad, a pocos metros de las aguas. Habían llegado a la *Basilica dei Santi Giovanni e Paolo*.
Ramón entró silencioso, casi en puntillas. Tan pronto sus pies livianos rozaron el espléndido piso de lastrones blancos y rosados, escuchó una voz atrás de sí.
"Sabía usted que esta iglesia no es dedicada a los apóstoles Juan y Pablo, sino a Juan y Pablo, dos mártires casi desconocidos de la primera iglesia cristiana?"
Ramón se dio la vuelta bruscamente. Se hallaba en uno de sus momentos contemplativos, -de profundo e íntimo goce- y aún no lograba pasar con desenvoltura de los estados de trance a la vida real. La voz desconocida procedía de un hombre pequeñito, con una mata de pelo gris alborotado y facciones algo grotescas. Era tan delgado -y sus carnes tan pegadas a los huesos- que todas sus venas y nervios se trasparentaban a través de la piel como los serpenteos de un vidrio de Murano. El hombrecillo mantenía los brazos atrás de la espalda y fijaba las paredes con la familiaridad de un dueño de casa.
"Una noche del 1234 el *doge* Jacopo Tiepolo soñó que el oratorio de San Daniel -y el pantano que le rodeaba- estaban atisbados de hermosas flores primaverales a pesar de la época invernal. Una inmensa bandada de palomas blancas cruzaba el cielo y sus pechos estaban marcados por una gran cruz roja. El *doge* quedó tan impresionado por aquella visión que decidió donar las tierras a los dominicos para que construyan su propia iglesia. Esto aconteció en 1333", agregó.
"No conocía esta historia. Gracias por la información", dijo Ramón.
El desconocido se acercó. Comenzó a observarle como un científico observaría a un extraño insecto clavado sobre un paño entre alfileres.
Fue en aquel punto que Ramón entendió quien tenía delante.
"Soy Ramón Callejas de Alba. ¿Es usted el maestro Giovanni Borsato?", agregó Ramón. "En efecto. Soy el mismísimo maestro Giovanni Borsato di Sansovino, orgulloso descendiente del ilustre Jacopo d'Antonio Sansovino, quien con su inspiración divina y mano portentosa diseño la biblioteca marciana de nuestra Piazza San Marco. Entre otras maravillas..."
"Es usted más joven de lo que imaginé y habla muy bien el italiano. ¿Cómo estuvo su viaje? Viene de muy lejos. Le estaba esperando. Si me da cinco minutos para dar algunas instrucciones a mis ayudantes, podríamos ir a Ca' Doria ahora mismo. Así de una vez le explico todo de la propiedad y me quito este peso de encima", dijo.

Tan pronto acabó su interminable oración, comenzó a desplazarse rápidamente de una loseta a otra, como si fuese el peón de un inmenso tablero de ajedrez.
"Acaban de traer esta preciosa *Madonna col Bambino* de las Galerías de la *Accademia* luego que la obra original del Bellini se destruyera en el incendio de la capilla del Rosario", dijo el maestro desde el altar.
"¡Solo imagine si a la *Madonna* le pasa algo! ¡Reabrirían *i Piombi* solo para apresarme a mí!", dijo entre risas.
Ramón sonrió entre sí. Se dio cuenta de inmediato que el maestro Borsato era de esos seres que dejan de hablar solo cuando yacen bajo tierra. No obstante, aquel hombre en miniatura le cayó bien. Además, era un gran conocedor de la ciudad, por lo que sería una amistad muy útil y una guía muy confiable.
"Le espero, maestro, gracias. La casa se encuentra en avanzado estado de deterioro y quiero empezar las obras lo antes posible. ¿Puedo contar con su valiosa ayuda?", preguntó Ramon.
El maestro detuvo sus correteos nerviosos al improviso. Su rostro empalideció y el montón de cuadernos y reglas que cargaba bajo su brazo casi se desploma al suelo. Apoyó entonces los bultos sobre el piso, sacó un pequeño pañuelo de batista de un bolsillo y se secó las sienes.
"Verá *Ecelensa*. Desde que su señora madre la condesa Morosini falleció he cuidado la propiedad con el máximo esmero, sin escatimar mi tiempo ni mi propia salud. Mi deber se acaba el momento en que entrego a usted las llaves y los documentos de la propiedad. En ningún momento ofrecí hacerme cargo del *palazzo*. Estoy a punto de un colapso nervioso con mi trabajo...me rodean puros incompetentes...tanto que no tengo tiempo ni para un *cicchetto* en San Zaccaria desde que acepté restaurar la Madonna y las demás obras de esta iglesia", agregó con cara acongojada el maestro. Acepté el encargo por consideración a su madre la condesa a quien debo mucho...que gran dama y que mujer más excepcional...", se apresuró a decir.
Mientras hablaba, imperceptibles gotas de sudor rodaban por su frente, atravesando los surcos de la piel cual pequeños riachuelos. Entonces, sacó otro pañuelo de su chaleco y se lo pasó por toda la cara con movimientos bruscos. Borsato estaba visiblemente nervioso. Ramón entendió que debía recurrir a su habitual don de persuasión, así que cambió el tono del discurso.
"Maestro no se preocupe. No vine a exigir nada. Al contrario, vengo a pedir respetuosamente su ayuda. Si mi madre le dejó a usted las llaves de Ca´ Doria -y los títulos de propiedad- es porqué ella le confiaba y apreciaba sobremanera. ¿Estoy en lo correcto? Por esta razón se me ocurrió que usted -y solo usted- podría ayudarme a restructurar el palacio. Caso contrario, le ruego me indique a quien acudir que sea de su total confianza. Pero quiero dejar claro que usted ha sido -y *es*- mi primera opción", recalcó Ramón.

Hubo un momento de silencio.
El ceño fruncido del hombrecito finalmente se relajó y hasta el tono verdoso de su piel pareció volverse más rosado.
"¿Encargar a alguien las obras de Ca´ Doria? ¿Esto sería como encargar la restructuración de la *Basilica di San Marco* a mi verdulero en San Vidal!".
Ramón había logrado el resultado que quería.
"Vamos a Ca´ Doria *ecelensa.* Vamos...antes de que cambie de idea...", refunfuñó.

El maestro estaba sorprendido. No esperaba dejarse convencer tan pronto -y simpatizar tan rápido- con aquel joven salido de la nada. Debía imaginarlo. Al fin y al cabo, era hijo de su adorada condesa Morosini. Tenía la misma determinación y apasionamiento de su madre. También tenía la misma inteligencia, esa que se transmite con pocas palabras y una sola, poderosa mirada. ¡Y qué decir de su aspecto, de aquellos ojos negros, de aquella nariz recta y boca carnosa! El joven Callejas era la viva imagen de su madre, de *madonna* Beatrice, de la más hermosa y culta de las damas venecianas.
La conversación fue tan sorpresiva que el maestro olvidó dar a sus empleados y aprendices las instrucciones para que sigan avanzando en su ausencia. Ramón se dio cuenta de aquel descuido, pero no dijo nada: ansiaba regresar al palacio y que aquel extravagante personaje de espaldas estrechas y lengua rápida le comparta hasta el último detalle de Ca' Doria.
Los dos salieron por la puerta principal y se dirigieron hacia el punto en donde Alvise les esperaba. El gondolero conversaba alegremente con una joven de amplia sonrisa y grandes rizos oscuros. Tan pronto distinguió entre la gente el perfil de su *parón*, despachó de inmediato a la chica y lanzó al agua la manzana que mordisqueaba ávidamente. El maestro Borsato y Ramón se sentaron en la góndola uno frente al otro. Comenzaron a navegar por el Rio dei Mendicanti. Se había levantado el viento y había refrescado.
Al cabo de un rato llegaron a Ca' Doria.
La visión del palacio provocó en Ramón la misma emoción de la primera vez. No se acostumbraba a la impresión de aquella fachada que se proyectaba orgullosa sobre las aguas, del balcón infinito, del reverbero de la luz sobre la imponente superficie marmolea. Pasaron por la *porta d´acqua* y subieron por la *scalinata* en gran silencio, como si estuvieran entrando a una catedral.
"¿Sabía usted que Vittore Carpaccio retrató en una obra suya esta entrada? Se trata de una obra magnífica, de las mejores del artista, a mi humilde criterio...", agrego Borsato.
Por supuesto que Ramón no lo sabía. Comenzaba a estar cansado de no saber cosas. Algo estaba removiendo su espíritu desde adentro, como si aquel palacio -y aquella ciudad- estuvieran a cada instante penetrando un poco más en

su riego sanguíneo, en las fibras de su cuerpo.
Tan pronto entraron por la puerta ambos se detuvieron.
El pavimento era más irregular de lo que Ramón había apreciado en sus primeras rondas. Un enredo de algas con forma de larguísimos gusanos verdosos cruzaba el piso de lado a lado. Las propias olas del *canale* parecían haber dejado a propósito su huella, su marca definitiva.
"La casa está en ruinas, *ecelensa"*, pero no fue siempre así, dijo el Maestro Borsato.
Ca' Doria es, de hecho, uno de los más antiguos y prestigiosos palacios de esta ciudad. Se construyó en el siglo doce y durante muchos años fue la residencia del gran *doge* Leopoldo Torgiano, ilustre y riquísimo aristócrata quien financió la cuarta cruzada en 1204. Era una casa espléndida, de las más fastuosas de toda Venecia, adornada con extraordinarios mármoles griegos traídos expresamente de Constantinopla tan pronto la ciudad fue conquistada.
"Según dice la leyenda, la familia Torgiano descendía de un linaje muy antiguo e ilustre, el Ipati. Me conto mi madre", interrumpió Ramón.
El pequeño hombre viró la cara hacia Ramón. Estaba sorprendido. No esperaba que aquel joven conociera tantos detalles.
"Así es *ecelensa*. Dejando de lado la leyenda, esa familia dio a la *Serenissima* cuatro *dogi*, doce Procuradores de San Marco y un patriarca de Grado. Pero el prestigio político no lo era todo. Con el pasar de los siglos, la casa se fue enriqueciendo de obras notables, frescos exquisitos, muebles y tapices traídos del lejano oriente", agregó. Ramón escuchaba como el más devoto de los feligreses en una misa de Resurrección.
"Sus dueños fueron siempre finos humanistas, historiadores, escritores, juristas y políticos. Todos ellos protectores y amantes de las artes. En fin, personas de gran cultura y sensibilidad", agregó el maestro con cierto orgullo, como si se tratara de sus propios antepasados. Estaba dichoso de contar con la genuina atención del joven Callejas y gozaba viendo sus ojos vivaces abrirse de par en par a cada rato. A parte, Ramón hacía unas muecas que le recordaban a la condesa y eso le enternecía sobremanera.
"Por favor maestro, continúe su relato."
"...Estas cualidades, tan arraigadas en todos los dueños de Ca' Doria, hicieron que el palacio se convirtiera en un auténtico tesoro, con obras siempre más valiosas y únicas traspasándose de padres a hijos. Finalmente, la propiedad llegó a manos del abuelo de la condesa, el conde Francesco Morosini, quien estuvo a la altura del prestigio de su familia. El conde fue un escritor talentoso y uno de los más finos diplomáticos de la *Serenissima*", concluyó Borsato.
"¿Maestro, que pasó con todas esas maravillas que usted describe con tanto detalle?"- preguntó nerviosamente Ramón.
El maestro levantó las cejas.

"No sabría qué decirle... yo ando muy ocupado en lo mío y la verdad tampoco soy conocedor de tantos pormenores...en esos entonces la gente rumoreaba, decía que el sobrino de una prima de su madre, el general Jacques Bauville, para engraciarse con su amante, le obsequió algunas obras de arte que pertenecían a la condesa. ¡Una vergüenza, no me haga pensar en ello que hasta ahora me hierve la sangre! ¡Solo no se llevó lo que no pudo arrancar de las paredes...!"
"¿El sobrino de la prima de mi madre?", repitió Ramón.
"Si *ecelensa*. Bauville era general condecorado de otro bárbaro de mucho peso, el mismísimo emperador Napoleón Bonaparte."
El maestro se detuvo al improviso, como si las palabras le dolieran al salir de la boca.
"Perdone mi impertinencia, pero usted me pone nervioso con sus pausas...", dijo Ramón sin rodeos.
"Imagínese que allí donde ahora se hallan le *Procuratie Nuovissime*, antes había la espléndida iglesia de San Geminiano, una de las más antiguas de Venecia. Mi antepasado Sansovino la había restructurado en 1557. Pero Napoleón la hizo demoler para hacer de la *Piazza* su propio salón de fiestas ¿Puede creerlo?"
"En efecto, es indignante."
"Pero regresemos a Bauville, le ruego..."
"Cuando la condesa enfermó, Bauville se instaló en el palacio junto a su amante con el pretexto de cuidarla. Lamentablemente, la salud de su madre estaba deteriorándose, por lo que, al final, accedió a las presiones de aquel único pariente cercano.
"¡Vaya embustero el tal Bauville!"
"Efectivamente. Se aprovechó de la vulnerabilidad de la condesa para robar lo que pudo. Además, Bauville era un personaje rudo y de pocas costumbres, no obstante, su abolengo. Ni siquiera tenía idea del valor de las obras que tenía por delante", agregó el maestro con tono acalorado.
El rostro de Ramón ensombreció al improviso. Se sintió culpable por aquella ausencia. ¡Nunca hubiese acontecido aquel abuso si él hubiese acompañado a su progenitora!
El maestro pareció leer los pensamientos del joven Callejas.
"*Ecelensa*...si me permite...no es su culpa. Usted era poco más que un niño... como podía saber...como podía imaginar..."
Ramón se esforzó para recobrar el control de sus emociones. Estaba visiblemente alterado. Al fin de que su malestar no sea muy evidente, le rogo al maestro que retomen la visita del palacio. Llegaron a la sala del primer piso. Los tablones eran tan oscuros que apenas había luz y hacía frio.
"¿Maestro que es todo este revestimiento de madera? Se supone que las

paredes de este *palazzo* eran en mármol, con frescos en todas las paredes. Recuerdo las historias de mi madre. Me hablaba de la batalla de Lepanto, del magistral manejo de la luz y de la atmósfera que el pintor había logrado retratar. Aquella escena era tan dramática que de niña le daba miedo...", dijo Ramón con cierta conmoción.
"Conozco muy bien aquel fresco *ecelensa*..."
El maestro se detuvo nuevamente. Pero, esta vez, Ramón no protestó.
"Cuando el general llegó a Ca´ Doria, lo primero que hizo fue tapar todas las paredes del *primo* y del *secondo piano nobile* con todas esas tablas que usted ve con la idea de calentar los ambientes. Decía que *Venessia* era más fría que París y que, de no tomar las riendas, se ganaría una buena pulmonía. Así, para no alargar mucho el cuento *ecelensa,* todos los magníficos frescos del *palazzo* quedaron sepultados bajo quintales de madera."
Ramón enmudeció.
"Pero... ¿por qué mi madre no me habló de esta situación?"
"Me imagino que su *ecelensa* la condesa no quiso contarle de su nuevo inquilino ni de su enfermedad para no preocuparle. Usted era tan joven...seguramente Bauville pensó que nadie aparecería para reclamar la herencia de su madre debido a las circunstancias en las que.... bueno... en las que la condesa dejó a su padre..."
"Entiendo, maestro. Cuando llegó la noticia del estado de salud de mi madre ya era demasiado tarde."
Ramón se llevó ambas manos a la frente. El alma le dolía de un dolor físico y su rostro delataba claramente su congoja. El maestro se dio cuenta de aquella desazón y optó por cambiar el tono de la conversación.
"Felizmente, al mes de la muerte de la condesa, Bauville abandonó el palacio a la velocidad de un rayo."
"Extraño que lo haya hecho y no haya más bien intentado posesionarse del *palazzo*", dijo Ramón.
"En efecto, creo que estas eran sus intenciones. Pero aconteció algo que le hizo desistir de cualquier mal pensamiento.
"¿Qué pasó?", preguntó Ramón.
"Si damos crédito a los rumores que circulaban en el Florian y en Campo Santo Stefano, una noche el fantasma de su madre apareció ante Bauville."
"Un fantasma? Creí que los fantasmas son existían en nuestras casas de hacienda..."
El maestro sonrió.
"¿En dónde apareció?", preguntó Ramón.
"Justo aquí, en la parte alta de la *scalinata*."
"Al parecer su madre...ósea...el fantasma de ella, le gritó que se fuera: ¡*Vattene* vía *Bauville*!" ... ¡*Vattene via*!, gritó Borsato mientras sus brazos se elevaban al

cielo para dramatizar la escena que estaba describiendo.
"El general del susto se tropezó y
rodó las escaleras hasta abajo. No se rompió el hueso del cuello porque el Altísimo no quiso recibir a semejante embustero antes de tiempo.
"¿En serio, maestro?"
"Así fueron las cosas, *ecelensa*. Tan pronto Bauville se recuperó del espanto armó su equipaje y se esfumó para siempre, con gran alivio de todos".
Ramón esbozó una sonrisa pícara.
"¡Fuera lo que fuera, ahora estoy yo aquí y esas tablas saldrán de las paredes de inmediato!", dijo Ramón con firmeza.
"¡Dios sabe en qué estado estarán los frescos después de tanto tiempo! Sufro de solo imaginar lo que puede haber tras estas maderas marchitas", agregó el maestro.
"Si las cosas están así, entonces debemos comenzar las obras lo antes posible. Es fundamental que usted esté presente ya que una obra podría ver la luz en cualquier instante. Además, solo usted tiene la competencia para supervisar a los trabajadores y asegurar que no ocurran daños."
Ramón estaba afligido después de aquella conversación. Por otro lado, no podía darse el lujo de flaquear ni de perder a su más valioso colaborador. Además, Borsato era la única atadura con su madre.
Debía poner de pie Ca' Doria. Cueste lo que cueste. Por ella. Por él mismo.
"¿Qué le parece si nos ocupamos del presente y nos centramos en rescatar el palacio de su estado? Necesitamos empezar ya, antes que la laguna se trague lo poco que queda".
"Tiene razón *ecelensa*. Mejor ocuparnos del presente. No tiene sentido amargarnos por un pasado que ya no podemos cambiar. No se preocupe. Yo coordinaré la restructuración del palacio. Tengo mis propios albañiles, carpinteros y plomeros en los que confío ciegamente. Sobre todo, tengo gente con ganas de trabajar. Para la próxima semana podría organizar una escuadra."
"Perfecto maestro. Quedo infinitamente agradecido", dijo Ramón.
Borsato estaba visiblemente halagado y emocionado.
"No hay honor más grande para mí que servirle a usted, el hijo de la condesa Morosini, quien confió en mí cuando nadie confiaba y quien..."
"Le espero el día lunes a primera hora", agregó Ramón sin dejarle acabar la frase. Se exasperaba cuando las personas comenzaban oraciones interminables. Peor, cuando sabía de antemano lo que las personas querían decir.
"Disponga de estos días para aguardar sus asuntos y poder empezar con pie derecho la próxima semana. Una buena tarde maestro", concluyó Ramón.
Borsato se dio media vuelta y caminó cabizbajo hacia la salida. Al salir refunfuñó algunas palabras incomprensibles. Se preguntaba en qué momento el joven Callejas de Alba le había enredado en aquella tarea de locos.

Evaristo el jesuita

Navidad era todo un acontecimiento. En aquellas fechas, las mujeres de San Rafael se encerraban el día entero en la cocina. Los únicos recorridos eran a la huerta para recoger hortalizas y verduras frescas, al gallinero para recoger huevos o al pueblo para ir al mercado y abastecerse de lo necesario. El ajetreo comenzaba con una semana de anticipación: las niñas tenían sus propios puestos alrededor del mesón de la cocina y, tan pronto recibían instrucciones de Doña Raquel, empezaban a picar verduras, moler especias, pelar papas. Un auténtico carrusel de colores y sabores endulzaba el aire, entibiaba los corazones y preparaba los paladares para lo que vendría.
Pastora y Providencia hervían ollas gigantes para pelar las gallinas, las tórtoras y cuanta ave los hombres de la casa lograban atrapar entre maizales, potreros y matorrales. Las hijas de Soledad, Josefa y Blanca, se encargaban de traer agua de la acequia[1], lavar los trastos usados y encender las estufas cuando, al caer la tarde, el frío comenzaba a pinchar la carne y entumecer los pies. Finalmente, Olimpia y Soledad mezclaban los ingredientes con sus propias manos -si no se hace de este modo, los sabores no penetran-sazonaban los potajes, trituraban culantro en ruidosas cazuelas de loza, removían y probaban guisos con enormes cucharones de madera.
Era un mundo exclusivamente femenino, en donde las horas pasaban conversando, cantando, cuchicheando, rezando la novena del día, comentando esto y el otro. En aquellos momentos el tiempo se suspendía y el vapor de las ollas parecía entremezclarse con el concierto de ruidos que libraban los utensilios, las piedras de moler, los bolillos y cedazos, las propias voces de las mujeres. Todo ese ajetreo tenía el fin de lograr la comida más exquisita para los días de fiesta, para la familia, para los parientes solos que acudían buscando calor, compañía y algo de conversa[2]. Además, cada año los potajes debían superar los del año anterior, porque, si no, que chiste era.
Los platos que nunca podían faltar en la mesa de navidad eran el pollo relleno de pasas y mermelada de ciruelas, el ají de carne o de queso y el gato encerrado con buñuelos. El postre era auténtica delicia para los sentidos, tanto que, con días de antelación, adultos y pequeños soñaban con hundir sus lenguas en esa masa blanda y jugosa, azucarada al punto justo, caliente pero no hirviendo, meliflua pero no empalagosa.
En el frenesí que caracterizaba aquella época del año, cada uno parecía

1 Pequeños riachuelos de agua que cruzaban los terrenos.
2 Conversar un poquito.

saber a la perfección que le correspondía hacer y que esperar del otro. Mientras, Raquel, cual abeja reina en su panal, supervisaba y daba órdenes, en un correteo interminable que no paraba sino a la hora de acostarse.

A diferencia de sus hermanas, Matilda no amaba bordar, coser, ni mucho menos atender las tareas de casa. Sin embargo, encontraba cierto placer a la hora de cocinar. Le gustaba aquella complicidad entre mujeres, la mezcla de aromas y olores que se producía entre las ollas, el calor dulzón que invadía el ambiente y penetraba la ropa, el pelo, la propia alma. Además, le encantaba sazonar los platos e inventar sus propias recetas a base de flores, plantas y otras extrañas mezclas: huevos en salsa de amapolas y culantro, estofado con crema de rosas, gallina guinea en licor de manzana y tomillo.
Cocinaba y hacía sus curiosos potajes entre risas, cantos improvisados y acertijos de Pastora que ella replicaba con entusiasmo. Hasta que a su madre se le agotaba la paciencia y la mandaba a fregar los platos.
Tan pronto las ollas estaban relucientes -y los guisos cubiertos por un amasijo de trapos húmedos- Matilda corría a la biblioteca de la casa.
Se escabullía como un gato, antes que su madre la enrole en alguna tarea doméstica o que sus hermanas la busquen para jugar. Caminaba a trancones, para llegar antes, para que nadie la vea ni la detenga. Cuando al fin se topaba frente a frente con la gran puerta de nogal con sus ángeles, claveles y espinos, se detenía unos instantes, en respetuoso silencio. La puerta pertenecía a la antigua iglesia de Puellaro, una aldea al filo del río Guayllabamba que un intrépido seguidor de Sebastián de Benalcázar fundó sobre un cúmulo de ruinas Inca. Doscientos años más tarde, un terremoto arrasaba con todo y el bisabuelo Grijalba acudía en ayuda de los moradores. Cuando llegó la hora del regreso, el bisabuelo subió la puerta a una carreta y se la llevó a la hacienda: esos campesinos no sabrían que hacerse son semejante finura, en cambio él la cuidaría como era debido.
Al parecer, después de un tiempo algún sobreviviente se presentó en San Rafael para reclamar la valiosa pieza, pero Arturo le recibió a escopetazos. Después de aquel accidente nadie más apareció y la puerta -con su plétora de ángeles y claveles- se convirtió en la guardiana de la biblioteca.
Matilda entraba a la sala casi en puntillas, mientras el olor a velas derretidas, a cuero y a moho penetraba despacio su olfato, las hebras de su pelo, los poros de la piel. En aquel espacio inmenso y oscuro, el aire olía distinto al resto de la casa y la escasísima luz impactaba el mobiliario de un modo igualmente distinto.
Una tambaleante escalera permitía subir hasta las estanterías más altas mientras que un sistema de cuatro ruedas ideado por Armando Quilotoa

consentía desplazarse en sentido horizontal a lo largo de la extensa pared. El lugar era frío y poco iluminado ya que no contaba con una chimenea ni había ventanas hacia el exterior.
Muy a pesar de ello, cuando llegaba el atardecer y el mundo lentamente se apagaba, Matilda sentía una misteriosa, irresistible atracción hacia aquellas estanterías que olían a historias lejanas, a personajes intrépidos, a genios de la ciencia, a héroes cuyo coraje había forjado el mundo, a tierras y países desconocidos. Era tal el hechizo de algunos libros que a veces se quedaba trepada por horas en la parte alta de la escalera. Cuando finalmente se levantaba, sus piernas estaban acalambradas y su trasero amortiguado.

La biblioteca era un lugar al que nadie accedía, más que ella y que solo subsistía por tratarse del legado del marqués sevillano. Tan pronto sus ojos se acostumbraban a la penumbra -y el brisero de cristal al medio de la habitación libraba su primera llamarada- Matilda trepaba la grada de Armando Quilotoa hasta el tope. Una vez arriba, comenzaba a seleccionar decenas de libros entre los volúmenes apilados en los estantes. Nada le daba más gusto que deshojar las páginas, oler el cuero, asentar sobre sus rodillas los inmensos bultos.
"Esa parte de la casa sería perfecta para hacer una despensa como Dios manda. No hay humedad, las paredes son altas y no hay una sola grieta", decía la abuela Isabel.
"¡No digas tonteras *mija*! ¡La biblioteca se queda allí donde está!", rebatía él.
"¡Nadie usa esa sala más que tú y los libros están medio podridos!¡Quien sabe cuántas ratas se anidan atrás de ellos!"
"Matilda adora estar aquí! ¡Esos libros son sagrados!, recalcaba con vehemencia el patriarca de los Grijalba Montes.
"¡Mientras yo viva, nadie toca la biblioteca, carajo!"
Entonces, Isabel se daba por vencida y se alejaba borboteando algún reclamo.

Año tras año, la biblioteca seguía resistiendo a sus enemigos domésticos y a las insidias que la practicidad de la vida de campo impulsaba. A parte Matilda, nadie se acercaba sino para emprender ocasionales limpiezas o campañas de desinfección contra las termitas. Con el paso del tiempo el lugar fue acumulando sillones, mesas, revistas amontonadas, estatuillas, figuras exóticas y un sinfín de objetos estrafalarios que no eran del agrado de Doña Raquel y que, por ello, eran desterrados sin muchas contemplaciones. En realidad, cuando ella se emperraba en deshacerse de trastos y

vejestorios, tampoco esa ubicación era garantía de sobrevivencia: "¿Arturo hay necesidad de guardar esos bastones con cabezas de gárgolas? ¡Son un espanto! ¿Y esos mapas? ¡Están tan avejentados que no se lee nada! ¿Y esa lupa? ¡Si al menos fuera de plata...! ¿Puedo botar ese lagarto embalsamado? ¡Está apolillado desde hace ratos! ¿Y los frascos de farmacia? ¡Que contienen? ¡La piel del zorro que cazó tu abuelo esta roída por los ratones, creo que cumplió su tiempo...!"
Muy a pesar de la montonera de los objetos estrafalarios que invierno tras invierno se amontonaban sin pena ni gloria, la pared de libros del marqués siguió impoluta, sagrada como las vacas de la India que contemplaban desde un discreto marco de marfil aquel inmenso espacio.
Un día Matilda agarró el primer libro que pudo alcanzar con el largo de sus brazos. Se llamaba *Historia de los Santos*. Lo leyó entero, luego de haber cuidadosamente despegado un gran número de hojas que el tiempo había juntado. Descubrió que San Rafael era el patrono de los viajeros y peregrinos, que cargaba un pescado entre las manos y que acabó fulminado por un rayo. Otro día, sus ojos cayeron sobre un texto que se titulaba *Historia de la Filosofía*. Descubrió que la filosofía era un compendio de infinitas preguntas que te obligaban a pensar. Así, según Sócrates, más eras sabio, más te dabas cuenta de lo que te faltaba por saber. A Matilda le pareció una increíble constatación, porqué invitaba a ser humildes y no regocijarse con el propio intelecto. También le pareció un pensamiento muy estimulante, porque impulsaba a no conformarse y a explorar siempre nuevos rincones del saber.
Así, los libros más variados caían en sus manos ávidas, seduciendo su mente curiosa y transportándola más allá de los tapiales de San Rafael, de la Cordillera, del propio Océano. Como además no tenía un interés concreto, un día se apasionaba por la astronomía, otro por las aventuras de un pirata del Caribe o las peripecias de un sirviente que luchaba contra un molino de viento. También amaba los libros de medicina. A pesar que no siempre entendía todo, las imágenes eran suficientemente claras para darse cuenta que las explicaciones de su madre con respecto al funcionamiento del cuerpo humano eran de lo más incompletas. Fue gracias a esos libros que descubrió como nacen los niños -el parto de las yeguas era muy similar- y porque las mujeres tienen el periodo. De no ser por aquellos libros hubiese tenido el peor de los sustos cuando sangró por primera vez. Con el paso de los años la biblioteca dejó de parecerle tan grande como cuando ella era del alto de un bastón y debía torcer el cuello hasta el punto de marearse para revisar las estanterías más altas. Pero aquel lugar, con su mezcla de olores y libros amarillentos, siguió siendo su refugio favorito y compañero invisible.

Al menos, hasta conocer al padre Evaristo.

Evaristo el jesuita no llegó de casualidad a San Rafael, ni a la vida de la niña Matilda. Los genes rebeldes del patriarca de la familia Grijalba Montes fueron, de hecho, los responsables de aquella contratación tan rara y poco apropiada, según Doña Raquel.

En efecto, Alfonso era alguien a quien se llamaría un espíritu libre. Antes de casarse había estudiado derecho en París, trabajado de peón en una hacienda cacaotera de la costa y viajado a la Polinesia en una balsa de bambú que él mismo había armado.

Cuando su nieta favorita cumplió cinco años, Alfonso se empeñó en conseguir un tutor de excelencia para que hiciera de ella sino una señorita casamentera, al menos una mujer culta y espabilada. El elegido fue Evaristo Trujillo, un ex cura jesuita que había pasado la mitad de su vida en una hacienda de Machachi, -propiedad de su antigua orden- y la otra descubriendo todo lo que se hallaba afuera de su remota celda.

Al comienzo Evaristo era un cura modelo: trabajaba incansablemente, nunca se quejaba y esgrimía una sonrisa pletórica con cualquiera que se le cruzaba. Pero aquella beatitud celaba un carácter inquieto y un alma indomable que no tardaron en brotar.

A cierto punto de su madurez, Evaristo se aburrió de vender el trigo, la cebada y el maíz que se molía en el molino de la hacienda y desapareció sin dejar rastro. Viajó por el mundo entero, comiendo si había comida, durmiendo si había posada, de casa en casa, de ciudad en ciudad, adaptándose al frío del invierno europeo, al calor de los trópicos, a los vientos y tormentas de las travesías, intercambiando los alimentos del cuerpo con aquellos del alma, escuchando, compartiendo lo poco y lo mucho, prometiendo regresar a quienes le recibían.

Sus andanzas y vagabundeos duraron hasta conocer a Alfonso Grijalba Montes, quien logró convencerle para que educase a la pequeña Matilda. El encuentro entre los dos fue muy engorroso pues Alfonso y Evaristo se conocieron en el velorio de la madre de este, Mariana López de Trujillo. El ex jesuita había regresado al país para despedirse de su progenitora quien estaba gravemente enferma. Mariana era una prima segunda de Alfonso y, de no ser por él, habría muerto en la pobreza debido a los malos negocios de su difunto marido quien era, a dicha de todos, un alfeñique[1] y un holgazán. Desde que el hombre falleció, Mariana vivía en una sencilla casona al lado de lo que un día fue la prospera hacienda de sus padres y al parecer los propios chugchadores[2] de Santa Rosa le daban de que vivir.

1 Un hombre bueno para nada, débil.

2 Trabajadores del campo que recogían el resto de las cosechas para de eso sacar alimento para sus hogares.

El día del velorio el abuelo Alfonso y Evaristo Trujillo estaban allí, en primera fila, contemplando el pálido rostro de la muerta. Se escrutaban con prudencia, sin saber el uno del otro. Alfonso pensó que Evaristo era algún sobrino de la difunta; Evaristo, que aquel señor distinguido y de buen semblante era algún pretendiente tardío de su madre. Finalmente, alguien los presentó. Cuando Alfonso se enteró que el ex jesuita había tenido las agallas de abandonar su orden y la insensatez de recorrer el mundo con un baúl de libros y una carreta de lechero, no dudó en que Evaristo Trujillo era la persona perfecta para instruir a su nieta.
"Alfonso, con todo respeto, ¿Por qué la niña no puede ir al colegio Cristo Rey como sus hermanas?"
"Raquelita, con todo cariño, la niña es muy despierta para dar tan poco alimento a su cerebro. Si un cordero le das lo mismo que a una gallina, el cordero se hace gallina..."
"¿Usted quiere decir que sus demás nietas son..."
"No quiero decir nada Raquelita. Sólo déjeme hacer a mi manera y confíe, se lo ruego."
Así, gracias a la intuición y a la determinación inquebrantable de Alfonso, aquel extravagante personaje entró a la vida de @Matilda Grijalba Montes.

Tan pronto Evaristo vio a esa niña de pelo alborotado y cara traviesa intuyó su curiosidad inagotable y su sed de conocimiento. Esos ojos negros, que se movían de un lado a otro como dos canicas -y esa mirada pícara- no lo engañaban. Solo había que regar aquella joven plantita y asegurarle el mejor de los abonos.
A Matilda su tutor le gustó desde un inicio. El semblante y la contextura de aquel hombre aparecido de la nada eran tan únicos como su prodigiosa mente. La cabeza -del tamaño de una lima- y el enorme cuerpo, parecían pertenecer a dos distintos sujetos. Las manos y pies también discordaban con sus brazos y piernas: los primeros eran anchos y regordetes, los segundos largos y estirados como los tentáculos de un pulpo.
Pero algo extraordinario sobresalía de aquella extraña combinación de masa blanda y articulaciones interminables: Evaristo estaba provisto una mirada magnética que hipnotizaba y que alejaba de cualquier distracción. Su mente formidable y conocimiento del mundo hacían el resto. Uno de sus mayores placeres consistía en soltar barbaridades que provoquen la reacción indignada de sus interlocutores. Entonces, el abultado cuello se hinchaba como el pescuezo de un pavo, hasta que al final su boca soltaba una enorme, incontenible carcajada.
Matilda y su tutor estaban encantados el uno con el otro. Cuando el padre lanzaba sus provocaciones y desafíos mentales la niña daba su respuesta

de inmediato. Luego quedaba en silencio y retenía su respiración. Tenía miedo que su aliento, al salir del cuerpo, entorpeciera aquel mágico momento en donde un sabio estaba a punto de compartir grandes verdades con ella.
Una tarde Evaristo Trujillo sacó de su maletín un enorme cuaderno de piel de vaca. Explicó a Matilda que aquel manojo de hojas era su mayor tesoro. Se trataba de un diario que describía todos sus viajes desde que había abandonado su celda. Los viajes –decía- eran el atajo perfecto del conocimiento porque abrían la mente, estimulaban el espíritu crítico y retaban los valores y creencias de las personas. Sin aquel estímulo, las mentes se encogían como pasas al sol y las conversaciones poco a poco, al carecer de contenidos, se reducían a chismorreos de pasillo, temas irrelevantes y detalles de las vidas ajenas que a nadie le importaban.
Afirmaciones de aquel tipo hubiesen propiciado un ataque de histeria colectiva en todas las mujeres de San Rafael y a Matilda le daba mucha risa pensar que ocurrían bajo el mismo techo en donde su madre bordaba y tejía plácidamente. Y es que las provocaciones de Evaristo no eran simples ataques a las costumbres de la cerrada sociedad andina: su actitud se debía a un profundo rechazo hacia todo prejuicio que impedía pensar libremente.
"Persona que no piensa está condenada a ser ignorante y a que otros se aprovechen de su ignorancia."
"Si no piensas, tu potencial como persona se bloquea."
"¿A que se refiere padre?"
"A que nunca descubrirás en que eres bueno y cuáles son los dones que Dios te ha dado", decía.
"La ignorancia impide que las personas sean verdaderas hijas de Dios."
"...porque los hijos de Dios no pueden ser una manada de burros", agregaba ella.
"Así es, Matilda. Los hijos de Dios no pueden ser una manada de burros."
Según Evaristo la ignorancia y los prejuicios causaban la peor de las cegueras y muchas veces, los gobernantes de los pueblos utilizaban esas cosas para ejercer su poder, ya que era mucho más fácil dominar un rebaño de ovejas iletradas que dominar a un ejército de personas pensantes e instruidas.
Para explicar aquellas ideas, el padre le habló de un filósofo, Aristóteles, quien distinguía la *potencia* del *acto*.
"Matilda, mira esa planta", dijo un día en el que entró a la sala de estudio con una mata de culantro en la mano.
"Cuando se halla en su estado de semilla, esta planta está *en potencia*. Pero, cuando comienzan a brotar sus ramilletes y hojas, esa misma planta

se trasforma *en acto.*"
"¿Es decir que la planta pasa a su estado final de desarrollo?"
"Exacto. La planta alcanza su plenitud y cumple su función vital."
"La naturaleza -y todos sus elementos- está regulada por este ciclo. El ser humano no es excepción ya que la felicidad no es más que una vida vivida con plenitud, objetivo que solo puede lograrse con la expansión de nuestras capacidades."

Conforme Matilda crecía, los argumentos se hacían más complejos y los debates más profundos. Más que llegar a conclusiones compartidas, el padre Trujillo quería ver como su alumna razonaba y cuáles eran sus temores e inhibiciones.
"Haz algo grande con tu vida. La vida, tu vida es un lienzo en blanco. Nadie te dice que pintar sobre ese lienzo. Tú -y solo tú- eres la única responsable de lo hagas o dejes de hacer, mi niña."
"¡Pero...si lo único que todos se esperan de las mujeres es que se casen y tengan hijos!"
"Tener hijos es un don de Dios, Matilda. Eso no tiene porqué ser un impedimento para que vivas tu vida con plenitud y descubras sus destrezas."
"No tengas nunca miedo a nada. Si tienes a Dios, tienes todo lo que necesitas para volar y ser feliz."
Evaristo tenía el don de hacer parecer todo muy fácil. Eso a ella le encantaba y le producía un escalofrío en la espalda, como si un grande destino la estuviera aguardando.
"Dios nos ama Matilda."
"¿Y usted como lo sabe, padre?
"Nuestra propia la vida es la prueba más evidente de su amor, ¡Solo mira las maravillas de la *natura naturata*, del creado!"
"Es verdad, la naturaleza es perfecta, pero los hombres no lo somos", padre.
"No. No lo somos. Por esa razón nuestra vida es un trayecto, un largo viaje hacia Dios."
"¿Es por eso que usted padre viajó tanto? ¿Buscaba a Dios?
"SI Matilda, en cierto sentido, sí. Buscaba a Dios y el camino hacia él es distinto para cada persona. Cada cual debe descubrir porqué vino al mundo."
Matilda frunció el ceño. Algo no estaba del todo claro en su mente y el padre lo intuyó de inmediato.
"Buscarse a uno mismo es buscar a Dios, porque somo parte de la misma esencia divina, niña Matilda."
"Para buscarnos a nosotros mismos debemos ser libres, padre. Y a menudo no lo somos", dijo ella con convicción.

"La vida es un trayecto en el que aprendemos a ser libres. Puede que haya circunstancias en donde no nos sentamos libres, en donde, estemos obligados a vivir una vida que no escogimos. Pero, a la larga, las personas logran, de algún modo, abrirse paso entre los vaivenes de sus vidas. El ser humano propende naturalmente hacia la libertad."

Evaristo Trujillo no se limitó a forjar la mente de Matilda para que ella piense, cuestione, analice y observe el mundo con nuevos ojos. Su tutor hizo algo más radical y profundo: le enseño a no tener miedo, a amar lo desconocido, a no conformarse con un mundo pequeño, a dar a su mente el tamaño que ella quisiera. Porqué la mente –recalcaba siempre- era un universo en expansión y estaba en las manos de cada persona decidir que alcance dar a las ideas, a la curiosidad, a la capacidad de seguir explorando nuevos horizontes.
Matilda no tardó en preguntarse cómo la historia la recordaría a ella. Descubrió que aborrecía la idea de ser una chiquilla más, que cría unos cuantos hijos, cuida un marido y finalmente regresa a la tierra tal y como llegó.
Sabía que un tal Charles Darwin estaba alborotando los salones de medio Europa contando que los hombres no son más que simios. Al parecer, el estrafalario científico se había escapado de Inglaterra y vivía en la isla Isabela, sin más consuelo que una gigante tortuga, unas enormes lagartijas y una bandada interminable de pájaros con patas azules. Entonces, reflexionó ella, acuerdo a Charles Darwin éramos abono y no alma como predicaba la iglesia, Don Antonio y todas las mujeres de la familia. Pero eso no era posible ya que los hombres nacieron a imagen y semejanza de Nuestro Señor Jesús Cristo. Si el tal Darwin tenía razón, Dios también era un simio y esta idea la perturbaba, así que decidió que esas teorías no eran más que extravagancias.
Pero ella no se engañaba: no la preocupaba *Sir* Darwin. La preocupaba la idea de ser una persona más que pasaba por el mundo sin dejar rastro, una persona insignificante. Quizás era muy arrogante en pensar que su vida debía ser algo diferente. O quizás eran sus ancestros, que desde el más allá cosquilleaban su mente, provocaban sus sentidos, removían su sangre castiza. Finalmente, aquellas inquietudes fueron, de nuevo, resueltas a su manera: Dios la había creado. Y si ella se sentía de aquel modo, era porque él así lo quería.

Las enseñanzas de Evaristo Trujillo -y la biblioteca del marqués sevillano- se sumaron a los juegos y a las travesuras de aquellos años, cambiando para siempre la forma de ver el mundo de la niña Matilda. Si las mujeres de San

Rafael hubiesen sospechado semejantes debates y temas de conversación, Evaristo Trujillo hubiese acabado de patas a la calle en un santiamén y el propio Alfonso hubiese recibido una reprimenda memorable por el disparate de haberle contratado.
Felizmente, solo María Ercilia intuyó -desde un inicio- los contenidos de las clases y el alcance de las discusiones. Pero ella era harina de otro costal y nunca los hubiese delatado.
Matilda nunca tuvo rencores hacia su madre y abuelas por el abismo que las separaba. Las mujeres de San Rafael no podían comprender otro mundo que no fuera el que tenían frente a sus ojos, con sus ciclos marcados por las lluvias y las sequías, los muertos y los vivos, las reglas compartidas y los crepúsculos silenciosos.
Al contrario, Matilda siempre agradeció las tardes de diciembre entre los vapores de la cocina, las novenas alrededor de la estufa y las clases de piano. Con el paso de los años -y esa sabiduría que el roce del tiempo otorga- solo lamentó no haberse encontrado con ellas en alguna dimensión intermedia, en donde poderse entender o, al menos, reconocer. Pero eso, en el fondo, no era posible.
Como el padre Evaristo siempre decía, la perfección era cosa de Dios, no de los hombres.

Ca´ Doria

El lunes el maestro Borsato se presentó a primera hora cargado de cuadernos, reglas, lápices y otros instrumentos raros. Hizo tales malabares para bajar de su góndola que casi cayó al agua con los cuadernos, los lápices y el resto de su estrafalario equipaje.
Le seguía un pequeño ejército de trabajadores y empleados de distinto rango y las más variadas competencias. Arrastraban una carreta llena de herramientas, sacos de yute, palas, gradas, baldes apilados y un sinfín de sogas. Eran todos jóvenes menos dos de mediana edad, que exhibían una envidiable musculatura.
La noche anterior Borsato no había dormido. Pasó la madrugada entera retorciéndose entre las sabanas, arrepentido por haber aceptado apresuradamente aquel encargo.
Las preocupaciones no le faltaban: estaba atrasado con la restauración de las obras de la iglesia de San Pablo y Juan y acababa de aceptar la restauración de la *Vergine col Bambino* de la Academia. Sin embargo, muy a pesar de su mala noche, pesadillas y ansiedades, amaneció con una idea bien definida, que se enroscó en su cabeza como un enorme tornillo: rescataría Ca´ Doria y devolvería a la luz todas sus obras. Lo haría por su deuda con la condesa, por sí mismo y por la propia Ca´ Doria.
Borsato había dedicado su vida entera a restaurar los palacios de Venecia y a recuperar obras que se creían perdidas en sótanos de palacios, conventos, tabernas y hasta prostíbulos. ¿Como no rescatar ahora, la más bella de las damas? ¿Como no salvar a su amada Ca´ Doria?
Además, él conocía al *palazzo* como nadie: mucho tiempo atrás se había encargado de su primera restauración, por lo que conocía hasta el último de sus recovecos y secretos. En aquellos años, Borsato era poco más que un adolescente. No obstante, su experiencia casi nula, fue contratado por la condesa Beatrice Morosini, la mujer más hermosa, culta y refinada de la *Serenisisma*. Le conoció en la *première* de la Bohème en *La Fenice,* gracias al atrevimiento de su profesor de arquitectura Ludovico di Castiglione, quien lo presentó como su mejor alumno pocos minutos antes que el telón se levante, la gente se siente y el bullicio se sofoque.
Borsato nunca supo porque la condesa confió en él. ¿Sería por la generosa presentación de su antiguo maestro? ¿O por el ilustre apellido de su antepasado Sansovino? ¿O tan solo simpatizó con un joven algo torpe y bonachón?
El caso es que, al cabo de unos días, una empelada de la condesa lo fue a buscar a su casa y se lo llevó derechito al palacio de ella.

"Maestro, usted me llamó la atención. Algo me dice que nadie, sino usted, puede plasmar lo que yo tengo en mi cabeza."
Borsato estaba extasiado. Le había llamado maestro, el que apenas se había graduado, él que hasta la fecha solo había trabajado para un par de *parenti squattrinati*,[1] él que...no pertenecía a la élite.
Un año más tarde, cuando el contrato se acabó, la condesa estuvo inmensamente satisfecha con el resultado. El palacio era espléndido: la restauración no perjudicó la esencia del edificio, al contrario, resaltó sus excepcionales entradas de luz, su posición privilegiada sobre el *Canal* su arquitectura sobria y a la vez majestuosa. Desde aquel momento, Borsato se convirtió en un huésped permanente de Ca´ Doria y pudo disfrutar de las mejores tertulias intelectuales, de las fiestas más exclusivas del *Carnevale* y de los invitados más ilustres. Aquellos no fueron los únicos beneficios: gracias al auspicio de la condesa, el joven Borsato se transformó en el arquitecto de moda a pesar del semblante poco atractivo y de las escasas habilidades sociales. Los encargos comenzaron a fluir y con ellos, los cuartos en su bolsillo.
¿Podía no ayudar, ahora, al hijo de su adorada amiga y benefactora?
¡Aquel joven inexperto estaría perdido sin su ayuda! Por si no bastaban esos antecedentes, Ramón tenía más o menos la misma edad de él cuando comenzó a trabajar al servicio de su madre y esa coincidencia sacudía todas las fibras de su corazón. El joven Callejas de Alba era espabilado, inteligente y sensible. Pero carecía de experiencia, era impulsivo y, lo más grave, estaba solo en una ciudad desconocida, llena de insidias, envidias, serpientes disfrazadas tras plumas, máscaras y abanicos.
Borsato sabía muy bien que su conciencia no tenía escapatoria: debía ayudar al hijo de la condesa y rescatar *il palazzo* de las aguas y del deterioro.

"Buenos días *ecelensa*. ¿Como amaneció? Necesito hacer una primera inspección del lugar con mi gente, si le parece comenzamos una primera ronda".
Con esas palabras escuetas el maestro entró una vez más a Ca´ Doria. Esta vez con el claro objetivo de devolver la residencia a su pasado esplendor.
El *palazzo* estaba en ruinas. Quizás el deterioro no hubiese sido tan vertiginoso en una ciudad cualquiera, asentada sobre roca, tierra y sedimentos. Pero en un lugar como Venecia, -que flotaba sobre ramas y algas milenarias- cualquier edificación estaba condenada a desaparecer con extraordinaria rapidez, de ser abandonada a sí misma.
Ca´ Doria no era la excepción. Entraba agua por todos lados. Las estancias principales habían sido divididas en ambientes más pequeños para pre-

1 Parientes de escasos recursos.

servar el calor. Por tanto, al fin de devolver los espacios a sus dimensiones originarias -e identificar las filtraciones- había que quitar los tablones de paredes y techos a la brevedad posible.
¡Qué decir del resto!
El maestro se llevó las manos a la cara.
Il *sottotetto* no tenía los recubrimientos de los pisos inferiores, pero se había convertido en la morada de ratones y gavilanes. La *altana,* dejada a la intemperie, estaba en condiciones igual de lamentables: las partes metálicas se habían oxidado y su estructura de madera necesitaba un mantenimiento inmediato. Finalmente, el pavimento del *primo piano nobile* estaba recubierto de mugre y de algas. Había que quitar toda aquella alfombra viscosa, raspar las superficies y devolver el espléndido mármol de Carrara a su esplendor originario.
El trabajo que Ramón y el maestro tenían por delante no dejaba espacio a dudas: tendrían para rato y necesitarían de un número no despreciable de trabajadores especializados, que conozcan la estructura y puntos débiles de los palacios venecianos.
Pero la parte más inquietante era el estado de las obras.
¿Aún existían los frescos por debajo de los tablones del *primo* y del *secondo piano nobile*?
¿En cuál estado se encontrarían?
Bauville era un ser rudo, sin alguna sensibilidad artística. Ni Ramón ni el maestro no se hubiesen sorprendido si un brote de locura el infeliz hubiese acabado con todo, lijado las paredes, desaparecido aquellas obras invaluables y únicas.
Ninguno de los dos se atrevía a compartir sus miedos con el otro. Prefirieron no pensar y exorcizar sus temores con el duro trabajo.
Borsato conocía los frescos uno por uno: obras de Tintoretto, Carpaccio, Palma il Giovane y Bellini, adornaban con profusión las paredes de ambos pisos. ¡Y qué decir del espléndido tumbado de madera *a cassonetto*, cuya templada elegancia exaltaba aún más la belleza de los frescos! ¡Esos, el desgraciado no había podido llevarse!
Sus memorias cortaron al improviso el silencio que ambos habían, a propósito, tejido.
"Recuerdo cada detalle de aquellas obras: la expresión de los rostros, la riqueza de las vestimentas y joyas, la mímica de las manos, las poses, las miradas furtivas, la seguridad de las pinceladas, la calidez de los colores. Los personajes eran tan vívidos que parecían querer despegarse de las paredes...", dijo el maestro con los ojos bañados por lágrimas finas. Ramón no podía tener una noción de aquellos detalles, ni de las pinceladas, ni las tonalidades o los colores. Pero recordaba aquellos personajes como si

se tratara de individuos en carne y hueso. Los recordaba por las historias fragmentadas de su infancia, por los garabateos en sus cuadernos, por los cuentos de su madre. Se trataba de traerlos nuevamente a la luz, como tantos habitantes de una Atlantis perdida que ahora pedían regresar a la vida.
"Su madre la condesa Morosini tenía una *Accademia* de las más concurridas de *Canal Grande* y sus *soirees* de baile no eran menos apreciadas. Los mejores intelectuales y artistas de nuestra época pasaban por su casa tan pronto lograban formalizar sus papeles como residentes de la *Serenissima*. Las figuras más en vista competían por una invitación a sus reuniones culturales. Pero ser recibido por ella era un honor que pocos disfrutaban: no bastaba el *pedigree*, ni bastaba una carta de recomendación procedente de alguna capital europea o algún personaje en vista: debías tener acumen para animar una discusión, cultura y agilidad mental para debatir, sensibilidad artística para disfrutar. En fin, debías ser *un artista vero*, una persona que brille de luz propia..."
Ramón escuchaba al maestro con su habitual atención. Aquel interés tan vivo y genuino tensó aún más el hilo de la memoria de Borsato: al reconocer ciertos olores -y al recorrer aquellos corredores, pasillos y salones- afloraron emociones que el pequeño hombre pensó haber olvidado. Cada paso sobre el suelo húmedo y poroso del palacio traía a flote lo que su mente había enterrado y lo que su corazón había cuidadosamente evadido: el exquisito mobiliario francés, las delicadas ánforas de porcelana china, el imponente tapiz de Brujas con el sublime paisaje campestre, los incensarios de plata de Constantinopla, el busto de César y su perfecta columna corintia, la Venus desnuda al pie de la *scalinata*....
La senda esquiva del pasado le estaba devolviendo lo que creyó perdido para siempre y los mejores recuerdos de su vida.
"La Venus de este palacio era más perfecta que la del mismísimo Bernini, *Signore*...su madre decía que ella cuidaría de Ca' Doria.
"¡*Bauville disgraziato! ¡Ladro! ¡Impostore!*"
¡Que disgusto hubiese tenido la condesa si hubiese visto el palacio en esas condiciones! ¡Y donde se hallará aquella esplendida estatua!"
"¡Maestro basta!", dijo Ramón en tono firme."
"No tenemos tiempo para lloriqueos. Debemos aprovechar las pocas horas del día para trabajar lo más que podamos."
"Si...si...usted tiene toda la razón. ¡Pongámonos manos a la obra!", dijo Borsato con una punta de vergüenza.
"Aquí, por debajo de esas tablas, hay una espléndida pared de mármol veteado. Sus venas celestes y grises reproducen los tonos cálidos e inciertos de los amaneceres en la laguna, cuando aún no se vislumbra como será el

nuevo día..."
"¡Fue un acierto de su madre la condesa ¡El efecto resultó tan logrado que decenas de familias ilustres de la ciudad copiaron su idea!", agregó.
Ramón esbozó una leve sonrisa, al fin.

El flamante dueño de Ca' Doria y su nuevo amigo tenían por delante una tarea titánica. Lo sabían. Los trabajadores lo sabían. Hasta los vecinos, -quienes de mañana asomaban curiosos a sus ventanas- lo sabían. Se trataba de un desafío notable, que daba un nuevo, inesperado sentido a la vida de Ramón. Había cruzado los Andes impetuosamente, obedeciendo a los impulsos voraces de su carácter inquieto. Pero su temperamento apasionado y curioso no era el único móvil: quería ofrecer un último tributo a su madre, rescatar algo de ella, de su vida, de sus pasiones. Necesitaba recuperar un vínculo emocional borroso y lejano que el tiempo y la distancia habrían irremediablemente cancelado si no hubiese decidido viajar. La carta a través de la cual el maestro Giovanni Borsato le rogaba que fuera a reclamar su herencia –o, en todo caso, a disponer de ella- le había dado el motivo, la excusa perfecta. Ahora estaba en Venecia, un pedazo de tierra frágil acosada por las aguas, un cofre rebosante de infinitos tesoros, un lugar familiar, una guarida íntima para su cuerpo y espíritu.
Gracias a su madre, a sus libros y a su propia voraz curiosidad.
Lo que nunca Ramón pudo prever fue que, conforme los retazos del pasado tomaban forma, sus motivaciones adquirían otros contornos.
¡Nunca su imaginación -al comienzo de aquel viaje- habría llegado tan lejos!
Con el paso de los días Ramón entraba más y más en comunión con Ca' Doria, como si aquella hermosísima y misteriosa dama estuviese poco a poco confiando en él después de haberle observado, escrutado, casi espiado. Como él había hecho con ella.
Quería tener una visión milimétrica de la casa, de sus escondrijos, de sus lugares más recónditos. Aprendió a identificar cada rumor y cada sonido del palacio. Reconocía el cascabeleo de las ventanas bajo el impulso suave del viento, el movimiento escurridizo de las ratas sobre las vigas, el craquear de los tablones bajo el peso de un hombre o el paso rápido de un gato. Il *palazzo* se había trasformado en un vestido a su medida, en un cálido manto que le abrigaba, en una madre bondadosa que concedía sus dones poquito a poco, prudentemente pero sin descanso.
Cuando dominó los espacios físicos, Ramón comenzó a estudiar el vaivén de la luz y sus jugueteos caprichosos sobre las superficies. Quería descubrir de que modo variaba en las distintas horas del día y porqué producía gamas de colores siempre nuevos y diversos. Se dio cuenta que la luz, en

Venecia, era escurridiza y cambiante, como si desde el cielo una manada de querubines traviesos se divirtiera mezclando, a cada rato, la paleta de colores.
"Maestro, he constatado algo impresionante. Pero antes de compartirle mis hallazgos, quiero decirle que he llevado a cabo mis observaciones durante varios días, para asegurarme de estar en lo cierto. Hasta las he apuntado en un cuaderno, con fechas y horas", dijo Ramón con cierto orgullo.
"Cuénteme *Ecelensa*, le escucho, que ha constatado.", dijo el maestro con cara de quien ya sabía la respuesta.
"De mañana, a primera hora, las fachadas de los palacios muestran una tonalidad tenue, casi lechosa. Luego, al mediodía, lucen un tono mucho más vivo, como si el propio sol fuese una miel espesa y se licuara por encima de las superficies; al atardecer, en cambio, las fachadas se tiñen de un rojo intenso, como si estuvieran a punto de incendiarse. Finalmente, de noche, los palacios adquieren un matiz morado, frío, que se mezcla y confunde con las aguas del *Canale*."
Frente a tanta muestra de candor y espontaneidad el maestro se emocionó. Su joven amigo había, en poquísimo tiempo, capturado la esencia de aquella ciudad mágica, que flotaba sobre las aguas como una diosa, que se disfrazaba tras las sombras, que mezclaba a su antojo los colores del cielo y del mar.
"La luz de Venecia es prodigiosa. Esa característica ha permitido que excepcionales artistas, a lo largo de los siglos, pudieran retratar la ciudad de un modo igualmente prodigioso", dijo el maestro. Pero se trata de una luz inconstante, casi antojadiza, que cambia con las horas, el clima, las estaciones y hasta con los vientos.
"Luz y genio", repitió Ramón.
"Así es Ramón. Luz y genio."
Las campañas repicaron. Era mediodía. Ramón se disculpó con el maestro y subió al segundo *piano nobile*. Salió al balcón y dejó que la ventisca acaricie su rostro.
Mientras, sus ojos se perdían en el paisaje más asombroso del mundo.

Después de apenas una semana, las obras habían avanzado notablemente y toda la fachada estaba cubierta de andamiajes, travesaños, empleados subiendo y bajando con sogas y baldes. El maestro Borsato no paraba de correr el día entero como un gato asustado. Trepaba los peldaños de dos en dos, cruzaba las habitaciones de lado a lado, revisaba las obras, controlaba el material faltante, gritaba al cielo y a los humanos con cuanto aliento tenía en el cuerpo. Su trabajo no se limitaba a la restauración del

palazzo: faltaban algunos permisos, así que a menudo caminaba hasta la Plaza San Marco para conversar con este y con el otro en las *Procutatie.* Como parte de una rutina consolidada, a su regreso se detenía al *Florian* para tomar un *caffé affogato,* saludar algún conocido y enterarse de los últimos chismes.
Por su lado, Ramón estaba feliz. A ratos levantaba los ojos hacia el tumbado. Luego, los bajaba hacia las paredes. Quería adivinar lo que pronto asomaría frente a sus ojos. Imaginaba el momento en el que algún obrero habría descubierto el pie de un soldado, las delicadas manos de una virgen, el blanco candor del pelaje de una oveja, el estribo de un caballo o el plumaje de un casco.
Se sentía como el hombre de la providencia, el elegido para devolver a la vida las maravillas perdidas del palacio. No pensaba defraudar aquel legado, ni el destino que lo había investido con tan sensacional tarea.
Por ello, bendijo el momento en que decidió cruzar el océano. Y bendijo las tormentas, los mareos en la cubierta de la goleta, las comidas repetitivas, los eternos horizontes, la ausencia de aves y de tierra, el calor sofocante, el agotamiento del espíritu, el tedio, los días inagotables, las noches insomnes, las olas siempre iguales, el tufo del pescado ahumado, del ron barato, de las heces. También bendijo las ansiedades de esos días en el palacio, la mugre y el polvo, los ratones en las tapicerías, el frío de las madrugadas, la humedad penetrante. Estaba en uno de aquellos preciados cofres que había espiado desde la góndola cuando llegó por primera vez y eso compensaba cualquier sacrificio e incomodidad.
Ramón se despertaba prontísimo. La exaltación de aquellas jornadas -y la emoción de lo que se venía- le tenían en vela. Desayunaba apresuradamente una taza de leche caliente con un puñado de panes del día anterior. Los estrujaba en la mano como si aquel cúmulo de masa fuese un gorrión atrapado entre sus dedos. Mientras, sus piernas comenzaban la ronda sin esperar una orden precisa. Le encantaba caminar por el palacio en el silencio matinal, antes que el equipo de trabajadores aparezca con sus parloteos confusos y cantos desafinados. En aquel momento, cuando la ciudad se sacudía de encima los últimos resquicios de tinieblas, los ruidos eran mínimos, el aire pulcro y liviano, las aguas nítidas como el fondo de una pila. Se asomaba desde el balcón del *segundo piano nobile* y se ubicaba en un punto muy específico, escogido después de varias pruebas. Entonces, comenzaba a fijar el horizonte con su taza humeante en la mano. Esperaba que la bruma se afinase hasta desaparecer en el aire y revelar - como en un lienzo perfecto- la espléndida secuencia de palacios sobre el canal, el plácido fluir de las primeras embarcaciones, el lento despertar de cosas y personas.

Cuando Ramón detectaba el ajetreo de las herramientas de trabajo, el tambaleo de los pasos y el creciente bullicio de las voces, la magia de aquel momento privado y solitario se acababa. Pero no estaba apenado por ello. Sabía que cada amanecer acarrearía nuevas sorpresas y sobresaltos del corazón.

Tan pronto Borsato llegaba con sus trabajadores, Ramón comenzaba a remover objetos, desplazar muebles de un lado a otro, golpear las superficies para identificar cámaras de aire tras los muros. Era un frenesí incontrolable, que le impedía estar quieto, que impulsaba sus músculos y sacudía su mente sin que él pudiera impedirlo, como si su propio cuerpo hubiese dejado de pertenecerle y obedeciera a otro amo.
El dueño de Ca´ Doria quería participar en todo, enterarse de todo, decidir todo, manipular cada cosa con sus manos ávidas y ansiosas.
Un día sorprendió al maestro con un pedido tan inesperado como concreto.
"Maestro: mis conocimientos en materia de construcción son muy limitados. Quiero aprender y quiero entender mejor lo que hacemos. ¿Dónde puedo conseguir algún manual?
El maestro levantó las cejas.
"Un manual de construcción? ¿En serio?
"Si maestro. Como lo oye."
"Está bien. Hay una librería en Campo de San Basegio que me gusta mucho. Parece pequeña porque es muy desordenada, un caos total, casi no puedes moverte entre las estanterías. Pero, en realidad, es de las más abastecidas y una auténtica cueva de tesoros, si se tiene la paciencia de hurgar entre sus estantes y cajas."
Al día siguiente Ramón se dirigió a la dirección que Borsato le había indicado. El maestro no había exagerado. El lugar era un laberinto. Había tal cantidad de libros que no se lograba entrever más que pilas de papel, en una secuencia infinita y azarosa. El aire era denso, olía a cuero, a papel, a humedad antigua.
Ramón no pudo evitar notar el enorme número de textos sobre la ciudad que existían: personalidades ilustres, doncellas persiguiendo amores desdichados, obras arquitectónicas, pintores, misterios y vicios de los venecianos...
Compró una primera docena de libros sobre los temas más distintos. Por supuesto, también consiguió los manuales de construcción que buscaba y que le darían los conocimientos de albañilería, carpintería y plomería que le estaban faltando.
Los libros marcaron pronto la línea de tiempo de sus días. Le acompaña-

ban cuando dormía la siesta tras los almuerzos con Borsato, cuando los trabajadores regresaban a sus casas, cuando el día se apagaba y su cuerpo se desplomaba en la butaca de cuero al filo de la chimenea.
Pronto no le bastó conocer y adueñarse de Ca´ Doria. Pronto necesitó conocer Venecia y todos sus escondrijos, despojarla de sus secretos, recorrer cada paso de su historia milenaria. Los libros se convirtieron en su guía, en su brújula entre *le calli*, los puentes entrelazados, los angostos callejones escondidos tras cascadas olorosas de hiedras y glicinas. Se divertía leyendo historias de personajes venecianos para luego ir a buscar los respectivos palacios, al igual que todos los lugares que se mencionaban en los relatos. Así, quiso conocer Palazzo Tron, por hospedar distintos y muy valiosos dogos de la ciudad; Palazzo Barbarigo, demora del famoso Agostino, comandante de la armada veneciana de la batalla de Lepanto; Ca´ Foscarí, por recibir al rey Enrique III de Francia; Palazzo Giustinian, por pertenecer a una de las más antiguas familias venecianas, que, para no extinguirse, tuvo que sacar del monasterio a uno de sus miembros.
Cada historia le trasportaba a un nuevo lugar y cada nuevo lugar ponía a vibrar su corazón como un adolescente enamorado.
Las obras de la casa avanzaban al igual que las exploraciones de la ciudad. Sus excursiones y visitas eran planificadas y meticulosas. Todo le seducía, como si aquel entramado de canales emitiera un canto irresistible del que no podía liberarse y que, al contrario, necesitaba para vivir. Su ansiedad por rastrear Venecia minuciosamente no se agotaba en los lugares ilustres ni en los palacios que la adornaban con magnificencia y desparpajo. Ramón quería conocer los mercados, las bodegas de artesanos, los talleres de pintura, las joyerías de Rialto, las tiendas de especies, los prostíbulos, los antros, i *ridotti* en donde, un siglo atrás, los caballeros jugaban a cartas y seducían a las damas. Su afán era tal que pronto consiguió un mapa detallado de aquella ciudad sorprendente con boca de pescado. Lo estiró en la mesa del comedor fijando las esquinas bajo el peso de cuatro bolas de vidrio, una en cada punta, en coincidencia con los puntos cardinales y los vientos. Cuando el mapa estuvo allí, con sus alas desplegadas, se le ocurrió cuadricularlo con arándanos y nueces, de tal modo que no había forma de ignorar una iglesia, un *campo*, o una *calle*, por pequeña que fuera.
Llegó al punto de rastrear los olores que emanaban de las aguas, las cocinas, las trastiendas. Ni siquiera accidentes -como los perros que salían detrás suyo o los escobazos de alguna criada asustada- frenaban su ávida curiosidad por desenmascarar el más remoto de los lugares, público o privado que fuera. Cuando tampoco su mapa y audacia bastaban, entonces preguntaba a gondoleros, transeúntes, empleadas, vendedores callejeros, hasta descubrir las coordenadas de cada sitio. Era todo cuestión de tiem-

po, decía.
El mapa se quedó desplegado de aquel modo de forma permanente: con sus nueces, sus arándanos, sus bolas de vidrio. Y como ocupaba casi toda la mesa, Ramón comía sentado en una mecedora cuyas astillas se clavaban en sus nalgas.
Pero eso no importaba.

Alvise recogía Ramón todos los sábados y domingos a las ocho en punto de la mañana. El mínimo atraso representaba la peor forma de empezar el nuevo día para el joven gondolero. Había que salir pronto para aprovechar la luz inconstante de Venecia que se disfrazaba, que mutaba con el paso de las horas, que fluctuaba con el correteo de las nubes sobre la laguna.
Al poco tiempo Ramón se convirtió en un personaje extravagante del que todos hablaban. Reconocían su góndola desde lejos, como si la embarcación fuese la prolongación natural de su cuerpo. Tan pronto distinguían el perfil del joven extranjero, vecinos y curiosos comenzaban a cuchichear entre ellos, haciendo apuestas acerca de quienes serían los nuevos entrevistados. Los más atrevidos hasta lo invitaban a sus casas a tomar un *cicchetto* o un *vinsanto*. Sacaban sus mejores embutidos y le daban posada por horas: al día siguiente podrían compartir las novedades con sus conocidos y esto les daría un momento de gloria formidable.
"Mañana ven pronto Alvise: este lugar está al otro lado de la ciudad así que necesitamos mucho tiempo para llegar."
"Si *ecelensa*, no se preocupe, allí estaré bajo su casa puntualmente."
"Como siempre......por si aún no lo ha notado...", contestaba en voz baja el gondolero.
Algunos fines de semana el maestro Borsato se unía a las excursiones. Era viudo y vivía solo. Así que los planes con el joven Callejas le venían muy bien cuando los compromisos profesionales -o la artritis- no se lo impedían.
"¡Mire Ramón, justo allí!", dijo una tarde el maestro, señalando con el dedo hacia la tierra, mientras regresaban de la isla de Murano.
"A los pintores les gusta vivir en *Fondamenta Nuove* porque allí hay la mejor luz. De hecho, ese era el barrio del Tiziano y del Tintoretto", agregó.
Ramón entendió a la perfección aquel comentario. Había aprendido a reconocer los matices suaves del tímido sol matinal al igual que los destellos de luz en los atardeceres, cuando las nubes se prendían como antorchas sobre el horizonte azul.
"Tintoretto estaba obsesionado por la luz, hasta tal punto que utilizaba figuras de cera y moldes de arcilla para observar sus variaciones a lo largo del día y en distintas condiciones climáticas. Heredó tal obsesión de su

maestro Tiziano. Se dice que hasta contrataba profanadores de tumbas para conseguir cadáveres de los cementerios", agregó Borsato.
"¿Cadáveres?"
"Si. Con ellos podía estudiar la musculatura humana y observar cómo los pliegues de las sabanas se ajustaban a las curvas de los cuerpos. Obviamente, el uso de cadáveres estaba permitido solamente en los colegios médicos. Pero a Tintoretto no le importaban las reglas y al parecer pasó unos meses en la cárcel por infringir unas cuantas leyes de salud y orden público. Como además se entretenía persiguiendo la luz, trabajaba sin los horarios ni las costumbres de un buen cristiano, vivía aisladamente y a duras penas se alimentaba.
"En serio maestro? Vaya personaje."
"Dicen que los vecinos, al no verle salir de su bodega ni en los días de precepto, espiaban por las hendijas de las ventanas para asegurarse de que estaba vivo, y dicen que las almas más piadosas hasta le dejaban un plato de comida frente a su puerta. Al parecer, pasaba horas contemplando sus moldes, como en un estado de profundo éxtasis."
"Tintoretto buscaba la perfección", dijo Ramón.
"Así es. Tintoretto buscaba la perfección."
Mientras los dos hablaban, el cielo se tiñó de una infinita gama de colores. Eran tan vívidos que parecían los plisados de un vestido del carnaval.

Rosarios y tormentas

"....Virgen María, refugio de los pecadores, que te dignaste bajar en la Cova de Iría, en ti nos refugiamos. Alcánzanos, bondadosa Madre, la gracia del verdadero arrepentimiento y desprendimiento y permítenos ofrecer sacrificios por los que viven alejados de Dios y ofenden al Padre celestial......". Amén.....

Un inevitable sopor se apoderó de Matilda, mientras repetía al infinito la plegaria de la Madre del Buen Suceso. Todas aquellas mujeres, encogidas en sus ponchos y chalinas oscuras, apiñadas entre sí como tantas ciruelas pasas, le recordaban los cerdos de la granja cuando se arrimaban en el lodo, uno encima de otro, silenciosos y friolentos.

Inmediatamente quiso alejar de su mente aquella visión tan inapropiada.

Nunca entendió porque su cabeza era siempre acosada por tantas ideas estrafalarias y pensamientos extravagantes. La posibilidad de ser algo rara le causaba cierta soledad y desasosiego ya que estaba segura que sus hermanas, ni en sus peores pesadillas, tenían semejantes desvaríos. Pero luego se tranquilizaba y se acordaba que, al fin y al cabo, cuerdos y menos cuerdos, todos eran hijos de un mismo Dios.

Aquella tarde la tormenta fue tan violenta que el techo pareció estar a punto de desplomarse como un castillo de naipes. A cada relámpago, el tono de las plegarias se disparaba como el gañido de un águila y las mujeres, sin darse cuenta, arrimaban sus cuerpos entre sí. Amas y sirvientas, indias y blancas, jóvenes y menos jóvenes acabaron fundidas en un solo abrazo, como si, por un instante, todas tuvieran la misma condición y dignidad. Mientras Matilda daba cuerda a sus pensamientos, un nubarrón blanquizco se libró de la chimenea e invadió la sala. La nube de humo y hollín era tan grande que pareció un alud desprendiéndose de una montaña. Entonces, los presentes se lanzaron con un brinco hacia las paredes del fondo, entre golpes de tos y chillidos.

"¡Carajooo!"

"¡Armando! ¡Qué pasa con esta chimenea! ¡El tiro está mal! "

Don Arturo pegó tal grito que las mujeres tuvieron un sobresalto.

"Patrón, parece que la cigüeña ha puesto nido otra vez...hay que esperar que pasen las lluvias del invierno para poder subir al techo y despejar el ducto", dijo el capataz con la mirada clavada hacia sus pies ásperos y encartados.

Esta explicación pareció convencerle a Don Arturo, quien dejó de gritar. Entonces salió de la sala pateando el suelo con tal fuerza que a su paso los tablones crujieron como canguil en una olla.

Hasta mientras, bajo la noche. El cielo era tan oscuro que apenas podía vislumbrarse el patio y la pila de palmeras. Era como si más allá de los tapiales se hubiese acabado el mundo y San Rafael fuese la única casa en medio de un mar negro.
Los *huachimanes* apagaron lo que quedaba de fuego en la chimenea para controlar la humareda y que no haya sorpresas en las horas de la madrugada. Un frío espeluznante invadió el cuerpo de Matilda penetrando al improviso todos sus huesos. No tenía hambre así que agarró un puñado de nueces de un tazón de barro al centro de una mesa y se despidió de todos pretextando una jaqueca. Cruzó la terraza trasera que ladeaba el jardín. Estaba iluminada por los faroles que acababan de prenderse. Quedarían encendidos hasta la mañana siguiente, cuando el mundo saldría de la penumbra y regresaría nuevamente la luz.
Mientras caminaba, Matilda divisó dos sombras subiendo por el sendero empedrado que llevaba al monte Corazón. Apuntó su candelero hacia el horizonte para ver mejor. Eran las dos locas, Eulalia y Trinidad. Caminaban bajo la lluvia fina que la tempestad había dejado tras su paso. Procedían lentas, cogidas de los brazos y cargando unos tiestos que apenas asomaban por debajo de los anacos[1]. El barro y el agua se metían en sus alpargatas como tantos gusanos, salpicando a los lados pequeños chorros de lodo. El viento helado no parecía importarles, como si pertenecieran a otro mundo, en un espacio suspendido afuera del tiempo, sin frío ni calor, sin sol ni lluvia.
Las hermanas eran bien conocidas por ser desquiciadas y por armar escandalo a cada paso que daban. Raquel no las soportaba. La piedad cristiana se le acababa en cuestión de segundos cuando, de repente, los domingos entraban en la iglesia y empezaban a gritar desde el fondo de la nave como poseídas.
"Eulalia cuanto tiempo es que no te confiesas hijitaaaa!", solía decir la una.
"¡No tengo pecados! ", gritaba la otra.
"¡Eulalita, hay que confesarle todo al padrecito, así que vamos nomás a buscarle!"
"Tienes razón Trini, ayer soñé que era la Virgen María y estaba preñada."
"¿Eso no será pecado *mija*?"

Eulalia y Trinidad eran dos indígenas de edad indefinida, con fama de ofrecer una vasta gama de servicios, desde brujerías contra el mal agüero y floraciones, hasta brebajes para curar la impotencia y encantamientos para el desamor. Algunos aseguraban haberlas visto caminar con los pies al revés, otros decían que copulaban en el bosque con animales. Muy a

1 Faldas ceñidas a la cintura.

pesar de esos chismes y habladurías, su público era amplio e indistinto. Incluía aficionados, crédulos, desesperados e ignorantes, siendo la última categoría la más extensa, como Arturo recalcaba en continuación.
Las dos hermanas no podían ser más espeluznantes, con sus pelos alborotados color azabache, sus chalinas de lana gruesa cruzadas atrás de la espalda y su indumentaria haraposa. Para completar el aspecto aterrador, tenían los dientes podridos y un bigote tan largo que más de una persona llegó a dudar de su sexo.
Según Soledad, Eulalia nació desquiciada por culpa de su antiguo patrón. Muchos años atrás, éste le había arrebatado la virginidad a la chola[1] Amalia, hija de uno de sus arrieros, quien acabó pariendo en medio de los matorrales, sentada en una roca, al modo de los indios. Entonces, la guagua Eulalita nació así nomás, sin la bendición de Dios ni el consuelo de la cordura, decía ella.
Trinidad no corrió con mejor suerte. Se ganaba la vida leyendo el futuro de las personas en las tazas de su propio café. También podían leerse las hojas de té, pero, según ella, este ritual no era tan efectivo como el primero. Al parecer, también Trini acabó desquiciada de tanto cuidar a su hermana Eulalia y segundarla en sus devaneos.
Ninguna de las dos tenía hijos y no se le conocían parejas, por ser feas, decían algunos. Por ser brujas y peleoneras, decían otros. En resumen, ambas estaban loquitas. Esa, al menos, era la opinión de medio Amaguaña. La otra mitad decía en cambio que las hermanas eran vivísimas[2] , que cuales brujas, que se hacían pasar por locas para granjearse la compasión -y los donativos- de los mensos y los ingenuos.
Fuera lo que fuera, la visión de Eulalia y Trinidad le dio a Matilda una idea que, de ser descubierta, le costaría más días de castigo que una Cuaresma.
La lluvia siguió azotando la tierra durante algunas horas. Matilda quiso hablar con Amaru antes de acostarse para comentarle su plan, pero no lo logró. El pobre se hallaba en los establos cavando zanjas para recoger el exceso de lodo provocado por la enorme descarga de agua de la tarde.
Al día siguiente Matilda aprovechó un accidente doméstico para escabullirse y concretar la reunión: después del almuerzo, un búho se metió a la cocina en búsqueda de sombra y frescor. Revoloteaba por el aire estrellándose contra las ventanas, arrojando jarrones de limonada, regando jaleas, desprendiendo ollas y sartenes de los ganchos en las paredes. Aquel accidente desencadenó el pánico general. Todos gritaban y perseguían el ave con trapos, baldes y escopas. El momento era perfecto. Nadie estaría pendiente de ellos por un buen rato.

---

1 Persona mestiza, hija de un blanco y un indígena.
2 Astutas.

Matilda corrió sin mirar atrás hasta meterse en el troje[1]. Se sentó encima de un costal de choclos[2] con las piernas cruzadas. Desde allí tenía una perfecta visión del patio. Amaru estaba al fondo, barriendo las aulas de los faisanes. Finalmente, Matilda le vio asentar en el suelo el balde lleno de hojarasca. Desde su posición lanzó un silbido. Amaru reconoció de inmediato la señal y caminó hacia el troje con cara de quien no mata un mosco.
"¡Apura! ¡Métete adentro y que no te vean!"
"Quiero reunirme con las dos locas y tú me vas a ayudar", dijo ella, con toda la autoridad de la que era capaz.
"¿Y qué vas a hacer? ", añadió Amaru sin más comentarios.
"Es algo sencillo, hemos hecho cosas mucho peores y sin que pongas esa cara larga... "
"¿Porque quieres hablar con ellas? ¡Están loquitas, lo sabes, todos saben!"
"Quiero que me lean la taza de café y me digan que ven en mi futuro", afirmó Matilda con tono decidido.
"Pero si ni siquiera bebes café!", rebatió Amaru con aire burlón.
"Muy gracioso", contestó ella.
"¡Mejor pídeles que te lean tu tazón de horchata!", añadió entre risas.
En efecto, a Matilda el café no le gustaba. A contrario, le producía arcadas de vómito. No entendía como los adultos tomaban aquel liquido repulsivo con la cara de quien está disfrutando un placer sublime.
"Piensa lo que quieras. Si prefieres, quédate aquí, iré sola".
"Sabes muy bien que te acompañaré."
"Bien. Esas viejas me dirán lo que quiero saber", afirmó con más autoridad que nunca.
"Bueno, bueno...no te pongas brava[3], yo te ayudo. A ver, hay que pensar un plan ...haremos así...yo antes iré a Amaguaña y averiguaré donde viven... de allí las buscaré en su casa para que te reciban a una hora precisa...y luego tu y yo iremos a la cita con esas brujas...", dijo Amaru, casi sin respirar entre palabra y palabra.
"Así me gusta!", añadió ella con aire satisfecho.
"Te aviso", concluyó Amaru, antes de despedirse con una mueca.
Al cabo de tres días todo estaba listo para la visita. Amaru acordó la visita para primera hora de la tarde. Matilda dijo a su madre que iría a dejar la harina de cebada, los choclos y el pan a los pobres de la iglesia del pueblo como voto por Cuaresma. Además, la carga le daría la excusa para ir a lomo de mula, por lo que ganarían mucho tiempo y viajarían más cómodos.
Al día siguiente Matilda fue a la despensa a recoger el canasto de víveres. No quería demorar más, así que agarró un poncho cualquiera de un gan-

1 Almacén en donde se guardaban provisiones y herramientas en las casas de hacienda.
2 Maíz.
3 No te enfades.

cho oxidado al lado del troje y lo deslizó sobre sus hombros. Olía a trago y pesaba como un costal de papas[1]. Caminó con paso acelerado hacia al patio.
La cita con Amaru era en la pila tan pronto este se libraba de sus tareas.
Era una tarde soleada y el cielo estaba perfectamente despejado. La sombra de las palmeras refrescaba el aire y mitigaba el intenso reverbero de los rayos. Matilda se sentó en el filo de la vasca de piedra y esperó como acordado.
Al cabo de un rato, el perfil paticojo de Amaru asomó desde el fondo del jardín. En la distancia, aquel bulto flacuchento de huesos y músculos templados parecía un ave prehistórica abriéndose paso entre los arbustos. Amaru era bajito y menudo. Su pelo era crespo, la nariz ancha, los dientes carcomidos y el mentón se retraía hacia atrás, al igual que el de su padre. Además, movía sus pies de una forma curiosa. Según Providencia, quien era prima de su madre, el *guambra* nació con algún problema de cadera por lo que quedó algo torcido, pero dueño de un corazón que no le cabía en el pecho. Al menos, -decía Amaru para consolarse-, no había heredado el bocio de su abuelo y lucía dos ojos verdes como aceitunas que nadie entendía.
"Las viejas locas viven en una choza a la que llegas por un sendero que ladea la quebraba atrás del pueblo. ¡Vamos, antes que mi padre me busque para alguna tarea!", dijo Amaru con tono preocupado.
"Si, pongámonos en marcha."
Matilda estaba agitada. El corazón le latía como si fuese un ladrón en fuga de una casa recién saqueada. Sentía la brisa acariciar suavemente su espalda, mientras el sol perezoso de la tarde entibiaba sus huesos.
"Presta[2]! Yo llevo el canasto de víveres", dijo Amaru.
Corrieron hacia abajo sin mirar atrás, como si alcanzar la vía principal fuese su salvación y al pisar el empedrado polvoriento se convirtieran en seres invisibles para el resto de los mortales. Allí les esperaba la mula que Amaru había amarrado a un poste desde la mañana. Subieron al filo de unos peñascos que caían en picado hacia el valle, apenas demarcados por una hilera de pencos. El aire estaba impregnado por un olor dulzón a madera de eucalipto. Provenía de un aserradero en las laderas de la montaña y mitigaba el tufo de una potra muerta al fondo de una zanja. Una manada de gallinazos recubría la carcasa casi por completo con su plumaje negro y sus ávidas garras.
Después de una buena caminata por las pendientes, el paisaje cambió abruptamente y llegaron a un bosque. Un corredor de árboles recorría la loma en donde se hallaba la casa de las viejas locas, según le indicaron a

1 Patatas.
2 ¡Dame!

Amaru. Los árboles eran tupidos y las copas, al final de su estampida hacia las nubes, dibujaban una enorme trenza verde que apenas filtraba la luz. Al improviso, en medio del aire enrarecido, apareció una choza.
Habían llegado.
La puerta era tan estrecha y pequeña que Matilda tuvo que bajar la cabeza para acceder sin rozar el tumbado harinoso y húmedo. Se sentía como un gigante a punto de entrar en una casa de enanos. Enseguida le llamó la atención la extrema pobreza del ambiente. Era la primera vez que entraba en una choza, porque las chozas eran las viviendas de los *huachimanes*, de los chagras y de los campesinos.
Tan pronto Matilda entró a la vivienda de las viejas locas sintió un mareo. Olía a suciedad, a pobreza y a otros tufos que no pudo descifrar. Había un único espacio circular. Al fondo se hallaba una chimenea con una enorme olla de hierro asentada sobre un lecho de madera. Una capa de hollín recubría las paredes y demás objetos que de estas colgaban. Al centro, una mesa de madera desvencijada. A los lados, dos camas diminutas. Eran tan hundidas sobre sus cuatro patas que topaban el suelo con su litera de paja amarilla y tiesa. Tan pronto los ojos se acostumbraron a la penumbra del lugar, un hedor acre comenzó a invadir y enrarecer el aire. De repente, Matilda se percató de que alguien estaba sentado en una silla mecedora atrás suyo. Tuvo un sobresalto.
Era una de las dos hermanas, Trinidad, o la vieja Trini, como todos la conocían.
Tenía un enorme gato sentado en su regazo y se mecía adelante y atrás.
"Bienvenida patroncita...la estaba esperando."
"En que puedo servirla?" afirmó mientras me escrutaba con su inquietante mirada de arriba hasta abajo.
"Buenas tardes Trinidad...", dijo con cierto respeto.
"Vine a pedirle que me lea la taza de café."
"Le traje harina de cebada y algunos víveres."
"Dios le pague, patroncita. Puede dejar todo allí."
El dedo de la vieja Trini apuntó hacia una esterilla al lado del fogón.
"Siéntese, siéntese, apuremos, que pronto cantará el búho y los demonios saldrán a la superficie."
Matilda se acordó de la tía María Ercilia, quien decía que después del atardecer, cuando la tierra se ahogaba en la penumbra, aparecía el Chuzalongo para robarse a los niños y espantar a los viajeros solitarios.
Amaru estaba parado en el umbral de la choza y no se atrevía a entrar. Observaba aquel encuentro desde una distancia prudente, con aire nervioso, sin saber bien que hacer o que decir. Le tendió a Matilda un taburete forrado con piel de oveja para que ella se siente y regresó a su lugar, al filo

de la puerta, como un ave a punto de tomar el vuelo.
"¡Joven, deme esa pitona[1], que el agua ya hierve!", dijo la vieja Trini con aire mandón.
Entonces, sirvió el café en una taza de cerámica blanca con la oreja despostillada y le pidió a Matilda que lo tome entero, muy despacito.
No estaba tan malo como Matilda imaginaba, pero el aroma era tan fuerte que por un instante sintió que desmayaba. Al finalizar el último sorbo, pasó la taza a la vieja Trini. Sus uñas eran largas y mugrosas, las manos parecían garfios, los ojos, dos canicas negras y acuosas. Matilda estaba asqueada. Pero era demasiado tarde para cambios de plan, así que se aguantó. La vieja Trini agarró la taza con una mano mientras que con la otra lanzó el gato al aire. Siguieron unos minutos de silencio. Meneaba la taza entre sus manos de la izquierda a la derecha, con aire serio y concentrado, a la vez que pronunciaba palabras incomprensibles. De repente, sus movimientos pasaron de ser bruscos y frenéticos a más pausados y estudiados. Comenzó a escarbar con el dedo índice entre los granos del café. Luego levantó la mirada y clavó sus pequeños ojos negros sobre ella. Comenzó a abrir despacio la boca. Su aliento era horrible, parecido al tufo que emanan las aves y lagartijas cuando caen muertas bajo el sol.
"Patroncita...deberá abandonar su sangre porque el destino que le espera se halla lejos
de aquí."
"No entiendo...¿puede ser más clara Trini?", preguntó ella con ese ímpetu e impaciencia
que caracteriza la juventud.
"Va a sufrir. Pero, al final logrará la libertad que anhela. Usted, patroncita es mujer de un tiempo que aún no llega."
Matilda quedó impresionada por aquellas palabras tan rebuscadas y raras, siendo que la vieja Trini era una analfabeta como la gran mayoría de las personas del campo.
"Dígale al *guambra*, que salga de la casa. Tengo que decirle cosas privadas."
"Pero yo no tengo secretos con él..."
"No es conveniente que escuche un empleado", agregó ella con firmeza.
Amaru no pudo evitar fruncir el ceño en signo de protesta. Salió entonces de la puerta. Aprovechó para orinar atrás de un matorral. Luego se sentó a la sombra de un sauce frente a la casa y cruzó los brazos.

Matilda y Amaru salieron de la choza al atardecer. El camino de bajada sería más rápido, pero, en cambio, habría menos luz así que tocaba apurarse. Alcanzaron el antiguo portal de la casa patronal cuando ya los cam-

1 Utensilio de cocina que se utiliza para hervir el agua.

pesinos se habían retirado del campo. La lluvia de los días pasados había ablandado la superficie. El terreno estaba pastoso y sus pies se hundieron en el lodo como si fueran dos estacas de madera.
"Que te ha dicho la loca. Cuenta."
"Ya escuchaste Amaru. No puedo decir nada a nadie", dijo ella con tono misterioso y aires de importancia.
"Está bien. Pero no es justo que me dejes con la curiosidad después de lo que yo arriesgué por ti."
"¿Soy la patrona, ¿no? Lo que me dijo no lo puedo revelar."
"Me has dejado peor que antes. Bueno no insistiré. Ojalá sea para tu bien", dijo Amaru con resignación.
Finalmente, Matilda llegó a su habitación sin accidentes y justo a tiempo para evitar una reprimenda. Al cabo de unos instantes, bajo el impulso de las manos vigorosas de Soledad, sonó la campaña de las oraciones vespertinas que precedían la cena.
La ropa de Matilda estaba impregnada de olores desconocidos y le salieron ronchas en los brazos y piernas. Estaba aturdida, como si hubiese realizado un viaje extraño en alguna dimensión desconocida. En el palmo de su mano tenía una cicatriz que se había hecho a los diez años de edad. La vieja Trini la había apenas rozado con su dedo pegajoso, la cicatriz ya no estaba. Matilda tuvo miedo. Le dieron escalofríos. Comenzó a rezar un sinfín de avemarías confusas, de padrenuestros, de extrañas plegarias a la *Pachamana y* al *Taita Inti*[1]. Mientras recitaba aquella mezcla de oraciones, se desvistió apresuradamente, como si la ropa le estuviera quemando la piel. Luego agarró una toalla y comenzó a frotarse el cuerpo entero con el agua de su lavacara. Emanaba olor a vinagre, a tierra, a gusanos.
Aquella noche soñó con gatos negros, ollas humeantes y aves siniestras que revoloteaban sobre el tejado de San Rafael. Lo que la vieja Trini le reveló se cumpliría a cabalidad en muy poco tiempo. Pero, en aquel momento, Matilda se negó a creer.

1 Al padre sol, en quechua.

Et lux advenus[1]

El día de San Zaccaria apareció el primer tesoro: un espléndido corredor de espejos de vidrio de Murano. Se hallaba escondido tras una puerta perfectamente mimetizada entre los paneles que revestían las paredes de una habitación del *primo piano nobile*. Los paneles eran de madera y simulaban el jardín del Edén, con árboles frutales, plantas exóticas y flores exuberantes. Al fondo estaban Adán y Eva, hermosos como dioses, consumando su amor ilícito sobre una loma dorada y resplandeciente de luz. El paisaje estaba salpicado por manchas de colores que avivaban el cielo terso y una delicada cenefa con racimos de uva enmarcaba toda la escena. Ramón se acercó. ¡Eran colibríes, las diminutas y tiernas aves de su tierra andina, con sus largas colas y su plumaje tornasol! ¡No había uno solo en todo el viejo continente!... ¿Como era posible que asomaran, tan coquetos, tan delicadamente perfectos, en unas pinturas de Ca´ Doria?

Debió ser una idea de su madre, claro. Ramón se estremeció. Nunca en su vida se había sentido más vivo, más excitado. En apenas pocos días, su aturdimiento inicial se había transformado en emoción vibrante, en lágrimas tibias fusionadas místicamente con las vísceras del palacio. Todas las fibras de su cuerpo palpitaban y pedían más. Era un hombre dichoso: cada día soñaba estando despierto y cada noche dormía con la dama más hermosa y deslumbrante de la ciudad.

Ramón quería que ya asomen todos los frescos. Pero Ca´ Doria se resistía a soltar sus encantos, como una doncella que teme el abandono si se concede demasiado rápido a su amado. Lastimosamente, una *acqua alta* extraordinaria ralentizó las obras durante algunos días: le *paratie* de la puerta lateral estaban desgastadas por lo que el agua comenzó a filtrarse desde el costado del edificio inundando el *cavedio* y el acceso principal hasta casi eclipsar el pozo. Este percance impidió la entrada y salida de los botes que cargaban el material de construcción y los innumerables escombros. Los propios trabajadores no podían acceder al palacio sino a través de un puente de madera improvisado que los trasladaba adentro desde una ventana del edificio adyacente.

Ramón parecía un gato encerrado. Ansiaba el momento en el que aparecerían esos soldados que su madre Beatrice describía cuando él era apenas un niño, cuyas hazañas le habían hecho soñar con una vida intensa, gozada hasta el extremo. Si hoy era un joven temerario, sin miedo a nada, curioso y audaz, eso se debía a los cuentos que su progenitora le susurraba en las noches oscuras de la Sierra. El heroísmo de los generales venecianos, las

1 Y llegó la luz.

aventuras de Marco Polo en la China, las batallas contra los turcos infieles: aquellas historias habían inspirado sus decisiones, plasmado sus sueños, forjado su carácter, aplacado sus aprensiones hacia el futuro. Esos héroes -y sus hazañas- le habían demostrado que no había límite para sus deseos y anhelos. Se trataba de atreverse, de no tener miedo a lo desconocido, de creer en sí mismo.
En el fondo, aquellas historias le habían llevado a Venecia, sin más bagaje que los relatos emotivos de su infancia.
El día más esperado finalmente llegó. La mañana era gris, sin un soplo de viento ni un rayo de sol. Lo que nadie imaginó es que el astro dorado aparecería bajo otro semblante.
"Maestro!"

"¡*Ecelensa*!", se escuchó de repente desde la sala principal del primer *piano nobile*.
"¡Vengan rápido! ¡Aquí hay algo!
¡Creo que estos son rayos de un sol!", dijo tembloroso Angelo, el más bajito y menudo de los empleados del maestro. Borsato y Ramón cruzaron instintivamente sus miradas. Se precipitaron al pie de la escalera con tal rapidez que sus cuerpos chocaron entre sí. Angelo seguía trepado sobre el peldaño más alto y sostenía nerviosamente el primero de los tablones que había logrado quitar.
"¿Ayuden muchachos, ayuden! ¡No se queden mirando a las musarañas! ¡Ayuden a bajar el tablón!", gritó el maestro a los demás trabajadores.
Ramón no pudo pronunciar una sola palabra.
Por fortuna el maestro interrumpió aquel silencio.
"¡Ahora sí mucho, mucho cuidado Angelo! ¡Quita el siguiente tablón despacito, con el mismo cuidado con el que tu mujer cortaría las uñitas a tu hijo recién nacido, no quiero el mínimo descuido verás, nada al apuro, tomate tú tiempo, no me jodas el trabajo de casi dos semanas, por Dios santo, dale...no te pares y sobre todo mucha, mucha atención, cágala y será el último rayo de sol que verás en tu vida!", dijo Borsato.
Ramón pensó que al maestro le había dado un ataque de logorrea por la emoción. Se le escapó una leve risa que le trajo de vuelta a la realidad. No se equivocaba, el maestro, al igual que él, estaba visiblemente emocionado.
"¡Si algo le pasa al fresco *ti taglio le palle*!", agregó Borsato para dar un último toque de fuerza a sus amenazas."
Pietro asentó el tablón en el suelo y volvió a trepar la escalera.
Mientras lo hacía se encomendaba a Sant´ Anzolo.

Aquella mañana las horas pasaban más lentas que de costumbre. Todos trabajaban en un estado de sopor, suspendidos en el aire, sobre un carrusel de escaleras de distinto tamaño y andamios improvisados que craqueaban bajo el peso de sus cuerpos. Temían romper el trance en el que se hallaban, el trance provocado por cada centímetro del fresco que emergía casi con pudor, de las tinieblas a la luz, de la humedad al calor tibio del mediodía.
Apareció el sol.
Era imponente, con rayos que parecían alfileres clavados alrededor de una esfera perfecta. Luego aparecieron unas manchas violáceas. Le recordaron a Ramón, por un instante, las nubes densas y cargadas de su Cordillera, al otro lado del mundo.
Finalmente, después del sol y las nubes, asomaron tres rostros de hombre cuyas facciones y vestimentas exóticas daban la idea de personas importantes. Frente a ellos, el *doge* con su inconfundible cuerno ducal. Frente al *doge*, un cofre lleno de frutas, telas coloridas, joyas y vasijas: se asentaba sobre una capa de tierra rojiza e irregular interrumpida por montículos de hierba amarillenta. La luz se repartía como una miel espesa y compacta sobre todo el paisaje tiñéndolo de tonos dorados, cálidos y crepusculares.
"De quienes se trata maestro?", preguntó prudente Ramón.
"Es el retrato de unos embajadores japoneses en visita a *la Serenissima*", contestó seguro el maestro Borsato.
Ramón no podía despegar sus ojos de la pared frente a él.
"Mire que facciones delicadas y a la vez definidas...y mire el contraste entre los personajes – con sus uniformes tachonados de gemas- y la campiña al fondo, sobria e inmóvil...", agregó.
"Es una obra de Tintoretto."
"Tintoretto fue un artista extraordinario, que amaba reproducir paisajes y personas con absoluta precisión. Pero, a la vez, no quería renunciar a la luz y a sus poderosos efectos", dijo el maestro Borsato con ojos acuosos.
"Mire Ramón, las figuras emanan luz, el sol emana luz, las nubes emanan luz, ...hasta la laguna al fondo de Piazza San Marco emana luz. Tintoretto logra manipular magistralmente la luz y con ello consigue crear una atmósfera increíble."
"¡Es como si toda la pintura fuese un enorme caleidoscopio!", agregó el maestro con evidente conmoción.
Siguió un instante de silencio.
"Pensé que nunca iba a contemplar este fresco de nuevo..."
"Está casi perfecto", dijo Borsato mientras con la yema de los dedos removía un polvo verdoso y fino como la ceniza de la superficie.
"¿Qué es eso?", preguntó Ramón.

"Es un hongo que se anidó sobre la pintura por la humedad acumulada en este tiempo. Pero no se preocupe, confío poder quitar todo. La primera cura es que los frescos sean expuestos nuevamente al sol y que las obras respiren."
"¿Las obras...respiran maestro?
"Si *ecelensa*, las obras respiran al igual que las personas."
Ramón enmudeció. ¡Cuánta emoción desbordante en tan poco tiempo!
Se alegró infinitamente de que Borsato no dejara de hablar ni un segundo cuando estaba nervioso o alterado. Porqué él, por lo pronto, no podía sino llorar con toda la discreción y el disimulo del que era capaz.
"Si pienso que Tintoretto debía luchar las siete camisas para que le encarguen una obra!", dijo el maestro.
"¿Como?", preguntó Ramón con la voz tambaleante de quien no está seguro de haber escuchado bien.
"¡Pero si era un genio!"
"Ya......pero su genio era igualado por su mal genio y eso le propició unos cuantos enemigos", agregó el maestro con la seguridad de quien describe un familiar cercano al que conoce muy bien.
Con el avanzar de la tarde, una cascada color ámbar se coló por las ventanas exáforas proyectando inmensos cuadrifolios en el suelo y perfilando el mobiliario con finos trazos de oro. El aire era tibio, pero las ráfagas de corriente ya anunciaban el otoño. Al finalizar el día, cuando el cielo se tiñó de naranja, de rojo y finalmente de azul cobalto, las sombras de Ramón y del maestro comenzaron a estirarse sobre las paredes anticipando el crepúsculo.

A lo largo de los siguientes días apareció el segundo fresco del primer *piano nobile:* la espléndida batalla de Lepanto del Tintoretto. Ocupaba toda la pared de la sala principal con un despliegue imponente de colores deslumbrantes y fuerza represada a punto de estallar.
¡Que escalofrío más grande recorrió la espalda de Ramón cuando, poquito a poco, aparecieron los personajes que poblaron sus fantasías en la infancia!
La impresión fue tan grande que creyó escuchar el estruendo de los cañones, las plegarias a Dios de los soldados, el silbido del viento entre las velas. ¡Hasta creyó percibir el olor de la pólvora, el tufo de la carne quemada, el humo asfixiante deslizándose entre los moribundos!
"¡Observe el contraste entre el bulto negro de veleros -amasados como tantos cuervos – y el cielo amarillento del atardecer, apenas alumbrado por tibios rayos de sol tras un velo de vapores! ¡La escena es tan vívida que atemoriza al espectador, como si éste pudiese de repente ser arrastrado

en el medio de la batalla!", dijo el maestro con el rostro ruborizado.
Cuando el último de los tablones fue quitado, Ramón se desplomó y un rio de lágrimas tibias bajó por su rostro sin encontrar más obstáculos que la propia curvatura de la mandíbula. Se paró al centro de uno de los balcones dando las espaldas al *Canale*. Los brazos se soltaron en el aire como las ramas de un sauce y las piernas comenzaron a temblar, como si no pudieran sostener el peso del cuerpo. Una ola de luz inundó la sala al improviso. Los rayos del sol entraron con tal profusión que los frescos de ambas paredes parecieron cobrar vida como en una obra de teatro.
Aquella noche Ramón no logró cerrar ojo. Se retorcía como una culebra entre sábanas mojadas. Se levantó. Abrió las ventanas de su habitación buscando el alivio de la brisa. Pero nada aplacaba su ansiedad.

La siguiente semana se rescataron las obras del segundo *piano nobile*.
En una de las paredes apareció el Juicio de San Esteban de Vittore Carpaccio.
"Mire que maravilla Ramón! La escena se sitúa en un pabellón abierto, lo que permite al artista fusionar el elemento natural del paisaje con el templo en donde se realiza el juicio al mártir. A pesar del gran número de personajes, cada uno tiene un espacio propio y obliga a fijarte en él. Gracias a su trazo seguro -y al excepcional uso de los colores-, Carpaccio logra dinamizar la escena de un modo increíble... ¿No le parece Ramón?"
Pero Borsato hablaba solo. Ramón se hallaba en uno de sus estados de trance, los que lograba romper con siempre mayor dificultad. La obra era magnífica. Una vez más, los tumultos del corazón apresaron todo su ser, acallándole, apenas dejándole la capacidad de exhalar e inhalar aire. El maestro conocía al joven Callejas y se había acostumbrado a llenar aquellos largos silencios con su labia inquebrantable.
"Este fresco es parte de una serie de cinco obras que fueron comisionadas para la *Scuola di Santo Stefano*."
"¿Por qué el fresco acabó en las paredes de Ca´ Doria?, preguntó Ramón.
"Los congregantes no pudieron cumplir con los plazos de pago del ciclo entero. Entonces Raimondo Morosini, antepasado de su madre, lo adquirió."
"Me fascinan esos tintes tan intensos, tan ricos y...hasta audaces", agregó Ramón.
"En efecto, Carpaccio amaba los colores fuertes, vívidos, muchos de los cuales él mismo inventaba haciendo mezclas muy particulares de plantas y minerales."
"Cuénteme más cosas, por favor. Me encanta escucharla. No podría tener un mejor maestro que usted..."
Borsato aclaró su voz, antes de seguir hablando.

"Carpaccio amaba retratar a grandes grupos. Al parecer, muchos de sus personajes representaban a familiares y amigos. Pero, más allá de la anécdota, Carpaccio era increíblemente hábil en el manejo de escenas complejas, con un gran número de personas. Le gustaba además fusionar el sacro y el profano, al igual que reproducir escenas domésticas, cotidianas… ¡como el cuadro que reproduce la entrada por la *porta d´ acqua* de Ca´ Doria!"
"¿Dónde está este cuadro maestro?"
"En el *Palazzo Ducale*."

Pasaron cuatro días y aparecieron dos frescos más.
Ocupaban la pared opuesta al *Juicio de San Esteban*.
"Mire Ramón ¡Qué maravilla!"
Ambos frescos son de Bellini. De Giovanni Bellini" recalcó el maestro.
"En este primer fresco dos peregrinos que viajaban a Jerusalén se encuentran con otro caminante y le invitan a cenar."
Ramón seguía con los ojos el dedo tembloroso del maestro apuntando a la pared.
"Observe la riqueza del paisaje y como el componente arquitectónico se inserta perfectamente en la naturaleza…. ¡Y qué decir de la expresividad de los rostros y de cómo el semblante de los hombres contrasta con la imponencia del caminante! La genial pincelada de Bellini logra transmitir al espectador la idea que el desconocido no una persona común, sino un ser a la vez terrenal y celestial…"
Luego de la explicación, Borsato se desplazó frente al segundo fresco. Cruzó sus brazos atrás de la espalda y comenzó a fijar la pared con el ceño fruncido, como si quisiera enfocar la obra de la forma mejor.
"Aquí continúa el relato evangélico, Ramón. Esta escena representa la cena de Emmaus.
¡Observe la expresión estupefacta de los dos viajeros cuando reconocen a Jesús! Cuando este bendice el pan y el vino, se dan cuenta de quien tienen delante, se percatan que están frente a Cristo resucitado. ¡Observe como los gestos de ambos complementan y acompañan sus muecas de sorpresa! ¡Las pinceladas son tan densas que el espectador de la obra se estremece!"
"Su dominio de la técnica y sus argucias creativas son increíbles."
"Así es. Bellini sitúa la cena en un espacio cerrado, pero el inmenso ventanal ubicado al fondo recupera con extraordinaria precisión y candor al paisaje natural. ¡Y observe la calidez de la luz y de cómo esta parece abrazar a los personajes!"
"Es cierto maestro. Hay una luminosidad asombrosa, que los tonos pastel

de la obra resaltan y potencian. La luz no invade la escena. Al contrario, parece acariciar los rostros, las facciones, las vestimentas..."
Solo cuando la noche se adueñó del aire y hubo que prender los candeleros, Ramón y el maestro lograron despegarse de los frescos. Se despidieron con un abrazo fraterno e interminable.
Hasta el nuevo día.

El verano al fin se despedía de los balcones floridos, dei *campi*, dei *calli*. Las finas hendiduras entre edificios -que antes retenían el fresco en las tardes calurosas- se tornaron húmedas, las jornadas se acortaron y la luz reverberante de las mañanas cedió el paso a un sol tibio, de tonos suaves y aterciopelados.
Pronto llegarían los meses fríos. Entonces, las corrientes del mar Adriático y el viento helado de los Alpes se meterían por la laguna, luego se colarían por los canales y finalmente penetrarían los huesos aturdiendo los cuerpos, entumeciendo los rostros, pinchando las mejillas de los transeúntes como tantas agujas.
Ramón esperaba aquellos cambios con expectación y curiosidad. Le encantaba descubrir las mínimas diferencias de luminosidad y temperatura, al igual que el distinto peso del aire. El ciclo de las cuatro estaciones le parecía fascinante porque en su país el clima no cambiaba y un sol inclemente aporreaba la tierra los doce meses del año curtiendo las pieles, resecando los ojos, ablandando las fuerzas.
Con la llegada del otoño el aire se alivianó, las noches dejaron de ser calurosas y los olores de la ciudad, de los efluvios humanos y de las propias algas se tornaron menos intensos. El clima había cambiado pero las sorpresas y sobresaltos de los corazones seguían, tras los muros de Ca' Doria. En una de las habitaciones que se ramificaban alrededor del primer *piano nobile* apareció el retrato de una dama desconocida. Tenía una mirada esquiva y sostenía tímidamente un perrito sobre su falda color carmesí. Un delicado filo de perlas rodeaba su cuello y caía desordenadamente sobre su escote acomodándose a los pliegues de la piel y clavándose, maliciosamente, en medio de los pechos. La calidez de los colores, la delicadeza de las facciones y el contraste con el fondo, de color purpura, no le hizo dudar a Ramón que se trataba de la mano de Tintoretto. Su intuición fue confirmada por Borsato.
"En efecto, Ramón, solo existen dos retratos de mujer en toda su colección. Este y otro, de una joven mujer que enseña el seno". ¡Mire que pasión trasuda de los rasgos de esa doncella!" "¡Que trazo más audaz! "¡Le aseguro que ni el propio Tiziano, su maestro, se hubiese atrevido a retratar una dama con esos labios carnosos, esas mejillas coloridas y esa mirada

tan seductora e impúdica!", agregó el maestro.
"...y que decir de esas perlas y de cómo se insinúan entre los senos de la joven!"
"¡Tintoretto era definitivamente un espíritu moderno de sus tiempos!"
"Si usted viera las obras de la Escuela de San Rocco se quedaría impactado por el dinamismo de aquellas figuras agitadas...! ¡Es increíble como el pintor logra dramatizar las escenas bíblicas contrastando colores, jugando con efectos de perspectiva!"
Ramón disfrutaba viendo como a Borsato se le encendía la mirada y como enarcaba sus cejas canosas y radas cuando hablaba de sus amados pintores.
"A pesar de retratar escenas bíblicas, hay *un non so che* de irreverente, de apasionado en aquellas escenas. Los trazos son como golpes de látigos exacerbados por la luz y por los movimientos apasionados, casi bruscos, de los personajes."
"Quiero conocer esas obras, maestro", se precipitó a decir Ramón.
"Estoy siguiendo una ruta y una agenda bien precisa y le aseguro que para cuando Ca' Doria este ultimada, voy a conocer esta ciudad y sus artistas mejor que usted", dijo entre risas.
"Estoy seguro, *ecelensa*. Estoy seguro..."
En el resto de los ambientes, -conforme se quitaban las paredes falsas y los tablones de madera- se hallaron más frescos y molduras originales. Adornaban soberbiamente las paredes y lucían diferentes a cada hora del día. Era como si los ambientes danzaran al son de las luces, de las sombras, de los aleteos de la corriente.
"Esos frescos son de Palma il Giovane, Ramón". Una auténtica maravilla. ¡Y que bien preservados no obstante el tiempo, la humedad y el abandono! ¡Dios no podía permitir que semejantes maravillas se perdieran!", dijo con su habitual vehemencia el maestro.
Aquellas palabras le dolieron a Ramón como un puñado de sal sobre una herida abierta. Al improviso, se sintió culpable por haberse demorado tanto en llegar a Venecia.
El hecho de haber recuperado justo a tiempo aquellos prodigios era un bálsamo que le consolaba, pero tardaría tiempo en superar del todo su desasosiego.
"¿Es usted muy devoto?", interrumpió Borsato.
"No. No lo soy. Al contrario, muchas veces, en arrebatos de ira, lanzo improperios al cielo de los que luego me arrepiento. Pero, reconozco que, frente al misterio del genio humano, no tengo más explicación que no sea la existencia de un ser supremo."

Pasaron dos meses desde que el primero rayo de sol apareció por debajo de los tablones marchitos de Bauville. El invierno había llegado. La *bora* arrojaba en el canal las hojas que arrebataba de los árboles, de las enredaderas, de los jardines. Eran finas y alargadas. Parecían diminutas góndolas debatiéndose entras las olas, tan livianas que apenas rozaban el agua. Unos niños arrimados a las gradas de las *fondamenta* hacían competencias y gritaban a pleno pulmón mientras las hojas se deslizaban entre los amasijos de algas y las cajas de madera que flotaban en la superficie.
Ca' Doria al fin estaba lista. Esplendidas cortinas de seda color durazno, color del oro y color del agua colgaban ligeras desde el alto de las ventanas góticas. Un sinuoso serpenteo de flecos acompañaba el movimiento de la ventisca que el canal empujaba adentro de las habitaciones. El mobiliario era exquisito y combinaba las piezas existentes con otras nuevas que Ramón había conseguido en los anticuarios de la Toletta, en el mercadillo de la *calle dei Fuseri* y en muchos otros lugares que descubría en sus caminatas y vagabundeos.
El resultado fue impresionante. La decoración, las obras y los propios espacios eran espléndidos, fastuosos: estucos, tapices de damasco, candelabros y briseros de vidrio soplado, delicados *guaches* franceses, exquisitas porcelanas de Capodimonte, íconos griegos y bizantinos de notable hechura. Lo que Ramón no tenía, compraba; lo que no compraba, canjeaba con objetos o muebles que no le agradaban o que consideraba *demodé,* como la pila de alfombras persas que encontró en un trastero atrás de la cocina.
¡A quien se le pudo ocurrir ocultar esos pavimentos de mármol y *pietra d´Istria* con...pedazos de tela apolillada!, decía. Se había empeñado en eliminar toda huella por mínima que fuera de Bauville, quien claramente era una persona ordinaria, sin sensibilidad alguna. Y lo había logrado.
El palacio era asombroso. Reflejaba una armonía inimaginable no obstante la mezcla impresionante de estilos y colores. Hasta se le ocurrió montar una *wunderkammer* en donde reunía las piezas que compraba bajo un impulso, pero que aún no tenían una precisa ubicación.
A Ramón no le asustaba la riqueza y el desparpajo en la decoración de su palacio. Había entendido que Venecia era eso: una rara y única combinación de lujo, ostentación y belleza. Sin recato, sin pudores. En Venecia, el exceso era arte sublime, el exceso era el alma de aquella ciudad que a lo largo de su historia casi siempre había sido rica, poderosa. Inigualable.
El ciclo se concluyó con una operación de limpieza profunda, que obligó Ramón a contratar cuatro empleadas temporales a parte la titular, Silvana. Silvana era una criatura rara, más cercana a la fisionomía de un hombre que a la de una mujer: alta, gruesa, con manos anchas de gondolero,

pelo negro alborotado y una frente tan arrugada como los pliegues de un acordeón. No tenía solo el semblante de un hombre, también tenía la voz gruesa del dueño de un camal y la poca paciencia de un mercader judío. Estas características le habían claramente impedido encontrar un buen mozo y casarse. Pero se trataba de virtudes perfectas para Ramón, quien necesitaba una supervisora con ojo atento y puño duro, de ser necesario.
La escuadra liderada por Silvana pasó días moviendo muebles adelante y atrás: el polvo de los meses pasados se reproducía y se asentaba constantemente, sin tregua, sin pausas. Era como una lluvia interminable de arenas invisibles, que invadía los recovecos más escondidos, que penetraba las hendiduras, que descubría todo orificio material o humano que fuera.
Muy a pesar de aquel exasperante inconveniente, al cabo de unas semanas se logró limpiar a la perfección los espejos de pasillos, dormitorios y salas; los techos y las vigas de madera, las paredes de mármol, las espléndidas estatuas, las escaleras principales y de servicio; se botaron lozas viejas y baratijas, se engrasaron las bisagras de puertas y armarios, se recubrió el piso de la altana con miel de abeja y un empaste de hojas de laurel para alejar las cucarachas. Conforme la mugre del tiempo desaparecía, el color de las superficies se aclaraba y cambiaba de tono, descubriendo delicadas venas, revelando sombras, mostrando contrastes de la textura.
Al fin la casa resplandecía como el astro que apareció aquel primer día bajo los delicados dedos de Angelo. Pero Ramón no hallaba la paz y durante un buen tiempo siguió intercalando tímidas sonrisas de aprobación con miradas castigadoras que sus empleados aprendieron a reconocer.
"Silvana, no hay una sola flor en nuestras terrazas, ¿Somos una clínica de góndolas o un palacio señorial? ¡Que es eso!, ¡Mañana quiero ver todos los colores del arco iris en esa terraza!", reclamaba el dueño de Ca´ Doria.
"Para ello tengo que ir al *mercato di Rialto, ecelensa*. Pero debe ser el jueves a primera hora. Si no, te dan flores marchitas, esos turcos", contestaba Silvana.
"Quiero geranios y begonias. Esas plantas no friegan y duran mucho", recalcaba Ramón mientras su mirada se perdía más allá del balcón.
La restauración del *palazzo*, el rescate de las obras y la nueva decoración nunca cerraron el circulo del quehacer: ni en Ca´ Doria, ni en la mente de Ramón.
Al contrario, cada día se levantaba con nuevas obsesiones y mañas. A veces, esos pensamientos asomaban como duendes en el sueño ligero y grácil de la madrugada. Otras veces lo hacían de noche, impulsados por el cansancio y la modorra. Entonces Ramón se desvelaba, se ponía de pie con el brinco de un potro y fuera la hora que fuera comenzaba sus rondas por la casa: un día los espejos necesitaban algún tratamiento sin el cual el

plomo saldría a flote y carcomería el brillo de las superficies; otro día le *paratie* requerían mantenimiento porque las infiltraciones del agua dilataban la madera y los tablones ya no encajaban en los soportes de hierro....
El *palazzo* había entrado en sus venas como una droga poderosa. Y el riego de aquella sangre adulterada, impregnada de cada esquina de la casa, perforaba su cerebro como las termitas un pedazo de madera tierna.
La propia ciudad se había adueñado de su mente, marcando el paso de sus vagabundeos, guiando sus visitas a lugares cercanos y remotos, alumbrado sus andanzas nocturnas.
A veces, cuando se refería a Ca´ Doria, tenía la sensación de hablar de una mujer en carne y huesos, con un semblante y una fragancia bien definida, una que solo él reconocía y disfrutaba. En un trance sublime, privado, único.
La compenetración con el palacio llegó a tal punto que Ramón no tardó en dudar de su sano juicio. Si así fuera, -pensó una noche frente a la chimenea con su *grappa* en la mano- que importaba. No debía rendir cuenta a nadie y si un día enloquecería, tan solo lo sabrían aquellas paredes húmedas.
"Ramón.... *ecelensa*..."
"Diga maestro."
"Usted es muy joven y apuesto para estar solo... ¿No debería conocer a alguna señorita?"

El agasajo navideño

Arturo Grijalba Montes se sentaba siempre al centro de la mesa, con los puños cerrados en el filo de la madera, la mirada altiva y la espalda recta como un sable.
Era un hombre autoritario y un patrón fuerte. Cuando se enojaba su voz grave resonaba de lado a lado, dejando un tal retumbo que los muros parecían quebrarse. Cada movimiento, cada gesto de su cuerpo emanaba poder, tanto que los propios fantasmas de San Rafael le tenían cierto recelo y no aparecían sino después de que él se retire en la recamara. Él parecía saberlo, pero no le importaba. Al contrario, se regocijaba al saber que su presencia provocaba semejantes reacciones y que las vecinas del valle dedicaban novenas a Doña Raquel por tener que lidiar con aquel marido bravucón. Durante una época en la que ella dejó de asistir a las tardes de costurero, hasta llegaron a temer por su vida y no dudaron en averiguarle a un allegado de Armando Quilotoa que vivía por el pueblo: que como estaba su amiga, que, si todo estaba en orden, que como así ella no se dejaba ver.
El temor hacia Don Arturo se acompañaba a un respeto igual de profundo y genuino: a su paso por la casa, las caballerizas y los potreros, empleados y trabajadores de todos los rangos se quitaban el sombrero juntando manos y pies al compás.
El patrón contaba, además, con habilidades muy especiales. Tenía una mirada penetrante al igual que una mente ágil y perspicaz. Solo la idea de mentirle y ser descubierto era suficiente para no hacerlo, porqué él lograría traspasar tu piel, ver tu corazón y leer tus pensamientos como a través de un vidrio.
Su gran frustración fue no tener hijos varones. Pretendió compensar aquel vacío imponiendo a toda la familia una estricta disciplina militar en donde él era el general, Raquel el lugarteniente y sus hijas, un pequeño ejército.
Así, cuando llegaba la Navidad, las cuatro hermanas Grijalba Montes se cuadraban como soldaditos y marchaban en fila cruzando todos los corredores hasta llegar a la sala principal. Al centro se erguía majestuoso un inmenso árbol, con sus ramas tiesas y olorosas de las que colgaban los bombillos de tela y de paja que la tía María Ercilia y las niñas confeccionaban con esmero. También confeccionaban muñecos para adornar la chimenea, manteles y servilletas para la Noche Buena, adornos y guirlandas para las puertas y ventanas.
El día veinte y cinco de diciembre, después de una trépida espera con la respiración entrecortada y los mentones en alto, las niñas recibían sus

obsequios en orden de edad y por llamada.
La mañana siguiente, la familia Grijalba Montes agasajaba a los hijos de sus empleados, de los *huachimanes*, de los primos de estos, de los sobrinos del uno y del otro, de algún huerfanito con ojos verdes y pelo naranja. La vida de aquellos niños y jóvenes era, año tras año, una larga espera del aquel agasajo, de aquella abundante merienda, de aquellas golosinas americanas que nunca habían visto, que cada vez lucían diferentes, que olían a regaliz, a fresa, a anís. Se trataba de aromas únicos, porque solo emanaban desde aquellas diminutas masas de color con forma de bolitas, palos y bastoncitos. Hasta el cielo parecía saber que tan especiales eran aquel día y aquel agasajo, porque, cuando el momento llegaba, siempre había un sol resplandeciente y ni una sola nube entorpecía el horizonte.
En esa fecha del mes Providencia y Soledad, con mucho cuidado y cierto nerviosismo, sacaban al San Rafael de su nicho, que tronaba en la parte alta de la puerta de entrada. La talla -con sus alas resplandecientes, su capa de ribetes y su pescado centelleante- había sido restaurada por las mujeres de la hacienda después de quedar hecha añicos[1] tras cien años de fiestas y procesiones por pueblos y aldeas de la Sierra.
Cuando ya el santo pisaba firmemente la tierra, le acomodaban sobre un paño y comenzaban un meticuloso aseo. Primero, había que desempolvarle con cuidado y paciencia. Luego se sacaba brillo al rostro, a las manos, a los piecitos de madera con aceite de almendras y coco. Tan pronto el santo resplandecía cual una estrella del firmamento, se aclaraban sus pupilas de vidrio con gotas de limón y se limpiaba su capa de paño con ribetes dorados, que el paso del tiempo había entiesado. Eso tenía que hacerse con un empaque de grasa de toro o cera de abeja. Caso contrario, al año siguiente la capa aparecería cuarteada con gran pena de todos. Cuando finalmente la talla lucía flamante, las *huachimanas* salían a buscar a todos los niños para que le recen al santo.

Así, año tras año, a pesar que algunos ya lucían vellos en los mentones y la voz se les había engrosado, los *guaguas* -y menos *guaguas*- esperaban con la misma trepidación sus obsequios, sus dulces empalagosos y olorosos a aromas nuevos, su momento de gloria y felicidad completa.
Pero en aquel paraíso había reglas. Los agasajados debían lucir pulcros y bien vestidos, con la misma ropa de un día domingo, las caras lavadas y sin lagañas, nada de vestimentas haraposas, huecos en los codos o mocos chorreando de los orificios. También había que cuidar otros detalles, en ese día tan especial: las uñas debían estar cortas a ras de la carne y el pelo peinado y tieso como en el día de su Primera Comunión.

1 Destrozada.

Desde el otro lado de la reja en hierro forjado, las cuatro hermanas, cual princesas de un castillo encantado, esperaban el comienzo de la ceremonia con la misma ansiedad, emoción y expectativa de aquellos niños y jóvenes. Algunas veces, sin ser vistas, se trepaban por el patio trasero hasta el techo de la casa con la grada destartalada de Armando Quilotoa. En el techo había panales, gatos persiguiendo a comadrejas, nidos de raposas. A menudo las tejas se volvían resbalosas por las lluvias y una gruesa capa de musco las recubría por entero. Entonces, sus delantales se tornaban verdes, sus botines se raspaban, sus rodillas se lastimaban. Pero nada de todo aquello importaba, porque la vista era perfecta y aquella procesión, algo único del que hablarían hasta altas horas de la madrugada. ¡Que increíble espectáculo era ver a esos guambras correr desde lejos, en manada, dejando atrás de sus pasos un nubarrón de polvo!
A ellas, en el fondo, les hubiera gustado conocerlos, jugar, coquetear. Pero ellos pertenecían a otro mundo, su madre se hartaba de explicarlo, bastaba con los hijos de los *huachimanes* y de Armando.
Los niños parecían tantas liebres que empujaban para entrar al jardín del Edén. Y es que allí estaban las frutas más jugosas, la vegetación más exuberante y la hierba más fresca.
Cuando finalmente alcanzaban las rejas del portón, los *guaguas* clavaban sus morros entre los delgados barrotes como si de aquel modo pudiesen derretirse, deslizarse entre los hierros y pasar al otro lado. Se apiñaban cual enjambre de abejas, acalorados, nerviosos. Los más chiquitos miraban impávidos y curiosos hacia adentro, buscando detectar alguien de la casa que envíe alguna señal. Tenían la frente alta y los ojos abiertos como platos. Sus bocas babeaban como infantes desprendidos del pecho de su madre. Si nadie aparecía para recibirles, entonces se alejaban del portón y comenzaban a jugar con pelotas, con canicas, con lo que había al alcance. Al cabo de un rato regresaban. Clavaban nuevamente sus morros entre las rejas y escudriñaban el patio, los corredores al fondo, las puertas de la casa. Por si había alguna novedad, por si alguien, desde el paraíso, asomaba. Caso contrario volvían a escabullirse, pero siempre pendientes y atentos. En los rostros de los niños más chiquitos no había angustia ni preocupaciones, su mirada era serena, sus facciones destendidas. Sabían que recibirían algo porque cada año aquella ceremonia se repetía, puntual como la época de las cosechas, la estación de las lluvias y los días de luna llena. Eso bastaba, porqué lo que se repetía en la *Pachamama*[1] representaba una certeza.
Los muchachos más grandes eran otra historia. Esperaban cabizbajos, ordenados y parcos. Tenían el ceño fruncido, las bocas cerradas, sus manos

1 La madre tierra, en idioma quechua.

juntas sobre los vientres abultados de parásitos. Parecían intuir que aquel agasajo era tan solo un destello de luz en una noche oscura. Con sus doce o trece años de edad, salían con sus padres al amanecer para trabajar en el campo, se partían el lomo cargando pacas y ordeñaban vacas ajenas tres veces al día. En muy pocos años las cosas no mejorarían. Al contrario, a más edad más responsabilidades y deberían llevar el pan a sus hogares. Con ellos, Dios se había claramente descuidado en el reparto de los dones y prebendas. Si al menos el sudor pegado en sus espaldas y la mugre entre sus uñas fueran para cosechas y ganado propios. Pero su destino era otro. Lo sabían. En un corto tiempo servirían al patrón y tendrían lo justo para subsistir. Así, aquel día de fiesta y alegría no cambiaría sus vidas. Y esos *guambras* tenían escrito en la cara el sinsabor de esa certeza.

Hacia el mediodía, bajo el sol cortante de esa época del año, comenzaba el festejo. Entonces, Soledad desabrochaba su delantal, acomodaba algún mechón rebelde y sacudía con sus manos el faldón del vestido, como si aquel simple ritual la hiciera lucir más elegante y pulcra que un día corriente. Y es que Soledad tenía la razón. Su aparición, cual diosa de un Olimpo, se esperaba con la misma emoción con la que se aguardaba la primera lluvia tras una sequía o la primera cosecha después de una calamidad o una plaga. Tan pronto se agotaba aquella rutina de rápidos movimientos, del delantal, del mechón, de las manos, ella abría ceremoniosamente el portón de la casa patronal.
Lo hacía despacito, tomando todo el tiempo del mundo, disfrutando cada parcela de su poder, observando los rostros anhelantes, las bocas entreabiertas. Luego, con la autoridad de un soberano, hacía un llamado al orden, al silencio y a la calma.
En aquel preciso momento, los chicos se apiñaban al filo de la puerta, las voces se disipaban y el ajetreo se interrumpía.
Era la señal de que el agasajo empezaba.
"¡*Guaguas* con mocos o andrajosos no recibirán obsequios y serán enviados de regreso a sus casas!", gritaba Soledad con vozarrón de capataz furioso.
"¡Ahora sí, entren al patio or-de-na-ditos!"
Entonces, los chicos pasaban adentro.
"¡Avancen sin hacer ruido, que el patrón se enoja y las aves se espantan!"
"Que esperan..."
"¡Vengan, vengan!
Tan pronto alcanzaban la pila de las palmeras, los agasajados se detenían y se cuadraban de inmediato en una fila. Sus movimientos eran lentos y pausados. Cada gesto, cada palabra era guiado por esa prudencia que se

asemeja al miedo, porqué el mínimo error podía causar su expulsión del paraíso. La fila era por orden de altura -desde el más respingado hasta el más bajito-, así que los mayores recibirían sus obsequios antes que el resto.
Nuevamente bajaba el silencio.
Solo se escuchaba el graznido de las aves revoloteando por el patio y algún ladrido ocasional de Lucas y Lobo. Hasta ellos sabían que ese día era especial, por lo que se plantaban al fondo del patio esperando que algo pase, expectantes y sin ladrar.
"¡Ahora sí, recen a San Rafael y pidan misericordia por sus faltas! ¡Nada de ronroneos y murmullos, quiero escuchar sus voces cla-ri-tas!", gritaba Soledad a pleno pulmón.
Entonces, los guambras rompían la fila y se disponían en círculo, alrededor de la talla que tronaba sobre un pedestal de madera al medio del patio.
Luego de las interminables recomendaciones y oraciones al santo, comenzaba la última espera, la más dura, una que debía parecer eterna, en donde los niños aguardaban que el patrón aparezca para repartir los ansiados obsequios.
El jardín del Edén desplegaba, al fin, sus viandas y delicias. Caramelos con manjar de leche, algodones de azúcar y bombones glaseados aparecían desde el fondo de una enorme caja redonda sin parecer nunca agotarse. Después del reparto de dulces comenzaba el carrusel de juguetes: muñecas de trapo con caras sonreídas y coletas de lana roja, soldaditos de plomo en uniformes impecables, pelotas de cuero, flamantes triciclos, espadas de madera lacada, lápices de colores, ábacos para los más pequeños, cuadernos de cromos y lupas para los más grandes.
"¡Pónganse en fila, uno atrás de otro, vamos, rapidito que el patrón espera!", gritaba Soledad desde una esquina.
Una vez que los chicos recibían su obsequio -y los bolsillos rebosaban de dulces y golosinas-el agasajo terminaba, la fila se rompía y cada cual regresaba al fondo. Para contemplar de cerca su regalo, para manosear cada juguete, para enseñarlo al compañero de juegos y comparar lo propio con lo ajeno.
Después de la ceremonia se acostumbraba compartir un hornado[1] con aguacates y mote con las familias. No todos los patrones de las haciendas aledañas eran así de generosos. Pero en San Rafael, las cosas se hacían bien hasta el final o mejor no se hacían. Caso contrario, el santo podría enojarse, habría malas cosechas y hasta calamidades.
Al atardecer todos regresaban a sus casas. Antes de cruzar la reja del portón agradecían al patrón, a Doña Raquel, a Soledad. Lo hacían con mucho

1 Plato típico a base a carne de cerdo cocinada al horno.

recato, a cierta distancia, apenas inclinando hacia adelante sus cabezas. Luego desaparecían. Hasta el siguiente año, hasta el nuevo agasajo.
Con el paso del tiempo la artritis comenzó a carcomerle a Arturo las piernas, los brazos y la propia alma. Para cuando Matilda tenía doce años de edad, el santo ya no salía de su nicho y el agasajo se redujo a una rápida entrega de dones desde una carreta tambaleante. La ceremonia fue remplazada por el juego del sapo[1] y algún que otro donativo en ropa y comida para las familias. Para que los niños se entretengan, decía, para que no molesten mucho con pelotas, palos y otros juegos improvisados.
Pero el sapo duró poco.
La bulla y el desparpajo eran tales que Soledad al cabo de un par de navidades logró que se suspenda aquel desmadre. El sapo regresó a su esquina húmeda del troje y los niños derramaron un mar de lágrimas hasta hacerse a la idea que el sapo no regresaría.
No obstante, los accidentes y novedades, la intensidad y las emociones que se acompañaban a cada agasajo nunca cambiaron. Ese día, el sol resplandecía más de lo habitual, los niños era niños y las manos de Dios parecían igualmente prodigas para todos.
Algunos años más tarde, desde las *Fondamenta* de un palacio señorial al otro lado del mundo, Matilda repetiría aquel mismo agasajo para los niños de sus empleados.
La misma talla y el mismo santo tronarían desde un nicho cavado en la piedra. Pero esta vez, en una pared a pocos metros del agua.

1 Juego que consiste en lanzar monedas o fichas en apósitos huecos de un cajón de madera.

Accademia Ca´ Doria

Era una tarde de otoño y un sol melifluo y anaranjado estallaba al medio del cielo como una enorme manzana. No hacía mucho frío y la ventisca de los días anteriores había bajado. Ramón decidió aprovechar el buen clima para visitar una tiendita de antigüedades que el maestro Borsato le había recomendado en Campiello dei Miracoli. Allí se ubicaba, además, su iglesia favorita.

El edificio reproducía la forma de un precioso cofre, como aquellos en donde las damas guardan sus joyas más valiosas. Tenía proporciones perfectas. Una de las paredes se hundía en el agua verdosa creando un efecto escénico portentoso, como si toda la estructura emergiese de las profundidades. Espléndidas losas de mármol con diseños geométricos la recubrían por entero. Su color arena reflejaba los rayos del sol de un modo único, amasando las partículas de luz hasta crear un cálido manto rosado que inundaba la fachada, que resaltaba las figuras en cruz, los tres rosetones, la sobria escalinata. Ramón amaba la elegante y peculiar arquitectura del templo al igual que su estructura recogida e íntima y el silencio mágico que le envolvía. Los edificios que rodeaban a la iglesia parecían querer ocultarla, protegerla del mundo, del ruido, de los comercios, de los visitantes que sorpresivamente descubrían aquel espacio suspendido entre el agua y el cielo. Así, cuando se llegaba al lugar, la iglesia despuntaba al improviso desde un dédalo de casas y calles, dejando al espectador desprevenido, con la boca abierta y el alma en vilo.

Tan pronto Ramón llegó se quedó parado frente a la espléndida fachada. Estaba convencido que en aquel punto preciso se generaba un extraño silencio, como si nada o nadie existiera alrededor. De repente vio un hombre mayor sentado en un banco. Tenía la barba hirsuta y canosa, los ojos hundidos en enormes ojeras, los labios finos como los bordes de un escálpelo. Sostenía la cabeza en alto con mucha dignidad, pero era evidente que aquella simple operación le costaba sobremanera. Su actitud orgullosa -y algo de su semblante- le recordó improvisamente a su padre. Ramón debió regresar a Quito tan pronto acababa de gestionar los asuntos relativos a la herencia y tan pronto decidía que hacer con Ca´ Doria.

Cuando Don Alejandro leyó la primera carta anunciándole que atrasaría su regreso unos meses, casi se desplomó al suelo, llevando consigo el café de la mañana, su periódico y su preciado habano. El pretexto era un retraso en la recuperación de las obras y algunos problemas estructurales de la casa. Ramón le mantendría informando de los avances y la fecha del viaje dependería del evolucionar de las cosas.

Al cabo de seis meses, Ramón volvió a escribir, diciendo que lamentable-

mente las obras del palacio resultaron más complejas de lo esperado. En compenso, Ca' Doria era un auténtico tesoro sobre el agua, lleno de maravillas del Tintoretto, del Bellini, del Carpaccio; y que decir de los espléndidos mármoles, de la mampostería, del exquisito mobiliario. Pero, para que contarle esos detalles, si no había palabras para expresar todo aquello. En fin, su progenitor debía creerle, rescatar el *palazzo* era un privilegio, una misión divina que había que cumplir a cabalidad, no solo para los vástagos de la familia Callejas de Alba, sino para la humanidad entera.
El final de la carta de Ramón era más concreto y ceñido. Como su padre bien podía imaginar, semejante palacio debía quedar perfecto. Por tanto, su presencia era indispensable, ya que, a pesar de confiar plenamente en el criterio del maestro Giovanni Borsato, él no podía lavarse las manos de todo y desaparecer.
Don Alejandro detestaba recibir sorpresas y que sus expectativas se vieran frustradas. Él era el patrón. Él era el hombre que todos respetaban, obedecían y temían, empezando por sus propios hijos. Antonio y Alonso eran disciplinados, respetuosos. Pero su último vástago había claramente salido a ella: rebelde, incontrolable, libre de toda atadura emocional y mental. Este hijo era un hueso duro de roer, incorruptible, audaz y atrevido, sin miedo a nada ni a nadie.
Ramón estaba dándole largas y esto le disgustaba profundamente. Por si eso fuera poco, no demostraba el mínimo interés por administrar los bienes y propiedades de la familia en la Sierra. Tenía asegurada una vida cómoda y placentera, además de una posición envidiable dentro de la sociedad. Por si esas cosas no bastaban, era buen mozo y podía escoger con quien aparearse y formar una familia. ¿Pero cómo persuadir a alguien a quien el poder o el dinero no le seduce? ¿Acaso esas cosas no eran las más irresistibles y tentadoras fuerzas dentro de la naturaleza humana? ¿Qué había hecho para merecer un hijo tan raro, que no apreciaba todo aquello, que no valoraba los esfuerzos de una vida entera?
La pila de libros y cuadernos que tapizaba casi por entero su amplio escritorio de cardenal salió volando contra la pared. Voló también el tintero, el reloj de arena, las plumas de avestruz en su cuerno de toro, la colección de caracoles, la hilera interminable de copas vacías y pegajosas. Todo se hizo añicos menos las copas, que rodaron en distintas direcciones sobre la alfombra de piel de vaca.
"Ramón no vendrá! ¡Que tendrá en la cabeza este irresponsable! ¡Y qué diablos me importa a mí de las tales maravillas del tal palacio!", gritaba fuera de sí Don Alejandro.
Casilda escuchaba con paciencia infinita. Le aguantaba todos los berrinches y pataletas desde hace una vida, desde que entró a trabajar a su ser-

vicio con apenas diez y seis años de edad. Lo hacía por cariño, por caridad cristiana y porque no le quedaba otra. También lo hacía por solidaridad, ya que a ella también la habían abandonado. Concretamente, un marido mujeriego y un hijo que murió por paludismo a los veinte años de edad, la misma del joven Ramón.
"¡Cual misión divina Casilda! ¿cree que soy un cojudo?"
"¡Tengo muchos defectos, pero cojudo no soy!"
"¡En la vida ha invocado a Dios y ahora, de repente, se despierta devoto, mecenas de las artes y quien sabe que cosas más!"
"No se enoje Don Alejandro, el patrón Ramón está ilusionado, ya se le pasará, téngale paciencia..."
"¡Haz el favor de no defenderle como siempre, Casilda!"
¡No tiene nombre que haga algo así...como si no tuviera un hogar...una familia, un apellido!"
"Patrón tranquilícese, los disgustos no le sientan bien al corazón de nadie, mucho menos al de usted."
"¿Quiere una aguita de vieja[1]?"

Desde aquella última carta, Don Alejandro pasaba el día entero despotricando y repitiendo, como en una cantilena infantil, *que él no era un cojudo*. Recorría el pasillo de su casa con la furia de un caballo enloquecido, atropellando a su paso los geranios, los helechos y cuanta plata se le cruce, atropellando a los sirvientes, tropezando en jarrones y baldes, pateando las alfombras y los gatos que rondaban la casa para mantenerla libre de ratones.
Había días en los que se encerraba en su estudio sin almorzar ni cenar y las bandejas se quedaban humeando al pie de la puerta, hasta que moscas y mosquitos recubrían por entero a los potajes. Comenzó a hacer cosas raras, como dejarse picar por decenas de abejas o sostener una culebra entre los dientes. Entre unas y otras se volvió pirómano. Quemaba a cada rato la hojarasca y un día, en un descuido, casi prendió fuego[2] al jardín entero. Otras veces salía a caballo sin montura y en horas estrafalarias. Los empleados ignoraban su paradero durante días. Entonces, cuando ya no podían más de la angustia, le rezaban a la Virgen: para que el patrón regrese enterito, para no se caiga por algún despeñadero ni le asalten por las vías inseguras del campo. Y es que el patrón ya no era ágil como antaño y sus reflejos tampoco eran los de un muchacho.
Pero él, al final del día, siempre regresaba, demostrando a su gente que le quedaba para rato a pesar de los disgustos y de las iras.
Las mañanas Don Alejandro amanecía oliendo a trago. A veces afuera

1 Una tisana.
2 Incendió.

de su cama, en una banca del patio, en la hamaca, o recostado sobre su escritorio. Despertaba bajo una cobija de lana pesada, la que Casilda en algún momento de la madrugada apoyaba en sus hombros. Que al menos Diosito le mantenga en salud, repetía ella en sus conversaciones con la servidumbre, porque en cuanto a su malgenio y extravagancias, las cosas no mejorarían hasta que el patrón Ramón no aparezca.
La carta de aquella tarde de octubre fue la estocada final.
Ramón había decidido quedarse a tiempo indeterminado. Ya ni siquiera plantaba excusas, sino que, simplemente, un buen día comunicó su intención de vivir en Venecia.
A la vista de los hechos, Don Alejandro pensó hablar con sus hijos mayores para ver el que hacer. Caso contrario, ese *guambra* malcriado le mandaría a la tumba antes de tiempo, con las iras a flor de piel y el alma trizada. Cuando además se pasaba de tragos, sus pensamientos se volvían desalmados y su resentimiento se plasmaba en ideas abominables: si Ramón no asomaba en un plazo máximo de dos años, su parte de la herencia la donaría al convento de la Dolorosa. Al menos, -pensaba- se ganaría su puesto en el paraíso y aliviaría las penas de esas pobres vírgenes...”
“Patrón no tenga iras *pordiosito*, eso le sienta mal a su alma y luego se arrepiente”, repetía Casilda, con el tono respetuoso pero cauto de quien conoce a su gente.
“Casilda tú sabes mis penas con este ingrato! ¿Crees que uno hace los hijos, les limpia los mocos y les educa como príncipes para que vayan a parar al otro lado del mundo?”, gritó Don Alejandro con la voz entrecortada de la rabia.
“Si patrón, yo le entiendo a usted, yo le entiendo...pero hijo es hijo, mi patrón, y hay que amarle, así como vino al mundo. La potra no escoge que potrillo va a nacer de su vientre...”
Casilda tenía con él la paciencia de una partera. Era la única figura femenina de la casa a parte las *huachimanas* y Don Alejandro se había acostumbrado a su olor a trigo limpio, a sus cuidados silenciosos, a sus palabras de alivio y sabiduría discreta. Casilda le conocía como las palmas de su mano, sabía cuándo tocaba mecerle como a un niño, cuando ella tenía que callar y cuando debía dejarle que saque el veneno del cuerpo. Hasta que se le sequen las lágrimas y se duerma del agotamiento.
Como un *guagua* tierno[1].

1 Muy chiquito.

El circo fantasía y las tardes de Mahjong

A los doce años Matilda no era nada especial, tras un patético delantal blanco y las dos trenzas que cada mañana le causaban horas de tormento. Además, como todo niño, no le importaba embarrarse, ensuciarse, bañarse en las sequias y, de ser necesario, darse de puñetes con alguien por alguna justa causa, como cuando a Amaru le robaron un pedazo de pan recién horneado a la entrada de la iglesia. Aquel día dos chicos del doble de su tamaño le acorralaron como una jauría de lobos tras una oveja tremebunda, lo botaron al piso y le arrebataron su preciada merienda. Matilda estaba sentada en el último banco con sus hermanas así que presenció la escena desde muy cerca. Se levantó de un solo brinco y se lanzó contra los embusteros con tal vehemencia que se fueron corriendo como si el diablo les persiguiera.
Esa era Matilda: impetuosa, rebelde y con un gran sentido de la justicia. Por fortuna, Doña Raquel podía contar con las gracias de sus otras tres hijas, que desprendían sus encantos desde todos los poros de la piel. Ana Lucía, la mayor de las hermanas, tenía un gran parecido físico con la abuela Paolina. Las hebras de su cabello castaño eran finas y ligeras como una nube y contornaban su rostro como el marco de un cuadro perfecto. Alta y espigada, se movía con el garbo de una bailarina, como si estuviera suspendida a un metro del suelo y apenas apoyara las puntas de sus pequeños pies. Era muy tímida, por lo que a ratos parecía quebrarse como un alfajor en la boca cuando das el primer bocado para saborear su interior. Rosalía, la segunda, parecía hecha con ese mismo molde perfecto que Soledad usaba para las tortas de navidad. No era muy alta, pero tenía una figura proporcionada, la nariz respingada y las facciones delicadas de una muñeca de porcelana. Llevaba el pelo corto porque, a la tercera vez que le encontraron piojos, Soledad optó por cortar su larga melena de un tijerazo dejándola en sollozos por una semana entera.
María Antonia, la tercera, acostumbraba llevar su pelo recogido en un moño desordenado que evidenciaba el cuello largo y estrecho. Su cabellera era abundante, de un color rubio cobrizo y una constelación de pecas recubría sus cachetes, quijada y mentón. A María Antonia le preocupaba mucho que con la edad aquellas diminutas manchas color café aumentaran hasta desfigurarle la cara y hacerla parecer una especie de mariquita gigante. Matilda le repetía que eso jamás ocurriría, que las pecas eran hermosas y que, además, se trataba de un signo inconfundible ya que ninguna persona tenía las mismas que otra. Así, en vez de quejarse, ella debía estar agradecida y cuidarlas con esmero. También le recomendó que cada mañana frote su piel con hojas de aloe vera y miel porqué, según las monjas carmelitas, esa era la forma apropiada para preservarlas y protegerlas del sol. Por suerte, Arturo había cedido un pedazo

de terreno a un cultivador de miel, Pancho Quinga, quien, a cambio de una parte de la producción, ocupaba con sus colmenas el terreno prestado en la temporada seca, cuando las lluvias y el frío desaparecían y dejaban el paso al sol y a las ventiscas. Tan pronto Pancho Quinga entregaba los tarros de la miel de abeja, María Antonia se metía en la cocina y robaba alguna cucharada antes de que el valioso néctar acabe en el turrón de tocte o en algún otro pastel.

Matilda envidiaba a sus hermanas, por esa capacidad de no llevar nunca la contra a su madre, por hacer y decir siempre la frase correcta al momento oportuno. Parecían sin pecado concebidas, como la Virgen María e inclusive se le asemejaban, pensaba ella, con esos rostros angelicales y el cabello dorado como el caramelo.

Esas eran sus hermanas, niñas hermosas y buenas que alegraban con sus risas y suave zapateo los pasillos de San Rafael. Su único secreto, el circo Fantasía, su única mentira negar que el circo existiera en caso de que algún adulto pregunte.

Cada tarde al caer el sol, las niñas se reunían en su cuarto, al fondo del pasillo de los helechos. Se sentaban la una al lado de la otra, con sus piernas cruzadas frente al baúl de los juguetes y entonaban una cantilena.

Payasitos, payasitos
Vengan, salgan de su caja.
Esperamos con paciencia, esperamos todo el día.
Y si llueve o hay tormenta
Esperamos como sea...

Después de unos instantes salían los payasitos. El primero vestía de azul, tenía un gorro de rayas y seis bolos de colores; el segundo vestía de rojo y lucía una enorme peluca amarilla de rizos; el tercero vestía de negro y llevaba zapatos en punta. Aparecían en orden, saludaban a su público con un hinco hacia adelante y la pequeña mano apoyada sobre el vientre. Luego, comenzaban sus malabares, sus saltos, sus vueltas en círculo con bolos, con pelotas, con lazos y varillas de colores. Al ritmo de la misma cantilena...*voy, voy donde voy, si me piensas aquí estoy. Voy, voy adonde voy. Si me sueñas yo aparezco, si me buscas no me encuentras...*

Cuando acababan su espectáculo volvían a desaparecer hasta la siguiente cantilena y la siguiente función.

"¿Dónde están?"
"¿Porqué siempre se van así?"
"¿Tú también los viste, cierto?"
"Si, todas los vemos."

El circo fantasía duró hasta que Matilda cumplió diez años. La tarde anterior al día de su santo los payasitos no aparecieron. Las cuatro niñas lloraron a mares sin que nadie de la casa entendiera el porqué. ¿Habían hecho algo que asustó a los payasitos? ¿Se enfadarían por alguna razón? ¿Alguna de ellas contó el

secreto a los adultos y por eso nunca más aparecieron?
Nunca supieron que pasó. Aquel día no quisieron cenar y sus sueños se cargaron de pesadillas.

A diferencia de sus hermanas, la pequeña de las Grijalba se veía a sí misma como un ser extraño. Su madre estaba convencida que nunca se casaría. La idea llenaba Matilda de alivio ya que el matrimonio no representaba para ella el mínimo atractivo, ni le llamaba particularmente la atención el hecho de parir una manada de *guaguas* pasando un año. Y eso, si corría con suerte y en medio de aquellos trajines no moría de parto a tiempo indebido, no se desangraba o quien sabe cuál otra cosa.
Según el tío Edward, las ideas de su sobrina con respecto al matrimonio eran una real pena ya que, además de su espíritu sagaz y mente brillante –decía- Matilda era una jovencita lejos de ser fea que en pocos años le habría hecho perder la cabeza a cualquiera. El tío amaba provocar a Raquel y ver como su mirada castigadora e inconforme le fulminaba. Pero siempre se las ingeniaba para hacerse perdonar, como cuando trajo el *mahjong*, un juego chino que de inmediato se convirtió en el mayor deleite de ella, en las largas tardes de invierno.
En el cumpleaños número trece de Matilda tío Edward visitó a la familia en San Rafael, como de costumbre. Aparecía de la nada, para luego esfumarse al cabo de dos días, antes que el sol se incruste en el cielo y lance a la tierra sus rayos perpendiculares. Era una deferencia que solo tenía con ella y ese privilegio inquietaba a Raquel, aunque ella nunca lo dijo abiertamente.
Aquella mañana Matilda no escuchó el chirrido de las ruedas del carruaje entrando al patio. Se encontraba en el palomar, a varios metros del suelo. El revolotear de las palomas, el aire tibio del lugar y el arrullo simultáneo de las aves la retenían en otra dimensión, lejos de las tareas domésticas, de las empleadas, del mundo entero. Allí arriba sentía que su vida le pertenecía: podía guardar cajas secretas debajo del pajar, esconder golosinas y custodiar libros prohibidos, como aquellos que describían minuciosamente el cuerpo humano. Hasta tenía un pedazo de espejo, con el que a ratos se deleitaba viendo su rostro y haciendo muecas de adulta.
Sobre todo, podía gozar de esa soledad que a ratos necesitaba.
El día amaneció nublado, así que pronto Matilda sintió el frío de la tarde recorrer su espalda y quiso regresar. Bajó con cuidado por la grada empinada del palomar y cruzó el granero a grandes pisoteadas para que el cuerpo entre en calor. Unas risas alegres resonaban por la casa como tantos cascabeles y cruzaban el patio trasportadas por el viento. Cuanto más se acercaba a la sala, el tono de las voces crecía, al igual que la mezcla de cuchicheos. De pronto, apreció frente a ella el tío Edward. Las mujeres de San Rafael estaban apiñadas

alrededor suyo. Eran alegres y risueñas como una manada de *guaguas* en la hora de la merienda. El tío era un hombre alto por lo que su silueta esbelta despuntaba en medio del grupo. Estaba sentado frente a la chimenea, dando la espalda a la vigorosa llamarada que provenía del fondo. Armando Quilotoa había prendido el fuego con cierta dificultad porque los troncos estaban húmedos y necesitó reunir montones de aserrín y restos de candeleros para prender las maderas.

A Armando no le gustaba aquella tarea. Decía que esta era oficio de *huachimanes* y que a él no le correspondía. Pero, cuando el tío Edward llegaba a la casa, se le olvidaban aquellas necedades y ejecutaba la tarea sin que nadie se lo pida.

"Hola preciosa...como estas?

"Por cierto, un feliz día de tu santo."

Matilda se sonrojó. No pudo contestar nada, como si tuviera la lengua trabada. Agarró una silla enana que Armando Quilotoa había fabricado para ella en su cuarto cumpleaños y se sentó atrás de las demás mujeres.

"¿Desde cuándo tan recatada y tímida? Acércate", le dijo su tío.

Entonces ella acercó la silla, hasta llegar casi al frente de él.

El fulgor de la fogata dibujaba un aura blanquizca que perfilaba su cuerpo como si fuese un aparecido. Cargaba entre sus manos nervudas y gruesas una llamativa caja roja impecablemente lacada. Al centro tronaba un imponente grabado con símbolos chinos. Al instante, María Antonia desplegó una mesita de patas plegables que Raquel utilizaba para apoyar su abultado costurero, agujas y madejas de colores. El tío asentó la caja sobre la pequeña mesa y, después de una estudiada pausa, comenzó a levantar la tapa muy, pero muy lentamente. Apareció una hoja de papel seda color cereza perfectamente tiesa. La removió con toda la delicadeza del mundo y reveló el misterioso contenido. Se trataba de un puñado de fichas perfectamente rectangulares, impecablemente lacadas y hermosísimas.

Comenzó a ordenarlas una por una, con toda la calma, consciente de contar con la atención de su ansioso y entrañable público. Las mujeres de la casa retenían su respiración y observaban estupefactas. Sus ojos y bocas abiertos como platos. Parecían estar presenciando algún ritual, algún misterioso juego de magia.

Tan pronto el tío Edward dio la señal, todas se lanzaron hacia las fichas. Escogieron las que parecían más llamativas. Las manoseaban, las volteaban, -hasta las mordían- para apreciar la textura de aquel material duro y reluciente que jamás habían visto.

"¡Mira que piezas tan espectaculares, Raquel!", dijo el tío con su habitual entusiasmo.

"Son de marfil, un material que viene de los cuernos de los elefantes."

"Pobres elefantes", dijo Ana Lucía.
"En efecto...tienes razón Ana."
"Pero están lindas, muy lindas."
"¡Que brillo! Se nota que han sido talladas por una mano experta, pequeña y con dedos diminutos...quizás las de un niño...", agregó el tío con cierta conmoción.
"¿Y cómo se juega?", preguntó la tía María Ercilia.
"¡Este juego es la última novedad desde China, señoritas, aunque dicen que fue invención del mismísimo Confucio hace casi mil quinientos años!"
"¿Y quién es Confusio?
"Es Confucio, Matilda, con la letra "c".", corrigió el tío con una sonrisa.
"Confucio es un pensador chino muy importante, mi niña. Creó una filosofía que promueve la armonía, la paz y la disciplina interior."
"Te traje de regalo un libro sobre Confucio. Allí podrás explorar más a fondo sus conceptos y visión del mundo..."
"Edward, no me parece que tengas que hacer este tipo de obsequios a una niña de doce años.
"Trece, madre."
"...Pues trece. Es lo mismo. Y no seas respondona."
"Tampoco me parece apropiado que le regales libros que difunden ideas extrañas y que nada tienen que ver con nuestra fe."
"Raquelita querida! No se trata de ideas extrañas...en realidad se trata de un relato histórico, una especie de cuento, con unas figuras y diseños únicos que a la niña le van a encantar, vas a ver."
Esas explicaciones parecieron tranquilizar a Raquel. Pero, tan pronto ella miró hacia otro lado, el tío le guiño el ojo a Matilda. Lo hizo de un modo que ella sonrojó por segunda vez, durante aquel día.
"Oigan...pero regresemos a las reglas... ¿cómo se juega?" insistió Raquel.
"El Mahjong tiene ciento cuarenta y cuatro fichas. Son de tres tipos: bambúes, círculos e ideogramas."
"Los bambúes tienen unos símbolos que corresponden a su valor..."
"¡Miren, este es un pavo real, que lindo!" gritó una de las hermanas.
"Parece un gorrión!", dijo Rosalía.
"Efectivamente. Es un pavo real...o un gorrión...no sé...pero sea el ave que sea, representa el As."
Así pasó la tarde, entre chistes, anécdotas y risas. Ni siquiera el repique de la campanilla que anunciaba el ángelus vespertino logró distraer al alegre grupo familiar.
Cuando nadie asomó en la capilla y el seminarista que Don Antonio enviaba todas las tardes no podía más del frío, los *huachimanes* salieron a buscar, uno por uno, a todos los habitantes de San Rafael.

Insomnia

Ni Don Alejandro ni Casilda podían imaginar que pasarían otros diez años, hasta que Ramón subiera nuevamente la cordillera de vuelta a casa.
En el transcurso de aquel tiempo, Ramón logró fusionarse aún más con la ciudad de la laguna, sus artistas extraordinarios, su carnaval de magia, luces y colores, sus violines trasportándose sobre las aguas del *Canale* en las noches de verano. Gozaba de Venecia a cada instante, a cada paso, con cada golpe de aire que entraba y salía de su tórax.
Cada lugar que descubría -y cada objeto rebuscado que asomaba en algún mercadillo - le producía infinitas vibraciones de su ser, de su alma ávida.
El lecho plateado de agua que se estiraba, soberbio y placido, frente a los leones de San Marco le había hechizado para siempre. Lo supo desde un inicio y por ello se dejó seducir, sin reparos, sin resistencia alguna, con una entrega total de su alma.
Venecia le pertenecía, era suya, siempre lo había sido.
Pero había una inmensa nube en su mente, que no había desaparecido en todos aquellos años y que, al contrario, parecía espesarse con el paso del tiempo. Aquel viejo sentado sobre el banco al lado de *Santa Maria dei Miracoli*, se lo había recordado.
Su padre era una persona mayor y quizás pronto no estaría. Este pensamiento le pesaba como una roca, le carcomía las entrañas y le desvelaba en sus sueños. Al final, Ca´ Doria y Venecia siempre ganaban aquella batalla interior: porqué ponían a vibrar su corazón, porqué le motivaban para despertarse en las mañanas, porqué teñían sus días de tantos matices como los que cabían en una fragua de Murano.
¿Como dejar todo aquello atrás suyo?
Si regresaba, muchas personas -y muchos asuntos- le detendrían, sacudirían su conciencia. Él lo sabía. Por ello, no estaba seguro querer arriesgarse.
La lucha entre su responsabilidad como hijo predilecto de su padre y el apego al palacio y a la ciudad no eran el único problema: Ramón conocía lo suficiente a Don Alejandro como para saber que si no regresaba en un tiempo razonable los recursos provenientes de la hacienda familiar podrían esfumarse de la noche a la mañana. Ca' Doria estaba lista, relucía como una moneda de oro al sol, resplandecía como una doncella con su vestido más preciado, pero había succionado muchísimo dinero a pesar de la buena y sabia administración de Ramón.
Si su padre lo decidía, su parte de las rentas podría dejar de llegar...
¿Qué haría entonces? ¿Como se mantendría?
Ramón tan solo quería vivir dignamente. No le interesaban los lujos. Qui-

zás no le deslumbraban porque los tuvo en abundancia y, como algunos dicen, las personas se vuelven inmunes hacia lo material, cuando tienen demasiado. Además, de joven prefería las vacas de la hacienda a los bailes, los caballos a las fiestas de sociedad, una buena zurra entre varones a las conversaciones de salón. En fin, Ramon siempre fue un espécimen raro entre su propia gente.
Aquella sensación de ser distinto le gustaba y se había confirmado en Venecia: era feliz saboreando un buen vino frente a su chimenea, perdiéndose entre *le calli,* leyendo sus libros, conociendo lugares y gente nueva, asistiendo a la *opera* en la Fenice. No entendía como tantos señoritos de su condición solo pudieran dedicarse a la cacería, al juego y a vivir de sus rentas, sin más dolores de cabeza que no fueran una mala cosecha o una novia fea de la que librarse.
¿En serio la vida era aquello? ¿Aprovechar la riqueza que algún antepasado había construido, conseguir una esposa y fumar habanos en algún club de hacendados?, se preguntaba. Ramón ya no era el jovencito de antaño: había evolucionado, y su mente -al igual que su mundo- se habían irremediablemente ensanchado.
Una tarde Ramón se encontraba en su balcón del *secondo piano nobile* saboreando un *vinsanto*. Le encantaba disfrutar de los atardeceres porque, en aquel momento del día, la gama de colores del paisaje frente a su ventanal cambiaba en cuestión de instantes y eso le removía el espíritu, le sacudía el corazón.
Mientras el sol desaparecía atrás de los palacios de *Canal Grande* -y una enorme sombra se proyectaba sobre las aguas-, Ramón tomó una nueva, trascendente decisión en su vida. Decidió trabajar y ganarse el pan de cada día como todo cristiano, como esos transeúntes que caminaban apurados bajo el peso de sus bultos *nelle Fondamenta* bajo su palacio, como Alvise, que madrugaba al mando de su góndola, como los vendedores de especias en Rialto, como la propia Silvana, su hacendosa empelada con brazos de hombre y alma de guerrero.
Trabajar no era algo que correspondiera a su status social, era cierto. Pero en esa ciudad, que había construido su fortuna a través de hábiles y ambiciosos mercaderes, que había desafiado a papas y cruzado el mundo conocido de lado a lado, que no tenía reglas más que las propias, nadie le juzgaría ni fregaría la vida con estereotipos y estrecheces mentales. En el fondo, si Venecia presumía de un pasado glorioso, eso se debía al hecho de haber retado las leyes de los hombres y de la propia naturaleza. El haría lo mismo y viviría su vida con sus propias normas. Como además no tenía familia ni esposa, si fracasaba, nadie se hundiría ni resentiría de sus decisiones.

Más allá de sus anhelos -y afán por retar sus capacidades en algún oficio-, Ramón se daba cuenta que necesitaba una fuente de ingresos. Cualquier rato su padre cortaría los envíos por lo que él debía anticiparse y estar preparado.
¿Pero en que trabajaría, puesto que tan solo era el graduado rebelde de un instituto para señoritos? –se preguntaba. De no encontrar una fuente de sustento, no le quedaría más remedio que regresar a Quito con la cola entre las piernas. Y eso no podía ocurrir.
Para más drama, si él regresaba, su padre no tardaría en conseguirle una esposa. Y eso tampoco podía ocurrir.
¡Que hembra de la Sierra podía compararse con las hermosas mujeres que cada día paseaban bajo su balcón de geranios y begoñas! -pensó.
¡Y que decir de la belleza de la ciudad, de sus artistas, de sus iglesias deslumbrantes!
Ramón sentía que ya no podía prescindir del *palazzo*, de la ciudad, de su libertad.
Estaba dispuesto a enfrentarse a cualquier dificultad para defender todo aquello. Conseguir recursos independientes del patrimonio de los Callejas de Alba representaba un enorme desafío. Estaba consciente. A tal punto que el asunto le estaba restando unas cuantas horas de sueño. Pero estaba dispuesto a todo para ganarse su lugar en el mundo. En su mundo. Tal pronto resolviera ese asunto visitaría su padre. Con la cabeza bien en alto. Y su padre no podría exigirle nada.
Lo que jamás imaginó es que resolvería aquel problema gracias a un pequeño, banal suceso.

Un día Ramón paseaba por los alrededores de Campo Santo Stefano en búsqueda de una tienda de antigüedades que Alvise le había recomendado. En su casa no podía faltar el típico *cassettone laccato*, y, al parecer, había uno de remate en el tal lugar.
Mientras Ramón caminaba, su mirada cayó sobre un jardín diminuto, escondido tras una tupida cortina de glicinas olorosas. Se acercó y distinguió a dos muchachas que pintaban frente a un caballete compartido. Reían con tan desparpajo -y su alegría era tan contagiosa- que el propio Ramón sonrió entre sí. Al improviso, comenzó a caer una lluvia espesa que las obligó a protegerse bajo un arco, cargando sus pinturas, sus lienzos y su caballete. Una vez al reparo de la intemperie, las dos jóvenes levantaron las faldas por encima de los tobillos y con sus manos agraciadas sacudieron el lodo de sus vestidos.
Eran la viva imagen de la felicidad.
Aquella visión -tan sencilla y a la vez perfecta- le dio una idea que al día

siguiente comentó de inmediato al maestro Borsato.
"¿Qué tal si abro un salón de pintura para aficionados? El palacio es inmenso para mí solo y hay espacio para montar una escuela en donde las personas que quieran vengan a pintar y a compartir con otros. A cambio de ello, yo cobraría una pensión, mejor dicho, una cuota de inscripción para todos los miembros de...esa escuela para *amigos de la pintura*...", dijo Ramón con la seguridad de quien acababa de tener una inspiración divina.
"¡Me encanta la idea!", dijo el maestro con genuino entusiasmo.
"Siempre he pensado que el talento es una ciencia difusa, que muchos no toman un pincel en la mano porque no saben de dónde empezar, porque no tienen un mentor, una guía que les revele sus talentos..."
"Así es maestro."
Conforme hablaba, Ramón iba dando contornos a su proyecto, hasta que aquel revoltijo confuso de ideas se ordenó y plasmó con claridad, como la mezcla de ingredientes en un molde: crearía una escuela de pintura para para *amateurs*.
Los integrantes trabajarían en la sala principal del palacio -*il primo piano nobile*- durante las horas de luz del día. Los que quisieran, contarían con un plato caliente y un buen vino como cortesía de la escuela; los que no, traerían su propia comida. Todos pagarían una pensión mensual. Los puestos de cada persona en la sala serían fijos, mientras cada inscrito renueve puntualmente su cuota.
"¡*Ars gratia artis*!", ¡Ha tenido usted una idea espectacular, *ecelensa*! ¡En esta ciudad una escuela para aficionados será como la lluvia en suelo mojado! ¡Tendrá mucho éxito, más aún siendo un proyecto del hijo de la condesa Beatrice Morosini!", agregó el maestro.
"Maestro deje de adularme. Y a esas alturas, deje de llamarme *ecelensa.* Quiero su parecer sincero. ¿Cree en serio que se trata de una buena idea? Voy a vivir de ello, así que no puedo permitirme el lujo de desaciertos", agregó contundente Ramon.
"¡Claro que le irá bien *ecelensa*....digo...Ramón..."
Era cierto que Borsato elogiaba Ramón siempre que podía, pero no se trataba de una adulación servil. Había algo en aquel joven atrevido, audaz -y a ratos arrogante- que le gustaba, que removía las fibras de su espíritu. Quizás ese chico encarnaba lo que él hubiese podido ser con veinte años menos, mejor semblante y más agallas. O quizás ese príncipe fuerte y vigoroso era una especie de mesías, que llegaba a Venecia como llegaban los enigmáticos mercaderes desde oriente, trayendo secretos encerrados entre los hilos de sus telas preciadas.
El maestro se tomó unos segundos antes de contestar. Quería dar la impresión de haber parido un pensamiento profundo, meditado a cabalidad.

"Es un excelente proyecto *ecelensa...",* dijo con aire seguro y toda la firmeza de la que era capaz.
"Las academias que ya existen son clubs privados, muy exclusivos, para personas de un nivel muy alto. Pero no hay nada como lo que usted plantea, para el gran público, digamos. En el fondo, regresaríamos al concepto originario de lo que una academia debe ser: una escuela para todos y a hacia todos: *aca-demos...*"
¡Los artistas harán cola para acceder a esa escuela!", agregó Borsato.
"Excelente maestro. Entonces arranquemos de una vez."
Ramón pareció convencerse que su idea no era tan descabellada. Al contrario, la escuela podía ser muy exitosa en una ciudad que vivía de artistas, de viajeros, de espíritus libres y de todo tipo de personaje estrafalario en búsqueda de emociones fuertes.
Su amigo Borsato sería fundamental para ese proyecto.
"Maestro: usted es una pieza calve para promocionar y dirigir mi escuela... *nuestra* escuela. Necesito que ponga afiches en todas las iglesias y que se reúna con el director de la *Scuola Grande di San Rocco*, que comente el asunto con sus vecinos, con sus clientes, con sus amantes, si es que tiene. ¡Eso sí, no se olvide de las prostitutas, ellas son poderosas y tienen los mejores contactos entre sus clientes!", agregó Ramón con la seguridad de quien presume conocer muy bien a la ciudad y a sus habitantes.
"....Con Loretta Contarini hablaré yo. Es mi amiga personal, nos ayudará, agregó Ramón con aires de joven Casanova. Tampoco me preocupa mucho que llegue algún desubicado con ínfulas de artista...usted, maestro, seleccionará cada persona y decidirá quién entra y quién no. ¡También necesitaré una cocinera ya que nuestros pintores deberán socializar entre sí y nada mejor que compartir un plato de pasta y un buen Chianti!"
"Creo que Silvana tiene una hermana que podría ayudarnos para la cocina."
"Excelente, vamos avanzando."
"¿Cómo se llamará la escuela?", preguntó Borsato después de una breve pausa.
"Se llamará *Accademia Ca´ Doria",* contestó Ramón, sin pensarlo.
"No pudo ser de otro modo", agregó el maestro.
De este modo, con esta simple y escueta conversación, Ramón consumaba su matrimonio con la ciudad que lo había seducido desde el primer instante, cuando extendió por primera vez su mirada desde la tierra firme hacia el otro lado del mar.
Lo hacía por él. Y lo hacía por Venecia.
En el fondo, pensaba, se trataba de lo mismo...

Aquel fin de año sellaba la primera década de Ramon en la ciudad de la

laguna.
La *Accademia Ca´ Doria* se había convertido en un punto de referencia en de toda la ciudad. Acudían jóvenes, viejos, almas en pena, viajeros de tránsito, amigos y desconocidos, mujeres y hombres, todos con su poderosa carga de vivencias, su espíritu inquieto, su talento incierto pero vibrante.
A Ramón le fascinaba tener frente a si aquel permanente desfile de personas excéntricas y coloridas, tan distintas y únicas como las máscaras del *Carnevale*. Pero estas, a diferencia de los personajes enmascarados del *Carnevale*, no se escondían tras una *bautta* o una *moretta,* sino que irradiaban su luz a pleno día, se mostraban como eran, sin temor a ser juzgadas.
Cada día, pobres que fueron ricos, ricos que fueron pobres, artistas improvisados, artistas verdaderos, genios inconscientes, vagabundos de élite y desterrados sin rumbo procedían de todos los rincones, con su bagaje de aventuras increíbles, de mañas, de historias, de historias de otras historias. Esa masa de sangre caliente y corazones pulsantes se fusionaba mágicamente en la sala del *palazzo*, entre paredes que sudaban agua salada cual plantas de un mar profundo.
¡Nadie podría predecir lo que aquella pócima misteriosa de seres humanos y fantasía generaría en cada nuevo amanecer!
Pronto la *Accademia* se convirtió en una zona franca en donde personas procedentes de mundos distantes -que jamás se hubieran encontrado afuera de aquel espacio-, discutían de arte, de política, de filosofía y de cualquier cotidiana ocurrencia. Lo hacían con un vino en una mano y un pincel en la otra, libremente, sin tapujos, sin barreras ni juegos de conveniencia.
Hubo un enano que venía de Bruselas, hijo de otros enanos, dueños de una pequeña fábrica de chocolates que un día desapareció entre llamas porque eran enanos, decían algunos, porque no pudieron trepar las estanterías de su trastienda y alcanzar los baldes para cargar el agua. Hasta allí llegó el negocio de familia, y Maurice *le pétit* decidió cruzar los Alpes para llegar a la escuela de la que hablaban sus clientes de la chocolatería *Des Amis*. Aquel ser minúsculo, pintó doce horas al día durante seis meses, subido a un taburete que bailaba como un saco de frejoles bajo sus pies en miniatura, al fin comiendo comida real, la que nunca había comido porque había pasado la vida entera testando mezclas de harina con manteca. Una neumonía se lo llevó en el lapso de un fin de semana, dejando su obra inconclusa y varias cuentas por pagar. Pero murió feliz, Maurice *le pétit*, gordo como una bola de billar y feliz.
Hubo también una pareja de lesbianas que fugaban de un pueblo al sur de Italia en donde, al parecer, las personas vivían dentro de grutas cavadas en la roca para preservar el fresco en los veranos y el calor en los inviernos.
Una de las dos, Luisella, viajó escondida en un baúl destartalado porque

escapaba de su casa y de su pueblo, porque había que atravesar las tierras del Papa. Llegó más rota que muñeca vieja, la pobre. Desde el día en que la sacaron del baúl y ella pisó el resbaloso suelo de Venecia, las mujeres de Ca' Doria se empeñaron en darle sesiones de masajes hasta dejar sus piernas más paradas que las columnas de la *Basilica,* decían.
Se encargó Vincenza, una prima pasada en años de Alvise, quien, con sus manos de seda, recomponía los cuerpos rotos de los ancianos, amoldaba las caderas de las mujeres y enderezaba los tuertos de nacimiento. Lo hacía combinando suaves movimientos de los dedos con hábiles maniobras de sus rodillas. Se jactaba, además, de tener los mejores aceites de Oriente, llegados a su familia por mano del mismísimo Marco Polo. Por esta razón ella veneraba al mercader más que al santo y le visitaba todos los sábados en la iglesia de *San Mattia*. Luisella aceptó de buen grado y prometió pagar aquellos servicios con sus pinturas.
La obra de Luisella fue la más audaz y poderosa que Ramón vio brotar en su *Accademia.* No le gustó a nadie. Solo a él. Luisella se retrató a si misma dentro de un baúl verde, suspendida en el aire, rodeada de serpientes y otros seres mitológicos. Un enjambre de tentáculos la envolvían de pies a cabeza. Parecían querer salir del lienzo para lanzarse contra el espectador. Mientras, ella gritaba cuál condenada en el juicio final, agarrada a los filos del baúl con uñas que parecían garfios. En una esquina de la tela se hallaba un reloj de arena. Marcaba el tiempo que había pasado o quizás, el tiempo faltante. Al frente, un ojo gigante. Alrededor del ojo, unos rayos que se extendían en todas las direcciones, como tantos cuchillos afilados calvando el aire.
Ramón vio aquel cuadro y, por un instante, sufrió en su propia carne lo que ella había sufrido durante aquel viaje. Le dolieron los músculos, los huesos, el alma entera.
Fue tal su impresión que canjeó de inmediato la obra por tres meses de pensión. Afirmó que aquel lienzo había aparecido en sus sueños y que, por tanto, debía quedarse con él. En Ca´ Doria. En su dormitorio. Frente al *Canale.*
Tales desvaríos le hicieron preocupar al maestro Borsato. Le dijo elegantemente a Ramón que estaba loco, que aquel cuadro estrafalario era una *crosta*, que era lo más grotesco que había visto en su vida, que aquello no era arte sino el devaneo de una campesina que vivía en una gruta *come una bestia*, por Dios.
Pero Ramón tenía la terquedad de un patrón de hacienda y no se dejaba convencer fácilmente, cuando una idea echaba raíces en su cabeza. Tan pronto el cuadro estuvo seco, lo subió a sus habitaciones. Empezó entonces a trajinar, a mover objetos, a desplazar muebles. Hasta encontrar el lugar

perfecto, frente a su cama, al lado de las ventanas exáforas que se estiraban orgullosas sobre el panorama más sublime del mundo.

La escuela siguió prosperando. Al principio, se trataba de estudiantes locales. Pero, al cabo de un tiempo, la fama de Ca´ Doria se extendió a otras ciudades como una incontenible mancha de aceite. Pronto llegaron franceses, holandeses, belgas, personas de toda nacionalidad. También llegaron fantasmas sin antecedentes, sin fija residencia, sin un pasado, como si su existencia tuviera que fraguarse, por primera vez, entre los muros de Ca´ Doria. Llegaron quienes un pasado lo tenían y por ello, evitaban preguntas y averiguaciones. Llegaron auténticas cotorras de esas que hablan por los codos: narraban sus vidas ajetreadas, describían sus aventuras rocambolescas, compartían sus dolores del alma y pasiones acalladas.
Quien decidía cruzar el umbral del *palazzo* era siempre bienvenido si cumplía con condiciones mínimas de buena presencia y buena disposición: Ca´ Doria era una puerta siempre abierta, una ventana sin horizontes, un abrazo cálido que no discriminaba a nadie y que, al contrario, buscaba alimentarse de gente nueva, de historias perdidas y almas vibrantes.
Accademia Ca´ Doria se convirtió en una burbuja en donde los contornos de lo lícito y de lo profano se difuminaban y las diferencias sociales no importaban.
El rey indiscutible de aquel reino era Borsato, quien ejercía las funciones de un director académico. Se quejaba constantemente de que el tiempo no le bastaba y que descuidaba sus demás encargos, los que le daban de comer, decía. Pero, en el fondo, le fascinaba desfilar frente a esos lienzos precoces, revisar los trazos inseguros, contemplar las caras desencajadas de los aprendices, intuir los sutiles y discretos indicios de un talento. Sobre todo, le fascinaba el protagonismo que la escuela le otorgaba: así no lo reconociera, aquella tarea -que al comienzo parecía el disparate de un soporífero día de otoño-, acabó dándole más sentido a su vida que toda su carrera.
Borsato había escogido entregarse sin recato a la *Accademia* y a sus estrafalarios huéspedes, con sus ambiciones, anhelos, pensamientos inconfesables. El maestro decidía quien ingresaba a la escuela y quién no. Quien tenía talento y quién no. Quien recibiría alguna ayuda y quién no. Nadie se atrevía a contrastarlo cuando emitía sus juicios. Ni siquiera el propio Ramón.
A pesar de que en la escuela regía total libertad de expresión artística, los aprendices consultaban al maestro a cada rato: que como puedo mejorar mi técnica, que como logro ese tono anaranjado de los atardeceres, que como sé cuándo acabar mi cuadro, que si es lícito copiar a los grandes maestros o es mejor explorar el estilo propio, y si luego soy un fracaso, que nadie se ría, el arte es libertad y hago lo que me viene en gana....

Más allá de esos legítimos cuestionamientos, los aprendices se sentían seres privilegiados, elegidos por el destino para estar allí, en aquel santuario del arte, en aquella ciudad deslumbrante. Pero, si el maestro hablaba, se vestían de humildad, escuchaban, tomaban apuntes, garabateaban letras y signos incomprensibles en las esquinas de sus lienzos para no olvidar las observaciones, para fijar las ideas que la frágil memoria podía dejar en el tintero...

Al final, cuando el maestro acababa sus rondas, ellos cruzaban sus miradas y suspiraban, buscando con los ojos el alivio del compañerismo. Los que habían finalizado sus obras, se ponían a un lado, en trepidante espera. Algunos reacomodaban los caballetes en una posición con mejor luz, otros realizaban retoques de última hora o abanicaban las pinturas con algún cuaderno para secar los tintes.

Hasta que el maestro les llame con un rápido movimiento de su dedo índice. Si Borsato recordaba tu nombre era buena señal, caso contrario, eras del montón, pero igual disfrutabas la experiencia y aprendías de otros.

Cuando llegaba la hora, los aprendices enseñaban sus trabajos en compungido silencio. Entre tanto, escrutaban la mirada del maestro para descifrar un signo de aprobación o una mueca de inconformidad.

Como en un ritual.

La escuela no era solo una academia de pintura. Era un punto de encuentro de gente que tenía en común el amor al arte, a la belleza y a la vida.

Así, no era raro que alguien le obsequiara al maestro alguna pintura o boceto, que le invitara a cenar o que le regalara alguna botella de *vino moscato* en las festividades.

Los días viernes eran días de exposición al público. Se ofrecía café y unos bizcochos de anís y avena que la madre de Alvise preparaba el día antes. Las personas se paseaban por la sala, conversaban, comentaban las novedades de la semana y observaban las obras de los aprendices con aires de expertos y la curiosidad de unos niños.

Algunos se acercaban al piano que se hallaba al fondo de la sala e improvisaban unas notas. Un compositor alemán -Von Friedrick Whollermann- quiso pagar de aquel modo su estadía en la escuela, *quid pro quo*, arte contra arte, dijo.

Quien quería, podía comprar cuadros. No todos estaban a la venta. Algunos acababan en las habitaciones de Ramón; otros, eran separados para clientes especiales.

Pronto, el dueño de Ca´ Doria se convirtió en un exitoso curador de jóvenes talentos. Compraba los mejores cuadros y los revendía a otros clientes. Primero en Venecia y Padua, luego en otras ciudades y en el exterior: Londres,

Paris, Ginebra y muchas otras.
Los cuadros que podían exhibirse para la venta al público de Ca´ Doria eran cuidadosamente marcados con su precio y el nombre del autor. La operación era a cargo de Alvise, quien había aprendido a escribir gracias a las escrupulosas y precipitadas clases de Ramón. Si lo lograba como Dios manda, -y aprendía a hacer sumas y restas al dedo- en poco tiempo sería su asistente personal y le ayudaría con los clientes más importantes. Por su lado, los artistas que lograban vender sus obras, pagaban una comisión a la escuela. Parte de estos recursos se destinaban a quien necesitaba alguna ayuda económica o material.
Eso sí, la persona debía compartir el espíritu de la *Accademia,* no causar conflictos con otros artistas{ y, sobre todo, gustarle al maestro Borsato.

El tiempo que Ramón no pasaba en la escuela supervisando, revisando, organizando eventos, lo pasaba descubriendo nuevos lugares, paseando, disfrutando conciertos de música en San Vidal, perdiéndose por los mercados, subiendo y bajando puentes. Cuando ya necesitaba oler el mar de la laguna -y sentir la brisa fresca del Adriático-, Ramón navegaba con la góndola de Alvise hasta Murano. En la isla comía el mejor pescado frito y tomaba el *vino frizzante* más sabroso, decía. Y cuando el estómago estaba lleno, Ramón visitaba los laboratorios de vidrio, uno por uno, en búsqueda de alguna pieza recién horneada o alguna *raritá* para su colección personal que tronaba desde su comedor, frente al agua.
Si en cambio necesitaba compañía femenina se iba a la Giudecca, en donde su amante Lucia le esperaba con ansiedad y devoción total. La joven vivía a pocos pasos de Santa Eufemia y era huérfana de ambos padres desde los doce años. De día ayudaba a su abuela en una pequeña floristería al costado del *sotoportego delle erbe*, diagonal a la Salute. De noche, con encima la fragancia de sus rosas, de sus muguetes y ciclámenes, se acostaba con Ramón. Era una amante fiel, a pesar que su piel rosada y ojos almendrados atraían a varios pretendientes. Es que ninguno tenía el semblante ni el abolengo de su apuesto señor, decía.
Ramón la trataba con respeto. Pero no mostraba la mínima empatía con ella. Cuando la visitaba -lo que ocurría pasando unos días-, se limitaba a bajarse los pantalones y hacer lo que le pedía el cuerpo, sin muchos preámbulos. En las navidades y en la fiesta del *Redentore*- le hacía llegar una caja de embutidos, pollos, aceite y algunas botellas de vino. La abuela de Lucia, Agnese, no tardó en darse cuenta que si aquella mana caía del cielo era porque su nieta había caído en cama de algún mozo con posibilidades. No venía nada mal tener un benefactor que periódicamente enviaba obsequios, pero había que ser dignos y sobre todo prudentes.

"¡Cierra tus piernas, jovencita, a este paso no te casarás ni con un pescador de San Marcos!", exclamaba.
Pero las recomendaciones de la anciana llegaron muy tarde. Para aquellos entonces, ella solo respiraba a través de Ramón, de sus caricias, de su carácter tenebroso y brusco, de sus idas y venidas sin anuncio. Cuando entendió la gravedad del asunto, la abuela Agnese cambió abruptamente su discurso.
"Ve a casa de Caterina, al otro lado del Molino Stucky, es partera desde que tiene quince años y te dirá que hacer. Que te explique cómo frotarte en esas partes con vinagre y no tener sorpresas. ¿Me has entendido?", gruñó.
Finalmente, la pobre desdichada se embarazó. Ni el vinagre de Caterina, ni la propia Santa Eufemia pudieron evitar la preñez.
Lucia estaba a tal punto prendada de su amor que no tardó un solo minuto en darle la noticia a Ramón.
"¿Como es posible? No me lo explico...tuve siempre mucho cuidado... ¿Estás segura que es mío?", gritó desesperado Ramón.
"¿Como puedes preguntar si es tuyo? ¡Acaso no te he dado pruebas de amor y fidelidad, muy a pesar de recibir a cambio tan solo migajas de tu tiempo...de tu cariño?, decía ella entre lágrimas y sollozos.
"¡Ten esa criatura y allí veremos el quehacer!", concluyó rápidamente Ramón, mientras la infeliz se limpiaba los mocos con el delantal y se frotaba los ojos entumecidos por las lágrimas.
En los meses siguientes Ramón no le hizo faltar nada. La visitaba un día a la semana para asegurarse que todo estuviera en orden, le llevaba víveres, algún remedio de ser necesario y se marchaba. Las visitas eran cortas, ahora que no podían hacer el amor y Lucia solo se quejaba y vomitaba bilis.
"¡Ya deja de lloriquear niña! ¿Qué quieres...que se canse de ti y nunca más regrese? ¡Límpiate esa cara y arréglate! ¡*Santa María*, te dije que tengas cuidado!", repetía la abuela.
Un buen día, sin pena ni gloria, todo acabó. Lucia se puso de parto al octavo mes, en la madrugada de un día domingo. Pero ni ella ni la criatura amanecieron para oír repicar las campanas de *La Salute.* Cuando la vieja Agnese se levantó para alistar el desayuno encontró a su nieta en un charco de sangre, la cara de una Madonna y la piel diáfana y fría de una estatua de alabastro. Ni una lágrima mojaba sus mejillas.
El rostro era terso, la mirada destendida. Lo que lloró en vida debió bastar, pensó su abuela mientras rezaba un rosario confuso y cubría el cuerpo abultado con una sábana blanca. Después de aquel suceso, Ramón decidió enviar una pensión vitalicia a la vieja Agnese. No volvió a pensar en Lucia. Decidió borrar aquel recuerdo de la mente, como si ella y el bulto en su vientre nunca hubiesen existido.

El Tío Edward

La niñez de Matilda transcurría plácidamente entre los juegos en el campo, las carreras al monte Pasochoa y las lecturas en la gran biblioteca del marqués sevillano.
Al año siguiente, desde aquel cumpleaños, Ana Lucía se casó con Filoteo San Martín.
El joven pretendía a la mayor de las Grijalba desde las fiestas patronales que su padre Arturo había organizado. Filoteo era hijo de un ganadero de Olón, tenía una apreciable figura, buenas costumbres y todos le conocían por ser muy trabajador y honrado.
A los doce meses, Rosalía se casaba con el hermano de este. Octavio no amaba el trabajo de campo, pero era un chico despierto y de conversación agradable. Se conocieron en el matrimonio de Ana Lucía por una torpeza de Rosalía, quien regó sobre la levita del chico San Martín su copa de espumilla. Y es que, como dicen algunos, matrimonio y mortaja del cielo bajan. Las recién casadas visitaban a sus padres y hermanas una vez al mes, a más de las celebraciones especiales. En algunas épocas, se llevaban a las menores de la casa de vacaciones, para que cambien de aire y que tengan algo de libertad, ahora que ambas era señoritas.
En aquellos dos años, María Antonia y Matilda habían visiblemente cambiado. Ya no eran las niñas traviesas y despreocupadas que se embarraban hasta los codos y que corrían por los tapiales. Cuando podían, se alejaban de su madre, su presencia las agobiaba. Querían participar en reuniones con chicos de su edad, ir a la ciudad, atender algún baile, pasear por el centro de Quito. A menudo visitaban a la tía Alvilda, hermana de Raquel, quien vivía en la calle de las Siete Cruces, diagonal a la hermosísima Iglesia de la Compañía. Era el pretexto perfecto y su tía las acolitaba[1] en todo. De allí a alguna fiesta de amigas, a tomar café en la Plaza del Teatro o a curiosear por la boutique de Doña Carmen, la española que traía los casimires y encajes más finos de Europa.
El día dos de enero, Matilda cumplía catorce años. El cuerpo se le había estirado, tanto que los botines de cuero le lastimaban los pies y las enaguas dejaban al descubierto sus tobillos. Pero su cara seguía siendo la de una niña, con sus rizos vaporosos, sus ojos grandes de venado y los cachetes rosados como una manzana madura.
Aquel día Soledad y Providencia despertaron al amanecer para alistar la tarta de la celebración. Hacían siempre el mismo pastel para todos los cumpleaños, a expreso pedido de las homenajeadas. Se trataba de un postre tan

1 Las apoyaba, era cómplice.

bueno como laborioso, que solo podía pedirse en ocasiones especiales como las navidades, los cumpleaños o la llegada de algún huésped a San Rafael.
El crocante era una deliciosa mezcla de nueces, aroma de vainilla, cáscaras de naranja, canela y huevos que tardaba dos días en amasarse y tomar forma sobre el mesón de la cocina. No se trataba de un simple pastel de cumpleaños, sino de un auténtico deleite para todos los sentidos. El crocante tenía, de hecho, el poder de mandar en éxtasis a cualquiera que lo pruebe y lo saboree muy, pero muy lentamente.
En aquel momento, las lenguas removían cada grano de harina hasta derretirlo, hasta apreciar la empalagosa manteca, hasta sentir un cosquilleo de placer en la boca que tardaba en desaparecer, y que, al contrario, se asentaba en el paladar durante horas. A partir de aquel primer momento, la masa suave y esponjosa revelaba a cada persona un ingrediente especial, que sobresalía entre los otros e impactaba de modo distinto a cada cual.
"¡Tiene sabor a vainilla!", aseguró Matilda.
"Sabe a miel", aseguraba Rosalía.
"¡Nooo! ¡Sabe a hierba luisa!", replicaba María Ercilia.
"¿A simple hierba luisa? ¡Pero qué dices, esta tarta es un manjar de los dioses!", protestaba Raquel. Así seguían por un buen rato, mientras aquel postre asombroso se desleía en las bocas librando su hechizo.
El crocante de nueces, con su aroma dulzón y sus jugos azucarados, no era el solo placer el día del cumpleaños de la menor de la casa.
La mayor ilusión era la presencia del tío Edward, con sus ojos color esmeralda y su sonrisa perfecta. Matilda sabía que, en algún momento, él aparecería como una estrella fugaz, con algún regalo bajo el brazo y su atuendo impecable de citadino del mundo.
No era la única que amaba al tío Edward. Todos en San Rafael le querían y todos aguardaban sus visitas con la misma ilusión y ansiedad con la que se esperaba la Navidad: su presencia era como un viento fresco que traía novedades del mundo exterior y que llenaba la casa de regocijo y buen humor.

Edward Grihill era personaje singular, que repartía su vida entre viajes, amoríos y negocios estrafalarios, sin regla alguna que no fuera su libertad y afán de gozar.
Era buen mozo y tenía buena talla, a diferencia de la gran mayoría de los hombres de la Sierra, que solían ser chatos y compactos como los tarros de las conservas para el invierno. Sus ojos eran vivaces y brillosos como los de un gato, sus pestañas negras y largas, sus espaldas anchas y bien formadas, los dedos delgados, las manos grandes. María Ercilia decía que las mujeres, cuando le veían pasar por la calle -o cuando él irrumpía en algún evento social-, se derretían como mantequilla y bajaban la mirada de los nervios que

tenían. Debía ser cierto, porque a ratos las hermanas Grijalba escuchaban conversaciones de sus padres en donde comentaban sus devaneos con la señorita tal o la señorita cual.
El tío Edward no había sido siempre parte de la familia. Un buen día, cuando Matilda tenía unos siete años, Raquel reunió a sus hijas en la sala. Reagrupó apresuradamente los naipes y retiró de la mesa el costurero y la ropa que estaba remedando. Cuando todas estuvieron sentadas, con la espalda recta y la mirada atenta, su madre les contó que un pariente que vivía en San Francisco los visitaría. Explicó que se trataba de un primo de su padre, pero no reveló porque esa persona asomaba después de tanto tiempo y de la nada. Tal particular, obviamente, añadió un aura aún más fascinante y misteriosa al personaje, dando piola a la fantasía de cada niña.
A pesar de su corta edad, Matilda recordaba muy bien el ajetreo después de la carta con la que el tío Edward anunciaba su primera visita a la familia. San Rafael entró en días de gran frenesí, nerviosismo y mal disimulada emoción. Todos deseaban conocerle, escuchar aventuras en lugares lejanos, adivinar historias prohibidas, percibir el sabor de costumbres exóticas, rebuscar -en su forma de hablar y moverse- la huella de otros mundos.
Una semana antes de su llegada se sacaron a lavar las sabanas y las cortinas. Se sacudieron los manteles. Se limpió la platería. Olimpia, Soledad y Providencia pasaron dos días enteros cocinando las perdices y tortoras que Arturo y Armando Quilotoa habían cazado: vamos a necesitar un día para quitar el tufo, otro para hervir y desplumar las aves en agua hirviendo, uno más para alistar el relleno de higos y cocinar las aves a fuego lento, en salsa de salvia, pero acompañemos con papas, ve a recoger el romero y las hojas de menta frente al troje, hay una mata en la galería, apura[1] que las aves deben marinarse y las papas tienen otro tiempo de cocción, ya traigan las lechugas de la huerta, y no se olviden de los choclos, cuidado que no estén agusanados, ¡Diosito que apuros, hay que me muero, Virgen Santísima!
Con los años -y la distancia del tiempo-, Matilda se dio cuenta que el tío Edward, en el fondo, representaba los deseos inconfesables de cada habitante de San Rafael y esa libertad de la que todos ellos hubieses querido gozar, al menos una vez en sus vidas.
Y ella no fue la excepción.

Al igual que los años anteriores, la semana que precedió su cumpleaños, San Rafael entró en un torbellino de inusitada actividad y febril trabajo.
Mientras, la tía María Ercilia correteaba como alma en pena de un lado a otro de la casa, con su cajetilla de tabacos en la manga de la blusa. Tanto a ella como a su sobrina Matilda el ajetreo las mareaba, les impedía razonar a

1 Muévete.

cabalidad. No sabían qué hacer entre tanto griterío, confusión y voces cruzadas. Estaban trastornadas como dos pavos borrachos, solo caminaban y caminaban, derecha izquierda, izquierda derecha, en la esperanza que Raquel no las detenga ni les pida algo que no sabrían cumplir como ella esperaba. Y es que eran las dos personitas raras de la familia, y aquel hecho las hacía sonreír, sentir cómplices. Por eso mismo, quizás, ambas eran las favoritas del tío Edward.

Nadie lo decía abiertamente, pero, después de un año entero, todos en la casa especulaban acerca de cómo iba a ser su semblante: que si seguía tan buen mozo como el último año que les visitó, que si estaría vestido a la moda, que cuales países había visitado, que si tenía una enamorada[1] oficial, al fin. Y mil cosas más.

Por si no bastara la ansiedad general, el tío no apareció en la fecha establecida provocando una sensación de desconcierto y un sinsabor que se podía palpar en el aire, entre los pasillos, en las conversaciones de los unos y los otros.

Al día siguiente, cual un rey mago guiado por su estrella cometa, el tío Edward finalmente llegó. Apareció a mediados de la tarde, cuando el cielo estaba teñido de finas venas azules y el sol se había derretido tras los cerros como una melaza espesa.

Bajó de su carruaje envuelto en una enorme polvareda que demoró unos segundos en disiparse y que contribuyó a incrementar la expectativa de su aparición.

Matilda quedó boquiabierta: el tío parecía un príncipe que llegaba en su carroza de oro con su corona de piedras preciosas y su capa de armiño. Vestía un terno color habano[2] y un chaleco del mismo tono que destacaba su musculatura perfecta de hombre sano en la cúspide de su madurez. Por debajo despuntaba una camisa de lino blanco que contrastaba con la tez trigueña. Los zapatos eran hermosísimos, de cuero negro con la punta blanca, las costuras eran perfectas y la hechura impecable a pesar del polvo que los recubría. Algunas canas teñían su pelo proporcionándole un toque de hombre experimentado y curtido. Lo tenía peinado hacia atrás y tieso, por lo que sus enormes ojos de ciervo y las larguísimas pestañas se evidenciaban sobremanera. Como toque final, su coqueta barbita de chivo le daba un aire sofisticado y elegante. Un olor intenso a tabaco y a colonia inglesa se desprendía de él y regaba alrededor suyo. Parecía envolver a todos, como una nube a la que nadie podía resistirse y en la que todos querían flotar.

El tío se presentó cargado de dones, como un rico mercader procedente del lejano Oriente: sedas de la China, perlas de Japón, joyeros de madera hindú, alhajas de las islas del Pacífico, piedras que cargaban energía y ahuyentaban

1 Novia.

2 Beige.

el mal ojo, aceites y esencias del desierto de Arabia, azafrán de Turquía, cardamomo en preciados envases con forma de gotas, delicadas acuarelas de la isla de Sicilia, tabaqueras de plata, licores de otras latitudes. Había jabones con chispas de oro, cremas melosas a base de jazmín y naranjas de Marruecos, perfumes empalagosos en viales con forma de dragones, extraños animales y serpientes. Y luego especias, miles de especias de todos los colores: rojo tierra, café, púrpura, azul. Matilda sintió como todo aquel remolino de olores intensos se grabó en su piel e impregnó sus vestimentas provocándole nuevas emociones, estimulando sus sentidos, cosquilleando su fantasía...

El tío comenzó a repartir obsequios a todos, sin que jamás pareciera agotarse el fondo de su abultada maleta de cuero verde. No se olvidaba de nadie. Para él no había escalafones sociales, ni siervos y señores. Decía que la única diferencia entre las personas se hallaba en el tamaño de sus billeteras, que algunos, con plata, habían logrado su tajada de poder, mientras que otros no. También decía que las clases eran patrañas que algún tonto se había inventado y que otro tonto había permitido por dárselas de importante. Vamos, que en el rebaño del señor las ovejas eran ovejas, solo que de distinto color y tamaño. Para Arturo esa especie de Juan Bautista sencillo y cercano, que abrazaba a todos sin discriminar y que llamaba cada persona con su nombre de pila, era un pésimo ejemplo en su casa. Si Edward viviera en San Rafael él desde luego él no permitiría esas actitudes de buen samaritano, porque el paso entre aquellas confianzas y ciertas ideas subversivas contra el orden y contra los patrones era casi nulo. Y es que el materialismo y el ateísmo -tan de moda en Europa- estaban al asecho también en América y esa hierba mala, si lograba echar raíces nunca se iría.

Pero Edward era su único primo hermano y, en el fondo, toda familia tenía su oveja negra. Así, Arturo se conformaba con que no compartiera sus ideas estrafalarias con los trabajadores o con las *guaguas.* Además, al segundo o tercer día, su Edward haría las maletas y se esfumaría en el aire hasta la siguiente visita.

Tampoco a Raquel le agradaba la espontaneidad y el desenfado de aquel pariente de su marido. Las confianzas con los empleados de San Rafael la desesperaban de modo especial. Estaba convencida que aquella familiaridad echaba a perder sus años de esfuerzo para pulir[1] las costumbres de los sirvientes y darles un mínimo de modales.

"¡Edward, por favor, no les malcríes con tantos obsequios, que luego se dañan y se creen que ellos son los señores de la casa!", decía.

"¡Raquelita no seas celosa, tu regalo es el mejor de todos porque tú -y solo tú- eres mi favorita!"

---

1 Mejorar

"Hay que labioso eres Edward...contigo en serio que no puedo...", decía ella con aire resignado y manos al cielo.
"Raquelita, te ruego observes muy atentamente ese bulto. Se trata de algo muy especial que traigo desde el magnífico Imperio ruso."
El tío sacó un pañuelo rojo con flecos que parecía envolver una oruga gigante. De un extremo de la tela sobresalía el rostro rubicundo de una niña sonreída. El tío removió despacio la tela, hasta revelar un cuerpo de muñeca.
"¡Y ahora miren todos! ¡Os presento a la *matrioska*!"
Abrió la muñeca en dos, como un huevo. De las entrañas de madera salió otra muñeca igualita. Y luego otra, y otra. Hasta una del tamaño de una guaba tierna.
Raquel se llevó las manos a la boca, las chicas gritaron. A las demás mujeres les dio la risa floja. Tocaban y tocaban las piezas, por adentro, por fuera, como queriendo divisar algún misterio, alguna otra cavidad oculta.
Cuando la gran bolsa verde estuvo al fin vacía, el tío Edward reveló su última sorpresa. Entonces, con aires de mago experimentado se plantó frente a su público y sacó de una refinada caja de metal un paquete de habanos. Matilda nunca había visto cigarros tan largos, perfectos y relucientes. Era como si alguien les hubiera lustrado con cera de abejas un minuto antes. Los puros estaban envueltos en un precioso pañuelo de seda que el tío abrió con estudiada lentitud, para que todos disfruten, para que el placer de aquella visión llegara pausado y medido hasta la desesperación. ¡Y es que gozaba viendo las muecas de sorpresa y los rostros estupefactos de todas!
"¡Estos nos vamos a fumar juntos, María Ercilia querida!", dijo con aire burlón tan pronto Raquel se alejó para coordinar la cena.
"Vas a ver qué maravilla de sabor! ¡Pero a cambio, tía querida, mañana quiero lanzar contigo las palomas mensajeras desde la cumbre del Pasochoa!", agregó Edward antes de soltar una gran carcajada que puso a vibrar los vidrios de las ventanas.
"Tengo algunas preciosas que me traje del Perú. ¡Van y vienen de la costa en cuestión de pocas horas!", dijo la tía orgullosa.
"¡Imagina que el mes pasado hice lanzar diez desde la Costa, las mandé con Don Calisto el maderero, unas hermosísimas, vieras el plumaje tornasolado, imagina, regresaron nueve!
"¿Se perdió solo una en semejante travesía?", preguntó el tío Edward con cara sorprendida.
¿Puedes creer?"
"¡Solo una, hijito, solo una perdió su rumbo, o quizás acabó en las garras de algún halcón!", dijo ella con orgullo evidente.
"¡Sensacional, tía, sensacional!", recalcó él.
"¡Mañana entonces madrugamos y sin falta las lanzamos al aire!" dijo el tío

Edward con un guiño.
"¡Si Edward, toca madrugar para que el cielo esté bien despejado y las palomas puedan orientarse bien!", agregó María Ercilia.

Cuando acabó la entrega de los obsequios todos pasaron al comedor. Se sentaron alrededor de la gran mesa de roble. El imponente mueble se sostenía sobre diversas patas de león que trepaban hasta encajar con asombrosa precisión en la enorme base. Doña Raquel mandó a realizarla a imagen y semejanza de la pieza que un día adornó el elegante palacio del marqués sevillano. Y es que no podía del disgusto, desde que la original acabara devorada por las termitas a pocos meses de su boda. Hubo que sacarla entre seis hombres antes que la plaga se extienda al resto de la casa y finalmente, acabó transformada en una pila de troncos.
Los *huachimanes* prendieron tres briseros y dejaron en medio de la mesa una bandeja con quesadillas y aguas de toronjil humeantes. Se quedaron expectantes al filo de la puerta. Desde aquella ubicación escuchaban las conversaciones de la familia para luego comentarlas cabizbajos entre los humos rarefactos de la cocina. Aquellos cuchicheos casi imperceptibles eran su modo de participar en las vidas distantes -y a ratos incomprensibles- de los patrones.
Al improviso, Matilda le preguntó al tío porqué se fue del país y porqué viajaba tanto por el mundo.
"¿Tío, eres un vagabundo?"
"¡Matilda no seas impertinente, pídele disculpas a tu tío!
"Si lo soy, mi niña.", dijo él entre risas.
Empezó de aquel modo su relato de historias, anécdotas y aventuras, mientras la noche bajaba silenciosa pintando de negro todo el creado.
Edward contó que, a los diez y seis años de edad, para evitar tener que trabajar como esclavo en las haciendas de su abuelo -y casarse con una mojigata-, se escapó a América del Norte.
"Eduardo te ruego que no uses este vocabulario frente a las niñas. Ellas son muy inocentes", protestó Doña Raquel.
"Mil disculpas Raquelita. Lo que quise decir, sobrinitas, es que no quise casarme con una persona escogida a dedo por mi familia."
Raquel frunció el ceño y sacudió su cabeza en signo de protesta, pero Edward miró para otro lado. El tío contó que se escapó escondido en un barco de la flotilla del poderoso Filiberto Alarcón, quien se había enriquecido trayendo pescado salado a California treinta años atrás. Matilda intuyó que el tío debió pasar mal antes de su huida, porqué, con lo que le gustaba hablar, no se detuvo comentando los años anteriores a la fuga.
Comenzó la travesía desde el puerto de Guayaquil. Contó que viajó clandes-

tino, que pasó días enteros comiendo sardinas, que el pan era duro como una piedra, que el queso era rancio y que el aire bajo la cubierta de la goleta irrespirable. Finalmente, después de remontar la Cordillera y desafiar el clima antojadizo del Pacífico, llegó a la ciudad de San Francisco. Allí consiguió empleo como obrero en una fábrica de jarrones chinos junto a una docena de personas más que olían a pescado y que hablaban una fanesca[1] de distintos idiomas.

Al cabo de un tiempo Edward se ganó la confianza del jefe chino hasta el punto de convertirse en su socio. Cuando este falleció de una difteria -sin más familia que su perrito salchicha Chow- él se quedó con el negocio. Pero aquella no fue la única decisión: quiso dejar atrás todo lo que le recordaba al país, a tal punto que cambió su nombre de Eduardo Grijalba a Edward Grihill. Por su puesto, aquel cambio a su primo Arturo le pareció lo más estúpido -y antipatriota- que había oído en su vida, justo cuando el país al fin estaba unido bajo gobernantes propios y no colonizadores desalmados. Pero, como no quería broncas con su extravagante pariente, guardó para si sus opiniones.

Pronto –relató el tío con cierta satisfacción- su situación comenzó a mejorar. Pudo comprarse ropa fina, un par de zapatos de piel de cordero y empezar a frecuentar ambientes y personas acordes a su nivel.

Estaba en el lugar perfecto. San Francisco era ciudad de comerciantes y emigrantes de todos los rincones del planeta, así que, a los ojos de la buena sociedad, su fábrica de jarrones no era algo de lo que sonrojarse mientras fuera un negocio próspero y honrado.

Al cabo de un tiempo, cuando los aprietos de la carne comenzaron a espolear su cuerpo, el tío Edward buscó compañía femenina. Se juntó con la Señorita Violet Redgriff Bowman, -bailarina según el tío, prostituta según Raquel-, a quien conoció en un parque de la ciudad mientras compraba unas rosquillas que le recordaban su infancia en la Sierra. La señorita Redgriff era una pelirroja de formas rebosantes y aromas envolventes. Le tenía embrutecido con dos enormes pechos, unos que su corsé apenas lograba detener y que sobresalían tras una mata voluptuosa de churros impregnados de talco de rosas. Obviamente, esta parte el tío Edward no la contó, sino que Matilda se enteró de casualidad por su costumbre de escuchar conversaciones ajenas tras las puertas de la casa.

“¿Como puede vivir con semejante mujerzuela?”, gritaba Raquel mientras con una mano se santiguaba.

“Edward ha perdido la cordura. ¡Y es que claro, en medio de tanto liberal, ateo y gente extraña no me sorprende que se haya vuelto un libertino! Las personas que no echan raíces, que no sientan cabeza y no tienen un hogar acaban siendo unos desalmados sin Dios ni ley. Ve los hermanos de la pobre

1 Sopa típica de la Sierra a base de granos que se come en la Semana Santa.

Isabel...en Europa andaban de prostíbulo en prostíbulo... acabaron con la enfermedad esa y quien sabe que más cosas..."
"No digas tonteras[1] *mija*, te lo ruego. Esa enfermedad se llama gonorrea. Edward es un adulto desde hace ratos y puede vivir su vida como le viene en gana", protestaba su marido. Arturo era el primer crítico del estilo de vida de su primo y de su rechazo a las reglas, costumbres y palabrerías[2]. Pero, si su mujer le atacaba, él saltaba como un león en su defensa. A pesar de quererla mucho, no soportaba sus ademanes de curuchupa[3] y no perdía ocasión para pincharla.

Aquella tarde -como tantas otras -, todos colgaron de los labios del tío Edward. Una vez más, las horas pasaron sin que nadie se percate del frío ni sienta el cansancio de los cuerpos. Pronto bajó la noche. Una luna juguetona aparecía y desaparecía tras un manto rarefacto de nubes plateadas. Sin darse cuenta, los habitantes de San Rafael se hallaron en la oscuridad más profunda, apenas atenuada por las velas de los briseros y los resquicios de luz incandescente que la chimenea libraba. Los grillos, los búhos y los sapos comenzaron a entonar su melodiosa sinfonía. Parecían un coro de cantantes deseoso de impresionar al ilustre huésped. Finalmente, cuando las emociones vencieron las fuerzas de todos, los habitantes de San Rafael se retiraron en sus alcobas escoltados por las suaves notas de la noche en el campo.
La mañana siguiente el tío Edward partió dejando atrás de si la misma polvareda que le había envuelto a su llegada. San Rafael regresó a sus mañanas cortas, tardes largas y madrugadas silenciosas. Pero todos sabían que un día no muy lejano él regresaría para contar nuevas historias, que sacudirían su mundo inmóvil y que los llevaría a lugares lejanos, más allá de los Andes, al límite de su fantasía·

1 Tonterías.
2 Cotilleos.
3 Persona excesivamente religiosa.

De las aguas a los montes

Al cabo de unas semanas Ramón recibió una carta de su hermano Alonso. Presintió de inmediato que algo grave había ocurrido. Se demoró unos segundos en abrir el sobre, muy consciente de que se venían malas noticias. En la carta Alonso le comunicaba que Don Alejandro se encontraba muy delicado de salud a causa de unas fiebres. Como resultado, había sufrido un derrame que le paralizó la lengua y el lado izquierdo de su cuerpo. Sería entonces muy oportuno que, dadas las circunstancias inciertas, Ramón regresara, si pensaba ver con vida a su progenitor. Había además asuntos familiares urgentes que atender, por lo que le solicitaba viajar a Quito tan pronto como pudiera.

Concluía la carta expresando que le encantaría presentarle a su mujer e hija. Era un claro reproche a su desaparición durante tantos años.

Ramón respiró profundamente y entendió que no había posible excusa que impidiera ese viaje. Debía regresar. Nunca tuvo una buena relación con su padre. No soportaba su carácter autoritario y mal genio permanente desde que su madre le había abandonado en las alturas para nunca más regresar. Pero las circunstancias eran serias y requerían de su presencia en calidad de hermano e hijo. Esta vez no podría escabullirse impunemente.

Se reunió entonces con el maestro Borsato. Le contó sus planes de viaje y las circunstancias por las que estaba obligado a ausentarse. Le encargó el *palazzo*, la escuela, sus empleados. Hasta le pidió que cuide los geranios y las begonias. Una vez que tuviera clara la situación y los tiempos de su estadía, se pondría en contacto con él.

"¡*Mi raccomando*! ¡Su usted no supervisa maestro, todo el circo que hemos montado se va al carajo en dos patadas! ¡Sobre todo, no olvide supervisar a los empleados de la casa, ya sabe que, si el gato no está, los ratones bailan!", agregó Ramón con su habitual vehemencia.

Cuando acabó la reunión con Borsato se sirvió un brandy y se echó sobre el sofá frente a la chimenea con todo el peso de su cuerpo agotado. El sofá se hallaba en la misma posición desde el día en que pisó el suelo resbaloso de Ca´ Doria la primera vez y, por alguna extraña razón, no se había atrevido a botarlo a pesar de las precarias condiciones. Estiró las piernas y brazos, dejando que cada músculo del cuerpo se relaje totalmente. Resopló. Tenía sentimientos encontrados, pero estaba aliviado por haber tomado la decisión de viajar: estaba a punto de regresar a las alturas después de diez años. Su corazón estaba en vilo, así que decidió cortar con lo sentimentalismos y alistar un rápido equipaje. Le esperaba una larga travesía y un torbellino de emociones nuevas que cambiarían, una vez más, el rumbo de su vida.

Cuando Ramón llegó a Quito tuvo la sensación que la ciudad se había encogido. Todo le parecía pequeño, como quien regresa a un pueblo de duendes después de haber viajado en una dimensión lejana. No descartaba que, después de tanta agua, olas y tormentas, cruzando un océano, remontando el mar desde el estrecho de Magallanes, las costas de la Patagonia, de Chile y de Bolivia, su cerebro se hubiese algo descompuesto. ¡Que hermoso era el cielo de Quito! ¡Había olvidado aquella claridad, aquella luminosidad perfecta cuyo reverbero desbordaba la vista!
El sol reverberaba sobre un cielo despejado y terso. El color celeste del éter era tan inmaculado que le recordó a Ramón los lienzos del Tintoretto. Ni un solo hilo de viento cortaba el aire transparente de la mañana y en las calles del centro había más desorden, ruidos y olores de los que recordaba: personas vendiendo mote con chancho, empanadas de viento, empanadas de carne, bolones de queso, velas para la virgen, rosarios, inciensos para alejar demonios, palo santo para espantar moscos, escapularios para atraer bendiciones. El aire, en medio a aquel revoltijo de cuerpos y bultos, era denso y a la vez familiar.
¡Que grato era reconocer nuevamente esa melaza de olores y ese vaivén de voces y personas entremezcladas con carros y carretas, animales, bultos del tamaño de un potrillo!
Al improviso recordó los paseos por el centro, los helados de paila en la plaza del teatro, Panchita la torera con su loro en el hombro, Doña Luisa y sus melcochas, Pedro el tuerto con su carroza adornada de guirlandas. Y luego los tenderetes de títeres, de golosinas, de figuras religiosas y escapularios.
Su coche a duras penas lograba avanzar. Las vías estaban abarrotadas de gente que se abría paso a empujones cargando costales de choclo, telas, *guaguas* envueltos en cobijas como gusanos de seda. Una ola indefinida avanzaba sin freno y se perdía en distintas direcciones como los afluyentes de un rio.
Ramón estaba tan acostumbrado a rebuscar con su mirada curiosa adentro de las casas que de inmediato sus ojos penetraron el interior de un palacio con una fachada suntuosa enteramente recubierta por mayólicas multicolores: un hombre estaba sentado sobre una bacineta, parcialmente cubierto por un abultado poncho rojo. Defecaba al centro de una inmensa y lujosa sala, a la vista de los transeúntes.
"¡Es para sacar la *tenia saginata,* patrón! Cada día, a la misma hora, Don Hernán se sienta en esa misma bacineta llena de leche con miel y hojas de chamburo porque dice que la *tenia,* al salir de las entrañas, se toma la

leche envenenada y muere", dijo el cochero con aire serio.
¡Que contraste entre la hermosura de aquel palacio aristocrático y...la escena que estaba presenciando!
Ramón no pudo evitar soltar una carcajada. Definitivamente, estaba en su tierra, llena de hermosura y de contrastes.

El carruaje marchaba lento por la avenida principal evitando tropezar en los baches que la tierra seca del verano había creado y las piedras que despuntaban de la calzada. Avanzaba entre imponentes mansiones coloniales que de un extremo a otro embellecían la vía con sus fachadas blancas, sus coquetas celosías en hierro forjado, sus columnas de piedra en espiral enmarcando puertas y ventanas. Frondosos arbustos brotaban de los amplios jardines dejando apenas entrever la exquisita arquitectura de los edificios. Eran tan tupidos y compactos que las ráfagas del viento estival apenas los sacudía. Ramón tenía el rostro acalorado por el largo trayecto así que sacó la cabeza por la ventanilla para recibir el aire fresco. Aún no se acostumbraba a la altura y respiraba a bocanadas. Tan pronto asomó al horizonte la majestuosa propiedad de los Callejas de Alba Ramón se estremeció.
Tuvo la sensación que Villa Jacarandá estuviera esperándole y estirara sus brazos para recibirle. Se sentía como un hijo pródigo: regresaba a sus raíces después de un largo viaje que había cambiado para siempre su forma de ver el mundo, percibir la belleza, sondear a las personas, escrutar el universo. Durante aquellos años parecía haber desarrollado algún tipo de poder, que le hacía más sensible a toda sensación y estímulo, que hasta le permitía prever situaciones y estados de ánimo. Así, Ramón supo con antelación que esperarse de la visita a su padre. Sería un encuentro emotivo y a la vez triste porque su padre ya no era el mismo.
¡Qué sentido tenía estar resentido con alguien que no albergaba el mismo espíritu guerrero de antaño, que te observaría con la mirada perdida, que parecería habitar un cuerpo ajeno!
Mientras esos pensamientos se abrían paso en la mente cual una termita cavando un tronco, sus ojos se perdían afuera del carruaje. Había olvidado la belleza de su ciudad, la elegancia sobria y compuesta de sus casas coloniales, de sus jardines, de su vegetación exuberante. Cuando estuvieron frente la entrada principal Ramón sintió un momento de angustia. A través de las rejas podía entrever el callejón arbolado que cruzaba el asombroso jardín hasta el patio de la casa. El corazón se le encogió adentro del pecho. Comenzó a pesarle como si fuera una piedra y podía percibir cada latido.
Al improviso, sus ojos se clavaron en el escudo familiar de bronce que estallaba al centro del portón. Ramón sintió un mareo. Tuvo que asentar la

cabeza contra el respaldar del asiento: las figuras de metal -un león y dos halcones- parecieron cobrar vida y lanzarse contra él cual flechas incandescentes. ¿Acaso querían recordarle que él se debía a su familia? ¿Acaso querían acusarle de ser un traidor, un ingrato?

De repente, como una marejada empujando a la orilla conchas y corales, aquella imagen removió sus recuerdos olvidados, cuando perseguía gansos y cazaba lagartijas con sus hermanos, cuando hacía carreras de sapos y se enlodaba hasta el cuello. Hasta recordó su peor castigo de la infancia: su padre le amarró a una palmera por ser un niño malcriado, desde su pecho colgaba un letrero, como un Cristo en la cruz, y todas las personas que pasaban por la vereda le escrutaban con pena desde el otro lado de la reja.

¡Allí estaba la palmera! ¡Veinte palmos más alta! ¡Mucho más frondosa e imponente!

Se preguntó qué pasaría si Villa Jacarandá un buen día desapareciera y un enorme escampado polvoroso ocupara aquel espacio resplandeciente, cuya arenilla rebotaba los rayos del sol como un espejo. ¡Y que sería de las caballerizas, de la huerta y del jardín en donde él correteaba en la niñez, escondiéndose entre arbustos y jalando las alpacas con sogas improvisadas!

¿Sería aquel descalabro espantoso su culpa por haber abandonado todo y todos a su destino, por no haber estado allí defendiendo como un león esa torre de marfil, ese lugar sagrado que sus antepasados habían construido con esfuerzo y trabajo? ¿Cómo era posible que, ahora, aquellos retazos del pasado irrumpían con tanta fuerza en su alma? ¿Podía el *soroche*[1] tener tanto efecto en su cuerpo y mente?

Se sintió improvisamente mezquino, egoísta, pequeño. La imagen desgarradora de aquel futuro tan inquietante le recordó que los seres humanos son animales quebradizos, figuras de vidrio, viajeros frágiles que una simple noche de fiebres podía barrer de la tierra como una ráfaga de viento a las hojas de un sauce. ¡Y que desconcertante pensar que el mundo seguiría igual, que la noche continuaría a perseguir el día, que las cosechas seguirían su ciclo, que ni siquiera un día corriente de mercado suspendería su vaivén de gentes, ajetreo y bullicio por enterrarse a un cristiano más!

El ruido del portón de metal crujiendo sobre el pavimento desigual le devolvió bruscamente al presente. Un empleado moreno de inusitada altura y músculos torneados apareció frente a él. El hombre sacudió los barrotes con fuerza hasta que el portón cedió librando un estridor agudo. El estruendo fue tal que un puñado de gorriones y cuervos salió disparado de los árboles aledaños.

1 Mareo debido a la altura.

El hombre tenía un sombrero de paja resquebrajado que apenas cubría la frente y que dejaba al descubierto una mata de pelo crespo. La piel era oscura como un tizón de madera y un enorme machete colgaba de sus caderas.
"Mis disculpas Don Ramón, hay que engrasar esas bisagras. Quise hacerlo esta mañana. Confié que usted llegaría de tarde. Soy Francisco, Francisco el jardinero. A las órdenes. Bienvenido a Villa Jacarandá."
El empleado le saludó como si le conociese de toda la vida y hubiese esperado aquel momento durante años. Estiró sus labios hasta que la piel dibujó enormes pliegues al lado de la boca. Lucía una dentadura perfecta, lo cual era muy raro entre los sirvientes y campesinos.
Ramón pidió al cochero que se detenga.
"Pare aquí, por favor. Prefiero caminar a pie por el callejón."
Quería relajarse un poco. En Venecia se había acostumbrado a caminar. Y caminar siempre le relajaba. Estaba inquieto, tenso como las cuerdas de un violín que nadie había tocado en mucho tiempo, dueño de emociones que no reconocía y que se resistía a experimentar.
Atrás suyo caminaba Francisco el jardinero. Cargaba su equipaje y mantenía silencio, como si intuyera el trance de su patrón. Mientras avanzaba por el callejón Ramón se contemplaba el jardín como si fuera la primera vez: rebosaba de luz y colores, con sus jacarandás y arupos en flor, sus caminitos sinuosos entre la vegetación exuberante, sus delicadas orquídeas que el viento mecía suavemente. Distinguió la hilera de palmeras centenarias, los tilos en flor que su abuela había sembrado y un árbol de ceibo empinado y macizo que no recordaba.
¡Y qué decir del álamo, mucho más grande y voluptuoso de cuando en su infancia lo trepaba con soltura! Los rosales también lucían magníficos, con sus bulbos recién brotados y sus pétalos brillosos como retazos de seda.
Se acercó a la entrada principal. Enormes maceteros de lilas y geranios enmarcaban la amplia terraza al frente. Al fondo, la imponente puerta principal, con su multitud de santos mirando al cielo, sus vírgenes en oración, sus espinos enredándose entre sí y trepando hacia las nubes. Así debía ser la entrada al paraíso que San Pedro custodia, pensaba cuando era niño.
Cuando llegó al umbral Ramón se detuvo nuevamente. Sus pies quedaron clavados sobre el pavimento de azulejos sevillanos y parecían no querer desprenderse. Pesaban como si fueran dos inmensas columnas de granizo. Por algunos segundos se sintió como un visitante que teme sorprender a los dueños de casa en un mal momento.
Al improviso escuchó la suave melodía de un piano. Era un sonido familiar y alegre, que distendió de inmediato sus nervios.
"Este árbol lo plantó mi hija Antonia tan pronto se paró y comenzó a cami-

nar. Ya tiene tres años."
Su hermano Alonso apareció de repente a sus espaldas.
"Bienvenido a la casa, espero hayas tenido un buen viaje", agregó.
"Tu aspecto ha cambiado mucho, hermano, parece que Venecia te trata muy bien. Eras un chiquillo que olía a leche y ahora...todo un hombre."
Ramón soltó una risotada.
"Que gusto verte Alonso."
Su hermano estaba más gordo y tenía mucho menos pelo. El cinturón de cuero que lucía era tan apretado alrededor de la cintura que parecía una soga amarrando un saco de yute. En Venecia Ramón había afinado su gusto y sentido de la estética así que ahora notaba el más mínimo detalle.
"Te extrañé, créeme que te extrañé", recalcó Ramón.
"Nosotros también te extrañamos."
"Tengo mucho que contarte...pero antes quiero saludar a nuestro padre. ¡Más tarde nos tomamos un whisky frente a la chimenea y conversamos!, dijo Ramón con la voz entrecortada por la emoción.
Abrazó de nuevo a su hermano Alonso. Luego, golpeó su espalda con la palma de la mano. Sonreía, estaba feliz y aturdido.
"Donde está Antonio?"
"Antonio está tocando el piano en el piso de arriba. No creo que te oyó llegar. Ya mismo le vas a ver", dijo Alonso.
Alonso y Ramón entraron a la casa. La disposición de los muebles, el olor a jabón de Marsella, los cartuchos recién cortados en los jarrones de porcelana, el abultado perchero de churros con sombrillas, abrigos y pieles, la inmensa alfombra persa al pie de la escalinata. Todo era igual, inmutado, como cuando los fines de semana llegaba a la casa del internado y botaba la maleta al piso recién encerado provocando las protestas de Casilda.
¡Qué impresión le producían, de repente, aquellos objetos y aquellos olores! Era como si el tiempo no hubiese pasado, como si aquel fuese un día cualquiera en el que las empleadas trapeaban afanosas el suelo y cargaban pilas de lavacaras y bacinillas procurando no tropezarse con los tres hermanos.
Al improviso, desde la barandilla asomó Antonio, fiero y buen mozo como un César.
"¡Bienvenido Ramon!", dijo.
Alonso y Ramon dirigieron de inmediato la mirada hacia él.
"¡Hermano, que tal estas! ¡Qué bueno verte, ¡Te has dejado crecer la barba! La barba te queda bien...", dijo Ramón al tiempo que subía apresuradamente los escalones que les separaban.
Se abrazaron un buen rato, como si los cuerpos necesitaran aquel ritual para reconocerse mutuamente. Luego, los tres entraron a la habitación

de Don Alejandro. Estaba recostado en su cama, en un estado de sopor. El ambiente olía a alcanfor y a medicinas. Un empleado reavivó el brasero y se retiró llevando consigo las toallas mojadas y una jarra de agua vacía.
Ramón se acercó imprimiendo pasos ligeros sobre el suelo, temeroso de asustar a su padre. Se estiró hacía él. Le levantó con sus brazos hasta despegar el cuerpo del cúmulo de cojines que le sostenían. Pesaba como una pluma y tenía la espalda húmeda por el sudor que las pieles enfermas desprenden.
Ramón se impresionó al ver como había envejecido. Unas profundas arrugas marcaban su frente de lado a lado. Las mejillas parecían costales de harina vacíos, los parpados dos bultos de carne blanda y pastosa. Las manos eran tan transparentes que podían vislumbrarse, una por una, las enormes venas azuladas, los tendones, los propios poros dilatados de la piel.
Olía a aceite de almendras, a alcohol y a algún otro ungüento que Ramón no logró descifrar.
"Le extrañe mucho padre. ¿Como esta? Tiene buen aspecto. Un poco delgado, eso sí...."
Pero Don Alejandro no soltó ni una sola palabra.
"Este es su estado la mayoría del tiempo Ramón. Ya casi no habla y si habla, son destellos de claridad que al poco tiempo desvanecen. Mañana a lo mejor tengamos más suerte y logres conversar algo con él.", dijo Alonso.
"Dile la verdad, hermano", dijo de repente Antonio.
"¿Cual verdad?" preguntó Ramón.
"La verdad es que...pregunta de ti a cada rato."
A Ramón se le humedecieron los ojos. Apretó la mano de su padre. Estaba tibia. Los dedos parecían astillas, la piel era tan fina como el papel seda que envolvía sus habanos.
Se produjo un extraño silencio. Ramón estuvo a punto de llorar.
"¡Vamos mejor afuera y dejemos que descanse!", dijo Antonio en voz baja.
Ramón besó a su padre en la frente y salió de la habitación atrás de sus hermanos. Tenía el corazón encogido, como si él fuera el directo responsable de aquella situación y su progenitor estuviese postrado en aquella cama por su culpa.
Cerró la puerta teniendo cuidado de hacer el menor ruido posible.
"¡Qué bueno que estés de regreso, necesitamos conversar de muchos temas! Ahora que nuestro padre está enfermo, hay decisiones que tomar y nos incumben a todos", agregó Antonio.
"¿Qué le pasa exactamente?, preguntó Ramón.
"Según el doctor Cuevas, luego de las fiebres, nuestro padre sufrió un derrame cerebral que afectó de forma quizás definitiva su capacidad de

comunicarse. Tampoco puede mover el lado izquierdo del cuerpo, por lo que depende de la ayuda de alguien y eso le mata de las iras", explicó Alonso.
Ramón estaba afligido. En un instante se le olvidaron los reproches y las incomprensiones con su padre en los años de la juventud y en la última década.
¡Que insignificantes parecían ahora aquellas discusiones y arrebatos mutuos!
Antonio apoyó una mano sobre la espalda de su hermano menor. La congoja de Ramón pareció atravesarle el alma como una aguja.
"Lastimosamente, nuestro padre no está bien tampoco cuando está despierto. En sus momentos de claridad, a parte preguntar por ti, patea los barrotes de la cama con cuanta fuerza tiene", dijo Antonio.
"¿Y cómo le controláis?", preguntó Ramón.
"El Doctor Cueva le mantiene medio sedado con el jarabe de láudano, no es un enfermo fácil, como imaginarás. A parte, hay que asearle algunas veces al día y cambiarle de posición para que no se le hagan llagas en las nalgas y en la espalda.", agregó Antonio.
"Entiendo."
"Lo peor es que también se ha vuelto violento con las personas. Ya hemos cambiado a varias enfermeras porque pellizca y muerde a quien se le acerque."
"Pero... ¿y como estáis manejando esta situación?"
"Solo Alonso logra calmarle. Es el único que puede acercarse a él. Cuando los sirvientes deben asearlo o darle de comer, nuestro hermano está presente."
Ramón no estaba sorprendido. Alonso siempre tuvo una particular forma de tratarle y de aplacar su mal genio. Cuando eran niños, era Alonso quien dirimía las peleas de hermanos y quien negociaba un castigo en las mejores condiciones con su padre.
Ramón estaba trastornado.
Tenía frente a si alguien a quien no reconocía. Aquel ser colérico y rabioso, que hacía temblar las paredes con el tono de su voz y el retumbo de sus pasos, parecía un niño indefenso, un bulto de carne sin alma, un gorrión malherido a la merced de cualquier ave rapaz. Nada quedaba de su espíritu dominante, ni de la eterna riña con sus semejantes y con el mundo. Eso, por alguna razón que Ramón no lograba comprender, lo entristeció y estremeció. Hubiese preferido enfrentarlo, -como cuando le había anunciado que viajaría al otro lado del mundo- y armar una bronca de las buenas que verlo así, tan encogido y desprotegido. Eso era demoledor, eso le partía el alma.

Por un instante deseó estar lejos, en su Venecia, navegando en góndola, visitando una iglesia, rebuscando objetos en algún mercadillo o explorando una nueva librería. ¡Que fácil era todo aquello! ¡Que ligera y placentera su vida!
Al improviso, Ramón sintió la necesidad de pegarse un buen trago con sus hermanos, calentar su cuerpo frente a una chimenea y descansar del largo viaje.

Aquella primera noche en Villa Jacarandá fue extraña, agitada. Los mareos por la altura -y las emociones que se acompañaron a su llegada- no le dejaban tomar sueño. Los rayos de una luna llena y pulposa se abrían paso entre las ramas del sauce frente a su ventana. Proyectaban extrañas figuras negras en las paredes de la habitación, como cuando era niño...
Al final se durmió. Soñó que caía desde la cúspide del campanario de San Marco. Sintió un escalofrío bajar por su espalda, el impacto del golpe, el frío del suelo húmedo bajo su cuerpo rígido. Lucia estaba suspendida en el aire frente a él. Le gritaba que la alcance. Tenía el vientre lleno, el pelo ondulado y voluptuoso, las manos abiertas y suplicantes. Su rostro relucía como la estrella de un Belén y sus ojos derramaban inmensas lágrimas color púrpura que caían en picado sobre el piso.
Fue tal la impresión de aquel sueño que Ramón despertó con toda su musculatura contraída, como si realmente se hubiese estrellado al pie del campanario. Estaba sudado, agitado, enroscado entre sus sabanas, retorcido como una culebra. Miro hacia el techo plateado. Demoró algunos segundos en ubicarse, en darse cuenta que estaba al otro lado del mundo. Ya no en Venecia.

Cuando Ramón despertó el sol estaba en su cénit y brillaba al centro del cielo como una enorme gema.
"Buenos días hermanito, como has dormido? Creo que necesitabas un buen descanso, espero que la altura no te haya ocasionado problemas. ¿Tomaste agua de coca ayer? Eso te ayuda a adaptarte a la altura...", dijo Alonso.
"En realidad he dormido fatal, pero estoy muy contento de estar en casa y conversar después de tanto tiempo. Quiero conocer a tu mujer y a tu hija, quiero que me cuenten todas las novedades, vamos de cacería y comamos una fritada[1] al paso ¿Que tal una excursión a la Mica?"
Ramón hablaba atropelladamente. No sabía cómo ordenar sus ideas, después de estar incomunicado por más de una década.
Alonso soltó una carcajada que le salió del alma al ver a su hermano menor

1 Comida a base de carne de cerdo típica de la gastronomía ecuatoriana.

tan emocionado y ansioso por hacer cosas.
"Claro que sí *guambra*, haremos todas esas cosas. Y con respecto a mis mujeres, ellas también ansían conocer a ese tío loco que se fue al otro lado del océano. Están en Otavalo, visitando a mis suegros que se encuentran delicados de salud, regresarán en algunos días. Tu cuñada se muere de ganas de escuchar tus historias", agregó Alonso.
"Ansío conocerlas. Y no dudes que les contaré todas mis historias. Sin tapujos, verás", contestó Ramón con un guiño.
"Debemos hablar de asuntos importantes, hermanito. Despachemos estas cosas antes de que lleguen las mujeres, así el resto del tiempo nos dedicaremos a ellas y disfrutaremos en familia", agregó Alonso.
Se tomó unos segundos antes de seguir hablando.
"Tenemos que hablar de la fábrica textil y de las haciendas. La casa de los Rosales está botada[1] y nadie quiere vivir allí. El último invierno ha sido terrible, el techo ha colapsado en varias partes y el patio es un gallinero a cielo abierto. Ni Antonio ni mi mujer quieren saber nada de la propiedad. ¿Qué haremos con la casa y con esas tierras? Si a ti te interesa, quédate con ellas y eso será un adelanto de tu parte de la herencia. Si no te interesa, pues la vendemos y nos repartimos entre todos las ganancias. Como comprenderás, el único camino que no es viable es que la propiedad y sus terrenos sigan en el estado en el que están, con un cuidador y su familia viviendo a sus anchas en nuestra casa."
"Hermano, como sabrás hace diez años restauré un palacio de Venecia. *Mi* palacio", recalcó Ramón con firmeza.
"Pero... ¿Y cuando te cases? ¿Dónde piensas ir a vivir? ¿A dónde llevarás a tu mujer y a tus hijos? ¿Has pensado en eso?
"Entiendo tus preocupaciones, hermanito. Y por ello no tomaré ninguna decisión a la ligera", repicó Ramón.
El tono de Alonso cambió repentinamente. Intuía que aquella conversación no iba a ningún lado. Optó por ganar tiempo, hasta entender que hilos mover con aquel hermano que ya no era el mismo de hace una década.
"Bueno, tranquilo, ya hablaremos. Por lo pronto, recupérate del viaje y disfrutemos de estos días familiares. No sabemos cuánto más vivirá nuestro padre, ni cómo evolucionará su estado de salud. Tendremos tiempo para estos asuntos."
"Cambiando de tema... ¿Te apetece pasear por el centro? Probablemente verás muchos cambios en la ciudad y el día es muy agradable. Aprovechemos la mañana soleada porque el Pichincha está cubierto de nubes, así que de tarde va a llover. Podemos ir a la Ronda a comer un locro y unas empanadas de viento", agregó Alonso.

1 Abandonada.

"No sabes cuánto he soñado con un locro y unas empanadas de viento! ¡Por supuesto, vamos a dar una vuelta!", contestó Ramón con entusiasmo.

La mañana estaba completamente despejada. Un sol pletórico y radiante iluminaba el cielo perfectamente azul de Quito. Las calles pululaban de gente: elegantes damas y caballeros cogidos de los brazos, cargando periódicos, cargando coquetas sobrillas, guantes de seda, pequeños canastos para sus compras ocasionales; y luego vendedores, lustrabotas, pordioseros, niños correteando como trompos sobre el suelo abrupto e irregular. Las personas subían y bajaban por las empinadas vías del centro mientras el astro incandescente golpeaba sus elegantes sombreros, sus sombrillas, sus cabezas negro azabache, sus pies descalzos. Se abrían paso entre las vacas y las carretas destartaladas, empujaban, gritaban, canturreaban, alababan sus mercancías.
"Habías olvidado lo que es un día de mercado en Quito?", dijo entre risas Alonso.
"En absoluto. Me recuerda bastante a un día de mercado en San Basilio...la única diferencia es que allí, las verduras y el pescado te los venden desde barcazas arrimadas al filo de los canales", contestó Ramón.
"No veo la hora de conocer Venecia y tu palacio...cuando hablas de esos lugares se te prende la mirada...", dijo Antonio.
"Así es...pareces *guambra* encamotado[1]...", agregó entre risas Alonso.
Ramón sonrió.
De pronto, sin casi darse cuenta, los tres hermanos Callejas llegaron a la Plaza de Santo Domingo. Tan pronto vislumbró el magnífico templo de los padres dominicos, Ramón quedó boquiabierto. Sus paredes perfectamente simétricas reflejaban la luz a la vez que resaltaban la sobria arquitectura, el elegante campanario, el majestuoso frente en piedra volcánica.
"Veo que no has perdido tu capacidad de asombro, hermano. Pero te doy la razón. El templo, el convento y las capillas son impresionantes y hasta yo me conmuevo cuando paso por delante..."
Ramón sonrió.
¿Quieres dar una vuelta por adentro? ¿Quizás nos encontremos con padre Ignacio, le encantará verte, siempre fuiste su favorito! ", dijo Alonso. Ramón recordaba claramente los años de la infancia, cuando aquel hombrecito de pocas pulgadas les daba clases para la Primera Comunión y luego para la Confirmación.
"¡Vamos!, contestó Ramón con entusiasmo.
Entraron silenciosos por la puerta principal haciéndose espacio entre la multitud de mendigos y vendedores apiñados en las escaleras. Ramón

1 Enamorado.

repartió unas monedas entre el avispero de manos tendidas. Había olvidado el olor de la pobreza y los rostros siempre iguales de la miseria. Una vez adentro, empezaron a buscar con la mirada al pequeño curita[1]. El templo olía a cedro, a cera derritiéndose, a devoción antigua. Las tallas y pinturas eran asombrosas, al igual que todos los trabajos en pan de oro. Los tablones de madera craqueaban bajo sus pies haciendo tremendo estruendo, como cuando eran niños y correteaban por los banquillos de la nave. Ramón observaba las obras -y cada detalle de la admirable arquitectura- como si fuese la primera vez que visitaba el lugar. Se dirigió hacia la capilla del Rosario. Quería apreciar el lienzo de la virgen del padre Bedón, al igual que los espléndidos acabados del altar. De repente, en la cola del confesionario, -el mismo en donde se arrodillaba y pedía perdón por sus pensamientos impuros- Ramón divisó a una joven.
La acompañaba una persona mayor, su madre quizás. Una cascada de rizos rubios y desordenados caían por mechones sobre su rostro distraído. Volteaba la cabeza a un lado, luego al otro, buscando en donde asentar la mirada, jugando con su pelo alborotado, inquieta como una mariposa a ras de la luz.
Ramón clavó sus ojos en ella buscando retener aquel ser escurridizo por un instante. Nunca en su vida había contemplado una joven tan sensual y a la vez inocente.
"Menos mal que esa chiquilla anda distraída, te la estas comiendo como un buñuelo, ya para, está con chaperona y ya mismo te fulmina. No estamos en el viejo continente, acá es un pueblo y no puedes mirar de este modo a las *guambras*...", dijo Antonio con aire divertido y en voz baja.
Ramón no dijo nada. De repente, desde atrás, una voz les sorprendió.
"¿No puedo creer a mis ojos, ¡Ramón Callejas de Alba, al fin regresaste, ¡Dios mío eres todo un hombre, que alto, te sentó bien bajar de las alturas y que buen mozo!
"¡Padre que gusto verle! ¿No le ha pasado un solo día, usted está flamante, como hace una década!", dijo Ramón.
"¡Antonio...Alonso...que dicha la mía con los tres mosqueteros al completo después de tantos años! ¡Que increíble sorpresa...quieren pasar al refectorio para estar más tranquilos? ¿Están de apuro?", dijo el padre Ignacio sin poder disimular su emoción ni poder controlar el rio de palabras que salían atropelladamente de su boca.
"¡Por supuesto padre, vinimos a visitarle a usted!", dijo Alonso con una gran sonrisa.
"Nos encantará acompañarle unos minutos, si sus menesteres se lo permiten", agregó.

1 Diminutivo coloquial de cura.

Los cuatro pasaron al refectorio. Las paredes eran frías, los muros gruesos y la luz apenas penetraba por una estrecha ventana atisbada de ruidosas palomas. Una empleada les sirvió un anisado y unas galletas con chispas de coco recién horneadas. Asentó la bandeja de mimbre en la mesa y se retiró tan silenciosa como había entrado.
La conversación fluyó amena, recordando viejos tiempos y travesuras.
"¿Padre recuerda cuando me escondí en la bodega en donde se guardan los santos de las procesiones?", dijo Ramón entre risas.
"¿Que si me acuerdo? Te encontré petrificado.
"Todas aquellas tallas, en tamaño real, con sus ojos de vidrio y cuerpos ensangrentados me dejaron meses sin dormir."
"Estabas tan asustado que nadie se atrevió a castigarte", dijo el padre.
Los cuatro soltaron una carcajada.
Al cabo de un rato, los hermanos se despidieron cariñosamente del padre Ignacio. Lo hicieron bajo la promesa de visitarle más seguido.
Ramón lanzó una última ojeada hacia el confesionario al fondo de la nave. Y no había nadie y el aire de la iglesia parecía haberse de repente espesado.

Catalina la divina

La mayoría de las veces el tío Edward asomaba sin más preaviso que el estruendo de su carruaje y el relincho de sus caballos entrando al patio de San Rafael. Seguían los ladridos de Lucas y Lobo, los graznidos de las aves y el correteo de algún *huachimán* que le detectaba desde los pasillos. Tan pronto su coche se detenía, la nube de polvo que le envolvía se disipaba y él aparecía, cual dios del Olimpo.

Pero el cumpleaños número quince de Matilda fue distinto. En aquel cumpleaños pasó algo que ella jamás olvidaría, que la estremeció y que sacudió todos sus sentidos.

El tío Edward llegó a caballo, con un sombrero en la cabeza y un poncho colorido arrimado sobre sus hombros. Bajó de su cabalgadura con un salto y amarró la yegua a una estaca. Entonces, lanzó un saludo al aire cuyo eco debió escucharse hasta el carretero principal.

"¡Buenas tardes habitantes de San Rafael!"

"¡Vengan a saludar a su amado pariente que viene del lejano Oriente!"

Las mujeres de la casa salieron a recibirle como a un rey que regresaba victorioso de la guerra, un rey al que todos habían extrañado y que todos ansiaban ver nuevamente. Parecían tantas abejas nerviosas, que brotaban al mismo tiempo de las celdas de una colmena. Al centro estaba él, celebrando su gloria, midiendo a cada persona con la fuerza de su mirada.

Matilda llegaba del rio San Pedro justo cuando el tío Edward cruzaba el callejón que le conduciría al portón de hierro. Mientras regresaba a toda prisa del río se tropezó en una zanja al filo del camino por lo que su aspecto era el de una mugrienta campesina, con el pelo mojado y la cara enlodada. Por alguna razón le dio vergüenza que su tío la viera en aquel estado.

No lo entendía. ¿Desde cuándo le importaba su aspecto o lucir desaliñada?

Se escondió atrás de un matorral hasta ver al carruaje doblar la esquina.

Desde su ubicación tenía una perfecta vista de todo y de todos. El tío Edward tenía la piel bronceada, el pelo más largo del año anterior y se había dejado crecer la barba. Abrazó a todas con tal vehemencia que las hizo sonrojar de una en una, hasta que, al final, las pobres parecían tantos tomates maduros a punto de reventar.

Después de algunos minutos Matilda decidió salir de su escondite. Se limpió el rostro con el delantal, acomodó como pudo los mechones de su pelo y corrió hacia el grupo.

"¡Aquí estoy!", gritó.

Doña Raquel la fulminó con esa mirada que no anuncia nada bueno y que ella reconocía a la perfección. Matilda clavó bruscamente sus pies en la tierra, sin

saber que hacer o decir. Pasaron unos segundos que le parecieron eternos. De repente, los ojos del tío Edward y de ella se encontraron.
"¡Hola nena!", dijo él.
"Como has crecido, ya ni te reconozco. ¡Eres toda una señorita!"
"¿Te estás burlando de mí, tío?"
"Al contrario. Estás preciosa."
"Eres preciosa", recalcó.
Matilda no logró decir nada. Se quedó muda, ella que siempre hablaba hasta por los codos. El resto de la tarde pasó frente a la chimenea de la sala, todos alrededor de él, todos pendientes de cada palabra que salía de su boca. Las mujeres tomaban aguita de cedrón mientras que Arturo y el tío tomaban whisky del bueno, del que se guardaba bajo llave y que se reservaba para ocasiones especiales. También María Ercilia tomaba whisky del bueno, tanto que pronto sus cachetes se volvieron dos enormes manzanas rosadas y brillosas.

La cena de esa noche fue más especial que los años anteriores.
Por primera vez, Matilda experimentaba sensaciones nuevas del cuerpo y de la mente que desconocía, que la tomaron por sorpresa.
Pasaron al comedor tan pronto Soledad tocó la campana de cobre al medio del pasillo de helechos. La mesa era cubierta por un mantel impecablemente almidonado, tan rígido como las hostias sagradas del padre Antonio. Era bordado con claveles y rosas perfectas, que trepaban desde los lados hacia el centro. La vajilla alemana de lirios y lilas relucía bajo el reflejo de la luz melosa que libraban los briseros. Al medio -y por todo el largo de la enorme mesa-, pequeños canastos emanaban un suave olor a hojas de laurel y eucalipto. Afuera, la noche era oscura y negra como el fondo de un pozo. La exigua iluminación de las velas repartía luces y sombras caprichosamente sobre los comensales, tanto que apenas podían distinguirse los rostros de las personas y sus movimientos acompasados. El tío Edward estaba sentado al otro extremo de la mesa, cerca del cabezal, al lado de su primo Arturo. Vestía una camisa de lino blanco abierta en el pecho y por encima una chaqueta color ciruela con grandes botones plateados. Matilda le miraba de reojo. Podía percibir el olor cítrico y envolvente de su colonia.
La suave fragancia flotó en el aire rarefacto hasta llegar a ella, hasta penetrar la ropa, la piel, los sentidos. Su respiración se pausó para recibir aquel placer tibio sin que las muecas de su rostro puedan disimularlo. De repente una mirada furtiva y abrasadora atravesó la mesa. Fue algo imperceptible, que ella no habría notado de haber cruzado sus miradas en aquel mismo instante y espacio de tiempo.
Por primera vez, Matilda se dio cuenta que la carne puede quemar por deba-

jo de la ropa sin que ni siquiera se la roce.
Aquella noche no pudo dormir. El recuerdo de esa mirada se repetía en su mente expidiendo un extraño calor, que a su vez se metía por todos los hilvanes del cuerpo. Rozó sus labios con las yemas de los dedos. Ardían como la cera derretida cuando gotea desde el alto de los candeleros.

Al cabo de tres días el tío Edward partió dejando atrás suyo un vacío espantoso. En la casa, pero sobre todo en el alma de Matilda. Después del alboroto y la alegría que su presencia había traído, San Rafael regresaba a sus ritmos lentos y pausados.
Pero, esta vez, el aire era más denso -como si el cielo fuera a caer bajo el peso de las nubes. La hacienda parecía poblada de fantasmas. Tan solo se escuchaba el suave picoteo de las aves y el zapateo ligero de los *huachimanes:* cruzaban el patio de lado a lado cargando costales de choclo, harina de cebada y grandes ollas de caldo de pata. Luego desaparecían, dejando ráfagas de olores tibios a su paso.
Todo el resto era silencio.
¿Y porque aquel silencio?
¿Quién había acallado de aquel modo la naturaleza, los animales, el sonido del viento, el revoloteo de la hojarasca sobre el piso húmedo de las mañanas? ¿Por qué la tierra ya no emanaba sus olores?
Matilda no entendía. Era como si el mundo, con la partida del Edward se hubiese se apagado alrededor suyo, a plena luz del día. Tenía una sensación de abandono y soledad que la desconcertaba, que nunca había sentido.
Algo de aquel hombre tan encantador y gentil se enraizó en su alma sin pedir permiso ni hacer ruido. Estaba aturdida. Su desasosiego era tal que bajaba al río a cualquier hora del día o de la noche. Se despojaba de la ropa apresuradamente, como si la piel le ardiera. Luego se hundía hasta el fondo, en un ritual improvisado con la *Pachamana,* con la madre tierra. Quería librarse de aquellas sensaciones que no había buscado, que se habían adherido a su cuerpo como una resina. Pero, al igual que la resina, aquellas emociones confusas, aquel sofoco inexplicable no se desprendían de ella a pesar de lavarse una y otra vez.
A partir de aquella despedida, comenzó, para la menor de los Grijalba, un auténtico calvario. Fueron meses interminables, jornadas inagotables y horas eternas. De no ser por la enorme capacidad de Evaristo Trujillo para cautivar su atención cuando ella se distraía y despertarla cuando ella soñaba, Matilda hubiese enloquecido.
Nada la llenaba, nada colmaba su espíritu ni motivaba sus acciones.
A veces despertaba de madrugada después de pocas horas de sueño. Salía de su habitación con una cobija en los hombros y paseaba por el jardín.

Deambulaba a ciegas, sin sentir el hormigueo de las ortigas ni las astillas clavándose en los talones. Le gustaba el roce de la hierba mojada bajo sus pies, el olor a humus, las pavas de monte abriéndose paso entre los arbustos, la lluvia fina y persistente del amanecer, el placido despertar de la tierra, de las larvas e insectos.
A parte esos pequeños placeres, el resto le parecía vació, privo de sentido. Las conversaciones con sus hermanas se volvieron aburridas y Amaru le parecía cada día más ingenuo e insignificante, como si fuese un insecto más del campo.
A pesar de tener la misma edad, ella se sentía a mil años de distancia de él, de ellas, de todo y de todos. Lo que antes la entretenía, ahora le fastidiaba y lo que antes le interesaba, ahora la dejaba indiferente.
No era solo una crisis de su espíritu. Era una crisis física, palpable, que ella recordaba cada vez que se reflejaba en un espejo. Detestaba sus vestidos repetitivos y sus delantales con rayas, que de tantas lavadas acabaron de un color indefinido y mustio. Detestaba los botines que el Doctor Cisneros la obligaba a llevar para corregir los pies planos, su cara demasiado redonda, su pelo demasiado enredado y su nariz demasiado respingada. Finalmente, aborrecía la rosácea que el sol le provocaba cuando olvidaba poner un sombrero. Estaba tan huraña y malhumorada que su madre comenzó a preocuparse y a temer que su hija pudiera enfermarse.
Una mañana Raquel le propuso viajar a Quito. Visitarían a la tía Eloísa y comprarían algún vestido. Para que se le pase el malgenio, decía, para que regrese a ser la niña rebelde y risueña que le sacaba canas a cada rato. Además, con el busto que había brotado bajo el corpiño, ya la ropa no le entraba.
A Matilda la propuesta le agradó. Le encantaba ir a la ciudad, meterse en sus iglesias que olían a madera antigua, a incienso, a velas derretidas. Y le gustaba perderse por sus calles llenas de bullicio, de vendedores mezclándose con gente elegante, de minúsculas cafeterías escondidas, de tienditas y bodegas rebosantes de ropa, de bambalinas, de objetos apiñados sin criterio alguno. Pero, sobre todo, le gustaba la idea de visitar a Catalina, quien la amaba como nadie y la conocía como el fondo de sus bolsillos.
Al fin habría podido encargar un vestido más adecuado a su edad, a sus pechos y caderas: un vestido femenino y algo pícaro, que impresione al tío Edward. Catalina entendería, Catalina sabría perfectamente lo que ella estaba buscando.
La preciada costurera de las mujeres Grijalba Montes vivía en la calle Junín, lejos del ruido de las calles más transitadas, del griterío y de los malintencionados, como ella siempre recalcaba. Después de cruzar un oscuro portal se pasaba a un pequeño patio abrumado por un enredo de plantas y flores. Desprendía un olor entremezclado que aunaba los vapores de la cocina y a

los propios aromas de la espesa vegetación. Las matas trepaban el sombrío edificio ávidas de la luz que tímidamente asomaba desde el alto y que se escabullía por los ventanales.
"¡Ya mismo este patio acabará tragado por tanta hierba mala, si Catalina no saca unas buenas tijeras!", dijo Raquel con cierto aire de reproche.
"A mí me agrada el aire un poco salvaje de su patio..."
"¿Te agrada esa selva? Catalina es divina, pero nunca le importaron las tareas de la casa. ¡Mira esa fuente! ¡La tiene llena de musgo y quien sabe que más cosas! ¡Y qué decir de ese precioso mosaico! ¡Cualquier rato las baldosas desaparecen bajo esa alfombra de arbustos!
"Pero madre, se ve que a ella no le importa, se ve que a ella sus plantas le gustan así como son."
Raquel iba a responderle por las mismas, pero se detuvo. Su hija estaba algo rara y eso la preocupaba, así que dejó caer, por esta vez, aquel comentario que olía a riña.

Catalina adoraba Matilda y no le importaba disimularlo frente al resto. Cuando nació, los primeros escarpines y sacos -unos del color de los polluelos cuando recién nacen- los tejió ella. Y es que el rosado era muy *cursi*, muy de cualquier niña normalita. Y esa niña sería todo menos que *normalita*. Matilda guardaba aquellas prendas guardaba en el fondo de un cajón como si fueran su tesoro más preciado. Se rehusaba a botarlos, a pesar del color blanquizco y la lana apelmazada.
"Niña Matilda que hermosa que está!, dijo emocionada Catalina tan pronto distinguió su grácil perfil afuera del umbral de su casa.
"¡No puedo creer como ha crecido, cada vez la veo más espigada! ¡Y más guapa! ¡Pero que pelo tan largo y brilloso!"
"Catalina, no me haga sonrojar, le ruego."
"Bueno niña, pues nada de piropos. ¡Basta el espejo para recordar lo bonita que es, cuando por allí, a usted se le olvide!"
"¡Que puedo hacer por ustedes, queridas mías!", agregó mientras se frotaba sus manos grandes y callosas con fuerza.
Catalina era tan hábil y mañosa cosiendo, como buena y generosa con quienes amaba. Si en cambio la persona de turno no movía ninguna fibra de su caprichoso corazón, era capaz de ignorarla así se plante frente a ella, la agasaje o la adule. Es que ella era una española bien plantada, que decía lo que pensaba, sin filtros ni remilgos.
Su semblante reflejaba de lleno el carácter fuerte y el temperamento apasionado: tenía nariz grande, facciones bien marcadas y huesos formidables. El pelo era increíblemente crespo. Lo llevaba recogido en un moño domesticado por una red negra y una peinilla de nácar con forma de elefante. Sus tobillos,

-que despuntaban por debajo de las enaguas cuando corría por la casa- eran como troncos de un árbol, anchos e imponentes, gruesos y velludos. Hilos de trajes ajenos colgaban constantemente de su falda dibujando extrañas figuras entre los pliegues. Pero ella no los veía, porque su barriga creaba tal bulto que le impedía la visión de sus artos inferiores. Así, aquellos finos gusanos de tela acabaron siendo parte de su cuerpo, como los tentáculos de un pulpo gigante. Vestía siempre un desgastado delantal rojo carmesí con un inmenso bolsillo de donde salían tijeras, cajitas con alfileres, agujas, retazos de paños colorados.

Con el tiempo, el delantal dejó de ser del color de la sangre y fue mutando hacia un extraño tono anaranjado. Pero ella decía que nunca lo remplazaría porque con aquel delantal comenzó todo y sería de mala suerte cambiar las cosas a esas alturas.

Catalina no era particularmente fea. Es decir, había peores. Solo bastaba con asistir a las reuniones de San Rafael para darse cuenta: la que no tenía bigote, tenía joroba y la que no tenía joroba tenía más busto que una torcaza. Al contrario de aquellos dinosaurios sin gracia alguna -que se hundían profusamente en los sofás de la sala dejándolos abollados por días enteros-, Catalina era muy graciosa y movía su cuerpo de un modo tan curioso que provocaba abrazarla y estrujarla hasta más no poder.

Su difunto marido se llamaba José Quevedo y era dueño de una pequeña carpintería bajo un arco de piedra en la Plaza Mayor. Pero las nubes de aserrín y el ruido ensordecedor de las sierras se escuchaban sólo hasta el mediodía: a pesar de su nombre de pila -y sagrado oficio-, José era un holgazán que dejó a su pobre mujer con una mano delante y otra por detrás.

A Matilda no le cabía duda que Catalina quiso a su marido no obstante todo. De hecho, su *ishpapuro*[1] de piel de borrego aún colgaba en la pared del comedor, al lado de un sencillo crucifijo de madera que ella misma le había obsequiado años atrás.

Cuando enviudó, Catalina lloró por semanas enteras y casi no comía. Según el Dr. Cueva, José Quevedo había muerto de un infarto. Pero todos sabían que el aguardiente lo había consumido y que por eso su cadáver era amarillo como el hígado de un ganso.

Catalina nunca se quejó de aquel destino ingrato. Al contrario, rezaba por el alma de su marido y le daba día y noche al pedal de su máquina de coser traída de Paris. El primer modelo en Quito, uno que daba envidia por la rapidez y precisión de las puntadas.

Un día Matilda le preguntó porque no se conseguía una pareja mientras aún le quedaba alguna gracia y no estuviera muy vieja.

"No se case si no quiere Catalina, pero consígase un novio, usted que es tan

1 Contenedor de bebidas del que se tomaba a pico.

alhaja[1] y buena gente...", decía la pequeña de los Grijalba con el candor y espontaneidad que la caracterizaban.
A Raquel casi le dio un ataque cuando aquellas palabras salieron de la boca de su hija y de inmediato olvido sus buenos propósitos de no darle guerra.
"No puedo creer que seas tan imprudente, pide disculpas."
"Tranquila doña Raquel, me gusta que la niña sea honesta y tenga carácter."
Catalina le contestó que jamás regresaría a ver otro hombre mientras estuviera con vida. Además, no quería tener a alguien trasteando por su casa y dándole más trabajo del necesario.
"Los hombres o los amas *muchomucho*, decía, o son un *incordio*..."
Cuando Matilda tenía aquellos arrebatos, de inmediato se arrepentía y corría a confesarse. Pero, al igual que un borracho -quien renegaba el trago en el trance de la resaca para luego regresar a sus viejos hábitos- ella volvía siempre a sus extraños pensamientos. Con el tiempo las cosas no cambiaron. Al contrario, esas ideas la perseguían con más fuerza, acosando su cabeza, atormentando sus noches. La fe no era para ella de algún consuelo: más se confesaba, peor se sentía, como si aquel rato de alivio frente a la rejilla le recordara cruelmente su naturaleza rara y escurridiza.
Pensó resolver el asunto espaciando sus confesiones, pero su madre se dio cuenta y la trajo de vuelta a la rutina con el padre Antonio en menos que cantaba un gallo.
Aquel día madre e hija encargaron a Catalina dos vestidos hermosos, que la propia Matilda se empeñó en dibujar. El primer vestido era color palo de rosa, con un precioso ribete en el escote y bordados perforados al filo de las enaguas. El segundo era color menta. Las amplias mangas confluían en dos puños forrados con preciosos encajes de Brujas, unos que Catalina le tenía reservados desde su nacimiento, decía con orgullo. "¡Vieran cuántas clientas, al ver la belleza de esas piezas, quisieron arrebatarlas para sí! Hasta me ofrecieron el triple de su precio, pero yo no cedía. Esos encajes tenían un nombre y ese nombre era el suyo, niña Matilda..."
Mientras la cinta de medir recorría su cuerpo -y las telas acariciaban sus muslos- los pensamientos de Matilda volaron hacia Edward. Probó un instante de placer, como si su tío estuviese rozándola con sus largos dedos. Se sentía hermosa, al igual que la mujer retratada en la caja oxidada de la tía María Ercilia. Su cintura era ceñida y el escote de ambos vestidos casi escabroso, en comparación con sus prendas de diario. La falda era abundante y ligera como un manojo de plumas.
Para el toque final, Matilda y Raquel se dirigieron al almacén de Don Egidio. El dueño vendía los mejores sombreros de paja toquilla del país, los de Montecristi: sus

1 Agradable, de buen carácter.

finísimas trenzas requerían más un año de trabajo y su textura era tan ligera como las alas de una mariposa.
El dueño del local era tan bajito y jorobado que tuvieron que echar el ojo un par de veces adentro para poder ubicarlo. Raquel le compró a su hija un par de guantes de piel y dos sombreros cuya base era recorrida por unos lazos de organza y seda de los más coquetos.
Los obsequios -y la vista a la amada costurera española- lograron cambiar el mal genio de Matilda. Pero ni ella sabía cuánto duraría el espejismo.
Aquella noche se hospedaron en casa de la tía Alvilda, quien las recibió con gran cariño, feliz de sentirse acompañada, aunque fuera por pocas horas.
"¡Dichosos los ojos que logran verlas!", dijo ella.
"Hermana querida, el gusto es nuestro. ¡La veo en perfecta salud y tan vital como siempre!", dijo Raquel mientras extendía hacia ella un canasto con miel y otras conservas que estaba sacándole ampollas.
"Trajimos unas cositas de San Rafael que espero sean de su agrado. ¡Confío en que usted siga tan dulcera[1] como siempre!"
"Gracias Raquelita, no debieron molestarse. ¡Suficiente dicha tengo con vuestra visita!"
"¡Pasemos a la sala, por favor, deben estar agotadas de tanto caminar por la ciudad, vengan, acomódense, están en su casa, sigan nomas, por favor!"
La tía Alvilda era lo opuesto de Catalina. Mientras la primera tenía una contextura generosa, blanda y rebosante, la segunda era flaca y tiesa como un palo, sin pechos, sin nalgas, el pelo escaso y seboso, los ojos alejados como los de un sapo. Para más desgracia, le faltaba la mitad de los dientes. Así, cuando comía, debía escoger entre masticar o hablar. Y en aquel dilema, las partículas de comida se disparaban en el aire como los granos de arroz al final de una boda.
La tía Alvilda claramente no era una belleza. Pero compensaba aquellas inclemencias con mucha alegría y una conversación tan entretenida que podía revivir a un muerto. Reía absolutamente por todo y cualquiera que hablaba con ella se sentía de inmediato alabado por generar tanto interés y causar tan efusivo derroche de risas.
Hablaba y hablaba, moviendo sus pocos dientes de arriba para abajo como un serrucho, preguntando, suspirando, llevando las manos al cielo, lanzando al aire pequeños gritos, zapateando, recogiendo las piernas, llorando si hacía falta. La tía llenaba el aire como la luna llenaba al cielo: inmensa, pletórica, radiante. Mientras, a uno le tocaba esquivar aquellas gotitas invisibles sin que nada le delate, porque ella era observadora y perspicaz.
"¿Tía cómo está Cristóbal?"
"Hay *mija*, como bien sabes, le encontré malherido en la calle y decidí adop-

1 Amante de los dulces.

tarle pese a que el pobre estaba en condiciones deplorables, escuálido y medio desplumado. Ahora está fla-mante, pero, como imaginarás, me costó muelas salvarle de una muerte segura.
"¡Qué maravilla que tenga un compañero, tía!"
"Que te diré...hay veces que casi me arrepiento porque Cristóbal -quizás por las golpizas de un amo desalmado o de quien sabe cuáles traumas- es un loro singular, que, contrariamente a sus semejantes, no suelta una sola palabra."
"¿A quién le gustaría tener un compañero que nunca diga nada? ¡Pues el loro infeliz no abre la boca ni bajo amenaza!"
¿Ha probado usted a estimularle con ají picante en la comida? También me han dicho que el vinagre es milagroso para aclarar las cuerdas vocales..."
"Hermana mía, he probado de todo, no hay como...mejor pasemos al comedor para merendar, y mejor olvidemos ese tema, que me llena de coraje..."
"Quieren una taza de arrope de moras con bizcochitos de Cayambe? ¿O Prefieren dulce de higos? Me acaban de obsequiar las monjitas, está para lamerse los dedos..."
La tía Alvilda buscaba cualquier excusa para romper la monotonía de sus días, el tedio de las visitas a los enfermos y las misas diarias. Así, lo mejor que podía pasarle era que alguien vaya a su casa y le cuente los últimos chismes. Y si los chismes tenían algún tinte macabro, pues mucho mejor.
Su hermana Raquel lo sabía y no tardó en darle gusto.
"¿Alvilda, recuerda usted a Maruja, viuda de Cisneros?"
"Claro *mija* que la recuerdo. ¡Como no recordar aquel espanto de mujer!"
"Puede usted creer que sobrevivió a un relámpago que la sorprendió camino a San Rafael?
Alvilda no podía aguantar la emoción. Los pelos se le enderezaron como alfileres y las órbitas parecieron desprenderse de los ojos y salir disparadas.
"Ni la fuerza de la naturaleza le mata a esa vieja!", gritó ella.
"Pues se salvó, se salvó..."
"¡Hizo un pacto con el diablo como Cantuña!
"Tal cual hermana querida, tal cual.."
"¿Y recuerda usted a Doña Laurita, la dueña de la hacienda La Viuda? Pues figúrese[1]que
su vecino Don Calisto metió bala a al perro de ella por comerse a una de sus gallinas. Eso
más, el cuerpo del animal lo enterró en su propio terreno..."
"¡En serio? ¡Qué horror, pobre Laurita!¡Ya no hay respeto ni costumbres...! Hay hermana mía[2]...¡Así nomás las cosas!", dijo Raquel con los ojos virados hacia el
cielo.

1 Imagine.
2 Hermana.

Los chismes no era lo único que le agradaba a la tía.
Alvilda adoraba Edward. Su Edward, decía.
Eso no era sorpresa, ya que ambos eran alegres, noveleros y conversones. Matilda moría de ganas que le cuente cualquier detalle insignificante de la infancia del tío, de sus mañas, de sus hábitos, hasta de sus amoríos. Por ello, intentaba desviar con disimulo los temas de conversación hacia la familia. Le contó que a Rosalía le había crecido el pelo hasta la cintura, que a María Antonia se había roto el dedo meñique del pie por perseguir descalza a un chucuri, que la tía María Ercilia tenías las manos moradas de tanto fumar a escondidas.
Lastimosamente, lo que menos le interesaba a la tía eran noticas de la familia ya que este tipo de asuntos no tenía, por lo general, ningún toque pícaro ni misterioso. Entonces, si el pariente de turno se extendía demasiado contando los detalles de la boda de la fulana o de la muerte del mengano, Alvilda cortaba abruptamente la plática aduciendo que ella no era habladora[1] y que inmiscuirse en las vidas ajenas era un pecado grave. La persona se daba entonces por aludida y la conversación regresaba de inmediato a temas más livianos y jugosos.
Al final, a Matilda no le quedó más remedio que ser frental y decidió arriesgarse.
"¿Tía que sabe usted del tío Edward? ¡Ofreció comprarme una colonia de jazmín y muero por recibirla!"
"¡Hay, mi Edward...que buen mozo y que buen joven! ¡Ojalá encuentre pronto a una chica que le cuide como merece!
"Así es tía, así es..."
"Edward vendrá de visita en dos meses."

1 Cotilla.

La casta

Antonio, Alonso y Ramón pertenecían a una acaudalada familia de Quito. Sus descendientes remontaban a una familia de militares que fundaron la ciudad con Sebastian de Belalcazar en 1534, sobre las cenizas que dejó en el lugar el indio Rumiñáhui. Cuando el emperador Carlos V de Alemania y Primero de España nombró Belalcazar adelantado de España con el título ilustre de Gobernador de Popayán, éste pasó a controlar un extenso territorio entre Colombia y Ecuador. A raíz de tales reconocimientos, pronto surgieron disputas territoriales entre Belalcazar y Pascual de Andagoya, adelantado y gobernador de San Juan.
Los altercados entre militares y exploradores no eran raros, en la época de La Conquista. Finalmente, la disputa se resolvió a favor del gobernador gracias a la intercesión de Hernán Callejas de Alba, quien cedió sus amplios terrenos a Pascual de Andagoya como dote de su única hija quien se casaba con el hijo varón de este. La negociación aplacó a Pascual de Andagoya, quien desistió de sus reclamos frente a Sebastian de Belalcazar. Como gesto de gratitud, el gobernador de San Juan cedía a los descendientes de Hernán una gran extensión de terrenos, que aseguraría la prosperidad de la familia por muchas generaciones. De ese modo algo rocambolesco, siglos más tarde los hijos de Don Alejandro Callejas de Alba se convirtieron en herederos directos de la hacienda Los Rosales en el Valle de los Chillos, de cuatro haciendas por el norte del país y de una próspera fábrica textil por Latacunga. Si además se da crédito a los campesinos de la zona, existía un ingente tesoro inca enterrado justo en esa área, como demostraban las vasijas y alhajas de oro que asomaban constantemente cuando las vacas removían con sus arados las blandas tierras de la cordillera. Fuera de estas propiedades y del misterioso tesoro Inca, la familia contaba con una de las mejores y más lujosas casas señoriales en la capital de la República, Villa Jacarandá, cuya cortina espesa y frondosa de capulíes, guayacanes y robles era la envidia de toda la ciudad.

Las haciendas de los Callejas de Alba se extendían desde el rio Guayllabamba hasta las lagunas de Mojanda, cruzando la Sierra central. Una de estas se ubicaba cerca del volcán Cayambe y era cruzada por el rio Granobles. Cuentan los campesinos locales que el joven Alejandro acostumbraba bañarse en sus frías aguas desde horas muy tempranas de la madrugada. Nadaba levantando vigorosamente uno de sus brazos frente a las miradas sorprendidas de todos. El agua helada que provenía de los nevados templaba el espíritu y forjaba el carácter, decía. A cierta altura del rio había un gran vado. Allí los Callejas de la primera generación habían construido un molino para moler

el trigo, que crecía como hierba mala en aquel clima caluroso y seco. Con el trigo comenzaron a producir harina para la venta a los mayoristas en las ciudades. Pronto, las ganancias permitieron generar más cultivos -aguacates, limas, naranjas, limones- que también se vendían en mercados de los pueblos y las ciudades de la Sierra.
Cuenta Panchita Huacha, tía de Casilda la ama de llaves de Don Alejandro, que una noche el patrón -quien sufría de insomnio y migrañas constantes- salió a dar un paseo. Llegó hasta el molino, desmontó de su caballo y entró al lugar. La luz temblorosa y tenue de la farola apenas iluminaba el amplio espacio. Comenzó a remover el trigo con su mano dejando que las pepas doradas se deslicen entre sus dedos antes de caer nuevamente sobre los costales. Al improviso, Don Alejandro vio frente a sí su propia imagen, revolviendo el trigo y repitiendo sus mismos movimientos. Fue tal el espanto por aquella visión que salió al galope hacia la casa patronal. Nunca más regresó al molino y, del susto de ver a su propio fantasma, mandó a tapar todos los espejos de la casa con sabanas viejas.
Con el paso de los años Don Alejandro se convirtió en un patrón respetado por todos y envidiado por muchos. Para la administración de sus bienes contaba con un sinfín de empleados. Estos, a su vez, se apoyaban en subalternos de vario rango que se movilizaban a las haciendas para revisar la producción de las cosechas, supervisar el ganado, hacer números cada semana con los mayordomos y capataces.
Don Alejandro presidía, cual incansable soberano, un próspero reino con su plétora de súbditos: compraba y vendía los productos de la tierra, contrataba y despedía empleados, -aquí no hay lugar para holgazanes, decía- organizaba el ganado, construía tapiales, reubicaba potreros, compraba animales de reproducción, animales de carga e instrumentos de trabajo. Finalmente invertía en propiedades abandonadas en las que veía un potencial, las levantaba y revendía al mejor postor.
Menos los azares del clima andino y los caprichos de la naturaleza, Don Alejandro controlaba absolutamente todo. Cuidaba su patrimonio con escrupulosidad y prudencia, porque todo aquello era fruto de mucho trabajo, porque todo le pertenecía a sus tres vástagos: ¡cuántas familias se arruinaban y dejaban a sus hijos en la miseria!
Alejandro era conocido por ser un patrón huraño y a la vez cercano, que compartía las mismas alegrías de su gente en las celebraciones y que regaba sus mismas lágrimas en los lutos. Eso sí, nada de confianzas afuera de aquellas circunstancias. Que patrón es patrón siempre y no había que bajar la guardia. Alimentaba bien a sus trabajadores porque no hay brazos que trabajen con estómagos vacíos. Sus haciendas contaban con centros de atención medica rudimentarios, pero bien abastecidos: para que las hembras no tengan que

parir a la buena de Dios y los huesos no tengan que componerse con palos de escoba, decía. Además, si algo pasaba en aquellas lejanías, hasta llegar al hospital de la Santísima Caridad, uno llegaba ya envuelto en la sabana y con los pies apuntando el cielo. También se preocupaba por las familias de sus empleados: construyó una guardería para los más pequeños y creó una despensa en donde los víveres se vendían a precios de favor y se fiaba[1]. Para que no haya excusas y que todos trabajen a gusto, decía.

Pero a Don Alejandro no le gustaba hacer alarde de esas iniciativas, ni le gustaba que le adulen o que celebren su buen accionar. Con tal de que le dejen en paz, eso bastaba.

Su proceder era guiado por consideraciones estrictamente empresariales: si la gente prosperaba, se aficionaba al trabajo, si se aficionaba al trabajo sería fiel a la tierra y sobre todo a él. Además, el trabajo garantizaba el pan en la mesa de las familias y alejaba de los vicios, pues nadie se iba a parrandear con los huesos molidos después de un día en el campo. Hasta construyó casas y donó *huasipungos* [2]a sus mejores braceros, para que aprendan a cuidar lo de uno, para que vean que ser dueño no es cosa de poco: cuando la tierra es propia uno no puede hacer pendejadas, pues toca sembrar los productos justos, invertir en abono y animales, sufrir con cada remesón de la naturaleza y del clima. Ser dueños, decía, es más responsabilidad que ser bracero o campesino al servicio de un patrón. Eso sí, una vez que regalaba la tierra, él se despreocupaba de esos lotes y el futuro de aquello ya no era su problema.

Con respecto a las mujeres, Don Alejandro tampoco era un salvaje que violaba las indias en los trigales y que regaba de bastardos la Sierra como muchos otros hacendados. Esposa solo hay una, decía. Cuando la suya se fue, las hembras simplemente dejaron de interesarle. Más bien se mantuvo lejos de ellas como un cristiano de la peste. En el pueblo decían que la amargura le había arrebatado el espíritu y carcomido el corazón, que el patrón sufría de mal de amores y que para eso no había más remedio que el propio entierro de uno.

En compenso, Don Alejandro amaba el pequeño universo que había creado alrededor suyo y no anhelaba más compañía que sus tres hijos varones y sus perros de cacería. El suyo era un mundo silencioso, solitario, en donde fuera de sus vástagos, sus pointers y su gente más allegada, nada importaba.

Alonso, Antonio y Ramón pasaron su juventud entre el internado y el campo. Cuando a finales de mayo las lluvias cesaban y las ventiscas comenzaban a revolver el aire, los tres viajaban a Conrogal, la acogedora casa de descanso de los Callejas de Alba.

1 Se daba crédito.

2 Pequeños pedazos de tierra que se asignaban a los campesinos para su sustento y del de sus familias.

La propiedad era una auténtica delicia, con sus balcones frescos, sus altos ventanales y sus amplias terrazas con maceteros y sonajeros mecidos por el viento.
Las paredes eran de un llamativo color rojo, herencia de los padres jesuitas quienes habían habitado la casa por más de un siglo. Los terrenos alrededor eran un estallido de colores, vegetación exuberante, copiosos árboles frutales recubriendo las lomas. Si bien el clima era seco -y las lluvias muy escasas-, la casa se hallaba al fondo de una quebrada que un caudaloso rio cruzaba de lado a lado, hasta perderse en las gritas de las montañas. Las aguas del rio permitían el riego de plantas y árboles sin temor a que el preciado líquido se agote o necesite ser traído de otros lados.
Así, durante los meses calurosos del año, los Callejas de Alba se retiraban en aquel paraíso privado y alejado del mundo. Hacían largas cabalgadas, se bañaban en el río, salían de cacería y organizaban pantagruélicos asados con amigos de visita.
Durante esa época Don Alejandro estaba dichoso: tenía a sus retoños cerca, los disfrutaba, los veía crecer y gozar de los manejares de la hacienda. ¡Nada como la sana vida de campo, que muele los huesos y acalambra los músculos dejándole a uno con apenas las fuerzas para echarse a la cama!
A partir de los quince años de edad, Don Alejandro dispuso que sus hijos recibirían una renta anual de las propiedades familiares: para que aprendan desde chiquitos, para que tengan de que vivir si a futuro vendrían tiempos de vacas flacas. La renta era variable ya que dependía de las inversiones que se hacían, de los caprichos del clima y de las frecuentes calamidades.
Al cumplir los diez y ocho años, Alonso y Antonio asumieron la administración del patrimonio. Cuando Ramón viajó a Europa, los tres acordaron que él recibiría su parte de las rentas por medio de un banco. Antes de cada envío, se le descontaría una cantidad de dinero por el trabajo de gestión de sus hermanos mayores y por las eventuales inversiones o pérdidas. Si bien contaban con un sinfín de administradores y secretarios, Alonso y Antonio eran jóvenes responsables y trabajadores, que no escatimaban ni su energía ni su tiempo. Cada día manejaban el negocio desde una oficina en San Blas y cada mes se turnaban para visitar las haciendas. Viajaban a caballo, con enormes cuadernos contables que enfundaban en valijas de cuero amarradas a las yeguas. A veces hasta cargaban muestras de nuevos abonos, hongos que aparecían entre los cultivos o plantas exóticas que brotaban y que les llamaban la atención.
Así se mantuvieron y prosperaron durante varios años.
Hasta que Ramón regresó a las montañas y a Don Alejandro se le apago la luz de los ojos.
El derrame aconteció al improviso, dejando a todos en una situación de des-

asosiego, confusión y nerviosismo. El patriarca, él que supervisaba y cuidaba de todos parecía hallarse en un limbo entre los vivos y los muertos, atrapado en una semi mudez que no permitía saber con certeza que pasaría con él.
Pronto la incertidumbre obligó los chicos a tomar decisiones y repartirse responsabilidades que antes recaían sobre su padre. Ya no bastaban las visitas a las haciendas y la revisión de las cuentas. Eran los herederos de todo *jure sanguinis*, por lo que debían aprender a administrar una fortuna no despreciable en tiempos rápidos y con mínimos criterios empresariales. De no hacerlo, todo se iría al carajo, como diría su propio padre...
Había pasado unos días desde la llegada de Ramón.
Una mañana, después de un ameno y prolongado desayuno a base de locro, huevos y queso fresco, Antonio sorprendió a sus hermanos con un anuncio.
"Queridos hermanos, quería decirles que voy a entrar al seminario. Quiero dedicar mi vida a Dios y quiero compartir con ustedes mi dicha de por haber tomado esta decisión."
Hubo una larga pausa, en donde Alonso y Ramón no se atrevieron a mirarse a la cara.
"¿Que? ¿Desde cuándo, Antonio? ¿Estás seguro? Es una vida tremendamente sacrificada....no tendrás a las comodidades a las que estás acostumbrado... bueno....yo sé que eso no te importa...pero...no tendrás hijos...¿Y que hay de las mujeres...de tu descendencia?", dijo Ramón con el aire perplejo de quien quiere entender lo que pasa, a pesar de lo difícil del asunto. Las preguntas se sucedían con tal rapidez que a Antonio le costaba atenderlas en orden.
"¿Cuándo tomaste esta decisión?", preguntó Ramón.
"Hace un año, más o menos. Estoy seguro de mi vocación como estoy seguro de que estoy vivo y estoy respirando. Tendré a Dios y eso me basta", contestó Antonio.
Hubo un nuevo momento de silencio.
"Llevo mucho tiempo meditando sobre este cambio tan profundo en mi vida. No es algo que estoy improvisando. Solo esperaba verte, Ramón, para conversar con ambos, cara a cara", agregó.
"Lo importante es que hayas analizado a fondo todas las implicaciones. Se trata de un compromiso que te afectará para siempre. Por otro lado, pensándolo bien, no me sorprende demasiado. Siempre fuiste el más espiritual de los tres....la cabra tira al monte...", dijo Ramón.
"Así es. La cabra tira al monte", repitió Antonio.
"Entonces adelante, si es lo que quieres y lo que te hace feliz. Yo soy el primero quien tomó sus decisiones sin esperar la bendición de nadie, ni siquiera de nuestro padre, como ustedes bien saben", agregó Ramón.
Alonso asintió con la cabeza. Ramón sacó una botella de whisky de un pequeño armario esquinero y tres copas de cristal de las finas.

"Espero que aún puedas tomarte un whishy con tus hermanos", dijo Ramón con un guiño.
"Claro que sí, adelante. Y gracias hermanos. Su apoyo es fundamental para mí."

Al día siguiente, después del almuerzo, los tres salieron a tomar café en el jardín, con la idea de tener cierta privacidad y abordar los temas familiares pendientes. Se sentaron debajo de un gazebo, alrededor de una pesadísima mesa de hierro con cuatro sillas igual de pesadas que Ramón aborrecía desde niño.
"Ciertas cosas no cambian nunca ¿verdad? ¡Esas sillas no hay quien las mueva y se hunden en el césped!", dijo entre risas.
La brisa ligera de la tarde sacudía el follaje del sauce sobre sus cabezas. A pocos metros de ellos, una multitud de patos salvajes clavaban sus picos en la tierra buscando las sobras del maíz que el jardinero había esparcido sobre la hierba tierna en la mañana.
"Nuestro padre está inconsciente la mayor parte del tiempo y no sabemos qué va a pasar con él. Debemos decidir que vamos a hacer con las propiedades y como nos vamos a repartir la carga de la administración de todo. Ramón, debes decirnos cuáles son tus planes inmediatos y futuros. ¿Piensas quedarte un tiempo? ¿Regresas a Venecia? ¿Quién administrará tu cuota de las propiedades? ¿Estás seguro que con tanta distancia de por medio esa persona a quien dejes será confiable y no acabarás en la ruina o depredado de todo lo tuyo? ¿Y tú Antonio? ¿Qué piensas hacer con tu parte? ¿Espero no querrás renunciar a todo...después de lo que nuestro padre hizo para cuidar el patrimonio..."
A Ramón le estaba costando aquella conversación, como si en aquel tiempo lejos de su casa hubiese perdido sus notorias habilidades sociales. Durante una década nadie le había preguntado nada, ni nadie le había pedido explicaciones de nada. Tampoco había discutido ni peleado. Al máximo alguna rencilla con el maestro Borsato o con Silvana, quien se emperraba en comprar ciertos productos en vez de los que él pedía.
Los temas administrativos y financieros le daban mucha pereza. Por otro lado, se daba cuenta que no podía evitar discutir ni evadir sus responsabilidades. De algún modo, esos asuntos debían quedar definidos. Además, si no daba aquel paso, tampoco podría regresar a su palacio tranquilo porque esas cuestiones seguirían persiguiéndole.
Los tres hermanos Callejas hablaron la tarde entera. Cuando comenzaron las punzadas del frío se echaron sobre las piernas unas suaves cobijas de alpaca. Cuando tampoco las cobijas bastaron, entraron a la casa. Se quedaron hasta la madrugada tomando whisky, luego tomando oporto, luego anisado y lue-

go, de nuevo whishy. Mientras las palabras fluían y las lenguas se soltaban, parejas de *huachimanes* entraban y salían de la sala con canastos de madera, picaditas de embutidos, vasos limpios, vasos sucios, vasos rotos.
Al final, entre lágrimas, reclamos y ráfagas de risa floja llegaron a un bosquejo de acuerdo. Ramón no se quedaría más que unas pocas semanas. Antonio renunciaba a todo, por lo que el patrimonio familiar quedaría repartido entre sus dos hermanos.
La parte de Ramón la administraría Alonso. Las rentas de la hacienda que le correspondían serían enviadas a Venecia. A cambio de estas gestiones, él le reconocería una cantidad de dinero. Por el resto, las ganancias extraordinarias serían repartidas en partes iguales, al igual que los costos en caso de pérdidas por plagas, sequías u cualquier otra calamidad. Como último punto, las inversiones y mejoras que fueran necesarias las decidirían entre los dos.
Hubo también una cláusula final, que Ramón insistió en agregar: si Antonio cambiaba idea, todo regresaría a la normalidad y se le devolvería su parte de una u otra manera.
Afuera, la oscuridad se había adueñado del paisaje envolviendo en un manto negro al espléndido jardín de Villa Jacarandá con sus criaturas paradisíacas y magnífica vegetación. Los arbustos y plantas rebosantes de colores, los chivos, los pavos reales, las alpacas regresarían al día siguiente como tantos personajes de un circo, para comenzar un nuevo ciclo de vida.
Un *huachiman* entró a cerrar las cortinas, reponer de madera la chimenea y encender las velas. Mientras, los tres se sirvieron una nueva ronda de trago. Había un último problema y más valía abordarlo de una vez, con esa honestidad que la borrachera favorecía y que las leguas ablandadas por el trago facilitaban.
Alonso se había casado y tenía una hija mujer. El parto de su esposa fue de alto riesgo. La pobre pasó en cama hasta el día alumbramiento, por lo que el doctor desaconsejó más embarazos, si Doña Avelina quería envejecer y ver crecer a su hija. Por su lado, Antonio no tendría hijos y Ramón estaba a punto de regresar al viejo continente.
La familia se quedaría sin herederos, o, en el mejor de los casos, tendría herederos al otro lado del mundo. Lo ideal hubiese sido que Ramón se case, viva en Quito y asegure de este modo la continuidad del apellido familiar.
Pero Ramón era de otra idea, lo sabían, y estas consideraciones de la casta y de la sangre le importaban poco.
La discusión no llevó a nada, como era de esperar.
De madrugada, cuando los primeros rayos anaranjados rajaron los picos de la cordillera, los hermanos se retiraron a sus alcobas.
No podían imaginar el rumbo que las cosas tomarían en cuestión de pocas horas.

Juana Banana y el martes graso

Juana Banana apareció en San Rafael con la primera luna llena del nuevo año, las manos juntas y el cuello en alto, como las jirafas de los cuadernos de cromos de las niñas Grijalba. A Juana Banana las buenas costumbres nunca se le pegaron, a pesar del puño duro y la tenacidad de Doña Raquel, quien aceptó el enorme desafío de domesticarla y hacer de ella una empleada sino decente, al menos aceptable.

Nadie sabía cuál era el origen de su nombre. Un día, sencillamente, alguien comenzó a llamarla así debido a su altura fuera de lo común y a su joroba, por lo que parecía un abultado maqueño, de los que se traían de Santo Domingo para hacer bolones de queso y chifles. Juana Banana tenía dos enormes pechos, colgados como morcillas y suaves como la melcocha[1]. Recordaban las ubres de una vaca, más que el busto de una hembra corpulenta. Su pelo era blanco y corto, algo raro en una mujer, por lo que los *guambras* del pueblo la molestaban cuando salía al mercado o dar un paseo en los fines de semana. Sus facciones también eran peculiares debido a un pronunciado desvío del tabique y a los ojos pequeños como dos moscas. Con el paso de los años había perdido la vista, la memoria y otras facultades físicas que sería imprudente recordar.

De la visión siempre más borrosa no le importaba mucho. Decía que en su larga existencia había presenciado suficientes cosas y que francamente, muchas de ellas se las hubiera ahorrado. Tampoco le afectaba su pérdida de memoria porque el padre Evaristo le había enseñado a leer y a escribir, así que de noche ella sacaba un cuadernito de cuero negro y apuntaba los acontecimientos del día. Eso sí, con la letra grotesca de quien aprendió esas cosas en edad tardía. Al día siguiente, decía, tan solo debía leer sus notas y los recuerdos regresarían como regresaba el sol cada mañana.

"Patrona Raquelita, por favor deme empleo."

"Empieza con bajar la mirada y quítate ese sombrero. No estás en una plantación de palmeras."

"Disculpe doña."

"Disculpe su merced patrona, será", corrigió Raquel.

"Disculpe su merced patrona", respondió Juana prontamente.

"Mi patrona Lenorcita ya no puede tenerme y me mandó a pedir empleo acá, vengo caminando desde el cruce del colibrí. Buena es mi patrona Lenorcita, pero dice que irá a la ciudad a estar con su hija la patroncita Cristinita, dice que no hay como llevarme, que allí hay mucho empleado y cuando hay mucho empleado hay muchas enfermedades y cuando hay muchas enfer-

1 Dulce típico del Ecuador de elaboración artesanal, tipo confitura.

medades…"
"Ya entendí, ya entendí, no hace falta que sigas", interrumpió Raquel, al límite de su aguante.
"Lo que pasa es que la patrona Lenorcita ya no ve ni camina bien desde que se resbaló en la huerta. Y es que la patrona es necia porque no le gusta usar bastón y solo quiere arrimarse a mí, pero ella es muy chiquita y yo no sirvo para eso pues soy altota[1], como mi abuelito pa´ descanse, además la patrona Lenorcita necesita ayuda y un médico que este cerca por si en las noches le pasa algo…"
Doña Raquel ya estaba mareada de tanta labia y de cómo la pobre arrastraba las palabras, al punto de que casi no se la entendía. No le gusto Juana Banana y quería cortar por lo sano aquella charla tediosa e innecesaria. Solo por aquella forma de hablar atropelladamente, sin pausas, la hubiese enviado de patas en la calle. Tampoco le gustaron sus modales inexistentes y burdos, el olor intenso de la piel, el cuerpo desmesurado, la palabrería infinita. Pero no se atrevió a darle largas porqué, meses atrás, su amiga Leonor Hidalgo de Hidalgo le había enviado un remedio para las migrañas a base de baba de caracol y anís que le devolvió la vida.
Así, a regañadientes, decidió recibir a la nueva y extravagante sirvienta, no sin antes exigir que se arranque el enorme pelo negro que despuntaba de su mentón.
"Providencia te acompañará a tu habitación, te enseñará la casa y en donde queda el retrete. En tu cuarto encontrarás dos delantales de trabajo y un candelero. Verás que debe durarte toda la semana. Cuando se acabe, ella te dará otra."
"Muchas gracias su merced patrona."
"Soledad te explicará tus tareas y las costumbres de la casa."
"Si su merced patrona."
"Puedes retirarte."
Con aquella escueta bienvenida, Juana Banana se convirtió en un habitante más de San Rafael, sumándose a los patrones, a los *huachimanes* y a la pequeña tropa de almas inquietas que paseaban en las madrugadas por los pasillos y las habitaciones. Movían objetos, desplazaban sillas y viraban las estatuas de los santos, incluyendo una de San Martín de Porras, del tamaño de una cantara de leche. Pero Juana Banana no se inmutaba. Ella sonreía y conversaba con todos. Los de este mundo y los del otro. Porque las almitas, decía, eran tan hijas de Dios como uno.

Aquella tarde Juana Banana entro a la sala más agitada que de costumbre. Sus pasos pesados y contundentes retumbaron en los pasillos haciendo sal-

1 Muy alta.

tar los tablones como si fuesen el teclado de una marimba. Corría como si el mismísimo diablo la persiguiera, sosteniendo en una mano su sombrero desflecado mientras con la otra levantaba su falda hasta las rodillas.
"¡Su merced patrona! ¡Su merced patrona!"
"¡Don Eduar llegó!"
"Don Eduar llegó! ¡Don Eduar está en el patio, su merced patrona!"
"Le hago pasar nomas?"
"Don Eduar está en el patio", repitió.
"Ya te escuché Juana. Te escuché, de hecho, la primera vez que gritaste. Por favor, nada de sombreros en la casa, los sombreros son para estar en el campo. Ya vamos a recibirle, tú regresa a la cocina."
Raquel estaba convencida que Juana tenía algún tipo de retraso mental por lo que la escondía como una apestada cuando alguna visita llegaba a San Rafael. Nació sietemesina, al parecer, y, por esa situación, la mujer era algo rara. Una vez Raquel reclamó por una vasija de barro rota. Juana se pegó tal susto con el griterío de su patrona que fue a esconderse por debajo de la mesa con las patas de león. No salió sino después de varias horas, cuando Arturo intervino y Raquel amenazó con meterla, ahora sí, de patas a la calle.
"Me llama si me necesita, su merced patrona."
"Si Juana. Retírate, por amor de Dios."

Las llegadas del tío Edward eran impredecibles, coloridas, nunca iguales.
Esta vez, Matilda era distinta a la niña despreocupada y distraída de las anteriores visitas. Estaba nerviosa. Se había cepillando el pelo con premura, frotado los dientes con hojas de menta, hidratado sus labios con vaselina.
Aquel mes de abril el motivo de la visita no fue su cumpleaños de la sobrina favorita.
Se trataba de una ocasión tan triste como excepcional: la muerte aparatosa de Enrique Proaño, un primo segundo de Edward. Su caballo -que respondía, irónicamente, al nombre de *Pluma*- tropezó al saltar sobre una zanja y le aplastó por completo. El pobre quedó tan destripado que se necesitaron cuatro hombres para reunir sus vísceras y darle sepultura cristiana. El difunto no tenía hijos ni más allegados que un sobrino desaparecido en la cima del Cotopaxi y una hermana monja en un conventillo del Carchi. Así las cosas, el tío Edward heredaba una propiedad de quinientas hectáreas por Aloag, -a media tarde de viaje desde San Rafael- y debía tomar posesión de todo aquello lo antes posible. Caso contrario -recalcaba Arturo- las comunidades aledañas habrían invadido la quinta y los terrenos a la velocidad de un rayo.
"Raquel, ya sabes cómo son esos campesinos. No respetan la propiedad privada, no respetan nada. Más vale que Edward apure los trámites. Se arriesga a quedarse sin pan ni pedazo", decía.

"Pero Arturo, hay un título de propiedad..."
"¡Que ingenua eres Raquel! Indio que quiere invadirte no respeta las leyes de Dios. Peor las leyes de los hombres. Esos terrenos abundan en vertientes y los terrenos de las comunidades aledañas no tienen agua de riego. ¡Están ansiando echar mano a esas tierras!"
Después de varias falsas alarmas -y muchos sobresaltos del corazón-, el tío Edward finalmente llegó. Asomó subido a un carruaje de circo. Esta vez no parecía un príncipe oriental, sino un gitano con su bulto indescifrable de baratijas. Cargaba su equipaje, un loro de mil colores con su aula, una cesta con cuyes, una gran alfombra enrollada y media docena de *shigras*[1] repletas de libros que saltaban como pulgas desde la cajuela. Su llegada fue anticipada por Lucas y Lobo, que acompañaron con sus ladridos el paso del carruaje desde el carretero principal.
Tan pronto le vio, las manos de Matilda comenzaron a sudar sin que ella supiera el porqué. Se escondió tras los visillos del ventanal de la cocina hasta decidir el quehacer, acurrucada como un guagua tierno, las manos cruzadas sobre las rodillas.
¿Será que el tío la vería como una mocosa o notaría sus cambios?
¿Habrá él cambiado?
¿La miraría?
¿Y cómo la miraría?
Sabía del mundo real mucho más de lo que tantas personas adultas podían presumir gracias a Evaristo Trujillo, a sus libros polvorientos y a la enorme curiosidad heredada del abuelo Grijalba. Pero su horizonte era marcado por los tapiales color café de San Rafael. No conocía nada más. Solo vivía y soñaba a través de los textos de una biblioteca y de su propia fantasía. El tío Edward, en su imaginario, representaba todo lo que había afuera de la hacienda, todo lo que sus libros le prometían y que un día no muy lejano conocería.
Se dirigió hacia el patio ya que solo faltaba ella para recibir al ansiado huésped.
Cuando los ojos de ambos se cruzaron, Matilda sintió una cascada de agua helada recorriendo su espalda. La mirada enardecida de Edward atravesó de lado a lado su cuerpo. A tal punto él no se preocupó de esconder su emoción al verla, que Doña Raquel y todos los presentes enmudecieron.
Matilda había leído mucho del amor, -del físico y del amor pleno, el que cautiva el alma y los sentidos a la vez-, así que decidió no abandonar este mundo sin probar al menos uno de los dos. Intuía que aquel extraño sentimiento tenía la capacidad de trastornar totalmente al ser humano, de revertir sus creencias, de cambiar sus prioridades, de aniquilar su voluntad, de aumentar sus miedos y temores. Le llamaba la atención como, a pesar de que tantos

1 Bolsas tejidas a mano por las mujeres indígenas de los Andes Ecuatorianos con una particular fibra, la cabuya.

escritores, poetas y filósofos en diferentes épocas hubieran regado ríos de tinta hablando del amor, nadie había podido definir claramente esa misteriosa invención de Dios, esa fuerza arrolladora y aplastante que todo movía y que todo descomponía a su antojo, sin previo aviso y con gran alboroto en las vidas de los afectados. Fuera lo que fuera, ni su madre, ni las convenciones sociales le hubieran quitado el derecho a explorar y vivir plenamente aquellas cosas.
Lo que nunca imaginó es cuan aquel momento estaba cerca.

La primera noche de Edward en San Rafael fue igual de aparatosa que la última: para él se desplegaron las mejores vajillas, las piezas de platería labrada más fina, los arreglos florales más elaborados y, por supuesto, la preciosa mantelería de María Antonieta, con sus rosas y claveles en relieve. También se sacaron las velas artesanales, esas del tamaño de un bastón de paseo, con forma de orquídeas y lirios que costaban como un costal de harina y que solo se utilizaban en las fiestas patronales.
Afuera la noche ya estaba bajando. A Matilda le encantaba esa penumbra que irrumpía al final de la tarde, cuando el sol se escondía tras los cerros y dejaba en la sombra a los valles, las quintas y los potreros. En su vivida imaginación, el crepúsculo era como un inmenso abrazo con el que la tierra se despedía de los hombres hasta el día siguiente. Cuando la penumbra daba paso a la oscuridad -y todo el creado desaparecía en una vorágine negra-, la luz suspendida y trémula de las velas le recordaba que estaba viva: más velas estaban encendidas, más certeza ella tenía que habría un mañana, que amanecería en su cama y que escucharía nuevamente el leve paso de los gallos sobre la hojarasca.
A la hora de costumbre pasaron al comedor. Lo hicieron acompañados por el estridente sonido de la campana de cobre que Soledad meneaba con innecesario vigor.
Tan pronto atravesaron el umbral de la sala todos enmudecieron.
Providencia tuvo la idea de colocar las velas sobre las repisas de los platos japoneses que adornaban profusamente las paredes y el efecto fue notable. El reverbero de los mechones se sumó a la luz de las velas y el espacio adquirió, de repente, una dimensión mágica, meliflua, aterciopelada: los comensales no parecían humanos sino tantos aparecidos, líquidos y resplandecientes. Según la tía María Ercilia las personas, al amparo de la noche, recobraban su verdadera esencia y revelaban sus auténticos deseos. Por eso, en la noche los ladrones saqueaban las haciendas, las almas del purgatorio salían a la superficie y los amantes furtivos se buscaban. Pero esas historias, al igual que otras, tan solo las compartía con los *huachimanes* y sus sobrinas.
Al finalizar la cena Matilda se levantó para servir un postre de moras de

páramo y hojaldre que había hecho para la ocasión. Sentía en sus espaldas la mirada abrasadora de su tío Edward. El escalofrío que aquella certeza le produjo fue tan real que podía percibir las yemas de sus dedos nerviosos rozar el filo de sus pechos, bajar por su espalda, agarrar su cintura.
¡Tenía razón Pastora, cuando decía que las personas libran energía a partir de sus deseos no expresados!
Cuando acabaron la cena, los comensales pasaron a la sala para tomar el café, las aguas aromáticas y los licores. Raquel le pidió a su hija menor que agregue leña a la chimenea. Matilda se levantó y caminó, casi en puntillas, hacia el enorme canasto de mimbre al fondo de la habitación. Quería desaparecer como la tía María Ercilia, como el perro Ceniza, y que la tierra la trague de un sopetón entre sus entrañas. Al improviso, el tío Edward se levantó atrás suyo. Por un instante, sus manos rozaron de forma casi imperceptible las suyas. Estaban tan cerca que Matilda sentía la tibiez de su aliento a tabaco y el frescor de su colonia cítrica. La mezcla de olores envolvente y pastosa penetró cada resquicio de su piel. Sentía que se derretía como las velas del comedor, como la crema de su postre sobre la masa húmeda.
"¿Qué pasa con esa leña?", gritó Raquel desde su butaca al frente.
Al escuchar su madre, Matilda tuvo un sobresalto y el fajo de madera que cargaba se desplomó al suelo. Instintivamente Edward y ella se arrodillaron para recoger los troncos. Sus rostros casi se rozaron, pero ellos no se levantaron. Se mantuvieron arrodillados frente a la chimenea, cuyas llamas ardían como fuego en carne viva. Edward acomodó un amasijo de ramos sobre la piedra. Luego, los pedazos más grandes. Lo hizo con toda la calma del mundo, como si quisiera que aquella cercanía de los cuerpos no se acabe nunca. Mientras, Matilda fijaba el fondo de la chimenea. No sabía que más hacer, ni donde asentar su mirada sin sonrojar, sin que sus manos tiemblen. Regresó a su puesto haciendo un enorme esfuerzo para mover sus piernas tiesas, para sacudir su cuerpo acartonado. ¡Seguro todos habían notado su inquietud y seguro que habían escuchado el latido descontrolado de su corazón!
Aquella noche no logró conciliar el sueño. Se retorcía entre las sabanas, tenía frío, luego tenía calor. Y de nuevo frío. Intentaba recordar aquel olor a tabaco, aquella fragancia a limones, aquel roce de los cuerpos y jugueteo sinuoso de las almas...
¿Sería lo mismo para él?
¿Probaría él algo parecido?
¡Claro que no!
¡Como podía ser de otro modo, si tenía fama de mujeriego y rompecorazones!
¡Y que podría querer de una niña como ella!
Al improviso, recordó la vida alborotada y desordenada de su tío. ¡Seguro

había amado a alguna mujer asiática de facciones delicadas y pies pequeños, como aquellas retratadas en los platos japoneses del comedor! ¡Y seguro había coqueteado con alguna bailarina en París o alguna elegante dama vienesa!
Lo más probable es que el tío tuviera, en cada rincón del mundo, una mujer esperándole, con sus perfumes empalagosos, sus vestidos a la moda y sus mórbidas curvas ¡Unas que en ella apenas asomaban!
Desde luego -pensaba- debía ser tremendamente tedioso para él regresar a su pequeño
pueblo andino. ¡Y ella era parte de aquel mundo chiquito, invisible, desconocido!
Matilda no entendía ni siquiera porque el tío Edward les visitaba, puesto que su vínculo con la familia era más bien lejano y los caminos de la Cordillera inseguros y maltrechos. El mismo decía que tardaba menos en cruzar California que en llegar de Guayaquil a San Rafael. Se atrevió a pensar que venía para verla a ella y unas pequeñas señales le hacían pensar que esa idea no era tan descabellada.
Finalmente, con la tímida luz del alba y el canto suave de los huirachuros, logró tomar sueño.

Al día siguiente Matilda tardó en despertar. Un rayo del sol se coló entre los paneles de la ventana e inundó su rostro con la ligereza de una caricia. Sus ojos poquito a poco se fueron abriendo. Los frotó con los puños ambas manos. Entonces, se escuchó un tremendo estruendo. El tío Edward estaba en el patio armando la *vaca loca*, una aparatosa maquinaria de madera que a través de un sistema de tubos de pólvora en forma de estrella aseguraba un espectáculo pirotécnico de notable efecto.
Por alguna razón, una de las mechas se prendió y la siniestra maquina empezó a liberar las bengalas al azar y en todas las direcciones. El tío se lanzó al piso y con ello evitó chamuscarse la cara. Pero un mechón de su pelo no corrió con la misma suerte y sólo los buenos reflejos de la tía María Ercilia evitaron lo peor, a golpes de chalina en la cara del pobre.
"¡Ya nos quedamos sin mi sorpresa para la noche!", exclamó el tío entre risas.
"¡Toca empezar desde cero!", gritaba la tía.
"¡Ayuden! ¡Ayuden!", gritaban todos.
"¡Traigan baldes!", repetía Edward
Desde su ubicación Matilda se reía a carcajadas. Prefirió no irrumpir en el patio porque no estaba segura de poder mirar su tío a la cara. Decidió deslizarse discretamente por el corredor hasta llegar a la cocina. Se quedó allí un buen rato, escuchando las risas, el desparpajo, los comentarios de todos los presentes.

Después de aquel aparatoso accidente, los hombres salieron a cazar torcazas y codornices por los maizales cerca del Rio San Pedro. Mientras, las mujeres cosecharían los cartuchos alrededor del estanque.
Las esperaba una tarde ajetreada: había que alistar los disfraces para el último día del Carnaval y la emoción de todos podía palparse en cada esquina de la casa. En realidad, se trataba de una fiesta muy popular, pero la idea del periodo de castidad y castigo de la carne que se venía le animaba a cualquiera, -de toda clase y condición- a disfrutar los últimos resquicios de alegría y ligereza.
La tarde se tornó fría y lluviosa, tal y como habían anunciado las Dos Viudas y el monte Pasochoa, con sus cimas atravesadas por densas nubes moradas. Una manada de cuervos picoteaba la tierra mojada frente a la ventana mientras que Lobo y Lucas ladraban como poseídos anunciando tormenta. Matilda y María Antonia se reunieron en la sala y prendieron la chimenea con la ayuda de Blanca y Josefa. Amontonaron sobre la mesa una gran cantidad de telas, plumas, lazos de colores, encajes, organzas y todo lo que encontraron a su paso para el disfraz de la noche. Comentaban sus ideas y cuchicheaban. Pensaban en a la fiesta, en los bailes, en las miradas fugaces con los chicos del pueblo. Habrían gozado de unas horas de libertad y diversión, lo que no era permitido en ningún otro momento del año.
Entre tanto, Raquel tomaba te en la salita de la galería con Don Antonio y sus vecinas Doña Esther, Doña Marta y Doña Sofía. Era tarde de ropero, en donde se cosían y remendaban prendas para los huérfanos del San Vicente de Paúl. Al final del día, Don Antonio llevaría las prendas a la parroquia para luego enviarlas al orfelinato.
Aquellas reuniones representaban una buena obra, claro, pero también se trataba de momentos de intenso chismorreo, de los que te obligaban a santiguarte a cada rato.
Las hermanas seguían en lo suyo, echando mano por aquí y por allá, rebuscando entre el montón de telas los mejores retazos y los encajes más lindos. De repente, Matilda notó una mesita de tres patas al fondo de la sala. La mesa le resultaba familiar por una anécdota de la tía María Ercilia que involucraba un supuesto antepasado de su madre. Al parecer, el tal pariente había sido asesinado por no solventar sus deudas. Luego de aquel hecho reprochable, su espíritu habría aparecido en una sesión de espiritismo de la bisabuela María Antonieta especificando el lugar preciso en donde se encontraba el cadáver. Al parecer, el espíritu también reveló el escondite en donde se hallaban las monedas de oro del difunto.
Muy a pesar del suceso exitoso, desde aquel momento el bisabuelo Arturo prohibió a su mujer cualquier conversación con el más allá. Cuando Antonieta falleció, la mesa quedó en el lugar de siempre, pero con un clavo de hierro

al medio, que impedía su uso para aquellos quehaceres.
Cuando Matilda vio la mesa de la bisabuela no pudo evitar rio dar rienda suelta a su lengua.
"¡Esa es la mesa de los espíritus de la bisabuela! ¡Los espíritus le dijeron en donde buscar las monedas de oro del muerto!"
Al improviso, la conversación en la sala de al lado se detuvo. Si bien las sesiones de espiritismo eran un secreto a voces y todos, en la sosegada vida de hacienda, se dedicaban a ellas con asiduidad, otra cosa era mencionarlo abiertamente y sin tapujos frente a al cura del pueblo. Además, el tema de las monedas de oro era un chisme jugosísimo, que habría entretenido a las viejas de todo el valle por semanas.
Raquel se levantó con el brinco de un gato, tanto que su silla de esterilla voló al piso atrás suyo. Caminó a grandes zarpadas hacia su hija menor, se paró frente a ella y al instante la abofeteó. Matilda cayó al suelo llevando consigo a la mitad de los trapos que estaban encima de la mesa. Don Antonio y las tres viejas se santiguaron apresuradamente mientras presenciaban el memorable castigo.
"¡No irás a la fiesta esta noche!", exclamó Doña Raquel, sin añadir más.
"Yo solo...."
"Mejor cállate si no quieres que le cuente a tu padre de tu blasfemia y mala crianza!"
Matilda caminó hacia su habitación sosteniendo entre las manos la máscara en la que tanto había trabajado aquella tarde. Se rehusó a regar una sola lágrima.
No iba a darle ese gusto a su madre.
Para llorar, pensó, tendría la madrugada entera.

Cuando empezó a oscurecer, todos estaban listos para montar al carruaje que los llevaría a la hacienda Los Rosales. La imponente propiedad pertenecía a los poderosos Grijalba Montes. La familia había hecho fortuna en la época de la colonia. De allí, los descendientes añadieron riqueza a riqueza, gracias a un cargamento de lingotes subido a una mula cuya procedencia era todo un misterio. Desde aquellos entonces, el patriarca y sus retoños vivían de la renta de sus propiedades, rodeados de enormes avestruces y un sinfín de otros animales exóticos.
Aquella noche, las más distinguidas familias de valle estaban invitadas a festejar en compañía de los anfitriones el martes graso, la vida y la buena compañía.
Todos, menos Matilda.
Llegó la hora de salir de casa. De repente, mientras su hermana y su padre se acomodaban adentro del carruaje, Matilda escuchó unas voces desde el pa-

sillo. Como de costumbre, pegó los oídos a la puerta de su habitación. El tío Edward discutía acaloradamente con su madre: que la perdone, que le deje ir a la fiesta, que nada grave había pasado, que el mismo Don Antonio estaba apenadísimo, que lo de la mesa era un asunto más viejo que Matusalén, que cual paganismo. Pero su intermediación no sirvió. Al contrario, su afán por defender a Matilda indispuso aún más a Raquel.
"Edward, sabes muy bien el inmenso cariño que te tengo, pero no interfieras en la educación de mi hija", dijo tajante.
"¡Date cuenta que bochorno con el padre Antonio! ¡Aquellas tres arpías mañana regarán el chisme por todo el valle y yo seré el hazmerreír del pueblo entero!"
"Entiendo Raquelita, pero..."
"No Edward, esta vez no. Esa niña debe aprender a morderse la lengua y que no se puede siempre soltar lo que a uno le viene en gana."
"Seguro que la lección del día de hoy la recordará para siempre!"
Matilda se alejó de la puerta y caminó hacia su cama.
Unas lágrimas tibias recorrían su rostro sin que ella pudiera hacer nada para detenerlas. Se estiró sobre la colcha de cuadros que Catalina le había confeccionado en algún cumpleaños y tapó sus oídos con toda la fuerza de las manos. Muy a pesar de ello, pudo escuchar el chirrido del coche poniéndose en marcha. También escuchó las voces de Soledad y Providencia. Abrían la gran puerta de hierro jalando cada una hacia un extremo. Los cerrojos rechinaron más ásperamente de lo habitual, como si no los hubieran engrasado en doscientos años.
Al cabo de unos minutos, alguien golpeó suavemente el vidrio de su ventana. Era Amaru.
"¡Vamos a la fiesta! ¡Apura! ¡Yo te acompaño por el viejo camino así llegas a los Rosales antes que todos ellos!"
"Que dices Amaru...es muy arriesgado..."
"¡En la fiesta habrá montones de gente y nadie va a fijarse en ti, si te pones una capa y una máscara!", agregó con inusitada seguridad. A Matilda no se le había ocurrido semejante proeza. Sin embargo, era cierto lo que Amaru decía. El plan era del todo viable, las distancias cortas y la máscara, una protección segura. De pronto, las lágrimas fueron reemplazadas por una mirada pícara.
"Amaru...yo no merezco que me ayudes, sé que últimamente he estado un poco rara... ¡ni yo me aguanto!", dijo ella, mientras con un pañuelo me secaba la mezcla pegajosa de agua y sal de la cara.
"No hay tiempo para eso ahora., apura mejor!", dijo tajante.
"Gracias por ser tan generoso conmigo. Te debo una."
"Me debes varias."

"Tampoco exageres...", dijo ella con un guiño.
"¡Te recojo en unos minutos para que tengas el tiempo de disfrazarte!". Y con aquella promesa que sonó a gloria, desapareció atrás de pila de las palmeras.
Matilda se alistó con mucho cuidado: estiró las tiras del corsé hasta casi no poder respirar y acomodó las enaguas para que su falda se viera copiosa, como las flores de magnolia al medio del patio. Quiso asegurar un último toque a su rostro en la peinadora de su madre. Eso representaba un riesgo, porque la habitación de sus padres era un lugar sagrado, en donde tan solo se entraba para recibir la bendición al final del día. Pero aquella noche nada importaba. Solo importaba la fiesta. Solo importaba Edward.Matilda asomó al pasillo. Estaba despejado y ningún empleado se hallaba en las cercanías. Se deslizó hasta el cuarto. La peinadora estaba justo al frente, solitaria como un trono abandonado, a la sombra de un enorme armario de nogal que presumía no tener en sus entrañas un solo clavo.
¡Que emoción sentarse en aquel taburete rosado, redondo y acolchado, con vuelos de tulle a los lados!
De inmediato quiso abrir los diminutos cajoncitos, explorar su contenido, cruzar horquillas relucientes en los mechones de su pelo, rociar su piel con algún perfume de mujer. Se sentía la más afortunada, por tocar aquellos frascos olorosos y por perder sus dedos entre aquellos polvos livianos. Con una brocha colocó en sus mejillas una mezcla harinosa y blanquizca que olía a rosas. Pintó sus labios y cepilló su pelo con premura. Luego, lo dejó caer sobre la espalda, por debajo de una delgada trenza que desde las sienes cruzaba la cabeza y acababa en un lazo color malva. Se miró al espejo. Lo hacía muy pocas veces, porqué contemplar la imagen propia era un pecado de vanidad y por ello en la casa había muy pocos espejos.
El tocado le daba un aire de sofisticación que la máscara de plumas de faisán completó a la perfección. Su piel brillaba como un durazno maduro. Por primera vez le gustó la imagen que el marco ovalado reflejaba. No sabía si aquella sensación se debía al espejo o si ella, finalmente, había brotado como la flor de un capullo y era bella de verdad.
Cuando estuvo lista echó a los hombros una capa negra y se deslizó en la oscuridad del corredor que llevaba al jardín trasero. El corazón parecía explotarle en el pecho.
Una vez afuera, giró a la derecha y cruzó el maizal. Había escampado y la lluvia dejó paso a una noche de luna menguante cuyo reverbero plateado alumbrada tímidamente el paisaje. Los trigales dorados que el viento mecía suavemente durante el día, parecían una melaza inmensa y oscura, una planicie tenebrosa.
Al cabo de unos minutos Matilda llegó a la antigua entrada de San Rafael en donde aún se erguían los restos del anterior portal. Años atrás, un relámpago

partió en dos el frente de la imponente fachada e hizo volar al San Rafael de su nicho reduciéndolo en añicos.
Amaru la esperaba sentado sobre una enorme piedra al costado del arco. A sus pies, que no tocaban el suelo, se hallaban los restos del santo, semienterrados, recubiertos por una capa viscosa de musgo y lodo. Matilda prometió a San Rafael rescatar los fragmentos uno por uno y restaurar aquella figura si lograba ver al tío Edward. Luego se arrepintió de su egoísmo y le prometió al santo que de todos modos rescataría los pedazos de su cuerpo troceado y los recompondría.
Comenzaron a caminar en dirección de la hacienda Los Rosales. A medida que se acercaban, las notas de los violines y de las panderetas se escuchaban con mayor intensidad. Impregnaban el aire bajo los reflejos de una luna siempre más carnosa y radiante. Era como si la música aumentara el reverbero del astro y las estrellas que lo contornaban.
Cuando finalmente llegaron, el callejón de capulíes y álamos que conducía a la entrada principal era desbordado de personas caminando en todas las direcciones, despistadas y risueñas, solas o acompañadas. El inicial aturdimiento de Matilda se transformó en emoción vibrante, latidos, palpitaciones incontrolables. Sus sentidos comenzaron a despertar, al igual que despertaban las aves e insectos en las madrugadas del campo. Empezó a descifrar la mezcla indistinta de sonidos, el bullicio, las frases inconclusas. Poco a poco, pudo distinguir las risas descompuestas de los borrachos, el sonido de una vitrola, el traqueteo de los perros callejeros, el griterío de los vendedores ambulantes, el paso acelerado de jóvenes y niños empujándose, abriéndose paso entre el gentío con sus maracas y taburetes. De repente, Amaru se despidió con un guiño y en cuestión de instantes desapareció entre la multitud. Matilda comenzó a gritar su nombre. Buscó en todas las direcciones, se trepó sobre una banca de piedra al medio del callejón arbolado para ver si lograba verle. Pero de Amaru ni la sombra. Se preguntó si su compañero de juegos desapareció a propósito, como si hubiese cumplido su misión y ya no tuviera ninguna función.
Matilda entró a la propiedad sin problemas. Ese privilegio era reservado a las familias conocidas y más allegadas del anfitrión, Don Alejandro Callejas de Alba. A pesar de estar sola, su aspecto no dejaba espacio a dudas y los mayordomos que custodiaban la entrada le dieron paso al instante. Lucían impecables uniformes rojos con botones dorados, guantes blancos relucientes, zapatos de charol perfectamente lustrados.
"Soy Matilda Grijalba Montes. Mis padres me esperan adentro", dijo segura.
Aparecieron de inmediato dos pajes en librea. Sus uniformes eran igual de impecables y los guantes del mismo blanco inmaculado. Una constelación de botones con cabeza de león despuntaba desde sus jubones azul oscuro.

Olían a limpio y a menta. Quisieron retirar su capa, pero ella indicó que no con una sonrisa.
Entonces, se deslizó como una serpiente hacia adentro, abriéndose espacio entre la gente, recogiendo su falda con las manos para no tropezar, buscando a Edward con desesperación. Miraba en todas las direcciones, ansiando verle aparecer y que se estremezca al verla. Allí. Al improviso.
La propiedad era espléndida y lo más lujoso que ella había visto en su vida. En otras circunstancias, se hubiese detenido en cada esquina para admirar las pinturas de la Escuela Quiteña, las tallas de santos y mártires en tamaño natural, los frescos que adornaban profusamente las paredes de los pasillos, el fastuoso mobiliario, los espléndidos tapices con escenas paradisíacas.
Un par de jóvenes envalentonados por el alcohol la invitaron a bailar, jalándole de una mano. Los alejó con un gesto elegante pero firme. Comenzó a ponerse nerviosa. De Edward, ni la sombra. Sentía arder el suelo bajo los pies, como si estuviera improvisando un baile macabro sobre alguna hoguera. No podía creer a su mala suerte. El corazón comenzó a dolerle de un dolor físico, penetrante, profundo. Sentía que le faltaba el aire en medio de aquel torbellino de almas desconocidas e indiferentes, perfumes empalagosos y olor a tabaco.
¿Acaso Edward se había ido?
O peor... ¿estaría con alguna bella conquista?
¡Que estúpida!
¡No había otra explicación!
Aquel pensamiento se apoderó de su mente con tal fuerza que quiso desaparecer, salir del bullicio, respirar, correr y correr. Se odiaba por haber sido tan torpe, por haberse arriesgado y haber alimentado una fantasía tan ridícula dentro de su cabeza.
Mientras corría a ciegas buscando una forma de salir rápidamente de la casa un brazo la jaló al improviso atrás de una gruesa cortina de terciopelo que olía a moho.
En aquel instante, Matilda reconoció la colonia, el olor de la piel, la respiración pausada, el aliento cálido, los brazos que la apretaban. Edward apoyó su dedo índice sobre sus labios para que ella se callara. Luego, deslizó la mano entre las hebras de su pelo, recorrió todo el largo de la trenza, de nuevo volvió a subirla hasta llegar a al cuello. Mordió suavemente el lóbulo de su oreja y comenzó a besarla con besos lentos y pausados. Matilda sentía sus labios húmedos recorrer su piel, deslizarse por su mejilla. Se estremeció a tal punto que quedó paralizada, esperando que él le revele hacia donde orientar sus sentidos. Podía sentir el latir de su pecho, su sabor a tabaco, su lengua ávida y jugosa. Se dejó moldear por el juego de sus dedos, mansa, dócil, entregada sin reparos a emociones nuevas que la hacían vibrar, que cambiaban el ritmo

de su respiración a cada instante. Entonces, las manos de él bajaron hacia su cintura rozando el leve escote de la espalda y se acomodaron entre las de ella.
"¡No las sueltes porque no puedo controlarlas!"
"Eres el mayor deseo y el mayor pecado de mi vida..."
De repente se paró y agarró sus hombros con fuerza.
"¡Vete mi niña...vete, antes de que hagamos alguna locura!
Matilda salió corriendo sin mirar atrás.
Se mezcló con la gente, abriéndose espacios entre amplias faldas, abanicos deslumbrantes, cuerpos entrelazados en bailes, meseros esmerados en maniobras de malabaristas, bandejas de plata tambaleantes sobre máscaras, sobre plumas, sobre pelucas. Sentía que le faltaba el aire, pero no podía desvanecer, tenía que seguir corriendo. Al cabo de un rato logró salir afuera. Sintió de inmediato el cambio de temperatura y el frescor de la brisa nocturna sobre su rostro acalorado. Llegó a un pasillo de helechos muy parecido al de San Rafael. Estaba oscuro a pesar de las velas que alumbraban el corredor desde unas vasijas de cerámica asentadas en el piso. Una corte de santos asomaba de sus nichos cavados en la piedra y parecían fijarla con sus ojos de vidrio. El pasillo desembocó al patio principal. Matilda lo cruzó a grandes pasos, pisando una y otra vez el doblez de su falda. Una inmensa pila del tamaño de un estanque dominaba el centro del inmenso espacio. Se paró instintivamente. Metió ambas manos en el agua y las llevó a la cara con un gesto nervioso. ¡Que alivio aquel simple gesto!
Un par de mayordomos la siguieron con su mirada hasta que ella desapareció al otro lado del portón de hierro.
El callejón arbolado ya no estaba abarrotado de gente y reinaba un extraño silencio. Cuando la cortina de árboles se detuvo, Matilda vislumbró, al fin, el camino empedrado que la llevaría a su casa. Las piedras del pavimento relucían bajo del reflejo de la luz lunar. A pesar del cansancio ella no acortaba sus pasos. Solo quería llegar al trigal y alcanzar el antiguo portal de San Rafael. Al improviso, la luna y sus estrellas se ocultaron tras una capa de nubes grises. La oscuridad era completa y Matilda a duras penas lograba avanzar entre baches y raíces.
Poco a poco, la música y el bullicio se disiparon en el aire y cedieron el paso al coro de ranas, cigalas y grillos. Aquellos sonidos familiares la aliviaron y reconfortaron.
Cuando al fin alcanzó su recamara, Matilda estaba en un baño de sudor frío. Soltó el corsé del vestido y se lanzó sobre su cama.
Pronto el cansancio la venció y sus pensamientos se confundieron con los sueños.

La apuesta

Ramón entró a la habitación de su padre muy despacito. Quería escuchar su voz, que grite, que diga cualquier cosa con tal de que se comunique con él. No quería asustarle, por lo que se acercó a la gran cama de roble casi en puntillas. Se quedó un buen rato mirándole a la cara en silencio, reteniendo su propia respiración, acompañándolo en su extraño sopor. Estaba atento al mínimo señal de aquel cuerpo postrado que en nada se parecía al hombre fuerte y curtido que él recordaba.
Finalmente, Don Alejandro abrió los ojos.
"Ramón, hijo."
"Diga padre, aquí estoy."
"Estoy feliz de verte. Muy feliz."
"Lamento haber tardado tanto, padre", dijo Ramón con la voz rota por la emoción.
"No importa. Ahora estás aquí."
Las palabras salían entrecortadas de su garganta, le costaba hablar. Tosió. Ramón le acercó prontamente un vaso de agua.
"La hija de Arturo es tuya de palabra. Me prometiste que si regresabas te casarías."
"Lo que sea, padre."
"Debes casarte con ella."
"¿Que dice padre?"
"¿Padre, de quien me habla?"
"La hija de Arturo."
"¿Quién es Arturo?"
Alonso había entrado a la habitación tan sigilosamente que Ramón no se había percatado de ello. Lo agarró por un brazo. Ramón tuvo un sobresalto.
"Vamos afuera."
Pasaron a una salita de estar que se hallaba al fondo del corredor. Alonso cerró la puerta atrás de él.
"Siéntate Ramón, por favor."
"Que pasa hermano. ¿Debo servirme un whisky?, preguntó Ramón.
"Como quieras. No es un chiste. Pero tampoco un drama.
"Tú has usado la palabra drama, no yo. Así que definitivamente debe tratarse de un drama", dijo Ramón con un guiño.
"Diablos, déjate de tus jueguitos de palabras. Se trata de algo serio."
"Entendido el mensaje, hermano. Echa bala de una vez, sin tantos rodeos."
"Bien. Al grano. Nuestro padre ganó una apuesta con su eterno rival Arturo. Arturo Grijalba Montes", dijo Alonso.

"¿Qué tipo de apuesta?, preguntó prontamente Ramon, entre serio y divertido.
"Gallos. Una pelea de gallos. El punto es que papá ganó una apuesta y la hija de este señor es prácticamente tuya de palabra."
"¿Una pinche pelea de gallos?", agregó Ramón.
"Si pues. Una pinche pelea de gallos, como tú bien dices."
"Vaya apuesta."
"Cuando fue la tal apuesta?"
"Poco antes de que a nuestro padre le dio el derrame."
"No puedo creerlo", agregó Ramón con una sonrisa burlona.
"¿Que no puedes creer, hermano?"
"Andaba con esas ideas cuando me fui hace diez años. Me dijo que si regresaba como un fracasado debía casarme y dejarme de pendejadas. Pero no he regresado, ni he fracasado. Todo lo contrario. Tengo un palacio que restructuré con mucho trabajo y esfuerzo, un palacio que la ciudad entera me envidia; tengo una academia de pintores, un fiel amigo y todas las mujeres que quiero. Mujeres hermosas, con las curvas en su sitio", concluyó Ramón luego de una carcajada liberatoria.
"Lo sé, hermano, lo sé. De todos modos, no hay lio porqué las apuestas fueron declaradas ilegales junto a los compromisos que las mismas implicaban. La gente se estaba jugando haciendas enteras y las familias arruinando. Además, quien ganó fue nuestro padre. Nadie en este punto puede exigirte nada y la joven no creo ni sepa de esta historia."
"Ya, pero yo le hice una promesa a nuestro padre a cambio de que me apoyara con mi deseo de viajar a Italia hace diez años. Por alguna razón quiere que cumpla con aquella promesa."
"Las razones son varias."
"Ilumíname, hermano."
"Quiere fastidiarle a su eterno enemigo. Nuestro padre y este señor Grijalba al parecer se enamoraron ambos de tu madre. De jóvenes eran muy amigos, pero a raíz de aquello su amistad se fue al carajo, como imaginarás."
"Por otro lado, quiere asegurar la descendencia y que nuestro patrimonio se quede en este lado del océano. Si te vas y te casas con una extranjera se friega todo, vas a querer vender tus cosas o, peor, vas a querer botar todo lo que tienes aquí..."
"Entiendo."
"Por último, seamos honestos, tú siempre has sido el hijo predilecto. Lo que quiere es asegurarse que te quedes."
"Nuestro padre puede tener sus ilusiones y anhelos, está en su derecho, pero no puede condicionar mi vida solo porqué teme que los Callejas queden sin descendencia", contestó Ramón.

"Así es Ramón. Nuestro padre ya no es el de antaño, hermano. No puede imponerte nada, menos que nunca en el estado en el que se encuentra. No te preocupes."
"Tú sabes Alonso. Esta es tan solo una visita por las condiciones de salud de nuestro padre, para veros y para arreglar nuestros asuntos. No hay más razones que estas. Tan pronto pueda, regresaré a Venecia. Extraño todo de allí, las aguas cristalinas de los canales, las sombras de los edificios proyectándose en las aguas, la brisa de las mañanas cargada del perfume marino, la majestuosidad de las iglesias. Extraño mi propio estremecimiento frente a cada fachada clavada en el canal como un cuchillo, el estado de éxtasis ante cada rincón que descubro, el placer sensual frente a cada palacio.
¡Hasta extraño el vaivén de las estaciones, el aroma de las frutas maduras y los distintos tonos del cielo! ¡En Venecia hasta el humor de las personas cambia y se acopla al clima! ¿Sabías?"
Mientras hablaba, la mirada de Ramón se perdía al otro lado del ventanal, hacia el horizonte truncado por los nevados.
Alonso lo observaba desconcertado, sin entender aquel lenguaje denso, aquellas palabras colmas de imágenes y emociones a las que él era ajeno. La persona que tenía delante ya no era ese hermano impetuoso e impulsivo con quien se revolcaba en el lodo, compartía secretos inconfesables y entablaba interminables discusiones sobre los temas más variados. Por un instante pensó que aquella complicidad jamás había existido. Ramón pareció leer su pensamiento y se volteó hacia él.
"No tengas miedo. Soy el mismo hermano de siempre, que te quiere y te conoce. He cambiado, es cierto, pero no han cambiado mis sentimientos hacia ti, hacia todos ustedes..."
Alonso no lograba soltar su lengua. Ramón estaba allí, con su barba de hombre adulto, la frente surcada por gruesas venas, firme y granítico como un coloso de piedra. Todas las fibras de su cuerpo palpitaban al compás. Su cabeza era lúcida, sus pensamientos claros y concisos.
"Hablas de aquella ciudad como si hablaras de una mujer", dijo Alonso.
"Tienes toda la razón, hermano. Estoy casado con mi palacio, con Ca´ Doria."
¡Es que no había forma de explicar la belleza de aquel entramado de puentes, *calli* y campos que mercaderes y aristócratas, sirvientes y doncellas, artistas y rufianes atravesaban de lado a lado, incansables, frenéticos, disputándose los pocos metros de tierra firme bajo sus pies!
¿Cómo describir el encanto de ocultarse tras una *bautta* en una fría noche de invierno, de perderse entre canales sinuosos y laberínticos, de escuchar el eco de voces domésticas trasudar desde ventanas al filo del agua? ¿Y cómo narrar el embrujo estremecedor de un paseo en góndola cuando el cielo se teñía de rosado y una luna menguada y tímida buscaba perforar el cielo?

Ramón no tardó en darse cuenta del desconcierto de su hermano y de cuan alejado se sentía de aquel torbellino de emociones tan vívidas que casi quemaban la piel...
Decidió aplacar esa pesadumbre y que ambos se reconecten, como cuando eran niños, como cuando se comunicaban con pequeñas señas que solo ellos dos entendían.
Sintió vergüenza por haber vivido algo extraordinario en soledad, por no haber compartido, por haber dejado atrás todo y todos, sin más razones que su egoísmo y su afán de aventura.
"Alonso: esta es mi tierra y siempre lo será. De igual modo, ustedes son -y serán siempre- mi familia. Pero la verdad es que soy muy feliz en Venecia. Allí siento que estoy vivo. A veces me siento tan vivo que percibo mi propia sangre recorrer mis venas..."
Ramón se detuvo. Buscó su hermano con la mirada y esbozó una sonrisa firme y segura.
"Me encantaría que vengan, que conozcan la ciudad y el palacio. Es inmenso, es asombroso, todos tendrían su espacio, mi casa es la casa de ustedes y la ciudad, que puedo decirte, es estremecedora, no caben las palabras para describirla, me encantaría, cuando vengan, enseñarles cada rincón..."
Alonso asintió con la cabeza. No tenía la agilidad mental de Ramón ni su capacidad para hilvanar las hebras de sus emociones con tanta claridad.
Hubo un silencio en el que se miraron a los ojos.
¡Que gracioso...me acabas de mirar con esa misma mirada picara de cuando éramos niños!", dijo Alonso con una sonrisa.
"No me digas...acabo de pensar lo mismo de ti, que me acabas de mirar cómo cuando éramos niños...", rebatió Ramón.
"... ¿Y la afortunada sabe que ella es mi "premio"?
"No. Pero, como te dije, no hay drama. Si quieres, la conoces. Si no quieres, aquí no ha pasado nada. Papá no está en sus cabales la mayoría del tiempo. Aunque quisiera, ya no puede molestarte con ese asunto. La suerte, come siempre te acompaña hermano.
"A ver Alonso. No tengo intención de devengar mi premio, pero reconozco que estoy curioso. ¿Quién es?"
"Si quieres conocerla este fin de semana hay un paseo en donde ella seguramente estará."
"A ver si me cobro la apuesta", dijo Ramón entre risas.
"Que desgraciado eres hermano."
"Era broma Alonso. Vamos a comer algo, que ladro del hambre."

El paseo del aquel fin de semana era el plan perfecto para un día soleado en la Sierra: una cabalgata hasta Aloag que culminaría con el respectivo almuerzo

campestre, a la orilla del rio San Pedro. La cita era el sábado de mañana, frente al Palacio de Gobierno. Desde allí, el grupo se dirigiría hacia el norte. La sobria edificación -con sus guardias inmóviles y sus muros blancos y longilíneos- contrastaba con el alegre desparpajo de la comitiva: vestimentas coloridas, sombreros de paño con sus lazos coquetos, canastos rebosantes de frutas y quesos, caballos y yeguas que competían en belleza y elegancia. En la espera, alguien improviso un estribillo con voz desafinada haciendo alarde de su galantería. Se acercaba a las chicas con una mano en el pecho y la otra doblada atrás de la espalda. Las chicas se reían y le esquivaban entre risas.
Tan pronto llegaban a la cita, los jóvenes comenzaban la conversa con los que ya estaban en el lugar. Sacaban mapas y cuadernitos de sus mochilas, prendían un tabaco, comentaban esto y el otro con las personas más próximas. Mientras, una bota rebosante de anisado pasaba de mano en mano y de pico en pico, salpicando por aquí y por allá invisibles gotitas sobre los chalecos, los faldones, las botas.
Cuando Alonso, Antonio y Ramón llegaron al palacio de gobierno, el grupo estaba al completo. Ramón estaba dichoso: se había olvidado de la ligereza y calidez de su gente, de las risotadas al aire libre, de los coqueteos. Por primera vez en años, los recuerdos de su juventud afloraban en su mente sin miedo a ser renegados y espoleados adentro de su cabeza. Se acordó de las cacerías por las planicies del páramo, de las acampadas en carpas improvisadas, de las escaladas en las cumbres, de las neviscas improvisas, de las botas húmedas que estilaban a cada paso: el Pichincha, el Cayambe, el Chimborazo, el Antisana, el Altar... ¡que bella, áspera y salvaje era la naturaleza en su tierra natal!
Ramón estaba visiblemente emocionado. Le recibieron como todo un príncipe y no hubo persona que no le comparta alguna anécdota de la infancia o travesura.
"¡Cuéntanos Callejas, que es de tu hermosa vida, dicen que vives en un palacio, que tienes tres o cuatro novias, que eres dueño y señor de todo el viejo continente, *chulla vida* la tuya!"
Ramón gozaba observando las muecas y expresiones faciales, escuchando los dejes, recordando los hábitos y las pequeñas mañas de su gente que había olvidado.
Por otro lado, se sentía como un espectador, como un extraño frente a una obra de teatro cuyo guion ya no reconocía. Se dio cuenta que, si antes de viajar a Europa era un joven muy distinto a sus coetáneos -con ideas y ambiciones del todo distintas en aquel medio pequeño y familiar- ahora, definitivamente, él pertenecía a otro mundo.
Esa constatación, lejos de molestarle, le agradó.
Al sueno de un estridente pito, la comitiva montó a caballo. El sonido de una pandereta acompañaba las maniobras de los jinetes. Pronto, a la pandereta se

sumó una armónica que alguien sacó de su bolsillo.
Hubo risas, palmadas, brazos al aire.
Se libró un concierto de tintiintin...bumbumbum...tracatracas.
Las mujeres se ubicaron al frente del grupo. Cabalgaban con sus faldas recogidas en un gancho, sus chaquetas cortas apretadas al busto, sus pañuelos de lino alrededor del cuello, sus guantes de ganchillo protegiendo las manos agraciadas y pequeñas. La mayoría de ellas llevaba el pelo recogido en coletas. Protegían sus rostros con sombreros de paño o paja toquilla, que sostenían con una de las manos. Las sonrisas y cuchicheos de las jóvenes amazonas azuzaban los ánimos de los varones, para que sonrían también, para que arrojen sus miradas sin timidez.
La alegría era contagiosa, palpable.
Al improviso, el grupo de yeguas que las mujeres montaban se abrió hacia los dos costados para evitar un montículo de tierra y lodo en medio de la vía.
En medio de aquel vacío, apareció ella: la chica del confesionario, de los rizos rebeldes, de la mirada nerviosa, de los labios color cereza. Cabalgaba un hermoso caballo de gran tamaño y largas crines oscuras. La espalda era tiesa como un junco y su trenza dorada colgaba desde la nuca perfecta. De repente, un mechón de pelo se soltó del lazo que le retenía y cayó sobre su frente. Como aquel día, como en Santo Domingo. A su lado, la misma mujer anciana, huesuda y de ojos saltones. Su poca gracia era tan impactante como la hermosura de la chiquilla. Más allá de su evidente belleza, los movimientos de la joven eran elegantes y acompasados. Parecía una libélula moviéndose nerviosa sobre las olas mansas de un estanque. En aquel mismo instante Ramón se sintió perdido. Perdido tras aquella mirada escurridiza, perdido por imaginar que ocultaba aquella ropa, perdido por desear aquella piel color durazno, por acariciar aquellos rizos alborotados.
Seguía con los ojos la trenza dorada y su cascabeleo en el aire, de un lado para otro, con un ritmo que parecía estudiado a la perfección para torturar sus sentidos, para despertar su deseo adormecido. Observaba sus hombros rectos y simétricos, que no se descomponían a pesar de los golpes de otros jinetes queriendo rebasarla, observaba sus caderas y como se acomodaban al sube y baja del trote. Imaginó esos mismos movimientos encima suyo, con el cuerpo húmedo y los muslos apretados.
Pronto, en un trance que escalaba como una espumilla, Ramón quiso leer sus labios, descifrar las palabras que ella susurraba en oídos ajenos.
¿Qué le diría al jinete a su lado?
¿Quién era para tener la dicha de aquellos susurros?
Al improviso una cachetada le sorprendió desde atrás.
"¡Desde luego tu sí que tienes suerte, Ramón! ¡Allí está la *guambrita* que te comías con la mirada en Santo Domingo!", dijo Alonso entre risas.

"Quien es. ¿La conoces?", preguntó Ramón sin dejar de fijar a la joven.
"Es la hija de Arturo Grijalba Montes.", dijeron en coro Alonso y Antonio.
"Se llama Matilda."
"¿Matilda Grijalba Montes? ¿La chica...de la apuesta?"
"La mismita, hermano."
"Has enmudecido. ¿Qué pasa hermano, ¿Acaso ya no quieres irte? ¡Si piensas viajar mejor no alborotar el gallinero de las solteritas de buena familia!", dijo Alonso con tono burlón.
"¿Por qué no me contaste la historia de la apuesta el día en Santo Domingo, cuando la vimos por primera vez?
"La verdad es que me acabo de enterar. No supe hasta hace pocos minutos quien era la joven."
"¿Quieres conocerla? No será difícil que alguien nos presente."
"Prefiero hacer las cosas a mi manera."
"¡Sí que te gusta!, agregó Antonio entre risas. ¡Mejor toma un poco y relájate!, dijo Alonso mientras con el brazo le extendía una bota de licor.

Cuando llegaron al lugar de destino, hubo un momento de júbilo general. Algunos reían, otros silbaban o aplaudían. Habían pasado varias horas desde que salieron de excursión y el sol de la tarde ya se había entibiado. La esplanada era hermosa y el prado de un verde intenso a pesar del verano. Al fondo, un río de aguas cristalinas se abría paso entre las cañas y los arbustos. El cielo era perfectamente terso y contrastaba con los picos plateados de la Cordillera. Los jinetes amarraron sus caballos a los postes de un redil abandonado. Luego ayudaron a las mujeres a bajar de sus rocines. Sostenían sus manos, sus sombreros, sus ponchitos. Ramón quiso ayudar a la chica del confesionario, pero alguien se adelantó y la bajó con un solo ágil movimiento, en un escándalo de risotadas y muecas. Era un hombre no tan joven, de buen semblante y buena musculatura.
¿Quién sería este jinete mucho mayor a ella que la trataba con tanta familiaridad, que le sonreía, que no la perdía de vista un solo instante?
"Alonso, quien es el caballero que acompaña a la chica?"
"Cual chica."
"La chica Grijalba."
"Pues claro, quien más...la chica Grijalba..."
"No tengo idea. ¿Quieres que averigüe?"
Entonces, el grupo se desplazó a la sombra de un rudimentario pabellón con una mesa rustica al medio y unas bancas. El reverbero del sol de la tarde cegaba los ojos y obligaba a buscar reparo. Desde aquella ubicación la vista al río era perfecta: los rayos se clavaban en las aguas trasparentes creando increíbles efectos de luz. Algunas mujeres estiraron un mantel sobre la mesa y colocaron

flores de campo en pequeños canastos improvisados. Otras sacaron las frutas, las botellas, los panes y los quesos. En medio de aquel ajetreo y revoltijo de cosas y personas, Matilda desapareció de la vista de Ramón. Su fea chaperona la llamaba por nombre y la buscaba entre las personas de la comitiva. Los movimientos de la pobrecilla eran tan nerviosos que le recordaron a Ramón el correteo alocado de los pavos en el patio de Los Rosales: cuando llegaba la Navidad, su abuela Rosa los emborrachaba para luego echarlos a correr hasta que los pobres caían rendidos, con los muslos tiesos y sus picos entreabiertos. Entonces, les cortaba la cabeza de un solo golpe, dejando las carnes estilando licor y listas para la olla.
"Matilda! Matilda! ¡Ven a comer! ¡Donde estas! ¡A mi edad no estoy para sustos!", gritaba la mujer con los pocos dientes que le quedaban.
Ramón estaba intrigado. Bajó a grandes zarpadas los pocos metros de loma que le separaba del rio y lo recorrió hacia el norte, hasta una pequeña choza que asomaba al fondo. No vio a nadie, así que regresó al pabellón. A ver si con un trago se olvidaba de la muchacha y se ponía a tono para la reunión.
Cuando regresó al lugar, la joven del confesionario estaba allí. Sostenía un ramillete de flores entre las manos y levantaba el filo de su falda al ritmo de las panderetas y las guitarras. Un grupo de chicas la rodeaba como a la ninfa de un bosque. Una de ellas le puso al cuello una corona de flores, otra, un sombrero de paja que sacó de su propia cabeza. Luego, el caballero misterioso se levantó atrás de ella y la sacó a bailar entre gritos de alegría y ra....ra...ras......
La chaperona de la joven finalmente se relajó. Acomodó una almohadilla atrás de su cabeza y se apoyó a la sombra de un álamo, pero sin perder de vista a su encomendada. Tampoco Ramón lograba despegar su mirada de ella.
"Ya te tenemos la información hermanito", dijeron en coro Antonio y Alonso.
"El caballero se llama Edward Cornwell y es un primo del padre de la niña. Le llaman *el loco* Corwell. Un gran tipo hermano, buena gente. Vive en San Francisco, pero visita la familia de vez en cuando."
Ramón quedó perplejo. Esperaba tener que competir con algún hacendado aburrido, no con un hombre de mundo y buen semblante.
"¿Celosito, hermano?"
"Unas palabras más y os boto ambos al agua."
"Creo que estás embrujado. ¿Acaso te has ido donde algún *Shaman*?", dijo Antonio entre risas.
"No me molestes. Es mucho tiempo que no estoy con una mujer. Eso es todo."
Aquella tarde finalizó con una formidable borrachera entre hermanos. Ramón no tenía idea de cómo llegó de vuelta a Villa Jacarandá, ni de cómo acabó en su cama vestido y con todos los poros de la piel trasudando licor. De madrugada se levantó y se bañó en agua fría. No podía dormir. Pensaba en aquellos movimientos lentos, en aquellas caderas.

"Alonso hazme la cita con el padre de la chica para formalizar."
"¿Hablas en serio? No me hagas hacer relajo de pura gana[1]"
"¿Te parece que bromeo? A parte, no querrás darle ese disgusto a nuestro padre y así le acabamos de empujar bajo tierra antes de tiempo...
"Hasta hace dos minutos no te importaba lo más mínimo que pudiera pensar nuestro padre, y ahora...tan pronto te enteras de quien se trata cambias de idea en un santiamén", dijo Alonso con la cara entre lo divertido y lo indignado.
"Ya no friegues hermanito. ¿No era lo que querías?"
"¿Y qué piensas hacer ahora? ¿Vas a pedir su mano como que nada?"
"¿Te la llevas a Europa? ¿Piensas quedarte?"
"Vamos por pasos, ¿te parece?"
"Por un segundo pensé que estabas casado con una chica llamada Venecia", agregó Alonso con la expresión de quien ya no entiende nada.
"Me estas mareando hermano del alma. Déjame entrar en mi rol de retoño de la casa Callejas de Alba. No la friegues, ya casi lo estas logrando", respondió Ramón.
"Eres insoportable. Pobre la que tenga que aguantarte.
"Dime que tengo que hacer, entonces."
"Dile a Don Arturo que la próxima semana le visito.
"¿Vive en Quito?"
"Vive en la hacienda San Rafael. En el Valle de los Chillos. Muy cerca de Los Rosales, de hecho..."
Las mujeres de la casa vienen a confesarse en Santo Domingo. Pero esto tú ya lo sabes...", agregó Alonso con un guiño.
Ramón ya no escuchaba.
Su miraba se había perdido tras el ventanal que arrojaba los últimos rayos del atardecer sobre la sala tiñéndola de un tono alabastro que le recordó, por un instante, las tardes perezosas frente a la laguna, con un libro, o algún mapa colgando de la mano. Mientras sus ojos oscuros perforaban las nubes como un sable, sus labios saboreaban un anisado más exquisito que de costumbre.

---

1 Inutilmente.

La noche más larga

Armando Quilotoa llegó a Las Camelias de puro milagro, como él mismo contaría días más tarde a las mujeres de San Rafael. La mula en la que viajaba casi cayó por un despeñadero llevando consigo al viajero y a su carga. Por si aquel susto no bastaba, desde lo alto del cerro llovían piedras del tamaño de unas limas, que el pobre esquivaba con tretas de malabarista y reflejos felinos. Al caer la tarde, Armando prefirió bajar de la mula y jalarla con una soga así le costara una cuaresma llegar a su destino. Mientras, con su otra mano se santiguaba, para que la muerte no le sorprenda lejos de su choza, de su huerta y de sus hijos.

La abuela Isabel había fallecido la madrugada del domingo de Pascua. Se fue bajo un cielo cargado de nubes violáceas, cobijada por el campo que tanto amaba, por sus nietas, por su Cristo de ébano que abrazó hasta el final. Arturo se rehusó a viajar a Las Camelias, así que la tarea de llevar la ingrata noticia recayó sobre Armando Quilotoa.

El capataz era el mensajero perfecto de cualquier noticia por mala que fuera. Las personas que han vivido muchas desgracias tienen la piel gruesa y la de Armando hace ratos parecía el caparazón de una tortuga. Así las cosas, él hablaría con Don Alfonso y él recogería las primeras lágrimas del viudo con el debido aplomo.

Cuando al fin vio al medio de una esplanada la casa de paredes blancas que le habían descrito, el capataz creyó estar soñando. El terreno era verde y rebosante de vida, de plantas exuberantes, de árboles frondosos. Cargaban limones, naranjas, enormes aguacates y limas con cascara gruesa y brillosa. Un plácido río cruzaba el terreno al fondo de la quebrada. Las aguas eran tan nítidas que podían verse las truchas a ras del pavimento rocoso. Después de horas entre pencos y caminitos estrechos ladeando la montaña, sin más vegetación que esporádicos arbustos y montículos de tierra quemada, aquel paisaje paradisíaco parecía un espejismo producido por el extremo cansancio. Armando sonrió entre sí: el hilo blanquizco que se libraba al cielo desde el ducto de la chimenea significaba que Don Alfonso estaba en casa.

La vivienda era lejos del decoro de una casa patronal pero, a pesar de su candidez, lucía acogedora. Desde un techo de tejas rojas colgaban sonajeros de viento oxidados y macetas con flores maltrechas. Las paredes eran de barro y en ciertas partes escupían matas de paja desde sus entrañas. Por un instante, la extrema sencillez del lugar le hizo dudar que estuviera en el sitio correcto. Pero una colorida baldosa encajada en la mampostería le confirmó que estaba en el lugar preciso: había llegado a Las Camelias.

Armando subió las tres gradas de piedra que antecedían la puerta principal

y golpeó la puerta con suavidad. Un olor dulzón a caña invadía el ambiente y entibiaba el aire.
Se conmovió: ¡Cuanto tiempo que no respiraba aquel aroma penetrante y cálido! Y es que su primer patrón cultivaba caña y aquel olor quedó atrapado en su cuerpo como una segunda piel.
"Don Alfonso, soy Armando Quilotoa. ¿Puedo pasar?"
No hubo respuesta, así que pasó adentro.
El interior de la casa era oscuro y apenas podían distinguirse el escaso mobiliario y algunas herramientas de trabajo amontonadas contra las paredes cuarteadas. Las cortinas estaban semicerradas, al igual que las ventanas. Armando cruzó la sala nerviosamente, como si fuera un ladrón temeroso de ser descubierto. Sabía que era portador de malas noticias y eso le tenía angustiado.
"Don Alfonso? ¿Puedo pasar?", preguntó de nuevo.
De repente divisó un cuarto al fondo cuya puerta se movía con la ventisca. Las persianas estaban emparejadas, el aire era pesado, la luz escasa. Don Alfonso yacía en una cama sobre una pila de almohadas. Tenía un libro apoyado sobre el vientre. Subía y bajaba al ritmo de su respiración. ¡Estaba vivo, bendito sea Dios!
Por un momento, el capataz temió lo peor y aquella visión, tan miserable y triste, le habría atormentado por el resto de sus días. Un tufo intenso a orina se desprendía desde una bacinica de porcelana blanca. Con sus manos Armando alejó los moscos que revoloteaban por encima de la bacinica y del propio Alfonso, como si el pobre fuese la carroña de algún animal muerto.
De repente el durmiente abrió los ojos. Armando esbozó una sonrisa. Sus labios estaban agrietados por la sequedad del ambiente y la poca agua que había tomado durante el viaje.
"Don Alfonso...soy Armando.", dijo con un hilo de voz.
"Armando, que alhaja[1] verte..."
"Me alegro mucho ver que está bien, su merced patrón..."
Al improviso se acordó la noticia que debía dar y su rostro se ensombreció.
"Me manda su hijo...para..."
"Ayer un búho entró a la casa y se arrimó a mi ventana...Isabel ha muerto... ¿no es cierto?", le interrumpió Alfonso con voz ronca.
"Si mi patrón. Doña Isabel falleció. Lo lamento mucho."

Al cabo de cuatro días Armando estaba de vuelta en San Rafael. Tenía la cara desencajada y parecía haber envejecido algunos años. Tan pronto pudo refrescarse y comer un locro[2] se reunió con Don Arturo. Le contó que su padre parecía un muerto en vida, que respiraba con fatiga, que a duras penas

1 Bonito.
2 Sopa de patatas típica de la Sierra ecuatoriana.

se paraba con la ayuda de un bastón improvisado. Le contó que una mujer piadosa iba y venía del pueblo para atenderle, pero claro, las visitas de una anciana no bastaban, que cualquier día el pobre desaparecía de la faz de la tierra y nadie se enteraba.
Matilda escuchaba como de costumbre al otro lado de la puerta. Pero esta vez no pudo controlar sus emociones e irrumpió en el despacho de su padre entre lágrimas.
"¡Padre no podemos dejar al abuelo solo en ese lugar!"
"¡Hay que tráelo aquí y cuidarlo!"
"Te he dicho mil veces que no se escucha atrás de las puertas, retírate Matilda!"
"Pero padre... ¡Es mi abuelo!"
"El abuelo no quiere regresar, ¿Acaso no lo has entendido en todo este tiempo?"
Matilda lloraba desconsolada. Su abuelo, la persona que se había empecinado en educarla, que veía en ella una luz y un brillo especial, que la amaba tal y como ella era, estaba solo en medio de la nada. Por si no bastaba aquella zozobra, su madre Raquel le acusaba de mil cosas, como si todas las desgracias de la familia fueran su culpa: que como era posible que abandonara su familia de aquel modo, que aquellas desgracias eran por causa del alcohol, que quien le cuidaría en aquellas lejanías.
A Matilda las quejas de su madre no le importaban en absoluto. Solo sabía que amaba a su abuelo y que le extrañaba como a nadie en el mundo. Eso bastaba. Eso le partía el alma. No podía hacer nada para detener sus lágrimas porque esos chorros de agua salada brotaban directo del corazón: ¿con quién compartiría sus hallazgos con el padre Evaristo? ¿con quién tendría sus charlas secretas y vehementes discusiones? ¿Y quién le regalaría en cada cumpleaños un nuevo libro, un mapa de algún extraño lugar o algún instrumento estrafalario?
Matilda tardó semanas en salir de su cuarto y alimentarse apropiadamente. No tenía ánimos de nada. Solo atendía sus clases con el padre Evaristo. Su cuerpo y mente no daban para más. Tan pronto las lecciones terminaban, agarraba la pila de libros y se retiraba en su habitación hasta el día siguiente. A cada nuevo amanecer esperaba que todo fuera una pesadilla y que, al entrar a la cocina para el desayuno, escucharía el vozarrón de su abuelo desde el cabezal de la mesa.

La reunión con el capataz dejó claro que Alfonso no podía bastarse por sí mismo así que Arturo decidió contratar una persona que se haga cargo de él en Las Camelias. No tenía intención de visitarle, estaba indignado, dolido, frustrado. Pero era su padre y debía atenderle hasta el fin de sus días. Panchi-

ta Quispe, una sobrina del propio Armando se mudaría al lugar por el tiempo que hiciera falta y cuidaría de él.
El viaje no era ningún chiste, Panchita sabía. Después de un buen tramo a caballo por un carretero de segunda había que cruzar una quebrada en tarabita[1] y finalmente bajar a lomo de mula por un despeñadero. Hasta llegar al valle del río resplandeciente, de las plantas exuberantes, de las frutas coloridas. Pero a Panchita esa travesía no la asustaba. Había perdido su choza en las últimas fiestas del patrono porqué a algún sinvergüenza se le ocurrió armar cohetes de pólvora al filo de su huerta. Así, aquel empleo -y aquel nuevo hogar- le venían como anillo al dedo.
En menos de una semana, la nueva empleada viajaba a Las Camelias con un cargamento de provisiones y ropa que las mujeres de San Rafael habían reunido. Matilda envió a su abuelo algunos libros y unas notas personales en donde le daba noticias del padre Evaristo y de ella misma. Le rogó que al menos le escriba, que no se preocupe, que ella se encargaría de conseguir un cartero para viajar hasta Las Camelias. Le rogó que no la abandone.
Cuando el asunto de su padre estuvo arreglado, Arturo organizó una reunión con sus hermanos, Héctor y Vinicio. El encuentro se haría en San Rafael tan pronto estos lleguen de sus respectivas ubicaciones. Ambos eran prósperos ganaderos y vivían en sus haciendas, las que Alfonso les dio el día en que salieron de San Rafael para casarse.
A media tarde todos estuvieron juntos alrededor de la gran chimenea. María Ercilia pasó un canelazo hirviente que impregnó el aire, pero no ablandó los espíritus.
"Hermanos, gracias por acudir. La situación es desesperada. He hablado con Luis Camacho y los números son desastrosos. Ni siquiera las sumas y restas están bien hechas, con Luis madrugamos algunas noches para que al menos cuadren las cifras y no tengamos que pasar por un bochorno con Don Raimundo Cabeza de Vaca."
"¿Quién es Raimundo Cabeza de Vaca?", interrumpió Héctor, con tono de reclamo, más que de consternación.
"Don Raimundo es nuestro principal acreedor. Hay un saldo pendiente de Las Camelias que nuestro padre nunca canceló y él hombre reclama su pago. Dicen que es de armas tomar, que si no se le paga lo debido es muy capaz de partirte como mínimo las piernas o el pescuezo."
"¿Ahora le tenemos miedo a un cascarrabias solo porqué tiene plata?", dijo Héctor.
"El cascarrabias, como tú le apodas, es de pocas pulgas. Carga una escopeta en los hombros que no suelta ni para entrar a comulgar los domingos. Una vez, los perros runas[2] que siempre le siguen por el pueblo le arrancaron un

1 Pequeña silla sobre cuerda que permite trasladarse de un lado a otro de ríos y quebradas.
2 Perros que son mezcla de razas.

dedo a un vendedor de baratijas frente a mis ojos. Otra vez le disparó a un ratero a plena luz del día desde su cabalgadura. Con eso quiero decirles que el tal Don Raimundo es de armas tomar y que, además, goza de impunidad. Todos le temen", recalcó Arturo.
"Malparido. Si he oído de él", dijo Vinicio.
"Hermanos: no es prudente provocarle más de la cuenta. Hay que pagar. Salgamos de esta pendejada[1] una vez por todas, antes de que tengamos algo que lamentar", agregó Arturo. Un silencio glaciar bajo sobre todos los presentes. El aire estaba cargado, como si todas las nubes del cielo estuvieran a punto de desplomarse sobre la tierra.
"¿No tenéis nada que decir?"
"La responsabilidad de la hacienda que nuestro padre compró incautamente recae sobre todos, ¿no? ¡Al igual que la responsabilidad de salvar su honor y el honor de nuestra familia!"
"¿Que la responsabilidad recae sobre nosotros?", repitió Vinicio.
"Estoy solicitando vuestra ayuda hermanos, y, según yo, ni siquiera debería tener que hacerlo", dijo Arturo en estado de evidente turbamiento.
Pero aquel arrebato apasionado no sirvió de mucho. El aire siguió tan inmóvil como cuando los tres entraron a la sala y hundieron sus cuerpos en las butacas.
"Paguemos entre todos la deuda pendiente y acabamos con ese dolor de cabeza. Solo no puedo. Lo único que tengo son estas tierras y la casa patronal. Ustedes bien saben lo que me costó sacar eso adelante."
"Ese es el punto Arturo. Yo no creo que la tal deuda sea nuestra responsabilidad. ¿Pagar nosotros las obligaciones de nuestro padre quien se esfumó sin dar la cara? ¿Y echar a perder nuestros negocios, que levantamos con el sudor de la frente? Si hoy tenemos lo que tenemos es porque madrugamos cada día de nuestras vidas para trabajar el campo y para luchar contra las inclemencias del clima", dijo Héctor con la voz ronca del fumador empedernido.
"Todos sabemos lo duro que es el campo y lo ingrata que a menudo es la naturaleza. Eso no es el punto."
"¿Y cuál es el punto, Arturo?"
"Si no pagamos la deuda a Cabeza de Vaca, la honra de nuestro padre queda por los suelos. Eso creo que no tiene precio. Al fin y al cabo, él nos repartió en vida lo que tenía."
En aquel instante María Ercilia irrumpió en la sala para ofrecer unas empanadas de morocho y de verde[2]. Al cruzar el umbral de la puerta se tropezó en una de las alfombras y la bandeja -con sus platitos de porcelana fina y sus diminutos cubiertos- casi salió volando. Pero, a pesar del tropezón y del ruido

1 Tontería.
2 Empanadas de carne y de plátano con queso, típicas de la cocina ecuatoriana.

ensordecedor de la vajilla, nadie se inmutó, como si María Ercilia hubiese sido una aparecida más de la casa. Entonces, acomodó la merienda sobre una mesita y se escabulló asustada.
"¡Mis cuartos yo los invierto en mi hacienda, que al menos me dan una ganancia segura!", dijo Héctor. Vinicio asintió con la cabeza.
"Yo también pienso lo mismo. Me he rajado trabajando en mis tierras. Cuando las heredé eran puro lodazal, buenas para sembrar lechugas. ¡Vieran los sacrificios, para convertir aquel pantano en tierras productivas de las que comer! No me puedo dar el lujo de pagar deudas ajenas, así se trate de nuestro padre", agregó Vinicio.
"¿Y mi familia? ¿Tampoco os importa que pasará con ellos?"
"Arréglate como puedas Arturo. Lo siento mucho, pero esa guerra no es nuestra", dijo Vinicio tajante.
Aquella frase le dolió a Arturo como una puñalada al corazón y la expresión de su rostro no supo disimularlo. Entonces, Vinicio se levantó de la mesa. Siguió Héctor, pegado a su espalda como una sombra. Se dirigieron hacia el pasillo camino al patio. Allí les esperaba su carruaje y un somnoliento cochero que cabeceaba a intervalos perfectos.
Arturo salió atrás de ellos con paso acelerado.
"¿Eso es todo?"
"¿La deuda de nuestro padre es problema mío no más? "
"¿Y su honor?
¿Y el honor de nuestra familia?
"¿Eso también puede irse al carajo?"
"¿Y así piensan salir a la calle?"
"¿Y cómo vais a mirar a la cara vuestros hijos, a vuestros vecinos, a vuestro párroco?"
"¿O es que cuentan solo vuestros deseos?"
Vinicio y Héctor se dieron la vuelta al unísono, como los músicos de una orquestra que
han ensayado su parte una y otra vez.
"Si logras pagar las deudas de nuestro padre, te quedas con Las Camelias. Puede que no sea tan mal negocio, al fin y al cabo...", dijo Vinicio.
"Suerte con todo. Estaremos en la posada de Don Tarquinio hasta mañana y si quieres podríamos formalizar al asunto de una vez. Buenas noches y saluda mucho a tu mujer. Lástima que no hubo oportunidad de una velada familiar. Dios mediante, será para otra ocasión."

María Ercilia, Paolina y Raquel no despegaron sus oídos de la puerta de la cocina ni un solo momento. Sus cuerpos se mantuvieron tiesos como estacas y casi no respiraban, para que su aliento no entorpezca las palabras que viaja-

ban con las leves ráfagas de corriente. Atrás de ellas, Blanca y Josefa lavaban las cacerolas dentro de una enorme paila de bronce. Procuraban hacer el menor ruido posible. Cuando alguna desgracia se acercaba, ellas -igual que los demás *huachimanes*- parecían percibirlo con cierta antelación. Entonces, sus pasos se suavizaban, sus voces se eclipsaban y los cuerpos se hacían más invisibles que de costumbre.
¿Y Arturo? ¿Porque no escuchaban su voz, ahora que esos infelices se habían ido?
¿Qué estaba pasando?
¿Se quedarían discutiendo en el patio?
Entonces, las tres mujeres abrieron muy despacito la puerta, lo mínimo para ver afuera sin delatar su presencia.
Arturo estaba inmóvil, parado frente al portón de hierro. Mantuvo aquella posición por algunos minutos, la frente alta, la musculatura tensa. Luego regresó hacia la galería y se desplomó sobre una banca de piedra.
Estaba desolado. No esperaba aquel desplante, aquella vil traición por parte de sus dos hermanos. Tenía las entrañas retorcidas como un cochinillo a punto de ser destripado. Estaba claro que solo podía contar con sus fuerzas para pagar la deuda.
Nunca se había sentido tan solo. Deseó que la oscuridad le succione, al igual que succionaba a fincas y potreros hasta el nuevo día, cuando la luz regresaría para alumbrar al mundo. Se acordó de su padre. Por un instante entendió porque su progenitor quiso desaparecer como una estrella fugaz, como alguien que nunca ha existido.
Un perro en la lejanía ladró al improviso. De inmediato Arturo probó vergüenza por aquel pensamiento. Él no era su padre. El lucharía. Por alguna razón que no entendía, su padre no había podido, no había tenido la fuerza, -o quizás la salud-, para enfrentar la situación. Con él las cosas serían distintas, porque de él dependía su familia y las familias de sus trabajadores.
Juró a si mismo resolver aquel lío. Así fuera lo último que hacía en su vida.
Cuando regresó a su alcoba, Raquel le esperaba sentada al filo de la cama nupcial, el único mueble nuevo que habían encargado al carpintero del pueblo cuando se casaron. Se peinaba el cabello despacio. Ensartaba sus dedos delgados entre las hebras de su pelo para disimular su nerviosismo y desasosiego.
Arturo cerró la puerta atrás de sí.
"Nadie me va a ayudar Raquel. Vinicio y Héctor no podrán un solo medio[1] para pagar las deudas de nuestro padre."
Un calambre frío recorrió la espalda de ella. Sabía que eso `pasaría, lo temía, pero, en fondo, mantenía la esperanza que sus cuñados sean racionales, que

1 No van a poner dinero.

sean solidarios con su hermano menor, que cambien de idea...
"...Pero...¡Ese problema no es solo tuyo, es de todos ustedes! ¿Como es posible que se laven las manos de este modo?
"Lo que te digo. No van a poder un medio.", recalcó Arturo.
"¿Y que vamos a hacer?", dijo ella. La voz le temblaba.
"Pagaré yo la deuda. Toda la deuda. No sé cómo, pero lo haré. A cambio, Las Camelias serán nuestras."
"Esa hacienda no sirve para nada, a menos que alguien con muchas ganas de trabajar de sol a sol se mude en aquellas lejanías. Tú lo sabes mejor que yo. Fue un capricho de tu padre aquello, un capricho que ahora pagaremos todos. ¿Cómo pudo pensar en manejar una plantación de caña de azúcar a su edad y prácticamente solo?"
"¡Ya calla Raquel, te ruego, no quiero escuchar más quejas! Eso es lo último que necesito."
Raquel estalló en un nuevo llanto que duró hasta la madrugada. Ella era distinta a su marido. Ella necesitaba sacar del pecho las angustias, gritar, patalear hasta que el cuerpo aguante y las lágrimas se agoten.
Porque las penas eran como garrapatas, que no daban paz hasta sacarlas del cuerpo.

La semana siguiente Arturo salió de cacería a la Mica con Armando Quilotoa y el Doctor Cisneros, quien acabo enredado en aquel plan por jactarse de tener los mejores perros sabuesos de todo el valle. A Arturo le encantaba caminar por horas atrás de sus perros y perderse en el silencio de los páramos. Se relajaba y lograba olvidar los problemas, por inmensos que fueran. Desde su choza en la Mica, Jaimito Santafé les daría paso para que cacen en su predio, el mejor de todos, el más extenso. Allí las tierras eran vírgenes y los animales salían por doquier de los matorrales con tan solo lanzar una piedra, decía con orgullo. Antes de la batida, Jaimito les brindaría un agua de *shunfo*[1], para que la tomen directo del cacho de un toro, para que la energía fluía y no les dé mal de altura. Los tres regresarían al día siguiente renovados, con el espíritu renovado y sus mochilas llenas de perdices, tortoras y liebres.
La mañana de la cacería, como no había que atender a los varones ni preparar un copioso almuerzo, las mujeres de San Rafael aprovecharon para distraerse y dedicarse a sus quehaceres. A primera hora de la tarde Raquel se sentó alrededor de la gran chimenea para charlar y tejer con sus hijas, su madre y su cuñada. A las tres en punto comenzó a llover. El agua caía con tal fuerza que los vidrios retumbaban terriblemente, como si las gotas fuesen las balas perdidas de algún fusil. De repente, Raquel dejó caer en su canasto la madeja de lana que cargaba sobre los muslos y comenzó a hablar.

1 Planta que crece el páramo andino con propiedades energizantes.

"Desde que nos casamos vuestro padre estuvo obsesionado con San Rafael."
María Antonia y Matilda interrumpieron sus bordados en el mismo instante.
"Todas sus preocupaciones, pensamientos y emociones siempre tenían un dueño: San Rafael. Llegué a tener celos del santo, como si se tratara de una mujer, o, peor, de un enemigo con el que yo nunca podría competir. ¡Y eso que San Rafael es el protector de los novios!"
"¿El protector de los novios?", repitió María Antonia incrédula.
"Si *mija*. Es el santo que pescó un pez para alejar al demonio Asmodeo de Sara, la prometida de Tobías.
María Antonia no tenía idea de aquel relato bíblico ni de aquellos personajes, por lo que prefirió callar para evitar una reprimenda.
"Hubiese preferido competir con una hembra hermosa y joven, pero no con un santo, invisible y lejano. Eso no era justo, contra eso yo no podía hacer ninguna artimaña..."
Sus hijas no dejaban de fijarla. Sentían que estaban presenciando una escena irreal. Aquella mujer de ojos húmedos y mejillas rojas no podía ser la misma que días atrás había abaleado sin remilgos a un ladrón de gallinas.
"Hable madre, eso le sienta bien", insistió Antonia.
Raquel retomó su relato después de la breve pausa.
"Ansiaba poder disfrutar de una comida completa, que me deje sin calambres en las noches y me haga descansar a gusto. Quería tener muebles nuevos para la casa y comprar algún vestido a la moda en la tienda de Doña Loles, en la Plaza del Teatro.
Pero el momento nunca llegaba: un mes había que reparar el gallinero, -porque entran las comadrejas, porque acaban con los huevos y las propias gallinas-; otro mes había que cambiar la alambrada, -ya viste que pasó con las vacas de Don Isidro, por no tener cercado su potrero-; el siguiente, había que cambiar los postes para amarrar los potrillos, construir nuevos tapiales, hacer drenajes que ayuden a soltar el agua hacia las zanjas. En fin, nunca pudimos ser felices. Porque San Rafael siempre venía primero, porqué el santo siempre tenía alguna exigencia, algún requerimiento importante..."
María Antonia no lograba alejar la mirada del rostro compungido de su madre.
"¿Porque San Rafael tenía tantos problemas, madre?, preguntó.
"Cuando todos se casaron, vuestro abuelo Alfonso asignó a cada hijo una hacienda para que ellos tengan de que vivir. La abuela Isabel, pa´ descanse, siempre quiso que vuestro padre se quede con San Rafael. Estaba convencida que solo él podría cuidar esa hacienda, que solo a él le importaba. Así, al final, vuestros tíos se quedaron con las mejores tierras y nosotros con San Rafael.
"Lo que usted está diciendo es que el reparto no fue justo?", dijo Matilda sin remilgos.

"Si señor. Eso mismo estoy diciendo."
"Los hermanos de vuestro padre se aprovecharon de su buen corazón y arrancharon las tierras mejores, las más productivas."
"No digas esas cosas *mija*. Tu marido se quedó con San Rafael porque él quiso. Porqué a él le importaba más que a los otros", dijo Paolina.
"Así es. Decía que el agua lo era todo, que aquella abundancia era una bendición, que solo había que ver la forma de aprovechar el prodigioso recurso de la forma mejor, adaptando los cultivos, haciendo canales de riego bien pensados, en fin, que se trataba de echarle cabeza al asunto y arremangarse. Pero las cosas no estaban así. Aquellas tierras eran un lodazal, madre. Él debía haber reclamado y no conformarse con la peor parte del patrimonio... ¿No le parece?"
"Dios sabe cómo hace las cosas, *mija.* Dios sabe..."
"Por favor, no tapemos el sol con un dedo. Lo que digo es la pura verdad, usted sabe cómo nadie. La casa estaba en ruinas y nos costó muelas poner en marcha la hacienda. Hasta que nacieron todas las niñas vivimos muy pobremente."
"¿Y que hizo nuestro padre para mejorar la situación de las tierras?", preguntó Matilda.
"Vuestro padre, eso sí, se levantaba primero que todos y se acostaba, por último.
De mañana, después de un frugal desayuno, reunía a los trabajadores y se dirigía al campo. Quería reorganizar la tierra y las cosechas, producir el queso de oveja más sabroso, comprar las mejores vacas de Machachi, para que se reproduzcan, para que den la mejor leche. San Rafael debía generar el doble o el triple. Con ello se podría vender a la ciudad y la hacienda se convertiría en una propiedad modelo, una propiedad rentable."
"Pero madre...lo que usted cuenta son cosas buenas...nuestro padre quería prosperar...", interrumpió Matilda.
"No Matilda. No es bueno ser ambiciosos. ¡El tal Evaristo es quien te mete esas ideas en la cabeza, estoy segura!
Matilda prefirió callar. No era buena idea contestar, en aquel estado de su madre.
"Para vuestro padre no bastaba rescatar San Rafael. Él quería que San Rafael fuera la mejor hacienda del valle, el quería que sus hermanos se atoren en el veneno de la envidia.
"¿Y qué pasó, madre?", preguntó Antonia.
"Cuando al fin las cosas comenzaron a marchar hubo una tremenda sequía. Ustedes eran apenas unas niñas, no pueden recordar. Las cosechas se quemaron por completo, la tierra ardía y los caudales de los ríos tan exiguos que brotaban arbustos en su interior. Raquel se interrumpió al improviso. Llevó

una mano a la boca y cerró los ojos por unos instantes. Luego reanudó su relato.
"Vuestro padre comenzó a vender todo lo vendible: muebles, vajillas, platería, herramientas. Hasta vendía madera para la construcción que sacaba del bosque a golpe de hachazos en las madrugadas. Había que pagar a los braceros, había que invertir en maquinaria y ganado: para el arado, para la carga, para reproducir los animales.
No se salvó ni siquiera el patrimonio de la familia. Pronto tuvimos que vender nuestros cuadros de la Escuela Quiteña -que habían pertenecido a los Grijalba Montes desde que se mudaron a las alturas-, los muebles sevillanos del marqués, las alfombras árabes de su casa de verano en Córdoba, los tapices de Flandes del ajuar de su madre ¡Todo a precio de gallina muerta!
"Aquello me dolió en el alma...", dijo Raquel entre lágrimas.
"No podía soportar que lo nuestro se perdiera para siempre, que acabara en las manos de patanes e ignorantes que nunca apreciarían aquellas cosas tan finas."
Raquel no alejaba la mirada del suelo. Le daba vergüenza haberse desplomado de aquel modo frente a sus propias hijas, frente a todas. Eso nunca había pasado. No se explicaba porque, ahora, la zozobra pudo con ella.
Pero la caja de Pandora ya estaba abierta y nadie, aquella tarde, tenía intención de volver a cerrarla sin lograr algunas respuestas.
"Vuestro padre me decía que aquellas eran cosas materiales, que un día me recompraría todo. Yo sabía que no era verdad. Al contrario, pasé por múltiples humillaciones, como cuando la viuda Vandenberg se atrevió a proponer la compra de la mitad de nuestra mejor alfombra porque entera no cabía en su antesala..."
Los ojos de Matilda y María Antonia se abrieron como platos. Observaban a su progenitora en un respetuoso silencio. Les daba ternura verla tan frágil, tan frustrada, porque su madre era dura como un roble, porque su madre no se doblegaba frente a los reveses de la vida.
¡Que envidia les daba Rosa, la hijita de la *huachimana* Jacinta! Vivía pegada a las faldas de su madre, quien rozaba sus mejillas con ternura. Jacinta le hablaba en quechua, pero las niñas Grijalba intuían, por la dulzura de su voz, lo le decía a su pequeña.
Raquel, Doña Raquel, era distinta: las hacía rezar, las alimentaba lo mejor que podía, limpiaba sus rasguños y cortaba sus uñas con puntualidad obsesiva. Pero nunca acariciaba sus cabezas como lo hacía la *huachimana* Jacinta.
Ahora sabían el porqué.

Al cabo de un año Arturo logró pagar la mitad de las deudas. Eso sí, dormía poquísimo y perdió todo su pelo. A pesar de las inversiones casi nulas, San

Rafael se había mantenido en condiciones aceptables y permitía vivir con decencia. Los potreros estaban pulcros y organizados con personas que se hacían cargo del alimento, del aseo, del estado de salud de vacas y toretes. El sistema de riego era rudimentario, pero bien diseñado y eficiente; la casa patronal lucía renovada y olía a pintura fresca. Dos veces por semana la leche, los quesos y las hortalizas salían para Quito y otros pueblos aledaños.
El día en que entregaron el monto al administrador de Don Raimundo Cabeza de Vaca, Arturo y Raquel se pararon en una cafetería de la Ronda que había llamado su atención desde la calle. Desde un coqueto balcón de hierro forjado asomaban matas coloridas de claveles y rosas. Un letrero que oscilaba en la brisa invitaba a pasar: *La posada de Don Eugenio.* Entraron cogidos de la mano como dos adolescentes. Tomaron un canelazo y dos enormes empanadas de viento que no cabían en sus platos. Las devoraron con tanta gana que al cabo de un rato tuvieron retortijones. Era un lujo que jamás se habían concedido y que disfrutaron como el banquete del día de su boda. Aquella noche se hospedaron en casa de la tía Alvilda. Durmieron plácidos y relajados, como dos *guaguas* tras un día de fiesta y agasajos.
Pero la dicha duró lo que dura un aguacero de verano.
Aquel mes de junio Matilda amaneció con el chirrido de una langosta en el filo de su ventana. El resto del día fue un carrusel de gritos, lloros y plegarias al cielo. Desde el patio, desde los pasillos de la casa, desde las huertas y los potreros. Los habitantes de San Rafael parecían una colonia de hormigas enloquecidas, sin saber que hacer o que decir, pasmados por aquella nueva calamidad.
La plaga de langostas acabó con las cosechas de un solo plumazo. Los cultivos se perdieron por completo y los trabajadores apenas pudieron alimentarse con las pocas reservas del invierno. Las vacas quedaron en los huesos, la leche salía aguada de las ubres. Mientras Arturo maldecía el cielo, Raquel rezaba y rezaba. No podía creer a tan duras pruebas no obstante sus oraciones, ayunos y penitencias. Arturo actuaba como un loco desquiciado, sin controlar los improperios que salían a raudales de su boca. Comenzó a tomar a todas horas. Salía de su despacho tambaleando, balbuceando palabras que nadie comprendía, dando órdenes confusas a diestra y manca, pateando piedras, gatos, lo que tenía a su alcance.
"¡Hay que despejar la maleza y la hierba mala de los potreros para volver a sembrar! ¡Necesito todo el que tenga dos piernas y pueda moverlas, hombres y niños, todos sirven, todos deben ayudar, el que anda de holgazán no tendrá su merienda, los niños pueden cazar las torcazas, se comen las moras, las mujeres que cocinen para los hombres y que limpien los potreros, el camino está en ruina, con tanta maleza las carretas no pasan y si no pasan, no hay ventas!"

También la casa necesitaba arreglos. Enormes goteras rasgaban el techo, las ratas y comadrejas anidaban en tumbados, respiradores y bodegas, la dispensa era húmeda y las pocas conservas se estaban dañando. Pero Raquel no reclamaba. No tenía las fuerzas ni los ánimos. Además, Arturo estaba cegado por su rabia, impermeable a cualquier pedido y ella quería ahorrarse aquel mal rato: le hubiera dicho que la prioridad era la tierra, el ganado, las cosechas, que el mínimo ahorro debía servir para comprar abono y animales, que cualquier cosa vendría después.
Y ese cuento, ella lo conocía de memoria.

Llegó el mes de octubre y el cielo amenazaba el próximo cordonazo de San Francisco. Arturo volvió a sembrar y despejó los caminos para que el tránsito a la ciudad no se viera entorpecido por los baches. Se le ocurrió canjear las cosechas futuras con maquinaria agrícola de segunda mano. También mejoró el sistema de riego logrando drenar las aguas en donde abundaban y canalizarlas en donde escaseaban. Gracias a algunos contactos en la Costa, consiguió un abono a base de excrementos de aves de Galápagos que era una maravilla. Como última medida, eliminó los productos que se daban con dificultad, - tomates, coles y nabos- y sembró los que brotaban fácilmente, como choclos, lechugas y papas.
Pero los tiempos de recuperación de la naturaleza no eran los tiempos de los hombres. En dos días se cumplían los términos del nuevo pago y lo que Arturo había juntado no llegaba ni a la cuarta parte del monto pactado.
La cita con el administrador de Don Raimundo era al mediodía en la oficina del notario Cifuentes. La mañana era despejada y el aire fresco y crujiente. Arturo remontó con su yegua las cuestas empinadas del barrio de San Blas en menos tiempo del que imaginaba. Cuando llegó bajó del animal y lo amarró al pie de la grada. Se fue sin su contador de confianza, Luis Camacho: que yo me las arreglo, que no necesito de ayuda, que gracias de todos modos. A Luis le pagaba por servicios, no podía reconocerle un sueldo completo. Pero aquel día no pensaba en ahorrarse una plata. Aquel día, por alguna razón, quería enfrentar las cosas a solas.
Una empleada le hizo pasar a una sala de espera. Arturo colgó su sombrero en el perchero de una esquina, tomó asiento y echó la cabeza hacia atrás. Estaba agotado y le faltaba el aire. Apareció una niñita desde una puerta al fondo, la hijita de esa empelada, quizás. Le ofreció unos bizcochos recién horneados. Arturo los recibió de buen grado a pesar de las tripas retorcidas desde hace semanas. Le supieron a gloria. A las doce en punto llegó Sereno Casares. Entró a la sala de espera con aires de patrón. Agachó la cabeza en dirección de Arturo, pero no tomó asiento. Cargaba un fajo de documentos bajo el brazo. De inmediato se abrió la puerta del despacho al frente.

"Buenos días caballeros. Don Casares...Don Arturo..."
"Pasen por favor, pasen..."
"¿Ya les ofrecieron un tinto[1]? ¿Una agüita de vieja?
Una brisa ligera removía la pila de papeles sobre el austero escritorio de nogal.
"Don Casares, tome asiento, por favor..."
"Le agradezco, pero no hace falta. Lo que debo decir es rápido, con su permiso, voy al grano."
"Como guste. Adelante."
"Don Raimundo me manda a decir que, en consideración de la plaga, le concede a Don Arturo un mes de gracia. Nos veremos en este mismo lugar y a esa misma hora el día tres de noviembre pasados los muertos, si para usted doctor no hay inconveniente. Una buena mañana, caballeros, me despido. Tengo que atender otros quehaceres."
Arturo se levantó con un brinco.
"Dígale a Don Raimundo que ese tiempo no me sirve de nada. Que agradecería mucho me conceda al menos tres meses...", replicó Arturo.
"Lo lamento, pero estas son las instrucciones que he recibido.", contestó Don Casares.
Entonces esbozó un rápido saludo y se retiró cerrando la puerta atrás de sí.
A partir de aquel día, tan pronto regresaba de las labores en el campo, Arturo se encerraba en su despacho. Algunas noches ni siquiera aparecía por la recamara. Dormía en su butaca despellejada o hundido en una hamaca de la galería.
Nadie se le acercaba, ni su propia mujer, quien rezaba y se encomendaba a la Virgen del Buen Suceso día y noche.
Lo hacía para que le devuelva el marido o, al menos, lo que quedaba de él.

1 Un café.

Mi gallo ha muerto, hay que dolor!

Un año atrás...

El día cinco de cada mes Don Arturo Grijalba Montes asistía con sus gallos y su fiel Armando Quilotoa a las peleas del Tejar, una arena en donde, durante cuatro horas, se competía, se tomaba toda clase de licores, se fumaba, se ganaban y perdían fortunas con caballerosidad y aplomo. Participaban conocidos y desconocidos, patrones y empleados, ricos y menos ricos. Porque todos, alrededor de una gallera, eran iguales. Solo contaba la casta de tus aves y el honor de tu palabra.

La entrada principal recordaba la boca de un circo. Un pesado telón de rayas subía y bajaba en continuación tras el paso de cada persona. Tan pronto se entraba, un hombrecito diminuto que parecía estallar en su chaleco amarillo cobraba las entradas y entregaba billetes numerados al otro lado de una mesa con forma de aceituna y patas desiguales. El lugar no podía ser más sencillo y rudimentario. Pero no olía a heces de animales ni a orina como otras arenas de menor nivel. El Tejar -y su dueño Don Lisímaco Casares- eran otro nivel, decían orgullosos sus aficionados. Un corredor estrecho con forma de anillo rodeaba la primera hilera de gradas, en donde vendedores de todo tipo ofrecían bebidas, mote, empanadas, guirlandas de colores y todo tipo de cojín, para rabos pequeños, para rabos medianos, para rabos grandes. Así, cualquiera que olvide alguna cosa no necesitaba salir del apuro y disfrutaría del espectáculo. Las blasfemias y el lenguaje obsceno eran castigados con la expulsión, las mujeres no eran admitidas y las reglas estrictas e inflexibles.

Muy a pesar de las tentativas de disciplinar el juego y el alcance de las apuestas, las peleas seguían alborotando fortunas, moviendo pasiones y despertando enemistades, aunque, a menudo, estas no eran evidentes: se debían cuidar las apariencias porqué cualquiera, como mínimo, era un primo o un pariente cercano.

Había personas como Hernán Cisneros, -a quien se le apodaba *el negro* por el tono café de su tez-, quien perdió veinte toros de Liria traídos de España en una sola apuesta, además de la propia plaza de toros de su familia. Otro, cuñado del primero, Cayetano Bonifaz, perdió una hacienda entera y las mejores cabezas de ganado de todo Machachi. Pero no todos tenían esos alcances. Ni todos tenían bienes para apostar con tal desparpajo. Los menos adinerados –amasados en los círculos más externos de la diminuta arena, tan solo apostaban quintas decadentes, caballos viejos, alhajas de

familia o algún terreno poco rentable. Toda apuesta era legítima mientras alguien la aceptara, sin más límites que no fuera la sensatez -y la buena cabeza[1]- de cada persona.
Ese justamente era el problema.

La afición iba más allá de las apuestas que cada uno hacía: en las galleras los hacendados rompían la monotonía de sus días, conversaban de política, comentaban el estado de las cosechas, los vaivenes del clima y por supuesto, alababan las virtudes de sus crías. Algunos alcanzaban ápices notorios de extravagancia, como el doctor Leoncio Guzmán, quien, decían las malas lenguas, dormía con su gallo amarrado a la pata de la cama temeroso que el animal pudiera ser robado por algún malhechor al amparo de la noche. Al menos, el médico contaba con el visto bueno de su señora, Doña Clemencia, quien se alegraba que su esposo se distrajera con gallos en vez de coser las pieles de los borrachos que bajaban a torear en los potreros los fines de semana.
Por su lado, Arturo Grijalba Montes contaba con una gallada pequeña, pero bien entrenada: pocos, pero buenos, decía con altivez. Sus gallos eran bravos y valientes, a tal punto que ninguna de sus crías jamás huyó de una pelea. Así era el propio Arturo, quien siempre honraba sus compromisos, en el raro caso de perder. Pero dicen que a todos les llega el día en el que se encuentran con su piedra en el zapato. Y ese día, a Arturo Grijalba Montes, le llegó un cinco de noviembre.

Aquella tarde caía una lluvia torrencial que no daba tregua y que a ratos se mezclaba con bolas de granizo del tamaño de unas pitahayas. El cielo era lívido y de no ser por las farolas que rodeaban profusamente al pabellón, el propio circo habría desaparecido en las tinieblas. Armando Quilotoa tuvo que hacer varios viajes desde el carruaje de su patrón hasta el pabellón que hospedaba la arena, cargando las maletas de cuero, el cojín, el cuerno, las copas, las picaditas de queso de cabra, los embutidos. El pobre saltaba cual grillo de charco en charco, haciendo malabares con todas aquellas cosas y enlodándose hasta el cuello.
"Pase por aquí patrón! No...no...por acá mejor...hay un lodazal...cuidado caiga...sígame patrón, pise mis huellas, allí, allí pise que hay una piedra...", gritaba afanoso.
"¡Armando me estas enervando, está bien que me cuides, pero no soy ningún minusválido, si me mojo, me mojo, carajo!", contestaba Arturo.
Entre las unas y las otras, finalmente, Arturo, Armando, los gallos y el resto del aparatoso equipaje lograron desplazarse bajo el telón, al reparo del

1 Es decir, que aguante bien el trago.

aguacero feroz, de los relámpagos y del lodo irreducible.
Más allá del clima desafortunado, la tarde se anunciaba animada y concurrida.
Las fiestas de Quito se acercaban y el trago -que ya fluía a caudales en los cuerpos de todos- impulsaba el buen humor, aflojaba las billeteras y espoleaba los ánimos.
El primer gallo de Arturo saldría con el número cuatro. No le gustaba ese número porque le recordaba la desdicha de no tener un hijo varón sino cuatro hembras a las que casar. Al menos, se trataba de su mejor ejemplar: *Suertudo*[1].
Cuando corría la pelea número tres, Arturo comenzó a buscar con quien apostar. Miró al otro lado de diminuto ruedo, luego giró su cabeza hacia la derecha y finalmente hacia la izquierda. No vio caras conocidas, ni alguien que le inspirara confianza más allá de un rosario de vientres abultados y mejillas enrojecidas por el aguardiente. Entonces volteó hacia atrás y, con su gran sorpresa, se topó frente a frente con Alejandro Callejas de Alba. Mientras, la persona a su lado le golpeó accidentalmente y un chorro de licor se regó sobre sus pantalones. Pero él no chistó ni se inmutó.
Estaba petrificado.

Treinta años atrás Arturo y Alejandro eran dos mozos de buena familia y buen semblante, que compartían batidas de caza de osos, cabalgadas por los páramos y un sinfín de parrandas. Alejandro era un joven viudo con dos hijos y contaba con un ingente patrimonio. Algunos decían que su padre y tío habían comprado las tierras con unos lingotes traídos en una mula desde Colombia. Otros aseguraban que aquellas riquezas venían del mismísimo Cristóbal Colón. Fuera lo que fuera, el caso es que el viudo era muy rico y muy envidiado. Por su lado, Arturo era igual de apuesto, soltero y algunos años más joven. Su familia tenía abolengo, pero las riquezas se fueron encogiendo de generación en generación. Como resultado, los Grijalba Montes debían trabajar sus tierras con pulso y sacrificios para mantener lo poco que tenían.
Aquellas diferencias -de edad y de platas- nunca habían sido un motivo de envidias ni picas entre los dos jóvenes. Arturo y Alejandro se querían mucho y sus respectivas virtudes se complementaba a la perfección: el uno cantaba en las reuniones, el otro tocaba la guitarra, el uno contaba chistes picaros, el otro se reía a carcajadas. Ambos eran populares y exitosos a su manera y ambos eran generosos con lo mucho o lo poco que tenían.
Pronto esa situación cambiaria del modo más inesperado.
Los antojos del destino hicieron que los dos amigos se encaprichen la mis-

1 Que tiene mucha suerte, en jerga popular.

ma joven, la encantadora Beatrice Morosini. Beatrice era una bella condesa veneciana de quince años, que había llegado al Ecuador para hacer un voluntariado en el orfelinato de San Vicente de Paul. De aquel modo, la preciosa jovencita cumpliría con una promesa a la *Vergine di Santa Maria dei Miracoli*, quien la había salvado del sarampión entrando a la pubertad. Beatrice tenía una cabellera de dar envidia y unos ojos amarillos y alargados que le hacían sonrojar al más mojigato con tan solo cruzar su mirada en una iglesia. El cuello era grácil y esbelto, el busto terso y rosado, su cintura tan estrecha como un fajo de rosas. Por si esas virtudes fueran poco, Beatrice caminaba con una gracia sorprendente: sus movimientos eran acompasados y la vez espontáneos, revelando la espléndida frescura de su edad y el calibre de su condición. En Quito se rumoreaba que tales destrezas de ninfa celestial eran solo en parte innatas. Al parecer, la pequeña condesita, desde temprana edad, tomaba clases de Watz en una vidriera de Murano por orden de su padre, el conde Federico Morosini. El fin de aquella ocurrencia era que sus pasos fueran tan livianos como plumas y que sus pies apenas rozaran el suelo. Con esas destrezas, más su natural belleza, ella lograría los mejores pretendientes en una época en donde por cada varón, nacían tres hembras en Venecia. Pero aquello no fue todo: el conde Morosini decidió incentivar su hija con una promesa muy particular.
"Por cada baile impecable recibirás una copa de vidrio única, cuyo empaste incorporará pólvora de oro. "
"¿De oro, padre?'"
"Si, hija mía. Oro de las minas de Potosí.
"¿Y dónde queda el Potosí, padre...?"
"Queda muy lejos, al otro lado del mundo, ya te enseñaré en el mapa de mi escritorio, mi niña..."
Gracias al ingenio de su padre, para su cumpleaños número doce Beatrice había reunido ciento cincuenta vasos de todos los tamaños y colores. Las piezas centelleaban como las estrellas de la Vía Láctea en las rinconeras de sus aposentos y pronto otras familias imitaron aquella idea. Finalmente, la colección representó lo más valioso de su dote, tan solo comparable a las soberbias piezas del *doge* Francesco Doria, cuyas venas de cristal, al atardecer, reflejaban los colores del *Palazzo Ducale* como en un perfecto espejo.

La llegada de Beatrice fue todo un acontecimiento en la somnolienta y tranquila ciudad de Quito. De repente, bajo el efecto de aquella mirada fiera y sensual, los días parecieron menos fríos, las reuniones menos monótonas, las charlas callejeras más amenas. Beatrice llegó como un ventarrón que sacudió todo a su alrededor, sin dejar a nadie indiferente.

Se hablaba de ella en los salones de la buena sociedad y en las fiestas más exclusivas; se hablaba de ella en las iglesias, en los prostíbulos y en las cantinas.
Hasta las empleadas más humildes, en los días de mercado, alababan sus atuendos y referían algún chisme que habían escuchado en las cocinas de sus patrones, en las trastiendas o por la calle. Así, se comentaban sus labores con las más necesitados, se copiaban sus adornos, se imitaban sus tocados, se referían sus palabras más casuales, se cocinaban sus recetas, se imitaba torpemente su idioma tan hermoso y musical.
No importaba si jugaba a barajas o paseaba, si horneaba galletas o jugaba a la pelota con coetáneos: había en sus gestos tal sensualidad y elegancia que la mínima mueca involuntaria lograba agitar el alma más pura y alborotar los pensamientos más inocentes. La bella veneciana había conquistado a la capital más antigua del nuevo continente, al igual que lo había hecho Sebastián de Benalcázar trescientos años atrás. Pero la veneciana no necesitó ningún ejército. Bastó la fuerza de su ser y el carisma exquisito de su personalidad.

La elección de Ecuador como destino no había sido casual a pesar que, al comienzo de aquella aventura, la condesita ignoraba la precisa ubicación del país andino. Beatrice tuvo que deslizar algunas veces su dedo por el mapa de cuero que recubría el escritorio de su padre hasta divisar el remoto territorio en medio de los Andes.
A los trece años, la joven había conocido, en un viaje a Paris con su madre, a un extraordinario personaje, que con sus historias alborotaba los mejores salones de la capital francesa: el barón Friedrich Wilhelm Heinrich Alexander von Humboldt.
Estos hechos acontecían en casa de Geraldine Du Morais, antigua compañera de colegio de su progenitora, quien tenía el mérito de haber creado, en su elegante palacete al número nueve del Boulevard St. Michel, uno de los más prestigiosos salones de intelectuales, artistas y políticos de la época.
En aquel hervidero de pensadores brillantes y vidas inquietas, Beatrice tuvo la ocasión de conocer al barón, quien la sedujo con el relato de sus exploraciones por América del Sur, Centro América y Nueva España. La condesita, a quien no faltaba espíritu y carácter, no dudó en sumarse discretamente a una conversación entre el célebre geógrafo con otro personaje que ella no conocía.
"¡El barón de Humboldt muere por conocer al *Libertador*, a Simón Bolívar!", dijo alguien entre risas y cuchicheos.
"¡Dos hombres sensacionales, sin lugar a dudas!", dijo otro.

Beatrice no sabía quién era el tal *Libertador*, pero ciertamente se trataba de alguien importante -un personaje político o un militar- ya que su uniforme era todo un despliegue de medallas centelleantes, vistosos flecos e infinitos cordeles. Era además un hombre de buen semblante, con piernas largas y fornidas, la espalda recta, la barba negra recién cortada, el sable firme bajo una capa azul salpicada de piedras preciosas, los botones dorados y relucientes como sus vidrios de Murano.
No obstante, el altísimo nivel de los huéspedes, el *Libertador* destacaba por su porte y seguridad, por su tono de la voz fuerte y seguro, por sus modales disciplinados y a la vez corteses. Le miraban las mujeres jóvenes al igual que las menos jóvenes. Ansiaban robar una mirada furtiva, captar una palabra sugerente, provocar un roce casual de los cuerpos. Hasta los hombres le observaban de reojo. Anhelaban desvelar el misterio de su atractivo y la pócima de su encanto.
Con actitud de niña inocente y su taza de chocolate espeso entre las manos, Beatrice se ubicó al lado de los dos caballeros. Lo hizo con tal garbo que su presencia pasó desapercibida y sus preguntas fueron recibidas con gran naturalidad.
El alemán describía una expedición que desde Bogotá le llevó hasta la ciudad de San Francisco de Quito, cruzando el altiplano andino. La arquitectura de la capital le impresionó sobremanera: la elegancia de sus palacetes señoriales, la riqueza de sus iglesias coloniales, la amplitud de sus plazas, el encanto de sus calles empinadas y casas coloridas.
La asombrosa ubicación de la ciudad también le impactó: un enclave entre los Andes, una serpiente majestuosa y soberbia en medio de la Cordillera. A la hermosura de la ciudad se sumaba el calor de su gente: cordial, atenta, hospitalaria. El barón contó que fue recibido con todos los honores por la aristocracia local y que sus anfitriones, los marqueses de Selva Alegre, le trataron como a un príncipe, brindándole los mejores licores y las más refinadas especialidades de la Sierra. Comentó la dulzura de los tamales, la exquisitez de la salsa de ají, la sazón de las carnes, la variedad de las sopas. Tan pronto acabó de describir los manjares de la cocina local, el barón comenzó a relatar sus ascensiones a los Andes. Las narró con lujo de detalles: los cerros y penachos a ras del cielo, las asombrosas quebradas, las nieves perenes, las lagunas cristalinas entre cumbres plateadas, las melancólicas planicies de los páramos. ¡Todo le había impresionado, todo le había conmovido hasta las lágrimas!
Al ver que su importante interlocutor le escuchaba extasiado, el barón no dudó en compartir su personal metodología para medir las montañas, recolectar plantas, clasificar especies. Al final, bajo el sopor del alcohol, comenzó a llorar: ¡cuanto añoraba aquel silencio celestial, aquella natura-

leza salvaje y espacios infinitos!
Mientras los dos caballeros conversaban, la mente de Beatrice volaba hacia los mismos lugares lejanos y misteriosos que el barón describía. De pronto, los confines de su imaginación no eran Paris, Brujas o Madrid sino los Andes con sus aves majestuosas, sus nevados resplandecientes, su selva exótica, sus arroyos escondidos entre arbustos voluptuosos. El encanto irresistible de aquel mundo tan remoto y distinto no tardó en invadir cada rincón de su fantasía, en penetrar las fibras de su joven e inexperto corazón. Beatrice nunca más sería la niña consentida que correteaba por el claustro luminoso de su palacio con muñecas de trapo y coronas de flores. Aquella conversación, robada a dos adultos con el candor y la fantasía propios de su edad, cambiaría su vida para siempre.

Cuando regresó a Venecia Beatrice empezó a estudiar el nuevo continente, su historia convulsa, su sorprendente geografía, su conquista por mano de los españoles. Estudió específicamente el Ecuador, su ubicación, clima y cultura. Lo hizo con un solo libro, el único que encontró, de un autor ignoto. El libro olía a mugre y sus páginas habían sido en gran parte devoradas por el tiempo o algún roedor de la laguna. Quiso bautizar aquel manojo de papeles descosidos y verdosos con un sello propio, así que el libro pasó a ser *Il Quaderno delle Ande,* rescatado por Beatrice Morosini, condesa y exploradora italiana.
Beatrice tenía claras sus ideas: aquel viaje sería la aventura de su vida y el voto de pobreza y ayuda al próximo durante un año sería en la latitud cero, entre las nubes, a un paso del cielo. No le cabía alguna duda de que la *Madonna dei Miracoli* aprobaría aquella valiente decisión, como demostraron algunas coincidencias que se dieron.
Un tío cercano de su madre que ejercía funciones como diplomático en Madrid, Bertoldo Borromeo, tenía parientes en la ciudad de San Francisco de Quito. Así, Beatrice no estaria sola, habría quien cuidaría de ella si algo pasaba o si ella estuviera en algún apuro. Obviamente, no faltaron innumerables quejas de su madre: que como se le ocurrió semejante disparate, que con tanto orfelinato en Venecia y hogares para desamparados su hija justo debió escoger un lugar tan remoto, que cuando regresaría, que si se enfermaba en la travesía, que el mar era voraz y se tragaba a los incautos que le desafiaban, que como parió una hija tan porfiada y temeraria, que el océano era lleno de piratas que aguardaban para violar doncellas como ella.
Doña Eleonora siguió de aquel modo por semanas, atosigando al conde Morosini y a todos los empleados quienes se escondían como ratones en las alas más alejadas del palacio con tal de no tropezar con ella. El asunto

llegó a tal punto, que el conde mandó a buscar un potente extracto de valeriana de la ilustre herboristería de Ponte Vecchio en Florencia al fin de sedar a su mujer. Pero el remedio resultó tan fuerte que la pobre casi pasó al otro mundo obligando su marido a desistir de aquel propósito.
Muy a pesar de las desavenencias domésticas y la histeria de su madre, Beatrice se mantuvo firme. Al final, la *Madonna dei Miracoli* se apiadó de su joven devota y las cosas comenzaron a tomar el rumbo justo, o, al menos, el rumbo deseado por la *contessina*. Un día veinte de mayo, tras complejas negociaciones con sus padres, Beatrice emprendía su viaje y llegaba dos meses más tarde a San Francisco de Quito.

Cuando alcanzó las alturas, la ciudad la recibió con un cielo luminoso y despejado.
Al medio de aquel éter impoluto, una tímida media luna aún no cedía el paso al sol.
A Beatrice le impresionó el color azul y la calidad tersa del aire, sin una sola nube que atraviese el horizonte ni más ruido que los gorgojos roncos de una bandada de palomas. De igual modo, le impresionó la topografía de la ciudad, alojada entre montañas moradas y mórbidas, cuyas laderas reversaban sus aguas en un rio negro y revoltoso al fondo de una quebrada. Fue tal la impresión de aquel paisaje que creyó ver la carita luminosa y sonreída de Dios dándole la más cálida bienvenida desde el alto. Beatrice se sentía a un paso del paraíso. Pero estaba en la tierra y se hallaba entre altísimas montañas que tuvo que trepar a lomo de mula. Su respiración estaba entrecortada y sus piernas no lograban imprimir sobre el suelo una secuencia de pasos coherentes. La altura era más insidiosa de lo que había imaginado y hasta tomar una buena taza de coca, su cuerpo no logró balancearse y su cabeza siguió dando vueltas como un trompo. Previo al viaje, la pequeña exploradora había aprendido las bondades de las hojas de coca en su *Quaderno delle Ande*. Aquel libro deshilachado y mugriento, además de introducirla al nuevo mundo, relataba en sus páginas la sabiduría ancestral de los pueblos Inca, su relación sagrada con la tierra, su distinta percepción del tiempo y del cosmos, sus recetas atávicas basadas en plantas amazónicas, hierbas del páramo y hongos del bosque húmedo.
¡Si solo ese texto hubiese caído en manos de su madre!
¡Hubiese acabado sus días en el convento di *San Giorgio* en la isla *Giudecca*!, pensaba.

Beatrice se alojó en el monasterio de las Clarisas, al final de la calle Santa Clara, en el centro de la ciudad. Después de dos semanas, la sensación de fatiga se disipó y la joven comenzó a adaptarse a la altura, a las inmensida-

des, al pedazo de cielo que la cordillera custodiaba celosamente entre sus laderas. Pronto, el ritmo embriagado e inseguro de sus movimientos cedió el paso a una postura más compuesta y firme.
Conforme se encontró mejor, Beatrice comenzó a organizar su agenda de actividades, a parte la ayuda que voluntariamente prestaba en el convento. El día comenzaba muy pronto, con una misa y un sobrio desayuno compartido en el frio refectorio, bajo la sombra de un inmenso cuadro atisbado de santos y condenados, mártires y querubines. Luego, sus compañeras y ella realizaban algunas tareas como trocear frutas, asear las celdas, cosechar las verduras de la huerta o cortar la hierba mala del jardín del claustro.
Por alguna razón, las monjas no quisieron que Beatrice realice las labores más humildes, como limpiar las letrinas, dar de comer a los chanchos del convento o vaciar las bacinillas. Ella no se opuso porque, a pesar de su ánimo humilde y bien dispuesto, era persona muy asquienta. Si aceptaba, pasaría su estadía vomitando y finalmente incumpliría con su promesa a la *Madonna dei Miracoli*.
El resto de la jornada Beatriz lo dedicaba a realizar obras de caridad, atender enfermos, repartir sopas calientes y visitar las maravillosas iglesias de la ciudad. No le gustaba bordar ni remendar la ropa de los pobres, pero no escatimaba su tiempo y siempre se ofrecía para realizar otras tareas, si las circunstancias lo requerían.
Un día le pidieron que encere las tallas de la Compañía y que desempolve, trepaba sobre una altísima grada, los cuadros del asombroso templo. Las monjas del convento, una vez al año, se ofrecían a realizar aquellas actividades como voto de ayuda a las iglesias de la ciudad. Beatrice estaba dichosa. La Compañía le fascinaba. Siempre que podía se escabullía para visitarla en silencio y a solas. Le encantaba aquel aire denso impregnado de cera, de incienso, de olor a cedro. Y le encantaba la escasez de luz porque, según ella, resaltaba aún más la ornamentación, enteramente revestida por láminas de oro.
Tan pronto entró al templo, Beatrice se paró frente al inmenso lienzo del padre Hernando de la Cruz. Retrataba el Infierno de un modo tan vívido que Beatrice pudo sentir el calor de las llamas a ras de la piel. Se preguntó con cuál de los pecados ella se condenaría. Entonces, corrió a buscar su grada y sus trapos encerados y limpió el inmenso cuadro tan rápido como pudo.

A pesar de la sencillez y monotonía de su rutina Beatrice era feliz, como si un par de hermosas y gigantes alas hubiesen brotado en sus espaldas. Se sentía libre, dueña de su destino, señora de su vida. A ratos pensaba en sus padres y qué tan orgullosos se sentirían al verla desenvolverse ágil

y segura por el mundo, esgrimiendo reciedumbre y humildad al igual que coraje y determinación. Se sentía dichosa a pesar de los parásitos que le retorcían las entrañas y de los mareos recurrentes cuando tomaba mucha agua de golpe o caminaba muy rápido.
Las semanas pasaban y la pequeña condesita seguía gozando de su nueva vida. Pero los ritmos tranquilos del claustro no estaban destinados a durar para una persona como ella, cuya vitalidad e intrepidez exhalaba desde cada poro de la piel.
Seis meses antes, Bertoldo Borromeo había recomendado la joven veneciana al Nuncio Apostólico, su antiguo compañero de colegio, Don Vincenzo Bentivoglio. Lo hizo con una escueta carta que casi se extravió en medio de una aparatosa tormenta de mar en la que se perdió el equipaje de innumerables pasajeros.
Cuando el Nuncio la leyó, tuvo a bien pensar que la condesita se aburriría de forma descomunal tomando café con leche en los fríos salones de la curia local. Así, de inmediato se prodigó para ubicarla con gente más joven y amena. Se le ocurrió presentarla al hijo de su gran amigo Alfonso Grijalba Montes. El afortunado se llamaba Arturo, era buen mozo, de buena familia y conocía a toda la gente bien de la capital.
Lastimosamente, el diablo decidió meter la pata y, a los pocos días de llegar a Quito la hermosa extranjera, Arturo protagonizó una aparatosa caída de caballo en la que se rompió una pierna y lesionó un hombro. Estaría atado a una cama por al menos un mes.
Frente a tal imprevisto, el joven pensó en recurrir a su amigo del alma, Alejandro Callejas de Alba: que por favor atienda a la condesita de la mejor manera, que los días lunes haga llegar un canasto de frutas ambateñas, que los días sábados no se olvide de la miel de las monjas del Sagrario y que los días miércoles le envíe la prodigiosa agua de palomas de las Madres Carmelitas de Cuenca. Él se encargaría de recuperarse lo antes posible, así tuviera que tomarse los brebajes y pócimas más repulsivas del mundo.
Hasta mientras, le rogaba, en nombre de su amistad, que nada le falte a la condesita, porque el mínimo descuido le costaría una buena zurra entre hermanos.
El resto de la historia es fácil de imaginar. Alejandro nunca más soltó la deliciosa presa y el pobre Arturo se quedó sin pan ni pedazo.
A los tres meses Alejandro se casaba con la bella veneciana y al año y medio tenían su primer retoño, Ramón Callejas de Alba.
La amistad de los dos no superó la prueba de aquel accidente, considerado por el uno, una vil traición y por el otro, un capricho del destino.
Cuando a Ramón le faltaba un año para completar sus estudios en el in-

ternado del Don Orión, Beatrice decidió regresar a Venecia. Con los años -y el embarazo- había desarrollado una grave forma de asma, tremendas jaquecas y ataques de ansiedad. Ramón entendería, Ramón era un niño especial. Además, aquel niño curioso e inquieto querría pronto conocer a su otro país y descubrir sus raíces.
Cuando el chisme de aquel viaje llegó a los oídos de Arturo, éste no pudo evitar sentir un regocijo en sus entrañas. En el fondo, pensaba, se había hecho justicia y el antiguo amigo había tenido su bien merecido por arrebatarle, así sin más, a su preciada conquista.

"Alejandro que gusto verte", dijo Arturo con un tono de sutil ironía.
"El mismo que tengo yo, querido Alejandro", replicó.
Los cuerpos no se rozaron, más bien se tensaron.
"¿Qué tal si nos mandamos[1] una buena apuesta?", dijo sin tapujos Alejandro.
"Apuesta de las serias o pendejadas."
"Tú que crees."
"Apostemos entonces."
"Una apuesta de varones. De las buenas."
"Que."
"Tu hija."
"Quien?"
"¿María Antonia?
"No."
"Matilda. Matilda la bella."
"Matilda?"
"Para mi hijo Ramón. Debe sentar cabeza y necesita una chica como la tuya."
¿Como la mía?, replicó Arturo con la expresión de quien quiere saber más."
"Si. Como la tuya. Bella pero inteligente. Una chica despierta.
"¿Por qué la conoces tanto?"
"He investigado. ¿Quieres discutir toda la noche? ¿Apuestas o no? Debemos sacar los gallos a la arena. Apura, ve."
"Ya. Mi hija Matilda para tu hijo Ramón. Pero...¿y si ganó yo que?
"Pago tus deudas. Te quedas con la hacienda de tu padre.
"¡Que sabes tú de mis deudas!"
"En Quito y en el valle se sabe todo. Cuidado con ese diablo del Cabeza de Vaca, es de pocas pulgas."
"¿Crees que voy a darte mi hija a cambio de...una deuda?

1 Hacemos.

"Es una buena propuesta, que le conviene a todos."
"Eres un mal parido..."
"Y tú un mojigato. ¿Vamos a seguir en la charla o apostamos de una vez?
"Verás que ya llamaron los gallos, apura."
Arturo extendió su mano para cruzarla con la de Alejandro. Se miraron a los ojos.
Empezó la pelea. Primero unos picoteos prudentes, luego otros más entrados en las carnes, plumas cruzando el aire espeso, palmadas, cuernos y vasos pasando de grada en grada, de boca en boca, risas, bullicio, billetes por aquí, billetes por allá, chismorreos a los oídos, abrazos, más trago, más risa, más bullicio.
Cinco minutos, seis minutos, seis minutos y medio.
Suertudo en el piso, el otro encima, picando la yugular una y otra vez.
Ya no se levantaba Suertudo.
Unas pocas gotas de sangre cayeron sobre el suelo empolvado.
Diminutas.
Definitivas.
Combate acabado.
Silencio total.
Luego una ola de gritos.
Aplausos.
Abrazos fraternos.
Piernas tiesas.
Caras torciéndose.
Rostros desfigurados.
Muecas improvisadas.
Silbidos.
De nuevo silencio.
Arturo bajo las gradas con la mirada hacia el frente. Saltó con un brinco a la pequeña arena y recogió lo que quedaba de *Suertudo*. Con el pie derecho removió la tierra blanquizca hasta tapar la sangre del animal. Se había condensado en unas bolitas oscuras y espesas. Acomodó el cuerpo tibio en la maleta de cuero que Armando abrió apresuradamente. La cerró con compostura, tomado su tiempo, como en el velorio de un familiar cercano. Cuando acabó aquel breve ritual, se dirigió a su asiento manteniendo la mirada hacia el piso, como si tuviera la cara acalambrada y no pudiera enderezar la cabeza. Y es que su cabeza, en aquel momento, pesaba demasiado.
La arena estaba nuevamente limpia. Un soplo de viento parecía haberla perfectamente barrido, como si *Suertudo* nunca hubiese pisado aquel espacio.

"Vivió dignamente y se fue dignamente", dijo alguien desde el fondo de las gradas.
"Bello animal, que pena más grande", susurró otro.
"Cuando otro así."
"Vaya sorpresa."
"Solo les faltaba apostar a esos dos.
¿Que habrán apostado?
"Están con caras de pocos amigos..."
"Ojalá no se saquen los ojos entre ellos también", dijo un hombrecillo flacuchento desde el fondo, mientras se echaba a la garganta su aguardiente de un solo golpe.
Arturo trepó las dos gradas que le separaban de Alejandro y se le acercó al oído.
"Espero tu hijo Ramón en mi casa el primer domingo del próximo mes. Déjame preparar a la niña, déjame conversar con ella", dijo Arturo con evidente bochorno.
"No será tan pronto, mi hijo está afuera del país. Yo te avisaré cuando."
"No hay problema. Me cuentas."
De allí, Alejandro siguió apostando, riendo y bebiendo hasta el final como si nada hubiera pasado.
De camino a casa, mientras saltaban sobre el empedrado irregular y lodoso, Armando Quilotoa decidió romper aquel silencio sepulcral que pesaba como un alud.
Su patrón estaba afligido, como una presa atrapada en una trampa entre matorrales. Solo él, quien le conocía desde hace siempre, sabía leer aquella mirada vacía, aquel dolor tan profundo que no valía el esfuerzo de disimular. A él no le engañaba. Su alma estaba partida, su espíritu inconsolable, sus entrañas revueltas y encogidas. A pesar del abismo social, de la piel color café y de su cara curtida por el sol, el patrón y él parecían paridos por el mismo vientre blanco y liso. Era tal la simbiosis que habían logrado en aquellos años de lucha y sacrificios compartidos, que cualquier cosa afectaba al patrón, le afectaba a él por igual. Sus dolores de cabeza, disgustos y frustraciones le dolían por igual. Y si al patrón le daba diarrea, lo más seguro es que le diera a él también, a pesar de que el uno comía perdices de la Mica y el otro, caldo de patas.
Pero Armando era un ser humano con sus humanas limitaciones. Y cuando se pegaba un traguito de más, se acordaba de la pobreza, de la choza de paramo en donde había nacido, de sus sueños incumplidos. La vida era muy perra, de verdad. No bastaban los apuros propios, de la gente buena que se rajaba trabajando de sol a sol: había que cargar con las penas de los patrones.

¡Como entender que, a pesar de tener dos pares de zapatos y las alacenas rebosantes de conservas, los patrones parecían sufrir más que ellos, más que los pobres!
A él le tocó un amo bueno y justo, pero vaya genio de mierda y menudas blasfemias gritaba al cielo, ¡A ver si en los trajines de la muerte y de la resurrección, ¡Diosito se confundía y los enviaba ambos camino abajo, a comer maqueños entre las llamas eternas! Es que él sí era devoto. Devoto de corazón. Sabía que, por allí, tras esas nubes y esos penachos blanqueados por la nieve, le esperaba una vida mejor porqué Jesús Cristo lo había prometió desde la cruz. Hasta mientras, había que joderse y soportarle al patrón. Así, cuando ya no podría de las iras, acudía al inoxidable perdón cristiano, recordaba las promesas divinas y seguía aguantándole.
"¿Se acuerda patrón de los gallos de su abuelo Don Arturo pa' descanse?, dijo Armando santiguándose."
"Buenazos esos gallos."
Y que grandotes."
"Tamañazo."
"Tan buenos que a su abuelo le tocaba disfrazarles clavando plumas de colores en las carnes porque nadie quería peliar[1] con ellos", decía entre risas, con los pocos dientes que le quedaban en la boca.
"¿Se acuerda patrón?", recalcaba el capataz en la esperanza de distraerle de los pensamientos sombríos que él adivinaba a la perfección.
Arturo finalmente esbozó una tímida sonrisa.

1 Pelear, luchar.

Soledad

Al día siguiente Matilda no salió de su cuarto. Estaba castigada.
Una lluvia fina y persistente había regado de madrugada la tierra, los árboles y las plantas dejando un olor a humedad que penetró sus huesos y le produjo escalofríos. Desde su ventana escuchaba el chirrido de los caballos y el cascabeleo nervioso de las ruedas de un carruaje. Podía distinguir la voz ronca y profunda de su tío despidiéndose de su madre, de su hermana, de la tía María Ercilia, de las empleadas. Se despidió hasta de Lucas y de Lobo, a quienes lanzó, como muestra de cariño, unas sobras de su desayuno.
"¡Tomen hermosos, tomen!", le oyó gritar, mientras los ladridos de los perros resonaban en el aire de la mañana.
Matilda se manutuvo escondida tras el visillo de su ventana y apenas deslizaba con su mano la fina tela para ver el patio. Se sentía como aquellas mismas sobras, lanzadas al piso bajo la mirada indiferente de todos.
¿Que podría querer una jovencita como ella de su tío, que vivía como un vagabundo, que no tenía raíces ni ganas de sentar cabeza?
Finalmente, el carruaje dobló la curva y desapareció en el callejón que desembocaba a la vía principal. Se levantó una gran polvareda. María Ercilia, María Antonia y las sirvientas se quedaron por un rato inmóviles, contemplando aquel espacio vacío envuelto en una nube, como si quisieran asegurarse que, efectivamente, el preciado huésped se había ido. Al cabo de unos minutos se alejaron, cada una en distinta dirección. Matilda se sintió aliviada por no tener que cruzarse con él. No habría sabido qué decirle, como mirarle, o como disimular su estado de ánimo confuso. Pero el hecho de saber que ya no estaba, que su risa tan contundente no cortaría el aire, que no escucharía su voz, ni olería su perfume a limones, le dejó en el alma un abrumador sentimiento de abandono.
Su vida, hasta aquel momento, había transcurrido serena y apacible: vivía el presente, pero, a la vez, soñaba con un futuro emocionante lleno de aventuras, viajes en tierras lejanas y encuentros con personas excéntricas de todas las latitudes. Las clases con Evaristo Trujillo -y sus propias lecturas- habían desatado el deseo irrefrenable de un destino distinto al establecido para una jovencita como ella. Era como si dentro de sus entrañas hubiese engendrado una especie de monstruo poderoso, inmenso, con un hambre insaciable. Ella sabía que, aquel ser, tarde o temprano saldría a la luz, pediría explorar el mundo, comprobar las verdades y las mentiras, vivir las historias increíbles que los libros le había hecho saborear y que sus páginas le prometían.

En su imaginario no había maridos, ni niños mocosos colgando de sus faldas. Tampoco había conversaciones aburridas en un salón, eternos rosarios, ni cuerpos entumecidos alrededor de un brisero. En su mundo, al contrario, había mucha gente, gente de todo tipo, gente poblando teatros elegantes, catedrales góticas, calles traficadas, cafeterías con aroma de café y pastelitos perfectos. Se veía envuelta en un hermoso vestido de seda color malva, como el de la tía María Ercilia, fumando un cigarro y tomando licor en la esquina de algún local, conversando animadamente, haciendo tertulias improvisadas con personas desconocidas, escuchando la música de un piano o las notas de un acordeón. Habría preguntado a cada cual su historia y luego, la habría relatado en un diario. Hasta ese momento, aquellas expectativas y anhelos habían convivido armónicamente con su cotidianidad en San Rafael: las carreras hasta la cumbre del Pasochoa, el tiempo de la cosecha, la tenue llovizna de las tardes, el olor a palo santo de la iglesia del pueblo, las madrugadas silenciosas, la oscuridad perturbadora de las noches, el rio San Pedro revoltoso y bravo, el craquear de la madera bajo los pies, el susurro acompasado de las oraciones vespertinas, los cerros morados en los atardeceres. Hasta ese momento, aquellas cosas marcaban su horizonte y la hacían soñar mientras gozaba de su mundo. El único que ella conocía.

La partida de Edward dejó a Matilda desconcertada, ausente, sin un presente ni tampoco un futuro. Un profundo mutismo se adueñó de su vida acallando su alma, adormeciendo sus sentidos, aplacando su insaciable curiosidad. No tenía nada que decir, así que hablaba lo justo, comunicaba lo necesario y evitaba llamar la atención.

Quería pasar desapercibida, no daba problemas, era obediente, discreta, prudente, silenciosa como un rebaño de ovejas, mansa como una paloma. De repente, se había transformado en la habitante tácita y sigilosa de un cuerpo ajeno, tanto que a veces lograba verse desde arriba, como si fuera algún pájaro o insecto, distante de todos. Algo le impedía comunicarse con el mundo exterior, como si el hilo invisible que la conectaba con el universo se hubiese roto irremediablemente. No se explicaba como las cosas hubiesen podido tener un sentido en algún momento, puesto que ahora, no tenían ninguno. A cada instante buscaba desesperadamente reconstruir los sabores, olores y aromas que hasta hace muy poco le habían hecho gozar, reírse, sentir viva. Pero no lo lograba. Su sentimiento de desconexión la llevó a pensar que si se caía en una quebrada no probaría algún dolor. Al improviso entendió el sentido de las palabras de Armando Quilotoa, cuando se quemó el cuerpo entero echándose encima una enorme olla de leche. Él dijo que no había sufrido, que vio un destello de

luz, que se desmayó, que luego cambió de piel como las serpientes. Matilda comprendió que cuando el dolor es demasiado intenso, inesperado y violento, tu cuerpo entero se cierra como el caparazón de una tortuga y no sientes nada.
Doña Raquel estaba dichosa. Al fin su hija menor, la rebelde, había madurado y se había trasformado en esa mujer adulta, centrada y virtuosa que ella había siempre deseado. Al fin sus cuatro hijas eran un espejo de perfección, listas para el matrimonio, los hijos, los sacrificios del hogar, las responsabilidades de una familia. La oveja perdida había finalmente regresado y ella la había recibido con brazos abiertos, como predicaba el relato del hijo pródigo.

Una tarde, sin más aviso que una reunión de caballeros entre su padre y otro señor con voz desconocida, el rumbo de su vida cambió de un modo dramático e inesperado. Desde el fondo del pasillo se escuchaba una animada conversación, la típica entre varones, que pasaba ente bocanadas de puros y mucho licor. Aquella noche las mujeres de la casa cenaron sin Arturo, quien seguía en la tertulia con su huésped desconocido. Cuando acabaron la cena, Matilda se retiró en su alcoba con una taza de agua de vieja entre las manos.
El día siguiente comenzó como cualquier otro, desayunando en familia con unos bizcochos recién horneados y un chocolate espeso. De repente, Juana Banana entró como un torbellino a la cocina.
"Su merced el patrón la llama, niña. Su merced la espera en su estudio."
"Juana acompáñame, no me dejes sola."
Matilda nunca hubiese pedido algo así a Soledad, pero con Juana tenía una relación especial. Le gustaba su personalidad extraña, su inocencia y espontaneidad. Quizás porqué sentía que se parecían y eso la hacía sentir menos sola.
Mientras cruzaba el pasillo de helechos Matilda procuró imaginar el objeto de la conversación. Pensó que podría haber hecho de malo para que su padre quisiera hablar con ella a solas, pero esta vez no se le ocurrió nada. Golpeó la puerta del despacho y espero una respuesta desde adentro que no tardó en llegar. Juana se quedó a filo de la puerta temblorosa, como si intuyera el objeto de aquella conversación.
"Pasa Matilda, pasa."
"Siéntate mi niña. Quiero comentarte un tema importante", dijo su padre sin levantar la vista de una pila de papeles que tronaba al medio del amplio escritorio. Su voz era nerviosa, como si aquella conversación le incomodara y quisiera que acabase lo antes posible. El aire estaba tan espeso como el chocolate caliente que humeaba entre sus manos. Matilda

escogió una de las dos butacas que se hallaban al centro del cuarto y se sentó. El despacho de su padre olía a cuero curtido, a tabaco, a él. Por alguna extraña razón, aquella mezcla de olores transmitía una sensación de fuerza, disciplina, miedo a que algo pase.
"Te comprometí con Don Ramón Callejas de Alba, un caballero apuesto y muy codiciado,
así que considérate afortunada. Es mi socio en algunos negocios y se interesó en ti.
Tiene gran experiencia y mundo, te cuidará bien y sabrá domar tu carácter rebelde."
Matilda tardó unos segundos antes de poder reaccionar. Tan pronto pudo hacerlo, se levantó bruscamente del asiento y caminó hacia su padre con el ímpetu de un torbellino.
"¡Pero padre! ¿Quién es este señor?
¡No le conozco de nada!
"Que más necesitas saber? Es un caballero, una persona de costumbres, un buen cristiano y un varón como Dios manda. Si tomo tal decisión es porqué estoy seguro que te conviene. Y tú deberías confiar en mi juicio, hija", dijo sin más detalles.
"No entiendo. ¿Cómo puede querer que pase mi vida con alguien que ni siquiera
conozco?"
"Si de esto te preocupas, tendrás una vida entera para conocerle, hija mía."
"Yo no quiero casarme padre. Yo nunca he querido casarme. Como usted bien dice, tengo un carácter especial y no creo que sirva para el matrimonio. Aborrezco las tareas domésticas, no me gusta tejer, ni bordar, ni..."
"¡Basta hija! ¿Hablas en serio?"
"¿Y qué pretendes?"
"¿Quieres acaso acabar como la tía María Ercilia... hasta convertirte en una ciruela pasa?"
"Pues la vida de la tía no me disgusta...¡al menos hace lo que quiere!"
"¡Niña atrevida! Y dime, ¿tampoco quieres tener hijos?"
"¿Que planes tienes para tu futuro?"
"¿Piensas envejecer sola, sin dejar vástagos que lleven el apellido de tu familia, que hablen de ti, que se parezcan a ti...que den un sentido a tu existencia?"
"¡Este es el punto padre: no creo que mi existencia tenga un sentido solo si me caso y traigo al mundo hijos! Y con respecto al apellido, mis hijos no llevarán el mío sino el de mi esposo..."
Arturo se quedó entrecortado. No acostumbraba a que le dejen sin habla, sin argumentos. Y cuando esto ocurría se desataba una tormenta de éxito

impredecible.
"¡Niña atrevida!", repitió.
"¡Como siempre, quieres tener la última palabra!", gritó mientras golpeaba la mesa con toda la fuerza de su cuerpo.
"Es lo que pienso, padre, y usted me educó para pensar, no para ser una oveja", agregó con firmeza y mirándole a los ojos.
"Eso se lo debo a este mal nacido de cura...muy bien hija...y...¿se puede saber cómo piensas vivir?"
"¿Quién te mantendrá cuando yo no esté?
"No lo sé padre. Por ahora, solo tengo claro lo que no quiero."
"Maldito cura forajido...", borbotaba Arturo.
"El padre no tiene ninguna culpa de todo eso...", se atrevió a decir ella.
"Niña atrevida....te carcomió las sienes ese
cura..."
"No quiero casarme", dijo contundente ella.
"Pues lo lamento mucho, pero ya di mi palabra de caballero y no pienso retractarme.
Además, tengo la obligación de asegurar tu futuro cuando yo no esté. ¡Si pienso que me
falta una hija más!", agregó llevándose las manos a la cara.

La conversación había llegado a su fin. En la casa, todos sabían cuando las conversaciones llegaban a su fin con él. Arturo se levantó impulsando hacia atrás la butaca con el peso de su cuerpo, apagó rudamente su habano y desapareció tras la cortina de terciopelo negro que separaba su despacho de una pequeña puerta trasera.
Matilda quedó a solas, en aquel espacio qua olía a su whisky, a su tabaco, a su piel dura y corazón áspero. Necesitaba respirar, salir afuera. Estaba completamente desencajada, sus músculos tensos, sus piernas pesadas como los troncos de un árbol secular.
Al salir del despacho se encontró frente a frente con su madre. Tuvo la sensación de que estuvo pegada todo el tiempo atrás de la puerta y que escuchó cada palabra de aquella horrible conversación. Raquel le lanzó una mirada que ella no pudo descifrar, entre lástima y desconcierto.
"¡Madre, usted sabía!"
"Hija... los planes de tu padre no se discuten y mucho menos los diseños de Dios para tu porvenir."
"¿Y quién sabe cuáles son los diseños de Dios para mí? ¿Acaso él?"
"¿O usted, madre?", gritó entre lágrimas.
"No seas osada, lo que tu padre te haya dicho seguro que es por tu bien. Además, debes confiar en Nuestro Señor."

"Pues Nuestro Señor no parece muy interesado en mi dicha, madre."
"¡No digas blasfemias!"
Raquel no pareció muy convencida de sus palabras, la voz le temblaba. Matilda estaba demasiado alterada para seguir discutiendo. No contestó nada. Se dio la vuelta y caminó hasta llegar a su cuarto al fondo del pasillo. Tan pronto estuvo adentro, golpeó la puerta con cuanta fuerza tenía en el cuerpo. Un crucifijo de alabaste que colgaba en la pared cayó al suelo y se partió en dos. Pero ella no lo recogió.
En aquel momento no se sentía una hija de Dios. En aquel momento, estaba sola al mundo.
En los días que siguieron Matilda se dio cuenta que algo bueno había pasado, muy a pesar de aquella noticia tan repentina y perturbadora: ya no pensaba en el tío Edward. Era como si la nueva desdicha hubiese reemplazado del todo la anterior.
Aquel verano estuvo en una especie de trance, hecho que no pasó desapercibido a nadie. Se le quemaban los buñuelos, olvidaba retirar la ropa del tendedero, se dormía durante la misa, confundía los nombres de las personas, caminaba como un espectro bajo la lluvia y desaparecía en las laderas del Pasochoa por mañanas enteras. Un día dejó abierta el aula de Winnie y el águila se esfumó en el aire para nunca regresar.
A pesar de los gritos y lloros de todos, a ella no le dio pena que el ave se escapara. Al contrario, la envidió desde lo más profundo de sus entrañas por haber hecho con tanta facilidad lo que ella hubiese querido hacer: huir, desaparecer de la faz de la tierra, esfumarse como la neblina de las mañanas...
Nadie se atrevió a castigarla por el accidente, ni sus hermanas le reclamaron por aquel descuido tan banal. Todos sabían que ella vivía su propio infierno y no necesitaba más azotes. Tampoco de noche Matilda hallaba la paz. Sus pensamientos se transformaban en enormes gallinazos que revoloteaban sobre su cabeza y no la dejaban dormir. A ratos se obligaba a pensar en Edward para con ello distraerse y olvidar el desasosiego.
Se humedecía los labios -al comienzo tímidamente, luego con más ardor y desesperación, en un incontenible deseo de evocar el sabor de sus besos, el olor de su piel, la tibiez de sus caricias. Pero no lo lograba. Él ya no estaba allí. Y cuanto más ella se esforzaba para evocar su recuerdo, menos lo lograba.
"Lo lamento mucho Matilda", dijo Amaru al recibir la noticia de su patrona. "No lo puedo creer...no sé qué decir", añadió con los ojos húmedos por la emoción.
Matilda no tenía pensado desmoronarse ante nadie, ni mucho menos ante su eterno compañero de juegos. Pero aquella muestra de solidaridad

tan espontánea abrió de repente una puerta que no le dio tiempo cerrar. Empezó a llorar, hasta que se secaron sus lágrimas y le ardió la garganta.
"¿Te das cuenta?", No sé ni como sea este tal Ramón... seguro que es un viejo gruñó que
tiene mal aliento!
"Seguro que también se hecha pedos en la noche", agregó Amaru esbozando una mueca.
"No me hagas reír, esto no es ningún chiste", dijo ella tras una inevitable risa.
"Tienes razón, discúlpame", dijo él.
"¡No tengo alguna intención de pasar mi vida al lado de un viejo que no me importa en absoluto...no quiero ni siquiera casarme!"
"¿No quieres casarte?
"¡No! ¡Así que imagina si voy a querer estar al lado de alguien a quien ni siquiera conozco!"
"¿Es un viejo? ¿Estás segura?
"No tengo idea. Supongo, si es un amigo de mi padre..."
Matilda repitió las mismas frases entre sollozos mil veces. Mientras, las lágrimas se mezclaban con sus mocos y las hebras de su pelo. Amaru la miraba con el rostro de quien tiene frente a sí a un cordero a punto de ser degollado. Se quedó pasmado, él que siempre tenía una idea pícara para todo.
"¿No tienes nada que decirme?
"¿A tal punto no tengo salida que no se te ocurre nada para salvarme de este embrollo?
Pero Amaru mantuvo silencio. Ese era el secreto que las viejas locas le fueron a decir, pensó.

Aquella noche los fantasmas de la casa no susurraron a los oídos de Matilda como de costumbre. Tampoco acariciaron algún mechón de su pelo, ni frotaron los dedos de sus pies cuando a ratos se descubrían. El silencio más total reinaba en los pasillos de San Rafael. Ni siquiera la madera crujía. Tan solo se escuchaba el coro de insectos y el ladrido de algún perro en la lejanía. Parecían tristes, como si tuvieran pena de ella y quisieran mecerla con su canto melancólico.
Matilda no lograba tomar sueño. Tenía frío, así que hundió su cabeza por debajo de las cobijas. Se sentía íngrima. La más desdichada de las mujeres. Nadie la vendría a sacar del hoyo en el que había precipitado. Si sólo pudiera comunicarse con el tío Edward...el entendería...él la rescataría... hablaría con su padre...le haría ver lo absurdo de aquel plan y todo se acabaría como en una pesadilla. Si su padre no recapacitaba, Edward no

dudaría en sacarla de San Rafael: era valiente, despreocupado y nada ni nadie le daba miedo. Mucho menos su primo del campo.
Pero Edward estaba lejos y ella sola. Irremediablemente sola.
Pensó en fugarse. ¿Pero adonde iría? ¿Y de que viviría?
¡Ya está...viajaría a San Francisco...iría a buscar el tío...! ¡Esa era la solución!
Con el paso de las horas la amargura aumentaba y su clarividencia empeoraba. A ratos cogía sueño y volvía a despertar, en un túnel de miedos y ansiedades que parecía interminable. Al día siguiente se dio cuenta que sus elucubraciones de la madrugada eran una locura. Y es que la noche es mala consejera: así hubiese conseguido fugarse, no tenía medios, era apenas una jovencita y los caminos eran inseguros. A parte, el valle era habitado por conocidos y amigos de su padre, quienes le alertarían de inmediato.
En menos que ladra un perro, él la traería de vuelta a San Rafael y su huida acabaría en una burla.

Matilda pasó la mañana entera en la cocina ayudando Soledad a preparar el almuerzo. Mientras desplumaba las tortoras -y huesitos diminutos se clavaban como agujones entre sus dedos- su cabeza viajaba lejos, hasta San Francisco, en donde fantaseaba con empezar una nueva vida. Sabía por su tío que allí las cosas eran muy diferentes, que las mujeres eran empresarias, dueñas de elegantes boutiques, de pastelerías, de restaurantes: otras, sin recursos ni educación se dedicaban a negocios menos decentes, como manejar burdeles o vivir de sus propios cuerpos. En todo caso, se trataba de una sociedad mucho más abierta, sin prejuicios, en donde cada uno buscaba su lugar en el mundo contando con las propias fuerzas, dándole al mazo, más que rogando. Sentía que aquel lugar era el perfecto para ella y que allí sería feliz. ¡Quizás hasta podría vestir pantalones -como tanto le gustaba-, tomar whisky o fumar cigarrillos como la tía María Ercilia!
Aquel día sábado el cielo era oscuro y un manto espeso de nubes rodeaba las Viudas, el Corazón y el Pasochoa. El aire era pesado, el horizonte amoratado y denso como una melcocha. De repente, Raquel entró como una furia en la cocina.
"¡Don Ramón nos va a visitar después del almuerzo!"
"No quiero un solo desperfecto!"
"¡A marchar todas, que hay mucho por hacer!"
Su madre gritó con el mismo ímpetu con el que había anunciado la llegada del tío Edward la primera vez. Aquella afinidad a Matilda le removió el estómago, tanto como esta visita sin anunciar. La noticia le cayó como un balde de agua fría en la cabeza. No esperaba conocer a su prometido

tan pronto, en aquellas circunstancias. Y detestaba la idea de tener que improvisar algún comentario entretenido o, peor, tener que atenderle con una sonrisa en la cara. Decidió que se portaría malcriada, fría y distante. Así le costara una buena reprimenda.
¡Al fin y al cabo, que importaba, si de todos modos saldría de la casa!

Después del almuerzo Matilda se retiró en su habitación. Peinó su pelo y se lavó los dientes con la pasta de hojas de menta que Juana Banana le preparaba en base a una receta costeña de su abuela. Al salir, se paró frente al espejo ovalado de su armario, puso vaselina en sus labios y acomodó un par de mechones atrás de las orejas. Quiso mejorar su tocado con una peinilla de madreperla,[1] pero luego descartó la idea. Una cosa era lucir guapa, otra coquetear con aquel sujeto y que se emocione con ella.
No entendía porque se daba tantas molestias. Al fin y al cabo, no le importaba nada del tal Ramón. Además, estaba segura que algo habría ocurrido y habría impedido aquella insensatez tan cruel. Esta locura del matrimonio iba a quedar en una horrible pesadilla de la que pronto hubiese despertado. Entonces, ella regresaría a su vida normal, a las exploraciones con Amaru, a los juegos con sus hermanas, a las carreras por el Pasochoa y a las cabalgadas. También volvería a sus fantasías acerca de su futuro y de la vida aventurera que deseaba para sí.
Matilda no dudaba que su pretendiente se prendaría de ella. Una vez más, ella habría percibido aquella mirada perdida y furtiva que tantas veces vislumbraba en los rostros de los jóvenes en misa, en las miradas de los transeúntes, en las reuniones con los hijos de otros hacendados. Pero eso no era su problema. Al contrario, se regocijaría viendo el rostro perdido de su prometido.
Aquel día el almuerzo fue más rápido de lo habitual. A las tres de la tarde, las primeras gotas de lluvia comenzaron a golpear suavemente los vidrios. Por algún extraño fenómeno, en San Rafael siempre llovía a esa hora en punto.
"Don Ramón está aquí, patrón", dijo Soledad desde el umbral de la puerta que daba paso al comedor.
"¿Le hago pasar?"
"Si Soledad, acompáñale a la sala. Ya vamos todos para allá. Por favor, trae unos canelazos[2] y prende la chimenea que la tarde va a estar fría." A Arturo no le dio tiempo de acabar la frase que la sombra imponente de su huésped apareció al improviso.
"¡Don Ramón!"
"Que gusto, Don Arturo", dijo el huésped. Su voz segura pareció cortar el

1 Perlitas de colores.
2 Bebida caliente típica de la Sierra a base de canela y ron.

aire como un
sable.
Matilda viró su cabeza hacia el desconocido con un movimiento pausado y a la vez estudiado. Sostenía su cuello bien en alto y mantenía las espaldas rectas pero no esbozó la mínima sonrisa. A pesar que la familia al completo estuviera presente -en trepida emoción y con un mal disimulado nerviosismo- los ojos de Don Ramón se hundieron de inmediato en ella. La miró con descaro, como si la sala estuviera vacía y solo estuvieran los dos. Matilda no dijo nada, pero sostuvo la mirada. Fue inmensamente difícil, pero gracias a su inmenso orgullo, lo logró.
Entonces, bajó un improviso silencio. El aire pareció espesarse de repente y todos los presentes quedaron mudos, sin saber que hacer o que decir. Era como si aquel primer cruce de miradas hubiese hecho sonrojar hasta las paredes.
"¡Pasemos a la sala, Don Ramón, que aquí empieza a enfriar!", dijo Arturo para interrumpir aquella situación tan incómoda.
Soledad entró a la sala cargando una charola de plata con hermosas copas de forma irregular y caprichosas mezclas de colores. Matilda reconoció al instante los singulares objetos: eran un obsequio del tío Edward. Los había traído de una diminuta isla en medio del mar Adriático, la isla de Murano. Sus ojos seguían el coqueto movimiento de las venas y estrías que cruzaban el cristal en distintas y azarosas direcciones, distrayendo la vista, azuzando la fantasía, recorriendo extraños recovecos de la mente.
"¿Un Jerez? ¿Que se le ofrece Don Ramón?", dijo Don Arturo.
Arturo no podía disimularlo. Tenía el rostro sonreído y relajado de quien ha resuelto un gran problema.
"Le acompaño con lo que usted tome, Don Arturo", dijo él.
"¡Pues vamos con un jerez para calentar el cuerpo!"
Entonces, Arturo pidió disculpas y se alejó unos minutos para ir a buscar en su armario bajo llave la última botella.
La chimenea lanzaba chispas incandescentes que dibujaban extrañas sombras en el muro al fondo. Desde allí, Matilda seguía con la mirada al grupo mientras se desplazaba rápidamente hasta los sofás, las butacas, las sillas de mimbre. Ella prefirió quedarse de pie, afuera de la vista de Don Ramón. Al cabo de un rato apoyó su espalda sobre la pared atrás suyo. Estaba fría, por lo que apretujó contra su cuerpo la chalina de lana que la envolvía. Sostenía las manos atrás de la espalda, mientras con las uñas raspaba nerviosamente la pared harinosa. Desde su posición, miraba a todos como si estuvieran pintados en un cuadro, como si ella no estuviera presente y fuese un ser invisible e insignificante. Seguía con el rabo del ojo a este hombre fuerte y alto, de espaldas anchas, de piel bronceada y el

cabello recogido en una coleta.
El jerez siguió fluyendo como un río interminable, regando las gargantas de su padre y de Don Ramón, entibiando los espíritus, endulzando el aire, aumentando el tono de las voces y de las risas a medida que la embriaguez crecía. El olor a tabaco se hizo más penetrante y pronto un nubarrón gris invadió el ambiente. Mientras, el crepúsculo lanzaba su último fulgor sobre la cenefa que coronaba el alto de la puerta.
Matilda no le veía sentido a estar allí, parada como una escoba, sin más funciones que observar y callar. Decidió alejarse sigilosamente, en puntillas, para evitar que las tablas craqueen bajo sus pies y ella esté obligada a dar alguna explicación. Solo quería desaparecer, desvanecerse como aquellos rayos de sol tibio y vaporoso que fraguaban las últimas sombras del día al interior de la casa.

Aquella noche, antes de dormirse, Matilda repitió una y otra vez en su mente alborotada la extraña escena del encuentro con Don Ramón. No podía creer el descaro con el que aquel desconocido la había mirado frente a su propia familia, como si ella ya fuera suya, como si siempre lo hubiese sido. Tampoco podía creer como decidió ignorarla por todo el resto de la velada. Su seguridad le molestó, entorpeció su sueño, retorció sus entrañas.
Decidió sacudir aquel pensamiento incomodo de la cabeza y remplazarlo con el dulce recuerdo del tío Edward. Se esforzó para reconstruir en su memoria los detalles de aquel martes graso. Quería revivir el aroma de recuerdos que estaban perdiendo sus contornos y que cada día parecían disiparse más. Pero, una vez más, no lo logró.
Tuvo la sensación que aquellos momentos no estaban destinados a quedarse con ella, a cuajar en su mente, a grabarse entre las hebras de sus sentidos. Las horas de la madrugada pasaban lentas y su estado de ánimo oscilaba como un péndulo caprichoso. Se sintió sucia, como si hubiese robado un pedazo de paraíso que había que olvidar porque, sencillamente, no le pertenecía.
Don Ramón, aquel ser contundente y enorme como un macizo de la Sierra, era seguramente su castigo por haber mordido la manzana prohibida.

Al día siguiente Matilda despertó tarde, con el aroma dulzón de los jazmines infiltrándose por la ventana de su cuarto, colándose sinuoso, cual una serpiente de vapores empalagosos, hasta dentro de su cama, hasta el fondo de su alma aturdida que aún divagaba entre la modorra y la conciencia. Las cortinas estaban abiertas por la mitad y revoloteaban como si fuesen alas de una formidable mariposa blanca. Sus sentidos despertaron,

mientras que su cuerpo húmedo se reacomodaba entre los pliegues de las sábanas una y otra vez, inquieto, voluptuoso, como aguardando alguna sensación. Exhaló aire silenciosamente, con miedo a que alguien oyera su gemido entrecortado y profundo. Tenía los muslos mojados, al igual que el vientre y los pechos. Se quedó mirando el techo unos segundos, cobijada por el leve vaivén de la ventisca, sintiendo cada latido de su corazón acelerado.
Afuera reinaba un silencio irreal. La casa parecía desierta, abandonada por todo ser viviente. Cuando Matilda llegó a la cocina no tardó en darse cuenta de que algo estaba pasando.
"¡Donde estaba niña!"
"¿Acaso no recuerda que día es hoy?", exclamó Soledad desde el otro lado del patio.
Entonces, elevó las manos al cielo, como siempre hacía cuando quería llamar la atención
sobre algo muy importante o urgente.
"Hoy se celebra la misa en recuerdo de su bisabuela María Antonieta, pa' descanse."
¡Apure niña, que estamos tarde!"
"¡Su merced la patrona nos va a reclamar!"
"Lo siento...dormí más de la cuenta..."
"¡Los demás ya se encaminaron niña, ahora nos toca echar a correr!", añadió preocupada mientras se sacaba al apuro el mandil y lo lanzaba sobre una banca.
Llegaron justo a tiempo para el comienzo de la misa. Los cánticos del coro resonaban desde el otro lado de la inmensa plaza cuadriculada. Al centro había un jardín en forma de estrella cuidadosamente podado. Se extendía alrededor de una gran pila de piedra coronada por una palmera de la que brotaba el agua sobre dos vascas. En el lado norte de la plaza se erguía la iglesia. Su estructura era sencilla pero imponente, con estrechos vidríales de colores y paredes blancas que resplandecían bajo el sol del mediodía. El techo era recubierto por una multitud de palomas que llenaban el aire con gorgojeos y suaves aleteos.
Soledad y Matilda subieron apuradas, cuidando que sus pasos no hagan mucha bulla sobre las piedras de la escalinata. Un manto de pétalos de rosa amarillos y blancos recubrían por entero el suelo y envolvían el ambiente con su delicado aroma. La capa era tan espesa que parecía dibujar el velo de una novia. Adentro, la fragancia floral se entremezclaba con el incienso, las voces, la amalgama de personas y animales, los cirios, las tallas de los santos.

Tan pronto entró a la iglesia, Matilda se estremeció. Don Ramón estaba de pie, apoyado a la columna más cercana al altar. Erguido, imponente, con las piernas entreabiertas y los brazos cruzados sobre el pecho. Su cabeza sobresalía en medio de la muchedumbre, como si las demás personas solo sirvieran a magnificar su vigorosa figura. Matilda no esperaba encontrárselo allí. De repente, el golpeteo de un abanico contra la tapa de un libro de oraciones llamó su atención. Viró la cabeza. Era su madre. Le hacía señas para indicarle en donde sentarse. Matilda asintió con la cabeza y se abrió paso entre la gente.
Estaba agitada, su corazón palpitaba.
¿Qué hacía una persona como Don Ramón en misa? ¿Acaso la estaba controlando o siguiendo? ¿Acaso estaba comprobando si ella era una chica con buenas costumbres, temerosa de Dios y aferrada a la fe?
Matilda sentía la fuerza de su mirada atrás suyo, como un puñal incandescente. Sus manos comenzaron a sudar, su cuerpo entero ardía, sus mejillas se pusieron como un ají. Cada movimiento suyo era pausado y calculado porqué sentía que él la estaba observando.
Al finalizar el servicio, Matilda salió del templo cabizbaja, caminando atrás de su madre.
Sostenía entre las manos el libro de los canticos y apretaba contra el pecho un voluminoso mantón que ella misma había bordado.
Empezó el tormento de los saludos y de las sonrisas a este y al otro. Matilda estaba tiesa como un roble, al lado de sus padres y hermanas quienes la pellizcaban por atrás de la espalda con mirada picara. Matilda saludó a Paquita Cisneros, la horripilante y barbuda vecina, a Don Arturo Cifuentes, diminuto y esquelético comerciante de Amaguaña, a su esposa Doña Marita, quien le doblaba en peso y altura, a sus cinco hijos, con su aspecto torpe y miradas esquivas, al sacristán José Calvache, cuya panza pronunciada reventaba bajo un angosto chaleco de flecos, a Juanita Rosales, con su papada mantequillosa y lunar del tamaño de un frejol en medio de la frente. Estaba agitada: temía sentir al improviso la presión de una mano sobre su hombro. Pero nada de aquello ocurrió.
Quiso regresar caminado a casa para despejarse y quitarse de encima aquella sensación rara. Cuando llegó a San Rafael, encontró al resto de la familia en la cocina. Estaban apiñados alrededor de la mesa y comían choclotandas[1].
"En misa estaba tu prometido, ¿saludaste con él?", preguntó Raquel con cierta aprensión.
"No le vi, lo siento. Había mucha gente y la verdad, no me percaté que Don Ramón estaba en misa. Creo que se fue muy rápido. ", insinuó Matilda.

1 Dulce a base de maíz típico de la Sierra.

"En dos semanas haremos un banquete para celebrar tu pedida de mano. También hay que revisar tu ajuar...son años que no hecho mano a esos baúles. ¡Hay Virgencita, el trabajo que me espera!¡Solo por una hija se hace semejante esfuerzo!", añadió Raquel con cara de angustia. Últimamente he notado que has madurado mucho, eres más reflexiva, centrada. No me hagas arrepentir de estas palabras", agregó su madre con el aire de quien no está segura de lo que acaba de decir.
Matilda no contestó nada. Sus pensamientos estaban tan lejos del ajuar -y de su progenitora-, como la tierra lo estaba del sol. Pero no quería darse el suplicio de una discusión, de modo que asintió con la cabeza y se retiró. Con el paso de los días, su indiferencia y aturdimiento se transformaron en una nueva condición y estado de ánimo. No podía evadir aquel destino que no había escogido. Pero una cosa estaba clara en su mente. No viviría su vida como las demás mujeres de San Rafael ni sería una oveja más del rebaño, que sigue reglas ajenas y que vive su existencia de acuerdo a los demás.
Qué pena por Don Ramón, el matrimonio sería el peor negocio de su vida y pronto se daría cuenta de ello. Si pensaba que poseería una bonita y mansa paloma, en muy poco tiempo se llevaría una sorpresa.

El compromiso

Los días parecían volar desde aquella tarde con Don Ramón. A medida que se acercaba la fecha del compromiso el ajetreo aumentaba, las conversaciones en los pasillos se multiplicaban, los cuchicheos y la agitación crecían. Matilda se preguntaba cómo sería la boda, si para la pedida de mano había tanta movilización y alboroto.
Después del descanso de la tarde las mujeres se reunían en la sala provistas de una plancha incandescente, un sinfín de alfileres y hasta una enorme lupa para aquellas cuya vista fallaba. Tan pronto tomaban asiento alrededor del inmenso baúl, la atenta revisión del ajuar comenzaba. Manteles y toallas de lino, sabanas bordadas, cubrecamas de pluma de ganso, individuales y servilletas de ganchillo desfilaban sobre las rodillas de todas como tantos duendes saltarines. Las mujeres recorrían una por una las delicadas telas con sus dedos nerviosos: contemplaban la calidad de los tejidos, la finura de las puntadas, las costuras impecables. El interminable carrusel de comentarios y parloteos duraría la tarde entera, hasta que aparecían los búhos a las ventanas y la oscuridad obligaba a prender los candeleros.
"Hay que remojar este centro de mesa en agua de limón para aclarar las fibras, el juego de sábanas está cuarteado, que horror, ya nada, lo que no se usa se pierde, saquen esas servilletas amarillas, traen mala suerte, este mantel debe lavarse con té negro para avivar el color..."
Cuando la minuciosa revisión se concluía, las piezas eran dobladas y guardadas en voluminosos canastos de mimbre al fondo del baúl. Se acomodaban sobre un lecho de bolas de alcanfor que hacían estornudar por horas si no se tomaba la precaución de ubicarse a cierta distancia. Con la excusa de su alergia, Matilda se quedaba siempre en el umbral de la puerta. Contemplaba la escena como si todo aquello no tuviera que ver con ella y se tratara del ajuar de otra persona.
"No te quedes allí parada como una estatua hija! ¡Entra a probar tus vestidos! ¡Eran míos, de cuando tenía tu edad y tu cintura de avispa, pero, como puedes ver, están flamantes! ¡Lo que es bueno dura una eternidad!", dijo Raquel.
Matilda entró a la sala. Sus pies pesaban como las raíces de un árbol secular.
"Déjenme sola con mi hija unos minutos", dijo Raquel a todas las presentes.
"Tienes una linda figura. Lástima que cuando lleguen los hijos se te vaya a dañar. Se pierde la cintura, el busto se engrosa y...". Matilda entendió

rápidamente por donde iban los tiros de aquellos comentarios.
"Supongo que usted quiere explicarme como nacen los niños", interrumpió ella, antes de que Raquel siga con su letanía acerca de las consecuencias de los embarazos.
Estaba claro que su madre buscaba un pretexto para comenzar la verdadera conversación, así que Matilda quiso acelerar las cosas de una vez. Por un instante, su progenitora se quedó muda, inmóvil, con su costurero rebosante de hilos entre las manos. Evidentemente, no se esperaba aquella interrupción abrupta por parte de su hija menor.
En efecto, hija. Ha llegado la hora de tener esta charla contigo", dijo ella, con aire ceremonioso.
"Descuide, madre. Sé lo suficiente como para estar preparada, si es que un día seré madre", dijo ella.
Doña Raquel se quedó boquiabierta y tardó unos segundos en reaccionar, organizar sus ideas y saber que decir frente a tal revelación.
"¿Qué es lo que crees saber sobre este tema?"
"He leído libros."
"¿Y... quién te dado esos libros?"
"Yo misma los busqué."
"Pues me parece muy mal que hayas buscado este tipo de lecturas, Matilda. Es un tema delicado, que debe tratarse entre madre e hija", dijo con cierta indignación y una evidente decepción.
"Lo lamento madre. Así fueron las cosas."
"¡Mejor revisemos tus vestidos antes de que se me pasen las ganas!"
Con aquella frase, Raquel zanjó la conversación y llamó a las demás para que regresen a la sala.
Matilda había logrado perturbarla y lo estaba disfrutando. Tenía ganas de herirla, de molestarla en algo que ella consideraba parte de sus atribuciones.
Su madre no había movido un solo dedo para ayudarla, ni se había atrevido a decir nada en su defensa. Se quedó observando los acontecimientos cual una espectadora más, como si Matilda no fuera su hija y ella no tuviera nada que ver con aquel desenlace.
Ni siquiera la había consolado. Ignoró sus lágrimas, porqué negar su desesperación era, al fin y al cabo, lo más fácil y cómodo. La culpa, en el fondo, no era solo de su padre. Su madre le defendía y obedecía en todo. Sin el menor atisbo de compasión hacia ella.
El abuelo Alfonso había abandonado a su hijo y ahora sus padres la abandonaban a ella. Al parecer, la historia familiar de los Grijalba se repetía una vez más. ¿Quién abandonaría al *marqués* cuando un día decidió cruzar para siempre el océano? Muy probablemente, pensó Matilda, el tema de

los abandonos remontaba a siglos atrás y parecía estar en los genes de la familia.

Cuando llegó el día de la pedida de mano, Matilda amaneció como si nada estuviera punto de ocurrir. El cielo estaba morado y la tarde se anunciaba fría. Salió de su cuarto y se paró sobre el retazo de hierba frente a su ventana. Los brotes de hojas rozaban sus pies con la suavidad de una caricia. Mientras, gotas diminutas de rocío se infiltraban en la piel, cosquilleando sus dedos, recordándole las cosas simples que ella amaba.
A la recepción acudirían sus hermanas con los maridos, algunos parientes y los amigos más allegados. Hablarían por semanas del evento y todos comentarían su semblante, observarían su humor, examinarían sus mínimos gestos. Los chismes se habían regado como la pólvora, el arreglo con el tal Don Ramón estaba en la boca de medio valle.
Decidió no dar gusto a nadie. Ella luciría hermosa. Y ni una sola mueca frunciría su ceño.
Soledad recogió su pelo en un moño bajo, atrapado en una sutil red perlada que le daba un aspecto muy sofisticado y que resaltaba su largo y delicado cuello. Cuando la última hebra de su preciosa cabellera estuvo domesticada, la ayudó a vestirse.
El traje era de color celeste, con detalles de abalorios, mangas largas con bordes de encaje y un discreto escote que mostraba su piel tersa y blanca, apenas salpicada por un racimo de pecas entre los pechos recién formados. A pesar del poco tiempo para su confección, el vestido lucía hermoso y calzaba como un guante alrededor de las curvas del cuerpo. ¡Y es que Catalina acostumbraba hacer ese tipo de milagros con sus manos y su máquina de coser!
Matilda se miró al espejo del armario que tronaba en medio del pasillo de helechos. ¡Como disfrutaba contemplando su imagen! Si tenía un pecado, este era la vanidad y lo sabía muy bien. Torció levemente su cuello hacia la derecha. Luego hacia la izquierda, en busca de alguna pequeña imperfección, de algún descuido por mínimo que fuera.
Pero todo estaba perfecto. Su piel, su boca, hasta su pelo rebelde lucían impecables.
Cuando entró a la sala, Don Ramón, su padre y todos los invitados se voltearon al instante, a pesar de que ella entró casi en puntillas.
Bajó un silencio improviso. Las mujeres la escudriñaron de arriba hasta abajo sin disimulo. Observaban admiradas su tocado elegante, su pelo brilloso, su piel aterciopelada, su vestimenta impecable. Por su lado, los hombres recorrían con su fantasía la piel impoluta, los labios rojos, la cabellera de miel. Su deseo era tan evidente que algunas huéspedes lanzaron golpes

de abanico contra las caderas de sus esposos. La niña Matilda se había claramente trasformado en una beldad y esa beldad ya le pertenecía a alguien.
Don Ramón estaba de pie, justo al frente. Sostenía una copa de coñac que prontamente apoyó al filo de la chimenea. Al verla entrar clavó de inmediato los ojos en ella. Su futura esposa había cautivado las miradas de todos y él lo estaba disfrutando.
"¡Pase *mija*, pase y salude a nuestros queridos huéspedes!", dijo Arturo.
Matilda miró Ramón a los ojos, sin timidez ni recato alguno. Entonces, su prometido bajo la mirada hacia la copa de cognac y esbozó una sonrisa discreta apenas perceptible.
Aquel pequeño éxito la llenó de gusto.
Cuando la secuencia de reverencias a los conocidos y parientes concluyó, Matilda se sentó en el sillón amarillo frente a la chimenea. El calor del fuego parecía magnificar el aroma de las rosas que adornaban un enorme jarrón chino a su lado.
Al cabo de un rato, Ramón se le acercó desde atrás sin que ella se percatara. Le susurró unas palabras al oído que la hicieron brincar.
"Usted Matilda me corta la respiración..."
El olor del alcohol y el calor azucarado de su aliento la envolvieron. Le costó organizar sus palabras, pero no quería quedarse callada.
"Estamos aquí para perfeccionar la transacción con mi padre, Don Ramón. Solo quise estar a la altura", dijo ella sin virar la cabeza. Lo hizo en voz alta, para que todos escuchen.
"¡Matilda, no seas impertinente!", interrumpió Arturo con un vozarrón que quebró el aire en dos.
"Descuide, Don Arturo. ¡Me gusta que mi futura esposa tenga carácter!", dijo Don Ramón prontamente. Entonces, tomó el rostro de ella entre sus manos grandes y la besó en la boca. Luego, la soltó como quien suelta una paloma al aire.
Matilda no esperaba aquel arrebato. Se dejó llevar hasta que él quiso. Por alguna razón no pudo rechazar la fuerza arrolladora de aquel ser impetuoso, arrogante y audaz.
Entonces, Don Ramón sacó del bolsillo una espléndida marquesa y se hincó frente a su prometida. Colocó el anillo a su dedo anular con delicadeza.
"Ese anillo perteneció a mi madre, me alegro que le quede perfecto, señorita Matilda. La otra vez me fije en sus dedos...son delgados y largos como los de ella. Estaba seguro."
Después de haber consumado aquel ritual frente a las miradas atónitas de los presentes, hubo un aplauso general. Los prometidos estaban el uno al lado del otro, tan cerca que sus manos se rozaban. Quedaron en aquella

posición, sin que ninguno de los dos las alejara. En aquel momento Blanca y Josefa entraron a la sala. La una cargaba las botellas de champagne francés que el novio había mandado a dejar días atrás; la otra, un sinfín de copas para el brindis que tiritaban sobre una tambaleante charola.
"Ojalá no me rompan ni una...y ojalá basten para tanta gente...", susurró Raquel al oído de Soledad.
Don Ramón agradeció a su prometida por aceptarle como marido. Luego, agradeció a sus padres por entregarle su hija. Agregó que la cuidaría mientras tuviera sangre en las venas y que siempre velaría por ella. Agregó también que quien se le acerara sería un hombre muerto. Lo hizo con tal vehemencia que el propio Arturo se estremeció y tuvo que apoyarse a una silla para no perder el equilibrio.
Matilda quedó en silencio. Ese nuevo arrebato, tan intenso e impulsivo, enredó sus tripas por debajo del corsé y ralentizó de golpe su respiración. Por un instante se sintió ridícula, por haber fraguado días atrás su plan para escaparse de aquel matrimonio: aquel hombre era una especie de ciclope y ella, una pequeña hormiga.
Al cabo de un rato, Rosalía, Ana Lucía y María Antonia comenzaron un juego de señas desde el otro extremo de la sala, deseosas de ver de cerca la joya. Gesticulaban para que su hermana entienda, para que se acerque y enseñe la deslumbrante piedra de una vez. Matilda caminó hacia ellas. Sentía la mirada de Don Ramón clavada en su espalda, atravesando su ropa, rozando su piel como el día de la iglesia. No podía verle, pero aquella sensación era palpable, física, tan perturbadora y real que, una vez más, su cuerpo entero ardía como una tiza. ¡Se darían cuenta las personas? ¡Sus cachetes se habían coloreado? ¿Sus movimientos eran torpes y la delataban? ¡Qué sensaciones más raras le producía ese hombre tan arrogante y seguro de sí, que parecía dominar a la perfección sus sentidos y gozar de su aturdimiento!
Pronto Matilda se vio envuelta en ese torbellino de palabras, risas y cuchicheos alegres que sus hermanas lograban desatar con tanta naturalidad. Las chicas no sabían nada de alhajas, pero nunca habían visto una piedra de semejantes proporciones, con un brillo tan excepcional y un corte tan impecable.
"¡Qué maravilla! ¡Debe estar loco por ti, para darte algo así!
"Yo no me caso si no me dan una joya como esa!, dijo María Antonia.
"¡Déjamelo probar!"
"Mira que brillo!"
"¡Esa piedra no es cualquier roca del rio San Pedro, esa piedra es una fabulosa esmeralda!", dijo Rosalía con aire serio.
"Si. La abuela tenía una igualita, pero no tan grande..."

"¡Que atrevido, te mira como si fueras un milhojas relleno de crema pastelera!"
¡Rosalía no digas esas cosas, es mala crianza!
"Es verdad...se muere por ti..."
Mientras la marquesa pasaba de mano en mano y de dedo en dedo, Matilda comenzó a marearse. Por la humareda, por el aire denso de la chimenea, por el alcohol, por la palabrería incesante. Las voces de todos se trasformaron en un zumbido atroz, en un ronroneo insoportable que perforaba sus oídos. Sintió un calor abrasador y quiso sentarse, pero, muy a pesar de sus esfuerzos, no lograba desprender los pies del suelo. Se apoyó a la pared atrás suyo, respiró hondo y echó la cabeza hacia atrás.
Cuando el sol de la tarde se derritió tras la cordillera tiñendo de rojo a montañas, nubes y potreros, un ángel se apiadó de ella. Ese ángel era Juana Banana.
"Patroncita, necesito que revise el bizcocho que horneamos de tarde..."
Matilda sonrió y de inmediato salió de la sala. Tan pronto se adentró en el corredor, la humedad de los helechos y el fresco de la sombra la reavivaron. Las voces comenzaron a disiparse y a tornarse lejanas.
Los invitados ya no hablaban de la boda, sino del brote de fiebres del último invierno.

Ora et labora

"Padre no pienso casarme."
"Prefiero el convento."
¿Has perdido la cordura *mija*? Ya hicimos tu compromiso, ¿Quieres que yo haga el ridículo frente a todo el valle?
"No se enoje padre. Deseo entrar a un convento y dedicar mi vida a Dios. El otro mes acompañé mi madre a dejar los donativos de la hacienda al convento de las Clarisas. Me quedé impresionada con aquel lugar, tan lleno de paz y quietud. He hablado con Don Antonio y él me guio para tomar esta decisión. Al parecer, tengo vocación, he tenido la suerte de que Dios me ha escogido..."
"¿Qué Don Antonio te ha guiado?"
¡Sarta de tonterías! ¡Quien le pide al padre meterse en donde nadie le llama! ¿Que Dios te ha escogido? ¿Y desde cuando se supone que has descubierto tu...vocación? ¡No me tomes por un pendejo, Matilda...!"
Las frases salían atropelladamente de la boca de su padre, sin que él pudiera controlarlas.
"Padre, yo le respeto como a nadie en el mundo, usted lo sabe. Pero he reflexionado mucho en estas semanas. Antes no entendía mi rechazo al matrimonio, a tener un hogar. Como usted bien dice, Don Ramón es un gran partido y un hombre de bien. Pero luego entendí la razón...la razón es que Dios me ha llamado y quiere que sea su esposa."
"¡Que sarta de estupideces me toca escuchar! ¡Te casas con Don Ramón y punto! ¡Si no querías comprometerte, debiste decirlo antes del compromiso!
"¡Usted no me dio tiempo de nada, padre!"
"Ya no quiero escucharte. Esta conversación se acabó. ¡Retírate en tu habitación!"
Mientras daba aquellas órdenes le dio tal ataque de tos que comenzó a atorarse con su propia flema. En otros momentos, Matilda hubiese salido corriendo a buscar un vaso de agua, pero esta vez no lo hizo. Se dio media vuelta y cerró la puerta del despacho atrás suyo. Al salir divisó a uno de los *huachimanes* de la casa. Parecía asustado, al ver como la madera de los tablones crujía bajo los pies de su patroncita.
"Panchito, atiende a Don Arturo, por favor. Está atorándose."
¡Como le costó soltar aquellas palabras!
Se retiró en su habitación tan ágil como una liebre. La suerte estaba echada y no había marcha atrás. Eran los días de la oyanza y su madre aún no regresaba del campo con las pailas de fritada vacías y los pies molidos. Los

festejos durarían hasta el atardecer a pesar que, por primera vez, el patrón no había participado, con gran desconcierto de todos. Las preocupaciones de aquella época habían mermado su salud y andaba delicado.
Esa, al menos, fue la excusa para no acudir a la ceremonia de cierre de las cosechas.
Tan pronto regresaría, su madre la buscaría y le pediría explicaciones por aquella conversación con su padre. Pero Matilda estaba lista. Había ensayado su discurso y argumentos a la perfección perdiendo horas de sueño, hablando a escondidas con el padre Antonio, consultando con la tía María Ercilia. Estaba determinada a no casarse.
La vida monacal, por lo pronto, era la perfecta solución. Sería libre, podría leer sus amados libros en las horas de descanso y cultivaría la huerta del convento. No estaba mal, pensó. Al menos, hasta vislumbrar otras salidas.
Al día siguiente Raquel golpeó la puerta de su dormitorio. Aún era pronto y Matilda seguía dormida. Se despertó de un sobresalto y apenas logró enderezar su espalda sobre el respaldar. Su madre ya estaba adentro de la habitación, parada como un sargento frente a su cama. Un escalofrío recorrió de inmediato el cuerpo de la bella durmiente.
"¿Qué historia es esta? ¿Qué quieres entrar a convento y que descubriste tu vocación?"
"Así es madre."
"No te das cuenta de las locuras que dices? ¿Acaso crees que las monjas la pasan bien? A menos que no tengas una verdadera vocación, la vida conventual es muy sacrificada y dura..."
"Madre he meditado a profundidad y es lo que deseo."
"Te conozco. Lo que quieres es evitar casarte con Don Ramón."
"No, madre."
"Bueno entonces. Si eso es lo que deseas, así sea. Alista tu equipaje porque saldrás en dos días. O, mejor dicho, no alistes nada. ¡Allí no vas a necesitas más que tu... vocación entre las paredes del convento!"
Raquel salió de la habitación golpeando la puerta con furia, tanto que el recién compuesto crucifijo se inclinó hacia un lado y quedó en aquella posición por un buen rato. Matilda había logrado su objetivo. Estaba dichosa.

El día lunes de madrugada la pequeña de los Grijalba Montes amaneció para viajar a Quito. La acompañaría el fiel Armando Quilotoa, quien, para la ocasión, vistió con su camisa de los domingos y su única chaqueta de paño. Se había afeitado y olía a alguna loción que Arturo le había obsequiado.
María Antonia Salió al patio para despedirla en camisón de noche, con un poncho sobre los hombros y el pelo a medio recoger. Miraba su hermana

con cara de quien no entiende que está pasando y porqué. Matilda la besó, olió su pelo con ternura y la abrazó con todas sus fuerzas. Unas lágrimas tibias brotaron en las mejillas de ambas.
Al cabo de tres horas llegaron al convento de las Clarisas en el centro de la ciudad. Armando bajó la escueta maleta de Matilda del carruaje y estiro su mano hacia ella para que descienda sin tropezar.
El convento estaba envuelto en un mando de silencio, como si el bullicio de las calles aledañas hubiese desaparecido al improviso. Al frente, un pequeño mercado de flores alegraba el paisaje con sus bancos coloridos y sus ramos olorosos despuntando de los baldes. Armando Quilotoa jaló una cuerda que colgaba desde una ventanilla.
Una campana libró al aire un sonido ensordecedor. Se escuchó a alguien quitar la tranca de la puerta. Apareció una monja de mediana edad, alta y flaca como un gato. Le dio a Matilda la bienvenida e hizo señas con la mano para que pase.
"Soy la hermana Lía, bienvenida Doña Matilda, bendiciones."
"Buenas tardes hermana", dijeron Armando y Matilda en coro.
"Usted quédese afuera, por favor. Gracias por traer a la señorita, a partir de ahora nosotras nos haremos cargo de ella."
Armando Quilotoa parecía un perro apaleado. Era tal su desasosiego que quedó mudo. Luego, miró su patroncita a los ojos procurando mantener la compostura.
"Su merced patrona, todo tiene solución...por el amor de Dios...no será que usted quiere regresar conmigo a la quinta...no sea necia, le suplico..."
Matilda le abrazo de impulso, rompiendo todas las reglas entre patrones y empleados.
La hermana Lía no dijo nada, pero se apresuró a cerrar la puerta tan pronto la joven estuvo adentro. Las dos mujeres caminaron la una al lado de la otra por el corredor que flanqueaba el hermoso quiosco. Un suave olor a azahares flotaba por el aire. Mientras, algunas palomas picoteaban la piedra del patio en busca de semillas.
Pasaron por delante de una puerta y se detuvieron.
"Aquí, en ese laboratorio, hacemos licores y jarabes a partir de hierbas del páramo...los vendemos a nuestros clientes para curar la tos, la gripe y toda clase de alergias. También preparamos compotas y ungüentos. Si quiere, usted misma podrá aprender a elaborar esos productos, tienen mucho éxito y necesitamos manos."
A Matilda no le pareció una mala idea, al contrario, sería muy interesante aprender aquellos menesteres. Además, en la hacienda había aprendido a reconocer muchas hierbas, ya que brotaban en abundancia por el exceso de agua de las vertientes subterráneas. Las dos mujeres caminaron hacia

la siguiente habitación. La hermana Lía golpeo suavemente la puerta. Apareció otra monja, la mitad del tamaño de la hermana Lía. Era gordita y sonreída. Una mata de pelo blanco como la nieve despuntaba a los lados de la cofia y cargaba un polvo oscuro en una cazuela grasienta.
"Buenas tardes hermanas, pasen, por favor..."
"Gracias hermana Silvia, le presento a la nueva novicia, la señorita Matilda. Acaba de llegar, aún no ha escogido su nombre ...estoy enseñándole el convento..."
"Bienvenida querida hermana, que Dios la bendiga. Aquí tostamos el cacao que nos envían del bosque húmedo. Es un auténtico manjar. Con esas pepas que ve en la batea del fondo hacemos barras de chocolate y bombones, son una delicia y encantan a los más exigentes paladares.
La hermana Silvia no tardó en detectar la mirada curiosa de la recién llegada.
"Eso que ve en la cazuela es pasta de cacao. Después del prensado se la filtra para eliminar los residuos y con eso se logra una fabulosa manteca."
"¡Qué maravilla hermana, la cazuela desprende un aroma delicioso!"
"Así es. Costó mucho acondicionar este espacio para que haya las perfectas condiciones de humedad, que no se estropeen las pepas y que no se oxide el aceite...pero lo logramos, al fin."
Después de una exhaustiva visita del lugar -y de todo el instrumental-, retomaron el recorrido del convento: la cocina, el refectorio, los retretes, el área de descanso, la huerta, los jardines, la capilla.
Finalmente, la hermana Lía llevó Matilda a su celda. Era despojada de cualquier adorno. Contaba con un pequeño armario, un velador a juego y una cama más estrecha que la de ella en San Rafael. Un pálido crucifijo tronaba al centro de la pared al fondo.
"Este cuarto no tiene escritorio, pero ya encargamos uno nuevo al carpintero de la Plaza Grande. En el último invierno las termitas devoraron al anterior, hubo que sacarlo al apuro para que la plaga no acabe con el resto del mobiliario."
Matilda pensó que cualquier termita se moriría de hambre entre aquellos muros, pero se abstuvo de hacer comentarios.
"Hasta mientras, puede escribir y leer en la sala de descanso. Como pudo apreciar, es muy tranquila, hay una discreta luz y tiene una biblioteca bien abastecida."
"Me parece perfecto, gracias."
La hermana Lía había claramente pronunciado las palabras mágicas, pues los libros, de nuevo, serían su mejor compañía.
"Por cierto. Nuestras celdas son contiguas. Si necesita algo, solo golpee la pared y la escucharé."

"Lo tendré a mente, hermana. Gracias", contestó Matilda.
"Al comienzo, cuesta acostumbrarse a tanta tranquilidad y silencio, pero luego te acostumbras."
Tan pronto la monja cerró atrás suyo la diminuta puerta del dormitorio, Matilda se lanzó sobre la cama con todo el peso de su cuerpo. Cerró los ojos y esperó a que la llamen para presentarse con la madre superiora.

"Niña Matilda, bendiciones. Bienvenida al convento de las Clarisas. A partir de hoy, nosotras seremos su nueva familia."
"Gracias madre."
"Entiendo que la hermana Lía le explicó las reglas de esta institución y le dio un recorrido del convento."
"Si madre."
"La primera misa es a las seis. Luego desayunamos en el refectorio. A las siete y media, cada una se incorpora a sus tareas hasta las doce. A esa hora almorzamos en el refectorio. Luego hay una hora de descanso y, de tarde, cada una regresa a sus trabajos hasta la hora del ángelus a las siete. Las confesiones son todos los días después de la misa con el padre Benito. La ropa se lava y tiende los días lunes, los pisos se trapean los días martes y las bacinicas se retiran por turnos cada tarde a las seis en punto. El resto de las tareas son asignadas a cada hermana y pueden cambiarse al finalizar cada mes."
"Perfecto madre."
Matilda estaba mareada. ¿Recordaría tanta información?
"La hermana Lía le indicará un listado de actividades entre las que podrá escoger, como nueva integrante de esta comunidad. Dentro de lo posible, intentaremos que haga cosas que sean de su agrado y que se acomoden a sus inclinaciones naturales. ¿A propósito... ¿cómo está la querida María Ercilia? Aquí le tenemos un gran cariño, así que usted, niña, viene con las mejores recomendaciones..."
"Mi tía está muy bien y agradece que el convento me haya acogido con tanta premura y en tan corto tiempo."
"Todo pasa por alguna razón, niña."
"Si madre superiora. Así es"
"No se mueve una hoja, sin que Diosito no lo quiera."

Al día siguiente Matilda comenzó su rutina en el convento. El madrugón para atender la misa de la mañana no le costó especialmente, siempre fue de sueño liviano y pocas horas de descanso. La misa entre las paredes gélidas de la capilla tampoco le costó: había voluntariamente escogido aquel camino y se hubiese sentido una vil traidora, si ahora no cumplía

con su parte del trato con la Santísima Trinidad.
Después del desayuno se dirijo a las cocinas. Hubiese preferido dedicarse a sembrar y cosechar las hortalizas y frutas del convento, tal y como había planificado en su mente. Pero, aparentemente, la huerta ya contaba con un ejército de hermanas hacendosas.
Finalmente acabó de ayudante cocinera. La cocina tampoco eran un mal plan: le recordaba sus tardes en San Rafael, cuando las mujeres se reunían para elaborar algún guiso especial en las festividades y cumpleaños.
La combinación de olores que se respiraba en aquel lugar era muy distinta a la de su casa. A pesar que el espacio era mucho más grande, las ventanas eran pequeñas y estrechas, por lo que no había una buena ventilación. Como resultado, cada vez que se cocinaba, la mezcla de los vapores producía una rara mezcolanza de tufos pastosos y repetitivos. Entonces, enormes nubarrones blancos se elevaban por encima de las ollas -¡nunca había visto ollas tan grandes!- y comenzaban a flotar cual inmensas serpientes, hasta que alguien abría las puertas de par en par, contraviniendo las reglas del convento. Los tufos no eran el único inconveniente. Las comidas eran siempre iguales, como las estaciones de un rosario: pollo, arroz, papas. Y de nuevo pollo, arroz y papas.
"¿Hermana Lucía, porque no incorporamos más verduras de la huerta en las comidas?", sugirió un día.
"Porque las verduras sirven para los caldos y para alimentar a los chanchos", contestaba ella.
Cierto. Había los caldos para complementar las comidas. Pero los caldos no bastaban para un buen tránsito intestinal y Matilda no tardó en experimentar un lamentable estreñimiento.
Más allá de aquellas cosas y pequeñas inconformidades, su balance de la primera semana fue aceptable. Las hermanas eran silenciosas pero agradables. La convivencia pacífica, las tareas entretenidas. En el tiempo libre, que no era mucho, pudo disfrutar de la biblioteca del convento en donde, a parte leer, se dedicó a escribir un sinfín de cartas emotivas que a ratos la hacían sollozar: a su abuelo, a sus hermanas, a Amaru a través de sus hermanas, pues el pobre era analfabeto.
El día lunes se estrenaba su segunda semana en el convento. El sol resplandecía así que todas salieron a colgar la ropa en los tendederos del jardín trasero. Las enormes nubes moradas en la cima del Pichincha presagiaban lluvia, por lo que tocaba aprovechar hasta el último rayo.
Al llegar al jardín Matilda se percató que había olvidado la barra de jabón que tenía en dotación y que compartía con otras cuatro hermanas. Cruzó el corredor con paso rápido hasta llegar de vuelta a su celda. Entró sigilosa para practicar su nueva forma de andar y cerró la puerta atrás de sí, tal

y como mandaba el reglamento. Le estaba costando caminar con pasos más ligeros y pisar las tablas haciendo el menor ruido posible: el andar liviano respondía a una de las reglas del convento y no quedaba más que aprender a desplazarse como un fantasma, apenas rozando el piso.
Al improviso escuchó la puerta abrirse con fuerza a sus espaldas.
Se dio la vuelta asustada, tanto que el canasto que cargaba cayó al suelo y la ropa se desparramó. Ramón estaba frente a ella envuelto en una capa oscura que llegaba hasta los tobillos. No dijo una sola palabra. Se acercó y la cogió entre sus brazos con un solo enérgico movimiento. Matilda chillaba y pateaba el aire, pero no lograba librarse.
Llegaron al quiosco. Ramón caminaba a trancones hacia la entrada principal con su bulto apretado contra el pecho. Hasta mientras, la hermana Lía salió disparada del laboratorio alertada por los gritos y el alboroto.
"¡Madre superiora! ¡Venga! ¡Apure!"
A esa hora del día la madre superiora acostumbraba meditar frente a un cuadro de Santa Rita da Cascia en la quietud de su despacho. Al escuchar los gritos bajo las escaleras como un torbellino, sin cuidarse de apoyar su abultado cuerpo a la barandilla. Pero la santa, al parecer, la protegió y muy a pesar de aquel descuido.
"Que está pasando...quien es usted..."
Su aliento estaba entrecortado, su voz nerviosa pero autoritaria.
"Madre superiora, soy Ramón Callejas de Alba. Y esta señorita, Matilda Grijalba Montes, es mi prometida. Le ruego abra la puerta."
"Pero...la señorita está bajo mi responsabilidad y no quiere acompañarle, mi señor."
"La señorita me ha besado frente a cuarenta, quizás cincuenta personas. Me ha besado de una forma en la que una señorita de bien no besa, a menos que no piense entregarse a un hombre. Si no quiere causarle un prejuicio, madre, le ruego que abra la puerta y me deje salir con ella."
Su orden fue tan contundente -y su actitud tan firme- que la madre superiora obedeció sin más objeciones. Al poco rato salieron otras hermanas de los laboratorios y las celdas. Se santiguaban, se llevaban las manos al rostro, rezaban en voz alta. En cuestión de instantes el quiosco se transformó en una colmena enloquecida.
¡Presenciaban una escena irreal en donde un hombre desconocido estaba raptando una doncella del convento!
"Abran la puerta y dejen que salgan."
Una vez afuera, Ramón bajó al suelo a su prometida. Montó sobre su cabalgadura y con la misma agilidad la subió al caballo de un solo estirón. De inmediato salieron al galope. Matilda tenía el rostro hundido en el pecho de él. Un retazo de la piel de su jinete asomó desde la camisa entre-

abierta. Parecía estar en llamas.
Pronto los edificios imponentes, las casas coloridas y las cuestas empinadas se trasformaron en campos y potreros. Las ráfagas de corriente, al no tener más obstáculos que el propio aire, comenzaron a refrescar sus rostros.
Mientras avanzaban por el camino pedregoso que de la ciudad bajaba al valle, el sol alcanzaba su zenit sobre el horizonte.
¡Cómo había extrañado aquella luminosidad y aquellos espacios abiertos, entre las cumbres y el cielo azul!
Los rostros de ambos se entibiaron. Matilda ya no gritaba ni golpeaba a Ramón con los puños. Estaba agotada. No sabía si las fuerzas la habían abandonado o si ella, simplemente, se había rendido frente a ese hombre incontrolable e impetuoso como un César.
"Has ganado tú, Ramón Callejas de Alba. Si quieres que sea tuya, así será. Ojalá un día no lo lamentes.", pensó Matilda entre sí.

Ojalá no llueva

Don Ramón dejó bien claro que los gastos del banquete los asumiría él: los padres de la novia podrían su casa y sus empleados, eso bastaba, eso es más de lo que él esperaba. Al resto pensaría él. Además, los asuntos de platas le parecían de lo más indecoroso, ahora que eran familia.
Raquel estaba dichosa. Finalmente podría hacer las cosas como Dios manda, por todo lo alto, acorde a las circunstancias y sin límites de gastos. Con ello cerraría los picos voraces de ciertas personas por allí, que por años se habían llenado la boca de maledicencias, que la habían conmiserado cuando se casó con el chico Grijalba. Buen mozo, eso sí. Trabajador y de buena familia. Pero sin medio para sostener un hogar. Ahora que al fin las cosas habían cambiado, ella desquitaría aquellos duros años, aquellos sacrificios, aquellos chismes viperinos.
Contrataría cuantos meseros hiciera falta, escogería los mejores licores y vinos y el menú del festejo nupcial contaría con los más exquisitos manjares. La vida se lo debía, después de tantos años, promesas al cielo y privaciones.
"Raquel no abusemos de la generosidad de Don Ramón, seamos discretos por favor.
El tal chef Jerome es un engreído que cobra lo que le viene en gana[1]. ¡Estoy seguro que ni siquiera es chef y que yo hablo más francés que él!", reclamaba su marido.
"¿Abusar Arturo? ¿Hablas en serio? ¡Por una vez que no tengo que sacrificarme, que no tengo que romperme las uñas trabajando, te atreves a decirme eso?"
"¡Haz lo que quieras *hijita*, contigo no hay como hablar!"

Mientras probaba los distintos platillos en su cocina desde los cucharones del mismísimo chef Jerome, Raquel no pudo evitar recordar el pasado. Y es que la pobreza tiene extrañas formas de perpetuarse en las mentes, aun cuando pobreza no hay. Es como una planta, que echa raíces profundas en las entrañas de las personas. Luego, la planta se hace fósil, quebrando las almas con el veneno del miedo: miedo a no tener, miedo a la escasez, miedo al desamparo y al futuro.
¡Qué diferencia con los primeros años de su matrimonio, cuando pasaba de un embarazo a otro y comía una vez al día! A cierto punto, viendo que el vientre no se engrosaba, Arturo decidió que ella debía comer también de noche, al menos un pan con queso o una porción de higos, no vaya a ser que el *guagua* nazca con cosas raras, porque aquello hubiese sido el colmo

1 Lo que quiere.

de las desventuras.
Pero la comida escaseaba para todos, así no cargaras con *guagua* en el vientre[1].
¡Cómo olvidar los gansos que asomaban muertos en el laguito! ¡Había que comerlos al apuro antes de que se pudran sus carnes tibias y no valgan para nada!
¡Y como no recordar el olor acre de las carnes que colgaban en el troje, rodeadas de ávidos moscos y regadas con naranja y sal para que no se dañen[2], para que duren semanas enteras! Las partes mejores se destinaban a la venta en el camal; las vísceras -y alguna otra pieza extraña- eran para la casa. Pero... ¡que retortijones y que agujetas! ¡Tome agüita de orégano, su merced patrona, ya se le pasará!, susurraba Olimpia con su vocecita de pecadora en confesionario, como si aquellos accidentes fueran su culpa. Y es que no acostumbraban comer carne y sus estómagos no reconocían esos pedazos duros y fibrosos como sogas.
Ahora, ella podía finalmente desquitar aquellos años y aquellas estrecheces. Con el tiempo -y mucho trabajo- las cosas habían mejorado, desde los inicios de su matrimonio. Se habían contratado nuevos peones y trabajadores, creado cultivos más aptos al terreno e invertido en abono y maquinaria. Eso sí, prudentemente y acorde a los ingresos que se generaban.
Pero la desdicha no suelta fácilmente a sus hijos predilectos. Cuando al fin la hacienda comenzó a producir apareció el problema de la deuda de Alfonso. Regresaron los reclamos y peleas, las angustias, las noches insomnes.
Hasta que apareció Don Ramón.
Con él se sanó la deuda en un santiamén, las cosechas volvieron a dejar plata en los bolsillos y regresaron los amigos, aunque amigos no eran.
En eso sí, su marido tenía toda la razón. No había como hacerse ilusiones, los seres humanos son mezquinos, te buscan cuando eres alguien y tienes algo de poder en este mundo. Caso contrario, te quieren de lejos nomás. Y solo se alegran de tus penas, nunca de tus logros o momentos de dicha.
"Veras Raquelita, las personas solo se acercan a uno en tiempos de vacas gordas. A nadie le gustan los pobres, ni ese tufillo a necesidad que se olfatea cuando al fulano le ha ido mal una cosecha o al mengano le han robado el ganado", decía.
En fin, había que ser gente, pero nada de confianzas. Si no, uno corría el riesgo de encontrarse con hordas de pobretones a la puerta pidiendo plata prestada o que se les fíe hasta el juicio universal.
Arturo estaba en lo cierto, Raquel lo sabía.
¡Pero que alivio pensar que la boda estaba pagada! Don Ramón había sido tajante: Raquelita, que dicha tenerle de suegra, usted gaste lo que

1 Así no estuvieras embarazada.
2 Estropeen.

considere, yo confío ciegamente en su buen criterio, repetía *ad nauseam* su generoso yerno.
Además, ella estaría al frente y su ayuda no tenía precio.
Hasta el problema de la deuda estaba resuelto y eso a Raquel le devolvió las noches de sueño, la paz, la vida. Después del arrebato de la niña, tuvieron que avisarle al prometido que no habría boda. Aquella noche ni Arturo ni ella durmieron, pensando en cómo se las arreglarían con Cabeza de Vaca y sus matones: Raquel irás a Colombia con María Ercilia y tu madre, hasta que yo resuelva este asunto, hasta que yo te avise. Mañana mismo alistan el equipaje y se marchan a primera hora, no discutas conmigo te ruego, este tema es serio...
¡Como imaginar que Don Ramón logre convencer y traer de vuelta a su arisca hija en cuestión de horas!
Don Ramón había asumido el pago de las últimas tres cuotas de Las Camelias sin chistar y como todo un caballero: no se equivoque Don Arturo, eso no es un favor de yerno, peor una caridad, quiero esa hacienda para hacerla producir, su padre Don Arturo era un visionario, le falló la salud, o quizás la edad, yo tengo quien puede ponerla en marcha, pero no hay apuro, dejemos que su padre la disfrute por ahora. Y que haga las cosas a su manera, sin un extraño que le diga que hacer y no hacer.
Solo le pongo una condición, no comente nada de este arreglo con su hija Matilda, por favor. Prefiero que todo quede entre nosotros.

La fecha de la boda se acercaba, pero Raquel no estaba tan nerviosa como todos esperaban. Todo claro estaba claro en su mente, como si un ángel le hubiese susurrado al oído de qué modo organizar el matrimonio a la perfección.
Los músicos de la banda estarían al frente, para que estén a la vista de todos, para que todos disfruten de la preciosa *mise en scène*. Y ojalá no llueva –pensaba-, porque la carpa bastaría proteger a los huéspedes, pero no a más personas. Hasta que los músicos llegasen, las delicadas melodías de un arpista era lo que precisaba, eso sí, melodías suaves, que acompañen las conversaciones sin opacar las voces.
Quería que las personas conversasen a gusto y se deleitasen con las charlas y los chismes. Quería que comentasen la belleza del entorno, la casa vestida de fiesta, los arreglos florales, la mantelería de Brujas perfectamente almidonada y blanca como un nevado, el césped allanado y verde, los inmensos jarrones a la entrada con las petunias y las rosas. Luego del almuerzo, allí si arrancarían los músicos de la banda, porque después de los traguitos, los invitados estarían animados y la fiesta se prendería.
El festejo nupcial era todo un acontecimiento, no solo para la familia sino

para los propios trabajadores de la hacienda. La niña Matilda, Matilda la bella se casaba. Había que celebrarlo por todo lo alto, que hablen de ello durante meses y que los novios sean bendecidos con muchos hijos. A parte los manjares del banquete, la celebración se acompañaba a otras dádivas: durante los festejos, la monótona vida del campo se detendría, el tiempo se suspendería y nadie trabajaría.
Por todas esas cosas las personas ansiaban que el día llegue rápido, porque ese día se olvidarían los pesares, la pobreza, las penas. Habría comida y trago en abundancia y los patrones, con unas copitas encima, bailarían hasta reventar los tacones y ablandarían sus almas tiesas como las cuerdas de un violín.
¿Tu mujer ya tuvo guagua, cierto, Panchito? ¡Ya te haré llegar una ayudita! Mándame a tu primo de Uyumbicho para darle trabajo, le tengo algo...
No era ni mucho ni poco, la confianza tenía sus límites. Pero todos, con unas copitas encima -y la emoción a flor de piel- aflojaban sus lenguas y aparentaban ser parte del mismo rebaño.

Momentos después del anuncio del patrón a los empleados, San Rafael entró en un gran frenesí. Comenzó un estricto reparto de tareas coordinado por Raquel, quien corría de un lado a otro sin tomar aire, frotándose las manos en el mandil y secándose el sudor de la frente con los puños. Cuando ya los pies no daban para más, se sacaba los zapatos y se ponía un par de alpargatas viejas. Entonces, volvía a correr, a trepar los peldaños tambaleantes de armarios y alacenas, a subir y bajar gradas, incansable, inoxidable.
Soledad y Juana Banana lavaban sabanas y manteles sin cesar, yendo y viniendo del rio, cargando baldes de ropa sucia, ropa seca, ropa mojada, luciendo manos agrietadas de tanto sumergirlas en las aguas frías. Mientras, los *huachimanes* sacudían alfombras, barrían los pasillos, sacaban brillo a la platería, cargaban bacinicas, almidonaban ropa, reunían madera para las chimeneas, cargaban costales de papas, pelaban choclo, recogían aguacates con sus *huishos*[1] larguísimos que parecían cosquillear el cielo.
Nada parecía bastar: ni los brazos, ni los correteos de todos los habitantes de la casa. Dado el poquísimo tiempo a disposición Ana Lucía y Rosalía viajaron a San Rafael para ayudar en los preparativos. Tan pronto llegaron, se sumaron al ejército de trabajadores desplegados por su madre: desempolvaban muebles, armaban hermosos adornos con plantas y flores, enlucían espejos, calentaban agua para la cocina en las pailas, limpiaban cacerolas, espátulas, vasijas de todo tamaño[2].

1 Palos muy largos con una especie de gancho al final que se utilizan para recoger aguacates de las ramas más altas.
2 Vasija muy grande de metal, por lo general de cobre.

Como dos empeladas más.
"¿Crees que Matilda está feliz?", preguntaba la una.
"No sabría que decirte, pero la veo tranquila. No frunce el ceño como cuando está brava, y eso es buena señal", contestaba la otra.
Pronto, a la tropa de sirvientes domésticos se sumaron los ayudantes y empelados del chef Jerome. Menos el postre nupcial y los dulces para la hora del café, el resto era fresquito, el resto se cocinaba en casa. Una mezcla indescifrable de olores intensos y empalagosos se desprendía de las ollas y los tazones de barro, tanto que por la noche el pelo, la ropa -y hasta la piel- olían a patos rellenos con ciruelas, a chancho con miel y manzanas, a salsas dulzonas.
Como era de esperar, no faltaron rencillas entre el chef francés y la madre de la novia.
¡Vaya humareda! ¿Esta es su única cocina, Doña Raquel? ¿Tiene unas ollas más grandes? ¿Hay alguien que nos pueda ayudar picando las verduras? La natilla debe cuajar por al menos tres horas... ¿quién la removió? No dejen al sol los potajes que se estropean, ya apaguen la estufa, daña los sabores...
"Mi estimado, esta es cocina de hacienda, no de un convento o una cárcel. Por cierto, no sé si este platillo me convence, la sazón es muy fuerte y las porciones son diminutas, San Rafael no es París...", recalcaba ella con evidente pica[1].
"Doña Raquel, con todo respeto, las porciones deben ser pequeñas, para que el paladar se deleite con los manjares y las personas aprecien la sazón", rebatía él.
Felizmente, aquellas escaramuzas eran en parte acalladas por el inagotable concierto de ruidos: cuchillos cortando el aire, cucharones golpeando cazuelas, porrazos a colchones y alfombras empolvadas, pasos acelerados, voces, gritos.
Cuando ya no soportaba el ajetreo y la convulsión, Matilda amarraba su pelo en una apresurada trenza y desaparecía por el patio trasero. Ladeaba los tapiales de San Rafael y luego cuesta abajo, cruzando los corrales hacia el rio San Pedro, hacia la paz, la libertad, el silencio. Una vez en la orilla, se sentaba en el filo, hundía sus pies en las aguas y dejaba fluir sus pensamientos al ritmo del suave murmullo de la corriente.

El enlace estaba dispuesto para el día tres de junio. En esa época del año no solía llover. Pero, por precaución, una semana antes Raquel viajó a Quito para donar una docena de huevos frescos a las monjas clarisas. ¡Qué vergüenza lo acontecido con su hija! Ya nada...ni modo...a lo hecho pecho, menos mal que el infalible y previsivo yerno había enviado un generoso

1 Molestia.

cargamento de víveres, eso seguro limaría las asperezas, eso atenuaría el bochorno...
La donación de los huevos aseguraría un sol radiante, o al menos, la ausencia de la lluvia. Raquel aprovecharía para hacer su voto anual de humildad encerando el piso de la Merced. Y como esa penitencia molía los huesos más duros, pasaría la noche en casa de su hermana Alvilda. La mañana siguiente regresaría a San Rafael con nuevos bríos, para seguir con los preparativos, para que nada se salga de control a esas alturas.
Después de tantos años de sobria vida de campo, de pelarse las manos en la tierra para ampliar la huerta y ayudar en las cosechas, tenía la excusa perfecta para mandarse a confeccionar un vestido a la moda, zapatos nuevos de tacón, un sombrero y quizás hasta una sombrilla a tono con el atuendo que la proteja del sol y le dé un aire más citadino. Estaba cansada de sentirse una campesina más, de las que se parten el lomo de sol a sol y que a los cuarenta parecen unas viejas de ochenta.
Al fin y al cabo, se casaba su hija y semejantes acontecimientos no ocurrían cada día. Además, finalmente podría lucir la casa, sus acogedores y frescos pasillos, los faisanes con su espectacular plumaje, la exuberante vegetación del jardín, los maceteros rebosantes de flores. La carpa debía estar en el medio de jardín, pero no tan al medio, para no tapar los guabos, los arrayanes, los espléndidos árboles de magnolia, ¡Que frondosos y tupidos! ¡Pensar que los plantó cuando sus hijas nacieron!
Al atardecer ella colocaría un sinfín de linternas, de estas de papel que trajeron los chinos y que estaban de moda. Las acomodaría al pie de las palmeras, de los arupos y de los capulíes, para alumbrarlos desde abajo. Después de la recepción sus huéspedes soltarían las lámparas al cielo, todas ellas cargando pequeños papeles con los deseos de cada uno. ¡No había fiesta que se respete sin el *show* de las linternas chinas!
Luego de aquel espectáculo de ensueño, los invitados se animarían a perderse por el jardín, pasearían entre los arbustos y se deleitarían con el coro de grillos y cigalas bajo el cielo centelleante.
Raquel ya imaginaba las caras -y los comentarios- de todos sus conocidos viendo aquel despliegue de elegancia y buen gusto: ¡Que organización más impecable! ¡Que jardín tan espectacular! ¡La vista a la Cordillera es asombrosa! ¡Y qué decir de la casa patronal, no la recordaba tan hermosa! ¡Si pienso en que estado estaba, cuando Arturo y Raquel se casaron! Aquello parecía un establo de segunda[1]...

Algunos años atrás San Rafael había sido otro cuento. A Raquel le había costado muelas levantar esa flora paradisíaca rebosante de colores, de

1 De un nivel muy ínfimo.

colibríes tornasolados, de árboles cargados con aguacates, guabas y flores. Recordaba muy bien como lucía todo aquello al comienzo: una planicie sin ninguna gracia, un cúmulo de maleza, unos montículos repletos de extraños roedores que entraban y salían a sus anchas. Hasta canales de irrigación tuvo que hacer, para que las plantas reciban la cantidad perfecta de agua y los rosales sigan cargando sus capullos. ¡Si hubiese dependido de su marido, no habría ni jardín y San Rafael sería una esplanada insípida de sembríos y potreros!
La casa fue otro dolor de cabeza. Los carruajes a duras penas llegaban, el camino era puro bache, las ruedas se atrancaban entre las piedras y se salían de los ejes. Casi pasaron su luna de miel en el interior del coche, rodeados por perros runas que salían de los matorrales ladrando y gruñendo como demonios del infierno.
Cuando al fin llegaron, Raquel se encontró frente a una pocilga: los tumbados estaban hundidos en varias partes y amenazaban con desplomarse sobre el pavimento; el piso era una alfombra de hierbas y lodo, la cocina un enorme espacio grasiento con paredes negras de hollín, cacerolas oxidadas, vasijas despostilladas y canastos mugrosos apilados en cada esquina. Al medio había una mesa rustica rodeada por sillas que parecían trampa de ratón, de esas que se cierran como tijeras sobre los dedos.
¡Cómo olvidar aquel espectáculo tan sombrío y deprimente!
Para más frustración, su marido parecía inmune a todo aquello, como si nada le importara o afectara.
"¡Al menos arregla el camino Arturo!
"¡Nadie nos va a visitar porque el empedrado es un desastre y casi no hay paso! Debes conseguir braceros que nos ayuden, hay que sacar piedras del rio y hacer un camino empedrado como Dios manda", protestaba ella.
Arturo en ese punto estaba de acuerdo. Pero su apuro no era por miedo a quedarse aislado. Más bien se alegraba que durante un tiempo nadie les pudiera visitar. El problema era que, sin vías de acceso, no podrían abastecerse de víveres ni vender los productos de la tierra que se vendrían según sus planes. Por el resto, a él las incomodidades no le importaban. Al contrario, decía que la vida de campo forjaba el espíritu y tenía a raya la flojera. Cual macho que era, él dormía en una hamaca al igual que dormía en una cama de baldaquín y comía sobras al igual que un pavo relleno.
Pero Raquel era harina de otro costal y sufría a mares por aquellas estrecheces e incomodidades.
"¡Yo necesito rodearme de plantas y flores, no solo de papas y choclos!", reclamaba.
"¡No se vive de plantas Raquelita, se vive de lo que uno siembra y luego cosecha! Ya voy a arreglarte la casa y el empedrado, solo dame tiempo,

antes debo lograr que la hacienda sea productiva. San Rafael viene primero. ¡Otra cosa te ruego *mija*: cuando el carretero esté compuesto, no llenes la casa de viejas curruchupas[1]! Las visitas no dejan trabajar, roban tiempo y carcomen la energía.
¡Como si uno pudiera tomar pastelitos y dedicarse al chismorreo!", refunfuñaba él.

Los primeros años en la casa patronal fueron muy duros. Arturo se había a tal punto obsesionado que Don Antonio le visitaba para cerciorarse de que estuviera en sus cabales, que se alimentara, que durmiera un mínimo de horas al día: en un santiamén quería que la hacienda sea productiva como las de sus vecinos, pero eso no bajaba el cielo, eso llegaría con el tiempo y, sobre todo, con mucha paciencia.
Raquel recordaba muy bien aquellos tiempos, al igual que recuerdas una cicatriz en la piel o una vieja herida. En la madrugada Arturo salía de casa para cuidar los sembríos y los pocos animales que tenían. Cuando llegaban al umbral, ella le tendía un pañuelo amarrado con dentro un pedazo de pan y un huevo tibio, le besaba en la mejilla y le daba su bendición. Una vez a solas, empezaba su día. Comía frutas con cereales, se aseaba y de inmediato se arrodillaba en un viejo reclinatorio al lado de la cama. Le rezaba a la Virgen del Buen Suceso para que se apiade de ellos y que puedan salir pronto de aquellos aprietos.
Como toda recién casada, Raquel soñaba con tener una buena cocina, no aquel vejestorio de hierro oxidado que parecía una máquina infernal. Quería cambiar los viejos tablones del piso, remplazar la horripilante loseta de la sala, encargar cortinas nuevas para que el sol reverberante de la Sierra no estropee sus pocos muebles. También soñaba con tener una sirvienta que le frote los muslos y le masajee los pies con aceite de almendras, como sus amigas ricas de la ciudad. ¡Hasta las del pueblo se daban más lujos que ella! Con el embarazo los pies se habían doblado en tamaño y las piernas estaban repletas de varices. Pero esos estragos parecían no importarle a nadie, menos a su propio marido.

Un día Raquel no aguantó más la carga de las tareas domésticas, las náuseas permanentes y todo lo que olía a trigo, hierba y estiércol. Aquel día ella lo recordaba muy bien porque el *guagua* comenzó a patear desde el interior de su vientre.
Cuando Arturo regresó a la casa, ella anunció que, desde aquel momento, se declaraba invalida, que viajaría a Quito, que iría a parir en casa de su hermana, en algún conventillo o en la mismísima calle. Le dijo a su marido

1 Personas excesivamente religiosas.

que todo aquello era por su culpa, que no se ponían al mundo hijos si no se les podía dar una vida digna.
Pero Arturo hacía caso omiso. Tales desvaríos seguramente se debían a la preñez y todo pasaría cuando su enorme vientre al fin reventaría. Afortunadamente, el humor de Raquel -al igual que muchas mujeres en su estado- era cambiante e impredecible. Luego de aquel arrebato, pareció calmarse y olvidar sus propósitos. Tan pronto acababa las tareas domésticas y el cuerpo comenzaba a pesarle, se hundía en una vieja mecedora al fresco de la galería y comenzaba a tejer.
"¡Si ves alguien al horizonte a quien no conoces, agarra la escopeta y echa bala de inmediato, sin remilgos! ¡Que no te tiemble la mano!", decía él.
"Si necesitas, hay un machete detrás de la puerta que..."
"¡Ya basta Arturo!", interrumpía Raquel, harta de tanta pendejada de macho que defendía a su hembra. Esas cosas la enervaban sobremanera porqué le recordaban la desdicha de ser mujer y su situación de preñez y pobreza.
"Los que me asustan no andan con escopetas, látigos o machetes! ¡A esos no les tengo
ningún miedo!", decía ella reventando de las iras.
"¡Además, ningún cristiano con dos dedos de frente vendría a robar en nuestra casa, así que descuida y regresa pronto!", protestaba.

La carga del embarazo y las precarias condiciones en las que vivían no eran su único problema. El temperamento de su marido bastaba para ahuyentar a los vivos, pero nada podía con los muertos: la casa era habitada por extraños espíritus que se divertían a asustarla, escondiendo los cubiertos, arrojando platos al suelo, sacudiendo briseros. Así que ella no cruzaba el umbral de la casa sino al anochecer, cuando vislumbraba la sombra de Arturo al fondo del callejón arbolado.
Un día, pensaba, las cosas cambiarían. Esos espíritus dejarían de fastidiarla porque ya no podrían burlarse de su pobreza. Había que confiar en la Santísima Trinidad, eso sí, y tener paciencia, mucha paciencia, porqué los tiempos del hombre no eran los de Dios, como Don Antonio siempre le recordaba. Mientras, ella esperaría sentada en su mecedora, tejiendo, bordando y sobre todo rezándole a la Virgen.
Pasaron algunos meses. Una mañana Raquel encontró las ventanas de su casa abiertas de par en par. El día anterior había puesto aceite en las bisagras y limpiado los vidrios con papel periódico. Luego, había cerrado las ventanas con pestillo. Una por una.
Decidió tomar acciones. Y como la Virgen parecía no hacerle caso, optó por recurrir a las fuerzas del más allá. Así, un fin de semana, con el pretexto de visitar a su hermana, Raquel se fue a la ciudad.

“Me estoy volviendo loca Alvilda, vamos a visitarle a tu amiga la espiritista. Quiero que me libere de unos fantasmas que me acosan. ¡Como si no bastaran mis apuros, tengo que lidiar con esos infelices, ¡Que te parece!”
Su hermana no demoró en darle gusto. Hubiese querido decirle que cuidado con la espiritista y que no se haga sacar el billete de pura gana[1], pero decidió quedarse callada. Nunca había visto su hermana tan agitada. Tenía que ayudarla para que no pierda la cordura y el *guagua* no se afecte. Así, sin cita ni previo aviso, las dos se presentaron a casa de la Barilari en la calle Espejo, justo atrás de la Compañía.
“Es mi amiga desde que éramos compañeras en el colegio de las Mercedes, no se rehusará a recibirnos.”
La sesión con la espiritista Barilari fue un éxito a medias.
“Doña Raquel, sacar a fantasmas de un hogar no es como sacar a la polilla, se necesitan algunas sesiones. Con una sola cita puedo garantizar un resultado parcial”, argumentó la Barilari al final del encuentro.
Pero Raquel no estaba para más trotes y decidió conformarse con cualquier logro, por pequeño que fuera. Finalmente, los espíritus dejaron de pasear por la casa en horas del día: solo asomaban cuando Arturo y Raquel se retiraban en su alcoba y apagaban las velas atrás de sus sombras. Aquel arreglo con los inquilinos del más allá bastó a salvar la salud mental de Raquel y las cosas mejoraron.
¡Qué pena que no coman, pensaba, porque, de necesitar alimentarse, hace ratos que se hubieran mudado a otro lado!
Años más tarde, cuando todas sus hijas nacieron, los espíritus de la casa, lejos de desaparecer, se multiplicaron. La Barilari le explicó a su amiga Alvida que aquello era normal, que los espíritus se habían puesto celosos por las nuevas llegadas, que ellas cautivaban toda la atención y que eso, claramente, no les agradaba.
En aquel punto, Raquel se dio por vencida. Finalmente, los pasos alborotados de los vivos y las tenues pisadas de los espíritus acabaron confundiéndose y mezclándose en los resonantes pasillos de San Rafael.
Así, era normal encontrar al San Martín de Porras virado hacia el otro lado o una silla desplazada. Sabían que estaban acompañados y la costumbre, al final, mató al miedo.

1 Inutilmente.

La última noche

El día de la boda Matilda despertó prontísimo, cuando la casa aún se hallaba sumida en el silencio y la modorra de la madrugada. Se levantó y comenzó a pasear con pies descalzos por los pasillos, las gradas, los altillos. Luego salió al jardín y caminó entre las aulas de los faisanes, las conejeras, el gallinero. Se detuvo en la huerta y pisó las hortalizas para sentir el fragor de la tierra infiltrándose entre los dedos, cosquilleando las plantas de sus pies. Al fondo, apiñados entre sí, despuntaban los árboles de aguacate que ella misma había sembrado años atrás, cuando jamás podía haber vislumbrado tal desenlace en su vida. Caminó entre las ramas. Parecían querer retenerla con sus brazos leñosos. Dejó que el follaje y los azahares tiernos se enreden en su cabellera y depositen sobre su rostro el delicado aroma que desprendían. Llegó al estanque. Parecía un enorme pozo negro, tan espeso que no podía divisarse el fondo. Lo contempló como si fuese la primera vez, como si tuviera frente a sí una puerta mágica que daba acceso a alguna dimensión desconocida. Unas libélulas verdosas planeaban sobre las aguas plúmbeas, a ratos rozando la superficie y a ratos elevándose. Mientras, cartuchos delgados y sinuosos danzaban alrededor como tantos bailarines de un elegante salón ovalado.

Desde que era una niña, Matilda disfrutaba el despertar perezoso de la naturaleza y los primeros movimientos de la tierra, cuando todo parecía revivir con la luz de un nuevo día. Respiraba profundamente, en el afán de retener cualquier mínimo olor que pudiera evocar sus memorias de la infancia, sus lugares favoritos, sus escondites secretos. Inhalaba aire con toda la intensidad de la que era capaz, intentando atrapar las esencias florales del jardín, la fragancia de la tierra mojada, el aroma de los arbustos, el olor a moho del troje, la frescura del musgo arrimado en los tapiales.

Frente a su futuro incierto, quería que aquellas sensaciones tan familiares se fijen en su cuerpo como una segunda piel: para no olvidar, para que San Rafael con su coro de habitantes entre de lleno en su flujo sanguíneo, se convierta en parte de su ser.

Al cabo de un rato regresó a la casa. Tenía frio. El camisón estaba tan húmedo que la tela dibujaba los pliegues de su cuerpo a la perfección. Restregaba sus manos entumecidas contra los brazos para darse calor. Pero el frío no desistía y parecía penetrar los huesos con más fuerza.

Entró al pasillo desde las gradas principales. La madera crujía suavemente bajo el peso de sus pies amoratados. Procuró fijar en su mente cada cuadro de las ninfas, cada estampa japonesa, cada tapiz, cada florero chino. Adornos de la casa que ella antes aborrecía, esa mañana le parecieron lo más

hermoso que sus ojos habían visto.
Separarse de todo aquello le estaba doliendo como dolían las costras de una herida al desprenderse de la piel. Hasta detalles pequeños e insignificantes - las marcas en la pared que indicaban su altura año tras año- le produjeron escalofríos y la perturbaron. Una vez más, Matilda sintió el ardor profundo y lacerante de la despedida.

El trance de aquellos momentos solitarios fue repentinamente interrumpido por los pasos acelerados y ligeros de María Antonia.
"Matilda! Matilda! ¡Ya venimos a verte con tu traje de boda!"
"¡Esta precioso! ... ¿Será que cuando me case lo podré usar yo también?"
"Por supuesto, es todo tuyo desde ahora, si tanto te gusta. Seguro que te queda mucho mejor que a mí", dijo Matilda con una sonrisa.
El vestido de novia había pertenecido a la abuela Isabel. Era de corte muy sobrio, en crepe de seda francesa, de un color hueso ligeramente nacarado. El cuello de encaje cubría la piel hasta por debajo del mentón. Una tira de botones forrados cruzaba todo el alto de la espalda y llegaba hasta por debajo de la cintura. Con el paso de los años, la tela se había vuelto tan fina como las alas de una mariposa por lo que Matilda tuvo miedo que un simple estornudo le dejara en calzones frente a todo el mundo.
Semanas atrás Catalina se había desplazado hasta el valle para hacer la primera prueba a la novia y, de paso, comprar algunos insumos en el almacén de Don Guido, cerca de Amaguaña. Aquella tarde, a Doña Raquel casi le dio un ataque de histeria porque la niña no cabía en el vestido. Al parecer, la abuela Isabel tenía una cintura increíblemente estrecha, pero menos busto que su nieta.
"Catalina! ¡Y ahora que hacemos, Ave María Purísima!"
Mientras Raquel correteaba nerviosamente por la habitación, Catalina observaba el traje en silencio, como si quisiera descubrir algún secreto entre las costuras de las telas. "Catalina dinos algo por amor de Dios...que angustia...¡que hacemos ahora!"
"Raquel no desesperes...los trajes, sobre todo los finos, tienen un alma, un código. Sólo se trata de descifrarlo..."
Entonces, hizo trepar a Matilda sobre una silla: deslizó los dobleces de la tela entre sus dedos y la hizo bajar de nuevo.
"Eso tiene solución, quédese tranquila Raquelita."
"¡Virgen Santísima gracias!"
"¡Que susto!", gritaron al unísono las demás mujeres.
Entonces, regresaron las sonrisas a los rostros de todas. Sabían que Catalina resolvería aquel inconveniente. Matilda no tenía idea de dónde apareció el material faltante. Pero prueba tras prueba, el vestido fue ajustándose mági-

camente a su cuerpo como las capas de un bizcocho de hojaldre alrededor de su corazón de crema.

El camino hasta la capilla de la hacienda Los Rosales fue tumultuoso e incómodo. Las tres hermanas Grijalba, envueltas en tus vestidos amarillos de tulle y vuelos, acompañaban a Matilda dentro del carruaje. Estaban contentas, reían, conversaban, murmuraban entre ellas, ligeras y despreocupadas como siempre. Matilda las miraba con ternura: eran bellas y radiantes, como las ninfas risueñas que bailaban en los lienzos de San Rafael.
Las ruedas salpicaban tierra a los lados. Los chorros de agua negra no ahuyentaban ni a los perros callejeros ni a los curiosos que se arrimaban al filo del carretero. Desde el alto del cielo una bandada de palomas revoloteaba sobre el coche soltando al aire plumas blancas, grises y azuladas. El coche se detuvo justo delante de la entrada, al fondo del pequeño patio alargado que se extendía frente a la capilla de Los Rosales. Estaba adornado con una voluptuosa guirlanda de mimosas y rosas. El patio era desierto, sin las habituales vendedoras de helados de paila, velas y rosarios.
Don Ramón insistió para que se utilice la capilla de familia: las bodas en las grandes iglesias coloniales de la capital eran deslumbrantes, eso sí, pero causaban mucho revuelo. Además, las gradas y vías aledañas se llenaban de ventas, pordioseros y borrachos que impedían el paso y dificultaban la llegaba de los carruajes.
Matilda bajó teniendo cuidado de no pisar el vestido de la abuela Isabel y procurando no tropezar sobre el terreno abrupto. Desde el templo se desprendía un aroma intenso a lirios y gardenias. El aire dulzón de las flores la invadió tan pronto alcanzó el portal en donde su padre la esperaba. La tomó del brazo y pasaron adentro. Unas lágrimas finas, casi imperceptibles, regaban sus mejillas y penetraban silenciosas los surcos del rostro de Arturo. Tan pronto la novia pisó la piedra fría de la iglesia, el frenesí de los murmullos y voces se detuvo al improviso. En aquel instante, el suave taconeo de sus zapatos de satén se adueñó del aire.
Un violín tocó el Ave María.
Alguien tosió.
Otros murmuraban cautelosos.
Un niño estornudó.
Abanicos color alabaste desplazaban el aire caluroso de un lado a otro. Quien no contaba con un abanico, lo hacía con el libreto de las oraciones.
Un objeto cayó sobre las baldosas de lirios negros produciendo un gran estruendo.
Una polvera, quizás, o un libro de oraciones.
Allí estaba Don Ramón. Al fondo de la preciosa nave, rodeado de esplendi-

dos adornos florales, altísimos cirios color del oro y una plétora de hermosísimas tallas de tamaño natural que la iglesia del Carmen había prestado para la ocasión.
El novio esperaba su futura esposa frente al altar con su porte altivo y seguro, las manos recogidas a la altura de la ingle, las piernas fuertes como troncos y encorvadas hacia atrás. Vestía un jubón bordado con un vistoso pañuelo de seda al cuello. Los pantalones apretados perfilaban sus muslos torneados. Al verle, algunas mujeres se ruborizaron. Sus sentidos adormecidos parecieron, por un instante, avivarse.
Tan pronto vio entrar a la novia, Ramón hundió su mirada en ella con la voluptuosidad de quien está cerca de la tan anhelada recompensa. Recorrió el rostro, luego el escote, las manos, la cintura. Su vista no lograba cautivar todo lo que sus ojos ansiaban ver. Matilda no podía creer en tanto descaro. Avanzó hacia el altar fijando al Padre Antonio como si fuera el último habitante del planeta. Hasta llegar a su asiento.
Ramón la ayudó a sentarse y levantó con premura la cola de su velo. A los costados del banquillo que compartían despuntaban dos ramilletes de trigo y hojas de laurel.
Matilda percibía el calor de aquel cuerpo inmenso arrimado al suyo. Con el rabillo del ojo apenas distinguía una sombra, pero su presencia era palpable, contundente. Sentía el leve golpeteo de la musculatura de él contra sus caderas, su aliento a tabaco, su aroma envolvente y sensual.
Cuando la ceremonia concluyó, el Padre Antonio levantó el brazo derecho para darles la bendición. Los novios se pusieron de pie.
"¡Un momento!", gritó Don Ramón.
Entonces, atrapó el rostro de ella entre sus manos y la besó en la boca con los labios entreabiertos y húmedos. Antes de soltarla, la apretó contra su pecho. Lo hizo suavemente, con la premura de quien sostiene entre sus dedos un pequeño y delicado colibrí. Al terminar la ceremonia, la salida de la iglesia fue acompañada por aplausos, pétalos de rosa y granos de arroz que cayeron al suelo como una lluvia de granizo.
Había familiares, amigos, curiosos, quizás algún pretendiente que hubiese querido una oportunidad con la bella chica Grijalba.
Matilda sentía que todos la miraban como a un animal de feria.

Después de la ceremonia, la comitiva familiar se encaminó hacia San Rafael para el banquete nupcial. Los acompañaba el Padre Antonio, quien no ocultaba su ansia por disfrutar un buen almuerzo en compañía de gente divertida, abundancia de manjares y buen trago. Doña Raquel estaba satisfecha. Sus esfuerzos habían dado resultado y los platos para la recepción eran un verdadero lujo: estofado con pistachos y ajonjolí, pavo relleno de peras y salsa de aguacate, perdices en salsa de azahares, pristiños, gato encerrado con miel de acacia, helados de paila al gusto, fruta fresca traída de Ambato. Tan pronto llegaron los primeros carruajes, una multitud de pajes apareció desde la cocina en ordenada procesión. Se colocaron a los dos lados de la entrada principal, perfectamente alineados, inmóviles como las teclas de un piano.

Doña Raquel hizo señas a un arpista con cachetes rosados y labios de pescado para que comience a tocar. Las notas armónicas del pomposo instrumento de inmediato impregnaron el aire. Al cabo de un rato, cuando el flujo de coches finalmente se detuvo, los pajes rompieron la perfecta fila. Jóvenes y menos jóvenes, cual colonia de hormigas, se dispersaron en todas las direcciones frenéticos y ágiles. Cruzaron el patio y llegaron al jardín. Marchaban con ritmo impecable sobre el césped recién cortado y oloroso.

Allí aguardaban los huéspedes, ansiosos por su primera copita y algún bocadito que suavice el paladar y suelte las lenguas. Los pajes brindaban pequeñas copas de champagne francés que burbujeaban bajo el sol. También ofrecían canapés de *foie gras* con hojas de menta: para que el trago no le agarre a nadie, para que todos disfruten la velada hasta el final y no haya mareos indebidos.

Mientras se prodigaban en aquellos malabares, las charolas relucían bajo la luz enceguecedora del medio día. Parecían bailar en el aire, como tantos duendes juguetones entre personas despistadas y alegres.

Luego de aquel pequeño ritual -de las servilletas, de los traguitos, de los bocaditos- los invitados se lanzaron sobre la novia cual un enjambre de abejas enloquecidas. Deseaban felicitarla y decirle lo hermosa que estaba. Matilda sufría a cada saludo, a cada palabra que forzosamente salía de su boca. No quería ver a nadie, no quería conversar, ni mucho menos sonreír. Las muselinas de su vestido la agobiaban, el corsé le apretaba y las carnes sudaban bajo el peso de todos aquellos estratos de tela, de organzas, de lazos.

A la flamante novia le costó un buen trabajo escabullirse con la excusa de buscar a su marido. Si hubiese sido una fiesta más, hubiese bailado con sus hermanas hasta reventar los tacones, hubiesen rodeado al más tímido, coqueteado con el más joven, molestado al más pretencioso. Se habrían reído de las vestimentas más feas, de los invitados más torpes, de las damas que se echaban pedos para luego alejarse con disimulo. Luego robarían algún licor de la cocina y lo tomarían a escondidas, en el palomar, lejos de las miradas y reproches de los adultos. Recordó la última fiesta patronal que su padre había organizado apenas un año atrás. Muy a pesar de sus berrinches y pataletas, le hicieron prioste por tercera vez y no le quedó más remedio que brindar un banquete con bombos y platillos a la comunidad entera: que

ya soy padrino de los guambras de medio valle, que no tengo una mina de oro, que claro, como le ven a uno vestido más o menos decente ya le creen más rico que el rey Midas, que ya es hora de que roten de prioste, que estoy cansado de presenciar borracheras y desmadres.
¡Como olvidar las risas incontenibles al ver los tejemanejes del notario Cisneros para manosear a las invitadas!
Las cuatro hermanas se atoraron de la risa a tal punto que la comida se les fue para otro lado. Acabaron vomitando hasta la bilis atrás del corral, mientras Soledad invocaba a la Virgen del Buen Suceso como si fuera una pariente cercana.
Ahora, todo era distinto. Matilda solo deseaba que aquel bullicio se acabase, que todos desaparecieran y que llegase el día siguiente, tan igual como el resto de los días, con las mismas rutinas de siempre. Mientras decidía hacia dónde dirigirse, agarraba ávidamente de las bandejas toda clase de trago que desfilaba delante suyo. Quería tomar y tomar. No importaba que. O cuánto. Y como era la novia, -además de una mujer casada-, los pajes le brindaban las mayores atenciones. Almenos para ellos, ella era la reina y la señora absoluta de aquel festejo.
Caminó rumbo a la cocina tambaleando. Quería ver a Juana, que le de agua, que le afloje el corsé, que la deje llorar en paz sus lágrimas de borracha.
Tropezó en alguien.
Era Ramón. Matilda regó una copa entera de licor sobre el impecable chaleco bordado con el que la había recibido en el altar. Pudo sentir el calor de su pecho contra el suyo. Pero su cuerpo quedó estático a pesar del golpe, como si sus fibras fuesen graníticas y las de ella, gelatinosas.
"¿A dónde vas princesa?", dijo Ramón con su habitual seguridad.
"¡Disculpe!", dijo ella, antes de desaparecer tras la primera puerta que encontró. Estaba tan mareada que demoró unos segundos en ubicarse. Entre tanto, su vista se acostumbró a la oscuridad. Se hallaba en uno de los dormitorios que se destinaban a las visitas. Era frío y húmedo, al no estar habitado sino ocasionalmente. Decidió quedarse allí unos minutos, hasta asegurarse que Don Ramón se aleje. Se preguntaba cómo iba a vivir con un hombre que la asustaba con sus instintos salvajes, que la desconcertaba con su comportamiento impredecible y que la alteraba con su atrevimiento y provocaciones constantes.
Al cabo de un rato, después de haber mirado por la hendija de la puerta para asegurarse que el pasillo estaba despejado, salió de la habitación. Caminó hacia el fondo, hechizada por el sonido de la música y el alboroto general. De repente, las imágenes empezaron a cruzarse frente sus ojos. Pudo sentir el rubor de sus mejillas acrecentarse mientras que un calor abrasador se apoderaba de ella. El licor que había ingerido la estaba rostizando desde

adentro. Atropelló a un pobre paje. Sus bocaditos saltaron hacia el tumbado para luego descender milagrosamente sobre la misma charola. Al cabo de unos segundos tropezó con sus propias enaguas, cuyos encajes hace rato habían desaparecido bajo una costra de lodo gris. De repente, alguien agarró su brazo y la empujó atrás de la puerta que daba acceso al troje. En la oscuridad más profunda, sintió un aliento a licor y a tabaco que reconoció de inmediato. La pared atrás de su espalda era húmeda y resbalosa. Los dedos de Ramón se metieron entre sus labios abriéndolos, buscando su lengua. Su boca se aplastó poderosa contra la de ella. Matilda se debatía para evitar aquellos mordiscos calientes y ávidos, pero luego...luego...ya no pudo. Su propia boca comenzó a ceder, a abrirse como el fruto de una guaba. Con su otra mano Ramón levantó sus enjaguas hasta llegar a los muslos. Matilda sintió un calambre entre las piernas, que atravesó el estómago, que subió por los pechos, por la garganta, hacia las sienes. Pasó del estupor y susto a un calor húmedo, como el que había probado en la soledad de su alcoba algunas veces. Su respiración cambió, se hizo más lenta y pausada. Su propia mano se deslizó hacia aquella parte dura que se hundía contra su vientre.
Estaba contra pared, entre sus brazos que la sostenían en el aire. Las piernas dobladas como alas. Por debajo de ella, canastos, bultos indefinidos, hoces y machetes apilados. Matilda podía sentir el olor de su piel mientras la besaba, mientras lamia su cuello, sus pechos. Finalmente, ambos sofocaron un grito sobre sus bocas entreabiertas. La piel sudada, los labios partidos contra las mejillas, las manos entrelazadas, las carnes resbalosas y ardientes. Acabaron rendidos encima del pajar, el uno al lado del otro. Agotados, jadeantes, mirando hacia el altísimo techo. Unos tímidos rayos de luz atravesaban las tejas que el tiempo había desplazado. El aire se tornó tibio como sus cuerpos.
"Me vuelves loco. Estoy borracho de ti desde el primer día en que te vi, Matilda Callejas de Alba. Vístete y regresa a la sala, allí te espero.", le dijo él, antes de desaparecer tras la puerta del troje.
"¡Pues yo te odio, infeliz!"
"Te odio."
"Infeliz..."

Matilda se vistió lo más rápido que pudo. Un sopor indescriptible la invadía: por él licor removiendo su sangre, por el olor de él impregnando cada escondrijo de su piel. Regresó a la fiesta, pero no lograba estar parada. Se deslizó de nuevo por los pasillos entre arqueadas y temblores de su cuerpo. Finalmente llegó a su recamara. La puerta estaba atascada. La empujó con fuerza, una que ella nunca tuvo y que brotó del alcohol recorriendo sus venas. Se lanzó sobre la cama vestida, empapada de la mezcla de olores y

jugos. El corsé le apretaba de un modo insoportable. Parecía un aula repleta de aves agonizantes.
Matilda sentía que se ahogaba, que le faltaba el aire. Sin pensarlo dos veces arrancó los botones y reventó cada lazo, cada tira de seda. En aquella embriaguez de sentidos y sensaciones confusas, Matilda pidió perdón a su abuela por destrozar su vestido con alas de mariposa. Se quedó mirando el techo. Todo giraba vertiginosamente alrededor suyo. Mientras, una mezcla confusa de voces alegres se colaba entre los visillos de la cortina. Una pareja se arrimó a la enredadera de jazmines al otro lado de su ventana. Hablaban bajito. Pudo percibir su mutuo deseo porque ella acababa de vivirlo y su carne aún guardaba el recuerdo de aquellas vibraciones y aquellos temblores.
Se susurraban palabras a los oídos y se prometían cosas.
"Te amaré hasta la muerte Paquita."
"Yo te amaré hasta después de la muerte."
"Es un juramento."
Paquita reía bajito, con la voz entrecortada. Matilda escuchó el leve crujido de sus enaguas levantarse bajo la guía de manos experimentadas y audaces. Sus cuerpos se estrujaban contra los jazmines olorosos, las hiedras, las buganvillas.
Al cabo de un rato, otra vez el silencio.

Afuera la fiesta lentamente se apagaba. El cansancio y la borrachera comenzaron a sosegar los cuerpos y adormecer los sentidos. Hombres y mujeres se tambaleaban de un lado a otro como una bandada de gansos, moviéndose arrebujadamente, tropezando con el piso desigual y las raíces de las plantas. Nadie tenía las fuerzas para hablar, sus gargantas emitían indescifrables sonidos. Bastaba con la fatiga de respirar y tener que impulsarse hacia adelante, procurando no olvidar carteras, capas, sombrillas, tabaqueras, sombreros.
Tan pronto los últimos carruajes doblaron la curva atrás del portón principal, las voces comenzaron a disiparse en el aire de la madrugada. Al fondo se escuchaban las notas melancólicas de un pasillo. Los sirvientes de la cocina se desplazaron hacia las carpas para ayudar al resto de meseros. Comenzaron a retirar las botellas y copas de las mesas, los ceniceros humeantes, la cubertería de plata, las servilletas de lino. Al improviso, los cantantes de noche se sumaron a las notas envolventes del pasillo: un coro de ranas comenzó a entonar su propia sinfonía. Pronto se sumaron las vacas, las cigalas y el propio viento. Regresaba al patio el leve silbido de la hojarasca y el eco de ladridos lejanos.

Al día siguiente, la cabeza de Matilda seguía dando vuelta. Tenía el pelo pegado a las mejillas y un fastidioso reflujo.

"Niña está hecha una desgracia[1]!", gritó Soledad.
"Venga a darse un baño. ¡Ya no es una cría que puede andar por allí con la cara enlodada
y las rodillas peladas! ¡Es usted una mujer casada y debe adquirir otras costumbres!
Parecía que Soledad había descubierto un nuevo placer: el recordarle a cada rato su nuevo, lamentable estado. Por ella Matilda se enteró que Don Ramón había viajado de urgencia a Los Rosales. Al parecer, las lluvias habían hecho colapsar la estructura de la casa en varios puntos por lo que se necesitaban obras urgentes.
"Tranquila hija, Don Ramón no es hombre que se deja intimidar por desafíos y contratiempos, vas a ver que resuelve todo a la velocidad de un rayo", se apresuró a decir Raquel.
"Madre, no tengo ningún apuro en dejar San Rafael. Por mi, Don Ramón puede demorarse un año en arreglar la casa", contestó ella.
Sentía que su nueva condición la había envalentonado, así que no dudó un solo segundo en responder lo que se le antojaba.
Su madre, en efecto, no dijo nada.
"Tu marido se fue a reunir una cuadrilla de obreros para arreglar la propiedad a la brevedad posible. Al parecer va a traer del campo a campesinos y jornaleros para que apoyen al resto y trabajen más rápido", recalcó Raquel.
Pasaron unos días. Según Armando Quilotoa, quien conocía al capataz de Los Rosales, Don Ramón era quien más trabajaba y quien menos descansaba. Él mismo supervisaba las obras, viajaba a la capital para conseguir el material faltante, coordinaba los turnos, cargaba escombros, descargaba maderas y piedras de las carretas sin descanso. Hasta que todo el mundo se retire en sus chozas y el último rayo de luz desaparezca del cielo.
Pero Matilda no escuchaba. Al contrario, aquellos recuentos la fastidiaban enormemente. Durante aquel tiempo, ella se quedaría en San Rafael alisando los baúles y demás enseres que llevaría a la nueva residencia.

Desde el encuentro fugaz en el troje habían transcurrido seis días sin que Don Ramón aparezca. Cuando su equipaje y enseres estuvieron listos, Matilda se puso a disposición para ayudar en las tareas domésticas. Pronto, se dio cuenta que su buena voluntad había sido una pésima idea. A su madre se le ocurrió poner de patas arriba toda la casa con la idea de acabar con las ratas, las termitas -y todo bicho que se atravesaba- antes del próximo invierno. Se desquició una mañana en que Blanca encontró una enorme rata en la escalinata de la entrada trasera, por el patio de los empleados. Ese lado de la casa recibía los cálidos rayos de sol de la tarde y eso, probablemente, ha-

1 Está fatal.

bía atraído al inmenso roedor. El animal no se movió de su lugar ni siquiera frente a la amenazante escoba de Soledad.
Fue necesario llamar a Armando para despejar las gradas y remover al intruso. Su enorme bastón empezó a agitar el aire hasta lograr partirle en dos el cráneo. Entonces, un líquido rosado comenzó a salpicar hacia todas las direcciones en medio de la convulsión general. La lluvia de gotas manchó las mayólicas sevillanas, las paredes y hasta los enormes vasos con geranios que Raquel había comprado al apuro, por si a algún invitado se le ocurría dar una vuelta por ese lado de la casa.
Estaba histérica. Hubo que calmarla con varias infusiones de manzanilla y una buena dosis de valeriana. Mientras, Soledad y Armando trapeaban y restregaban las superficies sin descanso. Tan pronto Doña Raquel se recuperó del susto -y las paredes, mayólicas y jarrones regresaron a su color originario-, comenzó la cruzada contra todas las plagas de la casa. El frenesí que la invadió obligó todos a sacudir manteles, remover sabanas y toallas, vaciar baúles, a repartir veneno en cada esquina, a limpiar y desinfectar vajillas, muebles, alacenas; a ordenar todo lo anteriormente desordenado, a repartir alcanfor y escamas de jabón en cajones y repisas. Todo aquel trajín, con la idea de empezar el invierno con pie derecho, decía ella.
De tarde, cuando el cansancio la vencía y su madre finalmente se recostaba, Matilda aprovechaba para subir al Pasochoa. Se trataba de un gran trabajo físico, que hubiese puesto en apuros al chagra[1] más experimentado. El camino era empinado y maltrecho, pero la vista que se disfrutaba desde las primeras curvas era algo tan asombroso que valía cualquier esfuerzo y que la hacía sentir como si paseara entre las nubes.
Los extensos prados verdes, las chozas con sus techos de paja, las reses inmóviles, las pacas de trigo apuntando el cielo, las cumbres moradas de la Cordillera... ¡Solo aquellos paisajes lograban apaciguar su alma y relajar su espíritu!
Quizás Dios se había olvidado de ella, pero ella, desde el alto de su montaña, le recordaría que estaba en ese mundo no por voluntad propia, sino por un capricho de él.
Subía y subía para obligarle a verla, para que la libere de aquel embrollo.
Mientras su alma le gritaba al cielo, Matilda dejaba a sus espaldas potreros, chozas y quintas, en un silencio abrumador que aumentaba conforme trepaba las laderas del monte. Solo así, respirando con fatiga, caminado hasta el agotamiento y coronando finalmente la cumbre, lograba encontrar la paz y olvidarse del mundo.

Al cabo de tres días la casa estaba lista para recibir la siguiente época de

---
1 Hombres que viven en el páramo y que cuidan al ganado de las haciendas.

lluvias libre de plagas y al amparo de Dios. Nadie tendría más tareas engorrosas hasta después del domingo. Entonces, antes que a Doña Raquel se le ocurran más ideas o la naturaleza se alborote nuevamente, los habitantes de San Rafael se dispersaron rápidamente entre los pasillos laberínticos de la casa.
Matilda aprovechó aquella tregua para ir a buscar el galápago del *marqués* Grijalba Montes. Quería llevarlo a la nueva casa y tenerlo siempre la vista, para recordarle quien ella era y quienes eran sus valientes e intrépidos antepasados.
Entró al troje precipitadamente, antes que alguien la vea y le haga preguntas. Desplazó algunos muebles viejos y tablones de madera, hasta dar con lo que estaba buscando.
El galápago era impresionante. La superficie -dura y brillosa-, aún guardaba la huella blanquizca de un jinete corpulento y fuerte. Matilda removió con su delantal la capa de polvo que recubría el cuero atiesado por el tiempo. La enorme pieza reflejaba la imponente personalidad de su dueño y aquel pensamiento le trajo a la mente su marido, el día de la boda, la tarde en el troje. Las manos de Ramón parecían grabadas sobre la capa de moho verdoso que recubría la pared. Matilda recordó como estas recorrían pesadas y seguras su cuerpo, su rostro. Aquel espacio húmedo y frío parecía oler a su piel, a su pelo enredado, al sudor entremezclado y tibio de ambos.
Matilda se mordió instintivamente los labios y frotó sus dedos en un extraño nerviosismo. Al improviso, el inconfundible sonido de las herraduras de un caballo la sacó de su trance. Era él. De nuevo él, con su mirada altiva y su porte inequívoco.
Tenía la espalda erguida, como si nada pudiera derrocarle, ni el Altísimo con su ejército de arcángeles. Desde la hendija de la puerta del troje Matilda lo vio pararse al fondo del patio, bajarse de su imponente caballo negro y amarrar el animal al poste de la entrada.
No quiso salir a recibirle. ¿Como iba a aparecer desde el mismo lugar cuyas paredes aún parecían replicar los gemidos de aquel día?
Se mantuvo adentro y esperó que él entre a la casa.
"¡Niña! ¡Su señor marido acaba de llegar!"
Soledad había salido al patio y daba vueltas como un remolino de viento alrededor de la pila de palmeras.
"Donde se habrá metido esta *guagua*...y ahora que le digo a la patrona...ahí diosito...a
ver si ahora que está casada sienta cabeza...ahí que la virgencita nos ampare..."
Hablaba sola la pobre, mientras sus enaguas revoloteaban en la ventisca haciéndola parecer un ganso inquieto en búsqueda del resto de la bandada.

Matilda continuaba escondida en el troje, sentada sobre un enredo de sogas y canastos de mimbre que se usaban en las cosechas. Sus pies estaban clavados al piso como dos piedras al fondo del rio San Pedro. No lograba moverlos. Pensó que, a lo mejor, si dejaba de respirar, lograría desaparecer y todos dejarían de buscarla.
Improvisamente, una paloma salió volando desde atrás de una viga y se lanzó hacia ella. El susto la sacó del sopor. Saltó afuera del troje como un grillo en una noche calurosa. Cruzó el patio con gran esfuerzo, como si la tierra quisiera jalarla hacia su interior y envolverla con sus raíces profundas. Apareció Lobo con una raposa metida ávidamente en su hocico. A su paso dejó un riachuelo de sangre que parecía marcar el camino hasta la casa. Matilda cruzó el pasillo de los helechos e inmediatamente reconoció la voz ronca y contundente de su marido. Entró a la sala y le saludó con una pequeña reverencia. Estaba con su madre, quien la llamó a su lado y acomodó el pelo de su trenza.
Luego se despidió, dejándolos solos frente a una charola de bizcochos tibios.
"Buenas tardes Don Ramón."
"¿No crees que puedes llamarme de otro modo ahora?"
"Discúlpeme. Es la costumbre."
"En el fondo, casi no le conozco. Téngame paciencia."
Sabía que aquel comentario final le habría herido. Esa era la idea.
La chimenea estaba encendida y reinaba un silencio total. Don Ramón tomaba sorbos de una limonada que Doña Raquel le había brindado. Entonces, asentó el vaso en una mesa y se acercó a ella. Besó sus manos. Luego su boca. Como la tarde de la boda, de la fiesta, del troje. Sin prisas. Ávidamente. Las mejillas de ella ardían. Como siempre, como otras veces cuando él se le acercaba. Quería empujarlo, pero su cuerpo, al contrario, se amoldaba al suyo cual un junco al son de la corriente. Sintió su miembro duro entre sus piernas. Un calambre sobrecogedor bajó por su espalda. Quedó pasmada, inmóvil entre sus brazos. Pero sus manos estaban libres, a diferencia de otras veces. De repente, Juana Banana entró a la sala con una jarra de canelazo humeante. Matilda retrocedió bruscamente y rasgó los encajes al filo de su falda. Nunca en su vida sintió tanta vergüenza a pesar de estar frente a una sirvienta. Ramón se dio cuenta y sonrió con picardía. Matilda aprovechó el incidente para retirarse con la excusa de remedar su vestido. Mientras cruzaba el umbral de la puerta pudo escuchar las palabras de Ramón.
"Eres como una gata que se escabulle por los tejados...pero más te escabulles, más me
gustas...", dijo él.
Matilda mantuvo la mirada firme pero no dijo nada. ¿Qué podría decir?
"Mañana salimos a primera hora. La casa está lista, lamento la espera y los

contratiempos. Pasaré a buscarte temprano, para salir tan pronto hayas desayunado. Disfruta tu última noche en San Rafael."
"Así lo haré."
Matilda decidió dormir en la habitación de sus tatarabuelos. Se hallaba en la parte trasera de la casa y la ventana asomaba al jardín. Era una habitación grande y fría, en donde tan solo llegaba la luz desvanecida de la galería. El mobiliario era sobrio y frugal, pero aquel aire a celda conventual le gustaba: un armario de nogal, una cama con grandes barrotes de lata y un velador alto y estrecho, con repisas de mármol rosado y esquinas despostilladas. Encima de la cama colgaba un enorme crucifijo con mirada agonizante. Era casi de su porte[1], tan inclinado que parecía querer desprenderse de la pared. Los *huachimanes* habían alistado una bacinilla de agua hirviendo y una toalla húmeda para el aseo. El piso, recién encerado, olía a miel. Un jarrón de jazmines y lilas al pie de la puerta desprendía un delicioso aroma que la relajó de inmediato. Las cortinas estaban cerradas y una vela alumbraba la habitación desde el alféizar de la ventana.
Se preguntaba porque Don Ramón no había exigido dormir juntos. Por un instante pensó que lo había hecho a propósito, para que ella despida su mundo en la intimidad de su casa, de San Rafael, rodeada de objetos y olores familiares. De inmediato descartó aquella idea. ¿Por qué tener semejante detalle hacia su arisca y escurridiza esposa? Decidió dejar de pensar.
Aquella noche sería solo suya y eso era lo único que importaba.

1 Tamaño.

Los Rosales

Gracias al enorme esfuerzo de Ramón, la hacienda Los Rosales estaba perfecta y lista para recibir a su nueva dueña muy a pesar de los estragos del invierno. Allí residiría el joven matrimonio durante gran parte del año. Cuando la pareja quisiera pasar épocas en la ciudad, se alojaría en la espléndida residencia capitolina de la familia Callejas de Alba: Villa Jacaranda. La imponente propiedad debía su nombre, desde hace tres generaciones, a una espesa cortina de jacarandas que la rodeaba de extremo a extremo. El espacio al frente era tan grande que se podía entrar al galope, interceptando dos pilas de agua, tres gazebos y un bosque antes de llegar a la entrada principal. Los proveedores y empleados accedían por la puerta trasera. En esa parte, -la mejor según Don Alejandro-, se hallaban las pesebreras y los rediles con las alpacas, los pavos reales, los avestruces traídos del continente africano. Todos aquellos animales exóticos y espléndidos asomaban tras las matas cuales criaturas de un paraíso, el paraíso privado de los Callejas de Alba. Para coronar aquel lugar de ensueño, desde la terraza del techo, despuntaba un colorido jardín de naranjas agrias, cuyo aroma, en las tardes asoladas se esparcía por toda la propiedad.

Así, cuando Ramón y Matilda quisieran descansar del campo, se alojarían en el ala norte de la residencia. Esta parte de la casa, además de ser fresca y luminosa, contaba con total privacidad por estar al otro extremo del inmenso palacete.

Raquel estaba sorprendida con los vaivenes y las vueltas caprichosas que daba la vida. Matilda, su hija más rebelde e indomable, tenía la dicha de casarse con un hombre rico y viviría como una princesa. Para más bendición, su marido estaba prendado por ella a pesar que ella era una joven algo rara, que poco tenía que ver con el recato y la timidez de las chicas de buena familia.

El día lunes los recién casados salieron de San Rafael rumbo a la hacienda Los Rosales. Raquel les despidió con un beso en la frente y un sinfín de bendiciones y recomendaciones: *mija* atiende tu marido, no seas arisca, dale conversación cuando regresa cansado a la casa, ten paciencia con sus arrebatos, ya sabes, los hombres son impulsivos, procura anticipar sus deseos y necesidades. Sobre todo, cuida de la casa, las mujeres son el corazón del hogar y ten pronto *guagua*, eso alegra la vida, eso es el sentido del matrimonio cristiano.

Llegaron cerca del mediodía, cuando el sol ya rasgaba el cielo con sus rayos perpendiculares e inclementes. Una hilera interminable de ventanas y balcones asomaba al final del callejón arbolado. Poco tiempo atrás, ese mismo callejón -que ahora lucía como la entrada a un castillo- pululaba de gente

alegre con sus guitarras y panderetas. Aquella noche Matilda lo había recorrido con gran dificultad, abriéndose paso entre la muchedumbre, evitando empujones, esquivando golpes. La oscuridad -y el torbellino de emociones- no le habían permitido apreciar la impactante vegetación ni el elegante corredor de capulíes y álamos. Ahora entraba como dueña y nueva patrona, bajo el brazo de un hombre desconocido que la inquietaba y que no era su adorado tío Edward. Bajó del carruaje teniendo cuidado de no tropezar y caer, como de costumbre, entre los brazos de su marido.
El primer impacto con Villa Jacarandá, a plena la luz del día, fue impresionante.
La fachada era majestuosa, ordenada, perfectamente simétrica. Un delicado aroma a geranios y rosas se desprendía de los enormes jarrones que ladeaban la escalinata principal. Al fondo, una enorme puerta abierta de par en par, con una ristra de sirvientes a cada lado.
"¿Te gusta? Preguntó Ramón."
"Reproduce exactamente una Villa de la Riviera del Brenta, en Italia."
"Palazzo Priuli. Pero le conocen como Palazzo *delle perle*."
"¿Que quiere decir *delle perle*? ¿Y porqué se llama así?"
"Porqué los dueños del palacio se encontraron un tesoro atrás de un muro y aparentemente, el tesoro consistía en perlas de incalculable valor. Un día te llevaré a conocer ese lugar y te impresionará al igual que me impresionó a mí."
La casa se extendía sobre tres pisos y la parte social, con sus inmensos salones, era separada de los dormitorios, que se hallaban en la parte superior. Los baños tenían grifería de cobre incrustada en mesones de mármol y cada cuarto disponía de su propia tina de porcelana, con su plétora de elfos traviesos danzando en el interior.
Tanto las mesas como los aparadores eran adornadas por inmensos floreros y canastos repletos de frutas frescas. Estos detalles delataban alguna presencia femenina, que no tardó en revelarse.
"Bienvenida patrona. Mis disculpas por demorarme en venir a recibirla, pero tuvimos un contratiempo en la cocina", dijo una joven de gran sonrisa mientras restregaba sus manos húmedas con un paño.
"Esta es Magdalena, te ayudará en la gestión de la casa. Es muy eficiente y es de mi total confianza. Cuenta con ella para todo", dijo Ramón.
"¿Verdad Magdalena?"
"Por supuesto su merced patrón. Haremos lo posible para que su merced la patrona este a gusto en todo momento", dijo ella.
Magdalena debió tener aproximadamente la edad de Matilda. Tenía los pómulos pronunciados y un pelo de muñeca fina que se atornillaba hasta por debajo de sus amplias caderas. Su sonrisa era transparente, su voz firme

y su mirada franca. Matilda tuvo de inmediato la sensación que se llevarían muy bien.
"Mañana salgo para la fábrica y no sé cuándo regresaré de Latacunga. Tengo algunos problemas que resolver desde que me hice cargo de la administración. Aprovecha para hacer los cambios que consideres. Y aprovecha para conocer la casa y descubrir todos sus secretos", dijo Ramón con un guiño.
"Ahora, la dueña eres tú", agregó contundente.

Aquella noche cenaron en el comedor principal. Un enorme aparador finamente tallado ocupaba de lado a lado la pared principal. Era alumbrado por una multitud de candeleros de plata, con decenas de velas de distintos tamaños y formas: de orquídeas, de espigas, de rosas con espinos. Al fondo de la inmensa habitación se hallaba una enorme chimenea. Era tan amplia que al menos tres personas podían estar paradas en ella sin que sus espaldas se rocen. Al frente, unos pomposos cortinajes drapeados color carmesí dibujaban enormes bultos de tela que terminaban en largos flecos dorados. Las paredes eran forradas de terciopelo y un carrusel interminable de retratos las recubría por entero hasta casi rozar el techo. Todo aquel espacio, tan rojo y vívido, provocó de inmediato la imaginación despierta de Matilda. Se sintió como si estuviera en las entrañas de algún enorme mamífero. Cuando aquel pensamiento cruzó su mente, le entraron ganas de reír. Mordió sus labios para no delatar su estado de ánimo, pero no lo logró.
"Si tienes ganas de reír...no te frenes. Me encanta tu sonrisa y me encanta que te rías", dijo Ramón.
"Esta sala parece al estómago de una ballena.", dijo ella sin más.
Ramón la fijo a los ojos y soltó una enorme carcajada.
"Si...mucho rojo. Y muy fuerte. ¡Debo decir que a mí tampoco me gusta! ¡Me siento como en un circo!" dijo.
"Supongo que las personas de los retratos son antepasados de su familia. ¿Por qué tienen esas caras largas y esos ceños fruncidos?", preguntó con aire de provocación.
"Por qué no tuvieron una vida feliz. Supongo", dijo Ramón.
Matilda dirigió su mirada hacia los cuadros que recubrían profusamente la pared.
Veía algo de Ramón en casi todos aquellos rostros serios y estirados. Un tal Lisimaco tenía su quijada pronunciada y segura. Un tal Fernando, sus espaldas gruesas y su porte altivo y un tal Cristóbal los labios gruesos y carnosos. Se preguntaba si su imagen le perseguiría de esta forma en todos los rincones de la casa.
De repente, la puerta se abrió tras el paso leve de una *huachimana*. Dejó sobre la mesa una perdiz con verduras y papas que libraba en el aire un aroma

delicioso y desconocido. No les sirvió. Asentó la charola con el ave humeante al lado de Ramón y se retiró tan silenciosa y liviana como había entrado.
"¡Me parece absurdo estar a los extremos de esta mesa interminable!", dijo Ramón.
Entonces, se levantó de un brinco con su plato en la mano y se desplazó al lado de Matilda. Estaba tan cerca que ella pudo percibir el calor de su cuerpo arrimándose al suyo. La chimenea del fondo arrojaba el reverbero de la hoguera sobre su rostro. Por un instante se acordó de cuando Edward traficaba con sus manos nervudas entre las piezas del *Majyong*. Mientras aquellos recuerdos atravesaban como un manojo de alfileres su mente inquieta, las llamas remontaban el ducto de salida con fuerza y replicaban las vibraciones lejanas del viento.
"No dices nada, Matilda. Parece que te asusto...que te incomodo con mi presencia."
"Usted quizás puede saber de qué es conveniente hablar con alguien a quien no se conoce", agregó ella.
"Tienes una lengua rápida y una mente ágil. Si hubiésemos estudiado en el mismo colegio, hubieses acabado conmigo en la torre de las orinas más de una vez...", exclamó su marido entre risas.
Matilda no entendía por qué Ramón la molestaba tanto. Seguramente lo hacía para provocarla y que ella reaccione de alguna forma, así que de inmediato respondió, cuidando bien que sus muecas no traicionen alguna emoción.
"Soy como soy. Quizás usted esté dándose cuenta que no le convino esta unión", agregó
sin rodeos y mirándole a los ojos.
Su intención era fastidiarle. Pero la respuesta de él fue del todo inesperada.
"Eres exactamente lo que quiero." Un día me vas a amar. Y mucho. Se tener paciencia."
Fue tal la sorpresa frente a aquellas palabras que Matilda no supo que decir. Bajó la mirada hacia el plato y probó un bocado de las deliciosas perdices, después de haber remojado la carne en su jugosa salsa. Tomó algunos vinos, para que la noche que la esperaba pase rápido y la embriaguez la ayude a sobrellevar las manos que pronto la tocarían.
Esa noche compartieron su alcoba por primera vez. En Los Rosales y en sus vidas.
El cuarto era abrigado, la chimenea estaba encendida y los reflejos de la luz del fuego se estiraban como una inmensa sábana blanca sobre las paredes. Un intenso aroma a rosas penetraba el aire. Sobresalía desde un jarrón chino con grandes hojas en relieve. Por un instante, la llamativa porcelana le recordó a Edward y a las extravagantes piezas que solían traer de sus viajes.

Desde lejos llegaba el eco de unas danzas al aire libre, al ritmo de una banda de pueblo. Ramón se quitó la camisa dejando a la vista su cuerpo fuerte y su musculatura perfecta. La levantó entre sus brazos y la llevó a la gran cama de nogal al fondo de la habitación. Comenzó a besar sus pies. Muy despacio, sin apuro. Luego recorrió las piernas y los muslos con sus labios entreabiertos. Besaba lentamente cada esquina de su cuerpo, pausando los movimientos, saboreando cada espacio de su piel. Llegó al cuello. Rozó el pliegue suave y pastoso que lo separaba de sus labios. Matilda se meneaba y movía la cabeza de un lado a otro para evitar aquellos roces. Pero algo la impulsaba, como otras veces, hacia los músculos acalorados y febriles que tenía encima suyo. Entonces llegó aquella punzada por debajo de la cintura que ella conocía muy bien, que recorría como un calambre su cuerpo entero, que sus sentidos anhelaban, que su mente no lograba controlar. Sofocó su grito. Para que él no sepa, para que no intuya su éxtasis.

Durante aquel primer verano Matilda estuvo sola casi todo el tiempo. Ramón viajaba a Latacunga en continuación para dirigir la fábrica textil de Los Callejas de Alba. Aparentemente, se presentaron un sinfín de problemas que nunca le dejaban regresar.
Tan pronto desayunaba la nueva dueña de Los Rosales hacía ensillar el caballo que su marido le había obsequiado y salía a cabalgar.
Le encantaba el aire frio golpeando su cara y disfrutaba sintiendo sus muslos mientras apretaban los músculos tiesos y fibrosos de un rocín. Cuando cabalgaba se sentía libre, ligera, sin más límites que no fueran la Cordillera plateada y el propio cielo. En aquel trance lograba apartar su cabeza de todo pensamiento, ignorar los problemas, relajarse. Una mañana, mientras subía por las laderas del monte Corazón divisó un estanque rodeado de sigces que oscilaban con el viento. Se detuvo.
Se acordó de las cometas que hasta hace muy poco tiempo fabricaba con esos mismos sigces para luego arrojarlas al viento. Y se acordó de su estanque en el Pasochoa, de las carreras con sus hermanas, de los *huyeshuyes* resbalosos, de las competencias con un pato amarrado al tobillo...
Mientras los recuerdos mecían su mente y la hacían sonreír, Matilda oyó un canto cadencioso a sus espaldas. Se dio la vuelta con el cuidado de quien no quiere romper el hechizo de un ritual tan mágico como familiar. Unas campesinas cosechaban el trigo y lo envolvían en imponentes pacas al ritmo de sus cantos. El silbido del viento levantaba sus faldas mientras servían vasos de chicha[1] a los varones. Luego cargaban las pacas en sus hombros. Eran tan grandes que las mujeres desaparecían tras los enormes bultos.
La trilla culminaría en el patio de alguna hacienda. Allí los campesinos

1 Bebida alcohólica a base de maíz en agua azucarada.

golpearían el trigo contra el piso, las semillas se separarían del afrecho y el afrecho se dispersaría en el aire.
Matilda sentía cada hebra del pelo impregnarse de aquel olor tan cálido y familiar. ¡Como le gustaban las cantilenas monótonas, los tambaleos lentos de los cuerpos, la ventisca suave meciendo la mies!
Se acordó de la trilla con caballos y de cuanto ese ritual le gustaba a su abuelo Alfonso. Las yeguas giraban y giraban alrededor del grano amasado. Lo desmenuzaban con tablas de madera amarradas a los costados, luego daban vueltas infinitas, hasta hechizarte, hasta casi adormecerte.
Mientras observaba aquella escena -tan placida y perfecta que parecía irreal-, Matilda decidió no permitir que la zozobra y la pesadumbre se apoderen de ella. Aquellos cantos, aquellos rostros fatigados pero serenos le recordaron la belleza de la vida, la alegría de la naturaleza y el don que cada día representa para toda persona.
Además, ella no le iba a dar este gusto a Ramón.
Ella sería feliz.
Decidió armar una agenda estricta de actividades, del cuerpo y del espíritu, que ocuparían su cabeza y que no dejarían tiempo para pensar. No sabía se trataba de la receta justa, ni si lograría salvar su alma encogida como una ciruela. Pero, a falta de otro plan, decidió retomar control de su existencia de aquel modo.
Se levantaría temprano. Se asearía y se dejaría peinar por María, su graciosa y amable mucama. María era una chica algo menor a ella, de contextura delgada, rasgos suaves y piel trigueña. La peinaba con enorme cuidado, sin que un solo nudo de su rebelde cabellera quede atrapado entre los dientes del peine de nácar. Cuando las manos de la joven se mezclaban con sus rizos, Matilda sentía que el mundo resplandecía y que todo tenía solución. Era un pensamiento frívolo, pero surtía un efecto increíble sobre su humor. Luego de su habitual cabalgata se dedicaría a reorganizar la casa. Lo haría a su manera, ya que ella viviría allí. Quería hacerlo en parte para fastidiar a Ramón, -quien había dedicado días enteros a alistar la propiedad de la mejor manera- y en parte, para hacer de la enorme mansión un hogar más cálido y acogedor. ¡Había mucho que hacer y muchos rincones que descubrir en aquel majestuoso palacio señorial rodeado de montañas lívidas, placidas cascadas e improvisos precipicios!
De tarde se dedicaría a la lectura y a su diario, porqué, como repetía el Padre Evaristo, la mente era una planta que había que regar en continuación, sin descanso.

La primera sorpresa e los Rosales no tardó en llegar. Matilda descubrió una inmensa biblioteca que triplicaba en tamaño de la de San Rafael. Para cada

pared había una grada de caracol construida sobre ruedas que permitía explorar fácilmente las múltiples estanterías y alcanzar sin mayor problema cualquier texto.
Las repisas eran marcadas por una placa de bronce que indicaba las letras iniciales y finales de los autores, lo que facilitaba enormemente las búsquedas. Por si aquellas comodidades no fueran suficientes, en una mesa al lado de la pared principal se hallaba un enorme cuaderno con tapa de cuero oscuro que recopilaba minuciosamente las obras por fechas y por títulos. Cuando Matilda vio por primera vez aquellas inmensas paredes tapizadas enteramente por libros, se acordó de Providencia, quien, frente a la milagrosa recuperación de algún trabajador -o de algún animal enfermo- acostumbraba decir que Diosito aprieta, pero no ahoga. Le encantaba perder su mirada entre aquellos estantes infinitos, que parecían reunir el conocimiento del mundo entero. Y le encantaba el olor a humedad, a moho, a velas y a cuero curtido que siempre se acompañaba a la presencia de libros.
Allí pasaba horas enteras, hasta quedarse dormida en algún peldaño de la grada de caracol con un algún texto en su regazo, como en la biblioteca del abuelo Alfonso, como cuando era niña y las empleadas la buscaban por todos los rincones.
Una vez más en su vida, los libros la habrían salvado y acompañado.

Para mediados del mes de agosto la casa tenía otro semblante y los ambientes -más luminosos y ventilados- hasta olían de un modo distinto.
La propia Matilda pintó muchas de las paredes e hizo tumbar algunos muros para ganar cuartos y distribuir mejor los espacios: un trastero - que anidaba ratones, aves y hasta comadrejas- desapareció por completo, dando lugar a un área separada de habitaciones que fue destinada a los hijos de los empleados de la casa: para que tengan más luz, para no pasen el día entero encerrados es sus chozas hasta que anochezca y vean a sus madres. Los pesados cortinajes del comedor desaparecieron y fueron reemplazados por gasas que dejaban filtrar los rayos del sol y alegraban los ambientes. Las telas color carmesí fueron removidas de las paredes, el mobiliario renovado sin muchas contemplaciones. Una gran cantidad de muebles apolillados pasaron al troje, mientras que otros, de finísima hechura, del troje regresaron a la casa patronal para gozar de una segunda vida. Pronto aprendió a restaurar todo tipo de madera. Lo hizo gracias a un libro que encontró causalmente en su biblioteca: *El secreto de la restauración de muebles y otros objetos*, de Agustín Londoño y Leganés, español de origen, pero ecuatoriano de corazón, como él mismo se definía. Las hojas del preciado libro salían volando como tantas polillas, pero, con paciencia y escrupulosidad, Matilda logró rescatar las páginas y reconstruir el texto a la perfección. En cuestión de pocas se-

manas aprendió a restaurar cualquier tipo de mueble, a distinguir las piezas más finas, a identificar estilos y calidades, a reconocer una madera sana de una enferma.
Gracias a su nuevo bagaje de conocimientos, la flamante y joven patrona de Los Rosales recuperó un espléndido aparador de tres puertas, un armario de nogal, dos veladores con repisas de mármol italiano. Hasta restauró una mesa de comedor para treinta comensales que era digna de un palacio real. Mientras rescataba las piezas, Matilda se preguntaba si ella también -al igual que aquellos bloques de madera- regresaría, poco a poco a la vida.

Para cuando llegó el invierno, las primeras lluvias, el lodo y el frio, la casa estaba impecable. Un aire fresco y renovado se había adueñado de cada esquina del palacete.
Las paredes se pintaron con cal y lucían renovadas. Desaparecieron los tonos oscuros, la mugre de los tumbados, las grietas y filtraciones de los muros. Tras la oleada de restauros, los muebles brillaban como monedas al sol. Emanaban un agradable olor a cera que ponía a Matilda de buen humor.
Para las mejoras en los exteriores de la propiedad se puso en las manos de Gilberto, el jardinero de confianza de Ramón. Muy a pesar de su mal semblante, el hombrecillo era un genio, capaz de transformar una jardinera en una auténtica obra de arte, un arbusto insignificante en una planta frondosa, un macetero en una mole rebosante de colores.
Al poco tiempo, los resultados fueron notables.
Las matas del patio eran podadas a la perfección y las jardineras destilaban jazmines, buganvillas y astromelias con formas perfectas y aromas únicos. Lo mejor de todo era el jardín, con su intrigante cruce de caminitos en piedra blanca que se perdían entre palmeras, ceibos y capulíes.
Al centro, por debajo de un inmenso sauce centenario, Matilda hizo construir un gazebo con sillones y una mesa de bambú a juego. Allí podría disfrutar de las tardes de lectura al reparo del sol cortante y la ventisca del verano. Como último toque, hizo traer media docena de ovejas del páramo de la Mica y a diez espléndidos faisanes de un criadero en Santo Domingo. Mientras las ovejas deambulaban por horas en el mismo lugar, las aves paseaban orgullosas y erguidas, desplegando su plumaje tornasolado como un enorme abanico. Eso le encantaba, eso le recordaba la tía María Ercilia.
Cuando todo estuvo a punto, Matilda decidió encargarse de los cuadros del comedor principal. Quiso limpiarlos uno por uno, por miedo a que manos torpes pudieran estropear los lienzos. Para ello, había comisionado una loción de a base de vinagre blanco que resultó un prodigio y que devolvió a los retratos la firmeza de colores y trazos seguros que originalmente tenían. Así, bajo sus dedos agrietados, Matilda vio desfilar a todos los antepasados de

Ramón. Al igual que el primer día en que entró a la casa, en cada cuadro veía algún detalle de su rostro o alguna mueca de su cara. Había una fiereza y orgullo que acomunaba a todos y que ella distinguía en Ramón hasta mientras dormía. Pero la personalidad de su esposo era escurridiza, misteriosa. Había algo que Matilda no entendía, que lo ubicaba en alguna dimensión lejana, que lo distraía constantemente. Parecía un ave a punto de volar, un animal irrequieto que ansiaba un bosque para perderse, para que no lo encuentren. Por un instante Matilda sonrió, pensando que quizás él pensaba exactamente lo mismo de su mujer. En el fondo, ella tan solo le concedía migajas agrias y duras de sí misma. Su alma no la compartiría jamás.
Esta era su secreta venganza por haberle arrebatado a su libertad y a su mundo.

"A este no le limpies mucho, no se lo merece."
Una tarde Ramón apareció como un fantasma atrás de Matilda haciendo que ella pierda el balance por unos instantes. Una vez más, los brazos de su marido la sostuvieron.
"Fernando Callejas de Alba. Cuentan que tuvo más hijos ilegítimos que dientes en la boca. De tanto violar a las indias, al final lo encontraron con una bala en la frente en medio de los maizales de esta misma hacienda.
"En efecto, tiene cara de pocos amigos", agregó ella.
"Este otro si merece que quites el polvo de su retrato", dijo orgulloso.
"Lisímaco Callejas de Alba fue un hombre de bien, piadoso y gran intelectual. Escribió panfletos políticos, romances, hasta un tratado de filosofía moral. Un personaje curioso, capaz de tener en su escritorio libros de astronomía, historia natural, arte, gramática, filosofía. No había nada al mundo que no le interesase, que no llamase su atención y no provocase su mente curiosa. Solo aborrecía los chismes, las viejas ruidosas y al olor de la leche recién ordeñada."
Los ojos de Matilda se dejaron guiar por los de Ramón y cayeron sobre un rostro alargado, de una tez traslucida que dejaba entrever las venas de la frente. Sus ojos parecían pepas de café, sus párpados eran caídos, el mentón puntiagudo e irregular. El hombre parecía a punto de derretirse, como si su elegante corsé azul cobalto fuese lo único que le mantenía en una sola pieza.
"Éste es Onorio Callejas de Alba. Amaba la patria, los perros de cacería y el buen brandy", agregó Ramón.
Un *huachiman* asomó a la puerta con una enorme charola. El olor intenso del estofado y de las hierbas aromáticas que traía entibió el ambiente de inmediato.
Ramón y Matilda se sentaron el uno al lado del otro, en la larga mesa de roble que ella misma había restaurado.

Un pequeño mundo andino

Matilda se levantó de madrugada con el canto del gallo. Caminó hacia el corral arropada por su bata de lana y una bufanda de colores que le tejió Catalina. Amaneció con ganas de ver como las gallinas ponían huevos. Era un ritual que evocaba su infancia, la abuela Isabel, sus hermanas. Su abuela se sentaba sobre un taburete de piel de vaca con todas las nietas alrededor. Agarraba una gallina, le metía el dedo índice por el trasero y, según lo que sentía, sabía si la gallina estaba a punto de poner un huevo o no.
Entonces, al sonido de ésta sí y esta no lanzaba las aves a la izquierda o a la derecha, provocando un remolino de plumas en el aire. Las niñas seguían extasiadas aquellos movimientos pausados pero seguros, y esperaban ansiosas el momento en el que las gallinas de la derecha pusieran sus huevos. Cuando finalmente eso ocurría, se lanzaban a cogerlos, aún flojos y deformes, con sus pequeñas manos rosadas. Al hacerlo, los caparazones tomaban la forma de los dedos y las huellas se quedaban grabadas en el blanco espumoso de la cascara. Esos huevos le pertenecerían de manera indiscutible a su dueña y se convertían en algo único y valioso.
A veces el entusiasmo era tan incontenible que la abuela tenía que hacer un llamado al orden. Pero sus palabras caían al vacío porqué su natural y espontánea dulzura sobrepasaba largamente su fuerza y firmeza.
"Niñas des-pa-cito, des-pa-cito", decía.
"Las gallinas se asustan si hacéis mucho alboroto."
"Y si se asustan, no ponen huevos."
"Y si no ponen huevos, no hay desayuno."
A la abuela Isabel le gustaba partir las palabras, como si de aquel modo las personas le prestaran más atención. O quizás lo hacía para no herir a nadie, ya que era un alma de Dios y se hubiera cortado una mano antes que mortificar a alguien o hacerle sentir mal. No era raro, por ejemplo, que algún huevo desapareciera en los bolsillos de sus nietas. Volvían a aparecer podridos y ennegrecidos, sobre las frías piedras del rio San Pedro bajo los golpes de las *huachimanas* que lavaban la ropa.
Su madre se moría de las iras, pero la abuela Isabel siempre defendía a las niñas, porque eran un pedazo de su corazón, porque ella no veía el mal por ningún lado.
Y como memoria trae memoria, Matilda recordó la anécdota de los viajeros. Aquella noche, en fechas muy cercanas a la Navidad, todos se hallaban alrededor de la chimenea de la sala contando historias y jugando a naipes después de la cena. Hacía frío porqué que había llovido el día

entero. Raquel y Arturo habían viajado a Quito para abastecer la alacena. No regresarían sino al día siguiente.
De repente, alguien golpeó la puerta del patio trasero que daba acceso a las habitaciones de los empleados. Una pareja de viajeros había confundido la casa patronal con una posada. El preciso instante en que Soledad los estaba despachando asomó la abuela Isabel y les invitó a pasar. Les dijo que eran los bienvenidos y que suerte que hubieran ubicado la casa en una noche tan oscura y fría. Les brindó leche caliente, una cobija y un locro para entibiar sus cuerpos y propiciar su descanso. Los viajeros eran peregrinos que iban camino al Quinche en donde al parecer, había aparecido la Virgen. Cuando la Isabel se enteró de aquel propósito, no pudo ocultar su felicidad al saber que en algo había contribuido a tal divina misión.
Al cabo de un rato Matilda salió del corral y se encaminó hacia la casa.
En aquel momento, el carruaje de Ramón entraba con gran estrepito por el callejón arbolado. El sol ya estaba alto y el cielo era despejado. Hubiese querido escabullirse como otras veces, pero esta vez no lo logró. Sus pies se hallaban justo por encima del imponente escudo de los Callejas de Alba, al medio del patio que daba acceso a la residencia. Cuando Ramón bajo del carruaje los ojos de ambos se cruzaron. Tenía el rostro quemado, los labios agrietados y su mirada era más penetrante de lo habitual. Estaba ojeroso, como si no hubiese dormido en semanas. Matilda quedó inmóvil sobre el inmenso escudo de baldosas. Ramón caminó hacia ella. La ciñó con toda la fuerza de sus brazos. Luego la besó con la ansiedad de un sediento al lado de un pozo, como si no la hubiese visto en cien años, como si necesitara aquel contacto de los cuerpos.
Olía a tabaco, a eucalipto, a desesperación.
Pasaron adentro. Dos *huachimanes* cargaron su equipaje para luego desaparecer silenciosos por los pasillos de la casa.
Ramón la agarró de la mano y la llevó a una sala de estar pequeña ubicada en la planta baja, cerca del comedor principal.
"Te extrañé, te extrañé muchísimo", dijo él.
"¿Y tú?"
"Quiere la verdad?", dijo ella con aire de desafío y mirándole a los ojos.
"No. Por ahora, me conformo con una dulce mentira."
"Entonces le extrañé."
"Como te gusta ser mala conmigo."
"Tendré paciencia. Un día me amarás con locura. Lo sé. Y saldrás a buscarme."
"Vamos al dormitorio. Estoy cansado. Pero antes, quiero hacerte el amor."

Matilda estaba satisfecha. Sus esfuerzos habían dado sus frutos. Al poco

tiempo, conforme la casa se moldeaba a su antojo, empezó a sentirla como suya, algo que nunca hubiese imaginado pocos meses atrás. Ramón no objetaba absolutamente nada, ni ponía límites a sus gastos en telas, muebles nuevos y arreglos de todo tipo. Cualquier cosa le parecía bien y contemplaba en silencio sus avances.
Un día se acercó a sus espaldas mientras ella retocaba un fresco que se había desprendido con el último temblor. Al lado de aquel espacio vacío se hallaba una pintura que le encantaba porque irradiaba alegría y luz. Retrataba un prioste en procesión por el pueblo. Estaba rodeado de una multitud de personas sonreídas en movimiento, con sus velas, sus escapularios, sus ramilletes de flores coloridas. Matilda jamás había pintado, pero decidió atreverse y descubrió que tener una brocha entre sus dedos le gustaba y la relajaba. Su concentración era tal que no sintió la presencia de Ramón atrás suyo. Se dio la vuelta instintivamente. Al estar trepada sobre una pequeña grada, su rostro quedó a la altura del rostro de él. Ramón tenía la expresión seria. No dijo nada, solo deslizó su dedo índice por la cara de ella y retiró una mancha de pintura de sus mejillas. Por alguna razón, aquel gesto insignificante se repitió en la mente de Matilda una y otra vez, ese día y en los días siguientes, cuando su marido viajó nuevamente a la fábrica.
Detestaba admitirlo, pero cada vez que estaban juntos le gustaba más. No podía evitar estremecerse cuando él la tocaba. Le gustaba su ímpetu de animal en celo, su ardor impaciente, que no sabía esperar ni necesitaba pedir. Y le gustaba su forma de combinar el deseo incontenible con otros momentos en donde demoraba horas en recorrer su cuerpo, en donde buscaba percibir sus susurros, intuir sus anhelos. Llegó a la conclusión que no le agradaba su marido específicamente. Lo que le agradaba era esa vibración que producía el roce de las carnes, ese deseo que escalaba, ese descontrol de la mente.
El azar quiso que fuera Ramón Callejas de Alba, pero, en realidad, lo mismo daba él, el jardinero que cortaba el césped o el paje que servía en la mesa. Por esas razones, ella no le pedía explicaciones de sus días afuera de la casa.
Se convenció que le daba igual si su marido trabajaba como peón, jugaba a las barajas o se entretenía con una moza por allí. Cuando debía cumplir con sus obligaciones maritales, ella lo hacía. Se trataba, en el fondo, de un acuerdo silencioso y efectivo que les garantizaría sino la felicidad, al menos una buena convivencia.

Tan pronto la casa estuvo lista Matilda quiso reorganizar el personal, estableciendo nuevas tareas, eliminando actividades inútiles, optimizan-

do los turnos. Aquel enorme palacete solo podía mantenerse si todo -y todos- funcionaban a la perfección como un reloj. A ratos se sorprendía pensando en cuán raro era su nuevo rol de señora casada, dueña de una mansión con sus múltiples empleados, muchos de los cuales menores a ella. Hasta hace muy poco era una mocosa que subía cerros, se embarraba hasta el cuello y acababa el día con algún nuevo rasguño en las rodillas, el mentón o los codos. Hasta hace muy poco, sus libros -y su propia ropa- se amontonaban sobre la cama, el escritorio, las sillas. Detestaba tener que ordenar todo al final del día, antes que su madre entre a la recamara para dar su última bendición.
Ahora, en cambio, ella ordenaba, organizaba, supervisaba, afanosa como un sargento y quisquillosa como una ama de llaves. Se peinaba dos veces al día, se depilaba las piernas con cera de abeja y se restregaba la piel con limones y aceite de aguacate.
Pero aquella agenda frenética no bastaba. Ni bastaba convencerse de que se había transformado en una persona distinta y en una adulta. Sentía la necesidad de dar un sentido a sus días, más allá de reorganizar ciertos aspectos exteriores de su vida.
Mientras podaba los helechos de la terraza con toda la fuerza que podía reunir, Matilda se preguntaba que más podía hacer para ocupar su cabeza, alimentar su mente inquieta. Le aterrorizaba la idea de que, si se detenía, el corazón podría derretirse y cosas terribles ocurrirían.

Un día, después de haber organizado a todos los empleados y haber repartido las instrucciones semanales, Matilda se dio cuenta que en los Rosales había doce niños. Eran hijos de los varios pajes, cocineros y sirvientas de la hacienda. Revoloteaban todo el día alrededor de la casa a plenas horas del día, jugando con lodo, con gallinas, con gatos, con cualquier cosa se cruzaba frente a sus ojos lagañosos. Estaba claro que no recibían la más mínima instrucción y que eran analfabetos, al igual que sus padres. Decidió entonces que, mientras su destino se esclareciera, sacaría del pozo de la ignorancia a esas pobres criaturas.
No fue difícil encontrar un espacio libre en la casa para crear un aula y un comedor de apoyo. Ni fue difícil contratar a un carpintero que haga una docena de pupitres mínimamente funcionales. Cuando el aula y el comedor estuvieron listos, Matilda convocó a todos los empleados. Les dijo que a partir del mes siguiente ella daría clases a sus hijos, que esto era una orden tajante del patrón y que los sobrinos y parientes cercanos podrían sumarse aun cuando sus padres no fueran trabajadores de Los Rosales. Lo que sí, debían presentarse aseados y sin mocos. Como única prohibición, ningún empelado podía enviar niños enfermos a clases ya que

habrían contagiado a todos los demás. Esas guaguas, con mucha pena, deberían quedar en sus casas.
Para presentar el proyecto de la escuela, Matilda pidió prestado el atril a Don Antonio luego de la misa de un día domingo lluvioso y sombrío. La iglesia de Amaguaña era el lugar que reunía a más personas en el pueblo. Todos, ricos y pobres, honrados y embusteros, temerosos de Dios o del infierno, los días festivos se acercaban sigilosos y con sus mejores atuendos al templo. Por lo general, los ricos y las personas importantes se sentaban en los banquillos de adelante. Esos puestos olían a lirios, a rosas y eran más abrigados en las frías tardes de invierno. Las demás personas se sentaban en los bancos al fondo, amparados por una oscuridad que parecía darles sosiego, como si ellos no merecieran ocupar la parte luminosa de la casa de Dios. Un último grupo de feligreses se quedaba de pie, arrimado a la enorme puerta poblada de mártires, los sombreros de paja entre las manos, los ojos apuntando el suelo, los pies quebrados sobre las frías baldosas. Cargaban sus ovejas, sus costales con papas y choclos, sus *guaguas*: al que se despistaba, como mínimo le robaban sus animales o alguna cosa de los bolsillos.
Los indigentes y vendedores quedaban afuera del templo, trepados en las escaleras como una bandada de gallinazos. A la salida recibirían las limosnas y donativos que todos puntualmente daban bajo la impresión de las homilías. Pero pasen adentro, insistía Matilda, eso que contaré les interesa a todos, pasen nomas, ¿Tienen ustedes hijitos? ¿De cuáles edades? ¿varones o mujercitas?
Años más tarde Matilda extrañaría aquella mezcla tan única de ricos y pobres, bullicio y respetuoso silencio, hedores extraños y aroma a flores.

Cuando al fin Don Antonio dio la bendición, Matilda se levantó de su banquillo y se encaminó hacia el altar. La iglesia estaba atisbada de gente como en misa de gallo. Todos la miraban o, por lo menos, eso le pareció a ella: tenía frente a sí una alfombra indistinta de campesinos, comerciantes, loquitos, perros callejeros que cruzaban la nave de lado a lado. También había personas importantes, como el alcalde Don Camilo Quezada o Don Eliberto, el dueño del camal. Se quedaron de curiosos, a ver que contaba la flamante esposa de Don Ramón Callejas de Alba.
Todos atentos, todos pendientes de ella.
Bajó un silencio de ultratumba. Un par de ladridos, algún estornudo. Por el resto, un inmenso silencio.
A Matilda le costó despegar sus labios resecos y dejar salir el primer riachuelo de palabras: nunca tuvo tanta sensación de sed en su vida. No le daba miedo hablar a su público de desconocidos, sino que estaba

consciente del enorme compromiso que estaba asumiendo. Por si sus preocupaciones no bastaban, aquellas personas diminutas, arropadas en sus ponchos espesos y pesados, amontonadas como tantas ovejas en un redil, acogieron su discurso con un mutismo total. Cruzaron perplejos sus miradas, quizás en búsqueda de respuestas para algo que no entendían. Luego la fijaron con ojos vítreos, como si ella hablara un idioma extraño o viniera de otro mundo.
Definitivamente, no era lo que esperaban.
Matilda apretó su chalina alrededor del cuerpo como queriendo protegerse de aquel hielo. De repente, se percató de un niño con pelo anaranjado y ojos verdes. Estaba sentado al pie de una columna cuyo blancor resplandeciente contrastaba con la tez oscura de su piel. Era un rostro familiar, que había visto alguna vez por la plaza en los días de mercado. Tenía en la mano un pedazo de pan reseco, pero lo comía con la avidez de quien saborea una pata de pollo crujiente.
Entonces, le llegó la inspiración de la Virgen.
"Todos aquellos que participarán en las clases recibirán una merienda. Una merienda completa, con pan, con arroz, con frijoles, con huevos", agregó sin más detalles, pero con la firmeza y seguridad necesarias.
Entonces, bajó el escalón que la separaba de los bancos y caminó hacia su puesto.
Cuando acabó la misa, una multitud de personas la rodeó. En sus rostros aparecieron enormes sonrisas intercaladas por huecos profundos y oscuros. Hacían preguntas, besaban sus manos, tocaban su ropa con disimulo, buscaban el roce de sus cuerpos con el de ella. Finalmente, a punta de discretos empujones, Matilda logró salir del templo. Un cortejo de personas la siguió hasta su carruaje.
Sus miradas la acompañaron, cálidas como un abrazo, hasta que la silueta del coche desapareció en el horizonte.

Pronto Matilda se dio cuenta que las clases requerían ser preparadas. No bastaba su buena voluntad y un lugar apropiado para recibir a los niños. Necesitaba libros de texto, mapas, lápices, reglas, abecedarios, ábacos. Y necesitaba algún tipo de agenda, de programa didáctico. Se había metido en un hoyo del que no sopesó la profundidad, estaba claro. Pero no decepcionaría a sus futuros alumnos, a pesar de que nadie nunca habría reclamado si ella se retractaba de todo. Por lo pronto, la escuela sería su misión y por nada al mundo cambiaría de idea.
Decidió viajar a Quito para conseguir el material y los textos. Pero no sabía dónde dirigirse ni por dónde empezar. Mientras estaba perdida en sus pensamientos una voz la sorprendió desde la puerta al fondo de la sala.

"Me comentaron lo que quieres hacer con los niños de la hacienda. Es una excelente idea crear una escuela....yo mismo pensé en hacer algo así.... antes de.... viajar a Europa", dijo Ramón.
"Tienes mi apoyo."
"Necesito viajar a Quito para conseguir el material que se requiere."
"¿Sabes dónde ir?"
"La verdad, no", contestó a regañadientes.
"Yo puedo acompañarte. Conozco la persona justa para ayudarte."
"No gracias, prefiero ir sola y aprovechar para visitar a mi tía Alvilda."
"Como quieras. Busca a padre Lorenzo en mi antiguo colegio, el Don Orión. Ve de mi parte. Él te dará todo lo que necesitas."
"Gracias. Así lo haré", contestó seca.
Matilda se daba cuenta que no le daba a Ramón ninguna posibilidad de ganarse su corazón. Al contrario, no perdía ocasión para herirle o, como mínimo, para fastidiarle.
No lo podía evitar. Había decidido ignorarle, castigarle todos los días de su vida compartida.
¡Si al menos tuviera al tío Edward cerca que fácil sería todo! ¡Y que orgulloso estaría de ella!
No sabía nada de él desde hace rato. Una sola persona podría tener noticias: la tía Alvilda. Así que Matilda ansiaba encontrarse con ella y sonsacarle alguna información por pequeña que fuera.
Llegó el día del viaje a Quito. Ramón y ella desayunaron juntos. Cuando acabaron su marido se levantó, agarró una pequeña maleta de cuero, la besó en la frente y salió de la casa. Debía viajar con urgencia a Guayaquil para recibir el ataúd de un tío segundo que procedía de San Francisco. El difunto, aparentemente, vivió de muerto más aventuras que en su placida vida terrenal, transcurrida entre una próspera hacienda de mangos al borde del río Guayas.

Leónidas Plaza Proaño era quiteño de nacimiento y de alma, sin más límites que no fueran el cielo sobre su cabeza y las leyes de Dios. A cierto punto de su madurez, decidió mudarse a la costa por problemas respiratorios. La altura de Quito había enterrado a su padre y tío abuelo, así que Leónidas no quiso retar la suerte y decidió dejar atrás sus amadas montañas. Tomó su decisión con el aplomo de un general veterano, sin sentimentalismos ni aparatosas despedidas ya que esas eran cosa de maricones, decía. Si ya no podía respirar el aire rarefacto y seco de las cumbres, entonces tocaría bajarse a la tierra húmeda de la Costa, dormir la siesta en hamacas, chupar la sangre blanquizca de los cocos y amanecer sudando como un amante consumado.

Años más tarde, una pequeña comitiva familiar lo acompañaba a la ciudad de San Francisco para un procedimiento quirúrgico a la próstata. Un famoso medico de allí, tal Francis Howard Jones se había ganado fama como prodigioso cirujano, regresando a los vigores de la juventud a más de un conocido empresario de la ciudad. La noticia llegó pronto a Guayaquil y el tío Proaño no tardó en conseguir una cita saltándose con singular facilidad a media docena de ilustres personajes locales. Decía que una caja de mangos jugosos y una buena botella de puntas[1] hacían más milagros que un santo en Cuaresma. Así, armado de su inoxidable optimismo y un billete amarillento, el tío emprendía el viaje con su séquito de parientes.

Leónidas Proaño salió de la cirugía feliz y campante. Pero, al cabo de dos días quedó tieso como un alambre en la casa de su prima Rigoberta. Lo hallaron en el jardín, bajo un sauce llorón cuya sombra se estiraba imponente sobre la bahía de San Francisco. Leónidas estaba envuelto en su bata color marfil, con la nariz clavada en una mata de begonias y un puro humeando entre los dedos.

Como es lógico, los familiares que le acompañaban tuvieron que arreglar los trámites para repatriar al cadáver. Pero se encontraron con un primer contratiempo. Por las normativas de la ciudad, no había forma de expatriar el cuerpo de un difunto sin previamente embalsamarlo. Las dos hermanas que le acompañaban –Doña Clemencia y Doña Josefa- y sus respectivos maridos –Don Adalberto y Don Fulgencio- no podían creer a semejante extravagancia y solo confiaban en que tal aberración no les costara algún tiempo en el purgatorio. Al final tuvieron que ceder y el tío Proaño pasó de ser un cadáver a ser momia. Pero las sorpresas no terminaron allí.

A los dos días de travesía, los pasajeros, la momia y el resto de la tripulación fueron sorprendidos por una espantosa tempestad. A medida que el *Mississippi* se acercaba al ojo de la tormenta, las personas empezaron a entrar en pánico, desplazándose como hormigas enloquecidas por la cubierta. Mientras, sombreros, chalinas, mesitas, sillones, libros y sombrillas volaban en la intemperie, a la merced de un viento implacable. Los tripulantes intentaban arriar las velas y aflojar cabos, reduciendo cualquier tipo de resistencia a la corriente voraz, pero nada parecía funcionar. Entre los improperios de algunos y los lloros de otros, a alguien se le ocurrió gritar que la momia que cargaban les había traído la mala suerte y que, por ello, acabarían en el fondo del mar. Pronto los pasajeros empezaron a gritar que al agua el muerto y que al carajo la momia.

A pesar de aquellas protestas, el capital del *Mississippi* -quien era hombre de mar, pero devoto al cielo- se rehusó a echar el cuerpo a los tiburones. Adujo que aquello sería un gesto de barbarie y que el desaventurado tenía

1 Bebida alcohólica tradicional ecuatoriana a base de caña de azúcar.

derecho a una cristiana sepultura.
Cuando la tempestad pasó y la goleta finalmente se aproximó a la tierra, los familiares del tío Proaño comenzaron a relajarse. Ansiaban tocar suelo firme y que alguien con temple los lleve a casa con su momia intacta. Esa persona era, por supuesto, el sobrino del difunto, Don Ramón Callejas de Alba.

Matilda llegó a Quito en su carruaje con un equipaje ligero para dos o tres días. El camino era pedregoso y rodeado por maleza y arbustos. En los meses del verano, el polvo se anidaba en todos los orificios del cuerpo, los bronquios se tapaban y los ojos ardían.
El calor era tan asfixiante que había que pararse al menos dos veces durante el trayecto para recobrar fuerzas y sacudirse la tierra de encima. Matilda llegó cansada del viaje y con pocas ganas de conversar. Pero la tía Alvilda no daba su brazo a torcer fácilmente: la recibió con besos y abrazos efusivos, que presagiaban una larga charla.
"Hijita estas indispuesta por el viaje creo, siéntate, toma una agüita de vieja para que te repongas", dijo tan pronto la vio. En efecto, los tumbos del carruaje la habían mareado y la vieja señora enseguida notó su rostro bilioso.
Matilda se acomodó en un sofá y quedó hundida en la profundidad del asiento, mientras la tía Alvilda sacudía con vigor sus enaguas empolvadas.
"¡Que hermosa estas, hijita, parece ayer que te vi nacer con esos churros negros y esa nariz chata que no hacían presagiar nada bueno!"
"¡Mira cómo te has compuesto, quien hubiese dicho!
¡Alabado sea Diosito!
Después de la pintoresca bienvenida las dos mujeres tomaron un té de hierbas al fresco de un pequeño balcón que asomaba a la calle. Las tazas eran tan diminutas que le recordaron a Matilda su casa de muñecas, una que acabó en el troje años atrás y que el tío Edward le había traído de Europa. La tía le contó todas sus penas, de cuan largos eran los días cuando una no tiene la bendición de una familia, de que envidia sus amigas con tantos nietos, de que sus conocidos ya comenzaban a morirse como moscas, de que su pareja de naipes, Berenice un buen día no despertó.
"¡Ahí hijita, solo le pido a Dios que la muerte no me sorprenda haciendo el ridículo como mi pobre Berenice, que Diosito la tenga en gloria!
"Asegúrate de ello, Matilda querida, solo esto te pido. A cambio, te daré unas alhajas que tengo, son de lo más fino, con todo mi cariño, verás."
Matilda jamás había visto esas joyas que la tía mencionaba a cada rato para estimular el cariño y la devoción hacia ella. En realidad, nunca creyó que existieran, ni tampoco le importaba. La tía Alvilda le gustaba. Era au-

téntica, sin filtros, polifacética, curiosa, jugosa como un fruto en su punto, capaz de embrujarte con historias de ultratumba, sorprenderte con un chisme de última hora o aplacar tu desasosiego con algún consejo sabio y atinado. Su personalidad era tan peculiar como un prioste sin fiesta. Un día ella amanecía feliz y dichosa, bendecía a Dios por todo el creado, salía a la ventana cantando y limpiaba la casa afanosamente con la idea de invitar a quien fuera para conversar y compartir unas empanadas de viento. Otro día, en cambio, quería morirse y desaparecer antes de causar molestias, las amigas eran unas ingratas, los vecinos unos envidiosos y el clima de Quito tan malo como un día sin pan.
Aquella tarde la tía Alvilda concluyó su monólogo diciendo que este mundo ya no le agradaba, que todos corrían demasiado y que parecía que nadie tenía tiempo para los demás. Nadie, excepto Edward. Edward era otra historia, Edward la quería y era incondicional con ella.
La tía, sin querer, había pronunciado la palabra mágica.
"¿Que noticias hay del tío?, preguntó Matilda sin dar ninguna inflexión particular a su voz.
"Vendrá a Quito por mi santo número sesenta. Al menos, esto me prometió. Y con respecto a su paradero, no tengo idea, hijita. Ya le conoces. De repente me envía una carta y me dice que el tal día asomará. En fin, querida, me conformo con sus visitas y con sus alegres relatos del mundo exterior. No hago muchas preguntas, ya sabes que no soy chismosa y no me gusta merodear en las vidas ajenas."
Matilda no pudo evitar sonreír discretamente al escucharla. De hecho, la tía era lejos de ser discreta. Y desde luego, cumplía muchos más años. Pero esa vitalidad -y esa fantasía- eran parte de su encanto.
"¡Qué maravilla tía, debe estar contenta que el tío Edward la viste!"
Matilda sintió unos absurdos celos ya que el tío aparecía siempre en ocasión de sus cumpleaños.
"Si querida, estoy muy feliz que Edward venga. Ya sabes cómo le quiero a este loco aventurero. A veces pienso que Diosito sabe cómo hace las cosas y que, si Edward se hubiese casado, quizás no me hubiese hecho el caso que siempre me hace. Quien sabe, los diseños de Nuestro Señor son imperscrutables.
"Así es tía. Así es."
"Cambiando de tema, tía querida... el motivo de mi visita es que necesito reunirme con el padre Carolo. ¿Usted le conoce? Al parecer es un buen amigo de mi marido Ramón. Quisiera que me ayude con una escuela que voy a dirigir. Quiero alfabetizar a los hijos de los empleados en Los Rosales. Al parecer, el padre puede guiarme."
"¡Qué bonita obra mi querida sobrina! Haces bien, nadie se bautiza sin

padrino."
"Cuénteme, tía."
"Si le conozco al padre Carolo. Es un santo. ¡Quien no conoce sus labores con los más desprotegidos y humildes! A menudo se ha metido en problemas por ayudar al fulano y al mengano, sin reparos, sin importar a los intereses de quien fastidiaba. ¡Un hombre bendecido, hijita, de los que ya no hay muchos!, agregó con genuina conmoción.
"¡Me alivia mucho saber estas cosas!"
"Padre Carolo te ayudará en lo que pueda. No te preocupes. Hace una increíble obra en el centro de Quito con todos los indigentes de la calle. Ayuda a todos sin discriminar: a prostitutas, a madres solteras, a borrachos, a enfermos, vamos, ayuda a cualquiera se le ponga delante con una cara llorosa y una mano tiesa. Tiene un comedor los días sábados en donde las personas necesitadas pueden acercarse y recibir un plato caliente. No sé de dónde saca tanto alimento para tanto pordiosero. Hay quien cree que es un santo y que puede multiplicar los panes y los peces como hacía Nuestro Señor Jesús Cristo. A mí personalmente, esto me parece una blasfemia, pero bueno, cada uno cada uno..."
"Tengo muchas ganas de conocerle, tía. Solo de escuchar su historia se me pone la piel de gallina. Este padre es claramente un hombre de bien."
"Así es *mija*, así es. Pero querida, te recomiendo que te apures, porque no anda con buena salud y los años le están cayendo encima", dijo la tía con aire compungido.
Matilda se sorprendió consigo misma por haberse referido a Ramón como a su marido, al comienzo de la charla con su tía. Supuso que la rutina era poderosa. Por otro lado, no tuvo el tiempo ni las ganas de analizar aquel detalle. Estaba agotada. Mientras la tía Alvilda se prodigaba describiendo los peligros de la vagancia y las insidias de la excesiva generosidad -dejándole a uno la duda de si los pobres eran almas de Dios o un estorbo- sus ojos despacito se apagaban.
Solo quería retirarse y que el día se acabe pronto.

La madre del cielo

Al día siguiente Matilda tomó el desayuno con la tía Alvilda y salió de su casa tan pronto como pudo. Su aliento sabía a horchata y se condensaba a contacto con el aire fresco de la mañana. Caminó con paso esbelto hasta la plaza Santo Domingo. Una ligera ventisca agitaba suavemente su sombrero de paja toquilla impidiéndole a ratos le impedía la vista. A pesar de la hora temprana, el sol reverberaba y los rayos parecían lanzas clavándose sobre la tierra. Matilda se protegía con las manos, en la esperanza que las mejillas no se enrojezcan como dos tomates maduros para el final del día.
La plaza estaba atisbada de gente haciendo mercado, vendedores, mercancías variopintas, [1]canastos con frutas y verduras cuyos aromas el calor exacerbaba y hacia levitar de la tierra. El terreno era abrupto, desigual, lleno de inmundicia, restos de vegetales, cajas de madera, truchas de páramo alborotadas en baldes, esteras enrolladas, gallinas y polluelos enroscándose entre las piernas de las personas.
En aquel torbellino de seres vivos e inertes, aromas y tufos, Matilda reconoció al niño de la iglesia. Trabajaba como lustrabotas y gritaba a plenos pulmones para atraer a sus clientes: los mismos ojos color esmeralda, el mismo pelo anaranjado, el mismo pedazo de pan apretujado entre las uñas mugrientas. Matilda se detuvo frente a él y sacó una limosna de su bolsillo. Quería agradecerle por la inconsciente ayuda que este le había brindado el día de su discurso en la iglesia de Amaguaña. Pero el niño la fulminó con su respuesta rápida y contundente.
"Solo si me deja limpiar sus zapatos."
"Tienes razón. Límpiame los zapatos, por favor."
Cuando el joven lustrabotas acabó con sus trapos, su betún y su colección de viejos cepillos que alternaba con gran habilidad, Matilda bajó del asiento de cuero rojo que craqueaba bajo sus nalgas. Dio al muchacho un puñado de monedas y se despidió.
Hasta mientras, el bullicio había crecido. Parecía escalar a cada paso que daba, como si un enorme gigante invisible quisiera poner a prueba su resistencia y detenerla. Cruzó la plaza cabizbaja para que los vendedores no la acosen y poder llegar rápido al otro lado del extenso espacio. Cuando llegó a la iglesia subió con paso acelerado la amplia escalinata de piedra. Un grupo de indigentes se amasaba frente a la entrada principal. Algunos tendían los brazos, otros cantaban con sus rosarios colgando de las manos. Parecían sombras del purgatorio pidiendo ser rescatadas. A pesar de la ropa andrajosa

1 Tejidos gruesos de juncos y/o palmas formadas por varias pleitas cosidas que servían para cubrir el suelo de las habitaciones.

y los ponchos desflecados, había algo profundamente digno y tierno en sus rostros curtidos. Tan pronto les dio las limosnas, los indigentes juntaron sus manos para bendecirla. Entró al templo y se dirigió hacia el retablo mayor. Matilda probó una paz improvisa. Se arrodilló en un banco de la primera fila que craqueó bajo el peso de su cuerpo. Una plétora de tallas y pinturas hermosísimas la rodeaba como en un pesebre. Olían a cedro, a cedro que sudaba bajo el pan de oro, a oro que emanaba cera. Sintió el calor improviso que libraban los cirios por lo que retiró la chalina de sus hombros.
El silencio era sublime, casi irreal. Solo se escuchaba el bamboleo de una anciana y el repicar de sus plegarias.
Cuando acabó sus oraciones caminó hacia la capilla de la Virgen del Rosario y volvió a arrodillarse en un reclinatorio apartado de los bancos. Escogía siempre el mismo lugar.
Matilda quedó en silencio frente a la diminuta estatuilla. Algunas veces la Virgen parecía llorar. Otras, sonreír. Esa mañana, la Virgen sonreía. Menos mal, pensó ella, porqué esa mañana era especial y ella estaba nerviosa. Le pidió a la madre del cielo que la ayude, que inspire sus acciones de aquel día y de todos los días venideros. También tuvo el extraño impulso de pedir perdón por pecados que aún no había cometido.
Después de un rato salió del templo. De nuevo cabizbaja, de nuevo con el paso acelerado de quien no quiere ser detenido por nada ni por nadie. Caminó por algunas cuadras[1], hasta encontrarse frente a frente con el colegio Don Orión. Respiró hondo y golpeó la inmensa puerta tallada. Un anillo de bronce ennegrecido tronaba en el centro. Culminaba en la cabeza de un león. Era fría como una inmensa bola de granizo.
Al golpear el portón se produjo un eco descomunal. Matilda aún jadeaba por la caminata rápida y su corazón latía como un tambor. Se sintió incomoda, como si llegara en un mal momento. El Don Orión era un edifico imponente, majestuoso y a la vez intimidante, con gruesos barrotes en todas las ventanas. Un empleado abrió la puerta. Era de talla pequeña, pelo lacio y enormes cejas oscuras que le hacían parecer una especie de roedor. Caminaba con las manos recogidas en puño y la mirada fija hacia adelante, sin mover más músculos que no fueran sus piernas flacas y velludas.
El empleado la hizo pasar por un largo corredor que olía a helechos como el pasillo de San Rafel. Las paredes eran adornadas por enormes lienzos: santos contemplando el cielo, demonios espeluznantes, almas damnificadas, coros de querubines sonreídos.
Un Cristo colgaba de una cruz al final del recorrido. Había tanta sangre que apenas se vislumbraban sus rasgos y el cuerpo se retorcía como una serpiente alrededor de un palo. El corredor rodeaba un patio con una pila de piedra

1 Manzanas.

blanca al medio. Tres extraños animales marinos de gruesas colas y piel escamosa escupían chorros cristalinos en todas las direcciones. Matilda no pudo evitar pensar en Ramón. Lo imaginó caminando seguro sobre aquellas maderas crujientes, pateando una pelota, o jugando a las canicas en el patio con sus compañeros. Se preguntó qué tipo de colegial había sido, si tenía amigos, si era un espíritu indómito o si se escondía para leer libros prohibidos al igual que ella.

Mientras se hallaba sumida en sus pensamientos, apareció una figura al fondo del largo pasillo. Era Carolo. El padre era un hombre corpulento, de huesos formidables y manos increíblemente gruesas. Lucía una cabellera blanca y reluciente y sus ojos eran asombrosamente claros, de un azul traslucido. La nariz era ancha, los labios delgados. Mientras caminaba hacia ella, Matilda sonrió entre sí: ¡cómo le recordaba al padre Evaristo!
"Usted debe ser Doña Matilda, la flamante esposa de mi hijo querido, Ramón", dijo prontamente.
"Si padre Carolo. Buenas tardes..."
El padre la abrazó de impulso. La sostuvo entre sus brazos con toda su fuerza, como si fuese un familiar cercano y la estuviese esperando. Matilda se sintió de inmediato a gusto, como si se conocieran de toda la vida.
"Pasemos a la sacristía para conversar con calma. ¡Ya mismo suena la campaña del receso y esto se llena de *guaguas*!"
Matilda esbozó una sonrisa. Atravesaron un estrecho pasillo por el que apenas filtraba la luz del exterior. Olía a humedad y hacía frío. El padre empujó una pequeña puerta con el hombro y la hizo pasar adentro.
"Esta puerta se atasca siempre! ¡Hay que hacer engrasar las bisagras y lijar la madera!"
Se sentaron el uno al lado del otro, en dos sillas que el padre retiró de una mesa al centro de la habitación. Entonces, cogió las manos de ella entre las suyas. Ardían como si estuviera en fiebres.
"Que inmenso gusto me da conocerla personalmente, niña."
"El gusto es mío padre, gracias por recibirme con tan poco aviso. Ramón le tiene mucho aprecio y cariño y le envía sus saludos.
"Cuénteme, en que puedo ser de ayuda."
"Seré breve porque no quiero abusar de su tiempo. Estoy aquí porque quiero crear una escuela e instruir a los hijos de nuestros empleados, padre. Ramón me dijo que usted podría ayudarme...orientarme..."
Matilda sacó de un bolso una pila de hojas amarradas en un cordel. Las desplegó y las acomodó con premura sobre su regazo. Había un listado de nombres y edades, además de un bosquejo de lo que ella consideraba necesario para arrancar el proyecto. El padre sacó una lupa de un bolsillo y comenzó a

analizar las hojas con detenimiento.
De repente, levantó la mirada.
"¡Me parece que usted tiene las ideas bastante claras con respecto a la escuela, la felicito! ¡Que linda labor quiere usted emprender! ... ¡Claro que voy a ayudarla! Además, yo quiero mucho a su esposo."
"¿Como está él?"
"Bien padre, bien. Muy ocupado en la fábrica textil de Latacunga", dijo ella sin mucha convicción.
"Entiendo."
Padre Carolo asentó las hojas sobre la mesa y volvió a coger las manos de ella entre las suyas. Matilda sintió que aquel hombre diminuto podía escrutar su corazón. Era como si aquel músculo estuviera a la vista, desnudo, sin más reparo que la ligera chalina de alpaca que recubría sus hombros.
"Nos casamos muy repentinamente y supongo que no tuve el tiempo de conocerle mucho", dijo ella, sin esperar que el padre abra la boca.
"Niña. Confíe en el padre Dios. Si le puso al lado alguien tan extraordinario como Ramón es por alguna razón a pesar de que, quizás, usted ahora no vislumbre con claridad sus diseños."
"Seguro padre. Así debe ser."
Matilda quería concluir rápidamente aquella conversación tan extraña, en la que no sabía bien que decir. Pero era curiosa y quería saber más.
"¿Padre...porque considera que Ramón es alguien...extraordinario?"
"Porque su esposo es de estas raras personas al mundo que ama de verdad", dijo el padre Carolo sin ni siquiera pensar la respuesta.
"¿Ama...que?", respondió ella con el aire confundido de quien entiende nada, como si el padre hablara de una persona completamente distinta a la que ella conocía.
"La ama a usted, por ejemplo."
Matilda sintió un escalofrío recorrer su espalda.
"Además, Ramón ama la vida, ama el aire que respira y todo lo que le rodea. Y como ama tanto, es un ser sumamente generoso. Sin que nadie se percate de ello, ni celebre sus virtudes."
La firmeza de sus palabras escalaba con la secuencia de las preguntas.
"¿Generoso en qué sentido, padre?", preguntó Matilda.
"Ramón es generoso en todos los posibles sentidos de la palabra: es generoso con su actitud, con su paciencia, con su tiempo, con sus recursos. Y lo hace silenciosamente. No le interesa ser alabado, reconocido por su forma de ser. Al contrario, prueba un cierto placer en pasar por un descorazonado, una persona fría y sin sentimientos, con tal de no llamar la atención."
Las respuestas del padre eran más y más contundentes, como si supiera perfectamente lo que decía y de quién hablaba.

"Es muy noble", dijo Matilda.
"Así es. Es muy noble", recalcó el padre.
Hubo entonces otra pausa.
"Bueno, vamos a lo nuestro, niña Matilda. ¿Qué le parece si comenzamos?"
"Perfecto padre. La verdad es que no sé por dónde empezar. No tengo nada, ni sé de cómo organizar mis clases.
"Entiendo."
"Necesito material escolar. Y necesito un esbozo de programa para niños que son completamente analfabetos, de edades variadas, diría entre los cinco y los ocho años."
"No se preocupe niña, yo puedo brindarle toda esta información y una malla académica para empezar un año de curso. Desde nuestra congregación damos clases en distintos orfelinatos, así que tengo todo lo que a usted hace falta. Con respeto a los útiles, tampoco hay problema. Cada año, aquí en el Don Orión, tenemos material sobrante debido a que recibimos donaciones en especies por parte de muchas personas de buena voluntad que conocen la labor que hacemos."
"Padre...yo puedo pagarle ese material..."
"Niña, por ahora no se preocupe, más bien utilicemos lo que tenemos embodegado. Cunado esas cosas se agoten, pues allí veremos el quehacer."
¿Qué le parece si la ayudo a hacer una lista de lo necesario para tener un referente futuro y de allí nos vamos a las bodegas para darle una primera entrega de materiales?"
"Gracias padre, muchísimas gracias", dijo ella con entusiasmo. No podía creer que todo marchara con tanta facilidad.
"Cuando se obra por el bien de nuestros hermanos, Dios ayuda y las cosas fluyen...", dijo el padre Carolo.

Al cabo de un par de horas, Matilda regresaba a la casa de la tía Alvilda con el carruaje lleno de útiles para la escuelita y una enorme sonrisa pintada en el rostro. Su proyecto estaba finalmente tomando forma: la Virgen del Rosario la había claramente ayudado. Pero su mente estaba distraída.
No entendía cómo alguien a quien ella detestaba podía mover emociones tan profundas y sinceras en una persona como padre Carolo a quien todos consideraban un santo, un apóstol del evangelio. ¿Como era posible tanta admiración hacia Ramón, hacia la misma persona de la que ella huía en continuación?
Las palabras del padre la perturbaron, pero Matilda no tenía intención de reconocerlo consigo misma. Sin que ella se dé cuenta, su corazón fibroso se estaba amoldando a un nuevo espacio que ella desconocía.

La hora del té

Aquella tarde la tía Eloísa organizó un té de señoras con motivo de la visita de su sobrina favorita. La idea de tener que conversar con un puñado de ancianas envueltas en sus perfumes empalagosos y enaguas emperifolladas, haciéndole mil preguntas y analizándola de pies a cabeza, no emocionaba mucho a Matilda. Menos aún, en su estado de ánimo agitado y convulso. Hubiese preferido pasear sola por las calles del centro con una sombrilla en la mano, comer unas trufas en la plaza del teatro, o sentarse a tomar limonada en alguna cafetería de la Ronda. Sin tías chaperonas o sirvientas a su lado cuidando las apariencias. Sola como la luna. Sola como Cristo en la cruz. Estaba de mal humor y no tenía muchas ganas de disimularlo.
Cuando finalmente llegaron las amigas de la tía, Matilda intuyó que la tarde iba a ser más interesante de lo esperado. Se trataba de unas espiritistas que jugaban a las barajas, tomaban sin miedo y fumaban como chinas. El alegre grupito le recordó a ciertas amigas de su abuela Paolina. Cuando esas señoras la visitaban en San Rafael, ella siempre se sumaba a sus conversaciones amenas y entretenidas con la excusa de llevarles una taza de té o algún pastelito. Las ancianas eran distinguidas pero extravagantes y la divertían sobremanera, no sólo por los chismes que contaban, sino por la manera de gesticular y reírse a carcajadas olvidándose de los buenos modales: que el fulano tiene amoríos con la mengana, que la otra fulana ha hecho un buen matrimonio, que mi cocinera se ha quedado preñada, que el tal o el cual perdió toda su fortuna.
Matilda no se equivocaba: aquel grupito de damas -bajo su plumaje y pieles que olían a alcanfor- serían una deliciosa y entretenida distracción que habría puesto patas arriba su humor.
La charla de aquella tarde giró alrededor de Rodolfo Cienfuegos, un famoso espiritista, que, ya entrado en años, descubrió dotes de vidente, médium y hasta curandero. Sus servicios eran tan populares que las señoras de la buena sociedad mandaban las empleadas a hacer la cola frente a su casa para sacar una cita.
No obstante, aquellas dotes chocaran abiertamente con las enseñanzas de la iglesia -y los curitas dedicaran enteras homilías al pecado de comunicarse con los muertos- se trataba de un hábito muy arraigado en la Sierra. Tanto en la ciudad como en las haciendas, cuando el sol se perdía atrás de la Cordillera y los últimos rayos de luz se disipaban en el aire rarefacto de la tarde, era fácil aburrirse si no se jugaba a las barajas, no se hacía tertulia familiar frente a la chimenea o no se hablaba con las almas del más allá. Por estas razones, no había casa que se respete que no cuente

con una mesa de tres patas, discretamente camuflada por algún florero o mantelito de encaje.
Rodolfo Cienfuegos era alto y esbelto como un esparrago, tenía una nariz del tamaño de un botón –así no olía el azufre que algunas personas liberaban, decía- y un mechón blanco en la frente, que contrastaba con el resto de la cabellera. En cuanto a su indumentaria, se vestía únicamente de negro y andaba por la casa con un birrete en la cabeza que no se sacaba por nada en el mundo. Comía solo vegetales y gallinas porqué decía que animales de mayor tamaño –como vacas o chanchos- tenían temibles bacterias que se traspasaban a quien se alimentaba de sus carnes. Como última extrañez, tras un tablero falso en el armario de su dormitorio escondía una caja llena de objetos –monedas de oro, diarios y hasta mapas en idiomas raros- que decía haber encontrado gracias a las instrucciones detalladas de ciertos espíritus amigos.
"Rodolfo era tan popular que mi primo Edmundo Salazar, quien heredó un terreno por las laderas del Pululahua, decidió contratarle para que le ayude a encontrar el tesoro de los Inca."
"¿Y qué pasó querida, encontró el tal oro?"
"Al cabo de algunas semanas a mi primo se le agotó la paciencia. Quería echar a Cifuentes de sus tierras a escopetazos..."
"¿Y? ¿Qué pasó al final?"
"Comenzaron a asomar vasijas y estatuillas por doquier. Aparecían entre las matas, en los montículos de tierra atrás del genio azucarero, bajo las piedras, los arados y los matorrales. El tesoro de los Inca nunca fue hallado, pero mi primo se dio por satisfecho cuando una preciosa estatuilla de oro macizo y cara infernal fue escupida de la tierra gracias a las indicaciones de Rodolfo."
"¿El espiritista murió, cierto?"
"*Hay mija*, su final no fue muy feliz, que digamos. De tanto lidiar con espíritus y almas flotantes, el pobre no lograba dormir ni una sola noche en paz. Se acostaba siempre con una vela encendida. Pero, muy a pesar de aquella precaución, fuerzas misteriosas del más allá le despertaban de su sueño y le empujaban al piso con fuerza en las madrugadas."
Doña Loles enarcó las cejas.
"Vamos, que al final, Rodolfo murió de un infarto por culpa de los aparecidos que le perseguían. Encontraron al pobre con los ojos abiertos de par en par y las manos tiesas, como pidiendo ayuda. Algunos dicen que cargaba un rosario y que su habitación olía a rosas, como el milagro del refectorio de La Dolorosa..."
"No sé qué decirte *mija*....otros dicen que el desdichado sacaba espuma de la boca como un pescado averiado y que su recamara olía a ese tufo

que sueltan las carroñas...", precisó Doña Marianita mientras con la mano se santiguaba.
"Tal cual, tal cual. A mí también me consta esta segunda versión...", agregó Doña Laurita mientras daba sorbos de su té de hierbas.
"Fuera lo que fuera, su muerte dejó sumidos en el desconcierto y la desolación a todos sus fieles seguidores..."
"Pero la historia no concluyó con la muerte de Rodolfo Cienfuegos. Hubo un coletazo de lo más curioso.", dijo la tía Alvilda.
"...Si saben, ¿no?", agregó con cierto aire misterioso.
"¡No te hagas rogar! ¡Cuenta nomas!
"¿Ustedes ubican a Clotilde Benavides, cierto?
"¡Pero obvio, pobre mujer, era tuerta y casi ciega al final de sus días!"
"Ya pero no se murió por su joroba. Cuando Clotilde se enfermó y comenzó a escupir bilis- su hermana Juanita, mi amiga del alma, pensó acudir a las habilidades de Rodolfo Cienfuegos para salvarla de una muerte segura. Pero, como el desventurado había fallecido, a Juanita se le ocurrió cortarle su famoso mechón blanco el rato del velorio. "¡Hay *mija* no puedo creer lo que cuentas...!
"No era tarea fácil, puesto que había montones de gente, entre familiares, clientes y curiosos..."
"¿Y cómo hicieron?"
"¡Que creen amigas! ¡Juanita me pidió *a mí* que la ayude!"
"¿A ti, Alvilda querida?"
"Si señor. Lo que escuchan, amigas del alma."
"Me pidió ayuda a mí y a las dos hermanas del difunto, ya que ellas eran las encargadas de asear y vestir al cadáver."
Doña Loles y Doña Laurita -quienes sumaban juntas más años que la Virgen de Legarda- no estaban en su piel de la emoción cuando la anfitriona comenzó a relatar los detalles de la historia.
"La operación debía completarse antes de que el flujo de visitantes se agote. El día elegido, un sábado a las cinco de la tarde, tuve que simular un desmayo para distraer a los familiares y amigos mientras una de las hermanas procedía a cortar el mechón con una cuchilla de barbero."
"¿Y luego? ¿Qué pasó, Alvilda querida? Me estás matando de los nervios..."
"Tan pronto el bulto de cabellos blancos estuvo al seguro, simulé recuperarme del malestar, mientras las dos hermanas se deslizaban por una puerta trasera aprovechando la confusión general. Al día siguiente entregamos el encargo a Juanita Benavides, quien no podía con su dicha."
"¿Y qué pasó con la hermana enferma de Doña Juana?", preguntó Matilda.
"*Ahi*, Virgencita, la pobre Clotilde se murió entre miles de tormentos."
"Así que de nada sirvió su hazaña, tía querida", agregó.

"No *mija*. De nada sirvió todo aquel alboroto. Finalmente, Dios es quien dispone de la vida y de la muerte. Por lo visto, él quería a la pobre Clotilde a su lado *si* o *si*."
Matilda tuvo que morderse los labios para no soltar una carcajada. A parte el lado cómico del asunto, estaba claro que la frontera entre lo sagrado y lo profano era muy sutil y, a veces, la necesidad de avivar los días y distraer las mentes era más poderoso que el miedo al purgatorio.
Las campanas de Santo Domingo doblaron y avisaron la hora del ángelus vespertino.
Al día siguiente Matilda regresaría a Los Rosales, a su vida, a Ramón.

Después de una semana la escuelita arrancaba con mucho entusiasmo por parte de todos. Pronto la propuesta de educar a los hijos de los empleados se transformó un proyecto comunitario, en donde se involucraron muchas más personas de las que Matilda hubiese imaginado al comienzo. Aquel plan, que había nacido con la idea de ocuparse y salir de la zozobra, había tomado vida propia.
Carpinteros y albañiles acondicionaron el espacio destinado a las clases y construyeron los muebles necesarios. Cocineras y ayudantes de cocina organizaron la merienda de media mañana procurando que todas las comidas fueran balanceadas y proporcionaran las proteínas necesarias. El doctor Canellas y la enfermera Sol -a quienes Matilda pagaba sus desplazamientos en un carruaje- revisaban a los niños constantemente. Cada seis meses habría controles de peso, de altura y del estado de higiene general. De ser el caso, se curarían las gripes y fiebres, se desparasitarían a los *guaguas* y se eliminarían las pulgas y piojos con colosales baldazos de vinagre.
Su ama de casa Magdalena la ayudaba en todo lo que hacía falta: organizaba las comidas, armaba las filas para entrar y salir de clases, revisaba los pupitres y ayudaba en las tareas a los más vaguitos. Finalmente, dos costureras –madre e hija- se encargaban de remendar y confeccionar las blusas, las faldas, los delantales y los pantalones.
Al cabo de unos meses se había creado una pequeña comunidad que trabajaba en la escuela y para la escuela; las personas ganaban un sueldo o, como mínimo, una plata por sus labores. Ya no se veían chiquillos haraposos deambulando por los potreros ni jugando con perros y gatos en horas de la mañana. Por todo lado reinaba el silencio productivo del trabajo manual, de la escritura y de la lectura.
Pronto se sumaron los hermanos de los que ya asistían a las clases, los primos de estos, los hermanos de los primos. Matilda fue conociendo a los niños y descubriendo las destrezas y talentos de cada uno. Panchito, el

hijo de Rosa la *huachimana*, dibujaba de un modo extraordinario. Reproducía cualquier elemento de la naturaleza con un dominio sorprendente y sostenía el lápiz con la firmeza de quien no hizo otra cosa en su vida. Fabiola, la menor de Lucho el carpintero, era un genio de las matemáticas, capaz de resolver los problemas con tal agilidad que Matilda se sentía una tonta. Geovany, su hermano mayor, escribía poesías. La expresión de su rostro cambiaba y se iluminaba cuando componía versos: los dedicaba a la naturaleza, a la luna o a la propia Matilda, su bella maestra a quien miraba embelesado durante los recreos.

Más allá de las virtudes de cada uno, Matilda era impresionada por la seguridad que todos adquirían conforme descubrían sus dones y habilidades. Cada día eran más abiertos y osados, tanto que a veces le tocaba gritar a pleno pulmón para retomar el control de las clases. Eran tan curiosos que veces ella no lograba atender todas sus inquietudes y a menudo tenía que investigar un sinfín de asuntos: que, porque explotaban los volcanes, que, porque había temblores, que, porque las vacas masticaban su comida para luego escupirla de nuevo, que porque las personas morían. Cuando se trataba de asuntos religiosos, Matilda remitía los niños al Padre Antonio. Entonces, al curita le tocaba atender un sinfín de preguntas arduas: que porque la Virgen María era la madre de Dios si era virgen, que porqué el Espíritu Santo era uno, trino -y hasta paloma-, que porqué nacieron pobres, si Dios les amaba tanto.

Matilda se dio cuenta que cuanto más se estimulaban sus mentes, más esas mentes florecían y se expandían, como las flores de los cactus de San Rafael, que brotaban enormes y hermosas de la noche a la mañana.

¡Qué diferencia con el primer día de clase, cuando fijaban el piso desde sus pupitres con el aire perdido y los ojos vacíos!

Sentía que su vida estaba tomando sentido y el hecho de que otros hubiesen decidido por ella ya no le pesaba tanto como algunos meses atrás. Cuando entraba en su aula y veía a sus niños limpios y aseados, sin mocos colgando ni parásitos en sus estómagos, se ponía de buen humor. Enseñar la entusiasmaba y le encantaba la idea de poder cambiar en algo la vida de aquellos jóvenes. Con su escuela encontró un propósito y, de algún modo, retribuía la educación que había recibido en su casa a pesar de los obstáculos y las estrecheces mentales. Le hubiera encantado compartir sus logros con el padre Evaristo. Pero su tutor estaba quien sabe dónde, regando quien sabe cuales plantas alrededor del mundo...

Aparecidos y apariciones

A Matilda no le gustaba reconocerlo, pero sus jornadas eran placenteras y entretenidas. De algún modo estaba logrando acomodar sus hábitos a un mundo sorpresivamente interesante y distinto, en donde se sentía útil, en donde sus días tenían un propósito.
Se había adaptado como se adaptaba una masa a su molde antes de ser horneada. Aquel pensamiento le recordó Olimpia, cuando de madrugada preparaba el pan del día con el primer canto del gallo. Doblaba y doblaba las bolas porosas e irregulares de agua y harina hasta domesticarlas, hasta darles forma con sus manos pequeñas y vigorosas.
¿Había ella cambiado, crecido, madurado?
¿O todo aquello era tan solo un espejismo de su mente para sobrevivir, para tener la sensación de control sobre su vida?
Fuera lo que fuera, la escuela, los libros, las cabalgatas, las carreras bajo el sol cortante empezaron a llenar los espacios angostos de su corazón. Aquellos recovecos rosados y fibrosos –que llevaban tiempo enredados, enmarañados como los hilos de una madeja, empezaron lentamente a soltarse, a suavizarse. Matilda ya no fruncía tanto el ceño, sus facciones se relajaron y sus nervios comenzaron a ceder, al igual que cedían las pepas de los chochos al contacto con el agua. Hasta el pelo se enredaba menos entre las cerdas del cepillo de su mucama María. Había descubierto el placer de ayudar a otros, de sentirse útil mientras disfrutaba de una vida cómoda y sosegada. En el fondo, era la princesa de un castillo dorado en donde podía moverse a su antojo y cuyas puertas estaban abiertas en todo momento.
En su nuevo mundo, no todo era color de rosa. A pesar de aquel desenlace positivo, su corazón seguía intranquilo, errático, debatiéndose ente dos fantasmas, ambos de carne y hueso, ambos atrincherados con fuerza dentro de su ser, su corazón y mente.
Edward endulzaba todos sus pensamientos, como una miel deliciosa y tibia esparciéndose sobre un bizcocho recién cocido. No soltaba su alma, apresaba su fantasía de niña, la tenía en vilo, a la expectativa de verle y saborear de nuevo su cercanía tan dulce y familiar.
Ramón la inquietaba, la confundía, la ponía en tensión cuando le escuchaba acercarse, con la seguridad de un cazador experimentado. Podía percibir el calor de su musculatura y hasta el ritmo inconstante de su respiración. A veces, lograba captar el olor de su piel a tabaco y a tierra en habitaciones vacías, en pasillos recónditos de la casa, hasta en los establos. La buscaba ávidamente, con garras de fuego sobre su carne al rojo vivo,

como un samaritano desesperado por el único chorro de agua en medio de un desierto. De repente, aquel mismo ser apasionado y sediento se alejaba, evadía su compañía, se escondía, como si ella fuese una hermosa rosa con demasiadas espinas.
Pero ambos hombres eran distantes y ambos parecían viajar en otra dimensión, infinitamente lejos de ella.

Ramón viajaba constantemente por lo que Matilda era dueña de su tiempo y eso le fascinaba. Comía a las horas más estrafalarias, dormía cuando el cuerpo se lo pedía e iba al pueblo cuando quería escuchar voces, comer frutas al paso o sentir el barullo de las calles. Aprendió a cortarse el pelo sola, a fabricar velas, a depilar las piernas con cera de abejas, a curar gripes, a interrumpir diarreas y matar los parásitos.
También aprendió la importancia de hacer cosas que a uno no le agradan, porque la necesidad inspira el ingenio y porque la disciplina forja el carácter, como decía su preceptor, el padre Evaristo. Así, cuando a la cesta de ropa de la casa se sumó la de la escuelita, Matilda decidió ayudar a las *huachimanas* y aprender a coser de un modo aceptable, en línea recta y en punto de cruz. Pronto pudo remendar mandiles, parchar pantalones agujereados, hacer el doblez a los manteles de la casa. Algunas veces le tocaba coser cabezas rotas o las tripas de las yeguas después de un parto en las madrugadas. Se convenció que todas aquellas destrezas, por básicas que fueran, un día inesperado podrían servirle, o quizás, salvarle la vida.
Poco a poco su mente comenzó a fraguar la idea de otra vida posible, una que a cierto punto ella saldría a conquistar, contra todos y contra todo, de hacer falta.
Hasta que el momento llegue, ella se prepararía, estaría alerta y absorbería cuanto conocimiento y experticia pudiera.
Hasta que el momento llegue, disfrutaría de todo lo bueno de su condición de mujer casada y de mujer rica. Sin lloriqueos ni berrinches.

Muy a pesar de sus múltiples actividades, el guijarro de la libertad y la aventura pinchaba continuamente sus carnes. Era una punzada que venía desde adentro, poderosa, que, lejos de detenerse, se alimentaba con cada nuevo libro que caía en sus manos. ¿Sería culpa del marqués, de su tutor Evaristo o de su propio abuelo directo?
Probablemente, era culpa de todos ellos, por haber azuzado su espíritu rebelde, por haber espoleado sus ganas de conocer el mundo de verdad, pensaba.
Quería conocer las maravillas que esas páginas prometían y que la transportaban más allá de las montañas y el propio cielo. Cuando tenía esos

momentos y esas ansiedades, Matilda hacía ensillar su caballo -un hermoso ejemplar árabe que Ramón le había obsequiado- y salía al galope hasta los linderos de la hacienda. Regresaba al anochecer, cuando el hielo de los Andes calaba en los huesos entorpeciendo los movimientos y acalambrando las piernas.

Le encantaban los espacios abiertos, la lluvia, los cielos lívidos. Y le encantaba la noche, con su manto oscuro e impenetrable que parecía no tener confines. Cuando el sol desaparecía tras montañas y nubes marmoleadas, el cielo se convertía en un abismo plúmbeo que tragaba todo el creado: las cumbres con sus coronas blancas, las chozas de barro, los pajales, los pastos, los sembríos, las quintas y sus paredes tiznadas.

El mundo entero parecía desleírse en un agujero negro y profundo, como si nunca aquellas cosas de Dios hubiesen existido. Apenas la tierra se apagaba, hasta las personas perdían sus contornos y las sombras se licuaban tras la luz tenue de los candiles.

Su abuelo Alfonso decía que las noches en el campo eran muy melancólicas, que le entraba angustia y que el alma se le encogía como si no hubiese un mañana. Aquel sentir era compartido por todos los que vivían en las haciendas, lejos de las luces, del barullo citadino, de las calles atisbadas de gente, de las bodegas ruidosas.

Pero a Matilda la oscuridad no la asustaba. Tampoco la asustaban sus silenciosos habitantes, que poblaban los pasillos moviendo objetos y tropezando con muebles.

Muchas veces, en las madrugadas, ella misma deambulaba por los corredores de la casa sin ninguna fuente de luz. Bastaba el reflejo plateado de la luna colándose por las cortinas entreabiertas. Cuando llegaba a su habitación, prendía el candelero y escogía al azar uno de los libros apilados en su velador. Le gustaba como la luz titilaba mientras las páginas se movían bajo sus ojos adormecidos y le gustaba el zumbido de los mosquitos desplomándose en la cera derretida. Y es que, tan pronto sus dedos comenzaban a deslizarse por los pliegues de las páginas, acontecía algo asombroso: el vacío espectral de la noche se quebraba tras los pasos de individuos anónimos, el chapoteo de las olas golpeando un velero o el chasquido de un látigo infringiendo el silencio de una plaza. Las personas, los paisajes, los ruidos eran tan vívidos que Matilda lograba transportarse en aquellos mismos lugares como un personaje más.

Así, cada noche ella respiraba al compás con otros seres que eran desconocidos y a la vez familiares: podía percibir el hedor de un barrio popular en Londres, las fragancias almizcladas de las damas en un salón de té, el frio de la campiña normanda o el calor de la noche en una isla griega.

Una vez, sus manos cayeron sobre un libro cuyo título era ilegible. El azote del tiempo había resquebrajado la tela hasta desaparecer la portada y reducirla a un entramado de hijos cobrizos, apenas suspendidos sobre una tapa inflada por la humedad y el moho. Debió tratarse de un libro importante, ya que lucía llamativos remaches dorados que aún resistían al deterioro y al olvido. El libro relataba la historia de dos amantes quienes se encontraron, inesperadamente, en la sacristía de una iglesia en Subiaco, un pueblo cerca de la ciudad de Roma, en Italia. Ella era una cortesana, recluida en un convento por ser la hija bastarda de algún noble romano; él, un joven clérigo, hermoso como un dios del Olimpo, con rizos rebeldes y unos músculos tensos que el hábito no lograba contener. Aquel encuentro, tan inmediato, tan estremecedor, tan absurdamente inconcebible, la llevó al éxtasis. Matilda llegó a sentir como las manos nerviosas del joven rozaban el cuerpo de su amante, como sus dedos la escrutaban con ansiedad, como las fibras del deseo de ambos se entrelazaban. El clérigo se convertiría en papa al poco tiempo. La joven seguiría a su lado, silenciosa y sensual como una gata al pie de una mesa, invisible para el mundo, vital para él.

Mientras leía, Matilda tuvo la sensación que alguien la observaba. No estaba sola. Lo sabía porque Los Rosales contaban, al igual que San Rafael, con una plétora de habitantes invisibles. Así, cuando la oscuridad se adueñaba del éter, los tablones de la casa comenzaban a crujir bajo el peso liviano de otros seres: cruzaban los pasillos, rozar los helechos, susurraban entre ellos, movían sillas, acomodaban jarrones, carcajeaban en voz baja. Una vez Matilda los escuchó ordenar los cubiertos en la cocina. Separaban los cuchillos de los tenedores y las cucharas: izquierda, centro y derecha, izquierda, centro y derecha. Al día siguiente, cuando Olimpia entró a la cocina pegó un grito que se escuchó hasta en los gallineros.

"Virgen santísima!"

"¡Esos cubiertos los dejé todos apilados en el fregadero para sacarles brillo, y aquí están, relucientes y perfectos, ordenaditos dentro del cajón!"

"¡Hay almitas de Dios que vagáis en pena y que buscáis la luz! ¡Dejadnos en paz, que nos dais mucho miedo!"

"¡Recemos un rosario!"

"Ave María Purísima sin pecado concebida..."

Un año, en la época de la Cuaresma, pasó un accidente que le hizo sonreír al mismísimo Don Antonio, a pesar que el asunto de las almas y los aparecidos fuera un tema del que había que hablar poco y con cierto juicio. Soledad había dejado un molde de pan bajo una pesada batea de madera. Lo comerían en el desayuno.

Al día siguiente, cuando Olimpia retiró la batea, el interior del pan había desaparecido.
Olimpia prefirió no llamar la atención sobre aquel percance y echó la culpa a los ratones que abundaban en San Rafael. Pero todos, en el fondo, sabían la verdad.
Matilda y sus hermanas se rieron a carcajadas. Les pareció muy divertido lo que había pasado y hasta pensaron en dejar algo de comida para que los espíritus no tuvieran que robar la de ellas. En el fondo, las almas que vagaban por la casa no las inquietaba ni restaba horas a su sueño. Quizás porqué convivían con ellas desde pequeñas, o quizás porqué la tía María Ercilia las educó a no tenerles miedo. Decía que trataba de otros ocupantes de la casa y que tenían más derecho que uno a estar allí. Acaso, decía, había que preocuparse los vivos, con su rabia a flor de piel y emociones descomedidas, como cuando su hermano se encerraba por días enteros en el despacho, o su cuñada se castigaba con penitencias y azotes.
Doce días más tarde, al comienzo de la época de cosecha, aconteció increíble y que vale la pena recordar. Matilda y Amaru cazaban chullumbillos con el entusiasmo de dos científicos. Los pequeños escarabajos aparecían en manada al caer de la tarde y se estrellaban, con gran estruendo, en los vidrios de la casa. Entonces, los atrapaban y ensartaban sobre un pedazo de tela roja. Lo mismo hacían con catzos, cuzos y churros, todos en la misma tela polvorienta, todos con las patas abiertas y las panzas atravesadas por largos alfileres.
De repente, los chicos escucharon un grito desde el cuarto de la tía María Ercilia. Sus miradas se cruzaron. Atravesaron el patio y corrieron hacia su habitación sin pensarlo.
La puerta estaba entreabierta así que pasaron adentro. La tía estaba de pie, con sus alpargatas clavadas en el suelo, petrificada frente al espejo del armario de nogal. Amaru y Matilda se acercaron al espejo con la misma respetuosa conmoción de quien se acerca a un altar. Retuvieron la respiración, como si sus cuerpos supieran que algo prodigioso se estaba consumando.
Allí estaba.
El hijo de Dios.
Un extraño vapor blanquizco perfilaba su rostro, con sus llagas y corona de espinas. Era el, nadie lo dudó. Jesús Cristo, el hijo de María, María la Virgen, María la madre del cielo. Se quedaron pasmados. Los tres estáticos, ante un suceso que no entendían.
"Niños recemos una Avemaría, no demoren, recemos", dijo la tía con las mejillas pálidas y la voz rota. Al cabo de un rato entraron a la habitación, como en una procesión, Olimpia, Raquel, Armando Quilotoa, los hijitos de

este. Todos se quedaron igual de pasmados, fijando al extraño vapor que perfilaba el rostro de Cristo.
Unos rezaban, otros lloraban. Pero nadie se acerca demasiado al espejo, como si la superficie plateada pudiera tragarlos, llevarlos a una dimensión desconocida y lejana.
No sabían lo que aquel suceso extraordinario significaba. Pero, en el fondo, tampoco importaba: se sentían bendecidos, cuidados desde el alto de los cielos, más allá de las montañas lívidas que marcaban el horizonte y sus propias vidas.
La imagen del Cristo espinado fue poco a poco desvaneciendo. Al tercer día Jesús Cristo resucitó. Como predicaba el Evangelio, como Don Antonio recordaba constantemente en sus homilías.
Matilda preguntó a su tía María Ercilia porque Dios, quien era tan importante y poderoso, se había molestado en aparecer frente a ellos, en una simple casa de hacienda con más animales que personas. Su tía contestó que cuando Jesús se hizo hombre para salvar al mundo de los pecados no decidió nacer en un palacio rodeado de sirvientes y de lujos, sino en una pesebrera, al calor de un buey y de un asno. Por tanto, lo que había acontecido no tenía nada de raro. Aquel año el espejo ovalado y el armario de nogal afloraron infinitas veces en los sueños de Matilda desvelándola y entorpeciendo sus noches. Con el paso del tiempo las imágenes fueron desliéndose y el Cristo espinado acabó sumándose a los demás habitantes y aparecidos de San Rafael.

Tiempos de luto

Una noche de luna llena Matilda fue despertada por el ruido estremecedor de un brisero cayéndose al suelo. Sintió unos pasos dirigiéndose hacia su dormitorio y detenerse justo al otro lado de la puerta cerrada. Pensó que eran los *huachimanes* Lola y Luis de ronda por las habitaciones. Les llamó por nombre, pero nadie respondió. Tomó entonces el fusil que guardaba al alcance de su brazo por recomendación de Ramón, quien llegaría al día siguiente de Latacunga. Se levantó silenciosamente y alcanzó la puerta. Luego la abrió con firmeza, apuntando el arma hacia afuera, como su marido le había indicado que haga. El corazón parecía estallarle en el pecho y sus manos sudaban de ese sudor frío que les da a las personas cuando no saben que está pasando. Gritó al aire, para asustar a cualquiera que estuviera delante y para engañar su propio miedo. Ningún perro ladraba y la luna se hallaba escondida tras una cortina de nubes lechosas.
Matilda encendió una vela. No quiso quedarse en el dormitorio, así que decidió salir al corredor. Hasta eso, Lola y Luis también despertaron. Caminaron hacia ella asustados. Luis cargaba un bastón mientras que Lola sostenía un formidable sartén de cobre con ambas manos. Temblaban de los pies hasta la cabeza.
“Vengan conmigo, vamos a dar una vuelta por la planta de abajo”, ordenó.
“Si, su merced patrona...”
“Alguien estaba al otro lado de la puerta de mi dormitorio y un brisero acaba de caer al suelo.”
“Si patrona, nosotros también oímos unos pasos...y luego aquel estruendo...hay virgencita, alguien se metió en la casa”, dijo una voz baja Lola.
“Aún no sabemos nada. Vayan atrás mío.”
Los tres se dirigieron hacia la escalera. Bajaron sigilosamente y caminaron al comedor principal procurando hacer el menor ruido posible. El aire era helado y reinaba el silencio más completo. Los tres apuntaron instintivamente la luz de sus candeleros hacia el pavimento. Estaba despejado, sin una sola gota de cristal en el piso. Entonces, levantaron los ojos hacia el aparador. El brisero estaba en el lugar de siempre. Intacto. Inmóvil.
“Allí está!¡No se ha caído patrona!”, dijo Luis.
“Baja la voz.”
“¿Qué pasó aquí? No entiendo...”.
“Su merced patrona déjeme hacer algo.”, dijo Luis con voz quebrada pero firme.
Al decir eso abrió la ventana y disparó un golpe al aire.
Al escuchar el estruendo de la escopeta los demás empleados se desperta-

ron y corrieron hacia ellos envueltos en sus ponchos, tiritando del miedo y con caras de quien no sabe si está soñando o está despierto.
"¿Que pasó su merced patrona?"
"¿Está usted bien?"
"Si, si, estoy bien. Escuché el brisero desplomarse al suelo. Luego, escuché alguien caminar afuera de mi dormitorio y quedarse parado frente a la puerta. Pero, al parecer, no pasó nada. Como pueden ver, el brisero sigue en el lugar de siempre, así que regresen a sus habitaciones", dijo ella.
"Patrona ...si me permite, dijo Lola de repente."
"Que pasa Lola, dime."
"Cuando eso ocurre, mi patrona, es que alguien cercano ha muerto y hay que rezar por su almita", dijo con voz firme.
"Entonces recemos Lola."
En aquel punto Matilda no estaba con muchas ganas de rezos, pero no se atrevió a contrariar a su asustada *huachimana*. Los hombres pidieron permiso para retirarse. Caminaron tras la luz débil de sus candeleros hasta que sus cuerpos se licuaron en la oscuridad y los murmullos de las plegarias desvanecieron en el aire fino de la madrugada.

Al día siguiente Ramón regresó de la fábrica de Latacunga. Matilda escuchó su caballo entrar al galope en el patio para luego detenerse justo al pie de la escalera principal.
No amarró como de costumbre su yegua al poste, sino que soltó las riendas al palafrenero para que él se ocupe del animal y bajó de la silla con un brinco. Entró a la casa con paso acelerado. Los dos se encontraron cara a cara.
"No sé cómo decirte eso Matilda, así que lo haré de una vez. Se ha muerto tu tío Edward Matilda. Lo lamento", dijo sin más preámbulos.
Matilda se quedó inmóvil. Sin decir una palabra. Sentía que sus piernas le estaban fallando y le faltaba el aire. Entonces se desplomó sobre un escalón de la escalinata y tapó su rostro con las manos.
"¿Que pasó...pero que pasó?"
"No sé mayor cosa. Parece que lo asaltaron de noche mientras llegaba a Quito..."
"...por mi cumpleaños...", dijo ella sin dejarle acabar la frase.
"¿Y dónde está? Le quiero ver..."
"Está en San Rafael. Tu madre se está encargando de todo. Me acabo de enterar porqué mandaron un mensajero a avisarnos y me lo encontré por la vía, cerca de Aloag. Al parecer falleció de madrugada."
"¡Quiero ir a velarle, quiero saber que pasó...voy a San Rafael!", dijo ella en un estado de evidente confusión.
"En estas condiciones no vas sola a ningún lado. Voy contigo."

"Prefiero estar sola."
Matilda salió por la puerta principal y corrió hacia al establo. Sentía cada latido adentro de su pecho, como si el corazón estuviera a punto de estallar. De inmediato tropezó en una raíz que afloraba del suelo irregular. Cayó al suelo. Se levantó, limpió la sangre de los rasguños con el borde de la blusa. Un sudor frío recorría su espalda y vientre, de arriba para abajo, como una inmensa estaca de hielo. Ramón caminaba atrás suyo con pasos acelerados.
"¡Fue una desgracia!"
"¡Cállate!"
"¡No era tu marido! ¿Porqué tanta desesperación?
"¡Déjame en paz!"
"¿Le amabas?"
"¡He dicho que te calles!"
"¡Contéstame, carajo!"
Matilda no se dio la vuelta para enfrentarle. Siguió corriendo hasta llegar al establo. Sus piernas temblaban y sus dientes tiritaban sin que ella pudiera detener aquel alboroto del cuerpo, los sentidos, la mente. A pesar de los movimientos confusos logró ensillar su caballo y salir al galope hacia San Rafael.
Pronto, el callejón arbolado de álamos y capulíes se trasformó en campos abiertos, esplanadas, lomas salpicadas por toros y vacas. La potra estaba nerviosa, como si percibiera el dolor de su ama y compartiera su angustia. Sus crines y cola aterciopelados parecían látigos golpeando el aire. Matilda intentaba balancearse sobre la silla pero no lo conseguía a pesar de ser una hábil amazona. Su cuerpo parecía no pertenecerle y estar a la merced del viento. Las lágrimas cruzaban sus mejillas como tantas agujas, apenas entibiando el rostro frío e inerte. Hacía un enorme esfuerzo para apretar los muslos contra la montura y azotaba el animal con frenesí. Quería ver a Edward, tocar su rostro tibio una última vez, cerciorarse que aquello era cierto y no una horrible pesadilla. Galopaba entre potreros de quintas ajenas, saltaba vallas desconocidas y desparramaba cargas de trigo. Pero nada importaba. Solo importaba llegar a su lado.
Al cabo de un rato las amplias colinas y explanadas dieron paso a un bosque. La luz apenas filtraba a través de los arbustos. Matilda podía sentir el frescor de la sombra, el crujido de la hojarasca bajo los cascos, el correteo de las comadrejas tras los matorrales.
Mientras avanzaban, la vegetación se hacía más y más tupida, como si el caballo y su amazona estuvieran bajando a las propias entrañas de la tierra. Un rebaño de ovejas frenó al improviso su carrera. Tenían la mirada tan perdida como la de ella. Matilda arrió su potra para que se abra paso y pueda avanzar. Comenzó a llover. Primero despacio, luego más intensamen-

te. Hasta que el cielo entero precipitó a la tierra con furia. En un instante las nubes pasaron de un color blanquizco a un tono violáceo, pastoso e impenetrable. Las aves se dispersaron en todas las direcciones.
La tempestad era tan violenta que Matilda no lograba ver lo que tenía por delante. Pero ella no soltaba las riendas. Dejaba que el agua le rocíe la cara y se mezcle con sus lágrimas, como queriendo improvisar algún ritual ancestral que la habría librado de aquella zozobra. Al improviso, un colosal relámpago golpeó un arrayán a pocos metros de distancia. La potra se encabritó y empezó a brincar, a patear el suelo, a pisar las matas, hasta que finalmente lanzó al aire su jinete.
Su último recuerdo fue el cielo, el olor a humus, la lluvia recorriendo impiadosa sus mejillas cerúleas.
Las gotas eran tibias.
Eran lágrimas.
Eran gotas.
De allí, el vacío.

Cuando al fin abrió los ojos, Matilda sintió una improvisa sensación de calor y sosiego. El cuerpo nervudo de Ramón yacía sobre el suyo dejando parte de su pecho al descubierto. Sus labios gruesos casi rozaban uno de sus pezones, mientras que una cobija de lana pesada cubría la desnudez de ambos. Sentía frio en las extremidades, pero aquel diminuto pedazo de carne ardía como carbón, atizado por un cúmulo de velas amasadas sobre un plato despostillado. La cerámica y el amasijo de cera centelleaban como si fuesen un montón de estrellas. Matilda se quedó inmóvil, contemplando una escena que no sabía cómo interpretar. Se dejó seducir por el reverbero de aquella luz cálida, esperando que algo pase y rompa el silencio.
Ramón dormía plácidamente encima suyo. Su enorme corazón palpitaba como un tambor mientras que su cuerpo la envolvía y abrigaba como una gigante piel de oso. Dormía profundamente y el rostro irradiaba paz. Parecía estar relajado, como un león que ha cumplido su tarea y que, después de la lucha, disfruta del merecido descanso.
Al fondo, la chimenea lanzaba chispas en todas las direcciones y alumbraba el ambiente con profusión. Matilda demoró unos segundos en enfocar bien el lugar, en reconocer objetos familiares y apaciguar sus propios latidos acelerados por la fiebre. Le dolía todo: las manos, el cuello, la espalda, las caderas. No podía moverse ni podía moverle a él.
El peso de aquel cuerpo duro como un roble parecía contribuir a que su esqueleto se mantuviera firme y entero. En el trance de las carnes -y el calor envolvente de sus pieles- Matilda tuvo el impulso de besarle.
¡No podía creerlo!

¡Como era posible que tuviera aquel impulso cuando Edward, su Edward acababa de morir!
Al improviso los ojos de Ramón se abrieron. La miró como quien mira un fantasma. La apretó entre sus brazos con toda la fuerza de la que era capaz.
"Estás viva."
"Gracias a Dios."
"Que susto me has dado."

Al cabo de un rato Lola entró a la habitación. Su trenza color azabache llegaba hasta el suelo y cosquilleaba los talones al desnudo. Mantenía la mirada hacia el suelo, como de costumbre cuando los *huachimanes* entraban en las alcobas de sus patrones. Sostenía una lavacara humeante entre las manos que enseguida despendió en el aire un aroma a cedrón y a menta. Matilda se tapó instintivamente el pecho que había quedado al descubierto. De inmediato, Ramón se levantó. Agarró su bata color carmesí de una esquina de la cama y se perdió tras las cortinas que daban paso al vestidor.
"¡Alabada sea la Virgencita, su merced patrona está viva!"
"Que pasó Lola, cuéntame", preguntó.
Las palabras apenas lograron salir de su boca. Se aclaró la voz.
"Dime Lola...y deja de llorar."
"Patroncita usted estaba muerta", dijo Rosa entre sollozos.
"Usted estaba del color de las moras y sus manos eran blancas como el manto de la Virgen....usted no respiraba, si no era por su merced el patrón, usted estaba en el cielo, el patrón la abrigó toda la noche, usted estaba en fiebres, hay Virgencita....que susto."
La pobre Rosa estaba compungida. No lograba articular una sola oración sensata, ni retener las lágrimas que caían a raudales sobre sus mejillas del color de la tierra.
Muy a pesar de las palabras confusas Matilda logró entender lo que la pobre muchacha quería decir entre mocos y sollozos: que Ramón la siguió al galope montado en otro caballo, que la encontró desmayada con la cabeza incrustada entre las hierbas, que la trajo a casa, que le salvó la vida.

La siguiente semana fue la más silenciosa de su existencia. Pasó en su alcoba siete días enteros, con el alma lacerada y los ojos clavados afuera del ventanal, hacia el horizonte marcado por los cerros, los nevados, las nubes. Quería llorar hasta que se le agoten las lágrimas y le ardan los ojos, pero no lo lograba. Cuando trató de emitir algún sonido, su garganta apenas logró expulsar un graznido gutural y espeluznante, como si ella fuese uno más de los cuervos que cada día se apiñaban en el alfeizar de la ventana.
En aquel momento Matilda se percató que había perdido la voz, como

cuando la tía María Ercilia era apenas una niña, como la noche del relámpago en Nochebuena.
Su aliento era tan endeble que apenas lograba apañar los vidrios de su habitación y su cuerpo tan quebradizo que solo ansiaba recibir los rayos de sol en las mañanas. Marcaba el paso de los días con el filo de su uña en una esquina de la pared. Para no perder la cuenta, o, quizás, para recordar que estaba viva.
Una tarde sintió los pasos de Ramón retumbar sobre los tablones del pasillo en dirección a su recamara. Durante aquella semana su marido la dejó dormir sola y pasó las noches en una habitación al fondo del corredor.
Golpeó la puerta con firmeza y entró.
Matilda se dio la vuelta. Ramón tenía el pelo peinado hacia atrás, la barba recién cortada, una camisa blanca de lino perfectamente almidonada y un jubón azul abierto sobre el pecho. Se paró frente a ella, hundiendo sus botas contra el suelo como dos enormes puñales.
"¿Vas a extrañarle toda la vida?"
Matilda no contestó nada.
"¿O piensas reaccionar y salir de esta habitación que huele a llanto y a muerte?"
Mientras hablaba, Ramón aferró un cuchillo de la mesa y clavó la punta de la hoja en una manzana verde y brillosa que tronaba al centro de un canasto de frutas. En algún momento, María había logrado deslizarlo adentro de la habitación por si a la patrona le entraba hambre, por si finalmente comía algo que no fueran migajas de pan y nueces. Un rayo de sol filtró por las contraventanas. Cayo sobre el rostro de Ramón con la precisión de una estocada, dándole a su tez un tono dorado e intenso.
Bajo el fragor de aquel baño de luz improviso Ramón se transformó en un Lancelot resplandeciente. La fijaba desde el fondo de la habitación sin bajar su mirada.
"Tu tío está muerto. Lo lamento mucho, pero no va a regresar con tus lágrimas. Date un baño, péinate y sal de esta tumba. Regresa a tus labores, la escuelita está botada y tus alumnos preguntan por ti...sacúdete. No soporto verte así, como un fantasma deambulando entre esas paredes que has convertido en tu cárcel."
"Y sobre todo...."
"....sobre todo quítate esa cara de viuda de encima. No eres la viuda de nadie. Aquí el único pendejo soy yo, por haber aceptado..."
"¿Por haber aceptado *que*....?", dijo ella, hilvanando un hilo de voz ronca con toda la fuerza que pudo reunir.
Entonces, Ramón la miró a los ojos como un cazador arrepentido frente a su presa.

Se giró y salió de la habitación apresuradamente. Matilda corrió atrás suyo como una furia. Lo persiguió por el pasillo. A pesar que piernas estaban acalambradas por la prolongada inercia, logró agarrar la cola de su jubón. Ramón se detuvo y se viró bruscamente hacia ella. Matilda hundió sus uñas en su mejilla. Eran como garfios de un halcón voraz, pero eso no bastó a calmar su rabia. Comenzó a buscar espacios para morderle, para clavar sus dientes en cualquier retazo de la piel. Ramón sostenía con fuerza los brazos de ella hacia atrás. Luego, incrustó su pecho en el pecho de ella. Avanzó hasta lograr inmovilizarla contra la pared. Matilda quedó inerte bajo el peso de su cuerpo. Podía percibir su aliento tibio sobre la quijada y sus intensos latidos bajo el jubón. La respiración de ambos comenzó a entrecortarse. Los rostros se acercaron.
"Contesta!", dijo Matilda.
"¡Por haber aceptado que!
"¡No seas cobarde y dime!"
"¿...Por aceptar que?"
Hubo un nuevo silencio. Ramón la fijó a los ojos.
"Por haber aceptado la apuesta de nuestros padres y por casarme contigo", interrumpió Ramón.
Matilda quedó muda, sin poder decir una sola palabra. Por un instante creyó estar envuelta en alguna escena onírica, a medio camino entre la luz y las sombras, la conciencia y el sopor de los sueños. Demoró unos segundos en reaccionar.
Cuando lo hizo, comenzó a gritar descontroladamente, a golpearle con sus puños cerrados y lívidos, a patearle con cuanta fuerza tenía en las rodillas. Su corazón latía con tal intensidad que pensó saldría disparado del pecho como la bala de un rifle.
"¡Cómo pudiste ser tan miserable, tan mezquino!"
"¡Cual apuesta!"
"¿Y porque aceptarme?"
"¿Porque no te negaste?"
"¡Te odio, nunca pensé que podría llegar a odiar un ser humano, pero a ti te odio!", gritaba Matilda.
Las lágrimas comenzaron a recorrer sus cachetes de lado a lado, sin que ella pudiera detenerlas. Esas lágrimas, que no habían logrado brotar en los días pasados, finalmente regaban su rostro con profusión.
"Te doy asco...", repitió Ramón con un tono de voz mucho más bajo."
"¿Y te has preguntado acaso porque decidí aceptarte como pago de la apuesta? ¡Lo hice aun intuyendo tu carácter arisco y lo que me esperaría por el resto de mi vida!"
"¡Tú tampoco estas exenta de culpas!"

¡Aceptaste casarte conmigo para salir de tu casa, para perseguir tu libertad, para librarte del yugo de tus padres!
"¿Acaso no me usaste para tus propósitos?"
"¿Acaso tu familia no me usó para sanar con ese acuerdo sus deudas? ¡Tu amada hacienda San Rafael estaría perdida si yo no hubiese ayudado a tu padre!"
Matilda enmudeció. No sabía nada de la apuesta. Ni de las deudas de su padre, ni que Ramón las había asumido...pero claro...que estúpida había sido.... las deudas del abuelo Alfonso...
"No tenía idea de todo lo que me estas contando...recién ahora me doy cuenta...pero la diferencia entre los dos es que yo no tuve opción", dijo Matilda.
Los puños de ella seguían apresados entre las grandes manos de Ramón, su cuerpo atrincherado contra la pared rugosa.
"Yo tampoco tuve opción", contestó Ramón.
Hubo otra pausa.
Eterna.
Interminable.
Matilda quedó en silencio, sin saber cómo interpretar aquella última frase.
Ramón soltó de repente sus manos y se alejó.
Al improviso, la luz de la tarde inundó el corredor de lado a lado tiñendo las paredes de un tono cálido y anaranjado. Ramón caminó cabizbajo hacia las escaleras. Bajó a la planta principal y caminó en dirección de la entrada. Una sombra oscura le siguió hasta perderse tras la enorme puerta tallada. Matilda quedó sola. En un silencio aterrador.
Se desplomó al suelo sin saber que hacer, con las manos abiertas y las rodillas contra el pavimento entibiado por el sol. Entonces, un frío improviso invadió sus músculos, como si estuviera bajo una cascada de agua helada del páramo. Su piel ardía. Las fiebres habían regresado.

La calma después de la tempestad

Al día siguiente Matilda decidió salir de su cuarto. Le costaba cada movimiento, cada golpe de aire que entraba y salía del pecho. Ramón no había regresado a Los Rosales desde el día del enfrentamiento. Aparentemente había viajado a Latacunga y se estaba alojando en la pequeña casa patronal al lado de la fábrica que utilizaba en sus estadías.

Había amanecido y el cielo estaba terso, sin una sola nube que rompiera el azul perfecto de aquel nuevo día. Los pasos ligeros de los *huachimanes* y el gorgoteo de los gorriones afuera de las ventanas eran lo único que se escuchaba.

Matilda decidió viajar a Quito. Necesitaba habar con una persona. Y necesitaba recordar el barullo de las calles, el marasmo de ruidos, la bulla de los vivos.

Llegó a primera hora de la tarde. Le pidió al cochero que la deje por la iglesia de El Belén. Desde allí, llegaría a pie hasta la Plaza de la Independencia. Quería caminar, respirar, interceptar los olores -y hasta los hedores- de la calle; quería que la empujen, que la sacudan, que todas aquellas cosas le aseguren que aún pisaba la tierra, que aún podía sentir y vibrar como cualquier otro ser viviente.

Tan pronto bajó del carruaje fue embestida por una ola de personas que fluía hacia todas las direcciones. Enormes vasijas despuntaban sobre las cabezas oscuras de los aguateros. Parecían dibujar una procesión de penitentes encapuchados y ondulaban de lado a lado, en un balanceo sinuoso, como si alguna fuerza misteriosa los guiara desde arriba. Matilda recordó las visitas a las iglesias del viernes Santo con su madre y tías, todas ellas descalzas, cargando pequeños cilicios, golpeándose el pecho, rezando las estaciones de la Vía Crucis.

Cuando llegó a la plaza, el lugar rebosaba de gente. Era día de mercado ¡Lo había olvidado! Bajo el baño de luz solar las frutas y verduras centelleaban como tantas piedras preciosas y sus aromas pastos penetraban el aire. El reverbero era tal que Matilda apenas podía ver donde pisaba mientras buscaba abrirse paso entre la multitud. El mercado parecía tener vida propia, como una inmensa y tortuosa serpiente que subía y bajaba por las calles empinadas, los arcos, las plazas. Los olores -a palo santo, a guata, a mote, a hongos, a hierbas de la Amazonía-, se mezclaban entre sí agudizando los sentidos, mareando el olfato. Una mulata tostaba ajonjolí sobre una parrilla improvisada. Otra más anciana meneaba con fuerza su helado de guanábana en una paila gigante. Gritaban sus cantilenas una y otra vez. A su lado, una joven de pelo verde molía ají y otras especias en

una tambaleante batea[1] roja.
Después de un buen rato deslizándose como podía entre personas y animales, bultos y tenderetes, Matilda alcanzó la calle Junín. Comenzó a recorrerla hacia abajo apresuradamente, como si el mismísimo diablo la persiguiera.
"¡Que alivio dejar atrás aquella confusión y aquel griterío!
"¡Pero qué maravilla toda aquella confusión y aquel griterío!
Matilda se dio cuenta, al improviso, de cuanto silencio la había rodeado en las semanas pasadas. Pasó al lado de un orfelinato: *La casa de las hermanas piadosas*. A su paso, algunos niños asomaron desde las ventanas y balcones. La inocencia sublime de aquellos rostros le recordaron sus estudiantes de la escuelita. Sonrió entre sí.
Una pelota de cuero precipitó a la calle. Fue a parar en medio de la vereda, a pocos pasos de sus pies. Matilda la recogió y la lanzó nuevamente hacia los niños.
El calor era tal que aquel pequeño esfuerzo bastó para marearla. Entonces, se acercó a una pequeña pila al frente de la iglesia de San Marcos. Tomó agua, se remojó el cuello y la cara. Luego siguió caminando cuesta abajo.
La casa que buscaba era adosada a un taller de arte y restauración que no le costó ubicar. El taller despuntaba por debajo de un balcón rebosante de hiedras y geranios olorosos. Las plantas caían en cascada sobre el letrero y apenas dejaban entrever el grabado con el nombre del lugar, *Don Francisco, maestro del arte quiteño.* Tallas de todo tamaño invadían la vereda de lado a lado: santos, alas truncadas, brazos, bustos y piernas, títeres con rostros angelicales, querubines regordetes con ojos de vidrio, crucifijos ensangrentados. Se hallaban en plena calle, arrimadas entre sí, sentadas sobre sillas de esterilla y baúles avejentados, envueltas en una nube densa de aserrín que olía a pega, a madera de capulí, a lacas y tintes, a sótanos de iglesias y conventos. Matilda se abrió paso entre las piezas y tallas. No necesitó golpear la puerta porque, en aquel preciso instante, la criada del hogar estaba comprando leña para la cocina. Tan pronto la carreta del leñador retomó su rumbo, Matilda se acercó al umbral.
"Buenos días, ¿se encuentra el Padre Antonio?"
La joven le llegaba a la cintura y su piel emanaba un olor a caldo de patas. Con un brazo sostenía una escoba, con el otro, el fajo de madera tierna. La empleada la escrutó de arriba a abajo, como si fuese el primer ser humano que veía en tiempos.
"Si, su merced patrona, pase nomás, ya se lo llamo", dijo la chica antes de desaparecer atrás de una cortina de mullos de colores. Al fondo se escuchaba una olla burbujear.

---
1 Recipiente de madera con forma alargada.

El lugar era sobrio, el techo bajo y apenas contaba con los muebles más básicos: un vistoso aparador celeste, una mesa de comedor y un par de sillas adosadas a la única ventana. La austeridad del mobiliario era ampliamente compensada por las paredes recubiertas de cruces, de pilas de agua bendita, de hojas de palma, de estampillas color sepia encajadas en marcos y espejos. Al centro de la mesa se hallaba un canasto de mimbre repleto de huevos blancos. Parecían almendras gigantes recubiertas de azúcar. La brisa que entraba desde afuera levantaba las cortinas hasta casi tocar el tumbado. Matilda esperó parada, reteniendo el aire que respiraba. Estaba nerviosa.
Finalmente apareció el pequeño perfil del padre Antonio. Atravesó la sala angosta sin que sus pies hagan el mínimo ruido. Estaba envuelto en una cobija de tonos pastel que le daba un aire un poco ridículo.
"Niña Matilda que gusto verla. ¿Que la trae por mi humilde vivienda?"
Padre buenas tardes, mil disculpas por no anunciar mi visita..."
"Descuide niña, a las órdenes. Estoy algo agripado en esos días, así que guardo reposo", agregó el padre. Mientras, con los brazos rosados y pecosos se cruzaba la abultada cobija sobre el pecho.
"Que pena molestarle, vengo por un asunto muy personal que me angustia inmensamente", dijo ella sin rodeos.
"Cuénteme niña, ¿que le acongoja de tal manera?"
Matilda se había prometido no regar una sola lágrima y hacer un relato cuerdo y coherente de los hechos que había descubierto, de la farsa de su matrimonio, de la apuesta de su padre, de su condición de joven mujer desamparada y sola, de la muerte del tío, en fin, de todas esas penas que le atormentaban desde hace semanas y que le impedían tragar un solo bocado de comida. Pero fracasó de inmediato. Mientras hablaba, las lágrimas salieron a raudales dejando sus ojos hinchados como dos higos maduros. Así, de aquel modo tan poco apropiado y grotescamente femenino, le explico al padre toda la historia. Lo hizo con lujo de detalles, sin esquivar pormenores, entre sollozos, frente a un agua de vieja que disimulaba con sus vapores el chorro de agua salada que sus ojos desprendían.
Estaba indignada, alterada, ofendida, frustrada y quien sabe cuáles otras cosas del alma humana. El padre Antonio, -quien la conocía desde que era una mocosa que colgaba del pecho de su abuela- la miraba con pena. Estaba consciente que debía darle un sosiego, indicar una salida, otorgar una esperanza. No se atrevía a librarse de su cobija, como si aquel enredo de lanas peludas y pesadas pudiera protegerle de tan penosa tarea.
"Niña Matilda. Yo a usted la conozco desde que Diosito la trajo al mundo, con toda su hermosura y corazón de miel- dijo el padre Antonio recogiendo las manos frías y tiesas de ella entre las suyas, tibias y blandas como

dos buñuelos."
"No desespere, la desesperación es mala consejera."
"Prometo no desesperar padre, pero necesito ver la salida."
"Y confíe en nuestro padre celestial."
"Confío padre, siempre lo he hecho."
"A veces los caminos del señor son tortuosos y no es fácil para nosotros, en nuestra pequeñez, entender los designios de nuestro creador.
"Padre, con todo respeto, pero los designios del señor han sido particularmente crueles conmigo y ahora me hallo en un túnel sin salida, en donde no sé qué hacer, ni cómo salir de un matrimonio que yo no decidí.
"Es costumbre que a menudo los padres decidan con quien su hija deba casarse. Y muchas veces, gracias a la ayuda de Dios, esos matrimonios son un acierto."
"¿Usted estaba en conocimiento de que yo fui objeto de una apuesta entre el padre de mi marido y mi padre?"
Don Antonio enmudeció. De repente, sus manos soltaron la chalina de lana y quedaron sueltas sobre sus muslos esqueléticos.
"Una apuesta?"
"Si padre, una miserable apuesta de gallos."
"No tenía idea, niña Matilda."
"Y usted sabe que esas circunstancias me permiten invalidar mi matrimonio?"
"Si...claro que se...desde hace muy poco de hecho, por impulso del arzobispo Canelos... un liberal según algunos y un santo según otros...pero... reflexione niña Matilda...su marido es un buen hombre...y un buen cristiano..."
"Con todo respeto, esa es mi decisión, padre. Solo dígame donde tengo que dirigirme para hacer la denuncia y los trámites correspondientes."
"Pero niña... ¿No quiere pensarlo más? Al fin y al cabo, se trata de un sacramento divino..."
"¿Y que tiene a que ver un sacramento con una vil apuesta?"
En aquel punto, el padre Antonio se dio por vencido.
"Debe ir a la sede del Nuncio Apostólico, en la calle Colón. Casi al frente de Villa Jacarandá, la propiedad de la familia de su esposo..."
Que ironía, pensó ella.
Al cabo de un rato Matilda quiso irse. Ya no aguantaba la pesadumbre de aquella conversación. Cada palabra que salía de la boca del padre Antonio era como una manotada de sal sobre su herida abierta. Además, ya tenía la información que necesitaba.
"Gracias padre. Estoy segura que sus oraciones son un bálsamo poderoso y una ayuda inigualable para asegurarme un puesto en el cielo. Pero por

ahora, necesito vislumbrar un camino más concreto e inmediato. Y en la tierra", agregó tajante.
Quería transmitirle que sus palabras no la habían aliviado y que su discurso no le había en absoluto hecho cambiar de parecer.
Se despidió y salió de la puerta como si una jauría de lobos la estuviera persiguiendo. Estaba molesta. No entendía porque las personas siempre esperaban que las soluciones a sus problemas bajaran del cielo cuando los problemas eran absolutamente terrenales, tan reales como una astilla en el dedo de un pie.
En su afán de alejarse lo más rápido posible de la casa del curita Matilda atropelló una especie de monaguillo de aspecto torpe y pelo grasiento. El pobre acabó en el suelo, con las piernas entre abiertas, los brazos tendidos hacia atrás y el rostro descompuesto.
Matilda le tendió su mano para que se levante. Pero el curioso monaguillo la miró asustado, como quien tiene frente a sí a al mismísimo chuzolongo. Ella volvió a tenderle su mano, está vez inclinándose decididamente hacia aquel cuerpo encogido y tieso. Finalmente, el joven se dejó ayudar y se puso de pie.
Matilda Recorrió la calle Junín tan rápido como pudo en aquella mañana calurosa. Decidió instintivamente dirigirse hacia la casa de su tía Alvilda para buscar un consuelo, o, quizás, para llorar sus lágrimas en paz, con alguien que seguro la entendería.
Llegó tan apurada y distraída que casi la cogió de lleno la bacinilla de orina que alguna empleada estaba arrojando a la vía.
Matilda golpeó la puerta con fuerza porque su tía era medio sorda y Rosita la cocinera podría estar al mercado. La puerta estaba entreabierta así que pasó adentro dejando atrás suyo el barullo de la calle y el penetrante olor a fritada. Subió las gradas que conducían al piso de arriba, al fin disfrutando del fresco y la sombra que las plantas brindaban. Cuando llegó al umbral tuvo la sensación que su tía la estuviera esperando.
Alvilda estaba sentada en una mecedora que apenas crujía bajo el peso de su cuerpo. Tenía una cobija sobre las piernas y el rostro tumefacto de quien ha llorado por días.
Un gato de color incierto se metió por la ventana con un brinco y comenzó a pasear despreocupado frente a su mirada indiferente.
Matilda se quedó parada, sin saber que hacer.
Al improviso, la tía rompió el silencio.
"No voy a vestirme de negro porqué Edward detestaba los atuendos de luto. Decía que nuestra sociedad la pasaba en duelos porque día que no muere el fulano, muere el mengano, que con la excusa de la vestimenta negra los salones de Quito parecían nidos de cuervos espeluznantes y que

la gente no se lavaba ni una vez por semana", agregó.
Aquel intento para sacarle una sonrisa a Matilda le rompió el alma. Se lanzó a su regazo y lloraron abrazadas, en una dimensión que nadie podría entender sino ellas. Edward ya no estaba. Solo se tenían la una a la otra, compartiendo un dolor tan desgarrador que laceraba el cuerpo y el alma por igual.

Pasaron juntas un número de días indefinido, ambas lamiendo sus heridas, en una atmósfera sosegada en donde no necesitaban hablar para entender lo que cada una sentía. Hasta Cristóbal guardaba silencio desde su jaula de barrotes cobrizos. El pájaro parecía darse cuenta de la situación excepcional y llamaba la atención lo mínimo indispensable.
Cuando ya no pudo más de la pena, Matilda le contó cuanto le amó a Edward, cuanto extrañaba su sonrisa blanca y perfecta y cuantas veces se esforzaba para revivir en su mente el guiño curioso de sus ojos y su forma nerviosa de mover las manos. También le contó que el tío asomaba en sus sueños haciéndola desvelar, dejándola en un mar de sudor y lágrimas. Su tía le contestó que no se asuste, porqué, durante un buen tiempo, Edward aparecería entre la gente, sentado en un banquillo de la iglesia o paseando en un día confuso de mercado; que otras veces ella divisaría su forma de andar y el bamboleo de sus hombros en cuerpos ajenos, que eso era normal, que las almas se resistían a dejar las personas que amaron en vida.

Aquella misma noche, en aquel clima de complicidad perfecta, la tía Alvilda compartió con su sobrina predilecta algo que ella nunca hubiese imaginado.
"*Mija*, la mayoría de las mujeres tenemos dos amores a lo largo de nuestra vida, esto es normal, así que no te preocupes."
Su tía estaba claramente asumiendo que ella amaba a ambos Ramón Y Edward. Pero Matilda no se atrevió a protestar por aquel comentario. Le pareció más interesante preguntarle si ella había querido a dos hombres a la vez y como había acabado el asunto. La tía intuyó de inmediato el lío en donde se había metido e intentó desviar la conversación, pero no lo logró. La llama de la curiosidad de su sobrina estaba encendida y era muy tarde para apagarla o para ignorarla.
Matilda apoyó las manos en su regazo y la imploró para que le comparta su historia.
"Mi primo Virgilio se había casado con una señora que no pudo darle hijos por alguna razón que solo Dios sabe", comenzó ella.
"Era hombre de buenos sentimientos y un corazón tan grande que no le cabía en el pecho. A pesar de ser muy rico, le encantaba repartir sus

bienes y riquezas con quien tuviera al alcance. Pero Virgilio no era solo un hombre muy rico. Era también un caballero apuesto y distinguido. Tenía una estatura de las que pocos podían presumir en Quito y unos ojos color malva que te hacían olvidar el recato propio de una señorita. Su frente era ancha, la nariz estrecha y elegante, los dientes tan rectos y blancos que daban envidia", agregó.
"¡Olvidaba su pelo...*ay* su pelo!", dijo la tía Alvilda llevándose las manos a la cara. Tenía una mata de pelo perlado y brilloso que le encantaba lucir cuando salía a pasear. ¡Eso sí, era muy vanidoso y a propósito se quitaba el sobrero para enseñar su cabellera tupida frente a cualquiera que se le cruce!
"¿En serio tía?"
"Por supuesto, *mija*. ¡Y si el transeúnte con quien se encontraba era medio calvo, pues mayor regocijo!", agregó con su risa pícara e impertinente.
Mientras la tía hablaba, sus ojos se humedecían y las manos, inconscientemente, replicaban en el aire el suave movimiento de una caricia entre las hebras de una cabeza bien provista de pelo.
Matilda no podía creerlo: su tía soltera le había revelado una antigua debilidad de mujer y un gran secreto. Quizás era la primera vez que aquel secreto salía de su boca. Tal vez sería la última. Estaba impresionada: se dio cuenta que todos guardaban secretos, además de un sinfín de anhelos y frustraciones.
"Virgilio no pudo tener hijos. En cambio, su hermano Onorio tuvo seis de su esposa y otros seis de la segunda, con quien se casó al fallecer la primera, pa´ descanse. Mi primo amaba aquella manada de críos, los amaba como si fueran suyos. Les dio educación, les dio cariño y les alimentó, sin nunca escatimar su plata. Ellos, por su puesto, le amaban de igual manera.
Alvilda se detuvo y miró afuera del gran ventanal que arrojaba la luz tibia del atardecer adentro de la sala.
"Siga contando tía, la escucho con atención..."
¡Figúrate *mija* que en cada una de sus haciendas los guambras tenían su propia habitación, con juguetes y libros, como tantos principitos europeos!", agregó golpeando su regazo con ambas manos.
"Y que pasó tía?", preguntó su sobrina, intrigada por aquellas revelaciones.
"Pasó que no todos estaban contentos por tanto despliegue de munificencia y generosidad hacia los sobrinos", dijo ella.
"¿A que se refiere tía?"
"Un buen día mi pobre Virgilio quiso cambiar el testamento a favor de los chicos. Pidió entonces que le lleven a su notaria de confianza para cambiar los términos de sus últimas voluntades. Pero, cuando le fueron a buscar, lo encontraron muerto en su sala de baño. Tenía apenas cincuenta años

y créeme, gozaba de mejor salud que un cordero pegado al vientre de su madre.
"¡No puedo creerlo tía!"
"Tal cual *mija*. Dicen que dejó este mundo tan elegante y apuesto como vivió, que lucía un impecable terno parisino color marfil, que los zapatos eran cabalmente lustrados y que su cuerpo exangüe desprendía un olor a colonia inglesa que se esparcía por toda la casa. Estaba apoyado en la tina, con sus largas piernas tiesas y los brazos rectos, como una muñeca en un estante, su rostro traslucido, el pelo estirado hacia atrás, la barba recién cortada."
Matilda no pudo evitar llevarse las manos a la boca de la impresión.
"¡Tía...no pensará que le envenenaron para evitar que cambie el testamento!"
"Por supuesto que lo pienso. Es más, no tengo alguna duda al respeto. ¡A mi Virgilio lo envenenaron con estricnina, como envenenaron a los anárquicos, al arzobispo Luna y a unos cuantos más!
Las lágrimas comenzaron a rodar por sus mejillas y el maquillaje en sus párpados empezó a chorrear sobre el rostro dejándola medio desfigurada.
"¡Qué horror tía, cuanto habrá usted sufrido! Pero... ¿en qué momento de la historia se enamoró de él?"
Matilda le tendió un pañuelo que sacó de su cartera de flecos.
"Le amé siempre, desde el primer instante..."
"¿Y...su mujer?
"¿Quieres saber si nos descubrió?", interrumpió ella.
"Lamentablemente, mi amor hacia él fue un dolor que guardé dentro de mí, como un flagelo, como la peor desgracia de mi juventud", agregó ella.
"A pesar de que siempre escondí tal duelo en mi corazón, esa arpía intuyó algo. Margarita, su mujer, era muy celosa. Todos sabían que le celaba hasta con los árboles de la Alameda. Sospecho que durante un buen tiempo me estuvo envenenando a mí también, poquito a poco, sigilosa como una mucama e insidiosa como una serpiente, para que nadie lo note, para que yo me muera así nomás, de un día para otro...", dijo con voz grave.
"No puedo creerlo tía. ¿Cómo puede decir eso?"
"Lo sé porque durante meses tuve malestares continuos, como si las entrañas estuvieran a punto de explotar en mi interior. Las mañanas amanecía con la boca reseca y los labios partidos. ¡Ni te imaginas los estragos y las diarreas! ¡Me sentía como si tuviera un ejército en plena batalla dentro de mi vientre, todo el tiempo dando guerra!", agregó consternada.
¡Qué historia tan increíble, tía!"
"Por suerte Dios es grande y cuida a su rebaño, cuando una vive en el respeto de sus reglas. Así que un buen día tuve una intuición divina y dejé

de tomar el té de tila que Margarita me hacía enviaba a la casa con su empleada.
"¿Y que pasó entonces, tía?"
"¡Santo remedio *mija*! Los dolores y los retortijones se esfumaron como la nieve del Pichincha al sol de las mañanas. ¡Vieras su cara cuando me vio asomar feliz y campante en la misa del día de difuntos! Me senté como un cesar victorioso, en primera fila, frente al altar del Santísimo que me había devuelto a la vida. Y ella, esa arpía envenenadora, la madre de todas las villanas, me miraba como quien presenciaba una aparición, toda ella más pálida que una hostia sagrada", agregó Alvida con una sonrisa de lado a lado.
"No tengo palabras tía..."
"¿Virgilio nunca imaginó nada? ...Me refiero, a su amor por el..."
"Estoy segura que sí, Matilda querida. ¿Pero...de que sirve recordar esas penas ahora?"
"¿Y que pasó con la herencia?"
"Como imaginarás *mija,* Margarita se quedó con todo. Y como también imaginarás, su fortuna no despreciable se hizo añicos porque esa víbora nunca se interesó de las haciendas ni tuvo el bien hacer de conseguirse un administrador que la ayude a manejar todo aquello."

Matilda se deleitó escuchando las historias de su tía durante días. Tomaba asiento frente a la mecedora de ella, en un sillón de damasco color ciruela que cada día parecía hundirse más y escuchaba por horas.
Alvilda había pasado de las lágrimas y los sollozos a una labia infinita, inagotable. Necesitaba hablar todo el tiempo, en todo momento, sin pausas. Pronto se sumaron otras anécdotas de Margarita la envenenadora: que según las malas lenguas también asesinó a su primer marido, que la cabra tira siempre al monte, que la infeliz ya venía practicando aquellas artes desde la juventud con ratones y comadrejas.
Al cabo de unos días, de tanto hablar ella y de tanto escuchar su sobrina, las lágrimas de ambas comenzaron a secarse y unas tímidas sonrisas aparecieron, poquito a poco, en sus rostros. Cuando Matilda decidió suspender el luto y regresar a su casa, la voz de la tía se había tornado ronca y la hinchazón del llanto se había trasformado en un entramado de nuevas arrugas.
Matilda la abrazó con fuerza. Dejó la puerta entreabierta tras sus pasos. Para que circule al aire, para que entren los gatos, para que se escuchen los murmullos de los vecinos y los ruidos de la calle. Salió de la casa y bajó las gradas despacito, como quien tiene miedo de no recordar cómo mantener el cuerpo en equilibrio.

Cuando la primera ráfaga de corriente embistió su rostro, ella respiró a plenos pulmones. Parecía que no hubiese respirado en años y recién estuviese aprendiendo a inhalar y exhalar. Se miró alrededor con la misma expresión de sorpresa que tendría un niño tierno a quien sacan a la calle por primera vez. Necesitaba reconocer nuevamente el mundo con sus colores, su alboroto, sus vaivenes.
Muy a pesar de aquellas sensaciones placenteras, Matilda caminaba por inercia, como si alguna fuerza la sostuviera para que no caiga a un precipicio. No era la mejor de las sensaciones, pero bastó para que ella enfrente el bullicio de la existencia y que su sangre recorra nuevamente las venas atascadas del cuerpo. Sabía que no podía exigirse más así que decidió dejarse arrastrar sin oponer resistencia ni hacerse muchas preguntas. Hasta recuperarse del todo. Hasta recomponer las fibras de su alma quebrada.
Llegó a Los Rosales a primera hora de la tarde. Una ligera ventisca mitigaba el calor de aquellas horas. La casa patronal le pareció más grande de lo que recordaba, como cuando, de niñas, con sus hermanas regresaban a San Rafael después de pasar las vacaciones en la Hacienda de Conrogal.
La fachada del asombroso palacete centelleaba. Un sol deslumbrante la iluminaba de lleno, resaltando la estructura simétrica, las mayólicas coloridas, el sobrio blancor de la escalinata en piedra, la imponente pila de tres vascas al medio del precioso patio.
Los guayacanes y robles al costado de la edificación lucían magníficos. Ondulaban al compás, de un lado a otro, mecidos por las ráfagas del viento estival. Al fondo, las verdes colinas del valle y la Cordillera azulada remataban el esplendor de aquel paisaje perfecto.
Tan pronto su carruaje entró al callejón de álamos y capulíes Matilda sacó la cabeza por la ventanilla para recibir el frescor de la sombra. Los árboles parecían estar danzando, como si quisieran acogerla, abrazarla. Matilda acomodó un mechón de su pelo que se había soltado del moño. Destapó un pequeño frasco de vidrio que sacó de su cartera y echó unas gotas de agua de rosas sobre su escote. No quería que Ramón la encuentre en mal estado, fatigada o triste.
El carruaje se detuvo con tal estrépito que las palomas del patio salieron disparadas hacia el cielo lanzando al aire las semillas atrapadas en sus picos. El cochero estiró su brazo para que ella se apoye. Mientras bajaba, clavó sus ojos en la majestuosa puerta tallada frente a sus ojos. Acomodó la chalina en sus hombros y entró como una soberana a su castillo. Se dirigió hacia al despacho de Ramón, al fondo del corredor. De pronto escuchó la voz de Magdalena a sus espaldas.
“Bienvenida su merced patrona. El patrón no se encuentra. Regresó la se-

mana pasada pero vuelta[1] se ha ido a Latacunga. No dijo cuando vendría."
Matilda le contestó que muchas gracias, intentando disimular su sorpresa y decepción.
Magdalena cruzó las manos delgadas sobre el mandil que recubría su vientre. Al no recibir ninguna instrucción, bajó la cabeza y se retiró.
Matilda no esperaba no encontrar a su marido. Se sintió como una tonta. Le habría dicho que quería anular su farsa de matrimonio, que había hablado con el padre Antonio, que eso era lo mejor para ambos.
Pero él no estaba para escuchar su perfecto discurso.
Entonces, subió a la planta de arriba y ordenó a los *huachimanes* que le calienten el agua de la tina con elfos.

1 De nuevo.

La furia del gigante

"¡Patrona! ¡Patrona!"
"¡Ha pasado algo terrible, patrona!"
"¿Que vamos a hacer?"
"¡Hay Diosito, no nos desampares!"
El despertar de Matilda fue acompañado por los gritos de María, quien subió las gradas con la misma vehemencia de una tropa de infantería. Estaba tan agitada que ni siquiera golpeó la puerta antes de precipitarse sobre su cama. Jadeaba como un cochinillo en su matanza, los ojos regados de lágrimas, las uñas ensartadas en las mejillas tostadas por el sol. Matilda la hizo sentar a su lado para evitar que se desplome de un momento a otro. En aquella situación, cuyos contornos aún no estaban claros, era evidente que las formas se habían licuado como nieve al sol.
"¡Tenemos que escapar patrona! ¡No hay tiempo!"
"¡De que me estás hablando, cálmate y explícate María!", dijo ella.
"¡Nos vamos a morir todos! ¡Hay Diosito ten piedad de nosotros pecadores! ¡No nos hagas morir de este modo! ¡Somos pobres! ¡Sálvanos tú, que todo lo puedes!", decía ella sin lograr detenerse ni controlar lo que ya era un desborde de miedo, ignorancia e impotencia.
"¡María contrólate! ¡No te salvarás por ser pobre! ¡Te salvarás si me ayudas a entender rápido lo que está pasando, así que deja de llorar y explícate!"
"¡La montaña ha reventado patroncita! ¡Ha explotado!"
Matilda tardó unos instantes en lograr comprender -entre tanto sollozo y tartamudeo- lo que su sirvienta pretendía decirle. Hasta mientras, también Luis entró a su habitación sin el menor reparo, como un torbellino, aunque optó por quedarse clavado al medio del enorme cuarto con cara de terror, esperando instrucciones, aguardando, con las manos cerradas en un solo puño.
El asunto era claramente grave.
Matilda asomó a su ventana envuelta en la bata carmesí de Ramón ya que no ubicaba la suya, en medio de tanta baraúnda doméstica.
Quedó petrificada.
El aire era estático, como si el viento hubiese desaparecido de la faz de la tierra.
El cielo blanco, sin un solo rayo de luz filtrándose a través de la capa espesa de neblina.
Las aves cruzaban las nubes en todas las direcciones, como tantas balas perdidas de un fusil. Estaban desorientadas y chillaban. Los perros ladraban sin descanso, las talpas salían de sus hoyos, las comadrejas de los

matorrales.
La naturaleza entera parecía haberse desquiciado, atemorizada por algo que rugía desde las propias entrañas de la tierra. Mientras, un polvo fino y perlado bajaba del cielo envolviéndolo todo. Parecían las seis de la tarde. Matilda estaba impresionada: jamás pensó que la naturaleza, su fiel compañera de los juegos de infancia, podría sorprenderla con algo tan desconcertante. En su corta vida había presenciado improvisos temblores y espantosos aludes, de aquellos que entierran a haciendas enteras, que tragan en sus vísceras a cosas y personas sin distinción.
¡Cómo no recordar las tempestades del invierno, que sitiaban la tierra al igual que el cielo, que dejaban los campos llorando por días, que escupían lodo a raudales e inundaban los cultivos!
Por si aquellas calamidades no bastaban, Matilda había visto relámpagos caer a pocos pasos de San Rafael, descuartizando árboles, matando al azar campesinos y cabezas de ganado. Finalmente, cuando el caudal del rio San Pedro se engrosaba como una ubre, sus aguas negras succionaban cualquier cosa a su alrededor.
Pero aquel espectáculo fantasmal, tan gris y uniforme, era algo para lo que no estaba preparada. Los rosales, los lirios, las matas de azaleas y anturios habían perdido sus contornos y se habían transformado en montículos deformes, en curvas desabridas e iguales. Los árboles parecían gigantes de piedra. La tierra, compacta e inerte, lucía el color de la leche ordeñada. Un silencio aterrador envolvía todo.
Matilda ordenó a los empleados que salgan de la habitación. Se vistió con un pantalón y una blusa holgada que usaba para cabalgar tan rápido como pudo. No tuvo tiempo de ponerse ningún corpiño, así que sus pechos bailaban de un lado a otro como enormes cerezas. Pensó que en semejante contingencia nadie lo notaria y que debía gastar aquel tiempo en reunir algo de dinero y joyas. Se lanzó sobre el escritorio de Ramón y comenzó a sacudirlo, a abrir uno por uno los pequeños cajones tallados y estrechos hasta hallar lo que buscaba. Guardó todo en una sencilla bolsa de cuero y la cruzó sobre sus pechos danzantes. Salió al pasillo. Pequeños ratones blancos brotaban desde las vigas, los sillones, las cortinas. Empleados y *huachimanes* asomaban desde todos los rincones, aturdidos, asustados, chocando entre sí, arrojando al suelo lo que cargaban, empujándose, jalándose de la ropa, gritando plegarias al cielo.
Se lanzaron hacia las escaleras. Los más jóvenes saltaban los escalones de dos en dos, el resto se arrimaba a las barandillas o a otras personas.
A pesar del estrépito y la confusión podían escucharse a las ratas cascabelear por debajo de los tablones. Se desplazaban frenéticas, cruzando las entrañas de la casa de un lado a otro, imitando el mismo descontrol y

locura de sus eternos perseguidores.
Matilda mandó a buscar a Pedro, el avispado capataz de Los Rosales. Quería averiguar que sabía de la situación y, según eso, tomar decisiones. Por lo pronto, debía evitar el pánico general, así que decidió pegar un buen grito. Entonces, sacó de la garganta un alarido tan portentoso que acalló todo el mundo en cuestión de instantes.
De inmediato reinó el silencio.
"Quiero que todos se pongan alrededor mío y quiero que se callen. Aquí hablo yo y solo yo."
Cuando estuvo segura de tener la atención de todos, hizo un llamado a la calma, mandó a buscar su rifle y ordenó que la sigan al patio.
Agrupó a los empleados de todos los rangos alrededor de la pila de piedra. Una nata plúmbea y compacta tapaba la superficie impidiendo la vista del fondo. Los inmensos peces rojos que habían habitado aquellas aguas cristalinas hasta el día anterior flotaban con sus morros albinos apuntando al cielo.
Al cabo de un rato apareció el capataz con la cara traslúcida de quien acaba de ver un ejército de fantasmas. Repitió lo mismo que María: que el gigante Cotopaxi había despertado, que nadie sabía nada y que había que ponerse a salvo antes que los lahares, el lodo y el rio de piedras les alcance. Matilda mandó a buscar todas las mulas y caballos de las cuadras. Tan pronto los animales estuvieron afuera, sus arrieros y demás empleados ataron las mulas a las carretas y ensillaron los caballos al apuro.
"¡No pierdan tiempo cargando sus cosas!"
"¡Dejen espacio para los ancianos y niños!"
"¡Ya regresaremos, por ahora, a correr todos!"
"¿Me escucharon?"
"¡Dejen sus cosas, diablos, a correr todos!"
"¡Apuren!", gritaba ella a pleno pulmón.
Los inquilinos de los Rosales salieron tan rápido como pudieron azuzados por su patrona. Debian dejar atrás la espesa vegetación que encapsulaba Los Rosales en su burbuja verde para alcanzar el camino empedrado que conducía a Amaguaña. De aquel modo ganarían visibilidad -tras el tupido telón de árboles que separaba la propiedad del resto del valle-, encontrarían a más gente en fuga y tendrían noticias frescas de lo que estaba aconteciendo. Solo así podrían medir la gravedad de la situación.
Tan pronto Matilda y su gente llegaron a la vía principal se cruzaron con grupos de personas a pie, en mulas y caballos, en carretas improvisadas, con baúles maltrechos, con canastos abarrotados de víveres y enseres, con niños acomodados entre costales, jaulas de cuyes, aves y conejos. Al lado de las carretas y las mulas procedían atropelladamente indios y patrones,

madres cargando bultos, dementes y pordioseros, ancianos arrastrando sus bastones, animales jalados por sogas, sogas jalando a personas, gallos y patos devueltos a la libertad, revoloteando nerviosos, picoteando el terreno, siguiendo a la muchedumbre que avanzaba como una inmensa e incontenible ola gris. Las personas parecían almas del purgatorio caminando silenciosas hacia un destino incierto, rumbo a la nada. Arrollaban cualquier cosa por debajo de sus caderas porque ya no pensaban ni veían. Un niño cayó de los hombros de algún desconocido. Matilda le recogió de inmediato, salvándole de ser aplastado bajo las pezuñas de una potra. Lloraba y lloraba, soltando mocos sin freno, estrujando las manos mugrosas en los cachetes agrietados por la sequedad. Al verle dar rienda suelta a sus emociones Matilda le envidió porque era un niño, porqué podía llorar a cantaros sin que a nadie le llame la atención. Pero ella, ella debía sacar el coraje de donde fuera, animar a su gente y encauzar los esfuerzos de todos hacia el común objetivo de salvarse. Estaba convencida de que solo estando unidos podrían lograrlo, así que nadie podía desfallecer ni detenerse. Por un instante imaginó como debió sentirse Noé al mando de un rebaño desesperado e irritable de personas y animales, cargando el peso de guiar a otros, de dar esperanza, de disimular el miedo y la voz quebrada. Aquel pensamiento bíblico funcionó ya que nunca tuvo un atisbo de miedo: si no podía atender a los suyos en San Rafael, al menos cuidaría los trabajadores y las familias de los Rosales. Así, los contaba a cada rato, para que nadie falte, para que todos se sientan acompañados. Mientras los contaba como tantas ovejas, se olvidó de las ampollas a los pies, de su garganta seca, de los ojos ardiendo en el polvo de ceniza.

Las cenizas embestían a todo ser viviente, sin discriminar ni distinguir.
Pronto el empedrado desapareció bajo la avalancha implacable de personas y cosas. Olas de gente aparecían desde todas las direcciones para luego amasarse en un único bulto amorfo y descolorido. Parecían tantos afluentes buscando al río más grande y caudaloso, como si estar juntos y apiñados les protegiera, les diera la fuerza que no tenían. Asomaban tras las chozas, los potreros, los chaquiñanes, los huasipungos[1] de las colinas aledañas. Mientras, el polvo infernal invadía todos los resquicios del cuerpo dejando a las personas ciegas, desorientadas, aturdidas. Se cubrían la boca con paños, con sombreros descosidos, con sus propios codos arrugados. Avanzaban siguiendo quien sabe quién, sin mirar atrás porque la avalancha los atropellaría, sin mirar adelante porque daba miedo. Mientras el paisaje adquiría tonos siempre más oscuros y tenebrosos, el enjambre de gente seguía avanzando hacia el pueblo, buscando el amparo de Dios en

1 Parcelas de tierra que los patrones cedían a los indígenas para su subsistencia y la de sus familias.

un mar de incertidumbre y desasosiego.
Cuando el grupo alcanzó el destino que inconscientemente había decidido, -la plaza principal de Amaguaña- la muchedumbre se detuvo. Algunos quedaron parados, otros se sentaron en el piso para aliviar los cuerpos. Aguardaron en silencio que algo pase, que algo sacuda aquel sopor tan raro e inexplicable.
Al poco tiempo llegó el padre Antonio. Asomó como todo un ángel, desde la puerta principal del templo. Le acompañaban una sirvienta temblorosa y dos monaguillos con el pelo alborotado pegado a la frente. A pesar de aquellos semblantes, los tres parecieron una bandada de palomas celestiales enviadas por Dios para anunciar la salvación de todos. Matilda y su gente avanzaron hacia la escalinata del templo. Se apretujaron sobre las escaleras como un montón de polluelos alrededor de la gallina.
El padre divisó el rostro de Matilda casi de inmediato. Entonces hincó la cabeza en signo de saludo y tomó la palabra.
"Estimados hermanos. Como ya saben, el volcán Cotopaxi ha despertado. Ha explotado con furia y ha arrasado con todo, voraz como el más temible de los lobos, implacable como el peor de los enemigos."
Después de sus palabras algunos gritaron: que la hora había llegado, que aquello era el fin del mundo, que mejor moramos en la casa del Señor, entre las paredes de una iglesia. Otros lloraban a mares y se quejaban: que aquello era el castigo divino por la lujuria de los fornicadores, por la codicia de los ladrones y por los desmadres de unos cuantos embusteros más.
Mientras, la ceniza seguía cayendo impiadosa. Se mezclaba con las lágrimas de las personas hasta crear una pasta gruesa en los rostros. Era tan espesa que, al cabo de un rato, la muchedumbre parecía un Belén habitado por grotescas figuritas de barro.
De repente, el sacristán de la iglesia se acercó al curita y le susurró algo al oído.
El padre Antonio se llevó las manos a la boca. Luego, las levantó con vehemencia hacia el cielo, como todo un profeta.
"¡Hermanos! Su atención por favor..."
Las personas callaron.
"¡Hermanos, alabado sea Dios! Los lahares se han detenido justo antes del pueblo, a la altura de Uyumbicho y los flujos de lava y rocas han confluido en las aguas del rio San Pedro. Eso quiere decir que su curso se ha desviado..."
Empezaron los gritos de euforia, las alabanzas a Dios, los rezos a los santos patrones, las muestras de felicidad de aquella mezcla indistinta de personas y razas, amos y sirvientes: blancos con indios, indios con indígenas,

indígenas con patrones, todos se unieron en un único abrazo fraterno. El padre se precipitó a decir que no había como confiarse, que eso podría ser tan solo una pausa, un breve descanso de la insaciable colada. Pero bueno, un problema a la vez, aquello era un auténtico milagro y, por lo pronto, había que agradecer a Diosito.

Hasta mientras, bajo la noche. Muchos regresaron a sus casas para atender a sus niños y ancianos. Otros, sin familias que cuidar ni oficios que atender, se quedaron expectantes. En cuestión de pocas horas, la iglesia se había convertido en el receptáculo de todas las noticias. Así, quedarse en las cercanías era garantía de estar bien informados en caso de tener que echar a correr.

Para las nueve de la noche la plaza seguía rebosante de personas, animales, carpas azarosas armadas al medio del jardín y en las esquinas de las calles. Desde las zonas aledañas al Cotopaxi -y otras poblaciones del valle- seguían llegando grupos de gente. Buscaban reparo, un plato caliente, asistencia médica, palabras que alivien el alma. Aparecían llorosos, hambrientos, recubiertos de harapos, jalando algún borrico flacuchento, cargando lo poco que pudieron salvar. Algunos andaban solos, otros junto a familiares, mascotas, aves tremebundas de plumaje incierto.

"¿Han visto a Panchita?"

"¿Quién sabe algo de Don Juan el panadero, es medio cieguito, alguien conoce su paradero?"

"Doña Marita busca a la pequeña de sus *guaguas*, estica[1] de las trenzas largas... ¿la vieron?"

A pesar del cansancio extremo, Matilda no tuvo el corazón de dejar al padre y a sus monaguillos despistados en aquella situación. Decidió quedarse junto a ellos hasta que las cosas se calmen. Ordenó a sus empleados que regresen a Los Rosales bajo la guía de Pedro. Hasta su regreso, él estaría a cargo de todo. Tan pronto lleguen noticias del patrón, el capataz enviaría un mensajero a Amaguaña para avisarla. Matilda amarró a su cintura un mandil y bajó por las escaleras de la iglesia meneándose entre la gente.

Con el paso de las horas las demandas crecían: aparecían cojos, malheridos buscando ayuda médica, personas que no lograban ver y que, de la angustia, chillaban como corderos. Al cabo de un rato, Matilda tuvo que atender a dos partos en simultánea, de madre e hija. Por suerte, su experiencia con las yeguas de San Rafael sirvió y mucho.

No entró en pánico ni desfalleció al ver los ríos de sangre que se abrían paso entre las piernas de la parturienta más anciana para luego empapar

---

1 La (niña) de las trenzas largas.

la esterilla grasienta bajo sus muslos. Decidió poner un balde por debajo de los muslos de la hija, por si paría en el mismo instante que su madre. Y así fue. El hijo de la chiquilla resbaló como una oruga directo al recipiente, mientras que las manos de Matilda recibían al otro *guagua*. Cuando ambos niños estuvieron afuera de los vientres de sus madres, Matilda remojó sus manos en una bacinilla de agua tibia. A pocos metros de distancia, divisó un pequeño barril y se sentó. Necesitaba unos instantes para recobrar las fuerzas y humedecer las sienes. De repente, desde el otro extremo de la plaza, apareció Amaru cual un aparecido procedente del más allá. Su cuerpo entero era gris. Como una natilla averiada, como un queso rancio. Hasta los vellos y el pelo crespo eran tan grises como el resto. Caminaba descalzo y sus ojos brillaban como enormes canicas de vidrio sobre el rostro mugriento.
¡Amaru!"
"¡Como estas! No tienes buena pinta que digamos..."
"Patroncita, lamento esas fachas del día de hoy...", dijo él con su habitual sentido del humor.
Matilda esbozó una sonrisa.
"¡Que bueno verte! ¡Como están todos en San Rafael!"
"¡Pasa, pasa! ¡Por aquí...Siéntate!"
"Tienes los pies llenos de llagas, deja que te limpie y te ponga pulpa de sábila en las heridas."
"No me pasa nada, tranquila."
"No hagas el héroe como siempre. Deja ver, tienes unos vidrios en la planta de tu pie ...eso va a doler un poco...aguanta..."
Amaru se sentó sobre una tambaleante caja de madera y estiró la pierna flacuchenta hacia el regazo de Matilda. Comenzó a hablar.
Las palabras salían de su boca en cascada. No podía ser de otro modo, la emoción estaba a flor de piel y las lágrimas apenas lograban detenerse.
"Llora si quieres. No tengas vergüenza."
"Jamás lloraré frente a ti. No soy una hembrita."
"Haz como quieras. Ahora si dime, ¿Como están?"
Amaru le contó que sus padres y hermanas estaban bien, que la ceniza había cubierto todo, que los animales se estaban muriendo porque no podían comer ni tomar agua, que las cosechas estaban contaminadas, que el jardín y la huerta parecían la esplanada de un páramo, que se habían encerrado en la casa, que habían puesto trapos húmedos en los filos de las ventanas, que rezaban para que no llueva, porque la ceniza pesaba como una tonelada de costales y el tejado podía precipitar.
Finalmente, le contó que Soledad y Olimpia habían encendido velas e inciensos a San Rafael como en las noches de tormenta, como en los

temblores y en las sequias prolongadas. Que repartieron cacerolas con hojas de laurel por toda la casa, porque así quiso Olimpia, porque el laurel alejaba los malos espíritus y devolvía la abundancia a los hogares. El ritual del santo y del laurel le recordaron a Matilda su infancia y la sumieron en una improvisa tristeza.
Al cabo de un rato Amaru y ella se despidieron. Antes del último abrazo Matilda le limpió el rostro con un paño húmedo devolviendo a la piel su tono acaramelado, removiendo las lagañas, el barro, las lágrimas ocultas. Lo subió a una mula que pidió prestada al padre Antonio junto a un cargamento de víveres y agua limpia para los de San Rafael.
Mientras se alejaba ente la gente, lo miraba, como si al mirarlo pudiera protegerlo de cualquier cosa.

Matilda pasó los siguientes dos días atendiendo enfermos, haciendo empaques para quemaduras con hojas de sábila, bajando fiebres con paños fríos, limpiando vómitos, colocando ungüentos, cosiendo pieles con la misma soltura con la que remendaba las cortinas de su casa o el doblez de un pantalón.
No desvaneció nunca a pesar del hedor de las heridas, del sudor penetrante, del olor a pus, de las moscas ávidas de sangre fresca, de la muerte que se colaba entre los heridos buscando cosechar las almas más frágiles y los cuerpos más endebles.
Mientras atendía aquella multitud de desvalidos, Matilda pudo descifrar los distintos rostros de la humanidad cuando se halla frente a lo desconocido, a la incertidumbre, al miedo carcomiendo las mentes al igual que los cuerpos. Algunos lloraban sin consuelo, arrimándose al regazo de quien fuera, implorando, gimiendo como doncellas abandonadas en un altar; otros mantenían cierta compostura, como si aceptaran un flagelo del cielo que sentían haber merecido. Los más jóvenes deambulaban entre los bultos y las camillas sin rumbo, con los ojos vacíos.
Finalmente estaba ella, quien ayudaba a todos para olvidarse de sí misma, quien trabajaba afanosa para no pensar. Si se paraba, los recuerdos la alcanzarían. Si se paraba, sus propias heridas emergerían como algas podridas desde el fondo de una pila cristalina.
Al cabo de dos días la situación había mejorado y las ayudas que procedían de la ciudad estaban más organizadas. Llegaron monjas, doctores, enfermeras, voluntarios. Cada uno cargaba lo que podía: cantaras de agua limpia, medicinas, ropa, donativos de todo tipo. Hasta llegó un tropel de barberos para rasurar cabezas, cortar cabelleras y detectar pulgas y piojos: la higiene y el aseo personal eran básicos, decían, ni crean que eso no importa. Conforme las personas eran atendidas se las enviaba a sus casas.

La plaza comenzó a despoblarse y los barrederos comenzaron a retirar de la plaza las carpas, los costales y cajas, las camillas improvisadas, la basura de aquellas horas.
"Aquí estaremos unos días, tranquilos, regresen a sus hogares, si necesitan algo, vengan a la plaza o manden a buscarnos", gritaban algunas monjas.
Matilda lavó sus manos y se retiró el delantal que había utilizado. Lo enjuagó con premura y lo colgó a un alambre afuera de la sacristía. Se despidió del padre Antonio y emprendió el camino hacia Los Rosales.
Viajó subida a un carruaje destartalado junto a dos parejas con sus escasas posesiones, bajo un cielo que seguía blanco y pesado. Mientras, el polvo de ceniza caía silencioso, trasportado por el viento de levante hacia montañas y planicies. Se infiltraba en los lugares más recónditos, invadiendo quintas y potreros, allanando el paisaje con su manto plúmbeo de partículas diminutas, infinitas, inagotables.
Cuando la carreta entró por el callejón de árboles que conducía hacia el patio de los Rosales Matilda sintió una improvisa angustia: la casa estaba inmersa en una capa de niebla y apenas podían vislumbrarse los ventanales del piso superior. Quiso llorar las lágrimas que no había llorado en los días pasados. Lo hizo con tal arrebato que sus mejillas no tardaron en empaparse como el rostro de un recién nacido en su pila bautismal. Pedro el capataz estaba parado el umbral de la puerta, inmóvil como un mastín. Un pañuelo rojo de cuadros cubría la mitad de su rostro dándole un aire de forajido. Se quitó el sombrero de la cabeza, esbozó un saludo y la ayudó a bajar del carruaje.
El aire estaba irrespirable, denso. Los ojos ardían y apenas podían mantenerse abiertos. Entraron a la casa apresuradamente.
Pedro no espero a que Matilda abra la boca, pues la angustia de ella debió ser muy evidente en las muecas involuntarias de su rostro.
"Su merced patrona, el patrón Ramón pasó estas dos semanas en la fábrica. Mi primo Pancho trabaja como tejedor en el obraje. Me dijo que el patrón estaba allí, que dormía sobre una hamaca con los demás empleados, que no se le veía muy bien. Los empleados que días atrás envié para averiguar su paradero aún no regresan. Las vías desde Latacunga están atascadas por el lodo y las piedras, ojalá en las próximas horas recibamos alguna noticia."
Matilda escuchaba cabizbaja y muda. El capataz estaba desolado. Intentó retomar conversación, porque aquel silencio le dolía en el alma.
"...Por lo demás, su merced patrona, di la orden de mantener despejados los tumbados de la ceniza. Muchos de los empleados han dejado sus tareas habituales para atender tal prioridad, espero esté de acuerdo con ello."
Luego apoyó sobre una mesa el enorme cuaderno negro de la contabili-

dad. Lo cargaba bajo el brazo y parecía pesarle como un costal de papas. Desenredó las tiras de cuero, libró el inmenso bulto de hojas y comenzó a relatar las pérdidas de ganado, de aves, de cosechas, de producción lechera.
Las palabras que pronunciaba le dolían como si tuviera un millón de aftas en la boca, pero era su obligación hacerlo.
"Lo que sí, su merced patrona, tenemos las reservas del granero: hay trigo en abundancia, algunos embutidos, manteca, mantequilla de toro, sal, grasa..."
Matilda se dio cuenta que su empleado quería darle alguna buena noticia, por pequeña que fuera. Quiso premiarle con una tímida sonrisa que le costó muelas articular.
A cierto punto, su visión se tornó borrosa. No podía distinguir los números entre las columnas rectas y ordenadas del cuaderno contable. Ni su cuerpo, ni su espíritu daban para más, lo sabía.
Agradeció el fiel capataz por el detallado relato y lo despachó, dejando cualquier decisión para la siguiente mañana. Tan pronto como pudo, se retiró en su recamara dispuesta a olvidarse del mundo entero. Deseaba quitarse la ropa, sacudirse de encima aquellos días de suciedad, angustia y muerte. Quiso recordar cómo era un día corriente marcado por los ritmos de la naturaleza, los desvaríos del clima, las comidas caseras, los paseos por los cerros, la escuelita, la huerta, las fragancias del campo.
Entonces, ordenó a María que le prepare un baño con hojas de toronjil. Se sumergió en su tina con patas de avestruz y dejó que las aguas tibias la cobijen.

Tinieblas

Pasaron los días sin que haya noticias de los mensajeros enviados a Latacunga, ni de la fábrica, ni de su dueño. Pedro parecía perro apaleado, sin saber que decir o que hacer, temeroso, quizás, de herir los sentimientos de su joven patrona, de soltar una palabra de más o alimentar una esperanza infundada. Por su lado, Matilda decidió tener la mente en blanco y centrar sus energías en rescatar la hacienda de Los Rosales y sus familias. En el fondo, su quietud se debía a la convicción de que Ramón estaba bien y con vida. ¿Cómo no estar vivo, con aquel porte invencible y aquella actitud temeraria?
Por alguna extraña razón no tenía miedo por él. Estaba segura que aparecería, con la cara de que nada había pasado, el pelo impecablemente peinado y un chaleco de gamuza bien abrochado sobre el pecho, como cualquier día. Su apego a la vida, su audacia y orgullo nunca desvanecerían, al contrario, serían la linfa que siempre le mantendrían con vida, pensaba. Cada tarde, cuando el sol se retiraba tras las nubes dejando todo en la penumbra, los *huachimanes* y demás empleados se reunían a rezar el rosario alrededor de la cocina de leña. Pedían por el patrón, para que regrese con vida y no les deje en el desamparo. Como era lógico, los inquilinos de Los Rosales temían por su futuro, pensó Matilda.
¿Qué sería de ellos y de sus familias si el patrón moría? ¿En que trabajarían y para quién? Muchos eran empleados de su padre, hasta de su abuelo. Servían a los Callejas de Alba desde hace generaciones, tanto que algunos de sus hijos tenían la tez clara y los ojos verdes. Ningún empleado - de cualquier escalafón - concebía una vida afuera de los linderos de Los Rosales. Sus *huasipungos* eran la garantía de poder subsistir, pero esos pedazos de tierra, con sus chozas y pequeñas huertas, eran como lunas que necesitaban de la tierra para existir. Matilda leía en sus rostros una mezcla de pena y desasosiego que iba más allá de los pesares materiales y la incertidumbre. Estaban preocupados por aquel patrón algo malgenio pero justo, que les llamaba por nombre, les alimentaba bien y bautizaba a sus hijos. Con el paso de los días, el desasosiego de todos comenzó a perturbarla, a carcomerla como una termita entre las fibras de la madera. Necesitaba hacer algo, tomar decisiones, sacudir su creciente zozobra.

Habían pasado siete días desde que los habitantes de Los Rosales estaban de vuelta a la casa patronal. El panorama frente a sus ojos era tan desconcertante que no sabían si agradecer a Dios por estar vivos o lamentar no haber muerto.

Las cosechas estaban perdidas, las aguas contaminadas, las ubres de las vacas secas y faltaba comida tanto para las personas como para los animales. Se alimentaban una vez al día porque había que racionar. Comían maíz tostado, unas pocas hortalizas y los escasos huevos de gallina que lograban rescatar, compitiendo con otros roedores tan hambrientos como ellos. Nadie se engañaba: hasta retomar el control de lo que aún existía, pasarían semanas o quizás meses. Para ello debían sobrevivir en cuerpo y espíritu, pero los ánimos estaban bajos, se palpaba con mano. Las personas parecían un tropel de fantasmas, con los rostros agrietados y las almas encogidas. Las enfermedades estaban al asecho y las condiciones de higiene eran precarias. Vivían acosados por una multitud de insectos nuevos, que aparecieron con el lodo y las aguas estancadas.
Los mosquitos no daban tregua, atacaban sin parar, a todos, blancos y mestizos, niños y adultos, indiscriminadamente, dejando las pieles enrojecidas e hinchadas, con enormes pústulas y un ardor constante. Se anidaban en los charcos que las lluvias dejaban atrás suyo, en las sequias y en los pozos. Hubo un brote de fiebres de malaria. Los enfermos se aislaron, tocó traer agua fresca de la ciudad y conseguir médicos bien dispuestos para ayudar. Matilda era incansable. Una fuerza sobrenatural parecía impulsarla para que no vacilase, para que no cediese al cansancio ni a la desazón. Cada día animaba los empleados a luchar: que debían encontrar los ánimos de donde fuera, que rendirse no era una opción, que había que atender a niños y ancianos. Les decía que canten, que recen novenas, que hagan lo que quieran, pero que no desfallezcan. Por sus hijos, por sus familias, por Dios o por la razón que fuera. Además, se necesitaban los brazos de todos, de hombres, de mujeres, de cualquiera que pudiera mantenerse de pie, porque la ayuda de cada persona contaba. Así que ningún lloriqueo ya que eso no servía de nada y bajaba la moral del resto.

Un día pasó algo excepcional. Matilda barría las escaleras de la entrada para quitar las hojas marchitas que se habían acumulado bajo la ceniza. De repente divisó una sombra blanca, cuyos contornos se esclarecían conforme el bulto indefinido cruzaba el callejón arbolado y avanzaba hacia la casa. Se tambaleaba sobre las cuatro patas, flaca como un alambre, el pelaje húmedo pegado al cuerpo, las orejas sangrantes, los ojos aguosos. Unas inmensas lagañas colgaban hasta por debajo del hocico.
Era Diana, la perra *pointer* de Ramón.
Diana no era un animal cualquiera. Le temblaban sus músculos de una forma asombrosa, delatando una complexión noble y fibrosa. Su mirada era penetrante y su olfato tan fino que podía detectar una perdiz bajo cúmulos de nieve, en condiciones que ni el cazador más experimentado se

atrevería a enfrentar. Ramón y ella eran tal para cual, almas gemelas que lograban calibrar al compás sus movimientos y respiración, que sabían cuando pausar y cuando atacar, que disfrutaban de su increíble complicidad.
¡Como no recordar el modo en que Diana perseguía las zarigüeyas!
Los roedores se escondían tras las macetas, las cortinas, los muebles de la sala. Diana las perseguía con tenacidad, ansiosa por acorralarlas bajo un armario, por clavar sus colmillos en la carne tibia. Ahora, aquella perra extraordinaria aparecía sola, sin su dueño, después de haber caminado por días, recorriendo lugares desconocidos, atravesando un mundo gris e irreconocible que no emanaba olores.
"¡Hay su merced patrona, esto es un auténtico milagro! ¡Es increíble que la perra haya llegado sola desde Latacunga!
Matilda se llevó las manos a la boca. No podía creer lo que estaba presenciando.
"Pero...si la perra está aquí es porque al patrón Ramón le ha pasado algo... ¡Diosito tenga misericordia de él y de todos nosotros!", dijo Pedro con ojos lagrimosos.
"Pedro mantente firme, por favor."
"La perra puede haber regresado para comunicarnos que mi marido está vivo, que necesita ayuda..."
"Así es su merced patrona, así es..."
"El patrón está vivo", agregó el capataz sin mucha convicción y la voz rota de la emoción.

La llegada inesperada de Diana sacudió inevitablemente a todos. Don Ramón podría estar muerto, era cierto. Pero también podría estar vivo, quizás malherido, y su perra regresó para avisarlos, para que vayan a buscarlo. Había una esperanza y esa esperanza se reflejaba en los ojos negros y profundos de su *pointer* Diana.
Las sorpresas de aquella mañana no habían cesado. Al poco rato de aparecer la perra, los habitantes de los Rosales fueron sorprendidos por el estrépito de unos caballos irrumpiendo en el patio. Los empleados que Pedro había enviado en búsqueda del patrón finalmente regresaban con noticias desde el lugar de la erupción. Tenían el semblante de quien ha cruzado el mismísimo infierno. Sus ponchos estilaban lodo y los propios caballos parecían animales apocalípticos, con las crines opacas, las patas recubiertas de costras, los ojos acuosos. Tan pronto aquellos seres irreconocibles entraron a la casa, removieron los pañuelos de sus rostros y retiraron los sombreros de las cabezas. Parecieron darse cuenta del susto que habían generado con su llegada y aspecto calamitoso. María les brin-

dó agua, pan y queso. Comenzaron a hablar, con el ánimo endeble y la lengua floja de quien trae malas noticias.
La fábrica de textiles había desaparecido por completo, atropellada por una avalancha de lodo incandescente y piedras, sepultada bajo la tierra negra y porosa del volcán.
Del patrón Ramón no había noticia alguna. Desaparecido también.
“su merced patrona, no podíamos creer. Era como si la fábrica nunca hubiese existido, la tierra echaba humo, los arbustos echaban humo. En el lugar hay una planicie nomas. Solo se ve la punta de la torre, nada más se ve patrona, nada más, los lahares lo inundaron todo. Y el rio, el rio ya no hay su merced patrona, todo es puro lodazal...”
Unas lágrimas negras y pastosas comenzaron a regar sus rostros. Más los pobres se limpiaban, más sus rasgos se deformaban hasta parecer unas gárgolas. Pedro, María y los demás empleados presentes quedaron pasmados, sin poder hablar ni mirarse a los ojos. Los ojos se humedecieron. Las manos temblaban.
De repente Matilda se acercó a su capataz y le jaló de un brazo indicando que la siga a un lugar más apartado para que el resto no escuche. Entonces, apoyó la mano sobre su hombro derecho.
“No digas nada, mañana viajamos a Latacunga. Por favor, alista todo y deja instrucciones a tu primo Leoncio por si...demoramos en regresar. Alguien tiene que hacerse cargo de todo aquí.”
Por un momento Matilda pensó llevar la perra para que los guíe hasta Ramón. Pero su estado era lamentable y apenas lograba estar parada. Diana habría demorado algunos días en recuperarse y ella no quería esperar tanto. Ordenó a Pedro que dedique el resto del día a organizar las tareas de todos, que aliste víveres, dos fusiles y dos caballos porque saldrían al amanecer. No podían confiar en lo que encontrarían en el camino ni sabían que había más allá del valle, así que debían estar preparados a lo peor.
Con las primeras luces del alba Matilda y su capataz salieron hacia el norte. Unos sombreros anchos de cuero curtido -y unos pañuelos húmedos- les protegería del sol y la persistente ceniza. Cargaban las escopetas sobre el hombro, arrimadas a sus ponchos de aquel modo podrían reaccionar rápido a cualquier emergencia.
El paisaje era espectral. Una espesa capa de ceniza cubría, como una inmensa nata, a los campos de maíz, los potreros, los árboles frutales, las chozas de chagras y campesinos. El camino era pedregoso, el suelo irregular. Al costado de la vía había carcasas de animales muertos, plantas calcinadas, hasta enseres y valijas abandonadas. Parecían haber precipitado del cielo junto a las pólvoras escupidas por la montaña.
El aire era tan denso y frío que apenas podían respirar a través de los

pañuelos.
Si no había contratiempos, llegarían a la fábrica de textiles para la noche ya que la inmensa estructura -o lo que quedaba de ella- se encontraba justo a la entrada del centro habitado.
A partir de las primeras horas de la tarde el cielo oscureció. Pedro y Matilda avanzaban en las tinieblas, tan solo guiados por el sonido triste de los sapos y la escasa luz que desprendían unas tímidas luciérnagas. No había el consuelo de la luz lunar y las estrellas estaban cubiertas por la misma espesa capa de elementos que de día blanqueaba el cielo. Los dos viajeros se sentían como un par de vagabundos, deambulando a ciegas por un mundo desierto, abandonado por todo ser viviente: el lodo y algunas piedras gigantes se habían adueñado del paisaje y, si bien no podían ver más que a una corta distancia de sus sombras nocturnas, ambos intuían que el resto debía ser igual de desolador. Matilda agradeció no haber conocido aquellos lugares antes de la erupción, porque habría irremediablemente comparado las verdes esplanadas y las extensas tierras de cultivo con la melancolía y la aridez que estaba presenciando. Para Pedro las cosas eran distintas. El capataz conocía muy bien esos lugares, ya que a menudo acompañaba Ramón a la fábrica. Sus ojos estaban húmedos y sus lágrimas -al comienzo contenidas y dignas- no tardaron en remojar el rostro amarillento fruncido alrededor de una profunda arruga entre las cejas.
Al cabo de un rato apareció una luz al fondo.
"Patrona, esta casa es de unos primos míos, Carlota y Luis Quispe, unas buenas gentes, generosos y amables. Si usted quiere, puedo pedir que nos reciban para pasar la noche y hospedarnos los días que haga falta. Las yeguas están agotadas y no tiene caso avanzar ya que la oscuridad impide ver el camino.
"¿Crees que sea posible, Pedro?"
"Seguro su merced patrona. Es una vivienda humilde, pero limpia y aseada. Mis familiares viven solos porqué sus hijos se casaron. Además, no hay muchos posaderos en la zona, de hecho, una vez el patrón me concedió el honor de hospedarse aquí. Todos le recuerdan con mucho respeto y gratitud", agregó Pedro sin casi tomar aire, como si respirar restara fuerza a sus palabras.
"¿Por qué le recuerdan con tanto aprecio a mi marido?", preguntó ella.
"A la semana de irse, el patrón les mandó a dejar cantaras de leche, gallinas y víveres que duraron por semanas. También ayudó a Juanita, la hija menor de mi primo. La *guambrita* no era fea, patrona, al contrario, era alhajita y con buenas caderas, pero nació con algún problema de razonamiento y la verdad es que no era buena para emplearla, ni mucho menos para casar. Pero el patrón Ramón la ayudó, le consiguió empleo en Ambato y de ese

modo le cambió la vida a mi Juanita", agregó emocionado.
Matilda no comentó aquel relato, ni hizo más preguntas. Sus pies estaban adormecidos y acalambrados de tanto cabalgar, así que no dudó en asentir al pedido de hospedarse en la casa de esos parientes. A parte, tenía ganas de interrumpir aquella conversación que, en el fondo, la incomodaba. Cada persona con quien hablaba de Ramón pintaba un cuadro de su marido siempre más lejano de la idea que ella tenía de él. Según todos, se trataba de un hombre noble y generoso, que dejaba una huella de amabilidad y munificencia allí donde llegaba. Aquel descubrimiento la inquietaba. No entendía porque ella tenía una imagen tan distinta. Por alguna razón, le asustaba la idea de descubrir otra persona tras la careta de arrogante que conocía.

A Matilda le costó desmontar de su caballo, tanto que Pedro tuvo que extenderle la mano para que pudiera asegurar sus pies sobre el suelo. Ataron sus yeguas a unas estacas y se acercaron a la casa. Brillaba como si fuera el último astro solitario de todo el firmamento. Matilda esperó en el umbral con los cuernos de agua entre sus brazos y los rifles al hombro hasta que Pedro descargue el resto del escueto equipaje. Tenía frío por lo que solo ansiaba entrar y calentar el cuerpo al lado de una hoguera.
La casa era sencilla pero acogedora. Un caminito de piedras de rio blancas y relucientes conducía hacia la entrada. Era atestado por maceteros de azucenas y geranios que una mano paciente había limpiado con premura. Enormes pieles de vaca colgaban desde los muros de barro. El musgo recubría casi por entero el techo de tejas.
Carlota y Luis Quispe los recibieron con todos los honores, alabando el hecho de poder conocer la joven esposa del patrón Ramón.
"Bendiciones su merced patrona, bienvenida a nuestra humilde vivienda."
"Gracias por recibirnos tan generosamente. Bendiciones también", respondió ella con las manos unidas y una gran sonrisa.
Matilda podía percibir las muecas de sus rostros mientras la escrutaban con curiosidad respetuosa. Trataban de hacerla sentir cómoda a la vez que exploraban sus movimientos y gestos, deseando vislumbrar las dotes de seducción con las que esa jovencita había conquistado a su héroe. Los hicieron pasar al comedor. Una colección infinita de cazuelas, tazas, tazones y vasijas de distinto tamaño colgaban de la pared dando al ambiente un aire cálido y familiar. Al fondo se hallaba un fogón rodeado de pieles de cabra y cabezas de venado. Una enorme olla burbujeante despuntaba por encima del fogón. Desprendía un excelente aroma de verduras y otras hierbas que atrapaban los sentidos. Tan pronto entró a la pequeña habitación, Matilda probó una sensación de paz y calor que no había experimentado

en mucho tiempo, como si aquellas personas fuesen parte de su familia, como si las conociera de alguna otra vida. Se relajó al fin, y sus nervios tensos se fueron soltando.
Pasaron a la mesa. Luis acomodó su preciado huésped al lado del brasero. Mientras, Carlota soplaba afanosa para que el viento que bajaba de la chimenea no apague su olla humeante. Al cabo de un rato les sirvió la sopa de verduras y el queso fresco con pan. Todo sabía a gloria. Cuando acabaron de comer, Matilda ayudó a recoger las vasijas cual una inquilina más de la vivienda.
"Deje nomas su merced patrona, como ha de creer...deje yo hago...", insistía la pobre Carlota. Mientras, Pedro salió a dejar alfalfa y agua a las yeguas. Matilda se retiró agradeciendo la gentileza de darles posada y brindarles aquella rica cena. Algo la impulsó a ser particularmente amable y sencilla, como si en aquellos momentos estuviera compitiendo con Ramón. De todos modos, estaba demasiado cansada para pensar más de la cuenta o retorcer sus entrañas. Se recostó agregando a la cobija de su cama el poncho de lana gruesa con el que había viajado y cerró los ojos.

En cuanto aclaró, los viajeros desayunaron apresuradamente y salieron a buscar las yeguas. Se escuchó el canto de un mirlo que les enterneció e hizo sonreír. Tan pronto montó su caballo, Matilda sintió un estirón en toda la extensión de su cuerpo por las interminables horas de viaje del día anterior. Los muslos estaban tensos contra el pellón de la silla y le costaba manejar la brida.
El cielo era plúmbeo y el paisaje más desolador que el día anterior por efecto de la luz diurna. Las piedras y la lava de la erupción habían aplanado todo, dejando un paisaje espectral en el que apenas podía vislumbrarse algo de vegetación. El mirlo que antes cantaba se cruzó frente los caballos con pequeños saltos. Pareció querer recordarles que aún había vida, muy a pesar de todo.
Al cabo de un rato llegaron al lugar en donde se hallaba, hasta hace muy pocos días, la imponente fábrica textil de los Callejas de Alba. La tierra –melancólica y polvorienta- humeaba desde pequeñas lomas que se habían levantado. Habían configurado un nuevo horizonte que Pedro a duras penas reconocía. El límite con el cielo se había vuelto imperceptible y un silencio aterrador dominaba el aire.
"Mire patrona, allí abajo había un río...el rio Cutuchi...ya no hay nada...no puedo creerlo...el rio ha desaparecido por completo..."
"Pedro, estoy infinitamente apenada..."
"Y la fábrica...también ha desaparecido...la fábrica era el orgullo de su suegro y del padre de su suegro...la fábrica era fuente de empleo y un ejemplo

de prosperidad para toda la ciudad..."
Matilda y el capataz caminaban sin rumbo. No lograban ubicarse en aquel espacio tan desconocido y mustio. Todo lo que quedaba de la construcción preexistente era una cúpula de barro que el calor había desteñido y agrietado. Emergía de aquella planicie mortífera como la torre de un castillo que ya no existía, despuntando entre piedras humeantes, testigo solitario del esfuerzo de tres generaciones.
Al percatarse de aquella única ruina Pedro estalló en un llanto interminable que su acompañante no se atrevió a interrumpir.

Matilda y su capataz pasaron una semana entera averiguando acerca del paradero de Ramón. Preguntaban a todos los que encontraban al paso, preguntaban a desconocidos y a conocidos, a lugareños y a forasteros: que si lo habían visto, que si habían escuchado algún rumor, que habría recompensa para cualquiera que brinde información valiosa.
Una parte del centro habitado se había salvado de los flujos de lodo por un simple capricho de la montaña, que dirigió hacia el sur sus coladas incandescentes.
Así, pudieron entrar en casas, en bodegas, en trastiendas, en todo lugar grande o pequeño que se cruzaba. Se abrían paso entre los escombros, las vigas cuarteadas, el lodo tieso y granítico que bloqueaba las puertas y ventanas. Avanzaban hasta que la luz penumbrosa de aquel cielo desteñido y opaco lo permitía. Luego, cuando bajaba la noche, se retiraban cabizbajos a la cálida y acogedora casa de los Quispe.
Estaban consternados, frustrados, sin saber que más hacer o decir.
"Su merced patrona, es posible que el patrón haya logrado escaparse y esté de camino a casa...", dijo Pedro en el afán de darle alguna esperanza. Matilda solo calló.
Al tercer día desistieron de la búsqueda. No tenía sentido quedarse más tiempo, todos sabían quiénes eran y a quien estaban buscando aún antes de pisar aquellas tierras azotadas y tristes. Nadie tenía conocimiento de nada. Pronto no hubo más personas a las que preguntar.
Decidieron tomar el camino de regreso al valle. Matilda agradeció a sus amables anfitriones y prometió enviar una selección de verduras de su huerta tan pronto la producción se reactive y la situación se normalice. También prometió enviar los duraznos de su jardín y una buena provisión del queso de hoja de Los Rosales.
Cuando el equipaje estuvo listo, Matilda y Pedro montaron sus caballos y bajaron la loma hacia el carretero principal. Desde el alto de la cabalgadura el paisaje era aún más aterrador y sombrío. Se sentían como dos espectros que vagaban hacia un destino inexistente. El mundo y sus criaturas parecía

flotar en una dimensión extraña, sin un presente ni un futuro. Todo se había derretido, como se derretían las velas y los aparecidos en las madrugadas de San Rafael.
"Su merced patrona... ¿cuándo regresarán los campos labrados, los árboles frutales, los potreros y los rediles, las verdes colinas con sus quintas?"
A Pedro aquella frase tan inocente le salió del alma.
"Pronto, Pedro. Pronto regresará la vida."
"Así es patrona. Así es."
El canturreo de una joven pareja al filo del carretero la hizo nuevamente sonreír y tener esperanza. Cargaban un sinfín de bultos en sus *shigras* y cantaban. Para darse ánimos, para no desvanecer. Mientras los observaba, la mente de Matilda voló hacia Ramón.
¿Sería cierto que Pancho el tejedor lo había visto tan desolado, tan triste? ¿Y sería ella la causa de aquella tristeza?"
Por alguna inexplicable razón Matilda seguía convencida que Ramón estaba vivo. Vivo y bien dispuesto a amargarle la existencia hasta la muerte. Ni siquiera aquel paisaje licuado, desleído y uniforme hizo que lo dude.

No más lutos

Cuando regresaron a Los Rosales la casa lucía renovada, como si los recientes acontecimientos no la hubiesen afectado y la erupción del Cotopaxi hubiese sido tan solo una pesadilla lejana. Los tiestos de flores desde el alto de las ventanas brillaban bajo el reverbero del sol, las plantas en las macetas habían brotado y las hiedras recubrían casi el alto de la fachada.
En el jardín los cambios eran igual de impresionantes: la maleza había desaparecido y la ceniza ya no recubría los caminitos de piedra que zigzagueaban por los setos. Al fondo, los guayacanes y robles habían sido barridos por el viento, como si la suave mano de una mucama les hubiese cepillado uno por uno, cuidadosamente.
Aquel paisaje tan colorido y alegre la animó a retomar las riendas de la hacienda y a cuidar todo lo que seguía con vida. Era su tributo a Los Rosales, a sus intrépidos y valientes inquilinos, a los esfuerzos por sobrevivir que todos habían hecho, a la resistencia de la propia naturaleza, que no dio su brazo a torcer frente a la calamidad.
Hasta que el patrón regrese, ella estaría la frente.
Ramón no había muerto. Estaba a tal punto convencida, que a ratos se regocijaba pensando en su cara de sorpresa cuando vería la casa reluciente, el jardín exuberante, el patio despejado de los escombros y la ceniza. Para cuando su marido aparecería, todo estaría perfecto: la casa, las siembras, el ganado. Hasta la venta de los productos se habría reanudado y las pérdidas se habrían recuperado. Algunas cabezas de ganado habían muerto, era cierto, pero la mayoría de los animales se encontraba en buen estado y pronto la producción de leche y quesos regresaría a la normalidad.
Matilda no disimulaba la convicción de que su marido estaba vivo con quienes la rodeaban. Así, a pesar de la insistencia de sus cuñados Antonio y Alonso, se resistió a celebrar el funeral mientras no pasen al menos seis meses.
Las miradas inconformes de las personas no tardaron en manifestarse por la calle, en la iglesia, en el mercado, en las reuniones. Cuando Matilda caminaba por el pueblo, los transeúntes la miraban de reojo. Cuchicheaban, se hablaban al oído, murmuraban entre ellos. Los más allegados la invitaban a grupos de oración, para que se ponga el alma en paz, para que el propio Ramón descanse en el cielo y ella acepte con resignación los designios divinos. Las esposas de los vecinos la criticaban porque no había regado una sola lágrima: que era muy necia, que era muy fría, que era una descarada por no vestir de negro como era debido, que había perdido la cordura, que se andaba por las calles con aires de patrona, que

manejaba la hacienda sola, que cargaba un fusil en los hombros como cualquier capataz, que fumaba puros. Los más alevosos hasta insinuaron que tomaba en las tabernas como un hombre más, mezclándose con otros patrones, con galleros, hasta con empleados.
De todos los rumores y chismorreos, la única acusación verdadera era la última de la lista. Durante los días de su ayuda al padre Antonio, Matilda se había aficionado al aguardiente. En aquellos momentos sombríos -en donde el propio aire parecía putrefacto de tantos enfermos y hedor- el aguardiente circulaba más que el agua. Y a ella, aquel líquido abrasador, que bajaba de un tirón por la garganta, que quemaba por dentro y que hacía olvidar las penas, le fascinó y mucho.
Por el resto, las críticas no le importaban. Matilda ignoraba todo y todos. Más le reprochaban esto y el otro, más ella se reafirmaba en sus convicciones. No habría una sola misa de sepelio, a menos de que alguien no le trajera una prueba de que aquel hombre inquebrantable ya no pisaba la tierra. Hasta mientras, la vida en Los Rosales seguiría con normalidad. Al fin ya la cabo, estuviera o no Ramón, todos sabían muy bien que se esperaba de ellos y como debían ganarse el pan de cada día.
Hasta mientras, la patrona era ella.

Pasaron los días y las semanas, sin que nada acontezca. Matilda se incorporó a su escuelita con el mismo estado de sopor que había experimentado en los días previos a su boda. De nuevo, sintió que habitaba un cuerpo extraño que no le pertenecía, cuyas emociones y sensaciones no podían afectarle porque no eran suyas. Aquella misma condición de dolor disfrazado de indiferencia, de lágrimas secas que nadie percibía, la invadió nuevamente. En el casamiento, apenas seis meses atrás, su alma de joven mujer se había pasmado frente a un ser contundente y audaz que ella no había querido ni elegido. Ahora, su misma alma reclamaba aquella presencia que llenaba el aire con su vehemencia, que alborotaba sus noches con su arrebato, que resistía tercamente a su rechazo.
¿Acaso estaba perdiendo la cordura, entre tantas desavenencias y soledad? ¿Porque perseguía esos olores tan familiares, que impregnaban el cuero rasgado de una butaca, la ropa guardada en un baúl o el fondo de un frasco de colonia?
Estaba aconteciendo algo peor que reconocer la posible muerte de Ramón: Matilda comenzó a extrañarle a su lado, en su cama, en su vida. Extrañaba los roces imperceptibles de sus dedos, las miradas furtivas, las palabras ardientes susurradas a los oídos, los cuerpos revolcándose frente a la chimenea, en los maizales, sobre el pajal atrás de las caballerizas. Comenzó a tener frío en las noches, a desvelarse de madrugada, a deambular

por los pasillos en la esperanza de encontrar algún espíritu amigo que le murmure al oído el paradero de aquel hombre. Algunas veces, amanecía con su camisón mojado tras horas de fiebres solitarias y sueños confusos. Frente a esas sensaciones nuevas que no entendía, que la confundían y angustiaban, decidió dedicarse en alma y cuerpo a Los Rosales. Ahora que el peligro había pasado, su gente debía prosperar y la hacienda, su hacienda, debía ser un ejemplo de productividad y eficiencia. Esos infelices que criticaron a la joven e inexperta esposa de Ramón Callejas de Alba se morderían sus lenguas y atorarían en su propio veneno.

Se acordó de su padre Arturo, de sus noches insomnes, de su obsesión con San Rafael, de sus peleas con su madre Raquel: ¿Sería que las historias de las familias se repetían y que ella tendría el mismo destino, la misma condena?

Matilda despertaba con el canto del gallo. Tan pronto completaba el aseo personal su ajetreado día comenzaba: repartía el tiempo entre la escuelita y las tareas administrativas, haciendo y deshaciendo números del libro contable, restando y sumando animales vivos y muertos, inventariando las entregas de los productos, las conservas para el invierno, los licores, los embutidos y los quesos. Con Pedro se reunía a primera hora y al atardecer: hacían balances de la producción y las ventas, comentaban novedades, planificaban tareas, debatían incumbencias.

También se reunía con los dueños de otras haciendas, para resolver problemas de linderos, arreglar zanjas, recuperar animales extraviados, negociar jornaleros compartidos, vender y comprar herramientas de trabajo. La miraban con recelo y mal disimulada desconfianza, conversando a regañadientes temas que eran de hombres, de hacendados, y que chiste era, si tocaba arreglárselas con una mujer, -eso más, una *guambrita*-, pero bueno, no tocaba más, si el patrón estaba desaparecido. Con aquella frase -repetida hacia el cansancio en las reuniones, en las tardes de naipes y en las cabalgadas - se acallaban los complejos y se justificaba el bochorno de tener que tratar con una hembra. Por su lado, Matilda no bajaba la mirada, todo lo contrario. Si querían llegar a acuerdos y hacer negocios, la cosa era con ella. A veces, después de que caía el sol, se sentaba con Pedro en una pequeña y fresca salita de la terraza. Disfrutaba de aquellos breves momentos con su fiel capataz: podía platicar con alguien que no fueran sus tímidas y recatadas sirvientas y tenía la excusa para un traguito al final del día.

Comenzó un nuevo invierno. El cordonazo de San Francisco apareció con asombrosa puntualidad, descargando tanta agua y granizo, que las zanjas no lograban absorber lo que el cielo reversaba sobre la tierra sedienta.

Así, en aquellos días, a las tareas propias de la hacienda, se sumaron las complicaciones de la época, en donde se pasaba de los meses secos a los meses de lluvia, de las sequías a las inundaciones, de las ventiscas a cielos estáticos y tersos.
Matilda no desamarraba el delantal sino a tardas horas de la noche, después de haber realizado interminables actividades, tanto al aire libre como en la escuela y la casa patronal. Agradeció a Dios que no le gustara bordar, coser, ni tocar el piano, porque sus dedos estaban tan agrietados y deformes que a veces, cuando se retiraba en la biblioteca para leer, el simple movimiento de voltear una página le procuraba dolor. "María, tus manos son suaves y lisas como el dorso de un durazno, mientras que las mías parecen los garfios de los que cuelgan las carnes en el troje de San Rafael..."
"Su merced patrona, es que usted se empeña en hacer cosas de varones..."
"Alguien tiene que sacar adelante la hacienda, María", contestaba firme.
"Hay patroncita, usted es muy valiente, Diosito la va a bendecir..."
Las manos quebradas no eran el único estrago de aquellas labores: Matilda acababa el día con las uñas partidas, los pies lastimados y los brazos quemados por el sol, como una peona más de la hacienda. Se acordó de su preceptor, quien acostumbraba decía que, para que haya una *mens sana,* debía haber un *corpore* igualmente *sano.* Un cuerpo ocupado, pensaba ella, era un cuerpo sano. Entonces, no habría tiempo para divagaciones y pensamientos románticos, que amargaban el espíritu y aflojaban las piernas. Matilda era pionera en la administración de una hacienda, lo sabía, pero contaba con Pedro y, sobre todo, contaba con su determinación e inagotable energía.
En algún momento pensó en dar al capataz las llaves de la entrada principal y las bodegas, dejando para ella las que daban acceso a la despensa, al armario de los licores y a las escopetas. Pero cambió de idea. No lo hizo porque el hecho de custodiar las llaves reforzaba su autoridad. Y una joven al mando de una hacienda necesitaba recordar al mundo quien era la patrona. Constantemente. Sin remilgos ni timideces.
Era una mujer inexperta, quizás también una viuda. Pero tenía a su favor mucha experiencia en el campo. Durante toda su vida, había presenciado los pases de llaves entre su padre y Armando Quilotoa, había vivido la consternación frente a la muerte de un ternero, la frustración cuando robaban cabezas de ganado, la rabia cuando las comadrejas se metían en los gallineros para comerse los huevos aún tibios. No se había limitado a ser una espectadora como las hijas aniñadas de otros hacendados: ella había visto nacer potros, ordeñado vacas en la madrugada, limpiado caballerizas y abastecido de agua los bebederos del ganado. Lo había hecho con la

falda amarrada por encima de las rodillas, los pies descalzos y las manos amoratadas, al frío y al calor, bajo el sol o bajo la lluvia.
¡Que gracioso recordar cuando de niña arrimaba una taza de metal despostillada a las ubres de las vacas para luego tomar la leche sin que nadie la vea!
¡Y cuántas peleas con sus hermanas para ver quien se encargaba de apuntar el número de vacas ordeñadas, las cantidades que cada una producía y los nombres de los nuevos terneros al nacer! Manejar aquel enorme cuaderno verde era el reto más grande, no podías equivocarte y tu letra debía ser perfecta. ¡Hasta cepillar el pelo de las vacas o barrer el establo era fuente de encendidas discusiones!
Si bien nunca había estado al frente de una hacienda, nada de todo aquello era ajeno a sus conocimientos ni a sus experiencias de la infancia y juventud.
Lo que faltaba por aprender, pues lo aprendería. Para el resto, la Virgen del Buen Suceso le infundiría el coraje y la fuerza necesarios.

La gestión de la hacienda y de la escuela no eran lo único que llenaba su vida. Pronto descubrió nuevos placeres, como pintar las infinitas paredes y nichos de la casa o hacer vasijas de barro. De niña aquellos recipientes y estatuillas con forma de demonios, de hombres y mujeres enroscados como serpientes, enredados en poses escabrosas, representaban una fuente de risas y burlas interminables con sus hermanas.
Las piezas aparecían vacías o cargadas de extrañas figuras en miniatura con caras de espanto y enormes genitales. Aparecían tras las matas, entre matorrales, desde el suelo poroso de los campos. A veces bajo el yugo de los bueyes. Otras veces bastaba raspar la tierra con picos y palas o las propias manos desnudas. Asomaban a cada rato, como si la propia tierra las quisiera escupir de sus entrañas para que cobren nueva vida, para que vuelvan a brillar al calor del sol. Entonces, las niñas hacían competencias a ver quién encontraba más tesoros, más adornos y alhajas. Cuando forjaba sus propias vasijas, Matilda se olvidaba del mundo. Aquel movimiento alrededor del perno, tan sensual y pausado -en donde la tibiez de sus manos se entregaba a las piezas dándoles forma y alma propia- lograba relajarla, remover de su mente cualquier preocupación.
Cuando en cambio necesitaba librar energía, salía al galope, sin rumbo, bajo el sol perpendicular o bajo la lluvia incesante. Cada vez que un chubasco la cogía por sorpresa y su cuerpo comenzaba a estilar bajo el peso del poncho ella sentía que estaba viva.
Le encantaba sentir el viento helado de la Cordillera espolear su rostro, apretar las piernas alrededor de la montura, jalar y soltar las bridas como

si danzara con un caballero invisible. Cuando cabalgaba se acordaba de las noches con Ramón, de los muslos apretados contra sus caderas, del calor de su cuerpo enredándose con el suyo. A menudo perdía la sensación del tiempo, tanto que las sirvientas, cuando no aparecía para almorzar o cenar, salían a buscarla con la comida apilada en un canasto. Recorrían los potreros, las caballerizas, los gazebos del jardín. Cuando la patrona no aparecía por ningún lado, acomodaban el canasto sobre la mesa del dormitorio y se retiraban en sus recamaras.
Sabían que al día siguiente ella estaría nuevamente al frente, renovada y con nuevos bríos.

El beso de la guagua

Una mañana Matilda amaneció con la piel verdosa y el estómago revuelto. Asumió que algo le había sentado mal la noche anterior. Los choclos estaban más duros de lo normal y la leche con espumilla a veces le caía pesada. Se acercó a la ventana para recibir los primeros rayos de sol y entibiar el cuerpo. Al retirar las cortinas hacia los lados vio los macheteros salir para el campo después de tomar su abundante desayuno a base de locro con queso y horchata.

"Los hombres deben comer bien, sino se ponen malgenios[1]", decía siempre Ramón.

Sus esposas los seguían hasta el final del callejón arbolado. Caminaban hasta un punto ciego en donde todos desaparecían de golpe tras los gruñidos de los perros que se sumaban a la procesión de mujeres.

"Patrona, no hay sangre tampoco esta semana", dijo María con una seguridad y firmeza que Matilda desconocía.

"Y usted está bien indispuesta", agregó.

Pero su patrona siguió con la mirada hacia el otro lado de la ventana por qué no sabía que decir. Era un día sábado y no había clases en la escuela, así que Matilda salió a caminar. Atravesaba el callejón a paso lento. El cuerpo le pasaba, los pies estaban hinchados.Tan pronto dejó atrás la espesa cortina de álamos y capulíes, un deslumbrante paisaje afloró ante sus ojos con toda su paleta de colores: pastos, trigales, fincas con sus recintos, mulas y carretas de jornaleros cruzando caminos pedregosos, montañas azuladas. Al ver aquel panorama tan perfecto, Matilda se acordó de la imponente roca ovalada y puntiaguda que despuntaba a medio camino del monte Corazón. Desde aquel punto preciso se gozaba de la mejor vista hacia el valle. Pero, si las chicas besaban a *La Guagua*, irremediablemente se preñaban.

Hace no mucho tiempo Ramón y ella habían salido a recoger un ganado. Pasaron justo delante de la roca con sus yeguas. Ramón se detuvo y le pidió que se baje del caballo. La retó a besar *La Guagua*, si se atrevía. Ella contestó que aquellas eran puras supersticiones de las campesinas. Faltaba más que una piedra, por grande que fuera, la embarazara a una.

"¡Entonces, eso es un *no*...!, dijo Ramón con aire desafiante.

"¡Claro que voy a besar tu roca...no tengo problema alguno en besar tu roca...!", dijo ella.

Cuando Matilda recordó aquel episodio, no tuvo dudas. Estaba esperando

1 De mal humor.

un hijo y estaba dichosa por ello, sin un atisbo de miedo. Sintió el impulso de ver el retrato de una Virgen con niño que le encantaba y que se hallaba en la biblioteca. El lienzo estaba al centro de un nicho de madera tallada que reproducía un entramado de hiedras y espinos. La Virgen miraba hacia abajo, buscando con ojos dulces y complacidos al niño Jesús. Había algo increíblemente doméstico, familiar y cercano en aquel retrato, como si la imagen no reprodujera a la poderosa e inmaculada madre de Dios, sino una mujer cualquiera, pendiente de su hijo al igual que cualquier otra madre.

Matilda no podía evitar rozar con sus manos el vientre infinitas veces al día, como si aquel gesto tan banal y simple pudiera acercarla a ese ser que era del tamaño de un alfiler. Pero el hijo que cargaba no cambiaría en nada su vida ni su rutina mientras tuviera salud y un buen estado físico.

Un día quiso ubicar el libro de contabilidad del año anterior. Necesitaba tener una idea clara del volumen de producción de la hacienda hasta la erupción del Cotopaxi. Quería ver números precisos y comparar las cifras de los últimos años. Al no poder contar con los ingresos de la fábrica textil era fundamental mejorar los estándares de producción de la tierra y del ganado. De aquellos rubros dependía no solo ella, sino sus empleados y las familias de sus empleados.

Además, un día, todo aquello sería del hijo de Ramón y suyo.

Comenzó a rebuscar entre los montículos confusos de cuadernos y hojas sueltas que ocupaban profusamente las estanterías del despacho de su marido. Había textos de astronomía, de gramática, de lógica, de filosofía moral, de historia, todos ellos subrayados en distintas partes y entreabiertos en varios puntos por separadores con flecos de cuero. El poco espacio sobrante del mueble era ocupado por un sinfín de objetos: relojes de arena, partituras musicales, esferas de cristal repletas de monedas, medallas, navajas. Matilda no podía creer que Ramón tuviera tantos intereses y que tan distintos temas movieran su curiosidad. Nuevamente, aquel hombre la sorprendía con algo inesperado: su marido no era un hombre rudo y pragmático. Al contrario, era un ser inquieto y sensible, con una mente abierta y desafiante.

De repente, en medio de aquella extraña geografía de objetos y libros, sus ojos cayeron sobre una pequeña libreta de piel de borrego con el escudo de los Callejas de Alba en relieve. Era amarrada por un cordel que daba tres vueltas alrededor del bulto de hojas desvencijadas. Muchas de ellas se habían desprendido de las costuras, aunque seguían ordenadas y numeradas. El bulto acababa en un doble nudo cuidadosamente asegurado. La libreta llamó su atención por el tamaño y grosor, ya que los cuadernos contables solían ser grandes y no tan voluminosos. Recorrió el escudo de familia con las yemas de los dedos. Luego desató el cordel, acomodó el cuaderno sobre sus rodillas y comenzó a desojar las páginas con la calma de quien quiere entender lo que tiene por delante. De inmediato reconoció la escritura ágil y nerviosa de Ramón. Matilda pensó que podría tratarse de algunas notas útiles, que la ayudarían a entender cómo administrar de la mejor forma la hacienda. Pero esas cosas nunca aparecieron.

Al contrario, lo que sus ojos incrédulos presenciaron fue algo asombroso y sorpresivo.

El cuaderno era el diario personal de Ramón y describía su estadía de diez años en Italia, en la ciudad de Venecia. Todo comenzó a raíz de un palacio heredado de su madre, la bellísima y sofisticada condesa Beatrice Morosini.

En aquellas páginas, su marido explicaba, -con la frescura de un niño que descubre el mundo por primera vez- como esa aventura cambió para siempre su vida, su sentido de la belleza y su propia idea de Dios. El palacio, la estremecedora ubicación -y los tesoros que se hallaban entre sus paredes- eran la prueba viviente de que había un ser superior porque solo un ser superior podría crear tanta belleza para luego compartirla con los simples mortales.

Todo lo que Matilda sabía de esa ciudad brotaba de las historias de su tío -en las tertulias de San Rafael- y de los libros que el padre Evaristo le leía con voz grave e incontenible emoción. También sabía de su esplendor único -y magníficos palacios- por el enorme lienzo del bisabuelo Arturo Grijalba Montes. La preciada tela había viajado a Quito a lomo de mula, asentada sobre una pila de libros manuscritos que un tal padre Bedón trajo del viejo continente para enriquecer la biblioteca del convento de Santo Domingo. Aquel asombroso paisaje, con sus tonos pastel desleídos por el tiempo, recubría de lado a lado el muro de la galería en San Rafael. Desde el suelo, una hilera de helechos tupidos y olorosos se estiraba hacia el alto. Recubrían parte de las aguas reproducidas en la pintura y daban la impresión que las plantas fueran parte de la vegetación marina.

De niña, aquel paisaje de tintes dorados, tenues y vaporosos, -tan distinto de las montañas amoratadas de la Cordillera, los nevados y los abruptos precipicios- la transportaba a otra dimensión irreal y diáfana, que desbordaba su fantasía pueril, que la hacía soñar a pleno día. Así, cuando la luz inundaba de lleno el lienzo, ella se transformaba en una dama magníficamente vestida que se protegía bajo una coqueta sombrilla de seda y que cruzaba las aguas sobre una embarcación con forma de luna menguante. Aquella imagen poblada por diosas sublimes que proyectaban sus sombras orgullosas en el manso canal la ponía a temblar, la estremecía.

Esa noche Matilda amaneció con la cabeza doblada sobre las páginas rasgadas del diario de Ramón. El cuello y la espalda le dolían por la prolongada mala postura de su cuerpo. Pero los achaques no importaban, al igual que no importaban las escasas horas de sueño. Jamás había leído algo tan apasionante. Ni siquiera el libro del joven cura de Subiaco, -con sus músculos tensos bajo la sotana y su sensualidad impetuosa-, la había inquietado tanto. Se conmocionó a tal punto que quiso leer una y otra vez aquel relato lejano y a la vez familiar. Al final podía recitar de memoria algunas partes, como si ella mismas las hubiese escrito. Cuanto más leía, más se sentía parte de aquella ciudad prodigiosa, que vibraba como un cuerpo vivo, que desvanecía entre las sombras, que amanecía somnolienta tras la resaca de un Carnaval. Sus sentidos se habían increíblemente agudizado: Matilda podía percibir el olor intenso de las algas en una noche de verano, el calor tibio del sol otoñal embistiendo las fachadas, el perfume empalagoso de una dama enmascarada. Las descripciones eran tan vívidas que podía palpar la riqueza desbordante de las vestimentas, la exquisitez de los tocados, la audacia de los lunares en rostros anónimos. Aquella ciudad etérea y escurridiza, solar y a la vez penumbrosa, que amanecía envuelta en un manto delgado de neblina para luego prenderse en los atardeceres, la había irremediablemente hechizado.
Pronto quiso hablar con alguien que pudiera contarle aquella historia sin escatimar detalles y con lujo de particulares. Acababa de desvelar el capítulo más preciado de la vida de Ramón y ese capítulo era Venecia.
Los únicos testigos de aquella aventura eran los familiares de su marido. Pero Don Alejandro no estaba en sus cabales y Antonio se hallaba recluido en un seminario por San Antonio de Ibarra. Así que debía reunirse con Alonso.
Se dispuso a visitarle a la brevedad posible. Precisaba entender porque un joven de posibilidades lo había dejado todo para cruzarse el mundo e ir al rescate de un palacete que ni siquiera conocía, dedicando diez años de su juventud al propósito de recuperar el legado de su progenitora. Quería ahondar en el mundo que Ramón no le había compartido, entender el motivo por el que la había excluido de su experiencia más prodigiosa e íntima.
El diario le produjo una gran agitación. Había abierto una puerta que nunca lograría cerrar. Lo sabía. Ahora, aquel lugar sobre aguas -y aquel asombroso palacio- habían penetrado en ella como un cuchillo penetra un pedazo de mantequilla.
Matilda lamentó sus silencios, su corazón cerrado. Se acordó de las veces en las que la mirada de su marido se perdía más allá del horizonte y de las montañas. ¡Cuántas veces habrá pensado en su Venecia y cuantas veces

hubiese querido compartir sus recuerdos con alguien, con ella!
Tuvo celos del espacio inmenso y abrumador que Ramón guardó en el fondo de su alma, lejos de su indiferencia. Y tuvo celos de esa dimensión mágica que no había compartido y que ahora las páginas de un diario cruelmente le revelaban. Su ceguera y ganas de desquite le impidieron descifrar la grandeza de un hombre lleno de matices, sentimientos, emociones truncadas.
¡Cómo le hubiese gustado que Ramón le cuente sus andanzas por las calles y puentes! ¡Que le describa el esplendor de los retablos en las iglesias, la belleza de un atardecer en la plaza de San Marco, la imponencia de los mosaicos en la *Basilica*, o el dulce bamboleo de los cuerpos en los paseos matinales!
Matilda se preguntaba si habría sobrevivido a la emoción de cruzar las aguas del *Canale*, como una de aquellas damas del lienzo de San Rafael, acompañada por el chirrido de los gavilanes, oliendo el salitre del mar... ¡Ella que no conocía el mar, -ningún mar-, sino a través de las páginas de sus libros o las anécdotas de su tutor!
Se acordó de Evaristo, -como muchas otras veces-, y de cómo decidió cruzarse el mundo entero subido a una carreta destartalada cargada de libros e historias, con las moscas zumbando en su cabeza y el estómago vacío. Se acordó de cuan curioso era y de cómo un día descubrió su vocación: llevar a las alturas la sabiduría de otros pueblos, las obras de los genios más destacados, las partiduras de la música más fina, las investigaciones de los médicos y científicos más ilustrados.
A partir de aquella revelación, el diario pasó a su velador, en la cima de sus lecturas más preciadas. El Padre Evaristo -quien había sido despachado al día siguiente del compromiso- comenzó a hablarle en las madrugadas, desplazando a los fantasmas que paseaban inquietos por los pasillos de la casa. Matilda podía escuchar sus susurros, percibir el olor áspero de su barba y la fragancia de su piel blanda y rojiza. Era un ronroneo persistente, un silbido incesante, que no paraba, que la desvelaba en las noches. Un día, aquellos sonidos indistintos, confusos, amasados entre los desvaríos del sueño y la suave zozobra de los amaneceres, se transformaron en una secuencia de claras palabras, en instrucciones definitivas: debía ir a Venecia.
Al fin Matilda entendió la visión de la Trini, la vieja loca que había leído su taza de café: *Baja tus montañas, niña, y busca el agua. Tu destino te espera más allá de los Andes.*

Tan pronto como pudo, Matilda envió un empleado a casa de los Callejas de Alba para pedir que la reciban. La visita sería el día domingo por lo que mandó a traer pan recién horneado, miel y algunas conservas. Dispuso todo en un canasto bajo un paño húmedo para ahuyentar a los insectos y salió de casa al caer el sol. Aquel día había hecho calor. Un manojo de moscas salió del carruaje el momento en que abrió la puerta para acomodarse en el asiento. Cuando doblaron la primera esquina al fondo del callejón arbolado, la invadieron unas nauseas terribles. Casi todo le provocaba nauseas.

La comida tenía un sabor a hiel detestable que le hacía rechazar hasta sus platos favoritos, como el locro o la fanesca. Los antojos más estrafalarios la atormentaban el día entero. Así, mandaba a buscar las moras del Pasochoa, los mortiños del monte Ilaló, las habas cocinadas de Narcisa Chuqui, el cuy del asadero de Las Mercedes y otras comidas que jamás le habían gustado.

Sacó la cabeza de la ventanilla para recibir aire fresco y el malestar se alivió. Cuando llegó a Villa Jacarandá no pudo evitar impresionarse, a pesar de conocer muy bien la propiedad. La vegetación era exuberante, las plantas podadas a la perfección y los gazebos, con sus encantadores muebles de mimbre blanco, reverberaban bajo el sol. Un pavo real se cruzó justo delante del carruaje deteniéndolo. Matilda imaginó Ramón con diez o doce años de edad, correteando entre los árboles, cazando lagartijas, jugando a las canicas, construyendo ballestas y cerbatanas. Lo imaginó de piernas flacas, con una mata de rizos oscuros cayendo sobre la frente y esa mirada profunda que tienen los niños inteligentes y avispados.

La aparición improvisa del mayordomo de los Callejas de Alba interrumpió sus pensamientos y la regresó a la realidad de aquella tarde inusual.

"Niña Matilda, buenas tardes, sígame por favor hasta el salón. Don Alonso se juntará con usted a la brevedad posible. Está atendiendo a Don Alejandro, quien se encuentra indispuesto", dijo el mayordomo con aire serio y compungido.

El color increíblemente blanco de sus órbitas -y la elegancia pausada de sus movimientos- le recordó el esclavo moro que ocupaba la esquina de la biblioteca en Los Rosales. Era una talla espectacular, del tamaño de un hombre. La textura del ébano era tan brillosa que en las noches de luna llena el moro parecía una persona de carne y hueso, capaz de asustar a cualquiera que pase por delante.

Matilda pasó a la sala y se acomodó en una enorme butaca de cuero frente a la chimenea. El asiento estaba hundido y unas profundas grietas lo cruzaban de lado a lado. Al acomodarse asentó la cabeza en el abultado respaldar, cerró los ojos y relajó todos los músculos de su cuerpo, que pesaba como una enorme roca.

Entonces, un olor a tabaco y licor la envolvió como un inmenso abrazo. Era

el olor de Ramón. Sin darse cuenta, unas lágrimas invisibles bajaron desde sus mejillas hasta su cuello, frías como la escarcha, punzantes como tantos alfileres.
En aquel instante apareció Alonso. Caminó hacia ella con los brazos abiertos y una inmensa sonrisa. Matilda limpió instintivamente su rostro con la palma de su mano.
Se apretujaron un buen rato, con un abrazo fraterno y cálido, sin recordar en que momento habían desarrollado aquella complicidad. Alonso la hizo acomodar nuevamente en la butaca y le ofreció un anisado que le supo a gloria y que no se atrevió a rechazar. Al sentarse, probó cierta vergüenza, por si el cuñado había notado sus lágrimas. Y es que las lágrimas nunca son invisibles, como dice Olimpia.
Le habló del diario que encontró entre las cosas de su marido y del relato emocionante que había descubierto. Después de aquel preámbulo, lo sacó de un maletín -que también pertenecía a Ramón- y lo asentó delicadamente sobre su regazo.

Matilda le contó de la ciudad suspendida entre cielo y mar, de sus magníficos y ostentosos palacios, del prodigioso entramado de puentes y canales, de la bruma asentada como un velo sobre las delicadas olas de las madrugadas. También le contó de la primavera y de las cuatro estaciones. A Ramón le habían impresionado mucho aquellos ciclos y como estos impactaban todo, cambiando el juego de luces sobre las fachadas, el color y peso del aire, los propios hábitos de las personas. Finalmente, el diario describía las etapas en las que su marido había rescatado el palacio de familia, Ca´ Doria: las obras y los tesoros asombrosos que habían aparecido tras los muros falsos, la espléndida mampostería, el mobiliario fastuoso, la soberbia arquitectura de cada espacio, los panoramas perfectos desde las ventanas triforas.
Aquellas páginas libraban las emociones más íntimas de un hombre que palpitaba a cada instante, que sentía más allá de sus sentidos, que, a veces, hasta dudaba estar vivo, frente a tanto despliegue de sofisticación, genio humano y belleza inefable.
Había algo más que Alonso no entendía y que le desconcertaba: ¿Como era posible tal compenetración entre su hermano y ella? ¿Cómo podía esa joven describir lugares que jamás había visto con tanto apasionamiento y lujo de particulares?
Matilda relataba las páginas del diario con la familiaridad de quien conoce todo a la perfección: cada rincón del palacio, cada calle, cada *campo* de esa ciudad parecía pertenecerle y fluir con riego de su propia sangre. Alonso escuchaba estupefacto. Sentía que estaba presenciando algún tipo

de sortilegio, alguna extraña alquimia: Ramón y ella estaban allí, fibras de un solo corazón, fusionados en un único sentir místico y sensual, como si ambos hubiesen compartido las mismas vivencias y sensaciones. La amalgama de almas era tan evidente que a Alonso le dieron escalofríos.
Ramón decidió no compartir con su mujer las experiencias de aquellos diez años en la laguna. No lo hizo a propósito, porque aquella niña de rizos revoltosos, ojos de venado y una mente infinitamente curiosa había apresado su voluntad, hechizado su alma, embriagado sus sentidos. Para siempre. Desde la tarde en el confesionario Ramón no pensaba, respiraba con agitación, se desvelada entre sabanas mojadas. Sacrificó por ella el amor más grande de su vida: aquel palacio sobre las aguas y aquella ciudad deslumbrante que las palabras no lograban describir, que frustraban cualquier imaginación. Lo hizo porque ella era más, porque sin ella, no había luz que alumbrara su amada ciudad ni su amado palacio.
Todo de repente estaba claro.
Esa chiquilla sentada frente a él, en la butaca hundida que ocupaba su hermano, tenía la mirada triste de quien ha destrabado su corazón demasiado tarde, de quien extraña, de quien sigue creyendo que algo pasará, que todo se recompondrá y que su amor regresará. Alonso estaba devastado. Tuvo ganas de abrazarla, de acariciar las hebras de su pelo, de recoger sus lágrimas tibias y pudorosas. Así lo hizo. Matilda sonrió. Quiso reunirse con su cuñado para que este le comparta el retazo más importante de la vida de Ramón, el retazo que ella ignoró hasta encontrar el diario. Mientras hablaba, se dio cuenta de que todas las respuestas fluían de su propia boca, de su propio relato meticuloso y preciso.
Cuando la secuencia de anisados acabó de soltarle la lengua, Matilda se atrevió a decir lo que quería. Sin rodeos.
"Voy a hacer algo. Espero que me entiendas y apoyes. Pero, si no lo haces, lo haré de todos modos."
Alonso soltó una carcajada que pareció salirle del alma.
"Te conozco lo suficiente para saber que así es. A ver, cuenta, mejor me sirvo un traguito antes..."
"Quiero viajar a Venecia."
"Matilda... ¿Estás segura? Eres una mujer sola..."
"Necesito hacer este viaje y recorrer los pasos que mi marido ha dado. Te imploro que no intentes detenerme ya que no pienso hacer marcha atrás."
Alonso la miró fijamente, a ratos apoyando el mentón sobre el puño de su mano, que mantenía clavado en el descansa brazos del sillón. En el fondo, nada de lo que ella le estaba contando le sorprendía.
Después de un largo silencio tomó la palabra.
"Matilda: todo lo que era de mi hermano ahora es tuyo. Si quieres irte,

ve. Sé que eres una mujer fuerte y valiente porque lo has demostrado a lo largo de todos estos difíciles meses. Quisiera al menos pedirte que no viajes sola, ya que nunca has salido de los confines de nuestra tierra", dijo con aire fraternal.
"Alonso: lo que justamente quiero es viajar sola. Irme sola. Buscar mi camino sola. Ya nada me detiene aquí. Voy a dejar los Rosales en perfectas condiciones, con buenos trabajadores y excelentes niveles de producción. Pedro será mi administrador bajo tu supervisión, por supuesto. Cuenta con mi total confianza y estoy contenta de premiarlo con esa mayor responsabilidad. ¡No se que hubiese sido sin su ayuda en los meses pasados!
"Veo que has pensado en todo...", dijo Alonso.
"Así es. Si tú me apoyas no tendré más problemas que subirme a una goleta y cruzar el mar. No te preocupes por mí, sé que estaré muy bien."
"Pero al menos lleva a tu sirvienta para que te ayude y apoye. Vas a enfrentar muchísimos cambios y te vendrá bien un rostro amigo, alguien en quien confiar."
"Lo pensaré. Te lo prometo."
"Bien. Eres tan testaruda como lo era...Ramón. Tienes mi apoyo."
"Te agradezco infinitamente, Alonso."
"Vamos a crear una figura financiera para que recibas tus rentas y organizaremos Los Rosales en los términos que hemos conversado. Cada seis meses te enviaremos un estado de cuenta. Eres la esposa de mi amado hermano y es mi obligación cuidarte, así decidas irte al otro lado del mundo."
"No es para siempre. Regresaré. Aquí tengo a mi familia, a mi gente..."
"Esas promesas me suenan familiares", dijo Alonso con un guiño.
"A que te refieres?"
"Tranquila, olvídalo."
"Gracias Alonso. Te lo agradezco infinitamente. Ayúdame a acelerar todos los trámites", dijo ella con voz segura.
"Mañana mismo me comunico con nuestro abogado de familia el doctor Villacreces y le comento la situación para que podamos proceder de inmediato. No te preocupes", agregó Alonso con voz calmada.
"Debo pedirte un último, inmenso favor. Quisiera que contactes al padre Carolo, en el colegio Don Orión. Ya hablé con él. Tiene una persona para que me remplace en mi escuelita de los Rosales. Hasta que yo regrese..."
Aquella noche Matilda no logró conciliar el sueño. Su cuerpo estaba agotado. Su mente estaba agotada. Tenía sentimientos encontrados: no sabía si estar alegre por el hecho de que Alonso la apoyaba o tener miedo por dejar atrás su mundo entero, el único que conocía. María cerró las ventanas para que los rayos de luna no inunden de luz el dormitorio. Luego se

acercó a ella con pasitos diminutos que apenas sacudieron los tablones. Aflojó las tiras de su corsé y le hizo una trenza para evitar que su pelo se ensucie, por si en la noche tenía algún mareo.
Cuando se retiró, el aroma del agua de cedrón había penetrado cada resquicio de la habitación.

Luna azul

"Es noche de luna llena."
"Y es luna azul."
"No va a llover, su merced patrona."
La luz cerúlea rompía la oscuridad a tal punto que podían divisarse las formas y perfiles que componían el paisaje. Parecía un inmenso farol que alumbraba, magnífico y solitario, al campo y sus habitantes silenciosos.
"La luna despeja el cielo y dispersa las nubes", dijo Clementina, la más antigua de las *huachimanas* de Los Rosales mientras frotaba las manos callosas en el mandil. Esa noche fijó el horizonte con el ceño más fruncido que de costumbre, como si quisiera descifrar los secretos de aquel astro plateado y misterioso, cuyo magnetismo y reverbero adelantaba los partos, propiciaba las cosechas y delataba los ladrones en sus fechorías. También Matilda miraba el cielo en silencio, como si esperara que aquella luna azul y pulposa fuera a confiarle algún secreto.
"No. No va a llover."
"La noche va a ser fría", agregó con aire pensativo y sin dejar de contemplar el manto lácteo y sin estrellas que se desplegaba frente a sus ojos.
"Luis prendió la chimenea patrona, dejo madera por si necesita reponer de madrugada, patrona."
"Gracias Clementina. Hasta mañana."
"Bendiciones, patrona."
Esperancita agachó la cabeza y juntó las manos frente a los pechos antes de retirarse. Sus pies descalzos se deslizaron silenciosamente sobre el entablado hasta que salió de la sala y cerró la puerta atrás de sí. Matilda se dio la vuelta y subió las escaleras que la conducían a su alcoba. Al poco tiempo María entró a la habitación para ayudarla a desvestirse y a peinar su largo cabello.
Al fondo, la chimenea brillaba como un belén e irradiaba su luz en todo el ambiente con profusión. Desde que Ramón no estaba, aquel espacio parecía inmenso y el reverbero del fuego lo hacía parecer más grande y frío. Como si nunca bastara el calor, como si el fuego nunca calentara lo suficiente.
"En dos semanas saldré de viaje. Iré muy lejos. No sé cuándo regresaré. Quiero bajar la Cordillera antes de las fiestas de la Fundación, necesito que me cortes el pelo, debo estar cómoda."
María se quedó con la boca entreabierta, con el peine de nácar clavado entre los dedos de la mano.
"Hay no patroncita...su pelo es tan hermoso...yo quisiera tener ese pelo

tan brilloso, suave y largo... ¿Está segura?"
"No puedo cruzar el mundo con la cabellera hasta las caderas como virgen de pueblo. Corta nomás María, sin contemplaciones, por favor."
"¿Seguro patrona?"
"Es más, haz una trenza y dale a Clementina para que la venda. Su cuñada tiene un salón por el Tingo, así ella se gana una platita. Pagan bien por las tiras de pelo...para pelucas y esas cosas..."
Entonces, le indicó con los dedos el alto del pelo, justo a la base del cuello.
"Ya mi patrona, lo que usted diga mi patrona. Ya le daré el pelo a la Clementina para que le venda a su cuñada y se gane una plata", agregó María con aire de resignación.
"¿María...¿qué necesidad hay que repitas todo lo que digo...más bien..... quieres venir conmigo?"
Por un instante las tijeras de la sirvienta se trabaron entre las hebras del pelo de su patrona.
"Es un sí o un no. Debes decidir rápido, lo lamento. También debo decirte que no puedo hacerte grandes promesas acerca de nuestra futura vida, ni de cuando podrás regresar. Si quieres acompañarme, necesitas saber que este viaje será una aventura para las dos. Prefiero ser muy honesta contigo desde un inicio."
María se quedó en silencio, como si quisiera estar segura de haber entendido lo que su patrona le estaba proponiendo.
Al cabo de unos instantes hizo señas con la cabeza de que aceptaba. Lo hizo casi de inmediato, sin tomar ni siquiera el poco tiempo que Matilda podía concederle. No tenía nadie con quien consultar porque sus padres, quienes cuidaban la Hacienda Yanahurco en las laderas del Cotopaxi, quedaron enterrados junto a muchos otros en el mar de lodo que el volcán había escupido. Sus enseres se limitaban a dos mudadas, unas alpargatas y un cepillo con cerdas de chancho que la propia Matilda le había obsequiado.
"Bien. Tú también córtate el pelo. No puedes estar con piojos en la travesía.
"Ya patroncita."
"Otra cosa. Llevaremos al San Rafael de la hacienda de mi familia." Ya hablé con mis padres. Mañana nos lo entregarán de madrugada. Deben bajarlo del nicho y envolverlo en tela de yute y paja de paramo para que viaje seguro y no se dañe. Es el santo protector de los peregrinos, nos cuidará al igual que nosotros cuidaremos de él."
El rostro de María no se inmutó. Era como si supiera desde un inicio que aquel acompañante sería parte de la comitiva. Y es que su patrona hablaba de San Rafael desde el primer día que llegó a Los Rosales.
Retomó entonces las tijeras y hundió nuevamente las lamas en la cabellera dorada de su patrona.

Habían pasado tres meses cuando finalmente llegaron a Inglaterra, el primer retal de tierra después de días eternos y un mar infinito. A pesar del poquísimo tiempo de estadía en la isla -apenas un día en Dover antes de embarcar hacia las costas francesas- Matilda observaba todo a su alrededor con el asombro de un niño. Estrechaba con fuerza la mano de María porque temía que su corazón estallara de un momento a otro. Las manos le sudaban y los ojos le ardían por las ráfagas de salitre que procedían de un mar negro y pastoso como una melaza.
Un viento helado desde el canal de la Mancha arremetía con fuerza contra la costa.
Muy a pesar del paisaje gris y el cielo borrascoso, todo la deslumbraba y llamaba su atención: las fachadas blancas, los balcones salpicados de pequeñas flores, el muelle inundado por personas de toda raza y color, la mezcla de fragancias e idiomas, las vestimentas elegantes, las sombrillas removiendo el aire, los baúles abultados sobre un perfecto pavimento de ladrillos, las aulas con sus misteriosas mascotas.
No obstante la humedad penetrando la ropa, el frío y las olas amenazantes que la separaban del viejo continente, Matilda no dejaba de fijar aquel hormigueo de gentes y enseres desplazándose hacia el embarcadero, hacia el centro del pueblo, hacia las cafeterías aledañas. Se movían frenéticos, hablando, gritando, sosteniendo sombreros emplumados, sosteniendo otras manos, sosteniendo hermosas cajas de colores, impecables ramos de flores, maletas, bultos de todo tamaño y color.
Matilda estaba abrumada.
¡Que distinto era todo aquello de su pequeño mundo andino, con sus montañas lívidas rasgando el cielo, sus quintas y sus pastos silenciosos!
¡Que elegantes vestimentas y que maravillosos tocados! ¡Hasta las maletas y los baúles que las personas cargaban eran impecables, de un cuero finísimo, con remaches dorados y costuras perfectas! ¡Y que decir de los zapatos de las personas, con esos acabados impecables y diseños únicos!
Un joven vendía castañas en una esquina. Las removía con un palo de madera sobre un lecho de carbón incandescente. Su aroma denso y empalagoso se entremezclaba con un olor intenso a pescado y papas fritas. Un niño pelirrojo vendía periódicos y gritaba a pleno pulmón entre los bulliciosos transeúntes. A su paso por delante de los cucuruchos de papel agarró una sardina y se la tragó al vuelo. Luego echó a correr hasta perderse entre la multitud. Al percatarse de aquella travesura Matilda sonrió. Se acordó de Amaru, de sus hermanas, de los niños de la hacienda con quienes jugaban y correteaban el día entero. Hasta que el cuerpo duela, hasta pelarse las rodillas.

¡Que rápido iba el mundo más allá de los Andes!, pensó. ¡Todos parecían tener alas y todos corrían como si alguien les persiguiera!
La vista no era el único sentido que se hallaba en jaque frente al despliegue interminable de novedades; su olfato detectaba un sinfín de olores y aromas desconocidos. Algunos deliciosos y envolventes, otros desagradables y fuertes, todos nuevos. Además, el aire era liviano y no costaba respirar como en las alturas. Los cuerpos parecían plumas a la merced de las ráfagas que azotaban la costa desde el mar.
Gracias a historias ajenas, a libros prestados y a su propia desbordante fantasía, Matilda pudo intuir aquel universo vibrante y colorido que ahora, al fin, conocía.
La avalancha de sensaciones que estaba experimentando al fin la estaba despertando del letargo de sus penas y angustias. Al improviso se acordó que estaba viva.
Muy a pesar del duelo y de todo lo acontecido, su corazón aún vibraba y podía removerse hasta las lágrimas. Estaba gozando con cada cosa, con cada mínimo detalle, como cuando llegaba la Navidad o nacía un nuevo ternero en los potreros de San Rafael. Se paró en medio del muelle. Comenzó a dar bocanadas de aire y a voltear como un trompo frente a la mirada perpleja de su sirvienta María.
"No haga eso patrona, se va a marear durísimo[1]."
Pero ella no hizo caso. Al contrario, se levantó el faldón por encima de los tobillos e improvisó una danza. Estaba viva y aquella constatación la llenó de dicha por primera vez en mucho tiempo. El mundo que desde niña anhelaba conocer no era fruto de su imaginación. Aquel mundo existía y estaba desplegándose frente a sus ojos como un magnífico cuadro, con su vaivén de gentes, sus fragancias, su paleta de colores y sabores. Su única tarea era ser valiente para explorarlo, para escarbarlo y sacudirlo con todo el ímpetu de su juventud.
Como lo había hecho el Padre Evaristo, como su abuelo Alfonso, como el Marqués Sevillano. Como Ramón...

La travesía por el norte de Francia, con su campiña otoñal, sus pueblos de piedra, sus mansas colinas y castillos deslumbrantes la entusiasmaron y le hicieron olvidar las incomodidades del viaje, los mareos persistentes, la fastidiosa hinchazón de los pies, los músculos entumecidos dentro del carruaje. Le encantaron los paisajes cambiantes y los tonos dorados del cielo, el sabor fuerte de los quesos, el cosquilleo de la sidra contra la lengua, la vegetación rada, las amplias esplanadas, el olor dulzón de los viñedos que impregnaba el aire.

1 Mucho.

¡Que diferente era la campiña francesa -con sus colinas suaves y su tierra color miel- del cielo amoratado, los nevados resplandecientes y las abruptas quebradas de su tierra!
Las cosas más sencillas provocaban en ella tal torbellino de emociones que pronto necesitó plasmarlas en un cuaderno improvisado. Así, al culminar cada día de viaje, cuando el cielo se tenía de rojo hasta confundirse con los tonos de la tierra, Matilda anhelaba llegar al hostal en donde pasarían la noche. Allí, entre las paredes cálidas de su habitación podría escribir, fijar sobre el papel sus recuerdos y plasmar sus sensaciones más recientes.

Cuando Ramón desapareció, el maestro Borsato, fue informado por su hermano Alonso. Lo hizo con una carta conmovedora, que demoró días en redactar a la perfección, cuidando cada detalle, cada palabra, cada mínima información. Sabía muy bien quién era el maestro por las historias de Ramón y quería darle la noticia del modo más delicado posible.
También Matilda recibió una carta, tan inesperada como oportuna. Un amigo español de su marido, el conde Severino Salvatierra y Morales se ponía a su total disposición. El conde se había encaprichado con la ciudad a la edad de diez y ocho años, en ocasión de un viaje de negocios con su padre. Cuando años más tarde enviudó, decidió mudarse a Venecia desde su ciudad natal Sevilla y dedicarse a su gran pasión: la producción y pintura sobre telas. Tan pronto se enteró de los dramáticos acontecimientos, de inmediato invitó a Matilda a alojarse en su palacio.
Alonso quiso que ella aceptase de inmediato. De este modo, él se quedaría tranquilo de que su cuñada estaría bien atendida, al menos hasta que se ubique y tome las riendas su palacio. Al comienzo Matilda se resistió: que no necesito, que gracias por tu preocupación, que prefiero llegar a un hostal y ser independiente.
Pero Alonso no dio su brazo a torcer y, al final, ella asintió.
¡Menos mal que Alonso desconocía su estado! ¡Cuántas angustias le estaba ahorrando!", pensó entre sí Matilda.
Quería instalarse en Ca´ Doria tan pronto como pudiera. Estaba ansiosa por conocer el palacio y la ciudad que habían hechizado a su marido hasta el punto de dejar todo atrás y cruzar el mundo sin un atisbo de miedo. Y estaba ansiosa por comprobar sus propias emociones, al recorrer todos los rincones de Ca´ Doria y de Venecia. En el fondo, esperaba que la casa la conectase de alguna forma, con el hombre que había entrado a su vida como remolino de viento estival para luego desaparecer.
El diario de Ramón era una promesa, casi una certeza.
Pero Matilda llegaría después de un largo y cansado viaje, no conocía el lugar, y la propiedad había estado deshabitada por largo tiempo. Necesita-

ba calentarse al lado de una chimenea, recuperar sus hábitos, alimentarse bien. Sobre todo, necesitaba recordar a sí misma que un pequeño bulto comenzaba a asomar entre los pliegos de su falda.
Así, decidió aceptar la invitación del conde Salvatierra y un día de diciembre, junto a María, atravesaba en un *burchiello* el pedazo de mar que separaba la tierra firme de Venecia.
Legaron durante un invierno particularmente frío. Una fina capa de hielo recubría la laguna haciéndola parecer un enorme espejo.
Al improviso, sumida en un silencio sepulcral, apareció la Plaza San Marco. Un manto blanco y reluciente teñía de blanco la inmensa esplanada bajo el cielo plúmbeo.
Un vendedor de baratijas atravesaba cabizbajo el inmenso espacio y sus enseres tintineaban como tantos cascabeles desde una carreta. Pero el crujido de las ruedas no rompía aquel silencio irreal. Al contrario, lo magnificaba.
Matilda se quedó pasmada, como si hubiese accedido a otra dimensión, a otro mundo. Medía cada detalle de aquella visión deslumbrante. Quería grabar en su mente el mínimo particular para luego recordar, para luego hilvanar los hilos de la memoria con precisión absoluta: dos perfectos columnados marmóreos enmarcaban la espléndida plaza, los soberbios edificios del palacio ducal, la deslumbrante basílica con su cúpula perfecta y mosaicos centelleantes. Observaba aquel espectáculo con tal conmoción que no se percató del caballero que aguardaba, tácito y sigiloso, en el embarcadero.
Al cabo de un rato el hombre abrió la boca y se presentó.
"Condesa, bienvenida a Venecia. Severino Salvatierra y Morales, a sus órdenes."
Entonces, se hincó hacia adelante con garbo, recogió la mano de ella entre la suya y se la llevó a la boca para besarla. Era apuesto y refinado, tanto en su aspecto como en sus modales. Tenía facciones marcadas, los ojos pequeños pero expresivos, los labios delgados, las manos grandes, la piel diáfana. Su pelo era blanco, tan rizado que parecía un nido de golondrinas. Vestía elegantemente, con una camisa de cuello alto que terminaba en un pañuelo del mismo tono y que despuntaba por debajo de un chaleco color marfil. Una fina capa de nieve recubría los hombros y el vistoso sombrero en punta. Por encima de las botas perfectamente lustradas lucían dos vistosas hebillas que brillaban a pesar de los copos blancos. Matilda se dio cuenta de inmediato que tenía frente a si una persona de mucho linaje, pero a la vez noble y de formas sencillas. Cada rasgo de su cuerpo y cada detalle de su semblante lo delataban.
"Bienvenida a mi casa que ahora es suya", dijo el hombre, mientras le

ofrecía su brazo.
"Gracias por recibirme conde, lo aprecio mucho."
"Es lo mínimo que puedo hacer por mi querido hermano Ramón."
Matilda bajó la mirada. No esperaba aquella mención tan repentina a su marido. Pero se sintió enseguida a gusto, como si supiera que aquel señor espontáneo y cálido sería un amigo que la guiaría y la protegería, de ser necesario.
No se equivocaba.

Al día siguiente Matilda despertó prontísimo. Un enorme gavilán graznaba vigorosamente en el filo de su ventana. A pesar del alboroto, María seguía durmiendo. Su cama, más pequeña, se hallaba al lado de la suya. Todo era muy nuevo para ella y se habría asustado en caso de despertarse en una habitación que no reconocía, así que Matilda pidió que compartiesen el cuarto.
Se enjuagó la cara con el agua de una bacinilla y se acercó a la ventana. Los vidrios reproducían un entramado de gruesas burbujas de colores que no dejaban transparentar la luz y las hojas eran tan macizas que le costó abrirlas. Cuando al fin lo logró, la ciudad se desplegó frente a sus ojos en todo su esplendor.
La neblina atravesaba el cielo como el velo finísimo de una novia. Parecía que el propio sol quisiera esconderse a propósito, para que el reverbero de sus rayos no opaque aquel espectáculo indescriptible. Un laberinto de magníficos edificios enmarcaba el pequeño *campiello* que se extendía frente a la fachada trasera del palacio. Al centro tronaba un pozo de piedra rodeado de alegres empleadas con sus baldes. Una de ellas, alertada por el chirrido de la ventana, levantó la mirada y cuchicheó de inmediato con la joven a su lado. Matilda quedó inmóvil, incapaz de alejar su mirada de aquel paisaje.
Cuando finalmente logró despegar sus ojos de la balaustrada, comenzó su rutina de aseo. Luego bajó al piso inferior para desayunar.
Lo hizo con cierta timidez, como si no supiera bien que esperar.
"Buenos días querida. Espero haya podido descansar."
"Buenos días conde. He dormido como un niño, gracias."
"Me alegro. Venecia es maravillosa, pero cuesta un poco acostumbrarse a su carrusel de ruidos: botes cruzando el agua, gritos de mercaderes, campanadas permanentes, gavilanes revoloteando..."
"No se preocupe conde, todo lo que veo y todo lo que escucho me conmueve hasta las lágrimas, me deslumbra. No tengo palabras para expresar lo bien que me siento por estar aquí. Me costará acostumbrarme a tanta hermosura."

"Así es. Venecia hechiza. La única forma de evitar su hechizo es conocerla tan bien que nunca puedas abandonarla o...no conocerla jamás."
Matilda sonrió. Aquel comentario tenía todo el sentido del mundo. Ella lo supo tan pronto leyó el diario de su marido.
"Quisiera enseñarle el palacio, si usted está de acuerdo. Quisiera que se sienta cómoda mientras se aloje aquí, y que se ubique en cualquier esquina como si esta fuera su casa. ¿Qué le parece si damos una vuelta?"
"Por supuesto, conde."
"Este es el *portego del primo piano nobile,* el nivel principal. La planta de arriba es el segundo *portego,* con las mismas proporciones y el mismo número de habitaciones.
Todas se ubican alrededor de este espacio central, así que es imposible perderse", dijo el conde mientras con el dedo apuntaba el asombroso salón frente a ellos.
Las paredes eran tapizadas con gruesas telas que desde el tumbado llegaban hasta el suelo. Los estampados, de distinto tamaño y color, eran impresionantes: lirios, estrellas, pétalos de flores, formas geométricas. Las figuras eran representadas a la perfección, como si fuesen pinturas. Desde las telas colgaban imponentes cuadros que parecían escrutar al nuevo huésped desde el alto de sus molduras. Al pie de cada pared se hallaban baúles de cedro, armaduras, bargueños finamente tallados, esplendidas estatuas de cuerpo entero, bustos sobre hermosísimos pedestales cincelados.
Matilda estaba radiante. Se sentía como la princesa de un castillo a la espera de descubrir, a cada paso, una nueva maravilla, un nuevo tesoro.
"Esta Virgen con el niño es de Bellini, mientras que esta magnífica Anunciación es de Giorgione. El cuadro al fondo representa el bautizo de Juan Bautista. Es de Carpaccio, al igual que este otro lienzo. Mire el detalle de estas pinceladas...el matrimonio de la Virgen con San José, a pesar de su sencillez, parece una ceremonia real..."
"Es cierto conde, la nobleza y la elegancia natural de San José y de la virgen trasuda a tal punto de sus rostros y poses que parecen un rey con su reina..."
Matilda seguía los dedos de su anfitrión mientras se deslizaban por las paredes con seguridad y soltura. Observaba extasiada los lienzos a la vez que prodigaba al hombre miradas de sincero agradecimiento.
¡Que trazos más finos y que dominio de los colores! ¡No había comparación entre las imágenes de sus libros y esas obras tan vividas, tan rebosantes de sentimiento y pasiones!
De repente, sus ojos se clavaron en el techo de la sala. Era magnífico, perfectamente cuadriculado por bloques de madera finamente pintados al

interior de cada recuadro. Reproducían racimos de uva y hiedras que se entrelazaban entre sí. La inmensa sala culminaba con una hilera de grandes ventanales al fondo. El uno daba hacia el pequeño campo que Matilda había divisado desde su dormitorio; el otro, hacia el agua. Desde el techo colgaban inmensos candelabros de vidrio. Dibujaban en el aire magníficos nidos y pájaros paradisíacos que le recordaron las aves de su tierra.
"El entramado del vidrio es espectacular! ¿Como es posible lograr esa mezcla de colores...parecen venas recorriendo un cuerpo humano... ¡que tonos tan delicados!"
"Esos candelabros son sopladas a mano en la isla de Murano. Cuando quiera, la llevaré para que conozca el procedimiento. Es una forma de trabajar el vidrio milenaria, de la que los venecianos van muy orgullosos. Además, la técnica solo se transfiere de padres a hijos. Para que el secreto se custodie y las habilidades perduren en el tiempo..."
Matilda sabía de ello por las historias de Edward, pero no dijo nada. No quería acordarse de él, ni quería opacar al conde mientras se esmeraba dando sus minuciosas explicaciones.
"Y ahora observe el piso, Matilda. Es en piedra de Istria y mármol, ligero y flexible, porque la ciudad se sostiene sobre palos y la estructura de las viviendas no puede ser muy pesada", agregó. A mi antepasado Benedetto Pesaro le costó cuatro años traer de la tierra firme todo el material necesario para construir este palacio", agregó orgulloso.
De repente el conde se interrumpió.
"Me emociona sobremanera verla tan contenta y admirada. Abajo tengo mi taller, por si quiere conocerlo. Mis empleadas acceden por una grada desde el Campo San Beneto, el que puede vislumbrar desde el ventanal del fondo. Allí tengo mis máquinas -unas que yo inventé- y con ellas fabricamos y teñimos las telas. Después de la producción, yo mismo las estampo con unos moldes especiales que son también de mi invención."
"Estoy impactada por tanta creatividad y habilidad, conde. Me encantará conocer sus máquinas.", agregó ella.
"Supongo que las telas que recubren las paredes de esta sala son también un diseño suyo."
"Si Matilda. Que buen ojo el suyo."
La planta baja se hallaba al nivel de la calle y se comunicaba con el exterior del palacio a través de una pequeña puerta. Bajaron por una escalera externa. El sol de la mañana arrojó unos tímidos rayos sobre sus rostros mientras recorrían la empinada rampa de piedra. Ambos se sostenían sobre una barandilla para no resbalar sobre la fina lámina de hielo que recubría la escalera.
Entraron a la fábrica. Fueron recibidos por una de las empleadas. Todas

ellas mujeres, con uniformes impecables, el pelo recogido en trenzas perfectas, las manos cubiertas por guantes de piel. Algunas hacían funcionar los inmensos telares. Otras removían con palos las tinturas en grandes tinajas. Si la maquinaria era impactante, las telas eran auténticas obras de arte. Matilda estaba asombrada. No lograba creer como el conde hubiese desarrollado una técnica tan impecable, que permitía imprimir la seda y el terciopelo como si fuesen auténticos lienzos. Recorría con la mano las telas para apreciar la textura y calidad de los paños. Luego llevaba sus dedos al rostro y olfateaba el olor denso de las tinturas.
"Ramón apreciaba mucho mi trabajo. Cuando viajó a Quito me prometió que a su regreso traería hilos de vuestro país para luego experimentar aquí con mis procedimientos para la impresión. Me habló de los hilos de las alpacas y del excelente algodón de vuestros artesanos del norte..."
"Es cierto conde, el algodón de mi tierra es de excelente calidad y los hilos de nuestras alpacas un auténtico deleite para los sentidos...", dijo ella después de un breve silencio.
Matilda ignoraba aquel ofrecimiento y, por supuesto, ignoraba los pormenores de la amistad con el conde. Pero su orgullo le impidió compartir aquellos particulares.
¿Como decirle que su marido nunca le habló de Venecia? ¿Como decirle que esa parte de su vida fue siempre un misterio para ella?
Sabía de la existencia del maestro Borsato porque era imposible ignorar la intensa correspondencia entre los dos hombres. Pe fuera de eso, la etapa veneciana de la vida de su marido fue un secreto hasta hallar el diario.
El conde no supo cómo interpretar aquella fracción de silencio por lo que optó por cambiar de tema. Gozaba del entusiasmo tan espontáneo de Matilda, de sus exclamaciones de alegría, de su curiosidad y vivacidad, de sus ojos que se abrían de par en par como una niña frente a un juguete nuevo. Su joven huésped era una ráfaga de aire fresco entre las paredes centenarias del palacio.
Bajo el encanto de la pequeña condesa hasta el invierno parecía menos frío.

¡Finalmente Ca´ Doria!

Matilda quiso que el maestro Borsato le acompañe a Ca´ Doria. Tan pronto llegó a Venecia envió un mensaje a su casa con una empleada del conde Salvatierra. Por supuesto, su anfitrión se había puesto a disposición para llevarla, pero Matilda logró que desistiera. Al menos la primera vez, las cosas debían hacerse a su manera.

La cita acordada era al medio día. Las campanas de San Marco repicaron con fuerza en el aire frío de la mañana. Entonces, llegó el maestro. Estaba parado en la góndola y el perfil de su capa negra se proyectaba sobre las aguas bajo el reverbero del tenue sol invernal. Atrás, dos gondoleros remaban en perfecta sintonía y mantenían el bote alineado sobre las mansas olas del *Canale.*

El maestro Borsato era la viva imagen de lo que la mente de Matilda había dibujado, solo que más bajito y más en carne. Por el resto, le pareció ver a alguien que conocía desde siempre, tanto que pudo adivinar sus facciones, al igual que las muecas de su rostro. Le inspiró de inmediato una natural simpatía.

También al maestro le gustó Matilda. Se puso tan nervioso que aquel primer encuentro fue un enredo de balbuceos, pausas, palabras atropelladas y manos retorciéndose.

"Condesa bienvenida, que enorme placer...que honor...al fin nos conocemos..."

Estiró su brazo hacia ella para ayudarla a subir a la góndola.

"Buen día maestro. Un gusto conocerle."

Ambos retiraron sus guantes de las manos. Las del maestro estaban tibias como un pan recién horneado. Las de ella, frías y tiesas. Comenzaron la travesía, sentados el uno frente al otro. El maestro se quitó el sombrero de la cabeza y lo retuvo entre sus manos durante todo el trayecto. Al contacto con la corriente helada, la nariz se le enrojeció. Matilda esbozó una sonrisa divertida que no pasó desapercibida. Ambos se escrutaban y lanzaban tímidas miradas de reojo. Les unía el apego y la añoranza del mismo hombre, por lo que necesitaban entenderse, explorarse mutuamente. Mientras, los remos partían las planchas de hielo que recubrían la superficie como tantas islas plateadas.

El agua que la góndola partía en dos era transparente y clara como el fondo de una pila.

Matilda estaba en un trance que le impedía decidir hacia donde orientar sus ojos: a la derecha, al frente, a la izquierda, tras la estela de la propia góndola. En cualquier dirección el espectáculo era magnífico, conmovedor,

sublime. Al improviso, desde la sala de uno de los espléndidos palacios, se libró el sonido de un violín y las lágrimas cayeron de verdad.
"Los músicos están ensayando en Palazzo Bembo. Esta noche habrá un concierto en honor del nuevo Embajador de España. Todas las noches hay conciertos en Venecia, unos llegan, otros se van...pero todos regresan."
Aquellas últimas dos palabras se grabaron en la mente de Matilda.
Se preguntó si también Ramón regresaría, ahora que ella estaba allí.

La góndola seguía su trayecto por las aguas ágil y segura.
"¡Mire condesa, una manada de delfines! Es muy raro verlos de invierno, normalmente aparecen en primavera, cuando las temperaturas suben, vienen del Adriático, del mar abierto, en búsqueda de comida...", dijo el maestro Borsato.
El comentario del maestro la obligó al fin a desviar por unos segundos, su mirada de los palacios del *Canale*. Los delfines eran fascinantes, de un color rosado que contrastaba con el fondo pedregoso y nítido. Parecían querer escoltar la embarcación y sus tripulantes hasta su destino final y parecían conocer a la perfección el camino.
Matilda estaba asombrada. A pesar de haber visto en sus libros un sinfín de imágenes -y haber merendado mil veces frente al lienzo de la galería en San Rafael- no estaba preparada para tanto despliegue de belleza inigualable, lujo descarado, obras de arte que asomaban desde ventanas y balcones con desparpajo, casi con desfachatez.
Una interminable secuencia de fachadas magníficamente embellecidas por frisos, diseños geométricos, columnados, espléndidos mosaicos desfilaba frente a sus ojos conmocionados, sin parecer nunca agotarse.
Algunos edificios eran imponentes, majestuosos. Definitivamente, pensó ella, podían ser el hogar de príncipes y reyes por la riqueza de su arquitectura, por los magníficos tesoros que encerraban, por la grandiosidad de sus accesos. Otros eran más pequeños y sobrios, con fachadas limpias, columnas de mármol monocromo y un menor número de balcones. Pero todos eran deslumbrantes y todos miraban al cielo con altivez y orgullo, como si aquella ciudad -y aquellos palacios- fueran el lucero que alumbraba al mundo entero.
¿Cuál sería Ca´ Doria?, se preguntaba.
¿Sería el de la fachada color tierra? ¿O el palacio de al lado, con la voluptuosa enredadera trepando hasta el techo?
¡Cualquiera le parecía maravilloso!
¿Y cuánto tardarían en llegar?
Matilda no se atrevía formular aquella simple pregunta al maestro. Le daba vergüenza parecer muy ansiosa, aunque el nervioso movimiento de sus

dedos la delataba de todos modos. Hace ratos no sentía el frío punzante penetrando su piel, ni de las gotas diminutas salpicando su rostro desde el canal.
Al contrario, sentía un extraño, intenso sofoco que el aire invernal no lograba atenuar.

"Mire *contessa*, allí al fondo... ¡Ésta es Ca´ Doria!", dijo el maestro con evidente emoción.
De inmediato Matilda viró su cabeza de en dirección del dedo del maestro e instintivamente gritó. Ambos se miraron a la cara y soltaron una carcajada. Necesitaban aflojar la tensión del momento.
"Es un palacio maravilloso, una verdadera joya de la arquitectura gótica veneciana."
En efecto, el edificio era impresionante.
Lo más perfecto que Matilda había visto en su vida.
Dos hileras de altos ventanales dominaban la fachada y se proyectaban en las aguas al
frente, doblando su belleza entre las olas del *Canale*. Los lastrones de mármol blanco, la impecable simetría de los elementos arquitectónicos, la sobria elegancia de la estructura: todo era perfecto, como si una mano divina se hubiese encargado de colocar cada piedra en el lugar preciso.
"Condesa, me permití hacer cortar las hiedras que recubrían la fachada para que usted
pueda apreciar al máximo la hermosura del edificio."
Matilda le agradeció y sonrió. Tenía los ojos húmedos.
Entraron por *la porta d´acqua*. Utilizaron las mismas llaves que Ramón utilizó y que ahora le pertenecían a ella y a su hijo. El marco de mármol polícromo de la puerta replicaba a la perfección el diseño de las ventanas laterales, cuyos barrotes de hierro no opacaban la elegancia del acceso principal. Matilda miraba asombrada como la góndola se acomodaba en aquel espacio reducido para luego arrimarse a un escalón al interior. El ambiente era oscuro y hacía más frio que afuera. Bajaron de la góndola con cuidado. Los escalones estaban del todo hundidos y un manto de algas negras y moho los recubría por entero.
"Tenga cuidado condesa. En pocos días habrá *acqualta,* el nivel del agua ha subido y el suelo está muy resbaloso..."
Subieron al primer piso por la espléndida *scalinata* en forma de concha. Al igual que su marido, Matilda probó la misma emoción incontenible cuando sus pies rozaron los perfectos peldaños de mármol y el delicado entramado de venas rosadas y grises.
El mutismo y aturdimiento que un día sorprendieron a Ramón, ahora la

sorprendían a ella. Del mismo modo, con la misma intensidad. El palacio atrapó su alma en cuestión de instantes y la nueva dueña de Ca´ Doria se rindió de inmediato, incondicionalmente.
El maestro observaba de reojo las muecas involuntarias de su joven amiga. Aquel brillo en la mirada -y aquella agitación a flor de piel- él los conocía muy bien. Estaba reviviendo la misma escena por segunda vez, y, por segunda vez, abría las puertas de Ca´ Doria para que la vida regrese, para que la luz -con su manto de cálidas partículas- inunde los amplios salones, los corredores infinitos, las espléndidas habitaciones.
Pronto, el maestro se dejó contagiar por el mismo revuelo interior y emoción: no había belleza que valga ni obra de arte que deslumbre, si no había ojos que disfruten y corazones que se conmuevan. Aquella chiquilla con ojos color de la miel y sonrisa pícara era la viva imagen de la felicidad. ¡Que goce era verla disfrutar, admirar, quedarse en éxtasis frente a cada nuevo descubrimiento entre los muros de Ca´ Doria!
El maestro la guio por todas las salas moviendo sabanas al paso, destapando muebles, sacudiendo el polvo con pequeños golpes de la mano, forzando bisagras de ventanas para que entre el aire y circule, al fin, la corriente del canal. Enseñaba el palacio con el orgullo de quien conoce cada rincón, cada recoveco, cada secreto. Matilda caminaba despacio por las habitaciones y los pasillos, deteniéndose, regresando, avanzando nuevamente. No podía disimular su maravilla frente al esplendor de los frescos, el fastuoso mobiliario, los mármoles y frisos, los tapices de damasco. Al fondo, una secuencia de espléndidas ventanas exáforas que apenas lograban velar el extraordinario horizonte.
"Podría pasar el día entero frente a este panorama. Me encantaría observar el paisaje desde algún punto fijo, para apreciar cada pormenor y saborear el mínimo particular acorde al cambio de la luz."
"Que curioso...su marido hizo exactamente el mismo comentario..."
Borsato se detuvo. Se dio cuenta que aquellas palabras podrían haber perturbado a la joven condesa.
"Discúlpeme condesa...yo no quise..."
"Tranquilo maestro.", interrumpió ella.
"Entendí muy bien lo que usted quiso decir y me enternece mucho. Se lo agradezco. Ramón era un gran observador. Y, sobre todo, era un hombre que gozaba de cada cosa, por pequeña que fuera."
"Así es condesa. Así es. El conde era un hombre de excepcional sensibilidad y nobleza", agregó el maestro con los ojos húmedos.
Siguieron caminando, el uno al lado del otro, con una complicidad casi familiar. Matilda llevaba sus manos al rostro en continuación. Su asombro era total, constante, arrollador. Y se reforzaba a cada paso que daba.

Por si no bastaba la belleza de las formas y la perfecta proporción de cada elemento, la decoración -suntuosa y ecléctica hasta lo inverosímil- era deslumbrante. Nada era dejado al azar, no había descuido. Cada objeto, cada pieza tenía una razón de ser, una ubicación que parecía estudiada a la perfección: las delicadas acuarelas del Golfo de Nápoles, los espléndidos bustos griego-romanos, la sublime colección de vasos de Murano con sus serpenteos y venas doradas trepando por los cálices. Y luego las porcelanas de China, la exquisita platería de Sheffield inglés, los brocados....
Cuando Matilda acabó su recorrido, quiso asomar a todas las ventanas para admirar el inmenso paisaje y escrutar los demás palacios que competían en hermosura con el suyo. Quería sentir la brisa en su rostro y que las leves ráfagas de corriente le aseguren que estaba viva, que todo aquello era real y no fruto de algún espejismo o desvarío.
Llegó al punto de olvidarse del maestro Borsato, a pesar del esmero de este en contarle las anécdotas de cada mueble, el antecedente de cada obra, los datos más curiosos de esto y del otro. En realidad, Matilda no estaba preocupada por perder aquellas explicaciones: habría tiempo para reconstruir la historia de Ca´ Doria y su preciado contenido. Además, tenía la clara sensación que aquel hombrecito de espaldas estrechas y ojos tiernos no la dejaría sola un solo día. Por ahora, solo quería captar el alma del *palazzo*.
Sin más contornos que los propios jadeos de su corazón.

Matilda sentía sus piernas flotar sobre el resbaloso pavimento del *palazzo*. Un sopor placentero la acompañaba y cobijaba todo el tiempo. La casa parecía irradiar luz propia, a cualquier hora, en todo momento, como si Ca´ Doria, con sus tesoros deslumbrantes e interminables recovecos, tuviera vida propia.
La nueva dueña dedicaba los días enteros a conocer la propiedad, recorrer los pasillos, subir y bajar escaleras. Era un frenesí que apenas lograba controlar, por el que se olvidaba de comer, de descansar, de recoger sus fuerzas. María compartía la misma exaltación, tanto que no parecía necesitar ni dormir ni alimentarse: solo corría y corría, de un lado para otro, como un trompo, incansable, cantando rimas infantiles desde cada rincón, barriendo y trapeando el piso, desempolvando muebles. Y es que todos los días había nuevos hallazgos, nuevas sorpresas, nuevas emociones a la vuelta de la esquina.
Ramón había reunido, gracias a sus contactos con mercaderes de arte, amigos y hombres de negocios, una colección tan vasta como asombrosa de pinturas y esculturas. El mobiliario era igualmente prestigioso, de un sinfín de estilos y hechuras que Matilda reconocía a la perfección gracias

sus conocimientos adquiridos en Los Rosales.
Las cortinas, de seda china, eran livianas como un velo de novia, con puntadas invisibles que el ojo más atento no podría divisar. Un rosario de delicadas borlas recorría los filos desde el tumbado hasta el pavimento: danzaban ligeras en la corriente y parecían coquetear con el paisaje al fondo, destapándolo para luego esconderlo nuevamente.
"Estas cortinas, condesa, fueron un verdadero dolor de cabeza....su marido se metió en la cabeza que debían ser confeccionadas por el conde Sansovino... ¡Y venga para arriba y para abajo con las telas apiñadas en baúles del tamaño de unos sarcófagos...! ¿Se imagina usted lo que fue eso?
Mientras los ojos de Matilda seguían aquellos movimientos ligeros, casi voluptuosos, sus manos se asentaron sobre una cajonera de perfectas proporciones arrimada a una de las paredes. Se trataba de una pieza de hechura exquisita, con incrustaciones de nácar que la recubrían por entero. Reproducían el fondo de una laguna con sus algas, sus peces y demás animales marinos. Matilda deslizó los dedos sobre la preciosa marquetería para apreciar su textura y percibir las rugosidades al contacto con su piel. Luego levantó la tapa con delicadeza. Era más liviana de lo que imaginaba. Una espléndida colección de cubiertos de plata se desplegó frente a sus ojos.
"Al parecer, esos cubiertos pertenecieron al mismísimo rey Enrique VIII. Tenía entendido que ese rey comía el pollo con las manos...pero bueno... observe el refinamiento del labrado, condesa, es una verdadera obra maestra...", agregó el maestro a la vez que enarcaba las cejas.
"Su marido el conde decía que la vida era muy corta para comer con cubiertos que no fueran de plata o tomar vino en copas que no fueran *soffiate a mano*."
"Así es, maestro. Mi marido sabía vivir."
Matilda había claramente logrado su objetivo: Ramón estaba presente en cada obra, en objeto estrafalario, en cada pila de libros. Su alma fluctuaba entre las habitaciones, su esencia penetraba cada rincón y su gusto -delicado y audaz- marcaba la decoración de Ca´ Doria como las pinceladas marcaban el trazo de un artista. La propia disposición de los objetos reflejaba claramente sus preferencias y personalidad.
Al comienzo Matilda tenía sentimientos encontrados. Por un lado, el palacio -y su interior desbordante- le recordaban a Ramón y le apretujaban el alma. Por el otro, entre aquellas paredes se sentía increíblemente a gusto, como si ella misma las hubiese habitado en alguna vida pasada.
Al cabo de un tiempo, sus emociones confusas, -tan dolorosas que no se atrevía a explorarlas-, se trasformaron en algo distinto, parecido a un cálido abrazo, a una suave caricia que ella recibía en cada esquina de la casa.

Su alma comenzaba a derretirse a pesar del duro invierno.

El maestro Borsato aparecía sin estar invitado prácticamente todos los días con el pretexto de ayudar a Matilda. Al fin y al cabo, la condesa y su empelada eran dos jóvenes extranjeras que vivían solas y que no conocían a nadie, a parte aquel metiche engreído del conde Salvatierra, pensaba.
Él conocía como nadie a los palacios venecianos. Sabía cuan traicioneros podían ser, había que estar atentos, conocer cada escondrijo, divisar los peligros de un tablón movedizo, detectar una humedad, descubrir una viga con termitas o el conducto atascado de alguna chimenea. ¡Y quien mejor que él para corregir a tiempo cualquier desperfecto o evitar un accidente!
El maestro asomaba con una palanqueta de pan bajo el brazo, un canasto de frutas o cualquier otra cosa que pudiera sacar una sonrisa a la nueva dueña del *palazzo*. Hasta María, -quien al comienzo le miraba con cierto recelo- finalmente sucumbió a las continuas atenciones y gestos de Borsato.
Matilda nunca reclamó por aquellas visitas constantes. La presencia del maestro era amena, sus historias inagotables, su buen humor inquebrantable, sus ocurrencias infinitas. Además, Borsato tenía una forma de hablar rebuscada y pomposa que a ella le hacía mucha gracia.
"Como el otro día le explicaba, mi querido e inolvidable amigo llegó a ser un importante comerciante de obras, además de coleccionista. Compraba obras siempre que podía, tanto de maestros consolidados, como de pintores desconocidos cuyos trazos movían alguna fibra de su corazón. Algunas las revendía a diplomáticos y extranjeros. Otras, las que más le gustaban, las guardaba para sí. Además, gracias a su escuela de pintura -que yo dirigía- el conde estaba siempre a contacto con artistas y aficionados. Había de todo, claro está, a veces se aprovechaban de su nobleza y amor por las artes, pero yo le ayudaba a separar la paja de lo que valía...", decía el maestro con cierto aire de satisfacción y orgullo.
"¿La paja? ¿Y qué tiene que ver ahora la paja?", decía María entre risas.
"María es un modo de decir...lo que el maestro quiere explicarnos es que él ayudaba a Ramón a reconocer las obras más valiosas y los artistas más talentosos..."
""*Cussì l'è,* condesa, *cussì l'è*. Por cierto, las obras de Bellini, de Canaletto, de Tiepolo y de Guardi, esas que adornan el *primo piano nobile*, algunas fueron adquiridas por su esposo. Otras las heredó de la condesa su madre, quien también era un gran mecenas de las artes."
"¡Y ahora son suyas!"
"Así es maestro y siento una gran responsabilidad por ello. Por cierto, que

pasó con la escuela... me he percatado que en la sala principal hay varios caballetes vacíos y baldes de pintura secos..."
Hubo un momento de silencio.
"...Es que...con la muerte...es decir...con la desaparición del conde...yo ya no tuve ánimos para recibir a gente, para dirigir la *Accademia*..."
"Por favor, maestro, mañana mismo coordine todo para que las personas regresen. Si no lo hacemos, echaremos a perder todo lo que Ramón hizo..."
"Tiene razón condesa, tiene razón...no lo había pensado", dijo Borsato, algo avergonzado.
"Además... ¿Qué hago yo sola en un palacio tan grande?"
"Así es condesa, así es. Me pongo de inmediato manos a la obra."
Matilda sintió un escalofrío recorrer su espalda. No había meditado un solo momento
aquella decisión. Y no estaba arrepentida.

Cuando Matilda dominó cada rincón de la casa, quiso salir a conocer la ciudad.
Lo primero que hizo fue subir a la *altana* de su palacio: Venecia parecía el escenario perfecto de una obra de teatro, con sus caballeros y damas enmascarados, sus calles vibrantes, sus comerciantes y viajeros, sus *malvasie* y bodegas escondidas, sus palacios e iglesias deslumbrantes. Se sentía la espectadora privilegiada de una función infinita, que cada día se renovaba, que parecía ser el fruto de una labor celestial, de un capricho divino. Sus ojos parecían no acostumbrarse a pesar que todas las mañanas, tan pronto el cielo se despejaba y la neblina desvanecía, ella buscaba ávidamente el mismo estremecedor panorama.
¡Como creer que Ramón había dejado todo aquello por ella!
¡Y que maravilloso legado ese asombroso palacio que su marido había rescatado de las aguas y devuelto a la vida!
Sentía la presencia de Ramón en el palacio al igual que en los campos, i *calli*, los entramados de aquella ciudad laberíntica, sinuosa y escurridiza. Esa sensación, tan vívida e intensa, lejos de perturbarla la hacía sentir acompañada, cobijada.
El maestro parecía leer la mente de la nueva inquilina del *palazzo*. Aquel enamoramiento del alma -y aturdimiento de los sentidos- los había observado en el joven Ramón no mucho tiempo atrás. Ahora que tenía delante a esa jovencita con sus dejes y muecas de niña, su alegría, inteligencia y sensibilidad, entendía perfectamente como el amor total y absoluto, el carnal y del alma, hubiese absorbido al otro amor, por Venecia, por Ca´ Doria.
Giovanni Borsato no era la única presencia constante en la vida de Matilda.

Con el pretexto del *Carnevale* que estaba a las puertas, el conde Salvatierra la recogía todos los días y la llevaba a conocer la ciudad y sus diversiones. Iban a teatros y a *soirées* de amigos, jugaban a cartas, paseaban por San Marco, tomaban café en campo Santa Margherita y granizadas de limón en Campo Santo Stefano.
"Matilda, le tengo una sorpresa", dijo una tarde el conde mientras disfrutaban de un té negro con galletas de almendra en una mesa del Florian.
"Mañana noche iremos a casa de un amigo muy querido. Acaba de llegar de su país, Ecuador. Es un científico y una persona muy agradable que a usted le encantará conocer. No vive habitualmente en Venecia, pero tiene un delicioso palacete justo frente a la iglesia de San Giovanni Battista in Bragora. Lo heredó de una tía solterona y siempre que puede, viene.
"Por supuesto, conde. Me encantará conocerle y escuchar sus historias."
Una luna amarilla y resplandeciente iluminaba el cielo de aquella noche. Estaba clavada en el aire como toda una reina, al centro de un halo blanquizco de nubes que la enmarcaban y que parecían adularla.
Cuando llegaron, se detuvieron al medio del campo para que Matilda admire la belleza ordenada y a la vez sencilla de aquel espacio lejano de las rutas más habituales por la ciudad. De repente entrevió en la esquina de la *Calle Della Morte* el perfil de un hombre. Tenía un tabarro negro, una *bautta* y un tricornio. Eso no era raro en Venecia en ninguna época del año, menos aún a pocos días del *Carnevale*. Tuvo la impresión que la observaba. Pero no le prestó mayor atención. Era una joven atractiva, al fin y al cabo, y era normal que algún mozo le eche el ojo por la calle.
El conde y ella entraron a la casa. Pasaron por el *cavedio*. Una empleada recogía agua del pozo. Hincó la cabeza e indicó la puerta de acceso en la parte superior. Subieron por una escalera de piedra empinada y rebosante de plantas que caían con profusión al otro lado de la balaustrada. De inmediato, un mayordomo en librea abrió la puerta. Una multitud de velas alumbraba el ambiente tiñendo el aire de un tenue tono anaranjado. Al fondo de la sala un violinista tocaba la Primavera de Vivaldi.
"¡Bienvenidos, queridos amigos!"
"Bienvenida, condesa", dijo el anfitrión en perfecto español y un curioso acento.
"¡La estaba esperando, pase por favor!"
Un hombre de talla media, con el rostro colorido y una sonrisa cautivante, le besó la mano y se hincó frente a ella pomposamente. Olía a limones, a canela, a limpio, a alguien cercano. ¡Que maña la suya de reconocer a las personas por los olores que emanaban al contacto con su piel! Y es que el campo -con toda su mezcla envolvente de aromas, fragancias y tufos- había agudizado, desde muy chiquita, su olfato. No lo podía evitar.

El dueño de casa se presentó como el barón Von Staufen: médico, científico, aventurero y poeta ocasional. Acababa de regresar de una gira por Sudamérica y no dudó en afirmar que Ecuador era la *Venecia de la naturaleza*, con sus ríos caudalosos, sus volcanes abruptos, sus asombrosos lagos encajados entre cerros. ¡Y qué decir de las infinitas cascadas que asomaban al improviso y que se abrían paso entre la exuberante vegetación! "¡Agua por todo lado!", usted Matilda puede estar orgullosa de su país. ¡Es un verdadero paraíso! ¡Solo espero que un día, el resto del mundo no esté sediento y busque al Ecuador ansiando adueñarse de su preciado líquido!"
Matilda estaba dichosa. Le encantó escuchar historias de su tierra y recordar su naturaleza impetuosa, sus infinitos paisajes, sus cumbres estremecedoras.
Además, el barón era una persona culta, pero a la vez divertida. La conversación era amena, la comida impecable, el vino cálido y *corposo*, como a ella le gustaba.
"A propósito. En el barco conocí a un caballero que viajaba a Venecia para reunirse con su esposa, pero no recuerdo su nombre. Me lo presentaron cuando ya estábamos a punto de desembarcar y lo perdí entre la muchedumbre."
Matilda sintió una punzada al pecho.
"¿Con su esposa?", repitió ella.
"Si. Quien sabe que lo encontremos en algún concierto o en alguna fiesta del *Carnevale*..."
Matilda no se atrevió a indagar más. Era cierto: los extranjeros iban y venían en continuación y todos acababan conociéndose.

El día domingo comenzaba el *Carnevale*. Matilda quiso ir a Plaza San Marco para vivir la atmosfera de la ciudad a punto de enloquecer y desinhibirse. Se puso una *bautta* que encontró en el armario de su dormitorio y echó sobre sus hombros una capa de tercio pelo negro con forro de visón. Antes de salir se miró al espejo. A pesar de los cinco meses de embarazo, el vientre era plano y la cintura apenas se había ensanchado. Su piel era tersa, los ojos brillaban como dos gemas.
Cuando salió por la puerta trasera del *palazzo* eran cerca de las ocho de la noche. Una bruma ligera envolvía las *calles*. Cruzó Campo Sant´ Anzolo, pasó delante del teatro La Fenice, atravesó campo San Moise´ y calle de L´Ascensión hasta desembocar en la *Procuratia Nuova*. No había sido fácil librarse del conde, quien la había invitado una cena en casa de sus vecinos alemanes, los cónyuges Fritz Wollermann. Matilda se excusó diciendo que iría a una reunión organizada por Caterina Contarini, una nueva amiga veneciana, a quien confió su pequeña mentira. La selecta agenda social que

el conde compartía con ella la entusiasmaba: estaba conociendo desde adentro a los palacios más elegantes de la ciudad, disfrutado las obras de arte más asombrosas, bailando en los mejores salones y escuchado los conciertos de música más exclusivos. Pero se trataba de su primer *Carnevale* y esa noche quería estar sola, perderse por *i calli,* saborear el barullo espontáneo de *i campi*, disfrutar las máscaras y cuchicheos de transeúntes anónimos.

Además, la conversación con el barón Von Staufen la había perturbado.

¿Y si se trataba de Ramón?

¿Y si Ramón fue a buscarla?

Había sobrevivido a la erupción, había regresado a los Rosales y... le habían dicho que ella viajó a Venecia...”

¡Tenía sentido!

Pero... ¿Por qué no ir de inmediato a Ca´ Doria?

¿Y dónde se alojaba?

Matilda estaba agitada. Más pensaba, más encontraba preguntas que no lograba contestar. Entró en una discreta taberna al lado de la *Torre dell´ Orologio*. Se sentó en una mesita al fondo apenas alumbrada por una pequeña vela. Tomó una copa de vino *moscato*. A partir del tercer mes de embarazo el doctor Brandolini le había permitido algún traguito, muy de vez en cuando. Bajo el efecto del alcohol los pensamientos que fluctuaban por su cabeza comenzaron a cambiar.

¿Porque Ramón debería buscarla, si en su última conversación ella había renegado su matrimonio, le había insultado, le había gritado a la cara que le odiaba?

No podía ser él. Que tonterías estaba pensando...

Estaba claro que el vino le estaba haciendo mal.

Desde el Café Florian se escuchaban las envolventes notas de un violinista solitario.

Mientras, grupos alegres de personas enmascaradas cruzaban la plaza en todas las direcciones, murmurando, riendo, cantando, abrazándose torpemente. Proyectaban sobre el pavimento sus sombras negras y alargadas.

Matilda se dirigió hacia el Florian bajo el hechizo de la música. Se sentó en la única mesa libre, sin esperar que el mesero retire la taza del anterior cliente que aún soltaba humo en el aire frío. Pidió un chocolate caliente para bajar el *moscato* que la había dejado algo mareada.

En cuestión de minutos, la plaza se llenó de gente. Matilda comenzó a observar el vaivén agitado de personas, de máscaras variopintas, de sombreros emplumados, de alegres desconocidos improvisando bailes, lanzando besos a las doncellas.

Algunos jóvenes, al pasar frente a su mesa, le hicieron muecas.

"Principessa, ¿Cosa fai li seduta tutta sola?"
"¡E´Carnevale!"
Que ella no tuviera ningún acompañante era algo raro, por no decir inapropiado. Lo sabía y no le importaba. Al contrario, disfrutaba de su libertad e irreverencia.
La noche se hizo fría y Matilda comenzó a tiritar, a pesar del brasero a su al lado. Decidió regresar a su casa. Sacó unas monedas del bolsillo y las dejó sobre la mesa. Se levantó. De repente entrevió la misma figura enmascarada que la observaba desde la *Calle Della Morte,* la noche de la cena en casa del barón Von Staufen. Estaba de pie, detrás de una columna, por lo que solo podía distinguirse la mitad de su perfil. Miraba hacia ella. Estaba segura.
¿Acaso era algún espía del conde?
¿O quizás se trataba de alguien que él había contratado para protegerla, para cuidarla en sus andanzas solitarias por la ciudad?
Pero eso no tenía sentido porque que la noche de la cena en casa del barón ellos dos estaban juntos. Decidió actuar. Esta vez no se quedaría de manos cruzadas. Se levantó de su silla de mimbre con un brinco, se abrió espacio entre los clientes y avanzó decidida hacia el caballero misterioso.
"¡*Chi sei! ¡Aspetta*!"
En cuestión de instantes el hombre desvaneció, se trasformó en una sombra, licuado entre la gente, las máscaras, la música.

Al día siguiente Matilda recibió por mano de una empleada del conde un pomposo sobre del tamaño de un pañuelo: un delicado lazo de organza color ciruela le mantenía cerrado por encima del sello en cera del remitente: tres rosas, cuyo tallo se cruzaba con el de un tulipán. El conde Salvatierra la invitaba a un baile en donde asistiría la *créme* de la buena sociedad veneciana, a parte la comunidad de extranjeros y diplomáticos que residían en la ciudad. El evento sería en Palazzo Grimani y la anfitriona, la encantadora baronesa Welles.
A la muerte del riquísimo marido, Sir Richard Welles, la baronesa había heredado no solo su fortuna sino un prestigioso salón literario que reunía a los intelectuales y artistas más a la moda. El selecto grupo se juntaba periódicamente para charlar sobre temas de actualidad, compartir teorías y criterios políticos, comentar las obras que salían al mercado, debatir acerca de las nuevas corrientes y talentos en todas las ramas del arte. Pero, en ocasión del *Carnevale*, la baronesa suspendía sus exclusivas reuniones y las reemplazaba con inolvidables fiestas en su palacio que se extendían hasta la madrugada. En aquellas fechas -decía ella- hasta los mejores intelectos debían olvidarse de la cultura y bailar hasta que el cuerpo aguante.

Cuando la baronesa Welles invitó al conde Salvatierra, insistió mucho para que le acompañe *la sua deliziosa amica americana*.
Llegó el día del magno evento. El conde fue a recoger Matilda en una góndola que se arrimó silenciosa al embarcadero de Ca` Doria. El agua estaba oscura y la luna se había escondido tras un manto de nubes negras. De no ser por los vistosos postes lacados en oro -y el par de linternas que María había oportunamente ubicado al frente-, el gondolero hubiera pasado de largo sin percatarse de que habían llegado a su destino.
Cuando la dueña de Ca´ Doria apareció, el conde casi cayó al agua de la impresión. Su acompañante lucía espléndida, como nunca de radiante.
Matilda estaba enterada de la magnificencia y el desparpajo de las fiestas en el *Carnevale* y quiso estar a la altura. Así, dos meses atrás había averiguado quién era la mejor modista de la ciudad. Se acordó de Catalina, de sus manos ágiles, de su pie rápido y seguro sobre el pedal, de su sonrisa inoxidable. Ella estaría de acuerdo, no había duda: su niña bonita tenía que lucir espléndida, la más bella entre las bellas y que se hable de su vestimenta y tocado hasta el año siguiente.
Aquella noche el reto estaba ganado de antemano. Y es que, a parte de la deslumbrante belleza de la condesita quiteña, la tela del vestido era una preciosa creación de brocado del propio conde Salvatierra: por favor Matilda, acepte este pequeño obsequio, su hermosura y frescura inspiraron esos diseños, se lo debo, usted fue mi musa sin saberlo, es lo mínimo que puedo hacer...
Por supuesto, ella aceptó y a los pocos días mandó a confeccionar su primer vestido para su primer Carnevale. El refinado paño reproducía un entramado floral de un brillo iridiscente que resaltaba sobre el fondo color rosa empolvado. La textura era gruesa y robusta. Preciosos hilos de oro recorrían las mangas desde los hombros hasta los codos. Un escote de encajes resaltaba el perfecto busto y las espaldas rectas. Como toque final, el amplio faldón era salpicado por una constelación de cristales traslucidos que a partir de la cintura llovían copiosamente hacia abajo. Rosita Rampini, su *Catalina veneziana,* los había cosido uno por uno, con santa paciencia y mano de ángel.
Para ocultar su rostro Matilda lució la *bautta merlettata* de su suegra, la condesa Morosini, y una vistosa peluca de churros blancos, tan altos como un pastel de merengue. La *bautta* apareció adentro de un cajoncito del *secretaire* de su habitación. Seguro Beatrice estaría feliz que ella la utilice, pensó.
Hasta se pintó un lunar sobre el labio. Le encantó descubrir que cada lunar quería decir algo y no pudo resistirse...
El conde quedó boquiabierto. Hace tiempos una mujer no le dejaba de

aquel modo, embobado, sin aliento, *come uno sbarbatello al primo amore...*
Mientras bajaban por *Il Gran Canale,* los palacios en fiesta centelleaban sobre la superficie azul cobalto. Miles de velas alumbraban la noche revelando tesoros preciados, delatando el asombroso interior de los salones, magnificando las espléndidas fachadas con su luz cálida y meliflua. Mientras, las notas de violines, arpas y pianos flotaban en el aire. Parecían mecer las embarcaciones que navegaban por las aguas transportando a sus pasajeros. La atmosfera era sublime, casi irreal.
Desde su pequeña butaca de terciopelo, Matilda se frotaba los ojos nerviosamente. Quería atenuar el reverbero de la luz y no perder un solo instante de aquella visión mágica.
"Matilda, casi hemos llegado, mire...."
Al improviso pareció el espléndido Palazzo Grimani con sus refinadas cornisas, su *porta d´acqua* en arco de triunfo, sus imponentes columnas y capiteles de volutas. Dos *Vittorie* en la cima del portal impactaban con sus formas perfectas y curvas sinuosas.
Al segundo piso, desde un espléndido balcón continuo, una cascada de rosas rojas precipitaba hacia abajo contrastando con el fondo marmoleo de la fachada.
"Dice la leyenda que Gerolamo Grimani quería casarse con una joven de la poderosa familia Tiepolo. Pero su padre se negó hasta que el pretendiente construyera un deslumbrante palacio sobre el *Gran Canale*."
"¿Y que pasó conde?"
"Gerolamo estaba a tal punto prendado de la chica que construyó un palacio cuyas ventanas eran más grandes que la mismísima *porta d´acqua* de palazzo Tiepolo..."
"¡Pues que mujer más afortunada!", contestó ella con la chispa de costumbre.
"Venecia tiene miles de leyendas e historias como esta..."
"Agradeceré mucho que usted me las cuente una por una, conde. ¡Me fascinan!", agregó Matilda con una enorme sonrisa.
La góndola se arrimó al embarcadero abriéndose espacio entre el avispero de embarcaciones aglomeradas al frente.
Tan pronto llegaban, los invitados se plantaban sobre la alfombra roja que revestía los tablones y que conducía hasta adentro del palacio. Las damas levantaban sus faldas vaporosas de raso y sus capas de terciopelo. En aquellas maniobras destapaban sus tobillos, sus medias blancas, sus zapatos de tafetán con vistosas pedrerías. Los hombres las ayudaban, sostenían los pequeños bolsos, los pañuelos de encaje, los delicados guantes de seda. Un perfume empalagoso a flores y esencias orientales penetraba el aire.

Había risas, susurros, miradas abrasadoras tras máscaras y abanicos. La alegría era desbordante y anunciaba interminables coqueteos, audaces conquistas, momentos de pasión disfrazados entre biombos y cortinajes.
El conde y Matilda pasaron al atrio y saludaron a la anfitriona, quien esperaba al pie de la escalinata contraviniendo las costumbres. Lucía un hermosísimo vestido color esmeralda tapizado de volantes, encajes, plumas tornasoladas envueltas en cordeles de oro. Su peluca medía casi un metro y en ella despuntaban lazos de satín, perlas, hasta nidos con aves multicolores. Después de haber saludado a una multitud de amigos y conocidos, el conde y Matilda agarraron dos copas de champagne de una charola y se perdieron entre la variopinta muchedumbre.
Tan pronto tocó la medianoche una lluvia de *coriandoli* plateados cayó sobre las cabezas de todos desde una enorme paloma de papel con alas desplegadas. Entonces, el conde retiró la *bautta* de su rostro y se arrodilló frente a su joven amiga.
"Cásese conmigo", dijo emocionado.
"Ya no sé imaginar mi vida sin la luz de su sonrisa. Solo anhelo protegerla y compartir con usted lo que me queda por vivir."
Matilda quedó petrificada. Se había dado cuenta que había impactado al conde, pero aquella declaración de amor fue del todo inesperada.
"No me conteste enseguida, Matilda."
"Pero hágalo tan pronto pueda."

Felicitá

Al día siguiente una densa bruma blanquizca envolvía el paisaje. Matilda decidió desayunar frente a la espléndida ventana trifora de su dormitorio. La bruma, con su velo vaporoso y ligero elevándose desde el *Canale,* le agradaba más que un sol resplandeciente. Le fascinaba ver como aquella nube de partículas lentamente se disolvía dejando entrever, poquito a poco, los palacios, las cupulas de las iglesias, el hormigueo de personas en las *Fondamenta* al pie de los edificios.

María entró a la habitación sigilosa como de costumbre. Acomodó la bandeja de plata labrada sobre una mesita plegable haciendo el menor ruido posible. Se retiró recogiendo al paso la bacinilla y el jarrón de agua de la noche.

El olor a café y pan caliente penetró de inmediato el olfato de Matilda sonsacándole una tímida sonrisa. No había logrado conciliar el sueño sino de la madrugada: sus pensamientos la distraían constantemente y los recuerdos afloraban como la nata del café que tenía por delante, el rato menos imaginado, sin pedir permiso. Se había impuesto la regla férrea de no pensar en el pasado. Había decidido nunca mirar atrás porque hacerlo dolía demasiado, porque le restaba fuerzas, porque opacaba su sonrisa.

¿Qué diría al conde? ¿Le perdería como amigo en caso de no aceptar su propuesta? ¿Y cómo enfrentaría le tema de su embarazo? Por seguro, él no tendría problemas.

El conde era un caballero y un hombre noble. ¡No se habría negado a hacerse cargo del hijo de la viuda de su gran amigo Ramón!

Si declinaba su oferta de matrimonio se quedaría sola, en una ciudad aún desconocida para ella. Tendría a su lado el fidelísimo Maestro Borsato, eso sí, pero, por el resto, debería abrirse paso en un mundo nuevo, que quizás la rechazaría por haber descalificado a una persona tan respetada y querida como el conde Salvatierra.

Por otro lado, no le disgustaba su presencia, ni tampoco su semblante. El conde era apuesto, culto, interesante, y, por si aquellas virtudes fueran poco, contaba con un inmenso patrimonio. Además, él y ella compartían el amor al arte, a la vida y a la buena compañía. Su carácter era liviano, pero a la vez sensible y perspicaz. El conde sabía cuándo aparecer y cuándo desaparecer, por lo que ella tendría sus espacios, su anhelada libertad. Aquellas no eran calidades sin importancia, lo sabía. Por otro lado, estaba segura que si ella le pedía más tiempo, él se lo concedería con tal de no perderla y poder arroparla entre sus brazos para siempre. El conde era lo más cercano a la perfección y la esperaría lo que hiciera falta.

Pero había dos problemas de fondo: no estaba segura de que ella era viuda y, sobre todo, el conde no era Ramón.

Aquella mañana había comenzado con una mala noche y un enredo de sentimientos encontrados a pesar del café y el pan humeante que María consiguió en la panadería de San Basegio. Su sirvienta había madrugado para conseguir *le fruste e le pagnotte* que le gustaban a la *parona*. Quería consentirla y que comience bien el día, ahora que al fin los estragos habían pasado y ella amanecía siempre más antojadiza.
Matilda decidió salir a caminar para despejarse y tomar aire. Caminaría hasta La Salute y le rezaría a la Virgen para que la guíe. Desde que vivía en Venecia, había remplazado a la Virgen del Buen Suceso con una más cercana, a breve distancia de su palacio. Estaba convencida que necesitaba aquella proximidad con la madre del cielo ya que más de una vez habría sentido la urgencia de acudir a ella, de implorarle, de rezarle hasta el agotamiento. Y a las horas más estrafalarias.
Poquito a poco, el cielo fue despejándose. Para las once, no había una sola nube y el horizonte estaba terso. Matilda caminaba en un silencio profundo, a pesar del griterío de los vendedores, de los mercaderes, de las empleadas cruzando puentes de un lado al otro, cargando baldes, canastos de ropa, bolsas con verduras, enormes pescados de ojos saltones. El frío era intenso y penetraba los huesos como un manojo de alfileres. No había ser viviente que no lo sintiera y que no procurara arrimarse a la persona de al lado, abrigarse con los propios brazos o escudarse del viento helado tras los bultos que cargaba. Las personas jadeaban, los animales del mercado jadeaban y los turistas, -cuya forma de caminar y mirar todo alrededor los delataba-, apoyaban sus libros y mapas sobre los pechos entumecidos. Matilda mantenía la mirada hacia el pavimento, procurando esquivar los charcos, los esqueletos de pescado y los restos de las hortalizas. Solo quería llegar a la Salute y sentarse en el banco al fondo, a la sombra de su Virgen.

Vergine Santissima, beata fra le donne
Tu che salvasti i veneziani dalla peste
Salva adesso me
Dammi saggezza
Ispira il mio cuore
Guida le mie azioni...

Cuando regresó a su casa la esperaba una carta. Loretta, la empleada del maestro Borsato se había presentado a primera hora para entregarla a

María. Esta vez el maestro no había acudido personalmente, ni había mandado flores o *cannoli alla crema* como de costumbre. Ya está, los buenos hábitos pasan rápido, pensó María y el pequeñín ese ya se cansó de gastar los cuartos en sus amigas de Ca´ Doria.
Loretta parecía perseguida por el mismísimo diablo. Llegó envuelta en un abultado chal de lana gruesa, con la cara roja como un tomate y los labios cuarteados por frío de la laguna. Estaba nerviosa, agitada.
"*María apri la porta! Suvvia, muoviti che é cosa urgente*!"
"*¡Non ho mica tutto il giorno, U signur!*
María finalmente abrió la puerta que asomaba al *campiello* atrás del palacio y la hizo pasar adentro. Loretta se recomendó mil veces para que la empleada le haga llegar la carta a su *paróna* lo antes posible y que no demore en la entrega por nada en el mundo.
¿Que querría aquel hombrecillo de su señora con tanta prisa? ¡Ojalá no se le ocurra pretender a su patrona, porque eso sí sería algo muy, pero muy descabellado! Además, la condesa era harina de otro costal y nunca iba a fijarse en semejante candidato, por muy atento y agradable que fuera.
"E non commentare niente adesso che vai a prender l´acqua al pozzo...qui parlan tutti lo sai...."
Tan pronto Matilda cruzó el umbral María le entregó la carta. No se alejó de ella.
Al contrario, con el rabillo del ojo escrutaba a la distancia el contenido de aquel sobre misterioso e impecable. Desde que Matilda le enseñó a leer y escribir su curiosidad había aumentado como la masa de un pan al contacto con la levadura. Así, cuando salía a la calle, todo llamaba su atención y todo revisaba con el máximo interés: panfletos, letreros, hasta los afiches de las obras públicas y los anuncios de La Fenice.
Al leer el contenido del sobre Matilda enmudeció. Subió las gradas con paso acelerado y, una vez arriba, caminó atropelladamente hacia su habitación. Cerró la puerta y se dejó caer al suelo arrastrando la espalda contra el grueso tablón de madera, como cuando era una niña y quería llorar. Leyó la carta una y otra vez. Las lágrimas caían sin frenos y a ratos empapaban la tinta transformando algunas palabras en pequeños lagos salados.

Matilda: amor de mi vida
Te amo. Perdona la banalidad de estas dos letras y perdona la torpeza con la que expreso esos sentimientos, de los que hoy tengo plena certeza al igual que aquel primer día, cuando te vi en la fila del confesionario de Santo Domingo.
Desde aquel momento supe que estaba condenado a amarte, así tu no me

recambiaras, así ni siquiera llegara a conocerte.
Te amo con locura, te amo con la misma pasión con la que los artistas y genios de esta ciudad llenaron sus calles e iglesias de obras magníficas y estremecedoras.
Eso eres tu para mí: vida, perfección absoluta, obra divina.
Hasta conocerte, pensé que está ciudad mágica, que se estira sobre la laguna como el cuerpo de la mujer más hermosa, lo era todo. Hasta conocerte, pensé que Ca´ Doría sería mi compañera de vida, mi amante silenciosa. Hasta conocerte.

María no se atrevió a golpear la puerta así que le habló desde el otro lado con un tono bajito y algo de nerviosismo.
"¿Patrona está bien?"
"Necesita algo?"
"María tranquila."
"Nunca he estado mejor en mi vida…"
Entonces limpió sus ojos con el dorso de su mano y abrió la puerta.
"Por favor ayúdame. Debo alistarme porque salgo ahora mismo. Y consigue una góndola a la brevedad posible."
Al cabo de unos minutos apareció María con un bulto debajo del brazo. La ayudó a ponerse la capa de visón y terciopelo, acomodó la capucha en su espalda y amarró el lazo alrededor de su cuello. A Matilda le sudaban las manos y su maquillaje estaba corrido, pero no había tiempo para arreglos de última hora. El corazón le explotaba dentro del corsé. Sentía un calor abrasador, como si fuese pleno verano. María sacó un pañuelo del bolsillo de su mandil y lo restregó suavemente sobre el rostro de su patrona.
"Usted es demasiado linda para salir en este estado. Déjeme al menos retirar esas manchas negras de sus ojos…"
Matilda sonrió.
Su cuerpo entero temblaba.
Afuera la esperaba un hombre flaco como un clavo y la frente cubierta de una mata de rizos cobrizos que le recordaron a Amaru, su fiel amigo de la infancia.
¡Como le hubiese gustado tenerle a su lado una vez más y que le infunda su placidez, su instintiva sabiduría y paz interior!
Mientras su cabeza divagaba, el gondolero tomó la iniciativa y se presentó, sin esperar instrucciones de su clienta.
"Agli ordini paróna. Sono Alvise, par servirla."
"*Andiamo al Campo della Maddalena, per favore*", dijo ella.
"*Subito, paróna. Arriveremo in meno che canta un gallo*. ¡*Godetevi il tragitto*!"

"¡*Non mi parlare di galli e rema il piú rapido possibile!*", dijo ella con una leve sonrisa.
Y es que no pudo evitar recordar como su historia con Ramón comenzó.
La góndola comenzó a deslizarle sobre las aguas, ligera como una libélula, precisa como la hoja de un barbero. Remontaron *Canal Grande*. Luego se metieron por un entramado de ríos, ladeando edificios, sorteando embarcaciones, planchas de hielo, cajas de madera con restos de alimentos. Desde los tendederos caía lluvia con olor a jabón de marsala. En invierno había que aprovechar el mínimo rayo de sol para secar el lavado y quien navegaba por debajo de aquellas ventanas bien sabía el riesgo que corría. Pero, ahora, nada importaba. Solo importaba llegar, llegar lo antes posible.
"¿Va a reunirse con el maestro Borsato?"
"El maestro vive justo en *Campo della Maddalena*."
"Es excelente persona y conoce como nadie su oficio. Todos le conocen.", dijo el gondolero con una mirada cómplice.
"Si. Quiero que restaure mi *Vergine col bambino*", contestó Matilda, quien no estaba para conversaciones y a duras penas podía frenar sus lágrimas.
"A esa misma dirección he acompañado mil veces a un cliente muy especial..."
"...Pero no lo he visto en meses...creo que se ha ido muy lejos."
"Hemos llegado, *Ecelensa*.
La góndola se arrimó a un palo. Alvise pegó un salto de gato hacia la tierra firme.
"La ayudo a bajar...espere, deme su mano..."
"Gracias", dijo ella mientras con su mano rebuscaba las monedas para el pago de la travesía.
"¿La espero *Ecelensa*?"
"No. No me esperes."
Matilda tenía frente a si una espectacular iglesia con forma circular y proporciones increíblemente armónicas. Se erguía a pocos metros del agua y daba paso a un pequeño campo delimitado por un palacete de color naranja. Un blasón de piedra con un hacha y una torre tronaba al centro de la fachada. El edificio era sencillo, en comparación con los espléndidos palacios de *Canal Grande,* pero los tiestos de flores, las enredaderas y la hilera de ventanas abiertas de par en par, le daban un aire agradable y acogedor.
Al fondo, una discreta baldosa de cerámica marcaba el número 1225. Apenas se la veía, bajo la imponente caída de geranios. En aquel preciso instante, Matilda se dio cuenta de algo: ¡En ninguna parte de la carta se indicaba que Ramón estaba alojándose allí, con su amigo el maestro Borsato!

Había actuado bajo una corazonada, un impulso. Una vez más.
¿Qué pasaría si él no estaba?
¿Y si se había marchado?
¿Debería ella preguntar por él? ¿O por el dueño de casa?
Su corazón parecía explotar adentro del pecho y un calambre recorrió su cuerpo entero. Era muy tarde para aquellas preocupaciones. Anudó su mano alrededor del anillo de bronce al centro de la puerta y golpeó dos veces.
Loretta asomó a la ventana. Tanía el rostro pálido y el pelo alborotado.
Matilda respiró hondo y acomodó unos mechones de su pelo que el viento había desordenado durante la travesía.
Se abrió la puerta.
"Condesa...buenas tardes...."
"Loretta como estas...estoy buscando a...", dijo Matilda mientras el corazón latía sin control.
"Al huésped del maestro Borsato. A su marido. Al señor conde...", dijo Loretta con la seguridad de quien ha entendido toda la situación desde un inicio.
Hubo un instante de silencio, como si Loretta hubiese pronunciado aquellas mágicas palabras en algún extraño idioma.
"El señor conde ha ido a Santa María de Miracoli, *parona*.
"El señor la espera allí", recalcó la empleada con un guiño.
Matilda se llevó ambas manos a la cara y cerró los ojos.
"Gracias Loretta, gracias", recalcó emocionada.
Comenzó a correr en dirección al pequeño embarcadero diagonal a la iglesia. La góndola di Alvise se había ido, pero aún podía divisarse su perfil cruzando las aguas sin prisas.
"¡Alvise! ¡*Torna indietro*!"
Alvise clavó de inmediato el remo en el fondo y se detuvo.
"¡*Muoviti per favore, ho bisogno di te*!", gritó ella, sin cuidarse de unos transeúntes que la miraban perplejos. Gritó como una señorita nunca gritaría y poco le faltó para silbar como un marinero, como cuando jugaba a las carreras con sus hermanas en el Pasochoa. Tan pronto Alvise atracó la góndola, Matilda pegó un brinco y se sentó en la butaca al centro del bote. Acomodó apresuradamente su falda a los lados del asiento, mientras el corazón seguía latiendo sin tregua.
"¡*Andiamo a Santa María dei Miracoli, corri per favore, anzi, vola!*"
Alvise sonrió y comenzó a mover los remos con su habitual destreza. Hacia la derecha, hacia la izquierda...luego al frente, con gran impulso, como si los remos fueran dos grandes alas desplegándose en el cielo perfecto de aquella tarde.

Tan pronto doblaron la última curva de aguas, apareció el asombroso templo. Matilda bajó de la góndola tan rápido como pudo y corrió hacia la entrada. En aquel preciso instante, un baño de luz inundó la impresionante fachada de mármol color arena, resaltando las espléndidas incrustaciones, los rosetones, los ventanales.

La puerta se abrió muy despacito. Salieron dos mujeres mayores apoyadas a sus bastones. Salió un pequeño cura con sus monaguillos.

Al improviso apareció él.

Su amor.

Su marido.

Ramón.

Conclusión

Luego de la erupción del volcán Cotopaxi, Ramon Callejas de Alba estuvo inconsciente durante un mes en casa de unos campesinos que vivían cerca de la fábrica, cuya propiedad se salvó por estar arrimada en una loma en el lado norte de las laderas de la montaña. Cuando recuperó la memoria -y sus heridas sanaron- regresó a su hacienda, Los Rosales. Al enterarse de que su esposa había viajado a Venecia decidió viajar al viejo continente para rejuntarse con sus dos amores: Matilda y Venecia.
Al ver a su esposa acompañada por el conde Salvaterra, Ramón dudó en acercarse a Matilda. Decidió, entonces, encomendarse a la Vergine dei Miracoli, que un día había guiado su madre Beatrice Morosini hasta el Ecuador. Entonces citó a su esposa en la iglesia dedicada a esa Virgen. Si Matilda aparecería, eso significaría que ella le amaba, a pesar que su matrimonio comenzó con una apuesta entre galleros al otro lado del mundo.
Ramón y Matilda tuvieron cuatro hijos y vivieron muchos años en Venecia. Ramón retomó, junto a la ayuda del maestro Borsato, la conducción de la escuela de pintura. Pronto, Academia Ca´ Doria se transformó en una escuela de artes, abarcando la escultura y la música, además de la pintura. Su prestigio se consolidó en el tiempo y permitió auspiciar los jóvenes talentos sin recursos. Por su lado, Matilda se dedicó a escribir y a enseñar. A ratos, se sumaba a los aprendices de la escuela y también pintaba.
A la muerte de Arturo Grijalba Montes, Matilda y Ramón viajaron al Ecuador y devolvieron la estatua de San Rafael a su nicho. Muchos años más tarde, la historia se repetiría al revés y el hijo mayor de ellos, Alejandro, viajaría al Ecuador para hacerse cargo de las haciendas de la familia.

Acerca de la autora

Olga Ginevra Cavallucci de Quiñones, Ph.D., politóloga (Universitá degli Studi di Roma La Sapienza) vive en Quito, Ecuador desde hace veinte y cinco años. Nació en Nápoles en 1971, de padre italiano y madre española. Posee un Doctorado en Estudios Latinoamericanos otorgado por la Universidad Andina Simón Bolívar, Quito, Ecuador. También cuenta con un título de Magister en Relaciones Internacionales, Negociación y Manejo de Conflictos, otorgado por la misma universidad. Finalmente, culminó sus estudios con un título de Especialista en Consultoría Política y Gestión de Gobierno, otorgado por Universidad San Francisco de Quito y por la Universidad Camilo José Cela de Madrid. Culmina su preparación académica con un Diploma en Integrated Approaches to Sutainable Development Practice, Columbia University, NY, EEUU en el año 2013.
Al Fulgor de la Chamiza es su primera novela y primer proyecto personal.
A su vez es autora de The Game (El juego de la negociación exitosa).

Made in the USA
Las Vegas, NV
09 January 2025